U0526502

黄金团

樊希安 著

四川人民出版社

图书在版编目（CIP）数据

黄金团/樊希安著. — 成都：四川人民出版社，2022.3
ISBN 978-7-220-12701-4

Ⅰ.①黄… Ⅱ.①樊… Ⅲ.①长篇小说-中国-当代 Ⅳ.①I247.5

中国版本图书馆 CIP 数据核字（2022）第 016243 号

HUANGJINTUAN
黄金团

樊希安 著

出 品 人	黄立新
策划组稿	石 龙
项目统筹	王其进　唐　婧
责任编辑	唐　婧　王其进
封面设计	李其飞
版式设计	戴雨虹
封面题字	张花氏
责任校对	林　泉　吴　玥　舒晓利
责任印制	祝　健
出版发行	四川人民出版社（成都市槐树街2号）
网　　址	http://www.scpph.com
E-mail	scrmcbs@sina.com
新浪微博	@四川人民出版社
微信公众号	四川人民出版社
发行部业务电话	（028）86259624　86259453
防盗版举报电话	（028）86259624
照　　排	四川胜翔数码印务设计有限公司
印　　刷	成都东江印务有限公司
成品尺寸	160mm×235mm
印　　张	35
字　　数	451 千
版　　次	2022 年 3 月第 1 版
印　　次	2022 年 3 月第 1 次印刷
书　　号	ISBN 978-7-220-12701-4
定　　价	78.00 元

■版权所有·侵权必究

本书若出现印装质量问题，请与我社发行部联系调换
电话：（028）86259453

黄金战士的品质像金子般纯粹。

——题记

目 录

引子 …………………………………………… 1
第一章 ………………………………………… 3
第二章 ………………………………………… 30
第三章 ………………………………………… 57
第四章 ………………………………………… 88
第五章 ………………………………………… 123
第六章 ………………………………………… 153
第七章 ………………………………………… 189
第八章 ………………………………………… 223
第九章 ………………………………………… 257
第十章 ………………………………………… 292
第十一章 ……………………………………… 331
第十二章 ……………………………………… 366
第十三章 ……………………………………… 401
第十四章 ……………………………………… 435
第十五章 ……………………………………… 471
第十六章 ……………………………………… 507
尾声 …………………………………………… 545
后记 …………………………………………… 550

引子

三山岛位于山东胶东半岛莱州湾,三面环海,因有三个山头而得名。三个山头原先矗立于海中,与大陆并不相连,明清后才逐渐与大陆汇合成为半岛。三峰主峰海拔 70 米,俯临海岸,虽不甚高,却风光秀丽,气势非凡,自古为海上名山,有东海"三神山"之称。明朝嘉靖年间,郭、王、施三姓自上海崇明岛迁此立村,至此人烟兴盛。

三山岛面积不算大,山也不够高,可这里流传的民间传说可不少。据传,这里是古代君王祭祀"阴主"的地方。传说当年秦始皇为求仙和寻找长生不老之药,曾到三山祠拜见阴主主人;汉武帝多次远行至东海海滨,曾在此立"三山亭"以观海。两千多年来,曾有无数文人墨客来这里观海、访古、寻幽,留下游踪履痕,也留下了诸多神话传说。

传说中最吸引人的是三山岛藏金的传说。三山岛有金在民间流传甚久,也得自一个动人的传说。相传很久之前,岛上有一位美丽的少妇,每天守着一头金牛碾金米,她每天早上拿着金钥匙,打开山顶金库门上的两把金锁,开启金库,取出金米来碾,晚上碾完再入库、封门。日复一日,年复一年,少妇碾金米均平安无事。有一天,少妇不慎将金库的金钥匙丢失,金库从此无法打开。少妇心急上火,火攻心肾,病入膏肓,不久即病死。她死前留下话说:"谁要是找到那把金钥匙,谁就能得到金库里的一切。"

为了找到少妇遗失的那把能打开金库的金钥匙,千百年来,天南地北来的许多采金者命丧三山脚下。他们生前在这里挖呀挖,找呀找,一代接一代,从未休止,但谁也没能找到这把金钥匙。尽管不少人为寻找金钥匙付出了生命的沉重代价,可人们想得到金钥匙进而得到金库宝藏的欲望却始终没有熄灭。然而,三山岛到底有没有藏金,却始终是个谜。

终于有一天,在中华人民共和国成立后的1966年3月,山东地质部门运用科学找矿的方法破解了这个谜,原来三山岛不但有金,而且是全国最大的海滨金矿。金矿资源在500吨以上,远远超过特大型金矿50吨的规模。金矿建成投产后,年产黄金可达6.5万两。事实证明了传说,科学探明了储量,谜团迎刃而解,但打开金库的金钥匙在哪里呢?由谁来打开这座诱人金库的大门呢?

地质部门在探明三山岛海底存在大型金矿的同时,也探明了金矿周边的地质情况,得出如下结论:储量巨大是三山岛金矿的最大亮点,矿床位于海底、涌水量大、海水腐蚀严重等因素构成了挖掘三山岛金矿的最大难点。这些亮点和难点表明,无论谁来承担三山岛金矿建设任务,都将面临一场恶战。埋在海底的金矿,不会轻易露出水面。

1982年10月末,中国人民解放军一支黄金部队开到三山岛,展开了一场前所未有的海底建矿掘金攻坚战。这支特殊部队的军人们,终于找到了传说中美丽少妇遗失的"金钥匙",轰然打开了海底金库的大门。他们在找到金子的同时,也锻造了自己金子般闪光的人生。

第一章

1

王永学站在三山岛眺望大海,从小山包上望去,碧海蓝天,烟波浩渺,帆船点点,海鸥翩翩,如面对一幅画图。他似乎不相信自己的眼睛,觉得这就是传说中的"海市蜃楼"。一周前,他和他的连队还在甘肃镜铁山,面对的是荒山大漠,现在展现在眼前的竟是碧海蓝天,让人难以置信。更难以置信的是身份的变化和自己职务的变动。这一切似乎都来得太快,就像在梦境一般。

三山岛由三山组成,严格说那都不叫山,只是三个相连的小山包而已,最高的也不过海拔70米,对惯常在大山中行走的王永学来说,简直是小菜一碟,他腾腾几步就奔了上来,山包上的景观也一览无余。山顶上那块大的平石,似乎就是传说中的"神仙坑",不远处还有石桌、石凳、石砚等,好像在印证秦皇汉武曾到过这个地方。这一切,应该引起王永学的关注,引发他对此地远古历史的遐想。但是,这些并没有引起他的注意，他的思绪还停留在昨天的一幕幕场景中，他脑海中还没有倒腾出更多的空间，来装纳眼前的景物，那些排遣不走的场景还纠缠着他的思绪，就像一只风筝在飞，他的思绪在天空中飘荡着。

昨天下午，准确地说是1982年10月31日下午，王永学他们乘坐的军列，经过几千公里运行，终于到达山东潍坊火车站。三山岛属山东掖县地界，后归莱州市管辖，距潍坊市124公里。到了潍坊站怎么去三山岛，军列上的王永学他们不得而知，只是预告了到达潍坊的准确时间，如何去三山岛，一切听从上级安排。

让王永学没有想到的是，团里竟调动和协调三山岛金矿的十多辆卡车来接他们。更没想到团长梁占刚、政委苏继轩和三山岛金矿的张副矿长带着一行人，站在站台上迎接他们。团长、政委握着他们的手，一声"同志们辛苦了"，说得大家掉下泪来。十多年在镜铁山的奋斗拼搏，几天几夜军列运行中的疲劳，这一切在亲切的问候中，就都烟消云散了。

王永学万万没想到，在迎接他们的人员中竟有牛幸娃这个老搭档、老伙计，他现在已升任团参谋长了。欢迎他们的还有阎芳州，这个"阎眼镜"已从武汉大学中文系毕业，被分配到团政治处当干事。几个老熟人在潍坊火车站站台上见面了。

此时基建工程兵冶金部队二支队十一团已归隶基建工程兵黄金部队五十二支队，成为我国黄金战线基本建设的一支劲旅，完成了多处金矿项目的勘测和建设，创造了新的业绩和辉煌。基建工程兵黄金部队组建于1979年。1979年3月7日，国务院、中央军委下达了《关于成立基建工程兵黄金部队的批复》。1979年11月14日，基建工程兵兵部召开专门办公会议，对黄金部队的整编、建设和任务安排进行了部署。会议认为，国务院、中央军委决定建立黄金部队，是增加外汇收入、引进国外先进技术、加速"四化"建设的重要举措。基建工程兵从事黄金地质普查、勘探和生产,较地方有很大的优越性,必须坚定不移地把这支队伍建设好,为国家多做贡献。会议决定:(1)黄金部队的任务,主要是从事黄金地质普查、勘探和生产,向国家交储量、交黄金。要做到投资少、见效快、收益大。(2)积极稳妥地抓紧部队组建工作。组建部队必须做到任务、技术力量、装备落实,一经建立立即形成生产能力。(3)按照"劳武结合、能工能战、以工为主"的方针建设部队。通过抓好领导班子建设、采取各种办法充实技术力量、适应以工为主的需要确定编制,大力加强思想工作,严格行政管理,提高军政素质,把这支队伍真正建成黄金战线上的突击队。就是在这种大的背景和总体要求下,基建工程兵兵部明确将二支队所属第十一大队(2811人)划归五十二支队,使之由冶金战线的生力军、突击队变为黄金战线的生力军、突击队。

对这种变化,十一团(1980年大队改为团)十一连的干部战士是知道的,但他们那时依然在镜铁山执行冶金矿山建设任务,承担镜铁山矿二期开发建设重任,对角色的转换没有"感同身受",及至到三山岛执行金矿建设任务,才从心理上明确了"黄金兵"的身份,用代理排长慕古秀的说法,那叫作"华丽一转身,冶金变黄金"。

对黄金部队组建的必要性、黄金对国家的重要性,连队干部战士也还缺少深刻的认识。黄金在国家建设和我们日常生活中至关重要。黄金是一种稀有贵重金属,是科学技术、国防建设和工业生产中不可缺少的原材料。同时,它作为国际支付的准备金,作为保证货币稳定的重要金属和手段,其作用显得日益重要和突出。对此,党和国家历任领导人都高度重视。中华人民共和国成立前,在东北解放区,东北工业部就着重抓了黑龙江金矿的恢复,当时冶金局局长是刘炳华,他原是新四军三师供给部部长。新中国成立后,国家更是重视黄金的开采、储备、利用,黄金生产有新发展,但不能满足国家经济发展的需要。

周恩来总理多次说过我国人口占世界第一位，而黄金产量只占世界产量的1%，因而对发展黄金很重视，有过多次指示。"文化大革命"中，他让王震远离北京专做挖金找矿工作，要求王震像当年南泥湾开荒搞大生产、像在农垦部开发北大荒那样，为国家找到更多更好的金矿。王震牢记总理嘱托，接受任务后不辞劳苦，四处奔波。进入社会主义经济建设新时期之后，他建议国家成立一支黄金部队，得到了党和国家领导人的支持。1978年6月，时任国务院副总理的王震根据邓小平的指示，约见基建工程兵主任李人林、副主任张孔修，指示组建、扩编基建工程兵黄金部队，加快黄金资源勘探生产，催生了我国的黄金部队。

对这一切，王永学和十一连的干部战士有一个认识的过程，但大家对金子并不陌生，对建设金矿、开采黄金有一种天然的好奇。既然国家把我们变为黄金部队，那一定有充足的理由，没什么好说的，军人以服从命令为天职，在镜铁山建铁矿是革命事业需要，在三山岛建金矿也是革命事业需要，全力以赴、不辱使命、努力完成任务就是了。

在三山岛矿区，梁占刚团长、苏继轩政委一行和王永学带领的十一连指战员们，受到金矿干部职工的热烈欢迎。他们一下卡车，职工们就围上来握手、问候，锣鼓敲得震天响，鞭炮齐鸣，"欢迎子弟兵赴三山岛建设金矿"的标语，在夕阳的照射下格外显眼。在隆重的欢迎仪式之后，金矿在矿食堂为部队指战员们准备了丰盛的晚餐，张矿长代表金矿，梁团长代表部队发表了热情洋溢的讲话。餐后，张矿长要留指战员在矿招待所休息，苏政委笑笑说："不多打扰了，我们已在三山岛大队找空地支起了一些帐篷，今晚就可入住。只是想借你们会议室开个会，把近期工作布置一下，不知方便不？"

张矿长笑笑说："方便，方便，我这就让他们准备好。既然如此，我就不陪你们了。来日方长，后会有期！"

王永学让副连长刘柱锁带各班排去各自的帐篷，自己去参加由团领导召开的会议。他没有想到，他和此次会议有如此密切的关系，从此与三山岛休戚与共，担起更大的使命，负起更大的责任。

参加会议的有梁占刚团长、苏继轩政委、牛幸娃参谋长，和他们一起来的司政后有关部门的干部，有团镜铁山留守工作组各位成员。王永学、金昌浩、苗丽萍等从镜铁山过来的干部悉数到会。

会议由苏继轩政委主持。苏继轩1958年12月入伍，1960年8月入党，1963年10月提干，提干后一直从事政治思想工作，调十一团前在基建工程兵某团任政委。他擅长做思想工作，注重发挥党委集体领导作用，能够迎难而上，破解各种难题，在干部战士中很有威信。

苏继轩环视与会人员之后，轻轻咳嗽一声，宣布开会。他说："今天借三山岛金矿会议室开个会，这个会参加人员不多，开会时间也不长，但这个会，对我们团至关重要，对我们团完成三山岛建矿任务至关重要。为什么呢？"没人回答，也不用回答，他自然接续下去："因为我们今天拉开了激战三山岛的序幕！我们是十一团到达的先头部队，十一连是到达三山岛的第一个连队。当地老乡们说：自从解放三山岛之后，三山岛还从来没有见过这么多的军人，我听了很受震动。今天来一个连，今后还会来更多。过去来的部队，是解放三山岛之后撤离的，我们十一团能否完成建矿任务后圆满撤离，还是一个未知数。三山岛金矿原本是想交给外国人来建的，但外国人卡我们脖子，提出令国家难以接受的条件，当我们决定由国内施工队伍来建设后，他们又断言：中国的工程队伍绝不可能建成有如此难度的海底金矿，嘲笑我们会'海底捞金一场空'。现在我们黄金部队接受了这一艰巨任务，国内国外在看着我们，三山岛金矿的上上下下在看着我们，我们没有退路。在此之前，我们部队正分散在甘肃、湖南、河北、河南及山东五个省的11个施工点上，所承担的任务都在紧锣密鼓地进行，不能在短期内完成部队集结，兵力高度分散，无法及时进驻三山岛。庆幸的是在兵部首长关心下，十一连及时从镜铁山二期施工现场撤离，在团工作组带领下，及时来到三山岛。这是我们开到三山岛的第一支部队，是尖刀连、排头兵。能不能在这里稳住脚、扎下根，需要我们十一连用实际行动做出回答。团里对十一连开进三山岛非常重视，团领导为此召开专门会议，研究相关事项，有关人事任免也已报上级批准，由我和梁团长来宣布执行。"

"下面我宣布：

一、任命王永学为团政治处副主任，代行主任职务；任命金昌浩为团副参谋长，兼工程股股长；任命苗丽萍为团卫生队副队长。

二、任命王玉波为十一连副连长；任命慕古秀、苏明远为十一连代理副连长。

三、成立团三山岛先遣组。组长由团参谋长牛幸娃担任，副组长由团政治处代理主任王永学、团副参谋长兼工程股股长金昌浩担任。先期施工准备和相关事项由先遣组负完全责任。

四、团镜铁山留守工作组圆满完成历史使命，今天正式撤销。原有人员划归团先遣组，统一调配。"

宣布完任命事项，苏继轩请团长梁占刚讲话。

梁占刚是个"老矿山"，毕业于东北工学院采矿系矿井建设专业，1968年当兵来到基建工程兵十一大队，他从代理副连长干起，一级不落地干到大队长，改隶黄金部队后，担任十一团团长。由于是东北人，又是从基层连队干起，说话干净利落，也不乏幽默感。

梁占刚朝大家笑笑说："各位，今天晚上伙食怎么样？"

大家愣住了，苏政委很严肃地主持会议，认真地宣布了决定，很严肃的一个会，梁占刚怎么甩开了片儿汤，这是唱的哪一出戏呀？

虽然心里这么想，因为大家和他过去摸爬滚打在一起，互相熟悉，也不怎么见外,也就有人开了腔:"比镜铁山强多了,在镜铁山哪见过扇贝、对虾呀!"

十一连副连长刘柱锁不知什么时候赶过来参加会议,他忍不住说道:"这里吃细米白面,再也不用吃镜铁山的'军用馒头'了。我一想到'军用馒头'就反胃。"还"呕""呕"地做出呕吐状。一屋人都笑了。主持会议的苏继轩也被逗笑了。

梁占刚一本正经地说:"今天晚上的伙食很好,那是人家金矿下了本钱的,可谓应有尽有,欢迎子弟兵嘛!但美中不足的是没有上酒,没有上茅台酒啊!"

梁占刚的话,让听的人都愣住了,会场上静悄悄的,大家都在心里嘀咕:梁团长今天是怎么了?喝酒了?也没见他喝酒呀?脸上也无喝过酒的迹象。

梁占刚不管这些,继续他的讲话:"茅台酒可是好酒呀!中国八大名酒号称第一,获得过巴拿马万国博览会金奖。大家想不想喝呀?"

没人吱声,会场上静悄悄的。

梁占刚自说自话:"没人想吗?傻瓜!我这里有四瓶茅台酒,你们喝不喝呀?"

梁占刚的话说得大家云山雾罩,但苏继轩听出了门道:"这老梁是在借酒摆龙门阵,进行战前动员哩!"

慕古秀终于忍不住了:"喝!怎么不喝!只要你拿出来,我就敢喝,喝他个一醉方休!"

旋即就有人问:"团长,酒在哪儿?酒在哪儿?"

把大家胃口吊起来了,梁占刚却不着急了,他说:"别急,别急,茅台酒确实有,四瓶,一瓶都不少,但现在却没在手上。"

刘柱锁问:"团长,在哪里?我这就去取来。"

梁占刚说:"现在不在手头,寄存在别的地方了。"

"什么地方呀?"一些人好奇地问。

苏继轩说:"梁团长说的四瓶茅台酒确实有,现在寄存在一个黄头发蓝眼睛的一个外国老板手里。"

"到底是怎么回事嘛?"众人纷纷表示不解。

苏继轩说:"还是让梁团长接着讲下去吧!"

梁占刚说:"这茅台酒就是外国人给咱们准备的。他听说三山岛金矿把建矿任务交给咱们当兵的之后,根本不相信我们能建成,一副藐视群雄的神态。"接下来梁占刚讲了事情的经过,说这是分管金矿业务的张矿长亲口讲的,也是张矿长亲身经历的。

一天,某国一个黄金矿山权威、知名金矿总经理,风尘仆仆专程飞来中国,又坐高档轿车来到三山岛,目的是想接下三山岛金矿建设项目,但由于此前百般刁难,矿上已决定不同他合作。当他听说三山岛交给当兵的建设后,马上露出不屑的神态,用不够熟练的中国话对中方陪同领导说:

"笑谈,这个矿山你们中国人不可能建成!"

"要是建成了呢?"我方陪同领导笑着反问。

"那我认输!"

"输什么?"

洋老板沉思片刻,伸出四个指头:"四瓶,四瓶你们中国人招待外国人喝的茅台酒!"

"说话算数?"

"一言为定!"

那个老板为了表明他态度是认真的,说话是算数的,派人将四瓶茅台酒放到了三山岛金矿的会议桌上,什么也没说,笑了笑便扬长而去。现在,这四瓶茅台酒还在金矿的库房里存放着。

"同志们! 这四瓶茅台酒,大家愿不愿意喝呀?"梁占刚见火候已到,大声发问众人。

"愿意!""愿意!"会议室里的人齐声怒吼起来。

梁占刚摆了摆手,让大家静下来:"这四瓶茅台酒我们必须喝,还要喝得那个洋老板服服帖帖,大家有信心没有?"

"有!""有!"吼声像炸雷样响起。

2

王永学沉浸在对昨晚会议场景的回忆中,"有!""有!"的吼声又在耳畔响起,和着大海的涛声,撞击着心胸,更觉得自己肩上的担子沉甸甸的。应该是过于投入,他没有看到牛幸娃、金昌浩走来的身影,也没有听到两人走来的脚步声。

"王副主任,你在发什么思古之幽情?"金昌浩走到他身边,开了一句玩笑。

王永学此时方知他俩到来,他没有应答,而是四处寻找着什么。

牛幸娃说:"找什么呀找,王副主任就是你,你就是王副主任,昨天晚上刚任命,今天就忘记了?"

王永学一拍脑袋说:"哎呀,我还以为你们招呼别人呢,到现在,我还不习惯这个称呼呢!"说罢,不好意思地揉着头发。

金昌浩说:"我也是不习惯呢,本人是一个闲散之人,没有想到也弄一个官当当,还成了团副参谋长。人家叫我金副参谋长,我还吓一跳呢!"

牛幸娃说:"看看,得了便宜还卖乖,多少人想提拔还轮不上哩!心里高兴就明着乐,别在这里给我装神弄鬼。咱们仨,谁跟谁呀!"

金昌浩说:"你跟我们不一样,现在你是参谋长,我们是你的下级,官大一级压死人。有什么指示,请参谋长指示吧!"

牛幸娃不理老金，把头转向王永学："永学老弟，你站在这里愣呆呆的，老金说你思什么古，我看是在'思姑'吧，思念还留在镜铁山的余秀英和孩子吧？"

王永学和牛幸娃一起在镜铁山举行的婚礼，结婚后，王永学这门山炮打得准，余秀英一胎生下双胞胎两个儿子。老金给取的名，大的叫小镜，小的叫小铁。小镜和小铁的出生，给王永学和余秀英带来莫大快乐。听到牛幸娃提到余秀英和孩子，王永学心中也泛起柔情："嗨，还真有点想念他们娘儿仨了。"

金昌浩说："现在好了，你提了营职，虽然入伍时间不够15年，但已具备随军条件，余秀英和孩子可以迁过来随军了。"

牛幸娃说："你王永学这小子就是命好，我和老金都是在部队找的，杨玉琼、苗丽萍都是军人，又是一个部队的，不存在两地生活问题。原以为秀英和孩子在镜铁山，你这下要两地生活吃点苦头了，没承想这一提职又夫唱妇随，和我们并驾齐驱了。啥好事都件件不落，硬是一个福大之人。还犹豫什么呀，等我们安顿好，我就找人给秀英和孩子办随军手续，省得你工作上分心。女人在身边也好有个照应，免得熬不住了打了斜炮，犯了错误不值当。"

王永学说："你才打斜炮，才犯错误哩！三句话不离打炮，像话嘛！噢，对了，玉琼现在哪里？做什么工作？你的炮弹打中靶心没有呀？"

杨玉琼原是支队宣传队舞蹈演员，后来到镜铁山留守工作组，因为感情纠葛和被人诬陷，一气之下跳了北大河，幸好被牛幸娃救起，挽回了一条性命。出于感恩之心和对英雄行为的敬仰，她主动示好，和牛幸娃结为秦晋。牛幸娃英雄救美得了一个漂亮女军人做媳妇，在部队一时传为美谈。牛幸娃被提拔为营长后从镜铁山调到内地，杨玉琼也随调到位于河北沙河的团部，安排在团部机关做财务工作。美中不足的是，也许是因为两人不常在一起，也许是其他原因，牛幸娃虽没少开山放炮,但杨玉琼的肚子到现在也没有隆起。牛幸娃一向争强好胜,在哪方面都不甘落后。老金有了儿子国庆,王永学有了小镜、小铁一对双胞胎儿子,而自己却膝下无子,想想心里就不是滋味。他避开这话,转移话题道:"玉琼现在在机关财务,挺好的。我们先不说她,说说下一步工作打算吧!昨天梁团长、苏政委专门交代了先遣组的工作任务,我心理压力大得很!"

牛幸娃这么一说,似乎也把压力传递到了王永学、金昌浩身上,他们两人也默不作声了。此时,三人都已坐在石凳上,牛幸娃和老金吸上了烟。王永学已经戒了烟,但当金昌浩递过来一支时,他也接过来吸上了。三人在那里吸了一支又一支,好像是在搞吸烟比赛,谁要说一句话,就会影响比赛的成绩;又好像这样就可以把身上的压力吸进去,又通过烟雾吐出来似的。

昨晚会议结束之后,梁占刚团长、苏继轩政委,把牛幸娃、王永学、金昌浩留下,具体明确先遣组任务,并给他们做了分工。

梁占刚团长说:明天我和政委就回河北沙河褡裢团部了。上个月我们接到兵部下达的十一团执行三山岛金矿建设任务的命令后,立即着手施工组织设计和进驻前的各项准备,派出先遣组是一项重要措施。因为对先遣组寄予厚望,对先遣组组长、副组长、成员的人选,也是经过反复考虑的。牛幸娃是团参谋长,代表团首长在这里主持工作。此前他在镜铁山十一连当连长,当营长时带领部队承担湖南新邵县龙山锑金矿掘进施工,仅用11个月时间便全面完成了施工任务,在龙山扬了威,为我们黄金部队立了名。王永学、金昌浩是团驻镜铁山工作组组长、副组长,在镜铁山有独立带领部队完成任务的经历,又带十一连率先进入三山岛。王永学现在还兼着十一连指导员,有丰富的带兵经验。金昌浩是我们团有名的技术大拿,在三山岛金矿建设中会大有用武之地。团里提拔你们两个,不光是给你们升职升级,更是给你们压担子、压责任。牛幸娃、王永学、金昌浩,你们仨在镜铁山密切配合,取得了突出业绩良好成绩,带出了一支好队伍,为基建工程兵冶金部队增了光。相信你们在三山岛也会心往一处想,劲往一处使,拧成一股绳,以优异成绩为基建工程兵黄金部队增光,通过有效的工作,为全团进驻和圆满完成任务打好坚实基础。

接下来,梁占刚团长讲了团先遣组的三项具体任务:一是和三山岛金矿做好衔接协调,取得矿上的支持和帮助。二是根据北京有色金属设计研究总院的设计方案,进行实地勘察,制订施工方案,为开工做好准备。三是完成团部和大部队入驻前的营房建设,给部队入驻提供房舍条件。三项任务由牛幸娃统管,施工方案制订完善由金昌浩负责,营房建设由王永学带领连队具体实施。对工作组成员也明确了分工和职责:阎芳州负责先遣组的政治工作,苗丽萍负责团卫生队在三山岛的筹建工作,曹智普助理员负责先遣组后勤物资保障工作,刘柱锁负责入岛部队伙食安排,责任一一落实到人头。

苏继轩政委在讲话中强调了几点:一是要加强团结,相互尊重,取长补短。二是要做好对干部的考察使用,抓紧配备新的连长和指导员,考虑到连队将首先承担营房基建任务,团里经过上级协调,从北京指挥部调来一位搞土建的连长,指导员如有合适人选,王永学不再兼任。考虑到十一连的情况,这次提拔王玉波为副连长,因为他是基建工程兵兵部树立的典型,支队很快就通过了。慕古秀、苏明远没有经过军校培训,暂时还提不了干,但要发挥他们的作用,两人都以志愿兵身份代理副连长,条件成熟时转为干部。如果连队还有好的苗子,要及早发现,及早选训,及早提拔。先遣组要担负起培养使用干部的责任,在干部使用上,团党委充分尊重先遣组的意见。三是要有针对性地做好干部战士的思想工作。连队从镜铁山调到三山岛,环境变了,外部条件变了,现在部队各种问题很多,存在不稳定因素。要通过深入细致的思想工作,保持部队稳定,使之有很强的战斗力,继续保持勇于贡献的牺牲精神和一往无前的革命英雄主义精神,消除各种非无产阶级思想对部队的影响。四是处理好军政、军企、军民关系,尊重地方,爱护人民,保持人民军队亲民爱民的良好形象,杜绝违反群众纪律的现象发生。

梁团长、苏政委对牛幸娃、王永学、金昌浩讲的话句句在理,部队讲下级服从上级,他们三人也只有认真记录、抓好落实的份。只是,一般领导讲话,最后都要客气一下,显示显示民主姿态。苏政委也是如此,他讲完后说:"你们有什么想法尽管提出来,有什么好的建议,也说出来听听。"

王永学看牛幸娃、金昌浩没有吱声,就合上笔记本说:"政委、团长,那我就谈一谈看法。"

苏继轩笑笑:"你说。"

王永学说:"十一连缺连长已久,牛幸娃调走后基本就是空缺,我们工作组原本是想推荐刘柱锁当连长的,他长期做副连长,是一个合适人选,却因为到三山岛后当前工作任务的变化,给我们派了新的连长,使刘柱锁失去了这个机会。我为他惋惜,也认为对他不够公平。至于刘柱锁如何使用,那是组织上的事,我只是提出一点自己的看法。"

苏继轩说:"刘柱锁是个好同志,但相比起来,从北京指挥部调来的土建连连长,更是个好同志,你们知道他的名字叫什么吗?"

"叫什么?"几个人看着政委。

苏继轩说:"姓王,叫王好,王好,王好,不是好同志是什么?"

梁占刚接话了:"刘柱锁确实是个好同志,但按目前要执行的土建任务看,还是王好同志更适合。刘柱锁再接受一段时间考验,下次再考虑吧。"

金昌浩说:"政委、团长,我有个建议,不知是否可行?刘柱锁的爱人是咱基建工程兵文工团独唱演员夏玉珠,两人长期分居,生活不便,可否借王好连长调入咱们部队的机会,给他两人来一个对调,王好到咱们连队,刘柱锁对调到北京指挥部所属部队,解决刘柱锁和爱人夏玉珠的两地分居问题。这样比提拔还实惠,组织上也算是做了一件关心干部生活的实事和好事。"

牛幸娃这时也开了腔:"这倒是一个好主意。咱们部队干部最苦的就是两地生活,夫妻俩一年半载见不上一面,旱时旱死,涝时涝死,现在有这么好的对调条件,帮助刘柱锁解决一下实际困难也很好嘛!我在北京出席基建工程兵先进代表会议时,听阿珠唱过歌,那叫余音绕什么来着?要是解决了他们的两地生活问题,也是对咱们部队做了一个贡献。两人团聚了,不分心了,阿珠歌唱得会更好,不是对咱部队的贡献更大嘛!"

苏继轩笑了:"行,行,总而言之,你们是替刘柱锁说话,好歹让他得到点什么,不然你们就觉得亏心。我向上级组织反映,尽力而为吧。"

梁占刚也想成人之美:"苏政委既然答应了,你们就放心吧。他能从北京要来一个人,就能从咱们这里送出一个人,都是基建工程兵系统的干部,这件事相对好办。但你们要给刘柱锁捎个话,让他给我站好最后一班岗,离开连队调走前拉稀可不行!"

3

牛幸娃、王永学、金昌浩三个人的抽烟比赛还在进行,三个人坐在石凳上,就好像三个石人,如果不是一股股从嘴里冒出的烟气,别人还以为这三个人就是石雕。

最终,还是金昌浩打破僵局,他说:"牛参谋长、牛幸娃老弟,你是先遣组组长,是我们的主心骨。你可是从来不怕困难的,这一次却让困难压趴下了吗?按照我们东北人的话说,就是'鼠脒'了吗?"

"鼠脒"是东北方言,就是形容遇到挫折和困难萎靡不振的样子。具体"鼠脒"是什么,四川人牛幸娃说不清,但他知道这不是一句好话。他把烟头摁灭,在石板地上用脚蹍了两下,回应金昌浩说:"你才鼠脒呢!我牛幸娃啥时鼠脒过,啥时被困难吓倒过!只是这次情况太特殊了,遇到的风险也太大了!"

金昌浩说:"愿闻其详。"

牛幸娃眼一瞪说:"别扯这个文词,我牛幸娃是个放牛娃出身,可没你肚里那些墨水。"

王永学赶紧说:"不兜圈子,有话直说,你到底担忧什么?"

牛幸娃这才书归正传。他说:"咱们几个都是老矿山,咱们团建设过镜铁山铁矿、金堆城钼矿、西石门铁矿,哪次不是硬碰硬,最后取得胜利,腿肚子上绑铜锣走到哪儿响到哪儿?但这一次任务比以前任何一次都不同,和全国任何一个矿山都不同,这是在海底建矿,海水随时都可能灌进巷道,来一个'水漫金山',让我们的建矿成果毁于一旦,所有付出的心血等于白费。说白了,我们这是和龙王爷较量,看龙王爷给不给我们面子。外国佬之所以断定我们建不成金矿,就是认为我们解决不了这个难题。他们打赌的那几瓶茅台酒,可不是好喝的。"

牛幸娃一席话,说得王永学也有点心情沉重。

没想到金昌浩不信那个邪。金昌浩说:"这你不用过于担心,我是一个技术干部,我啥时候都相信科学,相信辩证法。天下事都是一报对一报,一物降一物,兵来将挡,水来土掩,在海底建矿,遇到什么难题,就解决什么难题,它进水我就排水,它灌涌,我堵漏,总有解决的办法!"

金昌浩的一席话，说得牛幸娃精神大振："你金大哥敢打这个包票，我牛幸娃就什么顾虑也没有了。"

王永学也很高兴："金大哥果然名不虚传，不愧人称怪才。到时候你的一身本事就派上用场了。"

金昌浩说："不说这些了，我想听老牛说说这几年他建设金矿的经历，给咱俩上上课，咱俩建金矿，那可是大姑娘上轿——头一回。"金昌浩原先是想称牛参谋长的，但叫着觉得别扭，还是叫"老牛"亲切。回想镜铁山三人亲密相处的日日夜夜，那是怎样的战友情分啊！叫上职务，听着怪怪的，显得有些生分。

牛幸娃："真的想听？"

金昌浩说："我姓金，对建金矿感兴趣，下半辈子就和金矿打交道了。"

三人又续上烟，在吞云吐雾中，牛幸娃讲了这几年建设金矿的经历。

1980年春天，牛幸娃担任三营营长离开镜铁山之后，先是南战湘西金矿。湖南湘西金矿总部坐落在张家界以南的沅陵县境内，位于长沙市西北，相距175公里，距桃源县25公里。湘西金矿是一个老矿山，其开采史可追溯至1875年，原名湘西钨金矿。抗日战争时期，日本人曾到此勘查并大肆掠夺金矿资源。1945年8月日本投降，1950年政府接管矿山，湘西金矿才回到人民怀抱。1953年5月命名为湘西钨矿，1976年改名为湘西金矿。湘西金矿经过二十多年建设，到了20世纪80年代，迎来了一个建设高潮，二期扩建工程也得到上级批准。就是在这种大背景下，十一团受上级指派，承担了湘西金矿二期扩建及主提升斜井整体道床安装工程的建设任务。牛幸娃带领的连队承担二期扩建工程中生产运输巷、采维切割巷、放矿小溜井掘进，在前线指挥所领导下，全连干部战士发扬革命加拼命精神，不仅圆满完成了建设任务,还创造了十一团自组建以来多头月进尺1011米的历史最高纪录,受到冶金部、黄金指挥部、湖南省黄金工业总公司的贺电表彰。他在实践中积累下来的经验是,该大干还得大干,只有提出"苦干实干红五月",才能"突破千米创纪录"。"群众是真正的英雄",只要连队组织好发动好,指战员就会爆发出前所未有的工作热情和冲天的施工干劲,月进尺1000米的目标就一定能实现。

在湘西金矿任务完成后,牛幸娃又率领部队转战湖南省新邵县龙山锑金矿,担负坑探工程施工任务。1981年10月6日进场,不久就正式开工,施工工期为11个月,提前一个月完成任务,工程质量合格率达到100%。能又快又好地完成施工任务,牛幸娃认为其中一条重要经验是施行生产任务承包责任制、经济奖励制。任务承包责任制、经济奖励制推行后,连队出现了"四多":自觉加班加点的多了,带病坚持工作的多了,关心连队施工进度的多了,为连队献计献策的多了。牛幸娃毫不掩饰地说:"当年在镜铁山王永学提倡发一些奖金激励干部战士积极性时,我还表示反对,实践证明,这一招还真好使。"牛幸娃对自己用这一办法提高干部战士积极性颇为得意。

牛幸娃谈兴不减,王永学、金昌浩听得津津有味。此时连部文书吴世华从山下上来,招呼他们仨回连队吃晚饭,说:再不回去,就过了饭点了。

金昌浩对吴世华说:"你先回去吃吧。记着到'知青点'告诉苗军医,让她给我们准备几个菜,再去村小卖部买两瓶酒,让刘柱锁副连长拿到我们家,就说我找他。"

吴世华得令而去。牛幸娃继续讲他建设金矿的经历和体会。末了他总结说:"金矿和铁矿差别不大,铁矿一般规模大、储量丰富,而金矿相对储量小,点多分散,这就使得我们十一团分布在全国多个施工点上,一旦需要集结兵力时比较困难。这也是我们接受了三山岛金矿施工任务后,部队不能一下子集结起来的原因。这些施工点,都是签订了工程施工合同的,不能接到命令后拍屁股走人,还有许多收尾和善后工作要做。好在建三山岛金矿这个'金娃娃'终于被我们抢到手了,全团可以集中力量,用几年时间打一个歼灭战了。你们说,我们作为先遣组和先头部队,能不感到自豪吗?"

王永学说:"一个小时之前还压力山大,现在又感到自豪了。"

牛幸娃说:"这不是老金给我吃了定心丸吗?老金说的也是,一报对一报,一物降一物,天塌下来有地顶,我就不相信治不住他龙王爷。还没上阵哩,怎能长他人志气,灭自个儿威风!"

金昌浩说:"这就对了,该干啥干啥,天塌不下来。今晚你多敬我几杯,我到时给你多支几招。"

三人又说到刘柱锁。金昌浩说:"刘柱锁虽然没有提上连长,但调北京解决了两地生活问题,也算圆满,今晚我们也好好祝贺他几杯。"

牛幸娃由衷地感叹:"刘柱锁是一个当连长的好材料,为连队做的贡献也很大。提靳开军做连长时,耽误他一次,现在又轮到提拔了,因为部队土建施工需要,从外面调连长来,他又耽误了,失去了一次好机会,想想也为他难过。当年他为了给部队解决给养,去托勒牧场差点被狼咬死、被雪埋掉,九死一生,却落了这么个结果。好在领导开恩,接受老金建议,也算小有安慰了,再不要旱了旱死,涝了涝死了,过正常人的生活吧。"

王永学没有说什么,这时他很想哭,由刘柱锁,他想到了靳开军,想到了在镜铁山时的许多人许多事,眼泪止不住流到眼角,好在夜幕已降临,在夜色中没有人看到他的晶莹泪光。

4

牛幸娃、王永学、金昌浩三个从镜铁山走出来的老战友,又在三山岛聚齐并一起战斗了。夜幕中,下山的路看不清楚,三个人互相搀扶着走下来。

部队初来乍到,战士们分散在帐篷中安身。先遣组和连部都借住在三山岛村原先的知青点。知青点是村里七十年代安置知青的地方,现在知青都已回城,只剩下一片空场和几栋房屋,虽然破旧,但暂时安身尚无问题。此时已是八十年代初,改革开放给三山岛这个渔村带来了明显变化。因为地理环境好,海产品丰富,三山岛村率先走上了富裕路,村里设有12个农业队、6个渔业队,还有工、副业队,建筑队,磷肥队,收入大幅度增加,成了烟台有名的富裕村。村民对子弟兵很热情,村支书要把村部倒腾出来给部队用,被牛幸娃阻止了。他在村里转了一圈,看中了原先的"知青点",为的是不扰民,不给村里添更多麻烦。这样,王永学、金昌浩他们一到,就在"知青点"落脚了。这里也成了先遣组办公、生活的地方。老金和苗丽萍占了其中一间,虽说破旧,也还宽敞,经过收拾打扫,就算安营扎寨了。别人都没有带家属来,吃住在临时办公室。老金和苗丽萍是双军人,他俩情况特殊,吃住在一起,算是有了一个"安乐窝",这里也成了先遣组商量事情和聚会的地方。苗丽萍本身也是先遣组成员,负责在三山岛筹建卫生队。先遣组商量什么事情,也没有对她保密的。这里成了先遣组的聚会点、议事点、伙食点。苗丽萍像"阿庆嫂"那样忙活这里的一切,不过,她这位"阿庆嫂",对付的不是刁德一、胡传魁,联络的不是郭建光,而是接待牛幸娃、王永学,还要照顾金昌浩,服务于他的技术工作。好在金国庆没有跟过来,寄放在镜铁山藏族村寨王永学妻子余秀英家里。她一个人轻手利脚的,干事很利索,半天时间就把一间知青住过的旧宿舍收拾得干干净净,物品摆放得井井有条。她这么干净利索,和医生的职业有关。爱干净也是从小养成的习惯,她从小生长在吉林延边汪清一个朝鲜族村落,这里的朝鲜族讲卫生、爱干净,老金的妈妈每天把饭锅擦得能照得出人影。她生活在这样的环境中,自小就爱干净。当然,这也是当军医养成的职业习惯。她发现脏乱差和污物,就像发现了敌人,非把它们消灭不可。爱美爱干净,使她更增加了职业亲和力和女军人的魅力。

既然说到苗丽萍,这里就多说几句。在延边汪清农村时,苗丽萍家和金昌浩家是邻居。苗丽萍的姐姐苗淑娟和金昌浩是青梅竹马一起长大的恋人。苗淑娟在长春地质学院毕业后去镜铁山探矿时坠崖牺牲,牺牲前曾写信给金昌浩,说假如自己哪一天不幸牺牲,请替她照顾年迈的母亲和年幼的妹妹苗丽萍。金昌浩一诺千金,为苗母养老送终,带初中毕业的苗丽萍去了嘉峪关。基建工程兵钢铁部队成立时,金昌浩、苗丽萍都参军入伍。钢铁学院毕业的金昌浩做技术员,苗丽萍当护士,后来被部队选送到西安第四军医大学学习,成了一名军医。两人长期相处互相照应,渐渐地,苗丽萍对金昌浩产生了情愫,但金昌浩认为"万万使不得"。两人一起分到镜铁山留守工作组后,金昌浩更是"退避三舍",不仅如此,还到处为苗丽萍物色对象。金昌浩这样做是发自内心的,他也喜欢苗丽萍,但认为只能以兄妹相处,如果苗丽萍成了自己妻子,就违背了自己做人的原则,成了被人耻笑的小人。在明确示爱遭拒的情况下,苗丽萍将目光投向王永学。王永学也喜欢苗丽萍,但他认为自己配不上大学毕业各方面条件优秀的苗丽萍。牛幸娃倾慕苗丽萍欲结秦晋之好,通过金昌浩打探情况,金昌浩害怕王永学和牛幸娃两人因与苗丽萍的关系产生矛盾,影响部队管理,就虚应自己和苗丽萍准备结婚,结果弄假成真,所有人都认为他俩是"天造的一对,地设的一双",通过首长"威逼"、战友规劝、个人磨合努力,两人终于走进婚姻的殿堂。结果是,牛幸娃找了舞蹈演员杨玉琼,王永学找了藏族姑娘余秀英,各得其所,各美其美。有这样一层微妙关系在里面,几个人的关系就走得近,苗丽萍也尽心关照大家。不仅如此,苗丽萍和杨玉琼、余秀英,还有刘柱锁的妻子夏玉珠(阿珠),都是好姐妹,关系像亲姐妹一样,这样一来,也更加密切了几个男人之间的关系。本来就是生死与共的战友关系,加上亲人般的温暖和关怀,纯洁无瑕的友谊,这种牢不可破的情感,像合金般凝固在每个人心头。这些在镜铁山凝聚形成的战友加亲人的情谊,不会因离开镜铁山而消失,会在新的战场三山岛重新延续,显示它厚重、坚固、纯洁的本色。

牛幸娃、王永学、金昌浩下得山来,在夜幕中摸到知青点时,苗丽萍已经把折叠桌打开,放上了几盘凉菜。桌上摆着两瓶龙山大曲和一摞煎饼以及一盘洗好的大葱。苗丽萍腰里系着围裙还在忙乎着。

"牛参谋长,欢迎欢迎!"苗丽萍说。

牛幸娃一瞪眼说:"什么参谋长、参谋长,叫老牛、牛哥,你这么一喊,还真把自己喊成阿庆嫂了。那我问你,你家阿庆呢?"

老金从王永学后身抢上一步说:"参谋长,阿庆在此!"

牛幸娃大笑:"你不是跑单帮去了吗?"

老金说:"刁德一、胡传魁到我家来了,我不赶来陪你们喝酒能行吗?"

三人一阵笑闹,不等苗丽萍招呼,就围桌而坐,每人动手用煎饼卷大葱开吃起来。他们仨在小山包吸烟长谈,肚子还真有点饿了。风卷残云一般,那一摞煎饼所剩无几了。

苗丽萍边忙活边说:"酒和煎饼是刘柱锁方才送过来的。他说他再去海边小摊上转转,看能不能再弄点儿下酒菜。要不你们先开始?"

金昌浩说:"不等他,柱锁也不是外人,这小子有好事了,一会儿他回来祝贺他。"

苗丽萍很好奇:"什么好事呀?刚从镜铁山下来就摊上好事了?昨天宣布干部任职,也没有他名字呀?"

牛幸娃说:"你猜猜,使劲猜!"

苗丽萍说:"应该是提了连长了,柱锁早就该提连长了。你当连长时他是副连长,你现在都当参谋长了,他还不该提连长呀?"

王永学说:"不是提连长,因为我们连队到三山岛后首要任务是建设营房,上面从北京指挥部派来一个搞土建的连长,刘柱锁失去了当连长的机会。但组织上关心他,让他和新来的连长对调,这下调到北京,可以和阿珠夫妻团圆了。"

苗丽萍有些出乎意料,旋即高兴地说:"也算是好事。阿珠早就盼望和刘柱锁团圆了。去年阿珠到镜铁山演出,还跟我说,想在北京找人,把柱锁调过去呢!一会儿等柱锁来了,咱们给他好好庆贺庆贺!"

"给我庆贺什么呀?"苗丽萍话音刚落,刘柱锁就蹦了进来,接着话茬在门口问道。他手里拿着两个纸袋子,神色兴冲冲的,显然是在海边淘到什么好吃的了。打开一看,是虾爬子、螃蟹、八爪鱼之类的海物。

金昌浩边把酒倒进杯子里边说:"你小子摊上天大好事了。先洗洗上桌再说。"

牛幸娃是团参谋长,又是争强好胜之人,待刘柱锁、苗丽萍把菜摆好,上桌坐定,就开始主持。他端起酒杯说:"今晚咱这聚会辛苦丽萍和柱锁,新来乍到脚未站稳,就弄来这么些酒菜,着实不容易。来,咱头一杯,谢谢他俩。"

见大家一饮而尽,他又端起酒杯:"咱们今天喝酒的主题,一是欢迎你们从镜铁山来到三山岛,算是接风洗尘;二是庆贺咱们几个战友、兄弟分开几年后又在一起团聚战斗,喝一杯团聚酒;三是庆贺永学、老金、丽萍得到提拔重用,柱锁老弟也喜事临门,喝一杯祝贺酒。"

在山东地界,喝酒不像别的地方用牛眼盅、三钱盅,全是用大的钢化玻璃杯。部队战友在一起喝酒,也是用大杯,用大杯喝酒雄壮、豪气,显得有军人气概。

刘柱锁本来酒量就不大,三杯下肚,酒在肠胃翻滚,千言万语涌上心头。今天是个好日子,牛幸娃他们说自己有好事,就一定有好事。啥好事,他心里猜出了八九不离十,就斟上一杯酒说:"牛参谋长、王主任、金副参谋长、丽萍姐,我今天喝点酒,心里高兴,我打心眼里感谢你们。没有你们,就没有我的今天。"

苗丽萍拉刘柱锁一把,说:"坐下来说,小心摔着。"

老金对苗丽萍说:"你这是河里冒泡——多余,他能摔着?他恨不能长翅膀飞起来呢,听说有好事,还不知咋高兴哩!"

刘柱锁说:"是,我今天高兴得很。我一个农村娃,能当兵出来,先当司务长,后当副连长,今天又当上了连长,我能不高兴吗?这都是你们帮助教育的结果,是你们在团领导那里给我争取的结果。今天虽然我当上连长了,但我知道自己不够格,我不是从掘进班排上来的。虽然也经常值班下巷道,但组织工程施工不是我的长项。现在既然组织信任我,让我当这个连长,我就要认真钻研业务,你们几个都是'老矿山',牛参谋长这两年还建过金矿。在你们指导下,紧紧依靠连队干部战士,我想我一定能带领全连完成任务。现在,我再喝一杯,表示必定完成任务的坚强决心!"说完,一仰脖,把一杯酒又喝进去了,坐下来时差点砸到苗丽萍身上。

几个人看刘柱锁喝多了,不仅喝多了,大家说他有好事他理解为他由副连长提拔为连长了。这可咋整?几个人沉默不语,桌上静了下来。但老沉默下去,也不是一个办法呀!

王永学端起一杯酒说:"今天好事实在是多,我也喝杯酒庆祝一下。其实一个人的好事,有多种多样,不一定是当官提拔。"

金昌浩说:"咱们平时还说人生四大喜呢:久旱逢甘露,他乡遇故知,洞房花烛夜,金榜题名时。四大喜可不只是当官一件事。"

牛幸娃说:"提不提职,当不当官能咋的,还不是照样干革命,革命战士不在乎那个。"

刘柱锁冷不丁插话说:"我不是在乎这个,当不当连长能咋的?我只是想,当连长就能干点事,做出点成绩,也不枉在部队干一回。我也想干出点成绩给阿珠看看,要不,我老觉着自己配不上她,她大学毕业,现在又在兵部文工团工作,我老觉得和她差一截,她像天上的天鹅飞呀飞,我像个蛤蟆在地上追呀追……"说完,还两只手在地上作抓挠状,十分滑稽可笑。

苗丽萍趁刘柱锁说到阿珠的当口儿,急忙插话进来:"柱锁,你很快就回到北京和阿珠团圆了,再也不用两地分居了。"

刘柱锁愣住了:"团圆?团圆什么?刚提拔我当连长,不在连队,去北京干什么?"

苗丽萍说:"柱锁,是这样,我听说十一连到三山岛首先执行营房建设任务,为了完成这个任务,上级从北京调来一个搞土建的连长,同时决定你和这个连长对调,解决你到北京和阿珠夫妻团圆的问题。"

金昌浩说:"柱锁老弟,把你对调到北京是我的建议,上级采纳了我的建议。这对你是一件好事呀!"

刘柱锁听言,喝了酒的脸更红了,嘴里呼哧呼哧的,沉闷稍许,突然站起来,把手中的钢化玻璃酒杯"叭"的一声摔在地上,气呼呼地大喊:"我求你了吗?我让你去建议的吗?什么好事,好事你自个儿得吧!我不离开这里,不离开战友们,不离开你们几个,我宁愿当副连长,也不离开这里!我要留在这里建金矿,永远和战友们在一起!"说完,呜呜呜地大哭起来。苗丽萍扶他坐下,也忍不住抹开了眼泪。

刘柱锁如此激烈的表现，是牛幸娃、王永学、金昌浩和苗丽萍没有想到的。刘柱锁是在去青海托勒牧场为部队采购牛羊肉时，遇到暴风雪被农场工人救下，认识了牧场场长夏云龙和他女儿夏玉珠的。夏玉珠为了追求刘柱锁，从托勒牧场调到镜铁山矿，后来作为人才招入基建工程兵文工团。自从阿珠去了北京，刘柱锁就认为自己配不上她，觉得阿珠应在北京找一个更适合的男人，对阿珠的歌唱事业有帮助。没想到阿珠对爱情矢志不移，又借下镜铁山演出的机会，和刘柱锁结了婚。即使如此，刘柱锁也总觉得和阿珠不般配，害怕耽误阿珠发展前途。他藏在心里的想法是，待找个适当的机会和阿珠分手，两人不常在一起，又没有孩子，找个机会应该是可以分开的，决不能让自己耽误阿珠的前程，阿珠若在北京找一个志同道合的对自己发展有帮助的爱人，有利于事业发展。自己即使不是阿珠的爱人，也依然会爱她欣赏她。爱一个人，在远远的地方欣赏她，就像欣赏天上的彩云，自己就心满意足了。没想到这个计划还没有实施，组织上竟通过对调解决他和阿珠的两地分居问题，这不是南辕北辙，完全违背了自己的意愿吗？而且，他在十一连生活工作了十多年，和战友们结下了深厚友情，离不开大家。他也想在新的战场三山岛建功立业，进一步证明自己的人生价值。而这一切都被不期而来的"对调"打破了，成为泡影了。

刘柱锁喝酒虽多，但心中依然清醒，他知道战友们这么做，组织上做出决定，都是为他好，但他接受不了，也没有这样的思想准备，说什么呢？有什么可说的呢？唯有呜呜地痛哭，泪水长流。也许是被刘柱锁的情绪所感染，人人眼里全是泪，苗丽萍干脆哭出声来。

牛幸娃自然也受到感染，他和刘柱锁在一个锅里搅马勺多年，在一个班子里共事多年，对刘柱锁的品质、品性是深有了解的。刘柱锁忠厚、老实，遇到困难坚忍不拔，从来都吃苦在前，享受在后，富有牺牲精神。也很善良、有同情心，和战友们相处很好，性格也并不固执。今天如此反常,一定有背后的原因。无论如何,得让他接受这样的现实。一是他对调的事,苏政委已在运作,没有退路,先遣组不能出尔反尔。二是在刘柱锁目前没有提拔机会的情况下,对调离开这个地方,去北京和爱人相聚,应该是一个合适的选择。在没被提拔当连长的状况下,和新连长如何相处也是一个问题。还有一个理由,他不好明讲,一想到这心里就隐隐作痛。"三十六计,走为上计",是目前最好的选项。但怎么才能劝动刘柱锁由抵制到顺从呢?牛幸娃在苦苦思索着。

王永学、金昌浩还在劝刘柱锁,苗丽萍给他换杯热茶,又怕他端不住杯子,过一会儿就喂他一口,时间就这么悄悄流过。

思索再三,牛幸娃说话了,他讲得字字有力:"柱锁,好兄弟,我知道你不是为当这个连长,而是离不开朝夕相处的战友,是这样吗?"

刘柱锁说:"是,是这样,我离不开十一连,离不开战友们,离不开你们几个好大哥。"

牛幸娃说:"我也一样,我也不愿离开战友们,但总有一天,我们会分开,因为上面传来消息,很快,我们基建工程兵部队就要撤销了,就要变成地方施工企业了,营房不存在了,部队不存在了,战友们各奔东西了,你还守在这里干啥!"

牛幸娃的话像炸雷,一下子把他之外的几个人炸蒙了。刘柱锁眼睛瞪得老大,想问什么,嗓子却发不出声来。

苗丽萍还算镇定:"牛参谋长,此话可当真?"

牛幸娃没作声,脸色凝重地点点头。

苗丽萍哭了,哭得比刘柱锁还痛,想到部队撤销,自己要脱掉心爱的军装,心里像刀绞一般。

牛幸娃又说:"柱锁,你别以为我不知道你的心思。我在北京见过阿珠,她说过你想离开她。她说她决不会答应,她的爱是郑重的,对你的爱是真心的,把自己一切都给了你。你要离开她,她就去死。你愿意看到这种结局吗？不愿意是这种结局，就好好在一起过日子。现在基建工程兵撤销前，对调是一个好机会。因为是部队系统才可以干部调动，要是部队撤销了，变为地方公司，你转业想进北京门都没有。你进不了京，把阿珠一个人撂在那里，你于心何忍？目前这个机会你不抓住，过了这个村就没有那个店了。现在多少人想调北京而不能，而你机会来了，还在抗拒，难道当连长就那么重要吗？再说了，什么时候都要服从组织分配，怎么能由着自己的性子呢？"

刘柱锁不说话了，呜呜呜在那里哭泣。

王永学、金昌浩在镜铁山时，曾听说过基建工程兵要撤销的消息，但传过一阵又没有消息了，他们以为是谣传，以前也传过，"文化大革命"中有人还传基建工程兵是"黑兵"呢，就没有怎么放在心上。此时听牛幸娃一说，感到了事情的严重性。王永学说："老兄，这个消息可确定？"

牛幸娃说："绝非空穴来风，有关撤销文件已经下达了，但具体内容不得而知。撤销是肯定的，但听说黄金部队是否一定撤销还未明确，未做最后定夺，也许有缓。不过，支队领导要求我们要有思想准备。何去何从，最后听取上级决定吧！"

苗丽萍说："不管怎样，我决不脱下这身军装！"说完又哭了。

刘柱锁不再说什么了，似乎被牛幸娃一席话打动了，但眼泪还在不停地流淌。

牛幸娃最后心情沉重地说："基建工程兵要撤销的消息，我只是在先遣组吹吹风，你们都把嘴上的大门关严了，不许露出任何风声，当前保持部队稳定比什么都重要！"

众人无话。一场浸透酸甜苦辣的酒宴也到此结束。

第二章

1

刘柱锁走了,王好来了。

刘柱锁走时号啕大哭,王好来时悄无声息。

王好不仅名字好,而且人也好。怎么取这个名字?王好说是父母给取的。王好快要出生时,他父亲去叫村里的接生婆。接生婆刚进屋,他就呱呱坠地了。接生婆说:咦,我来得正好!他父亲说:那儿子就叫"正好"吧!他妈不同意,叫什么"正好""正好"的,我儿子就叫个"好"吧!这样,王好就有了现在这个名字。小时候叫"好儿",长大上学得有个官名,就正式叫"王好"。

王好的父亲是个方圆百里闻名的木匠,大名叫王春顺。王春顺的父亲也是个木匠,属于农村中的能工巧匠,算是祖传。方圆百里许多人家的房子都是王氏父子盖的,房梁上方脊檩下面有个杆杆,上面泥木工工程师的姓名,不是写着王春顺父亲的名字,就是写着王春顺的名字。王好出生不久，爷爷积劳成疾去世。他从小就看着父亲带一帮人去给乡亲们修房造屋，看到他们如何辛苦，又如何受到乡亲们尊重。

王春顺有一门过得硬的木匠手艺，心灵手巧，细木工粗木工都会，打家具做嫁妆，做棺材箍木桶样样都会，连泥瓦工都做得有板有眼，是农村中少有的全能工匠了。他尤其擅长盖房架屋，盖得又快又好，有"巧鲁班"之称。有"一眼准"的硬功夫，所有材料的长度和高度，所有房屋空间的高度和宽度，只要打眼一瞧，都能精确到寸。村里一些人不信，一边拿尺子量，一边让王春顺报目测数据，屡试不爽，竟是惊人的吻合。因为有这个"绝技"，王春顺出去做工不带尺子，量木材用眼看，细处用手拃，地工用步丈量，只要走过一次，就能准确计算出长度。这不仅神奇，还提高了工作效率。木匠盖房要用瓦刀，这是砌墙和铺瓦用的。瓦刀对泥瓦匠来说，是须臾不可离开的东西。瓦刀像士兵手中的枪一样，是武器，是杀敌的工具。王春顺手中的瓦刀，怎么就成了"金瓦刀"？因为他使瓦刀让人感到无比神奇，那瓦刀在他手里，就像和他的手长到了一起，成了他手的一部分，和手一样灵活。瓦刀在他手里飞舞起来，无论砌墙铺砖，就像厨师切菜剁肉一样精准。瓦刀一挥，砖瓦就位。瓦刀还有砍削砖头的功能，砌到墙的转弯墙角，或是有特殊需要时，手起刀落，能够砍削出不大不小的一块，正好安放到缺口处。这就看匠人使用瓦刀的功夫。王春顺的功夫了不得，他需要一块砖头变成长短大小适合的形状，或砖块缺一角，一刀下去即可，安放上去严丝合缝，不用泥浆或水泥充填。一同做活的匠人都对他这一手赞叹不已，说他刀砍砖头就像刀切豆腐一样精准。王春顺之所以被人称为"金瓦刀"，还因为只要出工，不管有无泥瓦活，他手里都提着一把瓦刀，而这瓦刀每次都恰到好处地派上用场。如遇地基不平、石条不稳、木柱不正、房梁不稳等盖房中的情况，他走过去，一瓦刀或几瓦刀就手到病除。这瓦刀成了他手中的"宝器"，除了吃饭、睡觉，每天瓦刀不离手。一旦瓦刀不在手,就像掉了魂一样,拿到瓦刀立马精气神十足。在家乡远远近近的村落,"金瓦刀"大名贯耳,以至于一些人记不住他王春顺的名字,还有人以为王春顺姓金,瓦刀是他的别名,就像作家的笔名一样。

　　王好小时候也羡慕父亲王春顺"一眼准"的功夫和"金瓦刀"的技艺,问过父亲有什么诀窍。王春顺说:没有什么诀窍,要说有诀窍,就是"用心",学会用心去算。凡事只要用心,一遍一遍用心,一天一天用心,每时每刻用心,用心多了,就找到了窍门,就有了娴熟的技艺。父亲说,匠人以手艺立本,手艺是磨炼出来的、琢磨出来的。嘉峪关城楼盖到最后,多余材料只剩一块砖,这不是传说,是匠人精于计算的结果。王春顺对技艺的传承也有独特见解。王春顺小时也想跟父亲学木匠手艺,父亲说,好,你想学,但不能跟我学。就把他送到安徽固桥镇窑湾当了三年学徒,使他学到了更多的建筑样式和不同风格的建房技巧,懂得了更多的世故人情。

　　等王好读完高小决定不再上学,要跟父亲学木匠技艺时,王春顺不同意,说,还是念书好。王好说:爹,我不是念书的料,我是当木匠的料,你就收我为徒吧。现在是新社会,到外面没有学徒的地方,我就跟您学吧,只要您用心教,我就能学会一门手艺。王春顺先是叹了口气,转而又笑着说:好,好,我儿子愿意当木匠,看来我王家的手艺有传人了。

　　从那之后,王好就跟着父亲上了为人家造房架屋的工地,他从掂灰斗做小工干起,一步步学会干粗活、细活。他学到的东西,一些是父亲教的,更多的是自己悟出来的。俗话说,人分三种,一种人一看就会,二种人一教就会,三种人教也教不会,因为人的悟性不同。当然,父亲是乐意教给他手艺的,把自己的手艺传给自己儿子,父亲自然乐意。但王好发现,父亲带好几个徒弟,并没有给他吃"偏食",对谁都一样,该教教,决不藏着掖着。父亲在教他手艺的同时,更多的是教他做人的道理,教他做一个好人、善良之人。父亲说:你名字叫好,就该做个好人,别白应了这个好名。父亲识字不多,六岁时,随出嫁的姐姐到人家家里念了几年私塾。那时王好的奶奶去世了,王好的爷爷常年在外干活,顾不了儿子,王春顺就去了姐姐家。姐姐家里人不嫌弃他,让他和家里的孩子一起读私塾,使他受到了中华传统文化的熏陶,不仅知道"滴水之恩,涌泉相报"的俗语,也学到了"仁者爱人"的道理,体验了古人仁人之心,有了一种"大庇天下寒士俱欢颜"的胸襟。王春顺不是把造房盖房仅看成是谋生手段,而是当作为人扶贫解困添福的善行。王春顺尤其对贫困人家造房尽力关照。在河南农村,儿子大了找媳妇,没有住房可不行。有的媳妇说上了,迟迟娶不了,就是因为房没盖好进不了门。为此,许多人家东拆西借省吃俭用,也要盖上一座新房。儿子多的,还要盖上几座。河南人人老几辈辛辛苦苦,挣下的钱都花到盖房子上头了。王春顺对王好说:现在是新社会,没有什么大户人家,无论谁家盖房都是口挪肚攒,攒够了一座盖房的钱不容易,我们要体谅。王好亲眼所见,父亲王春顺对盖房人家给的工钱从不计较,给多给少,早给晚给都中。即使工钱没到位,主家来叫一声就到,而且做事先替主家考虑。王春顺对王好说:我为啥练眼力,尽量让自己看得准、算得准,就是想为主家省工省材料。如果算得不准,主家就要备更多的砖瓦木料,盖完房剩余后,这些材料又退不回去,贱价处理还要赔钱,盖房就要填更大的窟窿。王好这才知道父亲练就"一眼准"不是为显什么能耐,而是出于为盖房百姓考虑的善心。父亲对他更多的是言传身教。一次在南镇一户人家盖房,匠人们劳累了一天,晚上主家下汤面、蒸杠子馍,大家围坐在油灯下吃饭。王好看父亲王春顺吃了一口,就端起饭碗朝门口走去,等王好来到门口,看见父亲弯腰把一碗饭倒进了猪圈的猪食槽里。父亲招手让他过来,他看见猪食槽里有一只小儿的鞋子。父亲说:"这一定是晚上这家儿媳妇做饭,抱孩子搅锅时,不小心把鞋掉进锅里了,天黑又看不见,给我盛到了碗里。这件事不能声张,一声张一锅饭就糟蹋了,谁也不吃,得造成多大浪费。如果公婆再埋怨儿媳妇,闹起了矛盾,这日子还怎么过?你回去继续吃饭,我在门口站一会儿就回去,千万不要让他们看出破绽。"这天晚上,父亲是饿着肚子回家的,王好跟着父亲回家,一路无话,在暗夜中,他似乎看到在前面疾行的父亲有一颗金子般闪耀的心。

父亲王春顺还给儿子王好传授了不少与人相处的道理。常挂在嘴边的话是"和气生财"。当匠人,揽活路,说到底是"做生意",做生意就要会生意经。生意要做好,贵在和气,不要和人争执。放在第一位的是把活干好,活干好比什么都强。为人处事要多修路,少筑墙;多种花,少栽刺;多干活,少说话;多顺从,少抬杠。为此父亲还给王好讲过一个笑话:一个小男孩儿去地里割麦子,割几下就直一下腰,说:我腰疼。父亲训斥道:好好割麦,小孩子哪有腰!过两天,父亲让这个小孩上树上去砍多余的树枝,小孩说:我两手爬树,斧头怎么拿?父亲说:在腰上拴根绳,把斧头别到腰上。那孩子在地上转两圈说:你不是说小孩子没腰吗?我腰在哪儿?哪有腰!惹得他父亲撸起袖子揍了他。王春顺对儿子王好说:像这样的犟筋儿子,不是找揍吗?

1970年,北京的铁道兵来县里招兵,许多年轻人都去报名。王好那年22岁,再不报名,错过年龄,以后就没有当兵的机会了。他想去报名,母亲不同意,说,你爹年纪大了,上高爬低干不动了,来请他盖房的人也不见减少,你正好年轻力壮,又学到了手艺,就在家里安心干木匠得了。王好不死心,去问父亲。父亲支持他,说:好男儿志在四方,况且去北京当兵。不管什么兵,都要住房建房,你这手艺用得上。到北京部队好好干,站稳脚跟了,把你爹接去北京转转。我这一辈子最大的愿望,就是去北京看看故宫,看看人家故宫里的房子是怎样建造的。有此一趟，也不枉当了一辈子的木匠。王好当兵提干后，把父亲接到北京，父子俩美美地在故宫转了一天。父亲回到村子里说：我的乖乖，故宫里房子有9999间，那金銮殿建得那个气派。这自是后话。

王好到部队时，正赶上北京地下铁道二期工程开工。二期工程施工包括明挖隧道施工、铺轨工程、车站整修工程、信号工程、通风工程、自动扶梯工程、通信工程、电气安装工程和混凝土加强层及路面工程。铁道兵第十二师承担复兴门至积水潭6.7公里施工任务，第十五师承担积水潭至北京站9.7公里的地铁施工任务。王好作为十二师一团的一名战士，参加了北京地铁二期工程的施工。因为不盖房子，王好木匠的专长没有得到很好发挥，每天都是在用锯子锯木头做拱板和做模具，在"哧啦哧啦"的锯木声中度过了几年青春时光。原以为就这样拉锯拉到退伍回家，没想到时来运转，他所在的铁道兵十二师改为基建工程兵第六支队（原铁道兵第十五师改为基建工程兵第七支队，1978年8月，又组建基建工程兵第九支队），部队在继续从事地铁施工的同时，开始承接北二环路修建和承担北京科研院校基础设施和住宅楼的建设。1977年，基建工程兵北京市办公室派出四个团两万多人参加"前三门"高层楼建设，这下子，木匠出身的王好有了用武之地，在一群干部战士中显山露水崭露头角。

当时基建工程兵部队刚投入住宅建设，一些市民不相信这些"娃娃兵"能盖高楼，对他们来盖楼投来犹疑的眼神。排长王好主动请缨盖"样板楼"，团里让他做代理连长，带领一连人去施工，结果是一战成名，打出了威风。六个指头挠痒痒——露了一小手，王好不仅盖成了样板楼，还带出了一支队伍。团里请示上级给他记了三等功，还把"代理"两字去掉，干脆让他当了连长。他的积极性更加高涨，盖楼的技艺更加纯熟，带领战友们再立新功，和其他连队一起，配合北京市建工局等单位完成了20万平方米住宅楼建设任务。

以后王好又带领连队参加北京青年公寓建设。青年公寓是北京市专为大龄青年夫妇建设的"鸳鸯楼",是惠民工程,要求质量高、进度快。王好带领他的连队投入进来,为解决"鸳鸯"住房困难贡献力量。在这期间,他认识了一个女人,自己也成了"鸳鸯",过了一段幸福的甜蜜生活。

在他事业发展正顺,又在北京建立了家庭的情况下,突然选择离开北京,到三山岛参加金矿建设,身边的战友们都不理解。团领导接到上级命令,选调一名土建连连长,去山东三山岛支援黄金部队施工时,还真有点为难。因为基建工程兵要撤销的消息已在北京传开,同时传开北京市全员接收这支部队的干部战士,改编为市建筑工程公司,解决每个人的进京户口问题。这样一来,大家在北京的集体户口就可以转为个人户口落户北京了,这可是个千载难逢的机会。一些人为了进北京,正想方设法对调到北京,把脑袋削尖了往北京的部队调,为此还出现了一些不正之风。在这种情况下,派谁出去都不怎么好开口,于是就让大家报名。所有团首长都没想到,王好头一个报名,而且态度坚决。一些关系好的首长和战友私下劝他,但任你千劝万劝,王好是王八吃秤砣——铁了心。上级批准他的请求后,王好就立即背起背包,踏上了南下山东三山岛的行程。

王好走了,为什么要离开北京去三山岛?留下了一个谜团。

2

副连长王玉波急急忙忙来找王永学,说新来的连长王好到了。

王永学问:"王连长在哪儿?"

王玉波说:"他去连队伙房了。"

王永学问:"新来乍到,他去伙房干什么?"

王玉波说:"我不让他去,他笑笑说:我一是会盖房,二是会做饭,我去食堂看看伙食怎么样?"

王永学去炊事班看了一下,没有见到王连长,只见几个战士在揉面蒸馒头,个个手上脸上都沾着面粉,也分不清谁是谁,就走出门口,遍找不见,又让几个战士去找,还在门外"王连长,王连长"地喊。还要再喊,只见一个中等个头、身材敦实、面色和善的人站到跟前,说:"你是王永学指导员吧?我就是王好。"他两手抟挚着,手上都是面,看着不像连长,就像个炊事兵。

王永学说:"哎呀,你一路辛苦了!"想去握手,一看他手上沾满面粉,就抽了回来,转回头说:"王玉波,你陪连长回连部休息。"

王好说:"不急,待我把馒头蒸上。俺们河南人爱吃面,会做面食,一会儿我给咱连做一锅胡辣汤,给大家换换口味。"

王永学不好再说什么,只好由他而去。没想到王好蒸的馒头白胖胖的、暄腾腾的、甜丝丝的,还真好吃,做的胡辣汤还真地道,香味浓郁,辛辣可口,稀稠适中,让人喝了一碗,还想再喝一碗,全连上下一致叫好。大家原以为王好一到连队就来这么一手,不过是想给人一个"亲民"的印象而已,没想到,他真的是喜欢做饭,一有空就系着围裙去炊事班做饭,不知道的还以为他是炊事班长呢。其实,这不仅是他的爱好,更是一种独特的带兵方法,他认为只有把连队的伙食搞好,才能让战士军心稳定,搞起施工来劲头更足,吃饭时也能找到家的感觉。人们说,拴住一个男人,要管好他的胃。带兵何尝不是这样?要想管住兵带好兵,得让他们吃好喝好才行。当干部的都说要爱兵关心兵,关心他们的吃喝才是最重要的。从一个家庭说,哪个家庭不是颇费心思地把伙食搞好呢?让父母、兄弟姐妹们吃得好,不是应当的吗?王好说不出更多的带兵道理,但人生经验告诉他,带好兵很重要的一条是办好伙食。因此,一有空闲,他就来炊事班琢磨伙食,变着花样让战友们吃好喝好,吃出精神,吃出干劲。

王永学不喜欢浮夸的人,喜欢为人踏实、实在的人。王好话不多,爱动脑筋,踏实肯干,一下子赢得了王永学的"芳心",他喜欢上了这个新来的搭档。

王好身上还有一个特点,就是一口浓重的河南喑,虽然在北京大都市待了十几年,河南话依然如故。凡是说行、可以、好的地方,一律说"中";表示责备,就说"咦,这是咋弄咧";表示惊奇或表示严重程度,就说"我的乖乖";如果遇到特别严重的事,就说"我的乖乖个咚"。特别严重的事不多,但让人惊奇的事不少,他就把"我的乖乖"挂在嘴上。开始到连队时,还尽量注意一些,但和大家一熟,那些惯常的河南话就溜出来了,"我的乖乖"成了口头语,有的战士调皮,背后叫他"乖乖连长",这个绰号就悄悄流传开了。

王永学带着王好去见牛幸娃参谋长。一见面,王好就笑了。牛幸娃说:"咱俩认识?"

王好说:"不认识。我听参谋长你的名字就想笑。都说我名字取得好,没想到你比我取得更好,幸福、幸运,参谋长,你这名字好呀!"

就这寻常几句话,却拉近了两个人的距离,牛幸娃喜欢上了这个心直口快、面和心善之人。

寒暄过后,王好请领任务。牛幸娃说:我们组是团先遣组,你们十一连是先遣连。先遣组先遣连的首要任务是自建营房,在团部和大队部迁来之前把营房建设好。当前的任务是把你们连的营房建起来,让战士们尽快住进去。马上就要过冬了,战士们住在帐篷里、板房里,先遣组和连部挤占在"知青点",干部战士生活上都有许多不便。虽然说我们不怕困难,以前在镜铁山我们什么苦没吃过,住干打垒的房子,冬天结冰,棉袄冻得能立起来,我们也挺过来了,谁也没有装孬耍熊,革命战士一不怕苦二不怕死嘛!但现在时代变了,条件不同了,改革开放实行好几年了,人们的生活水平普遍提高了,我们理应把干部战士的生活安排好。现在许多部队都有了舒适美观的营区,住上了楼房,条件都大大改善了。三山岛这里是个富裕村,支部书记都坐上轿车了,村里出了不少万元户,家家做买卖,户户有存款。在这种环境中,我们干部战士的生活也不能太寒酸。况且,这次在三山岛建矿是一场大战、持久战,不是过去"打一枪换一个地方",给干部战士把营房建好,让大家有个好的生活环境和工作条件,我们肩上的担子不轻呀!组织上选调你来当连长,听说你是建房专家,我们几个没干过这个,多数干部战士都没有干过,我们是和矿山长年打交道,是"地下工作者"。说到这里,牛幸娃自个儿笑了。

王好说:"我听说咱们十一连是一支英雄的部队,过去在甘肃镜铁山专打硬仗,现在又作为首发连队到三山岛建设金矿,操作设备先进、技术含量高,只是没有盖房的经验而已。在城里建高楼大厦,技术方面要求高些,在三山岛自建营房没那么复杂,进行一下培训就可以了。我一定会尽到责任,我们连在先遣组领导下保证圆满完成任务。"

牛幸娃说:"你这么一说,我就放心了。你是专门干这个的,经验丰富,在建营房这个问题上,我们一切听你的。"

王好说:"那就从我们连自建营房开始,先取得经验,然后铺开干团部和别的连队的。请问,目前有统一规划没有?有没有整体设计?"

牛幸娃说:"刚刚进驻,还没考虑那么多,原先想把十一连营房建起来,然后再一栋一栋建其他的。"

王好说:"这样有些不妥。营房建设不是单一的住房功能,不像战争年代,手一指,一连住这里,二连住那里。现在既要住得舒适,又要美观大方,还要布局合理,出行方便。团部居于指挥位置,连队各安其位,一呼百应,相互协调。这些都要整体规划和设计,不能乱点鸳鸯谱,踩着西瓜皮走路,滑到哪儿算哪儿,给人杂乱无序、随时要撤走的感觉。"

牛幸娃沉思了一会儿说："你说得有道理，我马上给团长反映这个问题，让有关部门进行规划设计。但咱们先遣组义不容辞，你多动动脑筋，先提出一个建议方案。"

王永学说："王连长这个建议好，在北京参加过城市建设，眼界就是不一样呀！"

王好说："哪里，哪里，我只不过是见得多一些，也想把咱们团营房建设弄得好一些，没想到提了半天建议，踢来踢去，这个球又踢到我脚下了，我就多考虑一下，提个方案供咱们先遣组讨论，然后再上报团里最后认定。"

牛幸娃说："好，就这样定了。"

王永学也点点头，说："有劳王连长了。"

他们这两个先遣组负责人，一下子对王好连长有了更多的好感。此人不仅忠厚老实、心慈面善，还有宏观思维、大局意识，能够通盘考虑问题，站得高，看得远，而且敢于承担重任。两人越发认为这是块在部队久经磨炼出的好材料，是一个难得的好搭档，对完成团首长交给的自建营房任务充满了信心。

王好到位后召开第一次连务会，王永学让王好主持会议。王好推辞，他说："还是指导员主持好。指导员身兼数职，是团政治处代理主任，又是先遣组副组长，是我们上级领导，我们一定支持你的工作，服从你的指挥。"

王永学说："那就先由我主持，我也主持不了多长时间了，团首长让尽快选定指导员接我的班，我们先遣组认真考虑，一定给你选个好搭档。"

参加会议的还有副连长王玉波和代理副连长慕古秀、苏明远，大家围绕连队的近期工作进行了讨论，一一明确了工作任务和各自职责。会议快要结束时王永学说:"还有一件事,我提前打个招呼,大家可以早点考虑,免得到时措手不及。根据团里军务部门的安排,明年春天将要有一大批老兵退出现役,因为部队转移到三山岛之后,启用新技术装备,用人的数量减少,而对人员的文化素质、技术素养要求更高了。我们连队是老兵退役重点连队,在镜铁山时因为单兵作战,需要多方面配合,配备了汽车班、测量班、炸药警卫班、仓库材料班、设备安装班,光炸药警卫班就占去好几个人。现在到了三山岛,这些配属班多数用不着了,再加上使用外国进口的建矿设备,用人地方大大减少,因此,我们中队也有个'消肿'的问题。目前定员273人,还是在镜铁山留下建矿时定下的,现在用不了这么些人力,上级让我们在明年春季老兵退伍时,一次性安排80名老兵退出现役。虽然这是几个月以后的事,但我们要早做打算,这是一件难度比较大的工作,我想起来头就有些发疼。"

王玉波说:"是不太好办。战士们在镜铁山一干就是十多年,那是什么地方?生存和工作环境极其恶劣。有人说:来到嘉峪关,眼泪擦不干;南面祁连山,脚下戈壁滩;风吹石头跑,地上不长草;天上无飞鸟,人丢没处找。镜铁山比嘉峪关的自然条件还要差,长年高寒缺氧,施工中险情不断,一些战友牺牲了,一些战友伤残了,一些战友长年坚持在山上施工,到离开时也没到嘉峪关关楼去过,吃的是白菜、萝卜、土豆老三样和因缺氧蒸不熟的死面馒头,连想吃一个暄腾腾的白馒头都是奢望,更不用说到外头去见世面,看看外面的世界有多精彩了。我们连坐军列离开镜铁山开赴三山岛,在兰州火车站短暂停留休息。站台上有个小卖部,卖货的姑娘向战士们兜售食品,战士们一哄而上,把小卖部的罐头食品、啤酒饮料、饼干香烟等商品一扫而光。那姑娘高兴坏了,说早知道这些当兵的这样能购物,多准备一些货品就好了。其实,她只说对了一半,不是战士们特别能购物,而是在镜铁山里很少见到这些东西,有的战士连啤酒、面包都没有见过。现在说起这些都有些心酸。现在条件好了,到了三山岛,虽然还是那个伙食标准,但什么都能买上了,海鲜比猪肉还便宜,大米白面可劲造,才过上几天好日子,就要让人家退伍了,真有点于心不忍,工作也不好做呀。再说建功立业,以前干钢铁,现在掘黄金,也有很强的自豪感、好奇心,还没有上阵,就让人家退伍了,人家心甘吗?不甘呀,'长使英雄泪满襟呀!'"平时说话不怎么拽文的王玉波,今天竟说出了这么一句诗。

王玉波的一席话让王好受到感染,也使他了解到在镜铁山的钢铁部队,比他们在北京修地铁、建二环、盖高楼的部队艰苦很多。他们也艰苦,但毕竟是在繁华的都市,施工条件也没有那么复杂,起码没有那么多人牺牲、伤残,加上他心地善良,竟然触动了伤感,当王玉波说"长使英雄泪满襟"时,他的眼泪就下来了。

王好借着抽烟,大声咳嗽两声,表示自己的泪水是被烟气呛着流下来的,他用手背擦一下,接着王玉波的话说:"是啊,刚从极其艰苦的环境到一个好环境,人还没待几天,就让人退伍回家,是不好讲话,不好安排。但铁打的衙门流水的兵,当兵的早晚有一天都得退伍。我们能做的,就是尽量给退伍的战士创造条件,让他们退伍时有一技之长,退伍后多一个选择。我是搞土建的,入伍前是个木匠,我父亲也是木匠,我们家木匠手艺是祖传,到北京后盖大楼,又学到了些现代建筑的一些技巧,我想结合咱们承担自建营房的任务,办一个包括木工在内的土建培训班,让战士们学到一门技艺,即使退伍后也有一个就业门路。改革开放之后,建筑市场很活跃,城市、农村都在盖房子,一旦学会了技艺,到地方就不愁找不到一碗饭吃。只要解决了战士们的后顾之忧,使他们觉得退伍后也有用武之地,有发挥自己特长的地方,退伍工作就不难做。我不是吹牛,从现在开始,边建房边培训,培训出几十个人没有问题。"

王永学感动了,心中也豁然开朗,真诚地说:"王连长的主意好,不光能让他们完成任务,还让战士们找到了退伍后就业的门路。我支持,把技能培训作为重点来抓。"

慕古秀与王好是河南老乡,吃了王好做的河南羊肉烩面、胡辣汤,赞不绝口,听他现在又支这么一招,激动地说:"王连长,你那厨师技艺也顶呱呱的,也可以办个厨师培训班。现在人们生活好了,在我们河南农村,结婚、过生日、办红白喜事做流水席,厨师吃香着呢,都要提前几天预订。"

王好说:"好,好,只要有人学,我就办个厨师培训班。我在老家农村当木匠时,凡盖房人家都好吃好喝招待我们。我留心他们做饭做菜的技巧,也学会几手。如有愿意跟我学掂马勺的技巧,我就教他几招,在农村办个红白喜事、生日宴没有问题,就是办个小饭店也够用了。"

慕古秀说:"我算一个,我就喜欢俺们河南菜。"

苏明远嘲弄道:"你算了,你那双手掂不动马勺,还是织毛衣比较轻巧。"慕古秀虽然五大三粗,却会一手编织毛衣的技巧,会织各种花型,连里许多战士身上的线背心、毛背心都是他的作品。

王玉波说:"王连长的想法,让我受到了启发。这是一个真心爱兵、替兵着想的人才会有的想法。你们知道我入伍前是铁岭市国营理发店的理发师,理发技术也是过硬的,我也可以办一个理发培训班。我的老班长唐真诚就是跟我学的理发技术,退伍回湖南老家后开了一个'老兵理发馆',现在都成万元户了呢!"

苏明远说:"这个要得,王副连长的理发技术真是厉害得很,不仅会使推子,刀也使得好,名不虚传哟!"说完眨眨眼,王永学、慕古秀哈哈笑了。王好不知道他们为什么笑,但想这里一定有什么"典故"。

王玉波入伍前确实是铁岭市国营理发店理发师,他的理发技艺也是祖传,到了连队当理发员,后来下井施工兼做理发员,一个人干两个人的活,学雷锋做好事。他的理发技术,按美女苗丽萍、杨玉琼的说法,在嘉峪关也是一流的。他会使推子,更会使剃刀,且是祖传的技艺,尤其是刮脸那是一绝,刮一个人的脸,不管脸大脸小,只需要三刀,从脑门中间开始,右面一刀,左面一刀,又从眉心开始,沿鼻梁下来,只需一刀,就上下齐毕,而且让被刮脸者舒服无比。这个技艺被连里调皮的战士总结为"两面三刀",绰号"刀连长"。当然,这不是贬义,而是一种发自内心的赞美和调侃。王永学、慕古秀笑的就是这个。王好连长自然不知,他更不知道的是,王玉波还因为这一手好手艺惹出了麻烦,差点耽误了自个儿的前途。若不是王永学主持正义,还他清白,还当什么副连长,早就回那个较大城市铁岭耍"两面三刀"去了。

王永学说:"开个理发技术培训班也好。现在改革开放了,人们生活水平提高了,讲究吃喝穿戴、美容美发了,学会理发技艺,到地方也很吃香。玉波要传授新技艺,让大家学会理新发型,光会剃葫芦瓢可不行。不说别的地方,就是三山岛的人,我就看得眼花缭乱,矿上的、地方施工队的,那些青年男女,几天就换一个发型,就是三山岛的渔民,也比过去讲究了。传授技艺要会赶时髦、赶潮流。"

王玉波说:"指导员你放心,那些发型都不在话下,什么爆炸式、飞机式、钢丝卷等,我都会。更为重要的是,要教学理发的人按头施剪,一头一剪,突出特色,不能千人一头,千面一律。"这个曾经的"理发匠"说起理发来滔滔不绝,很有兴致。

代理副连长苏明远是个川娃儿,入伍前是一个铁匠,入伍到镜铁山之后,继续以打铁为业,打铁技艺纯熟,一块红铁在他钳下就是一个面团,大小厚薄随意,按照心意赋形,硬是把寻常打铁打成了绣花功夫。这时他也技痒难耐,忍不住接话说:"我也可以办一个铁匠培训班,培养几个'小炉匠',让他们在退伍后靠打铁为生。"

慕古秀说:"你是在说梦话吧?你到农村看看,现在还有打铁的吗？过去农村不发达，打个镰刀锄头门锁什么的，就去找铁匠，现在商品物流发达，各种机修厂、修配厂遍地，农村的铁匠炉早熄火了。现在谁还跟你学打铁？学会了有什么用？可不能翻看老皇历了！"

苏明远气坏了，但也没法反驳慕古秀。两人是"抬杠大王"，今天慕古秀又占了上风，苏明远内心不服，又说不出话来。慕古秀说的是现实，现实就是这样，他憋得心中想发火，却憋出来这么一句话："我日他个先人板板！"算是排解了内心的不平之气。

王永学说："王好连长和大家的建议都很好，我看可以办几个班，让战士们自愿报名，但要求每个人必须参加一个班，而且要经过培训考核，培训结束时，分出一、二、三等，由连队发证书，并适当奖励。结合自建营房施工，开展一个学习技艺的新热潮。但是，有一点请大家注意，务必不要把这件事和退伍挂钩，不要让一些人将在明年退伍的消息分了大家的心。就说上级要求每人一专多能，学会密切军民关系、支援地方的多种技艺，使大家集中精力参加施工。学到手艺，也有利于连队加强管理，省得一些人没事到三山岛和矿上各处乱逛，再惹出是非，影响各方面关系。"

几个人都佩服王永学善于总结，考虑问题全面，都严肃认真地点点头，表示会按他的要求去做。

很快，在团先遣组的指导支持下，十一连自建营房就开工了，土建培训班、木工培训班、厨艺培训班、发艺培训班也开办了，连队出现了踊跃投入施工、积极参加培训班的生动局面。

3

王永学找牛幸娃商量先遣组的工作，把十一连在技术技能培训方面的做法，向牛幸娃做了汇报，并说这是王好连长提议的。牛幸娃对这种做法赞赏有加,对提出这种做法的王好连长连声夸赞。他说:"咱俩在十一连那么些年,一个当指导员,一个当连长,每年都组织老兵退伍,我们啥时有这个想法?总以为革命战士就应该服从革命事业需要,东西南北任党搬,就没有替战友退役后如何到地方工作考虑过,认为他们回去了,该干啥干啥,能干啥干啥,一切听从组织安排就是,哪有那么多说道!现在想想,惭愧呀!"

王永学说:"那个时候就是么个环境,连队也就么个条件,战士们也没有更多想法,大环境使然。现在情况不同了,实行改革开放了,人们生活富裕了,个人的想法也就多了。多替战士们想想是应该的,退伍回家后有一技之长,也能勤劳致富,这是好事。看来我们处理任何事都应适应潮流,适应潮流才能得民心、得兵心,只要对兵有爱、有感情,什么办法都会想出来。这一点我们得向王好学习,他是站在兵的立场上将心比心的。一个连有这样一个知兵懂兵的连长,是连队干部战士的福分呀!"说到这里,王永学停歇一下说:"我还有个事想和你合计,就是尽快选一个连队指导员的合适人选,把我替换出来。"

牛幸娃说:"你如有合适人选,直说出来。"

既然牛幸娃这么说,王永学就不再兜圈子了,他说:"我觉得政治处干事、先遣组成员阎芳州是合适人选。"

牛幸娃、王永学和阎芳州都熟悉。十一连在镜铁山参加二期施工,团里派留守工作组,阎芳州是工作组成员,负责工作组和连队的政治工作,业余时间写小说搞创作,国家恢复高考后,阎芳州考上了武汉大学中文系,毕业后又回到部队,分配到团政治处当干事,这一次随先遣组开赴三山岛。他大学毕业,文化程度高,思想上能赶上新潮流,又熟悉连队情况,王永学在心中掂量,这是一个合适人选。他已升职,不能继续兼任连队指导员,也想借此次调整,给王好选个合适的搭档。但提这个人选,他也有顾虑,怕牛幸娃通不过。

为何怕牛幸娃通不过,这里面有点"故事"。当年在镜铁山时,女兵杨玉琼和阎芳州走得近,两人有共同爱好。杨玉琼的对象胡晓明品质不好、玩弄异性,还诬陷两人"有不正当男女关系",非要闹得阎芳州"脱掉这身军装不可"。为了保护阎芳州,王永学、金昌浩劝阎芳州离开部队去托勒牧场参加高考,离开是非之地。阎芳州无奈之下去参加高考,结果一举考中。而杨玉琼不堪被胡晓明"侮辱",一气之下跳了北大河。被牛幸娃救起后,为感谢他的救命之恩,嫁给了牛幸娃。因为有这样一段经历,王永学怕牛幸娃"心眼小",不同意。其实,阎芳州和杨玉琼的关系是非常纯洁的,并无人们想象的那种关系,两个人的手都没有碰过一下。但毕竟"瓜田李下"过,毕竟被诬陷过,在当时的镜铁山部队传得沸沸扬扬过。牛幸娃会不会在心里结下"疙瘩"呢?

牛幸娃自然知道阎芳州和杨玉琼的关系,也对阎芳州武汉大学毕业后没有留校,没有留在大城市,仍回到部队的原因内心"嘀咕"过。这阎芳州过去在部队是个小知识分子,现在大学毕业了,成了大知识分子了,成天戴个眼镜,镜片后的眼睛扑闪扑闪的,这小子在想什么呢?牛幸娃想不明白。当王永学提出让阎芳州去接替他当指导员时,牛幸娃对这个问题还没有想明白,一下子不知说什么好。

王永学见牛幸娃没吱声,就试探地说:"要不,让他先当代理指导员?"

牛幸娃说:"还代理什么呀?你嫌连队干部中代理职务的还不够多吗?要当,就让他当指导员。这小子上大学之前就是副连职干部,现在大学毕业了,更应该重用。再说,他入伍后也是从基层连队干起的,熟悉矿山施工,对连队情况也熟悉,是一个合适人选,我同意!"

王永学心里一块石头落了地,说:"那好,我先给苏政委、梁团长沟通一下,他们同意之后,咱们先遣组就行文向上报。"

牛幸娃说:"好,就这么定了。"

王永学又说:"我想这周安排先遣组给王好连长接个风,都来一段时间了,我们得有个表示,我把阎芳州也叫上,让他和王好连长认识一下。"

牛幸娃说:"好,小范围,别整大了。"

王永学得令,就张罗聚会这件事。聚会不能去饭店,穿着军衣喝酒影响不好;也不能在连队食堂,那样在战士们中影响不好,选来选去还得在老金和苗丽萍家里。两个人是热心人,安顿下来了,也想请先遣组同志吃个饭,就高兴地应承下来。因为王永学提前打招呼时间充分,两人的准备工作很到位,星期天早上就去海岸小集市购买海鲜。小摊上鲜鱼摆尾,活蟹吐沫,各种海鲜应有尽有。又去买了一些蔬菜、豆制品,食材充足,准备的菜品很丰盛。买回之后,两人就开始忙乎起来,将材料清洗干净,以备烹饪。午休之后,开始准备凉菜,为热菜备料。老金做饭做菜内行,苗丽萍给他打下手。老金系着围裙洗鱼刮鳞,苗丽萍清洗螃蟹准备上笼。正在此时,王好围着围裙,手掂一把菜刀来了。苗丽萍一看,手表时针才刚指向3点,离5点开饭还有两个小时。王好笑笑说:"害怕你们忙不过来,我来搭把手。"眼睛四处扫了一下,又说:"我的乖乖,准备了这么多菜!"和老金、苗丽萍寒暄几句,就撸起袖子切开了菜,两人也只好任由他菜刀飞舞。

老金和苗丽萍是想拌一盆凉菜的,每次喝酒,凉菜都受欢迎,结果没来得及动手,就被王好抢去了。他拉开架势,菜刀就响起了雨点般的节奏,"稳、准、轻",一刀刀下去,菜丝匀细,行云流水一般。苗丽萍看得眼花缭乱,说:"比我们女人还切得好,切得细,是怎么练出来的?"王好手上没停,口里说道:"我是个泥瓦匠,这切菜手艺是用瓦刀练出来的。"

老金接话道:"这瓦刀和菜刀能是一回事吗?一个是砌砖的,一个是切菜的,哪跟哪呀?"

王好说:"都是手上功夫,看似不同,实则相通。你想,一个画画的人,毛笔字也差不到哪里去。这瓦刀、菜刀就和毛笔、画笔的关系一样,关键在如何拿捏劲道、力道、节奏、轻重,熟能生巧,手上的把握是一样的。"为了增加对老金的说服力,他讲了父亲王春顺"金瓦刀"的功夫,讲到他的祖上、父母和家庭。就在这切菜的工夫,王好和老金、苗丽萍展开了充分的交流,拉近了他们之间的距离。老金好像找到了知音,好像找到了失散多年的兄弟;苗丽萍好像找到了一个好兄长,一个值得倾心交流的朋友。

晚上的聚会除老金、苗丽萍两口子外还有牛幸娃、王永学、王好、阎芳州,共计六人。主题是欢迎王好到基建工程兵黄金部队十一团十一连任连长,为他接风洗尘,也欢迎阎芳州从武汉大学毕业,来到先遣组继续为部队做贡献。

聚会自然由团参谋长、先遣组组长牛幸娃主持。他端杯站起来说:"这欢迎宴是王永学主任提出来的,老金、丽萍两口子准备的。我代表团先遣组全体同志,对王好连长到我们黄金部队工作、到十一连任职表示热烈欢迎,欢迎我们部队的大秀才阎芳州学成归来,又和我们一起战斗,为建设三山岛金矿做贡献。六个人聚会,预示六六大顺,营房建设顺,金矿开工顺,部队迁移顺,连队管理顺,个人事业顺,婚姻家庭顺。来,头一杯喝起!"

牛幸娃拿来老家四川宜宾产的五粮液,王好拿来老家洛阳产的杜康,大家尽兴畅饮。牛幸娃说:"咱们今天不谈工作,只叙真情、战友情,说说掏心窝子的话。"

欢迎王好到职,欢迎阎芳州学成归来,本来就是一个宽泛的主题,酒一喝多,嘴也管不住了,话题也就信马由缰起来,成了一个"无主题音乐会"。

这是牛幸娃、王永学这帮人到三山岛之后第二次喝酒。老金是东道主,自然也多喝一些,喝着喝着就说起了刘柱锁。他说:"刘柱锁在就好了,也不知道这位好兄弟现在怎么样了。"他对刘柱锁上次聚会时的号啕大哭还记忆犹新。

王好说:"刘柱锁,刘柱锁是谁?干什么的?"

苗丽萍悄悄给他嘀咕两句,王好才知道事情的原委,才知道自己和刘柱锁对调,刘柱锁去了北京这件事。之前他只知道他调到了三山岛,并不知道还有人和他对调进了北京。

也许是认为自己挤占了刘柱锁的位置,觉得对不起他,也许是完全从善良的心愿出发,也许将心比心体谅到战友新到一地的难处,王好说:"刘柱锁新到北京,他爱人到北京的时间也不长,北京住房困难,两口子在住所上一定有难处,我和我爱人有一处住房在北京复兴门外,我可以借给他们住,请和刘柱锁有联系的人,帮助联系沟通一下。"

其他人都被王好的一席话感动了。啥叫好人,谁是好人。那是要有实实在在事例证明的。王好到连队后的表现,现在主动借出住房的表态,让他们确信他是好人,被他的行为所感动。

牛幸娃说:"我替刘柱锁、阿珠谢谢你!"说完,和王好喝了一大杯。几个人发自内心地轮番敬酒,把王好喝得有点醉意了。

老金说:"王连长,你说话当真?你能做得了你爱人的主?在我们家,可是丽萍说了算,我可是一切权力归农会!"

阎芳州说:"房屋是夫妻二人共同财产,你不能自行决定。"

王永学说:"要是你老婆有意见,再闹出矛盾可不好,这事还是要慎重决定。"

王好喝多了,哭着说:"什么爱人、妻子、老婆,都没有了,我老婆跟人家跑了,闺女让我送回河南老家了,房子空了,我的房子我做主,别说借给刘柱锁住,就是送给他,我也说了算!"

在接下来的哭诉中,牛幸娃、王永学等人知道了王好鲜为人知的一段婚姻经历。

王好是在带领连队建设某栋建筑时,认识了北京的一位姑娘并与之结婚的。那位姑娘的家住在建筑工地的附近,因为夏季的一场大雨,倒下的树把她家的房子砸塌了,同时砸塌的还有好几户。团里让王好的连队去扶危解困,在灾后帮助群众做好事。王好带领一排战士去帮这位姑娘家修房,王好看了房子后说:房子毁坏这么严重,干脆拆了重建得了。姑娘那时没在家,读中专住校。她父母说:重建是好,可我们哪里有那么多钱啊!王好发了善心,说:这钱我们部队也出不了,出些人力可以,买材料的几百元钱,我替你出了吧。那时,王好每月也就70多元,他花了半年工资,帮这户人家翻建了房子。房子里外一新,比原来的面积还扩大了不少。在翻建过程中,这户人家的主人受到感动,除了看到王好的热心、善心,还看到他有一手好手艺,就想让自己中专将要毕业的女儿嫁给他。没承想老人还没开口,姑娘就射来了丘比特之箭。她在星期天回家休息,亲眼看到了王好为他们家盖房的过程,也从父母处知道王好为她家盖房,花了好几百元钱。姑娘心灵受到震动,那时姑娘爱找当兵的,王好又是穿四个兜的连长,年轻长得精神,手艺又好,在部队又有前途,就背着父母给王好写了一封信,表达爱慕之情。王好初时不肯,觉得这样不好,自己本来是学雷锋做好事,花点钱是无偿援助,结果娶了人家的女儿,这算怎么回事呢?就不怎么打扰。姑娘又让自己父母做王好的工作。王好帮她家盖房,低头不见抬头见的,觉得两位老人慈祥,不忍心拒绝老人的心意,就去请示团领导。

团长说:"这是好事呀,打着灯笼也难找的好事呀!有谁规定做好事就不能和对方结成婚姻了?好人好报理当如此,我不仅批准你和她结婚,还批给你一套房子做你们婚房,你给对方回信吧。"

最后的结果是,组织同意,双方父母同意,两人喜结良缘。王好的婚姻还曾在部队传为佳话。团领导说,哪位干部在帮助群众中获得好感,找到了对象,团里都给提供住房一套。在这套只有50多平方米的房子里,王好和妻子刘芳度过了几年甜蜜的婚姻生活,也有了爱情的结晶——女儿王茜。本来一家三口人生活幸福美满,刘芳却在改革开放之初,在南方商潮涌动的时候,动了南下广州做买卖的念头。她们中专的几个同学,结伴去广州做生意倒腾服装,不到半年就挣了几万元。看挣钱如此容易,就回京动员王好转业离开部队,去南方当建筑包工头。她的目标是赚多多的钱,以后送女儿王茜出国留学。她认为王好在部队一个月才挣几十元钱,真是一身好手艺白瞎了。王好不愿离开部队,也不愿去做什么建筑包工头,两人就产生了裂痕。久而久之,刘芳就不再回来,孩子只好由姥爷姥姥带着。其结果是刘芳提出离婚,她已经看不上那个小房子和家里的一切,提出自己"净身出户",孩子归王好。既然婚姻破裂,孩子寄养在姥姥家也不是个事,他就把小王茜送回老家,让父母养育了。听说,刘芳在南方和一个发了大财的同学同居了。

最后,王好痛哭道:"我为什么选择来三山岛?不是我觉悟有多高,我实在是在北京待不下去了,那是我的伤心之地。我倒没什么,但孩子小小年纪就离开了娘,我一想,心就像刀扎一样。你们说,我还能在北京待下去吗?还能在那个小房子里住下去吗?"

众人无语,只有电灯在暗夜中闪射着惨淡的光芒。

4

连长王好搞土建就是有一套,他按照村里捐献知青点面积大小、地理位置设计连队营房,很快就出了图纸、效果图,给牛幸娃、王永学看了之后,又征得连队其他干部同意,在团里资金到位后,就抓紧备料,很快投入施工,1982年年底之前完成了两侧两栋二层楼的修建,让四个排的干部战士搬进新居,一个排一层楼,居住生活条件得到很大改善。在连部的正对面,建了一个带有大饭厅的食堂,大饭厅又兼做连队会议室和活动室,配备上体育器材。院落中间修了个篮球场,也兼做战士们出操的操场,一些大型活动也在操场举行。最后是翻盖连部,把原来的"知青房"拆了,建起了连部,供先遣组和连部干部办公。连部后面还修了一排家属房,供有家庭的干部和干部战士亲属来队探亲时使用。

干部战士喜迁新居,人人高兴。让一些战士更为高兴的是,他们通过盖楼学会了砌墙抹灰手艺、木工制作手艺,还有的报名厨艺班、发艺班,掌握了生活中的一技之长。大家工作训练之余,互相切磋技术,水平不断提高,出现了人人好学上进的景象。

让人没有想到的是,连队新营房建好之后,接待的第一位客人竟是从镜铁山矿赶来的一个女人。这个女人名字叫左梅,年纪25岁,正值女性妙龄,虽不十分漂亮,也有几分人才,气质也属上乘。连里没有多少人认识她本人,但多数都知道她的名字,因为她在镜铁山矿一度很有名气。事情还要追溯到三四年前,那时部队还在镜铁山施工。1976年入伍的辽宁铁岭兵王玉波,因为有一手理发的好手艺,会耍"两面三刀",被指导员王永学安排当连队理发员,也给工作组男男女女理发,闲余时间学雷锋做好事,就去镜铁山矿为职工理发。去镜铁山矿的时候,王永学提醒他两条:一是到矿上理发,给女同志理,也要给男同志理,要一视同仁,不要光围着女人转,好像没见过女人似的;二是人家那边也有理发室、理发师,要虚心向人家学习,不要与人家抢风头,学会团结合作。王玉波得令而去。开始学雷锋做好事也还顺利,后来不知是他什么事情没处理好,还是某些人有嫉妒心理,说他和个别女职工有不正当关系,还借他给女职工理发的时候派人去"捉奸"。左梅当时是矿上的保卫干事,也是喜欢让王玉波理发的女职工之一,王玉波理发手艺好,人又热心,东北人爽朗,还会讲笑话,左梅对王玉波有好感,就常去找他做头发,看见嘉峪关市流行什么新发型,就让王玉波给她捯饬。一个周日左梅在矿上值班,约王玉波到宿舍给她卷头发做新发型,两人在那里一阵忙活。

王玉波在给左梅洗发。

左梅说:你轻点弄。

王玉波开始烫发。

左梅说:你慢点。

怕耽误值班,左梅又催促:快点,快点。

外面听到的人以为他俩是在搞男女之事,撞进门来捉奸。其实他俩什么也没有发生,左梅头上满头发卷,王玉波手上满是泡沫。但是前去"捉奸"的人不甘就此罢休,索性把他俩抓起来,张扬他俩有"奸情",硬是弄出了一起冤假错案。那时人们对这种男女关系很感兴趣,宁可信其有,也不信其无,还添油加醋地说,他俩是在床上干那事时被抓奸的。两人浑身是口也说不清,弄得王玉波差一点儿被处理退伍,左梅也被视为风流成性的女人,在矿上抬不起头来。在这种情况下,左梅给王玉波写了一封信,说咱俩被冤枉成这样,浑身是嘴都说不清,要不咱俩就弄假成真算了,不管你服役多久,我都等你。假若你被处理退伍了,我就跟你到铁岭,一辈子不分离。王玉波还想在部队发展,不敢再和左梅有联系,断然地回信说:"别等我,我家有未婚妻。"两人的冤情幸好遇到了好心人阿珠才被洗清。阿珠在镜铁山矿工作时,和左梅住一个宿舍,两人是好姐妹。当了基建工程兵文艺兵的阿珠回镜铁山部队演出时,左梅见到她时呜呜地哭,痛诉自己的冤情。阿珠让她写一封申述信,由自己亲手交兵部首长,说:一个战士到矿上学雷锋做好事,竟被冤枉成有男女作风问题,上级机关难道不管吗?首长指示派人调查,得出的结论是,这件事完全是子虚乌有,不仅排除了两人的冤情，还发现了王玉波这个学雷锋做好事的典型，也还了左梅清白。王玉波因祸得福，被树为部队标兵，从战士中脱颖而出，成为班长、代理排长，到三山岛后又被任命为副连长。

虽然和王玉波不来往了，左梅还是通过各种渠道打探王玉波的情况，知道他不断进步的消息后，内心着实为之高兴，内心也渐渐产生了情愫，有了追求王玉波、成为一名军人家属的想法，此番到三山岛来，内心就揣着这样一个愿望。

到了三山岛，打听到十一连的住处，左梅就一路走过来。被战士引到连部，接待左梅的是王好。那天下午，王玉波正带战士外出在一处营建工地。左梅说她是王玉波在镜铁山时认识的一个朋友，借到黄县出差的机会来看看他。

王好热情地接待了左梅。左梅虽然对王玉波有那种想法，但毕竟是姑娘家，说话委婉含蓄，但王好是过来人，人又聪明，一眼就看出姑娘的心思，觉得这是一桩好事呀。聊了一会儿之后，对左梅说："你先坐下喝茶，我去给你找王玉波。"实际上，他想去替换王玉波，让王玉波回来接待左梅。让王好没想到的是，王玉波不想和左梅见面，气冲冲地说："谁让她来的？好几年不见，她不经过我允许跑到这里来，不是无事生非吗？我不去，你让她走人吧！"

王好劝王玉波："俗话说，伸手不打笑脸人，姑娘大老远地跑来，你连面都不照一个，不太合适吧？即使你不喜欢人家，可毕竟共过患难，你就是不爱她，当面把话说清楚，不就得了，躲着不见面，伤人呐！"

王玉波放下手中的工具，蹲在地上，用手揪了半天头发，说："你让我想想，那连部后面不是有排家属房吗？你先安排她住下吧。"

王好回到连部，只好对左梅说："王玉波现在在执行紧急任务，暂时赶不回来，我先安排你到家属房休息等候。"便让文书小吴把她送到家属房，让她暂且休息。

为了做通王玉波的工作，王好去了先遣组，他找到王永学，把情况如此这般地一说，王永学同意王好的看法，说："处不处朋友，找不找对象是另外一回事，既然人家来了，就要热情接待，否则像什么话！你去工地换他，让他到我这里来，就说我有事找他。"

　　王玉波来了，摘掉手套往桌上一扔，说："这不是给我添乱、给连队添乱吗？"没等王永学问他，就自个儿说了左梅来找他的事。

　　王永学说："这是好事呀，说明你小伙有魅力呀！喜欢你的姑娘都从镜铁山追到三山岛来了。"

　　王永学是王玉波最信服的人，王玉波最愿和王永学说掏心窝子的话，今天又敞开了肺腑："指导员，我要是真的和她好，不就把当年的奸情坐实了吗？证实了当年的传闻实有其事吗？人家别人不说，我自己身上也有了污点，我不愿意让人家这么看我！"

　　王永学说："你小子说的是真心话吗？怕是你小子没相中人家吧？"

　　王玉波说："她比起丽萍姐和杨玉琼、余秀英、阿珠差不少，我根本没看上。"

　　王永学说："你现在是干部了，可以找对象处理个人问题了。找什么对象，有个人自由，组织上不勉强，但是对地方上的同志，对曾经共患难的朋友，不能不热情，不能无情无义。我命令你回去好好洗个澡，换一身干净衣服，去热情接待左梅同志。怕在连队用餐造成影响，就领她上街吃饭，逛逛夜市，临走再买些海货送她，让她感到温暖，高兴而来，高兴而去。这个任务一定要完成好。一个部队干部，应该有这点胸襟这点情怀，别的我就不多说什么了。"

　　按照王永学的交代，王玉波算是比较圆满地完成了此次接待任务，但也让左梅产生了错觉，觉得王玉波还是喜欢她的，是会同意与她喜结良缘的。这就有了以后剧情的进一步发展变化。

第三章

1

时间很快到了1983年。1983年,是我国改革开放肇始的第四个年头,也是中国人民解放军黄金部队第五十二支队十一团各项工作艰难推进的一年。之所以艰难,是因为形势发生了许多意想不到的变化。一些事态出乎团首长的意料之外,完全不在他们的把控之中。

1月7日—9日,十一团召开总结1982年工作、表彰先进、布置新年度工作任务的年度工作会议。会议在河北省沙河褡裢镇举行。团里部门以上首长悉数参加,机关股室领导及连队军政主要官员参加了会议。上级对十一团在关键时刻召开的这次会议很重视,第五十二支队刘支队长莅临会议指导,支队司政后均派人参加会议。会议在领导致辞、表彰先进、总结1982年工作及其经验之后,重点布置了全团1983年工作任务,明确了奋斗目标。梁占刚团长在会上明确提出:今年是我们团承接三山岛金矿建设任务后的开局之年。为完成上级交给的三山岛金矿建设任务,今年工作的重中之重是做好三个方面工作:一是完成三山岛营房建设,做好施工组织设计方案,为金矿开工做好一切准备工作;二是所有分散在各地施工的连队,都要在年底完成施工任务,与地方金矿完成结算;三是包括沙河裆裢基地团部,以及在外地施工的连队,在年底之前务必全员开赴三山岛,搬迁工作必须组织到位,确保安全顺畅。

苏继轩政委围绕部队向三山岛迁移并完成相关任务做了专题报告。他开宗明义地说:我们团接受三山岛金矿建设任务,是咱们部队组建以来担负的又一重大工程,国家把这样一个重点工程交给我们,这是党和人民对我们的信任,更是我们全团将士的光荣。他的报告分为两个部分,一是认清形势,明确任务,积极参加三山岛金矿建设;二是精心组织,听从指挥,确保部队平安到达目的地。展开来讲了三个问题:一是部队面临的形势;二是建设三山岛金矿工程的重大意义;三是完成三山岛金矿工程建设任务的有利条件和不利因素。苏继轩政委以一场鼓动性很强的报告,有力的手势,提振了与会全体人员的信心和勇气,但他列举的种种不利因素,也让大家感受到完成这项工作任务的艰巨性和难度。

其实,与会人员几乎人人心里清楚,完成三山岛金矿建设任务,其难度不在建矿本身。建三山岛金矿难,承担别的任务就不难吗?十一团(十一大队)组建以来,参加过镜铁山铁矿建设、金堆城钼矿建设、西石门铁矿建设、湘西金矿建设,哪一块"硬骨头"没有啃下来?哪一场战役不是把红旗插上山头?这支部队被称为钢铁雄师、黄金劲旅,啥时不是打头阵、立头功?啥时落过后,拉过稀?是的,在三山岛建金矿和别的地方确实不一样,它是在海底建矿,地质情况极其复杂,面临风险更大,困难重重,但用金昌浩的话说:"也没什么了不起!兵来将挡,水来土掩,一物降一物,没有破解不了的难题。要是解决不了这些,还要这样一支无坚不摧的部队干什么？作为这支部队的一员我感到丢人、无地自容！"

那么，就目前来说，这支部队遇到的真正困难是什么呢？说得直白些、准确些，就是这支部队归属的基建工程兵已被国务院、军委下令撤销，基建工程兵下属各部队正面临被撤销整编的前夜。黄金部队自然也不例外。

1982年8月19日，国务院、中央军委颁布《关于撤销基建工程兵的决定》(即〔1982〕23号文件，以下简称《决定》)，对基建工程兵撤销工作的一些重大原则问题做出规定。该《决定》充分肯定了基建工程兵自1966年组建以来在部队建设、施工生产等方面取得的成绩和为国家经济建设做出的重大贡献。《决定》指出："根据国家经济调整和国家体制、军队体制改革的要求，党中央决定撤销中国人民解放军基本建设工程兵，所属部队按系统对口集体转业到国务院有关部门和所在省、市、自治区。"《决定》明确以下三项措施和要求：一是成立基建工程兵撤销工作领导小组。由谷牧、李人林、颜金生、胥光义、徐信和国家经委、财政部、劳动部各部一位领导组成，谷牧任组长，李人林、颜金生、胥光义、徐信任副组长，负责领导基建工程兵的撤销工作。撤销中的具体问题，由撤销工作领导小组与有关部门协商，并于10月底提出具体实施和解决方案，报国务院、中央军委审批。领导小组的具体工作由基建工程兵机关承担。二是自《决定》公布之日起，基建工程兵人员、装备、机械、物资、财产、营房、土地等，不经撤销工作领导小组同意和国务院、中央军委批准，任何单位和个人不得随意处理。三是基建工程兵的撤销改编工作，于1983年底基本完成。在未撤销前，一切工作按原规定照常进行。基建工程兵党委要负责到底，善始善终做好撤销工作和善后工作。同时要保持部队的稳定，保证施工生产和工作的正常进行，力争做到政治上不发生问题，经济上不受损失。

国务院和中央军委要求有关方面切实加强对基建工程兵撤销工作的领导，深入细致地做好思想工作和组织工作，教育全体干部、战士、职工充分认识这次改革的重要意义，坚决贯彻中共中央、国务院、中央军委决定，继续保持和发扬中国人民解放军的优良传统，自觉服从党的需要，顾全大局，搞好团结，遵守纪律，严守岗位，尽职尽责，防止不正当之风和各种事故的发生，圆满完成撤销任务。同年12月9日，国务院、中央军委批准基建工程兵撤销工作领导小组呈报的《关于撤销基建工程兵的实施方案》。《实施方案》明确提出关于撤销改编的原则和实施步骤，要求1982年冬至1983年春撤销改编2/3部队，其余部队于1983年底前基本撤销改编完毕。其中提到：1983年冬撤销核工业部、黄金指挥部和驻深圳的部队。黄金部队在撤销改编之列，而且要在1983年冬撤销完成。

按兵种规定，黄金指挥部对口集体转业到中国黄金总公司，下属各支队、团就地脱军装，对口集体转业到所在的省市黄金公司，变为地方施工企业。为了保持撤改期间部队稳定，关于撤销基建工程兵的23号文件当时仅限于黄金指挥部党委成员知道，对下处于严格保密阶段。但撤销《实施方案》下达后，知道撤销消息的人就越来越多。因为要组织实施，涉及大量人、财、物，保密范围就进一步扩大了。虽然当时规定传达到团一级干部，但部队许多干部不少战士都知道了。十一团地处京广线交通要道，部队来来往往人员很多，因为这涉及全体干部战士的命运，大家都很关心，一打听，再一传，这个消息就不胫而走，在部队大面积传开了。但这件事的实施仍处于保密阶段，不开会传达，不公开议论，也无从证实，没人出来辟谣，也没有人出来解释，大家都心照不宣，认为部队被撤销是笃定的事了。

就在这种状况下，黄金部队十一团召开大会，研究布置1983年工作任务，把迁移到山东三山岛作为主要年度工作目标，并加以实施，面临的困难可想而知。但这种困难,这种因部队将要撤销引发军心不稳的隐忧,团领导不能明说,就是善于宣讲动员、擅长做思想工作的苏继轩政委,也觉得分外挠头。因为保密,这件事还不能明说,他只是在讲话中,有策略地讲了一段话,让大家去琢磨、领会。他说:"我们是一支人民的军队,时刻听从党的指挥,党叫干啥就干啥,党指挥到哪里,就打到哪里。当前官兵职工思想异常活跃,我们要有针对性地做好思想工作,千方百计地做好部队稳定工作,做到'政治上不出问题,管理上不出疏漏,施工准备不受影响',把精力集中到三山岛新的战场、新的战役中来,圆满完成迁移任务,准时实现国家黄金系统重点项目——三山岛金矿的按计划开工。"

对苏继轩这些话,与会的连以上干部都心领神会,知道他说的是啥,指的是啥,也更证实自己的猜测,坐实了部队要撤销这件事。

牛幸娃和王永学、金昌浩参加了这次会议,他们一起从三山岛赶过来,全程参加会议,也感到"完成三山岛营房建设,做好施工组织设计方案,为金矿开工做好一切准备工作"这项任务,沉甸甸压在肩上的分量。这件任务就好像是给他们仨"量身定做"的,虽然团长、政委没有点他们仨的名字,但谁人不知,这个担子是压在团先遣组头上的,是他们既定的职责,是只能干好,不能干砸的。

会议结束,牛幸娃请王永学、金昌浩到家吃饭,算是尽地主之谊。牛幸娃从镜铁山调出后,因为杨玉琼被安排在团部机关财务股工作,他俩的家就安置在沙河褡裢镇团部基地干部家属房。牛幸娃在外地任营长带领连队施工,以杨玉琼为中心画圆,实际上也回不来几次。当团参谋长不久,就被派去三山岛任先遣组组长,两人见面机会并不多。一个人时,杨玉琼多是在机关食堂吃饭。

杨玉琼听说牛幸娃要请王永学、金昌浩到家做客,自然喜出望外,几个人都是在镜铁山时的"铁杆战友",王永学、金昌浩两人帮助过她,促成了她和牛幸娃的婚事,因此,杨玉琼对他俩来家做客,是十二分的欢迎。她从小练舞蹈,十指尖尖,不怎么会做饭,就去褡裢镇一个干净的饭馆要了几个菜,备上了几瓶衡水老白干。衡水老白干度数高、酒浓烈,牛幸娃就得意这一口。一次牛幸娃喝酒,非让杨玉琼陪他,杨玉琼一口下去,感觉就像有一团火从嗓子眼窜到胸口,呛得直流眼泪,但喝过之后浑身舒坦,也认定这衡水老白干就是好酒,王永学、金昌浩也会喜欢。她特意去集市上买了驴肉火烧、褡裢凉粉等小吃,还买了一些新鲜菜蔬。

牛幸娃、王永学、金昌浩三人进门时,杨玉琼正在操刀切黄瓜。

王永学说:"咦,这大冬天也有黄瓜?"

杨玉琼说:"现在褡裢镇这里早扣大棚蔬菜了,黄瓜、西红柿、茄子等过去夏天才有的菜,现在冬天也能吃上新鲜的了。"

王永学感叹道:"我们在镜铁山施工,常年在大山深处,真是'山中才七日,世上已千年',改革开放带来的变化太大了。"

金昌浩接过杨玉琼手中的菜刀说:"你这练舞蹈的手,怎么能切菜?快,把刀给我!"

杨玉琼说:"人家不是说,跟着当官的当娘子,跟着杀猪的翻肠子,我这是跟着牛大参谋长,拨拉起了算盘珠子。"

几个人都笑了。牛幸娃把菜摆放好后,把衡水老白干倒上,四个人就喝起酒来。

杨玉琼不等牛幸娃开口,就端起酒杯说:"王指导员、金大哥,你们远道而来,我敬你们一杯!"说完就和两人碰杯,又和牛幸娃碰一下,一仰脖喝了。喝完,抹一把泪说:"我想你们了,想丽萍大姐和阿珠、秀英了,想起我们在镜铁山时那些朝夕相处的日子了。"

牛幸娃说:"今天是个好日子,你抹什么眼泪?永学现在是政治处代理主任了,金哥现在是副参谋长兼工程股股长了。来,我俩为他们祝贺！"

　　杨玉琼把酒喝了说："不管你们当官不当官,提拔不提拔,都是我的恩人,是我永远的好朋友、好战友,没有你们的帮助和支持,就没有我的今天,也没有牛幸娃今天的进步。"

　　杨玉琼说完,大家又都喝了一杯。四个人边喝边唠扯,就唠到了杨玉琼最关心的事情上。她问牛幸娃,也问王永学、金昌浩："你们会上说没说到咱们部队要撤销的事？"

　　牛幸娃说："这件事你也知道？"他去三山岛先遣组时,此事在部队还严格保密,从没给杨玉琼透露。没想到两个月后回到团部,杨玉琼也知道了这件事。

　　杨玉琼白了牛幸娃一眼说："我怎么不知道？现在褡裢基地,从干部到家属,谁人不知,谁人不晓,大家都知道了。私下里都在打听这件事,关心部队何去何从,也关心自己的去向安排,也传到我耳朵里了。前些天,支队财务部门让我们报全团财务状况,我说不年不节的,要这些材料报表做什么？上面人说,你真的不明白,还是揣着明白装糊涂呀？一句话把我说蒙了,后来一想,这是上面在了解各部队物资财产财物情况,为撤编做准备呢！现在,这件事成了干部和家属议论的焦点,说什么的都有。"

　　牛幸娃说："都说啥子嘛？"

　　杨玉琼说："议论最多的还是关心部队到底撤销不撤销,如果真的撤销,那就是另一种打算。现在虽然在传这个消息,没有人证实,所以大家就四处打听,想探到实底,好早做打算。"

　　王永学说："你有什么打算呀？"

　　杨玉琼看了牛幸娃一眼说："我是嫁鸡随鸡,嫁狗随狗,嫁牛随牛,自己能有什么打算？牛参谋长这么大的事,也不给说一声,看来他是早有打算了。"

牛幸娃眼一瞪说:"我有什么打算?军人以服从命令为天职!"

杨玉琼也不示弱:"军人以服从命令为天职,假如有一天你脱去军装,不是军人了,还讲什么天职!不就可以自己选择,有自己的打算了吗?"

牛幸娃说:"你这是什么意思?"

杨玉琼说:"不是我有什么意思,是一些人太有意思了,他们天天在琢磨自己的去留,说假如不去三山岛执行任务,部队撤编后干部就可以就地转业到河北了,说到底还是不愿意离开褡裢这个地方。"

牛幸娃说:"褡裢这个地方有什么好?我看三山岛比这里强多了,你是没去过,你去了也不想回来。"

杨玉琼说:"话是这么说,一些人在一个地方住久了,就习惯了,就像当年咱们在镜铁山。咱们团在褡裢建基地七八年了,一些干部、职工不愿意离开褡裢基地,恋家情结比较浓厚。南北转战的,总算有了一个相对固定的家,家属随军的干部职工装房子、买家具,苦心经营的新家还没有住多久,儿孙满堂、全家团圆的温馨日子还没享受几天,现在却要离家远去,去重新过牛郎织女的生活,舍不得呀!"

王永学说:"舍不得离开的恋家情结可以理解,但部队的命令还是得执行的呀。"

金昌浩说:"是啊,我们过去啥时含糊过!怎么过了几天好日子,就变了呢?这样不行呀,得对部队加强教育呀!"

王永学说:"要想教育取得成效,就得首先统一思想,不能像鸵鸟一样把头埋在沙子里,在这里搞'盖盖摇'。话不说不透,理不辩不明,要是上面思想都不统一,那下面工作就更难做了。"

牛幸娃说:"这样肯定不行!我明天带你俩去找团长、政委,把咱们的想法说一说,给团主要领导提个建议,一定要坚定部队开往三山岛执行任务的决心,早行动快行动。要是真让一些人给搅黄了,那我们在三山岛建金矿的愿望就落空了,就真成了外国人的笑柄了,说我们黄金部队望而生畏、望风而逃了。那就不是为人民军队争光,为国家争光,而是给人民军队丢脸,给国家丢脸!"他越说越气愤,把酒杯捏在手里,好像要捏碎似的,然后一仰脖,把一大杯衡水老白干喝了进去。

王永学、金昌浩、杨玉琼也端起杯子,正要喝下去,桌上的电话铃响了。牛幸娃抓起电话,原来是团值班室杨石瑞参谋来电话,说梁团长通知召开团首长紧急会议,让马上到,会议晚上8点半开始。

牛幸娃问:"先遣组的王主任、金副参谋长参加会议不?"

对方答道:"参加呀,我正在到处找他们呢!"

牛幸娃说:"好,我通知他们,8点半我们三人准时到。"他放下电话,说:"酒不能再喝了,团里通知召开紧急会议,我们仨得尽快赶过去。"又对杨玉琼说:"你收拾完毕早点休息吧,不用等我,这个会还不知道开多长时间呢。"

2

紧急会议在团部党委会议室召开。

十一团1974年从镜铁山迁来后,团部就设在沙河褡裢。改革开放后部队效益好,转隶黄金部队后,各方面条件都有很大改善,团部建得有模有样,这里也形成了部队工作、生活和安置家眷进行后勤保障的基地,后勤供给和服务设施齐全,交通便利,出行方便,生活物资供应充足,与在镜铁山住干打垒住房、常年吃不上新鲜蔬菜相比,可谓"鸟枪换炮"了。

团党委会议室在团部办公楼三楼,一年前才装修,气派、适用,桌上摆放着盆花,墙上挂着荣获的奖状镜框,氛围既严肃又温馨。

牛幸娃和王永学、金昌浩进来的时候,会议室已来了不少人,与会人员是营职以上干部,有 20 多人,人们进进出出,在找适合自己的座位。

团长梁占刚、政委苏继轩已就座。

梁占刚看牛幸娃脸红着走进来,就冲他说:"老牛,又整酒了吧?"梁占刚是东北人,说话爱用"整"字。这是东北人的习惯,所以外省人说:"东北人真能整。"

牛幸娃说:"整啥子嘛,没怎么整!"

"没整?你脸都成猴腚子了,王永学、老金的脸成了关公,怕没少整!"梁占刚说。

牛幸娃嘿嘿笑了:"是整了点儿,老战友们来了嘛,到家里喝几杯,我让杨玉琼弄了几个菜,我们闷了几口。还没闷够,就让你火急火燎地催来了,弄得他俩不满意,说这次请客不算数,下次重请。你看这事闹的!"

苏继轩主持今天的会议,他是团党委书记,今天召开党委扩大会议,按规定由他主持。他看人已到齐,团主要领导,包括副团长王长义、副政委吴天有、后勤处长王志强等,都已落座,就招手开会,说:"不扯闲篇了,咱们开会。"接下来仅仅几句话,就把与会人员的注意力一下子集中了起来。

苏继轩说:"工作会议下午刚开完,本来不想召开会了,大家都很疲劳,明天也都要返回各自工作岗位了。但一想到不少同志离开后,奔向各自施工点,再开一次会不容易,我和团长商量,今天连夜开一个党委扩大会。有的同志问,这么晚了召集我们开会,是有什么紧急事项吗?紧急事项确实没有,但却有紧要的事项和大家商量,要向大家讨主意。而且这件事很重要,是人人关心的大事,如何面对,团党委决定,把这件事和盘托出,让大家讨论,充分发表意见。"苏政委这个开场白,把大家搞愣了,是什么事呀?这么神秘,这么重要的?

说完这个开场白,苏继轩不说话,把视线看向梁团长。

梁占刚会意,把手中的茶杯放下说:"今天的会是我提议召开的。我跟政委说:基建工程兵要撤销这件事和我们黄金部队要撤销这件事,别再'盖盖摇'了,消息已传得满天飞,人们都知道了。其他系统的一些部队都已经开始整编了,对我们部队势必会造成更大的影响。咱们现在部队内部也是议论纷纷,机关里各种说法都有。在这种情况下,咋整?我的想法是,把这件事摊开来说,挑明了,听听大家看法,看看在目前这种即将撤编的情况下,我们怎么整?部队怎么搞?承担的任务如何完成?如果不是这样,思想不统一,表面平静下面暗流涌动,人心涣散了,就不好办了。我提议召开这个会的目的,就是弄清部队的思想状况,在此基础上统一思想,统一认识,统一步调,确保各项任务的完成。"

梁占刚说完,苏继轩说:"对,会议的主题就是这个。今天的会议这么开:一是请每位与会同志反映就基建工程兵部队撤销听到的看法、说法,以及各种思想动向,充分展开交流。会议不打棍子、不扣帽子、不揪辫子,每个人发言讲的话不视为个人看法和观点,听到什么说法,就原原本本原汁原味地转达出来,展开充分交流、沟通,把各种意见看法全摆出来。二是在此基础上摆事实、讲道理,统一思想和认识,形成正确的应对之策。现在请各位发言吧!"

会议气氛相对宽松,看着像个"神仙会",苏政委宣布,说什么也不打棍子、不扣帽子、不揪辫子,与会人员一下子打消顾虑,发言非常踊跃,会场上像一锅开水翻滚着,到处都激荡着水花。

有人站起来打头炮,嗓门儿挺大的:"要我说,基建工程兵就不应该撤销!1966年成立时,是毛主席批准的,是周恩来总理、邓小平同志提议和运作的。成立以来,这支部队就是三线建设的主力军和基本建设的突击队,为国家建设和国防建设做出那么大贡献。现在改革开放了,正是发挥作用的有利时期,怎么说撤就撤了,我想不通,打死我也想不通!"

有人接话说:"撤不撤是咱们能定的吗?报纸报道说,我国军队将裁减员额100万,裁减100万不是个小数目,不裁减咱们去裁减野战军吗?我们本身就是杂牌军,不撤你撤谁?"

"打头炮"那个人回击:"就是撤销基建工程兵,也不应该撤销我们黄金部队!我们黄金部队1979年3月才成立,是在我国实行改革开放需要大量黄金储备的新形势下,为了加强黄金地质普查、勘察工作,迅速发展黄金生产而成立的,目前正是发挥作用的时候,怎么能撤销?黄金部队应该保留!"

有人马上说:"撤销基建工程兵,难道我们黄金部队不是基建工程兵?黄金部队不能撤,别的部队也强调不能撤,那最后撤谁?撤销基建工程兵不就成了一句空话了吗?"

有人带着哭腔说:"反正我就是不想脱下这身军装。一颗红星头上戴,两面红旗挂两边,一入伍认定当一辈子军人,现在要让我脱下这身军装,比刀割我的心还难受!"

接着,又有不少人围绕撤不撤、应该撤不应该撤发表看法,搅成一团,成了乱炝汤。

看到这种场面,苏继轩及时进行引导,他说:"同志们,在基建工程兵撤销不撤销的问题上,我们听命于党中央、国务院、中央军委。你们不想脱下军装,我也不想脱下军装。但作为军人,一切行动听指挥,我们要服从国家大局。至于黄金部队的特殊性、继续存在的必要性,大家也讲了很好的意见,有没有道理?我认为有道理。大家的意见我们会专题向上级反映,充分反映部队干部战士的意见,最后撤不撤还是听命于上级决定。下面的讨论,请大家围绕部队现实撤销情况谈谈看法。"

如果说刚才的讨论有些"空",现在完全转到"实"的上面来了,紧紧围绕部队的实际情况,围绕在新形势下出现的新的思想苗头,大家又开始畅所欲言。

有的人说:"既然说撤销,咱们就说撤销的话。如果真要撤销的话,我们就不是部队了,一切不能按部队要求了。"

有的接话说:"按照有关规定,部队按系统就地转业到各省各市,变成地方施工企业。如果撤销时,我们在河北,就会变成河北的地方企业,如果到三山岛,就会变成山东的地方企业。"

有人接话:"那有什么不一样呢?"

那个人回话说:"那我们就不用挪窝了,就在褡裢这个地方安置。褡裢这个地方地处河北平原,交通有京广线之便利,还有军用兼民用的机场,各方面都比三山岛便利呀!三山岛是个憋死牛的地方,去哪里都得在潍坊上下火车,条件比褡裢差远了。"

有人说:"现在一些人听说部队要撤销,就不安心工作了,天天考虑自己的安乐窝安在哪里好。不少人想把安乐窝放在褡裢,这里守着县城,孩子上学、家属上班都方便,不少家属也有这个想法。有的家属及子女寻找各种借口和理由,阻挠干部、职工去三山岛,还有的家属甚至直接找到团领导,恳求高抬贵手,让其爱人留在褡裢工作,要不就公开替丈夫要求转业。家属子女扯后腿,加重了干部、职工的恋家情结,产生了思想动摇,对部队去三山岛执行新任务不支持不积极。"

有人说:"覆巢之下岂有完卵?部队都要撤销了,考虑一下个人的安排也没有什么错,组织上能照顾就照顾,就不要求全责备了。"

有的人提出:"在部队即将撤销的情况下,有的人请求领导向上级反映,争取撤销让部队去三山岛执行建设金矿的命令,就地待命,这样有利于部队稳定,有利于解决因部队撤销必须解决的后续一系列问题。"

牛幸娃听到这里,终于忍不住了,他把茶杯朝桌上一撴,呼地站起来,大声吼道:"是谁提出这个要求的!是谁说出这样的混账话!军人以服从命令为天职,上级让我们建设三山岛的命令已下达,团先遣组已派出,在那里做全团安营扎寨的准备,就待一列列军列开过去,有些人竟在这里抗命不遵,动摇军心,这是什么性质的问题!要是在战场上就是临阵脱逃,是要吃枪子的!军人是和战斗任务连在一起的,我们在河北的建矿任务完成了,战场转移到山东三山岛了,那里的战斗任务在等待我们,我们不开到那里执行任务,留在沙河褡裢干什么!这是一个军人应该说的话,一个军人应该提出的问题吗?"

苏继轩双手向下压压,示意让牛幸娃坐下,把左手一扬,示意大家继续发言。

有的人说:"我听到这样一种说法,希望我们团部不要急于开赴三山岛,看一看上面撤销部队实施情况的进展,等定下撤不撤,有最后定论之后再决定开拔不开拔,到时可进可退,两不耽误。"

有人说:"可否这样,选一部分愿意去三山岛的干部战士先开过去,不愿意去三山岛的留下在褡裢工作生活,各随其愿……"

梁占刚呼的一下站起,差点把面前的茶杯碰翻了,大声吼道:"要是这样做,我们还是一支人民军队吗,还是一支部队吗?还能统一指挥、统一步调、统一行动吗?我们人民军队是有统一意志、铁的纪律的,是想来就来想走就走的自由市场吗?是农村单干的农民吗?说这样的话,就不配做一个军人,我为我们团有这样的军人感到脸红!"说完,重重地坐了下来,气得呼哧呼哧的。

不知从哪个角落传过来一句话:"你现在是军人,过几天还一定是军人吗?"

梁占刚正在气头上,这句话恰恰被他听到了,他气得抓起桌上茶杯,"啪"的一声摔到地上,茶杯落地声和他炸雷般的喊声一起传开来:"谁说的?我问你,现在我们是不是军人?穿一天军装就是一天军人,是军人就得有军人的本色、军人的作风、军人的纪律。管你是谁!你在部队穿一天军装,就得归我这个团长管,谁要再说动摇军心的话,我就处理谁!三山岛金矿是上级给我们下了命令的,必须全团动员全力以赴,而且一定要完成任务,为国争光,让外国佬看看,我们不用他们也照样可以在海底建成金矿掘出黄金!我们全团的开拔,我们军列的出发,不是等一等,看一看,是要按原计划提前。团领导、机关干部要为下面连队做出好样子,而且要靠前指挥。我提出这个建议,请团党委考虑。"

梁占刚的一席话,把会场的气氛正过来了。也许是人们已经讲得差不多了,也许是觉得发言的气氛不对,不敢再讲了,但更多的可能是,与会人员受到梁占刚讲话震撼,心头涌起作为一个军人的责任心和职责感,意识到一名军人应有的作为。虽然一些人也有考虑个人的时候,也有私心杂念,也揣着自己的"小九九",但一旦意识到军人的使命和职责,大局意识和牺牲精神会很快回归,从一个血肉之躯,变为钢铁战士。军人以服从命令为天职,随时服从组织决定,大家还是有这个觉悟的。真正褪色变质,关键时刻"拿不成个"的是极少数,也翻不了大浪,成不了气候。将心比心,在当时那种现实情况下,一些人有些想法,有些舍不得离开的恋家情结,考虑家属子女的工作前途多些,也在情理之中,也是情有可原的。

做思想政治工作在黄金部队都有名气的苏继轩政委发言了。他态度平和,讲话就像拉家常一样,娓娓道来:"同志们刚才讲了很多,讲了各自的观点和看法,也把部队机关内存在的思想苗头充分反映出来了,这很好。让我们了解到部队在面临撤销的大背景下,机关干部、职工及家属的一些真实看法,使我们对这些有深入的了解,以便有针对性地做好思想工作。现在,我代表团党委讲四个问题,和大家交流,也请团党委委员进行深入思考,以便补充完善,最后形成团党委的决议。

"第一,关于执行命令的问题。撤销基建工程兵,是国务院、中央军委下达的命令,现在这个文件已传达,《实施方案》已传达,正在执行中。黄金部队也在此次撤销的范围内,这一点是明确的。何时撤销,上级会有时间安排。对此,我们必须执行,应从国家和军队建设的大局考虑问题,不能有抵触情绪。在基建工程兵撤销文件下来之前,在取得基建兵兵部同意后,冶金部对山东省黄金公司、基建工程兵黄金指挥部对十一团分别下文,将三山岛金矿建设任务正式交给十一团。这是有令在先的,对这一道命令,我们也必须执行,这是军令军纪所要求的,没有丝毫商量的余地。我们十一团虽然在撤销之列,但现在撤销文件还没有下达,没有明确,我们还是军人,还是一支人民解放军的建制团,哪有不执行命令的道理!即使我们被撤销了,变成了地方企业,但我们也是一支曾经的军人组成的企业,这支队伍有着部队的良好传统,以国家和人民利益为重,党和人民指挥打哪儿就打哪儿,决不会变质褪色,或等同于一般的地方企业。当然,如果按照我们有的同志期盼的那样,上级从国家对黄金部队的特殊需要出发,保留我们这支部队,我们更要一如既往地以人民军队的性质、宗旨、传统、作风要求自己。这样说来,执行三山岛建设任务既然是上级交给我们的任务,是必须完成的。同时,这也是党和人民对我们的信任,是我们的光荣,是上级给我们又一次接受考验、证明自己的机会,对这个机会我们要紧紧抓住,决不能放弃,我们要在新的战斗中,在面临撤改的特殊时期,向人民交上一份令人满意的答卷。

"第二,关于做好思想政治工作,保持部队稳定问题。存在决定意识,部队面临撤销,又要远赴三山岛执行任务,遇到一些新的实际情况,干部、职工家属,包括我们一些战士,有这样的想法,那样的想法,有这样的说法,那样的说法,都很正常。干部职工家属也是人,是人就有七情六欲,遇事都会有自己的'小九九',有的感到前途渺茫,有的不知所措,有的不愿意打破坛坛罐罐,甚至有一些消极态度,只要不过分,都可以理解,也应该理解。但理解不是迁就,不是附和,不是无原则的退让,而是有针对性地做思想工作。要让大家把想法讲出来,采取压服、压制的办法是不行的。前些天我家添了一口高压锅,这高压锅有一个'放气'的阀门,这个设计很科学,我看了后从中受到启发。干部职工家属有什么想法,要让人家讲话,甚至讲些不好听、不顺耳的话。我们知道他是怎么想的,怎么说的,就好'对症下药'地做工作,不仅有针对性,还要反复做、细致做、耐心做。各单位、各党支部都要负起责任,通过深入细致的思想工作,把大家的思想统一到坚决到三山岛执行金矿建设任务上来。对家在褚裢的干部、职工要区别对待,一部分同志虽有恋家思想,不太愿意去山东三山岛工作,但他们还是深明大义的。经教育,不会拖部队移动的后腿;对个别家里确实有实际困难的同志,各单位领导要关心他们,并帮助解决一些实际问题,以解除他们的后顾之忧,使其愉快服从工作需要;对极个别既无实际困难又不服从安排的同志,经做工作仍无转变的,该处分的处分,该降级的降级,决不能姑息迁就;对个别人借部队将撤销之际,营私舞弊、中饱私囊、造成严重不良影响者,必须严肃处理,以儆效尤。在整个思想教育工作中,要注意典型引路,发挥先进典型的榜样带头作用,激励干部职工踊跃到三山岛建功立业。

"第三,继续做好三山岛营房建设和施工组织设计方案的确定工作,尽早具备三山岛金矿投入施工的条件。这一项工作是重中之重,不是正常推进,而是抓紧进行。团里派了牛参谋长等三员大将等一批干部和技术人员组成先遣组,正在全力推进。先遣组要切实负起责任,团部这边要加强支持力度,调更多已完成施工任务的连队开赴三山岛,增加投入营建力量;要调集更多的施工机械设备去三山岛,根据需要进行新老设备的更新;要向上级单位请示并和三山岛金矿沟通,加快向外采购先进设备的进度,设备早到一天,开工就提早一天;要和已有地方施工队伍搞好联络协调,虽然以部队为主,但地方企业的辅助和配合也可少。上次去三山岛,见到一个浙江小分队,有百十号人,说是金矿原先想给浙江一个企业施工,后来交给我们部队之后,这个小分队已签订合同,矿上愿意他们留下来配合我们。这就有一个和地方企业的配合问题,也有一个军民关系的处理问题。总之,三山岛开工准备工作要全力抓紧进行,为大部队早日进驻创造条件。

"第四,部队向三山岛转移和团部向岛上迁移的问题。部队所属各连队在原施工点完成任务后,抓紧向三山岛集结,每个连队的到达时间,由军务部门掌握并实施。团部向三山岛搬迁,我同意梁团长的意见,要比原计划提前,具体定在什么时间,这要团党委讨论后,行文报支队和黄金指挥部批准。一经批准我们就出发,在此之前做好动员和物资准备工作。还要做好转移前后的安全工作,确保转移前后全体官兵的人身安全和设备物资安全。团里要派出工作组深入各施工点,帮助指导连队的转移工作,确保人员、财产安全,做到万无一失。要做好设备物资准备。在褡裢的汽车连要做好车辆的检查、维修工作,确保转移中的运输保障;仓库要做好转移设备、物资的清理、造册登记、包装工作,确保转移的安全;卫生队及机关股室要做好转移准备,确保转移准时顺利进行。"

苏继轩政委的讲话既铿锵有力,又入情入理,在与会人员中形成广泛共识,大家决心各尽其责,做好特殊时期部队稳定工作,以全新的精神面貌和工作姿态去迎接三山岛金矿工程的考验。

讲话已毕,苏继轩按惯例用眼光扫一下几个常委,问大家还有没有话要讲。别人笑笑无语,牛幸娃大声说道:"苏政委,我就讲一句话,就是表一个态:我带个头,让我爱人杨玉琼提前到三山岛去,和我们一起做欢迎大部队的准备工作!"

苏继轩说:"好,牛参谋长这个头带得好!"说罢鼓起掌来,会场上响起一片真诚热烈的掌声。

会议结束后,苏继轩政委、梁占刚团长把牛幸娃、王永学、金昌浩留下。苏继轩说:"你们三个肩上的压力不小呀!团领导决定团部提前入驻三山岛,能否实现,就看你们的了。牛参谋长主持先遣组全面工作,重点抓营房建设,调整一下顺序,先把团部建起来。昌浩同志重点负责施工组织方案设计,永学重点抓入驻部队思想政治工作。所有工作都要抓实。你们明天就要回三山岛了,还有什么事要商量的吗?"

牛幸娃说:"没有什么商量的,但有两件事请政委、团长关照一下。"

苏继轩说:"什么事?你说。"

牛幸娃看着王永学说:"现在部队快要撤编了,永学的爱人、孩子还在镜铁山那边,他家属已经够办理随军手续的了,永学自己没有提出来,是否让有关部门帮助办理一下,解除他的后顾之忧?"

苏继轩说:"这事好办,好事快办,越快越好,我交代人立马办理手续。"

牛幸娃说:"还有一件事,就是为了使王永学集中精力做好入驻部队政治思想工作,我们先遣组提议由政治处干事阎芳州接任王永学,担任十一连指导员,请团党委审议并报上级审批。"

梁占刚说:"就是那个政治处的'阎眼镜',我当连长时是我连队的战士,爱好写作,提拔当宣传干事,从武汉大学毕业又主动回到部队,对部队有感情,对干部战士有感情,被窝里放屁——能文能武,是一个当指导员的合适人选。"几个人都被梁占刚这句歇后语逗笑了。

苏继轩说:"好,大胆培养年轻干部,重视使用知识分子,符合提拔干部'四化'要求,我同意。马上让干部股考察后向支队呈报。"说完,转向梁占刚,"团长还有什么意见要讲?"

梁占刚说:"要说的话,政委都讲了,我没有什么要说的了。你们明天要回三山岛了,我送你们一件礼物,你们带在路上用。"

牛幸娃伸出手来:"什么礼物?"

梁占刚还真把手伸过来,把一个东西放到他手中。

牛幸娃一看,是一把新吉普车的钥匙。

梁占刚说:"你们仨把火车票退了吧,省得到潍坊后那边还得派车接你们。我做主把一辆新吉普车送给三山岛先遣组使用。你牛幸娃爱开车,在路上给我小心点儿,不许开英雄车!"

牛幸娃说:"政委、团长,谢谢你们对团先遣组的信任和支持,完不成任务我提头来见!"

梁占刚这个东北人学着四川话说:"提啥子头嘛,是提你龟儿子的脑壳来见哟!"众人大笑。

3

第二天上午,牛幸娃、王永学、金昌浩三人开着新吉普车上了路。基建工程兵是施工部队,从连队上来的干部,大都会开车。连里施工配备有卡车,有用来运送材料的,接送干部战士上下班的,接来队家属的,"近水楼台先得月",连队干部一专多能,都会开卡车,一时找不到司机,就自己开车顶上去,而且在施工的地方,都没有什么好路,险路、脚下没有的路都走过,什么险都经历过,到了平地好路,那就不在话下。开惯了卡车,再开吉普车,就像开着儿童玩具碰碰车,轻松得很。因为是新车,牛幸娃让杨玉琼找来三副线手套,三人路上轮换着开,一点儿都不觉得累,像玩儿一样轻松。

从沙河出发,车开到邯郸,老金技痒难耐,要接替牛幸娃开车,牛幸娃说:"再等会儿,我瘾还没过够呢!"一直开到邱县,才把方向盘交给老金。老金高兴得像个孩子一样,说:"多少年都没开吉普车了,这吉普车是团首长才能坐的,这么大方地送给咱,我可得好好稀罕稀罕。"说着一踩离合器,挂上挡,吉普车就欢快地向前跑去。

牛幸娃说:"我得坐后座眯一会儿,省得在前面眯着了,影响老金开车。"调整完座位,和王永学并排坐着。

王永学说:"老牛昨天晚上吃嫩草了吧?"

牛幸娃说:"吃嫩草,吃什么嫩草?"

王永学说:"杨玉琼没给你老牛弄点新鲜草料?"

牛幸娃这才明白王永学是在开他和杨玉琼的玩笑,是说他俩做夫妻间的事,就骂道:"格老子,狗嘴里吐不出象牙!吃什么嫩草,昨天晚上回家都半夜了,头一沾枕头就睡过去了。早上醒来,玉琼已起来刷牙了。"

王永学说:"那你把她提前调到三山岛的事,对她说了吗?"

牛幸娃说:"没说。"昨晚回来没来得及说,今早又顾不上说。杨玉琼听说他们今天上午开车早走,急忙去机关食堂打早餐。早餐吃罢,小车班司机就把吉普车开过来了。一是确实没有时间,二是他没有想好怎么开口。

正在开车的老金插话道:"幸娃,你这件事做得可有点莽撞。你有这个想法,可以先和杨玉琼商量,听听她的意见再说,哪能在会上嘴一秃噜就说出来了,现在可咋整?"

牛幸娃说:"你不带头,他不带头,家属都不愿意去,还怎么搬迁?我就是要带这个头!"

王永学说:"带头没错呀!但玉琼的意见也要听呀,要尊重人家呀!"

牛幸娃说:"听什么听?我像你俩一样,长得一副炮耳朵?"

老金说:"又吹上了!谁不知道你怕杨玉琼三分?"

牛幸娃说:"我哪是吹?我是觉着玉琼年纪小,我让着她,大让小,哥俩好嘛!"

王永学说:"要不这件事就算了吧,只当没说,也没有人追你办。"

牛幸娃恼了:"你小子打什么黄腔?老子是那种人吗?吐口唾沫是个钉,说了就得办,就必须办!"

老金说:"那就做玉琼工作,好好说服她。玉琼这孩子不是不通情达理,也没有说过非留褙裢不可,只是她平常低调,不愿出风头,不去做让人家评头论足的事。"

牛幸娃说:"评什么头?论什么足?老子走端坐正,怕他们议论什么!"

王永学说:"我说你不要生气,我今早在机关食堂就餐,就听到有人说怪话了,说你出风头,说你站着说话不腰疼,有老婆没孩子,扛起行李就走人,对那些拖儿带女的不体谅。"

牛幸娃气得呼哧呼哧的,尤其听到说他"有老婆没孩子"这句话,一股火就窜到天灵盖上。这句话点到了他的麻骨上,让他不够硬气。和他一起成家的王永学有了儿子,还一炮两个,是双胞胎。看看机关,哪一家不是孩子三五个,显得热热闹闹的。唯有他膝下无儿无女,家中显得冷清。而杨玉琼对此一点也不着急,不上心,虽然在机关财务上班,但天天还做着跳芭蕾舞的梦,梦想还有上台的那一天,天天在家弯腰踢腿健身,练金鸡独立,一副没心没肺的样子。他则不然,一看见人家的孩子就想起自己。他是一个孤儿,父母早亡,也无兄弟姐妹,自己若无子嗣,父母传下来的他这一支就没有了。回四川老家探亲,叔叔姑姑都问他,孩子多大了?带回来瞧瞧,到坟上磕个头,也算是把你苦命父母的香火续上了。"瞧什么呀?我自己还没瞧上呢,孩子还不知在哪个爪哇国里转筋呢!"一想到这些,牛幸娃就来气,就有一些自卑。自己身强体壮的,怎么就播不上种子呢？让杨玉琼去医院查查,杨玉琼说:"查什么呀,说怀上就怀上了？我还不想这么早要孩子呢,生了孩子把体形破坏了,这辈子舞蹈梦就破灭了。"她心里想的是,既然上不了舞台,还可以给战士们表演呀,就像原先在镜铁山十一中队那样。那时候,战士们是多么喜欢看她的表演呀！阎芳州"阎眼镜"还专门写了几首诗赞美她跳的芭蕾舞呢！一想到这些,她对生孩子就没有多大兴趣,甚至有些恐惧了。两人想法如此不同,配合起来也就不会太默契了。

牛幸娃这一次在党委扩大会上,提出让杨玉琼先行调到三山岛,是一时冲动下的表态,也隐含着想和杨玉琼长相厮守,两人在一起多有些夫妻生活,早点生儿育女的愿望。但这个愿望是潜意识的,不自觉的,其主要意愿还是想带一个头,让更多的家属支持丈夫到三山岛工作。但从来都是出头的橡子先烂,自己这么一弄,一些人心里不舒服,就发牢骚讲怪话。唉,做人咋就这么难呢！想到这里,他就长叹一口气,"唉"了一声,把手重重砸在座椅背上。

王永学说:"你不要太为难,我们一起做杨玉琼的工作。"

老金说:"我倒有个主意,不能正面猛攻,要采取迂回策略。"

牛幸娃急忙问:"怎么个迂回？"

老金说:"你不要给杨玉琼说这件事了,我们到三山岛后,我让苗丽萍给杨玉琼写封信,就说丽萍想她了。丽萍现在负责筹建卫生队,自己忙不过来,急需杨玉琼去帮忙。杨玉琼是个重感情的人,和丽萍情同姐妹,这么一说,准能把玉琼召来。"

王永学说:"这个点子高,准行。"

牛幸娃笑了:"还是老金老奸巨猾,能猜到女人的心。那就拜托老金给丽萍说,让丽萍做玉琼的工作了。真做成了,我请你俩和丽萍吃饭。"

老金说："你老牛耍滑头,一竿子支八丈远,说什么事成吃饭,今天就请,今晚咱们住济南,你在济南请我们吃最好的鲁菜馆。"

牛幸娃说："行,行,只要能把杨玉琼提前动员来三山岛,维护下我的脸面,请你们吃什么好菜我都答应。"

结果是到济南大明湖边找地方住下,在附近找个饭馆,老金和王永学宰了牛幸娃一把,让他出了一次血。最终把牛幸娃喝醉了,他不打自招地说："你们猜我把杨玉琼提前调来干啥?"

老金、王永学问："干啥?"

牛幸娃说："造娃!"

次日早上吃过早餐,三人在大明湖溜达一圈,继续出发,路线是经章丘、淄博、青州到潍坊。先是王永学开,接着是金昌浩开,到潍坊找一个路边店简单吃点饭,换牛幸娃开。离开饭店刚启动上路,就被一个穿着时髦的年轻女子拦住了。年轻女子二十来岁模样,长得清秀俊俏,一看就是南方人,说话细声细语："解放军同志,你们去三山岛吗?如果是,我想搭个便车。"

牛幸娃把车停下,说："你怎么知道我们去三山岛?"

俊俏女子说："现在解放军开进三山岛建金矿,他们卡车的牌子是'申'字打头,你们的车牌也是'申'打头,我猜想你们是一个部队的。"

"好聪明伶俐的女子。"牛幸娃心里夸赞一句,把头一点,"是的,请上车吧。"

那女子轻声说声"谢谢",就像一阵香风飘进吉普车,一下子给车内带来了新鲜空气。

老金问："姑娘,请问你尊姓何名?到三山岛做什么事情?"

那女子回答："免贵姓范,我叫范兰枝,老家是浙江永嘉的,我们一个矿山工程技术小分队在三山岛,是为建金矿而来的,我是一个技术员。"

老金说:"原来是同行呀!我们都是来建这个金矿的。你们负责哪部分工作呀?"

范兰枝说:"三山岛金矿原先想把金矿建设交给我们浙江一家公司,后来怕我们承担不了这个工程,就又找了你们部队。你们部队承接建矿任务了,我们小分队从永嘉调来,也回不去了。矿上就和我们签订合同,让我们配合做些相关业务。我这次是到潍坊为队里办一些事,也为开展业务做点准备。"

姑娘回答语言清晰,神态落落大方,引起牛幸娃、王永学、金昌浩的好感。王永学说:"原来是友邻部队呀!那我们就是战友了,以后请多多关照!"

范兰枝说:"还请你们多关照我们呢!"又说:"这辆车新崭崭的,坐上可真舒服!"

金昌浩要换牛幸娃开车,让牛幸娃休息一下。

范兰枝说:"你们几个都会开车呀?这种吉普车我也会开。"

王永学问:"驾龄几年?"

范兰枝回答:"我还没有嫁呢!"脸登时红了。

牛幸娃、王永学、金昌浩大笑。

4

团里有关部门按政委苏继轩"好事快办"的要求,很快就办妥了王永学家属和子女随军的一切手续。按照当时规定,部队干部家属随军有个硬杠杠:一是职务副营职以上;二是军龄满15年。而到了营职,具备其中一个条件就可以。王永学提升为政治处副主任代理主任,属于正营职,随军条件达标。对王永学来说,他是很幸运的。假如没有几个月前的提拔,他就不够条件,因为他的军龄到1983年才14年,正好差一年。部队不少干部,就是因为条件差那么一点点,就失去了家属随军的机会。家属随军的好处很多,老婆孩子可以落城镇户口,吃上商品粮,家属可以根据情况安排相应工作,子女上学和城镇孩子一样待遇。一些干部在部队辛辛苦苦,就是为了等待这么一天,让老婆孩子"鲤鱼跳龙门",这么一跳,就此跳出了农门,改变了身份,在当时城乡悬殊很大的情况下,这可是个重大的转变,一些家在农村的部队干部,盼望的就是这一天。然而,基建工程兵这一撤销,一些干部的这个愿望就此破灭了。因为再等一两年,他们的条件就够了,但部队撤销了,不给你这个时间了,机遇就眼巴巴地丧失了。不仅干部,就是战士也一样,有的在部队干了若干年技术兵种,想当上志愿兵,眼瞅着年头快够了,马上够条件了,部队撤销了,这个愿望也成泡影了。所以部队撤销关系到每个干部战士的切身利益,许多人做出了牺牲,而这些牺牲又是无处言说的,只能默默忍受,为了国家利益,这些将士默默做出了牺牲,放弃了个人利益。

在这种情况下,凡是够条件的,组织上就抓紧办理。王永学幸运地赶上了这一拨,没有因为部队即将撤销,把老婆孩子扔在镜铁山的深山里。他打心眼里由衷感谢团首长,只能以更努力地工作回报组织上的关心。

很快,"随军手续"寄到三山岛,牛幸娃让王永学回镜铁山一趟,去接老婆孩子,搬个家,道个别。已请示团首长,给王永学十天假期。

王永学说:"牛参谋长的心意我领了,现在工作这么忙,事情这么多,我离不开呀!你要同意,我找个人帮我回去搬家,去接我老婆孩子,也把老金家的小国庆一道接来。"

牛幸娃说:"那好,那你就找个人,随便找哪个,但人要牢靠,办事能力强,最好去个干部,到地方好办交涉。"

王永学说:"那就让王玉波去吧,这小子是城市兵,办事机灵。"

牛幸娃说:"行,那就叫王玉波去。"他知道王永学信任王玉波,是王永学把王玉波一手培养起来的,没有王永学的耐心培养教育,王玉波早就"打回东北老家去了"。

王玉波领命,自然不敢怠慢,他此行要带回一个大人三个孩子,大人是王永学的妻子余秀英,三个孩子是王小镜、王小铁和金昌浩的孩子金国庆。长途跋涉,坐火车,坐汽车,容不得半点闪失。

王永学对王玉波说:"相信你这趟能办得顺利。"

老金说:"我也把国庆交给你了。"

牛幸娃对王玉波说:"大人孩子少一根汗毛,我找你算账!"还让他带上三山岛特产,去嘉峪关市杨玉琼家里看望一下自己的岳父母,还给杨玉琼的妹妹杨玉洁带去一套女式军装,这是他早就答应小姨子的,到今天才兑现。

王玉波几个月前才随连队从镜铁山出来,那时还是代理排长,现在已提拔为副连长了,穿上四个兜的军干服,崭新的皮鞋穿在脚上,走起路来咔咔响。东北小伙长得英俊,一身军干服衬托得他更加神气,在西去嘉峪关的火车上,吸引了不少年轻女性倾慕的目光。

在镜铁山施工、生活多年,凭着出色的理发手艺在镜铁山矿学雷锋做好事,他对这里并不陌生,而且还建立了感情,对这里的山头、河流、一草一木,都感到是那样的亲切,即使在这里曾遭受到挫折,经历了人生的磨难,但挫折磨难使他成长进步,他也由此上升到人生一个新的高峰。

到嘉峪关下了火车,他就按照地址直奔杨玉琼家。本想放下东西就走,却被杨玉琼父母热情地留下吃饭,又正好赶上在冶金矿山技校学习的杨玉琼的妹妹杨玉洁休息在家,一家三口非要留他吃饭。杨玉洁把她姐夫牛幸娃带来的军装当场试穿,还问王玉波她穿上效果如何。王玉波自然说好,人家穿上确实好看,说好看,也是发自内心的。

一顿饭吃下来,自然有不少言语交流。杨玉琼爸妈自然打听女儿和女婿的情况,听说女儿在团部机关上班,女婿当了团参谋长,赴三山岛执行任务,两个老人乐得合不拢嘴。杨玉洁就盘问他们到三山岛执行什么任务,三山岛在啥地方,景色如何,有什么吸引人之处。王玉波自然一一解说。王玉波是较大城市铁岭兵,见多识广,又会"忽悠",一下子赢得了家里三口人的好感。杨玉洁也满心喜欢,为结交上一个年轻军官而高兴。当她知道王玉波此行是来接指导员王永学的爱人和孩子去部队随军,同时也把金昌浩和苗丽萍寄放在镜铁山的儿子国庆带走时,就大包大揽地说:"我同学的爸爸在嘉峪关火车站工作,如果需要订火车票,我可以找她帮忙。"听到这话,王玉波自是高兴,这可是解决大问题了,就托她订购三张从嘉峪关到潍坊的卧铺票,说,如果卧铺票不好买,买硬座也可以。约定了从镜铁山返回在嘉峪关站见面时间,就匆匆向火车站赶去,坐上绿皮火车奔镜铁山而去。

余秀英已接到王永学的信,开始做搬迁的必要准备。王玉波到了之后,就陪余秀英跑当地有关部门办理迁移的各项手续,很快就把户口迁移办妥了。他住在镜铁山矿招待所,接下来就去为金国庆办转园手续,了解孩子的有关情况以及结算费用等。在他还没有想好见不见左梅一面的时候,却在幼儿园门口碰到了左梅,她也是来给别人接孩子的,两人不期而遇了。

左梅说:"哟,来了也不知会一声?"

王玉波说:"我来帮指导员办家属随军手续,领回金工的孩子,到现在还没顾上联系你呢!"

左梅问:"你住哪儿?是矿招待所吗?"

王玉波回答说:"是的。"

左梅说:"那我找时间去见你,说说话。"

王玉波犹豫了一下说:"在招待所我住两人房间,去那里恐怕不方便吧?"

左梅说:"那就去我宿舍,我晚上住矿里。自从阿珠调走后,我就一个人一间宿舍。"

晚上踏进左梅宿舍,王玉波一时间感慨良多,想起几年前曾在这个房间里被"抓奸"的情景,似乎就在眼前。他前后左右看看,心中有些忐忑不安,变得小心翼翼起来。

左梅说:"看什么看,没人害你!现在改革开放了,男女交往是正当行为,怕什么!"说完,她笑起来,说:"形势变化太快了,前两年还不让唱邓丽君的歌曲,矿里还让我们拿剪刀去剪年轻职工的喇叭裤,现在想想真可笑。你现在是部队干部了,可以正大光明地谈恋爱找对象了,还怕什么呢?"

王玉波说:"连队工作忙,还没顾上考虑个人问题。"

左梅说:"还考虑什么呀,咱俩不是挺合适的吗?你未婚我未嫁,光明正大,都是国家干部,条件相当。前两年我就给你写信说,既然咱俩被人诬陷成那样,干脆弄假成真得了,你走哪儿我跟哪儿,现在你有条件了,我还是这个话。"

王玉波说:"我是心有余悸呀!要不是王永学指导员替我做主,我早就被处理回家了;要不是你给阿珠写信,让阿珠向上反映,我也不能被发现是典型,被树为部队学雷锋标兵,也就没有我的今天。对你我是心怀感激的,也是很有好感的。"

左梅说:"那你还顾虑什么呀?"

王玉波"唉"了一声说:"如果咱们真好了,成家了,不就坐实了我们俩当时有不正当关系了吗?就证明我学雷锋做好事是假的,是想接近女同志,自己就成了假典型了吗?这样的话,组织上怎么看我?战友们怎么看我?好像我这个荣誉、这身军干服是骗来的。我不是不喜欢你,我是心里过不去这道坎啊!"

左梅说:"什么坎不坎的,都是你心里有鬼,被心魔迷住了。虽然我喜欢你,但我不会缠着你,你慢慢考虑吧!"停了停又说:"但我想求你一件事可以吧?"

"什么事?你说!"王玉波问。

左梅双手捂了一下脸,有些不好意思地说:"自从咱俩被'捉奸'之后,矿上一些男人就认为我是风流女人,虽然后来澄清了、平反了,但一些人宁肯信其有也不信其无,总是想方设法来骚扰我,使我不胜其烦。你如果明天白天敢和我肩并肩在矿区走一圈,那些人会误认为我的对象是部队干部,我处的对象属于军婚,怕担破坏军婚的恶名,也怕受到法律处罚,就不敢再来骚扰我了,你敢吗?"

王玉波来了热血男儿的劲头:"敢!这有什么不敢的?别说肩并肩,我还敢手拉手呢!只要能减轻你的压力,使你消除烦恼,我什么也不怕!"

左梅哭了,呜呜地哭了。王玉波扯过脸盆架上的毛巾,给她擦泪,老也擦不完。

第二天上午,王玉波兑现诺言,在矿上办完事之后正赶上午休,便走进左梅办公室去找她,两人相拥走出来,手拉手沿着矿区的路走了很多圈。一些人看他俩像情人散步,又不像情人散步,别人搞对象都往黑暗的地方跑,这两人谈恋爱却在众人眼前晃悠,这是为什么呢?两人快要把这些人晃悠晕了。

王玉波和余秀英带着三个孩子上了从镜铁山去嘉峪关的火车,左梅到站台上送行,含情脉脉地看着火车沿着北大河奔流的方向驶去。

到了嘉峪关车站,王玉波一行出了站台,杨玉洁如约而至,她和王玉波、余秀英以及孩子们打了招呼之后,把车票递到王玉波手上,说:"不好意思,车票紧张,只买到两张卧铺、一张硬座。"

王玉波说:"这就很不错了,只要秀英嫂子和孩子们能坐上卧铺,得到很好休息,我就是一路站着都高兴。这真是得感谢你了!"他接过杨玉洁递过来的一个手提包问:"这是给你姐姐姐夫带的东西?"

杨玉洁微微一笑说:"不是给他们带的,他们啥也不缺。这是给你们路上带的吃的用的,还有几件给孩子们玩的玩具。"还有一样东西她没说,那是一封年轻姑娘表达柔情爱意的信件。余秀英上车后在提包里发现了这封信,她递给王玉波时说了一句话:"这女孩不错,心多细,多善良呀!"这句话,在王玉波心中激起了涟漪。

第四章

1

杨玉琼在沙河团部褡裢收到苗丽萍的信,看后哭得稀里哗啦。晚上上床又读了一遍,又痛哭一场,好在牛幸娃不在家,就自己一个人住,没人劝,也不影响谁,就任由泪水像洪水一样宣泄出来。

杨玉琼是一个很感性、很重感情的人,她从六岁开始练舞蹈,青少年时期大部分是在舞台上度过的,成了台柱子之后,经历过人生辉煌,也有人生的波峰浪谷,依然性格单纯执着,对人和善,与人相处懂得感恩,极重人与人之间的相互情感。大部队调离镜铁山之后,她当时因为处了对象,家里托人把她留在了镜铁山工作组。工作组就她和苗丽萍两个女军人,苗丽萍是军医,她是护士,苗丽萍是姐姐,她是妹妹,两人以姐妹相处,在当年那个特殊的环境中度过了一段难忘的时光。后来,又一起认识了夏玉珠、余秀英,四人成了好姐妹。杨玉琼因为遇人不淑恋爱受到挫折,遭人诬陷攻击后,想不开跳进了波涛汹涌的北大河。牛幸娃把她从溺水昏迷的死亡线上拉了回来,夏玉珠、余秀英也来守护她,为她擦洗身子,夏玉珠看到她那脚趾上厚厚的老茧,两只脚上伤痕累累,哭着说:"这是自小练舞蹈和跳芭蕾舞留下来的,这么不容易都挺过来了,怎么遇事就想不开呢?"引得苗丽萍、余秀英也痛哭一场。那时杨玉琼已经苏醒,只是还不能张口说话,夏玉珠说的话,几个姐妹的哭声,她都听到了,眼泪从眼角悄悄流淌。这一幕已经深刻在脑子里,她永远都不会忘记。

苗丽萍信中的话,又勾起了杨玉琼对这一幕的回忆。信中说:

玉琼妹妹,我们已从镜铁山迁移到三山岛几个月了。咱们几年时间不见了,你到了内地,我们远在镜铁山,无缘相见。现在我们到了三山岛,离团部没有那么远了,还是见不了面。现在老金和你们家老牛在一起工作,老牛常到我们家来,或是因为工作,或是聚会,只要看到老牛,就想起你,真想,特别特别地想,就像想自己亲妹妹一样想。阿珠去北京了,余秀英也办了随军手续,很快就到三山岛来了。阿珠远在北京,我们不说她,秀英来了,我们俩又在一起了,你不来可是三缺一呀!再说三山岛这里工作上也需要你,我被提拔为团卫生队副队长,负责筹建卫生队,哪有人手呀,需要你来帮我一把,当年咱俩合作得是多么好呀!我知道,你现在在机关待安逸了,待舒服了,但是,我知道你的心是在舞蹈演出和医疗卫生上,是在连队干部战士身上,三山岛有你的用武之地。说到底就是一句话,希望你早日点调到三山岛,早点归队,帮助我筹建团卫生队。我和老金、王永学问过老牛的意见,老牛说他尊重你的意见,听从夫人决定。三山岛有你的用武之地,有你的姐妹,也有美丽的海湾,柔软的沙滩,飞翔的海鸥,诱人的海鲜,这里很适合你浪漫的气质和艺术创作。快来吧,三山岛向你招手呢！我们在翘首以待。

　　我和老金一切都好,小国庆过几天就来和我们团聚了,我真高兴！我们全家真挚地欢迎你到三山岛来。快来吧！一天都不要耽搁。

这封信,杨玉琼读了几遍,最后拿着信在床上睡着了。第二天起床时,她已下定决心。

上午到了班上,杨玉琼让总机拨通了三山岛先遣组的电话,正好是牛幸娃接的,正好身边没有人,牛幸娃说:"娘子,想我了吧?"

杨玉琼说:"去,别这么没正形,我打电话给你商量正事呢!"

"什么事呀?"牛幸娃也严肃起来。

杨玉琼说:"我要求立马调到三山岛去工作。"

牛幸娃说:"我回去开会时,没听你讲有这个想法呀?"

杨玉琼说:"我那时还没有这个想法,现在有这个想法了。我收到苗姐来的信了,她说想我了,让我去帮她筹建卫生队,我想过去。"

牛幸娃佯装不知:"什么？苗丽萍给你去信了？去信我怎么不知道呀？她问过我你的情况,但去信的事我可不知道。"

杨玉琼说:"你什么意见啊?"

牛幸娃说:"我当然是举双手双脚欢迎了,你来了,我就不冷锅冷灶了,晚上睡觉也有一个娇妻搂着了。"

杨玉琼说:"讨厌！我想调三山岛团先遣组,还在丽萍姐手下工作,我俩搭档惯了,我喜欢给她打下手。你得给团长政委打个招呼,请机关财务组放人,也讲清楚这是我个人的要求。"

牛幸娃说:"这个包在我身上,我撂下电话就和梁团长苏政委联系,应该没有问题。我老婆是要求到艰苦的地方去,到平凡岗位上去,又不是要求提拔升职,团领导一定会答应。"

杨玉琼说:"什么老婆老婆的,多难听呀,以后就不要说这个词了。"

牛幸娃笑着说:"好,听夫人的。夫人还有什么指示?"

杨玉琼说:"我想在团首长批准后尽快过去报到,但家里那些东西怎么办?你弄的那些坛坛罐罐怎么办?"

牛幸娃说:"嗨,这个你操什么心!你来带点换洗的衣服和日常用品就行了,其他东西我让他们装箱后,待发军列时一并运过来就行了。"

杨玉琼说:"好吧,那我就开始准备了。"这时,她的心已经飞到三山岛上去了。

很快,牛幸娃就和梁团长苏政委通了电话,说了把杨玉琼调到三山岛先遣组,安排在卫生队的想法。两位团首长都同意。梁占刚团长说:"关键时候还是老牛两口子过硬!"苏继轩政委说:"只是亏了杨玉琼了。杨玉琼是招来的文艺兵,是干部编制,现在又去当护士,啥要求都没提,素质就是高呀!"很快便批准了牛幸娃的请求。

本来事情进展得很顺利,却没想到又闹出一个不大不小的波澜。

杨玉琼将要达到自己的愿望,心情便有些兴奋,走在路上都想跳着舞步,但还是尽量克制自己的情绪,走稳当一些,这里是机关,说道多,现在自己是团参谋长"夫人",容易引起别人注目,就按一贯低调的风格,低着头行路。

忽然有几个人的议论传到她的耳朵里。有个人说:"啥时候都有人出风头,现在部队要撤销了,还有人出风头,抢头功!"有个人接话:"你说谁呀?"先前说话的那个人答话:"还能是谁? 牛大参谋长呗!人家在团党委扩大会议上表态,说要带个头,让自己老婆调去三山岛哩!"

杨玉琼开始还以为是说别人,当听到"牛大参谋长"时,才始知是说牛幸娃,因为团里只有一个参谋长,团一级首长中只有牛幸娃姓牛。但她不相信这是真的,牛幸娃从来就没有和自己商量,而且自己去三山岛,是两口子刚刚商定的,怎么会是在党委会上提出来的呢?现在谣言多,不听就是了。

但进到楼里,走在楼里过道上,又听人在议论,这议论声是从一间办公室传出来的。几个人在扯闲篇,有人说:"听说咱们团部要提前往三山岛迁移呢。"另一个人说:"部队就要撤销了,还迁什么劲呀!"还有个人说:"叫迁就迁吧,咱们小兵服从命令就是了,咱可不像有的人装假积极,带头表态,连自己老婆都不商量一下,就在会上当大家的面撂出一句话:我让我老婆带个头去三山岛。"有个人问:"牛参谋长真没有跟他老婆商量?"那人回答说:"商量什么呀?昨天他老婆才给他通电话,说自己想去三山岛呢,如果当时商量了,现在还商量什么呀!"

杨玉琼听了这话,气得流了眼泪,一气别人瞎议论他们两口子;二气牛幸娃没跟她商量,就在会上提出来让自己去三山岛这件事,太不尊重自己了。人家都这么说,看来不是假话。越想越生气,气得走到头又走了回来,路过门口时那些人还在议论,杨玉琼不知从哪里来的那股劲,一向柔弱、不惹是非、吃了亏只会流泪的她,瞬间变得坚强起来,她一把推开虚掩的门说:"你们乱议论什么呢?谁说老牛没跟我商量,我俩早就商量好了,是我主动提出来的,让老牛在会上说的!怎么,我们两口子做得不妥吗?你们都知道老婆孩子热炕头,我家老牛去了先遣组,我们夫妻两地分居,我要求到三山岛去夫妻团圆,有什么不可以吗?值得这么议论吗?小题大做,无事生非,今后要管住自己的嘴巴!"说完,"啪"的一声把门关上,去了政委苏继轩办公室,正好梁占刚团长也在。杨玉琼自幼跳芭蕾舞,在嘉峪关市少年宫时就是台柱子,经常给省里领导和部队军以上领导演出,是见过大世面的,见了政委、团长自然不怯场。她说:"政委、团长,我们家老牛在党委扩大会上提出让我提前调到三山岛工作,是和我商量过的,我是同意的,不像有的人瞎传,说老牛出风头、瞎逞能,连跟老婆都没有商量,就在会上提出。请你们明鉴,不要让人乱嚼舌头,损害老牛威信和形象。老牛对我从来都是尊重的,我也愿意支持他的工作。"

苏继轩政委说:"谢谢你支持我们团领导的工作,你和老牛给机关干部带了一个好头。"

杨玉琼说:"谢谢政委夸奖,我没有那么高觉悟,老牛也不是出什么风头,我们两个就是想夫妻团圆,在一起有个照应。"

梁占刚团长说:"你的要求我们已经批准了,你何时出发?我派人送你过去。"

杨玉琼说:"我明天出发,不用派人送我,我自己坐火车过去。"

杨玉琼是带着一肚子火去三山岛的,她不是一个小肚鸡肠的人,对别人议论什么,耳旁一阵风也就过去了。她气的是牛幸娃这么大的事竟然不和她商量,自己就定下在会上宣布,而且在自己和他通电话时,竟说他不知道,这不是蒙骗自己吗?有这样干事的吗?有这样和妻子相处的吗?两人是夫妻关系,夫妻地位是平等的;两人都是军人,军人的地位是平等的,难道提了参谋长就高人一等吗?就可以不经商量决定别人命运吗?想到这些,杨玉琼更加委屈,在路上流了一路的眼泪,甚至对自己的婚姻、对自己对牛幸娃的选择,都产生了一些怀疑,怀疑自己当初的选择是否正确,是否值当。

杨玉琼带着这样一种心情,到了潍坊下了火车,自然不会给牛幸娃什么好脸色看。

好在牛幸娃已有思想准备,团长、政委事先给他打了电话,说了机关的一些议论,说了杨玉琼听到这些议论的反应,告诉他杨玉琼是带着情绪离开团部奔赴三山岛的,要关心她。梁占刚团长说:"我们东北人说,夫妻闹矛盾是床头吵架床尾和,你龟儿子可得有点耐心,多多作揖告饶就是了,可别整呲边子了。"

杨玉琼身上背一个挎包,一手提一个手提包出了站口。牛幸娃迎上去,嘴里喊着"玉琼",就伸手去接手提包。

杨玉琼把身子一扭说:"不用!"

牛幸娃把身子转过来,杨玉琼又扭到了另一边。

牛幸娃想活跃气氛,喊了一声"娘子",杨玉琼说:"谁是你娘子?你还有娘子?"

话是这么说,还是把提包递了过来。

牛幸娃知道杨玉琼今天气不怎么顺畅,怕别人看笑话,就自己开吉普车来接。待上了车,牛幸娃问:"在车上吃东西了吗?"

杨玉琼说:"不用你管!"

"咱们找个地方吃点东西?"牛幸娃又问。

"不吃!"杨玉琼一口回绝。

牛幸娃知道杨玉琼是真生气了,想想也是自己做得不妥,怎么能事先不商量,就在会上表那个态呢?虽然是话赶话说出来的,但也没有必要非那么说嘛!现在弄得里外不是人了,外面有的人说他"出风头",玉琼也怪他事先没商量,两头不落好。现在,牛幸娃有些后悔了,他不是后悔表了那个态,作为一名军人,一名团领导,不应该带这个头吗? 在事情出现僵局的时候,不该出来破这个局吗? 他后悔的不是这个,而是后悔事先没有先和杨玉琼商量,事情发生后也没有和玉琼通气。如果自己事先沟通过或事后通气,杨玉琼也不会不答应。现在这样做,确实对杨玉琼不尊重,伤了她的自尊,也给夫妻关系带来了阴影。现在弄成这样,如何是好呢? 牛幸娃一边开车,一边琢磨办法。他心里想,无论如何,不能让杨玉琼以这种情绪去到军营,那样,了解情况的,知道是夫妻俩闹了意见,不了解情况的,还以为杨玉琼不愿意来,是被牛幸娃逼来的,是他"假积极"的结果,那会在部队产生什么影响?

心里这么想,在不知不觉中,他就把吉普车开到海边来了。远处是一望无际的渤海,脚下是半圆形的莱州湾,他想让杨玉琼在这里消消气,两人好好聊聊,等玉琼消了气后回军营。

牛幸娃把吉普车停稳,从侧面拉开车门,扶杨玉琼下来,手指前方说:"玉琼,前方就是大海,是渤海,脚下就是三山岛海岸,你尽情地欣赏吧!"

展现在杨玉琼面前的大海是那样宽广辽阔,波涛汹涌,海浪打在礁石上呼呼有声,是那样神秘有趣。夕阳下的海面,蓝色上面又铺一层金色,在一片金色中有海鸟飞翔。脚下的沙滩松软,踩在上面像踩在毯子上似的,就像当年自己跳舞时脚下的地毯一样。在这样的环境中,单纯的她又恢复了少女的天性,她把脚上的鞋子脱下来,光着脚在沙滩上走来走去,一副顽皮儿童的模样。

牛幸娃接过她手中的鞋子,叮咛道:"小心脚下,不要让蛤蜊划着。"

杨玉琼转过脸说:"不用你管!"口气已不那么凶巴巴的了。

就这样,在金色的海滩上,杨玉琼一趟一趟地来回走着,牛幸娃提鞋在一旁跟着。杨玉琼间或在沙滩上做着各种舞蹈动作,有些动作牛幸娃知道,那是《常青指路》里的。她还从挎包里拿出彩色纱巾,一边用手挥舞,一边看着远方的大海,一直到太阳落到海上的波涛里,融为一体。

牛幸娃说:"天黑了,我们回去吧?"

杨玉琼说:"我饿了。"

牛幸娃说:"我让他们准备了,饭菜怕是早做好了。"

杨玉琼指着海边的大排档:"就在那里吃!"

此时有人光临,卖海鲜的人也在招揽顾客,有几只电灯已经点亮,闪着耀眼的光。两人走上前一看,煮熟的对虾、红了壳的螃蟹、海红、蛏子、虾爬子,应有尽有。牛幸娃总算找到了"献殷勤"的良机,他把这些海鲜点了之后,一盘一盘端过来,再把杨玉琼吃过的虾皮贝壳一盘盘倒出去,让从小长在大西北的杨玉琼,不仅饱览了大海景色,还饱尝了渤海的海鲜美味。杨玉琼吃饱了,又把一些大虾剥了壳,把螃蟹的黄抠出来,让牛幸娃吃,两人吃得嘴上手上都是海味,互相看着看着,竟笑出声来。

牛幸娃说:"看你的脸,像个花猫。"

杨玉琼说:"我就是花猫,我小时小名就叫'花猫',一说'花猫'就知道是跳舞蹈的那个小姑娘。唉,青春一去不复返了,但我童年的梦实现了。我小时候读《老人与海》,读一些关于大海的书,我问我妈:妈,大海在哪里呀?我妈说,等你长大了,翅膀硬了,就能看到大海了,没想到在三山岛圆了我的梦。"

牛幸娃说:"时间长着呢,三山岛好玩的地方多着呢,海岸线长着呢!从三山岛向南向西向北,能到黄河入海口;从三山岛沿海岸线向北,可到蓬莱、烟台、威海,以后有机会,我就领你去逛!"

杨玉琼说:"你说话算数?"

牛幸娃说:"当然算数,决不蒙你!"

杨玉琼伸出一根指头说:"来,挂钩上吊,一百年不许变。"心中原有的怨气已烟消云散了。

待上了吉普车,杨玉琼似乎又想起了生气的事,气哼哼地说:"看我今天夜里怎么收拾你!"

牛幸娃笑了,心里悄悄说:"你收拾我?还是看我怎么收拾你吧!"

吉普车从海边向营区驶去,夜幕中,四只轮子像跳着舞步一样欢快,喇叭偶尔叫一声,好似欢乐的音符。

2

杨玉琼到三山岛来了,几天前,余秀英和儿子小镜、小铁已经到了,老金和苗丽萍的儿子金国庆也来到父母身边,这样,原先在镜铁山营区的三家人,又在三山岛聚齐了。

因为团部和领导家属房还没建起,三家人就挤在十一连修的家属房里,一家一间,互为邻居。每家一间房虽然不大,但也够用,因为部队干部行装都很简单,家里没什么家具,多是些日常用品,再就是一个床铺一个柜子,加起来也没有多少家当。做饭另有厨房,吃饭有时在外面,吃的大多是从伙上打来的,谁家做了什么好吃的,大家都来分享。

俗话说,三个女人一台戏,杨玉琼、余秀英来后,苗丽萍就和她们组合起来,让这一排家属房整天热热闹闹的。

余秀英随军了,原先说在矿上安排工作,却迟迟没有落实。老金对苗丽萍说:"你筹建卫生队不是缺人手吗?咱们自己消化不就得了,何必去求矿上?"

苗丽萍说:"那感情好!但这件事我做不了主啊!"

老金说:"只要你同意,我去找牛幸娃。"

老金跟牛幸娃说了,牛幸娃说:"这个主意好,这个主我做了。我们平常老说关心干部,一遇实际问题却不敢做主。我们需要人,还要到外面招工,为什么放着自己人不用?"一锤定音,把余秀英招到了卫生队做一名医护工。王永学开始不同意,说这样安排怕影响不好。牛幸娃眼一瞪说:"这件事是我职权范围内的事,和你无关,出了问题我负责!"

这样一来,本来要好的三姐妹都成了团卫生队筹备组人员了,三个人天天在一起。因为卫生队用房还没建起,十一连也从家属房倒出两间,一间做诊疗室,一间做办公室兼休息室。现在驻岛的就十一连一个连队,卫生队主要任务就是为十一连服务。苗丽萍、杨玉琼在镜铁山时,就为这个连队的干部战士做医疗保健工作,多数人都认识她俩,有了伤病就来让她们诊疗,她们诊疗不了的就上三山岛医院,再不行就往县城医院送。

除了来看病,干部战士有什么思想问题也来找苗丽萍,她过去是"编外指导员",帮连队做了不少工作,和大家交情深厚。也有的是想来看杨玉琼跳舞,他们说:杨护士,你那时前滚翻后滚翻翻得多好,跳舞那脚步轻的,就像踩在水面上一样。杨玉琼笑笑说:"我已有一段时间不练了,等我练练,有机会跳给大家看。"为了这一天,她又开始天天压腿、瘦身,做些练功动作。也有一些战士啥事也没有,也常过来转转、看看,私下说,来过过眼瘾,看看苗丽萍、杨玉琼、余秀英三个美女。也有的是喜欢孩子,来逗金国庆、王小镜、王小铁玩玩。连里干部来得多的是王玉波,他领命把余秀英、王小镜、王小铁和金国庆从镜铁山接来,一路上密切接触,也和几个人熟识了,常来看看余秀英,或是给几个孩子送些吃的、玩的。他原先就认识苗丽萍、杨玉琼,现在更熟识起来。他有一手理发的好手艺,但当了副连长之后,培养了新的理发员,他就不怎么动手了。但苗丽萍、杨玉琼、余秀英还是爱让他卷发、烫发,他对此乐此不疲。闲着也是闲着,能在几个美女头上练练手艺也很好。其实,他还有一个隐秘的小心思,就是想通过她们解决个人的婚姻问题。自己也老大不小了,副连职干部具备婚恋条件了,但如何处理个人问题,自己拿不定主意。镜铁山矿的左梅明确向自己表示意愿,嘉峪关市杨玉琼的妹妹杨玉洁,也给自己写了表达那个意愿的信,如何是好呢?假如他最终选择杨玉洁,那杨玉琼这一关也要通过呀!到时杨玉琼给打个"破头楔",那自己和杨玉洁也就好不成了。苗丽萍、杨玉琼、余秀英哪知道王玉波这些"小九九",只当是他继续学雷锋做好事"从头做起",安心地享受他热情周到的服务就是了。

杨玉琼来到三山岛时间不长,先遣组接到上级任命令,由阎芳州接替王永学担任十一连指导员。苏政委特意来电话,让牛幸娃宣布任命令之后,王永学代表团领导跟阎芳州谈一次话,提出任职的一些要求。

王永学和阎芳州都在镜铁山工作组待过,王永学是组长,阎芳州是组员。阎芳州是甘肃天水人,有写作特长,留在镜铁山的原因是想写关于酒钢建设的长篇小说,反映基建工程兵将士的牺牲奉献精神和镜铁山矿从无到有的建矿过程。他工作之余坚持读书写作,因为常戴一副近视眼镜,大家背后称他"阎眼镜"。王永学支持"阎眼镜"写作,当他因和杨玉琼走得太近,遭到有人诬告时,王永学又护着他,把他送到远离镜铁山的青海托勒牧场参加高考。他也果然不负众望,考上武汉大学中文系,成了1977年恢复高考的第一届大学生。大学毕业后,阎芳州又主动返回部队,现在有了进步,要当十一连指导员了。其实,严格地说,也不算什么进步,他在机关已是正连职了,和连指导员平级。但指导员是连队军政主官,独当一面,又是任职响当当的十一连,这就算重用。按地方上的一句调皮话说,就是背心改乳罩,位置更重要了。加上可以深入体验生活,为今后创作搜集素材创造条件,有利于实现自己夙愿,阎芳州"阎眼镜"是愿意来的。今天王永学找他谈话,他是怀着对组织上的感激之情,对王永学的感恩之心的。

阎芳州说:"谢谢组织上信任,谢谢您的帮助,没有您的培养帮助,就没有我阎芳州的今天,我首先表示感恩感谢之情。"

王永学态度严肃地说:"你感谢组织上的信任是对的,但不要把我拉扯上。团党委决定你到十一连任职指导员,是组织上根据你的表现,党的十二大提出的培养年轻干部的要求,从连队建设需要的实际出发,综合衡量考虑的。我和牛幸娃参谋长是推荐过你,但最终是组织上决定的。你不用感谢我俩,要感谢组织。现在社会上有一股子不正之风,搞帮帮伙伙裙带关系,互相拉拉扯扯,一个人提拔重用了,不是感谢组织上的培养,而是把账记在个人头上,有些人以组织名义培养个人势力,拉帮结派,这样下去必然会危害党的事业,非把部队搞乱不可。我们要从我做起,从现在做起,自觉正人正己,做一名正派的、在各个方面都叫得响的优秀政工干部。"

王永学这番话,让阎芳州受到感动,也说到他心里去了。阎芳州为人正直,入伍后靠本事不靠攀附,是一个工作刻苦努力、胸怀坦荡的人。他也痛恨王永学提到的社会上这股子不正之风,真诚地说:"指导员,不,王主任,您说得对,我要感谢组织上的信任培养,做一个正直正派的基层政工干部,也一定会努力工作,不辜负组织上的信任。"

王永学笑了:"这就对了嘛!我今天是受团党委委托,来和你谈话,也代表组织上对你任职提出一些要求。我也结合我对十一连干部战士情况的了解,给你提出一些个人建议,供你参考。"

在接下来的谈话中,王永学在政治、业务、个人带头作用、廉洁自律等多方面对阎芳州提出要求。其中有几点要求很有针对性,是关于如何做好连队思想政治工作的。一是要正确处理好政治和军事、政治和业务、政治和施工的关系。王永学说:实践证明,连队管理工作中,既不能淡化政治、虚化政治和漠视政治,也不能把政治凌驾于业务之上,成为两层皮,搞空头政治。政治教育的效果要落实到连队战斗力增强和各项任务的完成上。二是连队政治工作的目的,绝不单纯是完成施工任务,还要着眼于培养"四有"新人,通过组织管理和施工任务的完成,培养一支过得硬的队伍,使战士们健康成长,掌握多方面的本领,留在部队或回到地方为"四化"建设发挥作用。相比来说,培养一支好的队伍甚至比完成施工任务更难、更重要。三是做思想政治工作单靠传统的方法已经不行了,要按照新的理论新的思维新的知识,结合改革开放后战士的思想实际,大胆创新,探索用新的方法解决问题。在面临新形势新情况时,要勇于探索,敢做第一个吃"螃蟹"的人。

王永学用一分为二的方法,既肯定了阎芳州身上的优点,也指出了其不足。他认为阎芳州身上突出的优点有几条:一是深深热爱基建工程兵这支部队,对这支部队的干部战士有很深的感情,立志写出反映他们精神风貌的传世作品,为这支英雄的部队立下丰碑。尤其是大学毕业后,在有机会留在大城市,或留武汉大学任教,或分配到北京有关部委工作的情况下,主动放弃那些优厚条件优厚待遇,选择回部队继续服役。仅仅这一点,就让人佩服,这是许多人做不到的,也是最让战友们赞不绝口的。现在进入了改革开放新时期,一些人贪图享受了,挖门盗洞往城里跑,往条件好的地方跑,阎芳州却反其道而行之,又回到了施工部队,让人刮目相看呀!二是能吃苦,能经受艰苦环境的考验。一当兵就在矿建连队,从打井巷开始,一不怕苦,二不怕死,调到机关提干后,又主动提出留在镜铁山八年。大学毕业刚回部队时间不长,就随先遣组来到了三山岛,一切行动听指挥,勇于攻坚克难,不改军人本色。三是为人正直、正派,对社会不良现象和不正之风疾恶如仇。四是热爱学习,喜欢读书,对新理论、新知识的汲取孜孜不倦。王永学也指出阎芳州的几点不足:一是性格单纯、直率,有时有书生气;二是有时候感情用事,看人看事不够客观冷静;三是原则性强,灵活性不够,处理事情显得僵硬;四是有时有骄傲情绪。

阎芳州说:"前几条缺点我都承认,但说我有骄傲情绪,我想不通。我在机关时,因为个子不高,走路喜欢挺胸昂头,一些人就说我'仰面朝天,目中无人';我在一些理论观点上,常常和人发生争论,一些人说服不了我,就说我'骄傲',给我戴上骄傲自满的帽子。"

王永学笑着说:"这不算个啥,你可以保留意见,有则改之,无则加勉嘛!"顿了一下又说:"我有一件事可要提醒你,到了连队繁忙得很,可不能天天想着写你那长篇小说了。"

阎芳州说:"您放心,这十一连工作就是一部最好的长篇小说,我努力去写作就是了。至于想写部队的长篇小说,那只是愿望而已,我大学的老师对我说,写长篇小说最好有了丰富的生活积累之后,在50岁之后再动笔。"

王永学说:"这我就放心了,毕竟心无二用呀!"

阎芳州说:"我没有在连队任过职,又长期脱离连队实际,您当过连队指导员,请不吝指教,给我传授一些经验吧。"

王永学说:"经验谈不上,但有两点体会,说出来供你参考。一是连队领导班子要团结合作,尤其是军政一把手,也就是连长和指导员要搞好团结。这在一个连队特别重要。过去人们常说'一山不容二虎',意思是说,一个单位不能有两个说了算的。但事实上,在我们人民军队基层单位的各级职务配置中,就是两个一把手。连里是连长、指导员,营里是营长、教导员,团里是团长、政委,师里也有师长、政委。连队是双职务分设的基本单位。事实证明,这种职务配置是科学合理的,也是人民军队性质所决定的。这种双职务配置,实际上就是两个一把手,连长负责军事、管理,指导员负责支部建设和思想政治工作。这种双职务设置,担任连长、指导员职务的两个人的关系,就一定不好处理吗?就一定闹矛盾吗?不是的。据我观察,许多人是处理得好的,大多数是处理得好的。当然,也有处理得不好的,两人斗得像乌眼鸡似的。为什么在同一职务上的两个人,有的关系处理得好,有的关系就处理得不好呢?这就关系到个人的素质了。素质高的,眼界宽广的,有大局意识的,就能处理得好,处得来;反之,素质低的,眼界狭隘的,小肚鸡肠的,非要分出你高我低的,就斗得凶,闹得狠,处不来。处得好处得来的结果是连队建设得好,事业兴旺发达,个人受信任,得到组织提拔；斗得凶、处不来的结果是连队建设搞不好，处处落在后面，个人脸上无光，还会受到组织批评处理。当然，这里面情况很复杂，常常是公说公有理，婆说婆有理，是因公因私还是其他因素，很难判断，也不好判断，但有一点可以肯定，个人的结局都不会太好。怎么做才好，才能团结，我不讲更多道理，就讲一条，你要牢牢记住，和连长的关系就好处理：就是在任何时候任何情况下都推功揽过，出了成绩向外推，账记到连长身上；出了问题，自己主动担责，记到自己账上。你要能做到这一条，就能和连长处得好。不信你试试。至于相互体谅，取长补短，职责分明，分工不越位，吃苦在前、享受在后等，都比较容易做到。不是说连长和指导员就不闹矛盾，矛盾无处不在，怎么可能没有矛盾？只是说把矛盾控制在允许的范围内，大事讲原则，小事讲风格，不闹无原则纠纷，把矛盾处理好、控制好，这是可以做得到的。"

阎芳州聚精会神地听，认真地点点头。王永学稍停一下，接着说下去："第二条经验就是爱兵、尊重兵。我在连队带兵多年，当指导员也有许多年头，就吃准一条：你把战士放在心上，战士才会把你放在心上；你把他们当回事，他们才会把你当回事。尊重兵，就是尊重他们的人格，尊重他们做人的尊严。你要将心比心，理解他们的诉求。不能仅仅把他们当成完成任务的工具来看待，而是当成情同手足的兄弟。新社会的兵和旧社会的兵不同，不是'当兵吃粮'，混个肚儿圆，他们有自己的追求和梦想，要创造条件为他们圆梦，使他们走出不一样的精彩人生。这是对部队的贡献，也是对社会的贡献，更是对人类的贡献，是对天下万物灵长中最尊贵的人的尊重和赞美。你这样做，你就进入到了一个带兵人的最高境界，在连队的日常工作中，就没有兵不服从你的管理，就不会把你的话不当回事。"

讲完这些，王永学又说："为了便于你和连队干部处理好关系，我把现有几个干部的情况，简要给你介绍一下。连长王好，你知道是从北京指挥部来的,几个月的表现大家都看到了,为人善良厚道,管理能力强。他用两条抓住了全连士兵:一是狠抓伙食,抓住了战士的胃。人们常说的一句话是,家中做好饭,地里的活不用看。他除了出工,就在伙房待着,关心的是米饭是否夹生,馒头是否松软,饭菜是否可口。如果有问题,他必亲自动手示范。他经常查账,反对结余过多,说上级给战士们的伙食费,就是让他们吃饱喝足的,结余那么多干什么!他还带着战士们种新鲜蔬菜,养猪,还抓一只母猪来养,让它下猪崽,解决连队干部战士吃肉难的问题。连队伙食更是顿顿花样翻新,让大家每顿饭都有新的期待。二是通过抓技术培训,抓住战士的心。木工、瓦工、理发师等培训班怎么就抓住了战士们的心呢?现在改革开放了,各种限制放开了,就业门路宽广了,来钱道也多了,战士们不怕复员,就怕复员后没事干,现在学会技艺在身,外出打工挣钱,自个谋个生路就有资本了。你说,他们能不踊跃参加吗?能不拥护为他们复员后考虑的好连长吗?王好连长有没有缺点呢?也有,就是身上有'好人主义',不愿得罪人,对连队战士要求不够严格。有时遇事缺少钢条,原则性弱一些,奉行'你好我好大家好'。这也许是太过于善良所致,不算是大问题,你俩取长补短就是。"

王永学说到副连长王玉波、技术员严士范、代理副连长慕古秀和苏明远、司务长刘宪胜。他说:"王玉波是城市兵,文化程度高,脑子灵活,有一手很好的理发技术。刚当兵时不愿下井,说自己有'晕井'的毛病,后来,要处理他退伍,他才要求到井下施工,结果在井下来了猛劲,学会了多项施工技术,掌握了多门操作技能,还坚持组织学雷锋小组,学雷锋做好事,被上级发现后成为兵种树立的青年团员先进典型。这是一块好材料,注意发挥他的作用就是了。严士范是个'老矿山',工改兵入伍,一直在十一连当技术员,是技术大拿,尊重他,发挥他专长即可。慕古秀、苏明远这两个人情况有些特殊,过去是代理排长,现在是代理副连长,还是志愿兵身份,因为没有经过学校培训,提不了干,两人有怨言,但工作依然勤勤恳恳,兢兢业业,是一对'老黄牛',只能等以后熬够年头了,或做出特殊贡献了,才能解决干部身份。一想到咱们部队有这么多'代理干部'的志愿兵,我心里就很不平静。我们团有个'代理副连长',一代就是十年,干的是干部的工作,享受的却是战士待遇,可他始终保持一颗平常心,始终坚持不懈地战斗在上级任命的岗位上,无怨无悔,尽职尽责,一往无前。这种不计得失、一心为部队着想的精神,实在令人肃然起敬。但愿这些头上有'代'字的老兵们早日得到他们应该享受的待遇。他们太不容易了,在漫长等待中的那种煎熬是常人难以想象的。还有一个司务长刘宪胜,是接替刘柱锁提上来的,工作也很有积极性。伙食办得好,也有他的功劳。"

阎芳州听了王永学的介绍,对连里干部情况有了大致了解,诚恳地说:"您放心,我会和他们好好相处,把连队班子建设好,把各项任务完成好。"刚想说"谢谢您的栽培",一想到王永学说过要感谢组织不要感谢个人的话,就把这句话变成了"谢谢您的介绍"。

王永学笑笑无语。

3

在王永学和阎芳州谈话的同时,牛幸娃也在和连长王好谈话。

牛幸娃首先肯定王好带领全连,在几个月内取得的突出成绩。一是把十一连的营房建设好了,解决了干部战士的吃住问题,也为其他连队营房建设树立了样板,其他连队,照葫芦画瓢,就这样建设可以了,省得误工误事。当然个别连队驻地地形特殊的,那也要从实际出发,该调整调整。二是提出了全团营房建设布局总体方案,经过先遣组审核同意后,得到了团首长的认可。

现在,牛幸娃给王好提出了新的任务,这就是:加快营房建设进度,调整一下重点,先把团部建立起来,以便团部机关及早搬迁。

王好说:"盖团部没有问题,我在北京还参加过盖支队部呢,我们支队部盖得好,还被兵种领导夸赞过呢!"

牛幸娃说:"那在今年五月一日前把团部建起来,有什么困难没有?"

王好说:"也有困难也没有困难。没有困难,是建房材料没有问题,听说是部队建营房需要,县里、矿上、三山岛村,都一路绿灯,确保部队需要。三山岛就有建筑队、建材厂,他们说砖瓦、木料、水泥、预制板都按市场上便宜价格供应,满足部队需要,实际上这也是他们创收的一个渠道,我们是公平交易,付钱提货,这一大宗交易,还促进了三山岛经济发展呢!要说困难,主要是人手不够,现在投入施工的就我们一个连队,而且面临老兵复员,一下子又走掉几十人,兵力短缺呀!"

牛幸娃说:"这个你不用愁,三连、五连马上要从湖南开到三山岛,到了归你统一调配指挥,这样人手够了吧?"

王好说:"乖乖,一下来两个连,那老中,绝对没有问题,五一前一定把团部拿下来。不过,这得你坐镇指挥,我给你打下手,你在中军帐坐着,我给你打冲锋!"

听王好说五一前建好团部没有问题,牛幸娃心中高兴,就把王好夸赞一番,说:"我也是从四川农村出来的,农村中能工巧匠见得多了去了,似你这样出色的匠人却不多见,用我们四川话说,就叫百尺竿头挂剪刀——高裁(才)。"

两人说得高兴,话就越说越稠。两人都是从农村走出来的,有许多共同语言,又聊到四川、河南两地的风土人情。王好说:"俺们河南人能吃苦,你们四川人比俺们河南人还能吃苦。六十年代那时候,俺们老家一些人找不到媳妇,就花钱到四川去带,也有女人带孩子从四川跑出来,经人介绍嫁到俺们村子里,一个村子就有好几个,她们说着四川话,把孩子放在背篓里背着下地干活,乖乖,当地男人都不如她们干活麻利。俺村有个残疾人,人小头大,绰号'大头娃',过了二十八九年纪,还说不上媳妇儿,有人给他介绍一个从四川来的中年妇女,还带着一个12岁的儿子,说是家乡遭了灾,丈夫患病死了,愿意嫁给'大头娃'为妻,'大头娃'对母子俩很好,视孩子为己出。没承想几年前日子好过了,那母子俩跑了。有人说'大头娃'被人骗了,人财两空了,谁知过了一段时间,母子俩又回来了,还带来了一个男人,那男人是女的丈夫,一家三口感谢'大头娃'的恩德,还把孩子留下来,照顾'大头娃',给他养老送终。"

牛幸娃叹息道:"那些年四川一些地方穷,不少女人跑出来,闹出了不少悲欢离合的故事。现在日子好过了,这些悲剧就没有了,还是改革开放好呀!"

王好的话在不经意间,也戳到了牛幸娃的痛处:人家都有儿子养老送终,自己连个儿子还都没有哩!

和王好谈完话,牛幸娃又去找金昌浩,催问施工组织设计方案进展情况。金昌浩说:"你不用着急,耽误不了事。"

牛幸娃说:"我看你天天也没怎么弄,不像镜铁山时,耳朵上夹一杆铅笔,天天忙乎乎的。"

金昌浩说:"我现在年纪大了,知识也有些老化,在镜铁山是搞铁矿,这是搞金矿,虽说道理都一样,但毕竟有所不同。我这次准备起用一个新人,让他主持金矿施工方案设计。"

牛幸娃问:"谁?干什么的?咱们团还有比你老金强的吗?"

金昌浩说:"承蒙你夸奖。现在就有一位后起之秀,他就是技术股去年分来的大学毕业生王兴昌,我想给他压担子,把主竖井施工组织设计及井架总图、制作设计图的设计工作交给他来完成。初步谈了,要求他在一个月内完成全部设计任务。"

牛幸娃说："姜还是老的辣,刚毕业一年多的大学生能行吗？可别到时秃噜扣,坏了大事。"

金昌浩说："我对这个人考察了,虽然年纪不大,只有25岁,但确实是个人才。此人是河北沧州人。天资聪明,酷爱学习,基础扎实,1977年国家恢复高考,他凭借扎实的基础知识、个人潜能和综合实力,以优异成绩考上东北工学院,分配到采矿系矿井建设专业学习。他在校期间,如饥似渴地学习基础理论和各专业课程,尤其对高等数学、理论力学、岩石力学、断裂力学、结构力学、材料力学、矿山工程学等专业课程的学习更加刻苦认真,掌握的知识更加扎实、全面。他还深入进行学科研究,在校期间发表多篇学术论文,独立完成了模拟矿山设计。在校期间的勤奋学习与知识积累,为其成为一名优秀的井建工程师打下坚实的基础。"

牛幸娃说："金矿施工设计,纸上谈兵可不行呀！"

金昌浩说："他去年3月入伍,随即分配到河南省灵宝小秦岭山区施工的一营三连任技术员,在那里崭露头角。调入团技术股后随我们到三山岛,先后参加了主竖井工业场地布局、井筒布局、井架与非标准件加工设计,不到半月时间画出了一百多张图纸,圆满完成了承担的设计任务,受到技术股领导和同志们的肯定和褒扬。我看这个王技术员是一块好材料,可以担当大任。我们把设计任务交给他,体现了组织对他的高度信任,同时也是有目的地锻炼他,给他一个更大的施展才华的舞台,使其增长实践经验,为部队今后开展工程建设储备技术力量,让更多的人才脱颖而出。"

牛幸娃说："你老金想得深、想得远、也放得开,我同意起用新人。现在上级也号召我们注意发现人才,培养人才,形成'四化'建设强大的人才队伍。但你老金不能'大撒手',到时交不了账,我拿你是问。"

老金说:"好,好,真出了问题,我来担责!现在有一句话说得好,功成不必在我,让更多的年轻人挑起重担,我们黄金部队就后继有人了。"

4

阎芳州到十一中队担任指导员,和王好连长成了搭档,两人的合作开始了。

阎芳州是甘肃天水人,1971年参军。王好是河南洛阳人,1970年参军。两人资历差不多,但王好年纪大些,在连队当主官时间长,相对"牛"一些。但阎芳州也不弱,他是武汉大学毕业的高才生,又是部队培养的"秀才"。两人的合作可谓"秀才遇见兵",合作起来如何,是不是"有理说不清",人们在拭目以待。

像许多搭档一样,两人都客客气气,互相在试探着,像工兵拿探雷器在探雷一样,边走边探,既要把雷找出来,又要防着冷不丁爆炸炸伤自己。但慢慢地两人就放松了,自然了,也融洽了,因为两人谁也没有探到"雷"。两个都是直爽之人,心中没有什么弯弯绕"小九九",不用互相提防着。阎芳州没有在连队主官位置上干过,有一个熟悉的过程。而王好已当了多年连长,又在北京大机关、大工地见过世面,对连队管理驾轻就熟,就无所顾忌地甩开膀子干了起来。和王永学搭档时,王永学虽是指导员,但人家还是团政治处代理主任,正营职干部,比王好高一头,再说王永学是1969年兵,资历也比自己老。别小看这入伍时间的一年之差,论起来真就不一样,像农村排辈分一样,比你早入伍一年,就是老兵,你后入伍就是"新兵蛋子",是要早上起来给老兵打洗脸水的。当然,王好和王永学的差距不仅是在一年兵上,各方面都有差距,这一点王好是清楚的,所以从来不敢在王永学面前摆老资格,从来都是一副服从命令、积极配合的样子。这和他新下来、情况不熟也有关系。所以,在和王永学配合中,就扮演了一个服从的角色。好在王永学为人宽厚,很好相处,事事把他推到前台,让他真正负起责任,也显示出了自己的本事。

现在,王永学走了,阎芳州来了,情况就不一样了,王好就开始显得"霸气"起来,显示自己处处"说了算"的威风,凡事愿意做主和拍板定案。阎芳州是1971年兵,又刚到连队,两眼一抹黑,就处处听王好的,两个人相安无事,配合得也还默契。但由于两人经历不同,受到的教育不同,岗位职责不同,对一些事情也有不同的看法。

比如,阎芳州就认为王好抓伙食抓过了,连队又不是宾馆、饭店,让干部战士吃好、吃饱就得了,不用花费那么大的心思用那么大精力,让副连长王玉波去抓就行了,不用连长天天泡在伙房里。有时找王好商量个事,一问,他十有八九在伙房里。你在伙房里待的时间长了,在别的地方待的时间就少了;你在伙房用的精力大了,用在别的方面的精力就少了。比如连队的军事训练、军人素质的提高,就抓得不够多,不够紧,纪律方面也显得松垮。王好对阎芳州的一些做法也有看法,比如,阎芳州提出在连队开展理论学习,开展人生观、世界观、价值观"三观"教育,开展怎么看待"改革开放"大讨论,因为社会上对"改革开放"有不同看法。王好认为这些都是虚的,"净整些没用的"。好在两人的不同看法都藏在心里,都是"腹诽",不影响两人关系,而且两人更多的是相互倾慕。阎芳州对王好的组织施工能力、建房技艺敬佩之至。十一连原来是搞井巷掘进的,有特定的施工程序和流程,五个排基本任务相同。而现在搞土建,执行营房建设任务,兵力调动和使用就大不一样了。王好把五个排做了分工,一排是木工排,二排、三排是瓦工排,四排是混凝土砼排,五排是材料排。一栋楼房盖起来,各排齐上阵,忙而不乱,那楼房就像春起之苗不见其增却见其长,几天就盖出一栋楼。连里专门设立了质量监督组,让严士范当组长,质量不合格的,必须返工。王好还把有人砌的不合格的墙用脚踢倒过几回。进度质量一天一总结,一周一通报,不拖延,不耽误,也不敢马虎。王好自己更是带头,班班忙乎在砌砖现场。他一手一把瓦刀,一手一把大铲,铲灰、摊灰、拿砖、安砖、清缝,五个动作一气呵成,一般人一天只能砌一千多块砖,而他却能砌到两千多块砖,效率高得让人咋舌。清水墙勾缝,别人每天仅能勾三十几个平方米,而他能勾到五十几个平方米。别人都是一行勾完,回过头来再勾第二行,他却是从左往右勾完后,接着从右到左勾回来,回环往复,效率自然提高。那瓦刀、灰铲在他手中像玩似的,那砖块就像听话的士兵,一队队排列在那里,整齐美观。

阎芳州也上了工地,他一手拿瓦刀,一手拿灰铲,对王好说:"连长,我想跟你学砌砖。"

王好说:"好呀,我先问你个问题,算是拜师考试吧!"接着问道:"你说说,砌砖怎样才能保证墙角90度呢?"

阎芳州想了想说:"我学过勾股定理,一面墙三块砖,另一面墙四块砖,它们的斜线就是五块砖,拐角就是90度,否则就砌歪了。"

王好大加赞赏道:"乖乖,到底是大学生,脑袋瓜就是聪明呀,你这个徒弟我收下了!"接下来就教阎芳州如何使瓦刀、使灰铲,让他给自己打下手,看自己是怎么砌的。几天下来,阎芳州就学会了,虽然动作还有些笨拙,但也能领一段墙的任务把它砌起来。王好在连队大会上表扬阎芳州:"指导员带头去工地参加劳动,很快就学会了砌墙技术,大家要向指导员学习。砌墙也没有多难,任何事情都是会者不难,难者不会。有几个人老说自己笨,甘愿在那里卸车皮搬砖头、和砂浆当小工,这怎么能行?人人都要学会这一手,学会了,回家盖个鸡窝也不用求人。"一席话把战士们都说笑了,苦练技术的热情也更高了。

欣赏都是互相的,阎芳州读过李白《独坐敬亭山》那首诗,记住了诗中那两句名句:"相看两不厌,只有敬亭山。"但他不知道,他在欣赏王好时,王好也在欣赏他身上的优点。王好欣赏阎芳州读过那么多书,肚里装那么多的墨水,懂那么多道理,说起话来头头是道,做战士的思想工作那样有针对性、有耐心、有说服力,不像自己只想着让兵们吃好喝好,退伍时掌握一门技艺。他还欣赏阎芳州有那么强的写作能力,阎芳州任指导员之后,所有讲话、文件、总结,就没有让文书起草过。听说指导员还写得一手好文章,在《解放军报》都登过稿子,还会写诗歌、散文、小说。乖乖,可了不得!自己虽然有一手精湛的建筑手艺,但这种手艺,阎芳州也能学会,但阎芳州那一手,自己可学不来,自己使出吃奶劲也学不来。自己读到高小毕业,就回家跟父亲学木匠手艺去了,肚子里没有多少墨水。从小父亲就教育他"敬惜字纸",遇到写有字的纸片,不能用脚踩,要收存起来;对读书的人要敬畏三分,他们是传输知识和学问的,是对社会有大贡献的。潜移默化,这些也形成了王好的认识。他欣赏阎芳州这个秀才、这个大学生、这个穿着军装肚里有学问的人,为能和这种人搭档而感到幸运,在这种情况下,两人能不能合作好,就可想而知了。经过短暂磨合之后,"兵与秀才两相宜",两人合作的蜜月就开始了。

最能体现王好和阎芳州合作意愿、合作态度、合作水平和合作效果的,就是相互配合,顺利送连队老兵春季退伍这件事了。

在部队,每年送老兵复员退伍是一件难事、麻烦事。有的老兵不愿退伍,想等过两年改成志愿兵;也有的想等找上对象结了婚再退伍,怕回家不好找对象;也有的是对部队有感情,不愿脱掉这身军装;也有的是因为在部队几年没有如愿入党、提干有怨气;也有的是受过不公平待遇,对领导有意见;也有的是因为和战友产生过各种纠纷,想在退伍时发泄不满、不平之气,等等,因为有这些事情,每年处理老兵退伍,都是一件挠头事。今年十一连老兵复员多,任务重,一下子要走80

人,而且是面临部队撤销之时,连队干部中就有人担忧,有怕出事心理,建议王好连长、阎指导员采取稳妥方式,具体办法就是:把老兵们控制在连队,让他们好吃好喝,天天下象棋、打扑克、唠家常,千方百计减少他们离开连队的机会,等到退伍名单一公布,就送他们去潍坊火车站走人。这个建议是代理副连长慕古秀、苏明远两人提出来的,他俩从历年经验教训和当前连队面临的状况出发,提出这么一个处置办法。

对这个办法,王好和阎芳州都不赞成。

王好说:"现在改革开放了,人们观念发生变化了,我们不能用老眼光看问题了。过去农村孩子只有当兵、招工、上学这三条出路,现在出路多了,个体经济、民营经济也开始发展了。我们办了木工、瓦工、厨师、理发师培训班,大家学到一技之长,回家谋个营生,应该没有问题。目前传出部队要撤销,有人说晚走不如早走好,也愿意早点复员回家,我们要看到这些有利因素。我想到的是,能否通过团先遣组,以团里的名义给退役战士发个瓦工、木工、厨师、理发师资格证书,以测试水平确定等级,好让地方量才录用。"

阎芳州说:"我完全同意王连长的意见。就是复员战士有什么想法,出现一些状况,我们多做点思想工作就是了。对这些复员兵要尊重、善待,要给他们温暖,让他们走得舒心。办证的事我去找王永学主任争取,力争办成,只是我们部队发的证书,人家地方认可吗?"

严士范说:"有总比没有强。有,就证明他有一门技艺,招工时可以优先录用,出去打工时,也能证明有一技之长,好找活路。"

最后,经连务会研究,定下此次安排老兵的退伍原则和几条具体办法。

总的原则是:善待、优待退伍老兵,充分肯定他们在镜铁山和来到三山岛后做出的贡献,支持他们到地方发展,为他们谋生和创业创造条件,让他们光荣参军而来,满怀希望而归。

几条具体办法是,做到"五个一":为退伍老兵办一张技术等级证;组织一次环三山岛游览;到三山岛金矿医院检查一次身体;办一次高规格会餐;举行一场文艺演出欢送会。

几个连干部做了分工:王好负责技术等级测试;阎芳州负责给老兵办证同时负责举办文艺演出欢送会;王玉波负责组织环岛游和到医院体检;慕古秀、苏明远、刘宪胜负责办好高规格会餐,王好担任大厨和总顾问。

具体过程不表,各项活动都很顺利。

正如王永学说的那样:"你把战士放在心上,战士才会把你放在心上;你把他们当回事,他们才会把你当回事。"这些战士,当然也包括退伍战士,退伍战士也是战士,也有七情六欲,也知道冷暖寒热,看到组织上和战友们对自己这样好,享受到历任退伍老兵没有享受到的待遇,心中温暖如春,即或心里有点儿不如意、不痛快,也就烟消云散了。

会餐那天,王好操刀杀了两头猪,让人去海边拉来一卡车海鲜。刘宪胜去掖县县城拉来几十箱白酒。青岛啤酒足量供应,全连干部战士,包括留下的、要走的,大家放开肚皮吃肉,敞开酒量喝酒,竟然把拉来的白酒、啤酒喝得一瓶不剩。但喝了这么多,没有一个人借酒闹事的,所有的白酒瓶啤酒瓶都完好无损,喝完了的空瓶子整齐地放在地上,像排列整齐、随时准备出发的士兵。这一场景,在十一连历史上从没过,就是在十一团,过去也是很少见到的。

最出彩的是欢送老兵文艺演出联欢会,那可真是叫"盖了帽",让人惊艳得不得了。遗憾的是牛幸娃、王永学,他俩奉命去沙河团部参加党委会,没能看到此次演出联欢的盛况。

联欢会主持人由王玉波、杨玉琼担任。一个是帅男,一个是靓女,本身就引人注目。杨玉琼不用说了,曾是支队宣传队的台柱子,报幕也是长项。王玉波是东北辽宁铁岭人,来自东北小品和二人转故乡,也会来一点说学逗唱,如果再戴上一顶破帽子,在台上撇拉着腿走两步,那效果也不比后来成为明星的那位演员差多少。但他毕竟没主持过节目,毕竟不是小品演员,平常在下面解闷逗乐、胡扯六拉也还可以,一正经上台主持,还真有点紧张。上来头一句话就说错了,把"今天由我和杨玉琼二人主持",说成了"今天由我和杨玉琼夫妻二人主持",下面所有人员哄堂大笑。杨玉琼到底是演员,遇乱不惊,反应很快,她说:王玉波说的是福气二人主持,说我们两个主持人能为大家主持今天的演出,很有福气!大家为杨玉琼的机智折服,又响起一阵热烈掌声。金昌浩对身边的苗丽萍说:"这小子想找对象想疯了吧?看有合适的给他介绍一个。"

联欢会的节目个个都很精彩。为了这些,阎芳州可没少费力,带领王玉波和几个人从连队实际出发,编了好几个接地气的节目。其中有展现盖楼砌砖现场的情景剧,有炊事兵敲着锅碗瓢盆表演的三句半。还把猪也赶到了现场,有个战士操刀表演王好,指着猪说:"站住,你个鳖孙,往哪里逃!"大家笑得喘不过气来,最先笑倒的是王好自己。

金昌浩代表团首长参加联欢,他和余秀英演《逛新城》,金昌浩饰演阿爸,余秀英扮演女儿。金昌浩能歌善舞,是个文艺"老青年";余秀英本身就是藏族,也在公社宣传队演出过节目。两人绘声绘色的表演,把这首歌的意境发挥到了极致。每当余秀英喊"阿爸呀",金昌浩就大声应答:"哎!"好像占了多大便宜,变成了余秀英的亲阿爸,干部战士笑得前仰后合,和着旋律跟着吼唱,整个营区"阿爸呀""女儿吔""哦呀呀呀"的欢叫声此起彼伏,成了一片笑的汪洋。

王好今天也露了大脸,不知他从哪里弄来的戏装,脸上点了彩,因为是演包公,就用锅底灰把脸涂得漆黑,额头也用石灰画了半个月牙,眉毛上方左右用石灰涂白;头上戴着官帽,一边一个"锅铲",还晃晃悠悠,好像安有弹簧;腰上是钢筋焊成的官带。他演唱的唱段是豫剧《包公辞朝》。剧情是宋皇不听包公劝阻,亲近小人,欲杀忠良将。包公一气之下要"走人",在走之前面向皇帝坦露心迹,表达"辞朝"的决心。在座的没有人听王好唱过戏,听了才知道王好唱戏这么好。他撩起官袍,晃动头上的"锅铲",走到扮演宋皇的阎芳州跟前,尽情地宣泄、吼唱,又不乏幽默、搞笑,全场人人都静悄悄的,听他一人用高腔吼唱得声情并茂酣畅淋漓,让人动容:

自幼耕读在山乡
老臣我熟知庄稼行
春种夏耘汗湿土
为得秋收和冬藏啊

正月里来喜洋洋
人庆佳节换新装
过了初一过十五
大闹元宵喜欲狂啊
家家都把那花灯放啊
各色的彩灯满村庄啊
孔雀开屏绣球灯
龙凤彩灯呈吉祥
飞禽走兽真好看
跑马灯滴滴溜溜是转得忙
狮子旱船跑竹马
唱的是三战吕布刘关张
红男绿女去观赏

万岁呀
强似你万岁坐昭阳啊

过罢了元宵春耕忙
牵牛扶犁挑粪筐
一路走来是一路唱
万岁呀
胜似你笙歌在宫墙

春二三月该下种
谷雨前后要场墒
麦收把时三场雨
玉米下种稻插秧

四月小满麦稍黄
置办农具该糙场
杈把扫帚牛笼嘴
镰刀绳索和锄张
割一捆新麦吃稔馔
万岁呀
更比你山珍海味香

五月芒种人倍忙
男女老少上南岗
大麦小麦是都收净
担的担扛的扛

推的推来是装的装
慌忙积垛是把场扬
滴滴汗水沁麦香
万岁呀
其中的欢乐你难以尝

接着又过五端阳
家家户户炸油香
吃粽子饮雄黄
万岁呀
胜似你琼林玉宴饮酒浆

六月三伏热难当
背锄下田锄草忙
庄稼苗比作忠良将
杂草刺芥它似奸党
锄去了杂草禾苗壮
趁南风树荫之下去乘凉
头枕锄杖睡一觉
万岁呀
强似我主的龙凤床啊

七月八月秋风爽
秩谷子早秋都登了场
玉米谷子有千万斗
还有那大豆红高粱

万岁呀

胜似我常忧国事加愁肠

九月十月天气凉

一阵秋风一场霜

摘了棉花收蔬菜

大麦小麦都又种上

十一月腊月大雪降

农事已毕聚一堂

杀猪宰羊把年过

天伦之乐笑声扬

一十二月对主讲

耕樵渔读臣在行

农家乐胜似我为首相

臣辞万岁回故乡

我不伴君王

苗丽萍曾是十一连的"编外指导员",她不唱个歌,战士们鼓掌不停,只好唱了一首《九九艳阳天》,也唱得声情并茂,赢得了众多掌声。她用歌声告诉这些老兵:"小英莲"在家乡等你们呢!

最后出来"压轴"的自然是杨玉琼。她虽然已是二十四五年纪,但至今没有生育,又注意保养,最近还强化了练功,原来的体能和技能都得到了较好恢复。在主持节目过程中,胸中的激情已被点燃,也发起了"人来疯"。她一路前滚翻上场,像一股绿色旋风席卷作为演出场地的操场。停下来又是一串后滚翻，好似绿色的旋风又翻卷了回去，把在场的人都看呆了。而后下场换上舞鞋，在众人的欢呼声中再度出场，用脚尖跳起了芭蕾舞。动作轻盈，干净利落，把战士瞄准、射击动作以舞蹈独特的肢体语言形象地表现出来。然后身体前倾碎步后退，一个大跳，接着连做两个倒踢紫金冠。紧接着，双手展开与肩平行，脚尖直立满场平转留头甩头，"嗖嗖嗖"，如一股旋风扑面而来，最后以一个优美的迎风展翅亮相收场。这时，联欢会场叫好声、鼓掌声响成一片，欢乐的气氛达到了高潮。

杨玉琼在欢呼声中，向大家敬了一个军礼，以示答谢。

下场时，她走起来腿有些吃力，不怎么利索，人们以为她是过劳所致，实际上她是在做迎风展翅动作落下时，脚尖踩到了水泥地上的一个小坑里，右脚崴了一下。对此，阎芳州看得清楚，杨玉琼的每个动作他都细看在眼里，他看见了脚尖落地一瞬间杨玉琼那痛苦的表情。他知道杨玉琼跳舞时受伤了，但受伤到什么程度不得而知。

联欢会取得了圆满成功。十一连采取的应对老兵退役的做法，起到了综合效应，其效果在潍坊火车站发生的一幕感人场面充分体现出来：80名退伍老兵整齐列队在站台上，集体高唱中国人民解放军进行曲后，和王好、阎芳州等连队干部以及其他战友告别，上车后哭声一片，把列车员都感染得抹起了眼泪。

杨玉琼知道自己受伤了，但她没想到会很严重。过去练舞蹈时，自己脚上也受过伤，一般挺一下就过去了，但这次不同。过去是在铺有地毯或地板的舞台上，或是在保护设施齐全的练功场地，这次是在水泥地面，脚尖又不经意杵到了坑里；过去身体轻盈，现在毕竟年纪大些了，和昔日演出不可相比，而且动作也有些僵硬，不如过去连贯，控制力差了些。尽管脚趾隐隐作痛，她还是咬着牙默默忍受，不让战友们看到她演出受了伤。由于掩饰得好，连苗丽萍、余秀英都没有看出来。

回到家,杨玉琼虚掩着门上了床,想躺一会儿缓解一下脚伤,没想到躺一会儿再想下地时,脚就不敢触地了,只要右脚一落地,脚尖就钻心地痛,只好又回到床上枕着被子蜷腿躺着。又过了一会儿,杨玉琼在脚趾的隐痛中迷迷糊糊地睡着了。

不知过了多长时间,似乎在梦中,杨玉琼听到有敲门声,她问:"谁?"敲门那个人回答:"我,我是阎芳州。"

杨玉琼欲翻身坐起,却"哎哟"一声,又倒在床上。右脚趾尖由隐隐作痛,变为钻心地痛,她痛得坐不起来,也下不了床了。

阎芳州说:"伤得这么重!别动,我去找苗医生。"不一会儿,苗丽萍、余秀英来了,两人一左一右把杨玉琼架扶到沙发上。这时,金昌浩、阎芳州也来了。苗丽萍把杨玉琼伤脚的袜子脱下来,看到右脚小脚趾已瘀了血,鼓起一个包,就判断道:"这一定是骨折了,否则不会痛得这么厉害!"

金昌浩说:"那赶快上医院吧,咱们也处置不了。"

苗丽萍说:"伤的程度要到医院照了相才能弄清。今天晚了,三山岛医院已下班了。"

金昌浩说:"我开吉普车送玉琼去掖县人民医院,县医院应该能看急诊,早照相早处置为好。"

苗丽萍说:"这样最好。"

阎芳州说:"我也去,到那里好帮忙搭把手。"

金昌浩去开车,苗丽萍对余秀英说:"国庆你帮我看着,你在家把几个孩子照顾好。"

就这样,金昌浩、苗丽萍、阎芳州摸黑把杨玉琼送到了掖县县医院。照相结果是右脚最末一个脚趾骨裂,便打了石膏之后让卧床休息。骨科医生处置完已是下半夜时分,回到营房天已蒙蒙亮。杨玉琼让金昌浩、阎芳州回去休息,自己由苗丽萍陪着说说话。知道没什么大碍,也就放心了,只是伤筋动骨一百天,会影响到正常工作了。

杨玉琼脚伤这几天,一直是苗丽萍、余秀英来陪护,帮打个饭、扶着上厕所,多数时间是杨玉琼自个待着。

阎芳州惦着杨玉琼的脚伤,给她送来了几本小说,有《安娜·卡列尼娜》等,让她看书解闷,还送来水果和熬好的骨头汤,给她补养身体。

阎芳州说:"你是为我们连老兵开联欢会跳舞受的伤,我来看你是应该的,也代表全连干部战士的一点心意。"

杨玉琼说:"咱俩过去可是被人诬陷过、说过闲话的,你不怕再惹是非吗?"

阎芳州说:"怕什么!清者自清,浊者自浊!"

杨玉琼笑笑,不再说什么。呈现在她眼前的,还是那个书生气十足的"阎秀才"。

第五章

1

牛幸娃、王永学急着赶往河北沙河褡裢,是接到团部通知,让他俩去参加一个重要会议。团党委拟召开常委会,研究决定重要事项。

这次会议确实至关重要,议题单一,就是研究团部向三山岛搬迁的时间问题。在1983年1月召开的年度工作会议上,定下两个时间:一是团部在10月1日之前完成搬迁;二是所属部队在年底之前完成向三山岛集结。因为多个连队分散在全国各个施工点,按照合同完成施工任务才能撤离。

年度工作会议之后,随着情况发生变化,部队面临撤编,何去何从的问题摆在面前。如果撤编令下,部队就会就地撤销就地安置,这样,就有河北沙河、山东三山岛两种选择。那就看撤销令下时部队机关待在哪里。撤编安置在沙河,好处是不再折腾,就留在褡裢基地,家也不用搬了,家属的工作不用再找,孩子们上学也外甥打灯笼——照舅

(旧),"小呀么小儿郎,背着那个书包上学堂"。不好的一面是,部队改成地方施工企业后,面临"找米下锅"的困难。部队领导为此担心,但也有人不以为然:"我们是部队转企业的,国家还能眼瞅着让我们没饭吃?"如果撤编安置在山东三山岛,那情况就大不相同,部队担负三山岛金矿施工,撤编转企业后会继续承担这一任务,几年下来都干不完,不仅把在部队撤销前接受的这一重大任务完成好,为国家争光,为"四化"建设做贡献,而且有利于企业发展,继续成为黄金战线基本建设的生力军,一支几千人的队伍可以继续叱咤风云。但如果要想在三山岛撤编转企,就必须在撤编令下达之前把部队机关迁移到三山岛,这样,就要长途搬迁,折腾费事,打破"坛坛罐罐",也给家属子女的工作安排、上学就业增加难度。这种利弊关系,大家心里都清楚。就看你做何种选择。当前的状况是,国务院、中央军委撤销基建工程兵令已下,撤销工作正在分步实施,根据轻重缓急,有先撤,有后撤,煤炭部队、冶金部队、石化部队等部队的撤编工作已经开始,有的部队番号已经撤销。黄金部队的撤销安排在1983年冬天。十一团隶属于黄金部队,撤销时间也就"大约在冬季"了。在已经面临将要撤销、等待撤编安置的情况下,何从何去,对十一团来说至关重要。这是一次重大选择,是关系到全团官兵切身利益、未来前途的重大抉择。

团长梁占刚、政委苏继轩是主张搬迁去三山岛的,而且要尽快搬迁,抢在部队撤销令下达之前搬迁。按说,部队在去年下半年已接到赴三山岛执行金矿建设任务的命令,现在部队还没有被撤销,仍然是军队,军队就要执行命令,军人以执行命令为天职,团长、政委商量好,一声令下让部队开拔就是了,商量什么,研究什么,磨叽什么!但情况并非那么简单,面临选择,机关干部,包括团领导在内,各个看法并不一致。有的说:现在我们是部队,撤销令下就不是部队了,就不能用部队的命令来号令了。不少人的意见是:"等一等,等一等,等情况明朗了再说。"但另一方面,又确实不能等,一旦部队撤销令下,就地改为企业,就只能待在褡裢了,想去三山岛门都没有。沙河归属河北,三山岛归属山东,是两个地界。而现在部队调动,军令在上,一旦行动,畅通无阻,申请多派些军列就能实现迁移。

经过反复权衡,梁占刚、苏继轩商定不能再等,要抢在撤销之前完成搬迁任务。就目前的态势看,越早越好,越快越好,越早、越快越主动。但这是关系到全团命运的重大决策,他们不能个人做主,况且,决定团部在"十一"前完成搬迁是集体决定的,两个人也是举手表示同意的,并且,这一决定已上报第五十二支队和黄金指挥部,得到上级批准。现在要做出改变,必须慎重,必须集体研究集体决策,并报上级机关获得批准。

团党委常委会由苏继轩主持。参加人员有团长梁占刚、副团长王长义、副政委吴天有、于俊,参谋长牛幸娃、政治处主任韩进群、后勤处处长王志强,王永学作为团三山岛先遣组副组长列席会议。参加常委会的有两个新面孔,一个是副政委于俊,是从指挥部机关下派的,任副政委兼纪检委书记;一个是韩进群,是从支队机关派来的,原是机关宣传科副科长,派到团里任政治处主任,为的是加强撤销期间的思想政治工作。在基建工程兵撤销那段时间,因为上级有明确要求,军纪严明,部队没有发生突击提拔干部的情况。但也有一些干部提拔和调整调动,主要有以下三个方面原因:一是有的干部压了很长时间了,早该提拔使用了,突然部队面临撤编,这些同志再不提拔,就永远失去机会了,组织上经过慎重考虑,择优提拔了一些;二是确因工作需要,由上级机关派到下面部队任职,增加上下沟通,确保部队稳定;三是一些部队干部想借整编为地方企业的机会,回乡工作,或离老家近一些,以便照顾父母和子女,这些要求并不过分,在能够满足要求的情况下,通过对调、商调、任职等方式,调到了自己期望去的部队。上述几种情况,在不违反组织纪律和原则的前提下,上级机关和部队领导尽可能予以考虑,是得人心的,体现了原则性和灵活性的统一、革命化和人性化的统一。于副政委就是在这种大背景下,来到十一团任职的。当然,在加强团领导力量的同时,也挡住了个别干部的"出路",比如说王永学就不能"代理"主任了,只做他的政治处副主任,在韩进群主任领导下工作了。

知道这一任命后,牛幸娃和金昌浩都有点为王永学鸣不平。王永学说:"能当上副主任,解决正营职,让家属孩子随军,解决城镇户口,我就烧高香了。不瞒你们说,我听说部队要撤销,最担心的就是秀英和孩子随军的事打水漂了。要是把他们娘几个扔在镜铁山,我会留下终身遗憾。现在给他们办理了随军手续,随我来到三山岛,我什么顾虑也没有了,什么要求也没有了,活着干,死了算,一心把自己这一百多斤献给咱们部队了。"王永学今天参加团党委常委会,是因为团领导会上要听先遣组工作汇报,听他们介绍岛上筹备情况。牛幸娃让王永学汇报,王永学只能从命。

汇报结束时,王永学说:"汇报不够全面、细致,首长们有什么需要了解的问题,请提出来,我来回答。"

梁占刚说:"我就问一句话,团部'五一'前迁往三山岛,营房建设、相关设施能否达到入住要求?"

王永学说:"现在正在进行,按目前进度看,'五一'前团部搬迁前建成没有问题。再紧紧手,还可以提前。"

苏继轩说:"目前营房建设有什么困难没有?"

王永学说:"有,主要是兵力不足,人手不够。仅十一连今年就复员80名老兵,全都是技术骨干。听说其他连队复员名额也很多。全团加在一起就更多了。1983年未接新兵,没有兵源补入,只出不进,人手大为减少,这是一个突出问题。"

牛幸娃接话道:"这件事我有责任,我去年接任参谋长时,听说上级已为我团确定了年度复员名额指标,我就没有多问,要是当时给上面沟通一下就好了。"

梁占刚说:"坚决执行上级指示没有错,错在没有考虑在当年度没有新兵补入情况下,一下子走这么多人,战斗力锐减怎么办?这个板子不能打在牛幸娃同志屁股上,应该打在我的屁股上,我是军事主官,考虑问题不周呀!"

于俊副政委说:"兵力不足问题,可以申请指挥部予以调剂补充。咱们黄金部队其他支队的一些连队,已经在东北黑龙江完成采金任务,现在处于空闲待命期,如果能由上级协调调给我们一些兵力,不仅能充实我团力量,还能吸收新鲜血液,学习到兄弟部队连队管理的好经验。黄金开采部队也是一支劲旅啊!我到那里蹲过点,总结过他们部队建设的经验。黄金开采分为机械开采、手工开采两部分,我去过的507团那叫厉害!他们1980年完成呼玛县东大沟采金船建设任务后,一气又建成了7条采金船。采金船是黄金生产的主力军,效益最好的采金船,一年能产金88千克。团里还有几个连队进行手工采金。其中一个连队自1979年开始,就一直在小兴安岭北麓乌拉嘎金矿从事沙里淘金。他们以坚忍不拔的精神,年年超额完成任务。1981年,上级交给他们35千克采金任务,比1980年实际工作量增加一倍。3月份,气温还在零下30多摄氏度的时候,他们就顶风冒雪开进了白雪皑皑荒无人烟的小金沟。夏天到来,蚊子、牛虻、小咬成群扑来,透过包在头上的纱布向人进攻,每个人的手、脸、脖子都被叮得结满厚痂。每采50克黄金要翻动10至90土方沙石,其中有个班创造了日采金631克的最高纪录。为什么纪录这么高?原来有个战士跑到沟里解手,一脚踢到一块'金疙瘩',拿来给排长看。排长上天平一称,好家伙,足足有200多克。战士们都说,要是能多踢出几块'金疙瘩'就好了。那个踢出'金疙瘩'的战士,绰号就成了'金疙瘩'。"

于俊的话,把参会的人都逗笑了。

苏继轩说:"咱们这些搞黄金的,一听说哪里有黄金就笑得合不拢嘴。三山岛金矿要是建好了,黄金多少年都开采不完。现在部队兵员不足确实是个大问题,于副政委说的办法是个好办法,请梁团长主持写一个报告,报告报到黄金指挥部之后,请于俊副政委再去帮助沟通。下面,咱们正式开始研究今天会议议题,讨论团部搬迁时间是否提前,提前到什么时间合适的问题。"

王永学说:"政委,正式会议开始了,我就不参加了吧?"

苏继轩说:"你继续列席会议,也许还会有什么事向你询问。会议做出决定后,还需要先遣组落实,你提前知道会议精神也好。"

王永学点点头,不再说话,埋着头认真做会议记录。

梁占刚说:"我的意见是团部搬迁提前,原先定的十一前搬迁,提前到五一前;部队在年底完成集结的时间提前到十一前,一切往前赶,确保明年春天按时开工。我也曾考虑团部搬迁时间提前到八一前,但只提前两个月,不疼不痒的,和不提前差不多。刚才问了牛参谋长、王副主任,他们一致认为可以在五一前完成团部入驻准备工作。既然能完成准备工作,我就建议提前到五一前搬迁。现在我这个提议正式提交团常委会讨论,看是否可行。至于理由,我就不多讲了,大家心里都清楚,留给我们的时间不多了,早搬迁早主动,为了切实完成上级交给的艰巨而又光荣的任务,为了我们这支英雄部队的未来,我们这一班人应该敢于担当,是下决心的时候了。"

牛幸娃赞同梁占刚的看法,态度鲜明地说:"我支持梁团长的提议,先遣组将尽一切努力,使营房建设按时完成并达到质量标准,迎接团首长和司政后机关的到来!"

会议接下来陷入了沉闷,有的手捧茶杯喝茶,有的低着头吸烟,没人反对梁占刚、牛幸娃的意见,也没有人表示拥护,似乎都陷入了深深的思考,在重大事项决策面前显示自己的慎重。

会议不能老这么沉闷下去呀!苏继轩开始引导:"大家敞开说,有什么不同的意见,甚至反对意见,都可以说,集思广益嘛,不打棍子,不扣帽子!"

会议沉闷了一会儿,大家开始发言,没有一个人站出来反对提前到五一前搬迁,心中怀着"等等看"的想法,或者有不想搬迁想法的人,都不鲜明表示意见,只是说:既然一月份团党委做出过决策,确定了搬迁时间,又报上级批准过,改变决定就要慎重。有的说:改变决定除非有重大理由或重大变故,或是由上级机关做出指示,我们擅自改变决定,理由是否充分?也有的说:军中无戏言,团部搬迁这么大的事,怎么能朝令夕改呢?这样出尔反尔,如何做机关干部战士的思想工作?也有的说:按原先确定的时间搬迁不是很好嘛,就是团部搬迁过去了,今年也开不了工,急什么呢?

这样一来,会议实际陷入了僵局。王永学没有在机关工作过,当了政治处副主任,也是待在三山岛先遣组,没有在机关磨炼过,也没有遇到过这样的会议场面。他是赞成苏政委、梁团长、牛幸娃意见的,但他不是党委常委,没有在会上发言的资格,但想了半天,终是没有按捺住,说:"苏政委,我想发几句言。"

苏继轩说:"王副主任,你说。"

王永学说:"各位首长,我有一个建议,就是在给大家做工作时,讲清三山岛是个好地方,此地面向渤海,濒临莱州湾,景色宜人,物产丰富,环境优美,盛产三百多种海产品,生活条件比褡裢强得多。交通状况也不比沙河这里差,三山岛紧靠烟潍公路,距离招远县城55公里,离掖县县城也不远,距离潍坊市124公里,公路交通十分方便。家属安排工作、孩子上学受教育也无问题。那里的人重教育有文化,从春节各家大门口贴的春联就能看出字字刚劲有力,句句工整对应,且不雷同。村小学教育质量很高,当地对教育很重视,上高中的孩子每人每年补助300元,上中专的孩子每人每年补助700元,考上大学的孩子每人每年补助1000元。我们部队的孩子去了,插班入学没有问题。我们有工作的家属可以联系安排到金矿上班,原先没有工作的家属可以联系安排到三山岛渔业队、副业队、海产品加工队。多讲三山岛这些优势,解除机关干部后顾之忧,他们可能会拥护提前搬迁的决定。我们十一连和随我们先遣组入岛的干部战士,都觉得三山岛真是个好地方……"

王永学话还没有说完,就被于俊打断了,他态度严肃地说:"王副主任,你在会上说这种话、提这个建议合适吗?我们是人民军队,人民军队是执行革命任务的武装集团,是以人民利益为重的,是不怕任何艰难险阻的,是一切行动听指挥的,能看条件、讲价钱吗?能待价而沽、挑肥拣瘦吗?能好的地方、好的条件就去,不好的地方、不好的条件就不去吗?现在改革开放了,一些人滋长了贪图享乐的资产阶级思想,开始讲吃了,讲喝了,讲享受了,有这种思想观念的人要教育,怎么能以三山岛条件好为诱饵,去引诱大家搬迁呢!你这种想法可要不得!如是国家需要,我们再苦的地方也要去,这是组织上对我们的考验呀!同志,你这个想法、这个建议是要不得的,是错误的,要挖一下自己的思想根源哟。"

王永学猛地遭到一顿"炮轰",心里有苦说不出,也没有人替他说话,只好苦笑一下,又闷着头做记录去了。

于俊副政委接着说:"提前到五一前搬迁我赞成。但必须上报指挥部得到同意,听上面下达命令。在面临撤编的情况下,不能擅自行动。"

会议讨论到最后,以举手表决的方式,通过团部提前于五一前搬迁到三山岛的决议。虽然通过了,但是是以微弱多数通过的,是按少数服从多数原则通过的。

苏继轩作为会议主持人宣布通过这个决议,报上级机关请求批准。要求大家在批准前,抓紧做好搬迁的各项准备工作。团三山岛先遣组按团部提前搬迁进行准备,一切工作围绕提前搬迁抓紧进行。

2

牛幸娃、王永学踏上了回三山岛的归程。

两人没心思开车,坐火车回三山岛。刚开始上车时,两人心情都很沉重。说到昨天在会上挨于副政委的"一顿撸",王永学还委屈地掉了泪。一贯能忍能让、能吃能装的"大肚汉",当着牛幸娃的面抹开了眼泪。他说:"老牛,你说,我在会上说错什么话了吗?于副政委这一顿'叱责',我内心接受不了,不是计较他的态度,而是不知错在哪儿,身上挨了一拳头,不知哪疼!唉,这事闹的。"

牛幸娃说:"你没有错,说得完全对,也符合事实,三山岛就是比褡裢条件好嘛,去过的人都清楚。不瞒你说,杨玉琼就是喜欢上了三山岛,才没有再和我置气的。本来一肚子气要找我算账,结果是到海边坐了半天,吃了一顿海鲜,就转变了态度,我对此有切身体会。"

"那你当时咋不说几句,把玉琼的改变说出来?"王永学埋怨牛幸娃。

牛幸娃说:"嗨,我哪敢说呀,说了就露了馅儿了,让人家知道玉琼去三山岛,我俩事先没有沟通,对玉琼也是贬低呀,有些事私下说可以,公开场合是不能说的。我要是拿玉琼说事,人家会说,你老婆是舞蹈演员出身,别人哪能都像你老婆那样浪漫呀?"

"再说了,",牛幸娃停顿一下说,"于俊副政委说得也没有错,一个军人执行军令,一个部队执行命令,是无条件的,不能说条件好就执行,条件不好就不执行。而且越是艰苦的地方越要去,显示人民军队一不怕苦、二不怕死的本色。我们当年当兵到镜铁山,在高寒缺氧地区战斗那么些年,谁叫一声苦来着?谁退后一步来着?咱们是一起走过来的,在那样的艰苦环境中战斗是多么自豪呀!所以,你那么说,引起于俊副政委反感是自然的,而且他刚到,对你的为人,对你的经历不了解。他如果知道你带一个连队,在大部队撤离后,独自在镜铁山坚持奋战八年,他就不会那么说了。"

王永学心里好受一些了,说:"于副政委不了解我,难道苏政委、梁团长不了解我吗?梁团长在镜铁山时是一连连长,大家谁不知根知底,怎么就不站出来替我说句话?"

牛幸娃说:"怪苏政委、梁团长没替你说话,他俩怎么说?顺着你说,不是打于副政委脸吗?他俩公开表示不赞成于副政委的话,这不是产生矛盾,引起领导之间闹意见吗?所以呀,这时候政委、团长不能说话,不好说话,不说比说强,没有批评你,不就蕴含着对你意见的肯定吗?"

王永学说:"我服了,你提拔离开十一中队后,在别的地方混,肚子里多了这么些弯弯绕。我学不来,就是个挨呲的命。"

为了让王永学心情好些,牛幸娃讲了杨玉琼到三山岛后转变的过程,说得具体详细,甚至把杨玉琼高兴后,晚上"收拾"他,以及两人互相"收拾"的过程,都讲了出来。

王永学笑了,说:"收拾得好,多收拾收拾,孩子就有了。"

这无意中的一句话,点到了牛幸娃的"穴位",牛幸娃心里不舒服起来,叹了一口气说:"唉,也不知怎么搞的,玉琼的肚子到现在也没有鼓起来!"

王永学说:"我听秀英说,是杨玉琼不想要孩子,害怕怀孩子变了体形,以后就跳不成舞蹈了。"

牛幸娃说:"她是做梦呢!多大年纪了?年轻时候不生,年纪大就生不成了。你让秀英说说她,我也再加把劲,把山炮打得准一些!"

王永学笑了:"你老兄在掘进打巷道时,从不放哑炮,在床上也不会打哑炮的。"

牛幸娃说:"关键是玉琼不配合,你让秀英劝劝她多配合,就绝不会打哑炮。我可给你说好了,要是秀英劝不好,玉琼不配合,我们俩没有孩子,就从你那双胞胎儿子中要一个。你舍得不?"

王永学说:"那得跟秀英商量,孩子是从娘身上掉下的一块肉。"

牛幸娃看王永学回答得不怎么痛快,就嘿嘿笑着说:"我和你开玩笑呢,看把你吓的,不是都说老婆是人家的好,孩子是自个的好吗?我们自个鼓捣自个生。"

王永学说:"自个鼓捣好,这种事是不能靠外援的。"

牛幸娃兴冲冲回到家里,推门进屋,看见杨玉琼拄着拐杖,在地上慢慢走,急忙过来扶着她问:"怎么了?这是怎么了?"

杨玉琼说:"那天十一连召开欢送老兵联欢会,我跳舞时把脚崴了一下,拍片子看是右脚小脚趾骨裂了,医生给打了石膏,让卧床休息。"

牛幸娃关切地问:"严重不?"

杨玉琼说:"不碍事,过些天就好了,只是行走不便,暂时不能上班,只好在家待着。"

牛幸娃开始埋怨起来:"我说不让你再跳舞了,年纪大了,腿脚不灵了,你不听非要逞能,这下不嘚瑟了吧?"

杨玉琼说:"我年纪大了,我多大?比你年纪还大吗?"

牛幸娃说:"是,是,我大,我比你大十多岁,要不人家能说我老牛吃嫩草呢!"说着就把杨玉琼抱到床上,把伤的脚焐在自己怀里,说,"我是心疼你呀!"

一股暖流涌上杨玉琼心头,说:"焐着也没用,伤筋动骨一百天呢!"

牛幸娃说:"要是有用,我天天这么焐着,你这只脚比三寸金莲还金贵,是跳芭蕾舞的脚呀!"

杨玉琼说:"今天嘴上抹糖了吧,说的话咋这么甜呢?"

牛幸娃就把杨玉琼放平到床上,弯下腰用嘴亲她,说:"来,甜一个,甜一个!"

两人甜来甜去,就甜到一堆去了。杨玉琼脚崴了,但不影响夫妻亲热,就任由牛幸娃折腾着,折腾得自己也来了兴致,积极主动迎合着,身上出了一身香汗。

事毕,牛幸娃说:"今后咱不跳舞了,好好过日子,晚上多在一起耍耍,生他几个娃儿出来!"

杨玉琼说:"生,生一窝小牛犊!"两人又是一阵忙乎。

风暴终于平息,牛幸娃像退潮后的海滩,终于平静下来,身子一转,不一会儿就打起鼾来。他累坏了,一路颠簸,又在温柔乡里一阵折腾,累是必然的。但累并快乐着,他熟睡的脸上荡漾着甜蜜满足的笑容。

杨玉琼却不同,她被牛幸娃一阵折腾之后,一点睡意都没有,而且头脑愈加清醒。每次都这样,牛幸娃事毕后鼾声阵阵,她却睡意全无,今天尤甚,好像夫妻两个不在一个频道上,一个刚落潮,一个才涨潮,在潮起潮落中品尝着不同的滋味。她看着牛幸娃脸上惬意的笑容,想着这个男人为自己付出的一切,心里就涌上来一种幸福感。虽然说自己嫁给这个男人,有报救命之恩的成分,但两人结为夫妻,还是有一种爱荡漾在心底,有一种欣赏在里面。她欣赏牛幸娃的正直、果敢和身上的军人牺牲精神,虽莽撞但不失善良的性格,虽争强好胜也有通情达理的一面,心高气傲也不乏柔情。她不后悔自己的选择。

因为睡不着觉,脑海里潮水翻腾,一些熟悉的人的面孔,也都一一在眼前展现,由牛幸娃引开,她自然也想起了和自己有过恋爱关系的胡晓明、追求过自己的浙江兵申力明、欣赏自己和自己走得近的阎芳州,他们的面容,也都在脑海里浮现,似乎来让她下评语。她给胡晓明下的评语是:人渣;她给申力明下的评评语是:人太精明,太会算计,不怎么靠得住。轮到给阎芳州下评语时,阎芳州"阎眼镜",眼镜片后面的两只眼睛扑闪着,充满期待,迟迟不愿离开。她从心底承认,她对"阎眼镜"是欣赏的,两人在镜铁山时曾密切接触过,但两人关系是纯洁的,交往中从来没涉及男女之事,连手都没有拉过一次,更不用说那些男女亲昵行为。胡晓明说两人有不正当关系,完全是诬陷和造谣,一些人的猜测也是基于所谓世俗的常识。她和阎芳州互相欣赏,但从未谈婚论嫁。她欣赏阎芳州是军中秀才,能写一手好文章,还会搞文艺创作,送给自己的那几首诗写得多好呀!而且此人为人坦诚、正直,有一种不被世俗污染的书生气,又到大学深造过,回到部队前途无量。阎芳州更欣赏她,认为她的舞蹈精美绝伦,为人冰清玉洁,愿意与她交往,还要把自己写进他的长篇小说作为一个原型进行塑造。可惜两人纯洁的友谊被别人的诬陷和非议打断了。本以为离别数年,以前的交往和友谊都已是前尘往事了,没想到两人又见面了,阎芳州还接替王永学担任了十一连指导员。自己和牛幸娃就住在十一连的家属房里,目前的主要任务是为连队干部战士做医疗保健服务,抬头不见低头见的,又混到一起了。当阎芳州来找她为退伍老兵联欢会演出舞蹈节目时,她没有推辞,因为她想的是那些兵们的艰辛和不易,就要离开部队了,自己去为他们送行演出是应该的。即使在跳舞结束落地时脚趾受了伤,她也不后悔。阎芳州知道她受伤后,关心她,尽心照顾她,她内心也是感激的。但阎芳州几次到家里来看她,她也有顾虑。毕竟经历过风雨,知道人言可畏,自己还不打紧,和老牛结婚了,成家了,可阎芳州现在还是单身一人,若被流言伤害,毁了个人前途和未来的婚姻,那就亏大了。为此,她直言提醒过阎芳州,阎芳州说"怕什么,清者自清,浊者自浊",依然来看她。杨玉琼不让他来,也拉不下脸来,既然来了,就要说话交流,总不能大眼瞪小眼干坐着,谁的眼睛里也瞪不出花来。

杨玉琼说:"你到武汉读了几年大学,就没有找个意中人,把婚事定下来?"

阎芳州说:"天天交往的都是班里同学,跟一些女同学也有来往,但人太熟了,不好下手。"

杨玉琼笑得差点扔掉手中的拐杖:"你真是个书呆子,人熟了才好下手呢!"

阎芳州说:"我进了大学,看到大学图书馆藏书,才知道自己肚子里学问太少,那几年恶补读书,天天在图书馆看名著,书就是我的情人、我的红颜知己,看书比谈恋爱更有意思。"

杨玉琼说:"看来你是读书读呆了。"

阎芳州说:"也没全呆,一次在校图书馆认识一个教授的女儿,她是我们学校历史系的学生,我俩是一届的,有共同语言,通过交流读书体会加深了了解,产生了一些感情,她还带我到家里见过她的父母。老人赞成我们恋爱,但提出我大学毕业后必须留校,而且留校的事包在他们身上。我没有答应。"

杨玉琼说:"为什么呀?"

阎芳州说:"我还想回咱们部队,我对部队干部战士有感情,我想写反映他们生活的长篇小说,我要写和平年代的军人们,写施工现场的基建工程兵战友们,为这支部队立一座丰碑,也给军旅文学增添一抹亮色。谁也动摇不了我的决心,阻止不了我重回部队的步伐。那个女大学生看劝不动我,就另择佳婿了。"

阎芳州说得轻松,好像是在讲别人的故事。但这些话,却字字击打着杨玉琼的心,使她对这个"书呆子"有了更深的了解。便关切地说:"那你也不能老单着呀?"

阎芳州说:"军营中都是和尚,这里也没有几个女的,不单着怎么办?"

杨玉琼突然想起了妹妹杨玉洁,说:"我有个妹妹,在酒钢技校读书快毕业了,若你有意,我过几天写信给你牵个线试试。"

阎芳州说:"谢谢,不急。这一段连队任务重不好分心,等我连队工作有了头绪,再考虑这个问题。你得便时写信问问,你妹妹若是有意,我俩就处处,看缘分吧。"

回忆着和阎芳州这几天的交往和对话,再听着牛幸娃心满意足后的鼾声,杨玉琼不自觉地把两人放在一起对比。她在心里承认,其实她和阎芳州更般配一些,一个学文学,一个搞艺术,有共同语言,年龄又相当,在一起相处有惺惺相惜的感觉。但人生就是这样,多少人叹惜"恨不相逢未嫁时",有了更好机遇时,木已成舟,饭已煮熟,说好听的叫忠于已有婚姻,说不好听的叫"认命",命里如此,夫复何言?杨玉琼在内心告诫自己:既然选择了牛幸娃,就不能后悔!对阎芳州只能以朋友相处,不可以有非分之想,这是做人的基本道理和准则。想到这里,杨玉琼的困意上来了,关闭床头灯,很快进入了梦乡。

第二天中午,阎芳州提着一个罐子来给杨玉琼送排骨汤,恰逢牛幸娃在家。突然在家中相遇,两人神色都有些尴尬。

阎芳州说:"参谋长回来了?我来给杨玉琼送点儿排骨汤。"

牛幸娃说:"放下吧!还有什么事儿没有?"

阎芳州说:"没有,就是送排骨汤。"

牛幸娃说:"谢谢了!"

杨玉琼也说:"谢谢!"

等阎芳州放下罐子离去,杨玉琼看看牛幸娃,牛幸娃脸上似有不悦之色。

3

杨玉琼看出了牛幸娃的不高兴,牛幸娃也确实不高兴了。牛幸娃倒不怀疑阎芳州和杨玉琼有什么越轨之事,但两人既然有"前科",被人诬陷过,传出有不堪之事,为什么就不知道避瓜田李下之嫌呢?如果有人说什么,他两人蒙受不白之冤不说,自己还被人戴上"绿帽子",在背后被人指指戳戳。想到这些,心里自是不爽。但不好当面和杨玉琼理论,那样显得自己小肚鸡肠。杨玉琼是为十一连老兵送行演出受伤的,连队指导员阎芳州不应该来表示一下关心吗?何况两人过去认识和熟悉。阎芳州这样做,也没有什么可挑剔的。但是又一想,十一连也不就你阎芳州一人呀,其他连队干部呢?副连长王玉波呢?连长王好呢?真是巧,说曹操曹操就到,脑瓜里刚出现王好的名字,王好就找他来了。

牛幸娃以为王好是来找他"喷闲话"的。自从两人熟识之后,年龄相仿,共同语言多,没事时常在一起闲聊。河南人把闲聊叫"喷闲话",也简称"喷",说没事时咱们在一起"喷喷"。河南人说的"喷闲话",北京叫作"侃大山",上海叫作"噶赛无",山东叫作"拉呱",山西叫作"瞎撇",陕西叫作"谝闲传",东北叫作"唠嗑",四川叫作"摆龙门阵""冲壳子",广东叫作"遛听",客家话叫作"寥天",广东白话叫作"吹水",香港叫作"打牙较",安徽叫作"叙话"。其他各地还有许多种叫法,比如:"散讲""闲掰""搭嘴儿",等等,含有谝聊、侃唠、谈天、闲说、闲扯、胡侃、瞎聊等意思。

牛幸娃爱和王好一起"喷"。王好入伍前是农村木匠兼泥瓦匠,入伍后又在北京修地铁、盖高楼,见多识广,说话又生动幽默,引人入胜。王好也爱听牛幸娃"摆龙门阵",讲他四川老家那些事,在镜铁山施工那些事,转到黄金部队后建金矿找金子那些事。牛幸娃还给他讲了四川话"摆龙门阵"的由来。说是来自《三国演义》中诸葛亮摆龙门阵的历史故事。"摆龙门阵"发生在四川,"摆龙门阵"的故事内容丰富,传播很广,久而久之,人们就把在一起说闲话,称之为"摆龙门阵"了。河南人为什么把闲聊称为"喷闲话"？王好说,在河南,人们围在一起闲聊时,都有一个人主讲,这个人见多识广、能说会道,表达能力强,说话就像喷壶向外喷水一样,说得唾沫星子乱溅,收也收不住,就形象地把这种说话叫作"喷闲话",叫"喷"也可以。但换一种场合,说这个人很能"喷",就有贬低的意思了,专指这个人爱说大话,不办实事,是"光说不练"的意思。牛幸娃问:这两种"喷"怎么区分？王好说:用在聊天场合,没什么贬义;用到评价一个人,说这个人很能"喷",就是贬义了。牛幸娃说,我就喜欢听你"喷",你这个人又能"喷",又干实事。他对王好确实信任,建营房这么大的事,都全压在王好身上了,他只管提供保障,要钱给钱,要物给物,要人给人,为王好创造一切条件。今天王好来找牛幸娃,就是跟他要人来了。

王好说:"牛参谋长,你说三连、五连马上从湖南开过来,到现在怎么没见个人影啊？"

牛幸娃说:"我也在着急呢,刚才打电话催,团部说这两个连还在搞离场验收,一时半刻还离不开、来不了。这可咋办？"

王好说:"咋办？好办,营房建设任务延期不就得了！"

牛幸娃急了:"那可不行！我在团长、政委面前是咬了牙印的。团部五一前搬迁过来,这是定好了的,拖期一天都不行！"

王好把两手一摊说:"你又让我如期完成基建任务,又不增加人力,不增加不说,这次十一连老兵退伍,又走了80多人,让我咋完成,让我搁啥完成？"

牛幸娃说:"这次在沙河开会,团里决定向黄金指挥部申请调补兵力,正在争取,应该没有问题,你再等等,一旦上级批准,兵员就过来了。"

王好说:"我个天老爷!自己团里的连队都调不过来,还通过黄金指挥部去调别的部队增加兵员,这些兵力啥时候到?到了黄花菜早就凉了。牛参谋长,咱们快想办法吧,别在这里画大饼充饥了!"

牛幸娃说:"活人不能叫尿憋死,咱们另想办法,或者找三山岛金矿支援我们一下。"

王好说:"我找张副矿长了,张副矿长说,没问题,全力支持,你看谁合适,我就让谁去。我去矿部一看,全部是些肩不能挑、手不能提的技术人员,划拉在一起,也就几十个。因为金矿还没有建,等我们建呢,建好了再接收,现在也就是'看守内阁',确实没有人员可调动。张副矿长见我很失望,就说,矿上还聘有浙江一个工程技术小分队,有一百多号人,聘约签了就辞不了了,等部队开工后给部队打辅助工。现在没开工,他们闲着无事干,你可以去找他们试一试。我就是来请示你这件事。还有,也可以找三山岛村建筑队,他们施工能力很强,也有一百多号人,装备也不错。你如同意,我就去找他们商量。"

牛幸娃掰着手指头算:"咱们十一连一百多号人,浙江工程小分队一百多号人,三山岛村建筑队一百多号人,加在一起顶三个连的兵力,比三连、五连到来也差不到哪去。即使三连、五连来了,也还得进行土建培训,不能马上投入施工。"这么一算,心里就有了底,高兴地说:"这个想法好,我赞成。你马上去找三山岛村建筑队联系,我让王永学去联系浙江工程技术小分队,他认识那里的一个女技术员。"

王好好奇地问:"王副主任怎么会认识他们的女技术员?叫什么名字?"

牛幸娃说:"叫范兰枝,是我和王永学两人一起认识的。她搭我们军车从潍坊回三山岛,路上认识的。"

王好大喊一声："太好了！真是天助我也。听说浙江工程技术小分队队长叫范兰亭，承包了这个施工队，他妹妹大学毕业后也来到这里，兄妹俩在施工队说一不二。你说的范兰枝，也许就是范兰亭的妹妹，真是这样就好了。"

牛幸娃说："你讲得还真有道理，我说啥来着，活人不能叫尿憋死，现在你那泡尿尿顺畅了吧？"

王好说："我这就去三山岛村建筑队，我和他们龙大海队长熟，你就踹等好吧！"说完就跑了出去。

王永学来了，牛幸娃把目前遇到的兵力不足问题，以及他和王好商量的解决办法，一股脑告诉了王永学，提出让王永学去找范兰枝，商量请求浙江工程技术小分队帮忙的事。

王永学却没有牛幸娃那么着急，说："用不着那么匆忙吧？等一等，三连、五连就快来了，从其他部队调整兵力也有门儿。考虑到三山岛金矿建设任务艰巨，上级会考虑我们遇到的兵力不足困难，指不定很快就会补入兵员，再等等也耽误不了团部搬迁。"

牛幸娃说："你什么意思？"

王永学说："我的意思是，团部向三山岛搬迁的时间没有那么快。"

牛幸娃说："团党委会通过的决议还能改变吗？团长、政委不是交代咱们，一切按'五一'前搬迁做好准备吗？这已是箭在弦上的事，还能坐回去吗？"

王永学说："不是还要报上级批准吗？再说，我看那天会议通过得有些勉强，有些人还是很有不同意见哩，只是没有明确说出来而已，表决时不赞成的就是有不同意见的。"

牛幸娃说："啥时都有不同意见，我们的组织原则是少数服从多数，一旦形成决议就必须坚决执行，这一点毫不含糊。我们作为先遣组，要不折不扣地执行团党委会决议。"

王永学说:"我是有点担忧,担心上面能否及时批准我团变更迁移时间的报告,使我们在预定的时间内完成搬迁。"

牛幸娃说:"这你就多虑了,是上级命令我们到三山岛执行金矿建设任务的,我们早到位、早建矿,是坚决执行上级命令的表现,上级怎么会不批准?"

王永学说:"也许就不及时批准,使团部不能提前搬迁呢?"

牛幸娃火了:"你今天是怎么了,是被于副政委一顿剋吓傻了吗?我们考虑那些干什么?一切工作向前赶,抓紧把营房建设好,就像请客一样,宁可让菜等人,也不能让人等菜!你下午就去浙江小分队找范兰枝,有何情况及时沟通!"说完,就站起来走了。

牛幸娃气昂昂地走了。王永学知道他误会自己了,自己并不是不尽力去完成搬迁前的准备工作,而是觉得团部搬迁这件事不会那么顺利,一定会有人设法阻拦。在同一个集体中,人们的想法不都是一致的,人们的素质也是参差不齐的。有时候人的态度和素质无关,而是和利益有关。就像是否施舍钱财做好事,和手中财富多少并无关联。有的人很有钱,却舍不得捐一分钱;有的人没有多少钱,却舍得捐钱做好事。这和素质似乎也无关联。有的大学教授不一定愿意施舍,但一个农村老太太却乐意周济别人,这其中的奥妙很难说清。无论如何,王永学总有一种预感,这种预感就是团部搬迁不会那么顺利,怎么不顺,他也说不清。他身上好像有感应功能似的,但这种感应功能,似乎不会感应好的事情,只会感应不好的事情。换句话说,就是好的事情常常感应不到,而不好的事情就感应得特别灵。比如那一次"以煤换牛"挨处分;比如在镜铁山时部队烈士墓碑被破坏,战士在激愤中开枪伤人,事态在派出所帮助下很快平息,他就预感到事情不会这样轻易完结,果然上级派人来调查,他和牛幸娃受到处分。现实生活中就是这样,人们往往预料不到好的事情,而对不好的事情常是有预料的,不是有一句话常挂在嘴边嘛:哟,怕啥来啥!不是说人们不希望好事情发生,而是说,好的事情难以预料,不好的事情却是容易预料到的。好的事情到来往往没有兆头;而不好的事情到来却是有兆头的,敏感的人可以预料到。现在,王永学就预料到团部提前向三山岛搬迁不会那么顺利,为什么会有这个预感,他也说不清,只是萦绕在心头的一种想法,而这种想法又挥之不去。因为有这种想法,他就不像牛幸娃那样着急上火、心急如焚。一看牛幸娃急眼了,也就不敢怠慢,他抄起电话,让十一连副连长王玉波来他办公室一趟。

"指导员,有什么事?请指示。"王玉波来了,向王永学毕恭毕敬地请示。虽然王永学离开十一连,由指导员升为团政治处副主任,王玉波私下里还是称他"指导员",这样显得亲切、亲近。王玉波是王永学带出来、培养出来的,能有今天,自然是组织上培养的结果,但王永学功不可没,两人的关系也和别人不一样。在部队,大家都穿着绿军装,都是战友,但因为种种原因,人们之间关系的亲疏远近是不一样的,信任程度也是不一样的。当过兵的人都会有这种感觉,承认这种存在,理解这种现实,妥善处理这种关系。如若他俩不是走得近些,信任程度高,王永学便不会把去镜铁山接老婆孩子随军的事交给王玉波去办。

王永学笑着说:"交你小子去办一件好事。"

王玉波问:"啥好事能落到我头上?"

王永学说:"去见一个大美女不是好事?"就交代他去浙江工程技术小分队驻地,找一个叫范兰枝的新毕业大学生技术员,把她接过来。

王玉波说:"去时怎么说?"

王永学说:"就说我们部队政治处王副主任请你到部队来一趟,他有事找你。"

王玉波说:"这好办,只要有名有姓,我就能把她请来。请她到这里?"

"不,请她到家里,我和秀英在家接待她。"王永学说完,王玉波领命而去。王永学又琢磨一会儿,去卫生队筹备处找余秀英,让余秀英提前回家备中午的饭菜。

余秀英说:"中午到连队伙上打点饭菜,不就行了吗?"

王永学说:"今天有贵客来。"闻听此言,余秀英就随王永学回家。在路上,王永学把今天中午是请谁、为什么请、想达到什么目的,一一交代清楚。

余秀英说:"这是公事,在单位请就得了,请家里干什么呀?"

王永学说:"我这不是避嫌吗?一个军队男干部,找人家黄花姑娘到办公室,知道的人说是因为工作,不知道的人,还以为我背着你在外面找女人。"

余秀英笑了:"你有那个胆吗?借你个胆,你也不敢。你要敢,我就把双胞胎儿子带走,让你一个也见不到。"

王永学告饶:"是,是,我没有这个胆,我是怕黄泥巴抹到裤裆里,不是屎也被说成屎。这我领回家来,和我老婆一起接待,别人就不会说闲话、嚼舌头根了。"

余秀英说:"你想得倒是周到,你是领导干部,注意点好,免得影响自己形象。但我觉得,光为这一点,不至于在家请客吧?"

王永学说:"你脑子就是灵透,不用点就透。我是看这姑娘长得不错,各方面条件都好,想给王玉波这小子拉嘎拉嘎,如果能促成一门婚事,岂不是一举两得?我已经让王玉波去接了,两人来咱们一起吃个饭,来他一个公私兼顾。"余秀英一听是这话,一副热心肠的她,就乐颠颠地忙乎去了。

快到中午时分,王玉波把范兰枝领到王永学家中来了。范兰枝是浙江姑娘,性格柔顺,打扮入时,说话吴侬细语,又得体大方,余秀英一见就喜欢,上来拉着手说:"瞧这姑娘长得水灵的,像画上的人一样。"尔后忙倒茶让座。

范兰枝瞧着王永学说:"王主任,谢谢你。上次搭你们车回三山岛,承蒙把我送到单位门口。你们吉普车开走了,有的职工说:瞧,人家解放军多够意思!我心里美滋滋的,也风光了一把。你找我有事吗?有事尽管说。"

王永学看了王玉波一眼:"玉波,看你嫂子需要什么,你帮她张罗张罗。"

王玉波走后,王永学就把部队正在加紧营房施工,目前遇到人手不够的困难,拟借助浙江工程技术小分队的力量,增加人手,想让她和队领导沟通一下,看有没有这种可能。

范兰枝是个痛快人,她说:"感谢您信任我。这对我们浙江小分队也是一件好事。三山岛金矿拟交给我们浙江金矿公司来建,后来考虑施工难度,建矿任务交给了你们部队。但我们小分队已经入住三山岛,并与矿上签订了合同,矿上承诺开工后,让我们和你们配合,承担部分工程。现在还没有开工,我们小分队就没有事可干。浙江公司又和小分队签订了承包合同,不再拨付费用,让我们自谋生路。现在到了欲进不能欲罢不可的境地。我哥是小分队队长,现在成了承包人,也就是社会上说的'包工头'。岛上就这么大地方,没有多少活可做,眼瞅坐吃山空,连发工资都困难了。部队能给我们活做,这是大好事呀!只是我们小分队是搞金矿施工的,不是专业建筑队伍,怕适应不了你们要求啊!"

王永学说:"小范姑娘,谢谢你给我说实情、讲实话,我们两家是为了建设三山岛金矿走到了一起,今后还要长期合作,这次我们急需你们帮忙。不是专业建筑队伍不要紧,能给我们提供材料运输供应保障就行,装装卸卸就可以,满足建房材料需要即可,不需要多大技含量。"

范兰枝说:"这个没有问题,我们吊车、卡车等装备都很先进,人员也能吃苦耐劳,但有两条怕是得事先做到:一是得签双方劳务协议,确保合同有效实施;二是费用按市场价格算。我说这些都有些不好意思,和子弟兵计较脸都发红。但没有办法,我哥为找不到活干快发不出职工工资,急得都快发疯了!"

王永学说:"你说这两条都没有问题。回去跟你哥说,如果同意和我们合作,双方马上签订协议,费用就按市场价格。你哥若无意见,就请你方先起草一个合同文本,把有关事项都写明,到时双方坐下具体商定。有一点请转告你哥,我们是人民军队,说话是算数的,办事是讲信用的。"

范兰枝说:"这个我知道,和解放军合作,我们一百个放心。现在社会太复杂,以契约方式确定双方权益,保障双方利益,是社会正常做法,请不必介意。"

王永学说:"这个我完全理解。现在我们部队在一些地方施工,也都是签订合同的。这三山岛金矿建设,是我们部队按照军队命令接受的最后一项任务,今后我们也要参与市场竞争,去市场上拼搏了。"

说话间,余秀英和王玉波已把菜肴摆上,虽然准备匆忙,但看来也还丰盛。余秀英说:"贵客登门,本应隆重接待,但条件所限,有点太简单了,也不知合不合兰枝姑娘的口味。"

范兰枝很受感动,一再说"谢谢",说:"没想到头一次登门,就受到如此隆重接待,而且为小分队领回了施工任务,真是太感谢了!感谢得不知说什么好了。"

王永学招呼大家坐下,举起手中的杯子说:"部队规定中午不准饮酒,我们就以汽水代酒吧,欢迎小范姑娘到家做客,祝我们和浙江小分队合作成功。"几位也举杯回应。午餐在温馨的气氛中结束。

饭后,范兰枝告辞,余秀英说:"姑娘你常来呀,来了咱们聊聊天,说说话,拉呱拉呱。"到三山岛时间不长,余秀英也学会说山东话了。

王永学让王玉波把范兰枝送回去,范兰枝说:"不用送,我认识路的。"

余秀英说:"看今天天气多好,你两人在海边走走,从海边绕过去,在沙滩上散散步,那可是难得呀!"

王玉波、范兰枝走了,王永学取笑余秀英:"哎哟,我家孩子他娘,也学会浪漫了!"

余秀英说:"促成一件婚事,胜造七级浮屠,咱俩尽量把他俩往一起撮合吧。"

4

连长王好奉命去见三山岛村建筑队龙大海队长,把请求他们支持部队搞营房建设的想法说了。龙大海敦实、粗壮,40多岁年纪,是一个渔民出身的企业家,一看就是个爽快人。他一拍大腿说:"这还叫个事吗?我这一百多号人都动员起来,加入到你们营房建设队伍中,咱们搞一个军民大会战!"

龙大海答应得如此痛快,和山东人大气、豪爽的性格有关,也在于他和王好认识,两人有一些交情,王好帮过他一些忙。一次,龙大海的弟弟龙大洋船上的桅杆断了,当时正值丰渔期,桅杆断了,就不能出海打鱼,当他看见十一连操场上放有几根20多米长的竹竿时,眼睛亮了,觉得竹子是做桅杆的好材料,就向王好求援。王好说:"几根竹竿算什么,拿去!"便派战士给他扛去两根。龙大洋出海打鱼喜获丰收,给连队送来一百多斤大龙虾,表示感谢。王好坚决不收,说:"送你两根竹竿,那是为民做好事,白吃你的龙虾,那是违反群众纪律!"最后虽然把龙虾收下了,却按市场价付了款。

龙大海除了担任村建筑队队长,还兼任副业队队长。一次,他们副业队赶上百年不遇的好时机,一网打了以前几十网才能打到的鱼,人工实在拖不动渔网,就来找王好求援,让他派连队的汽车帮助拖一下渔网。王好二话没说,就带两辆汽车赶了过去,他亲自开着车帮助拖网,一直忙乎到把鱼全部装完。走时,龙大海往汽车上放了四大筐鲅鱼,让干部战士回去包鲅鱼馅儿饺子。王好一条都没让要,把筐搬下来开车就走。这些,龙大海都记在心上,知恩图报的他牢记"滴水之恩当以涌泉相报"的古训,一直在寻找报答王好和部队的机会。现在机会来了,他不会错过。

龙大海对王好说:"我不是给你吹,我们这个建筑队比掖县、黄县等地建筑队都不差,和潍坊市的建筑队也敢比试比试,我们在济南盖过楼,中过标,质量没有说的,建你们部队营房绝对没有问题。你指哪儿我打哪儿,决不含糊。"

王好说:"话先说清楚,这是咱们合作,是请你们帮我们施工,我们部队按市场价付费,亲兄弟明算账,你先提出每人每天的工价,或者把一些营房建盖包给你们,最后算总账。"

龙大海说:"别扯什么钱不钱的问题,给子弟兵做些事不应该吗?军民关系是钱的问题吗?当年解放军解放三山岛,是为了钱吗?我们山东民工支前,是为了钱吗?军民关系一掺和钱,就成了白菜地里舞镰刀——把棵(嗑)唠散了。"

王好说:"现在时代不同了,实行市场经济了,得按市场规则办事。再说,我们部队也不能侵犯群众利益,应该按劳付酬,按市场价付酬。"

龙大海不乐意了,说:"市场经济咋了?搞市场经济,人就钻钱眼里去了,一切为了钱吗?那友谊、亲情、是非、原则,都还要不要了?现在一些人一切向钱看,啥事都干得出来,真不像话!"

王好说:"哟,没想到你这个年纪还是个'愤青'!"

龙大海说:"我是看不惯嘛!有的人把钱看得太重了,有些人为了钱廉耻都不要了,有的连父母都不养活,说起这些,我就生气。"

王好说:"这是两回事,不能往一起扯。看重钱、追求钱也没错,关键是看钱怎么来、怎么花,钱是正道来的,靠劳动得来的,花钱花的是正经地方,合法合理合情,就没有问题。就连我们施工部队也要按经济规律办事,按市场规则办事,该签合同签合同,该付钱付钱,这一点和地方企业是一样的。你要不收费用,我这活就不能交给你干了。没按时建好营房不要紧,干部战士可以住帐篷、住活动板房,但违反了群众纪律,是绝对不能允许的。"

龙大海说:"这钱确实不能收,我们这里过去是老根据地,抗日战争时期出了多少红嫂,解放战争时期出了多少支前模范!我爷爷、我父亲都是支前模范,领着一个担架队,部队打到哪里,就到哪里抬伤员。一次为救一个伤员,差点丢了性命。我们施老支书经常说,啥叫人民军队?人民军队就是人民的军队,人民军队爱人民,人民军队人民爱。要是知道我收部队的钱,他还不撤了我的职!你要是非要交钱付费,你给老支书说去。"

王好说:"行,找老支书就找老支书,我又不是不认识他!"

王好到了村委会,正好老支书施元兴在。在三山岛,施姓是大姓,说是名将施琅的后人,岛民存有家谱为证。施元兴是施琅的多少代后人,没人说得清,但村里人都知道他在岛上入党最早,当支书的时间最长,对村里这些年改革发展贡献最大。他也是村里最有眼光的人,这个眼光体现在重视教育上,用各种办法激励岛上孩子上学,学习成绩好给予奖励。村小学低年级学生按考试成绩难以排列名次,只好结合课外知识掌握程度综合评分。所有岛上的孩子,必须上到高中毕业;高中没毕业不准到待遇高的工、副业队就业,只能去渔业队打鱼、农业队种菜。家里有学生考上大学,村里给挂光荣匾,重金奖励。有人说施元兴是搞"土办法",施元兴说,管他啥办法,啥办法灵用啥办法!他的"土办法"还真灵,村里出大学生数量多,有的还考上了北大、清华等名校。上不了大学的,也都高中毕业。为什么建筑队技术好,质量有保证,就是因为队里人的学历高,有文化。

听王好说明来意,也听龙大海说了自己的想法,施元兴说:"人民军队爱人民,人民军队人民爱。军爱民,民拥军,军民团结一家亲。现在部队需要我们建筑队出力,绝无二话。一百多号人,不是一天两天,部队也不能白用,不付费用,部队会违反群众纪律,我提出个办法,咱们商量商量,有事好商量嘛!"

老支书施元兴提出的办法是,把部队所需付建筑工程队费用分材料费、用工费、伙食费三部分分别计算、分别处置。材料费包括钢筋、水泥、砖瓦、预制板等,打包计算,有多少算多少,由部队最后结清。建筑队工人的用工费另行计算,不付现钱,以后和部队"换工"处理。村里以后修建服务设施、整修海岸防护堤时,部队派员支援,村里也不付费用。伙食费不另计算,由部队全部承担。部队按战士饮食标准,每餐给建筑工人提供饭菜,工人和战士一道就餐。施元兴说:"这样简单、省事,又便于统一管理。工人和战士们在一起,也能学到部队的好作风。"说完,又幽默地加了一句:"山东人饭量大,王连长可要有点思想准备!"

王好说:"能吃就能干!施支书放心,我们一定把伙食办得棒棒的!"他明知道,施支书是有意照顾部队,部队在合作中占了地方便宜,但也说不出什么了。

王好告别了施支书、龙大海,回去复命,把商谈情况给牛幸娃、王永学汇报。牛幸娃说:"还是老区人民觉悟高啊!"

王永学说:"这可解决大问题了。这个建筑队,比我们一个连兵力还管用。再加上浙江小分队,人手就够了。"

牛幸娃说:"那边你再盯盯。"

王永学有把握地说:"不会有问题,他们现在没活干,正等米下锅哩!"

但事实上,浙江小分队那边情况进展并不顺利。范兰枝为浙江小分队参加部队营房建设一事,跟她哥范兰亭大吵一架。

范兰枝回到小分队,把部队邀请参加营房建设的事一说,她哥范兰亭就火了,大声吼道:"不参加!"

范兰枝说:"为什么呀?"

范兰亭说:"问那么多干什么?不参加就不参加!"

范兰枝说:"这对我们是好事呀,一举两得,既解决了部队人手不够的困难,又解决了我们目前等米下锅无活可干的难处。前几天,开会时,你还让大家去找米下锅,现在米来了,你却不要了,这不是叶公好龙吗?"

范兰亭说:"我们是等米、缺米,但也要看是谁的米!"

范兰枝说:"谁的米?部队的米,人民军队的米!"

范兰亭说:"在我的眼里,那就是仇人的米!"

范兰枝说:"部队咋就成了咱仇人了?"

范兰亭说:"要不是他们来抢了我们公司承担的三山岛金矿建设工程,我们小分队能孤单地在这里吗?能在这里没活干等米下锅吗?"

范兰枝说:"是咱们浙江金矿公司达不到海底建矿的技术要求,人家三山岛金矿向冶金部打报告,最后请这支经验丰富的部队来的,怎么是人家抢了我们的活?部队是执行命令的,上级让上哪儿上哪儿,去哪儿不去哪儿,是上级决定的,怎么是他们抢了咱们的活?你说这话可有点不讲道理。你是小分队负责人,个别员工有这个想法,要做工作,怎能也在这里随声附和,也说这些没有道理的话呢?"

范兰亭说:"不管怎么说,就是他们来了,我们就没活干了。你让我们帮助他们盖营房,那他们住下就更不走了,我们就更没活路了。"

范兰枝笑道:"哥真是糊涂了,你不帮人家盖营房,人家就不住了,这不是笑话吗？你不帮人家,人家照样住下建金矿,你以为你是谁呀？人家是为咱们好,是帮咱们你都不知道。"

范兰亭口气缓和了:"他们是为自己,咋就成了帮咱们了？"

范兰枝说:"这明显是互利互惠的事嘛,既解决了部队目前人手不足的困难,又帮我们解决了活路,使我们渡过眼前的难关。而且两家通过合作建立密切关系,等矿井开工之后,部队关照咱们,咱们还愁没有活干,自己养活不了自己吗？"

范兰亭说:"你说这事儿可干？"

范兰枝说:"当然可干,我都给你说清楚了,你还在那里怨人抢了咱的饭碗拎不清!"

范兰亭说:"要干也可以,但必须按市场价付给我们费用,而且签订协议,用法律保证我们的权益。"

范兰枝说:"这你就放心好了,这两条部队同志已经提出来了,让我们有什么要求,一并提出,都体现在合同里。"

范兰亭笑了:"你这是偷着把你哥卖了!"

范兰枝说:"我把你卖了,卖了一个好价钱!"

范兰亭说:"那你帮我起草合同吧,该写的都写上,一条也不要拉下。特别要写上付费时间。"

范兰枝说:"你还不相信部队上？"

范兰亭说:"这我相信,但毕竟是搞工程,得有合同约束。"又补充道:"咱们就是挣钱也要挣在明处,一切按市场价,多给钱咱也不要。"

范兰枝说:"好嘞!"

第六章

1

在牛幸娃、王永学组织协调下,十一连、三山岛建筑队、浙江工程技术小分队三股人马拧成一股绳,全力投入到营房建设中去。三支队伍,有分有合,分合结合,你中有我,我中有你,各显优势,合演一曲壮美的乐章。这乐章生动感人、铿锵有力,回荡在三山岛上空,与海浪奏成的乐章相互交融,显示出不一样的风采。

这三支队伍有不同的禀赋,分为工、农、兵三部分。工人指的是浙江小分队,农民(渔民)指的是村建筑队,兵自然指的是十一连,现在工农兵联合起来了,组成了新的建设大军,不仅力量壮大了,而且互相激励、互相学习,也互相竞争。在一派比学赶帮超的热潮中相互砥砺着,不断前进着。

浙江小分队队长范兰亭,看建筑队的工人们和解放军在一个灶上吃饭,在一起热热闹闹的,也提出不另设灶,和十一连战士们在一起搭伙。他找到王好说:"王连长,我们也不另起炉灶了,和建筑队一样,在你们连队战士灶上吃饭,伙食费我们按人头交上。"

王好说:"交什么伙食费,你们是来帮部队干活的,哪有干活不管饭的道理!没安排你们在一起吃,是害怕你们浙江人口味不一样,与我们这些老土吃不到一起去。你若不嫌弃我们,这就一起搭伙。"

范兰亭说:"你们不收我们伙食费,就从今后支付的费用中扣,丁是丁,卯是卯,我们不占部队便宜。"

王好说:"这是什么话?扣什么扣,部队会让你们吃穷了吗?从明天开始,我们三家共开一个伙,再别说什么费用不费用的。我在农村给人家盖房时,一家盖房,全村来帮忙、来吃饭,那个热闹,那是村民间的情谊。咱们三支队伍在一起,让我想起了那时的日子。浙江小分队的伙食我包了,但有一个条件,你得给我派两个炊事员,好把握你们浙江人的口味。俗话说,南甜北咸,你们是南甜一派的,你们炊事员教我们战士做几个杭帮菜,什么西湖醋鱼、宋嫂鱼羹啦,什么龙井虾仁啦,让我们连队伙食也上上档次。"

范兰亭不好再说什么,就说:"听说你做河南菜拿手,也教教我们炊事员,让他们学习河南厨艺。"

王好说:"说做菜,我可不是给你吹,我不仅会做河南菜,其他菜系我也会来一手。不管什么菜,只要让我看上一遍,我就会做。"

"喷,喷,你就喷吧!"正好经过的三山岛建筑队队长龙大海说。

"喷?不给你露一手,你就不知道马王爷几只眼!哪天得空,我弄几个菜,让你俩品品,咱们仨也喝一壶。"

龙大海说:"那咱就歃血为盟,搞一个刘关张三结义,结拜为兄弟!"

王好说:"我们部队不兴这一套,在我心里,咱们早就是三兄弟了。大海年长为兄,我年龄第二为老二,兰亭就屈居为三弟了。"

范兰亭接话道:"愿为两位哥哥牵马坠镫!"三人大笑起来。

牛幸娃疑人不用,用人不疑,且说话算话,让王好担任三山岛营房建设总指挥,协调三方,全面负责建房事宜。王好也不负信任,他一手握瓦刀,一手掂炒勺,一阵在施工现场,一阵在锅边案上,在瓦刀的砍削声中,在炒勺的叮当声中,一栋栋楼房盖起,团部的各种建筑也很快有了模样。

梁占刚从沙河打电话来,向牛幸娃询问营房建设进展情况,牛幸娃汇报说:"有你给我从北京协调来的好连长王好,进展还能差吗?这小子是长颈鹿的脑袋——突出得很,硬是把局面盘活了,目前正热火朝天地加油干呢!照眼下情形看,4月中旬团部的所有建筑都能盖完,抢在你们搬迁过来前完工,一点问题都没有。"

到了4月中旬,团部完全建好了,不仅办公楼,就是浴池、饭堂、宿舍、车库也都建起来了。还建好了两栋家属楼,正在简单装修,等待携带家属的各级干部前来入住。

到了4月20日,牛幸娃给梁占刚打电话,说:"梁团长,这里一切就绪了,请你们发军列吧!三山岛张开臂膀在等待你们欢迎你们!"最后还整出来一句时髦浪漫的话。

梁占刚说:"辛苦了老弟!团部搬迁我给你记头功!"

牛幸娃说:"啥功不功的,我老牛图这个吗?快搬迁吧!办公的地方、吃饭的地方,连你搂着老婆睡觉的地方,都全给你准备好了。"梁占刚当连长时,牛幸娃当副连长,两人资历差不多,非正式场合时,两人常开玩笑。

梁占刚在那头也乐了:"你先住进去搂着弟妹尝试一下吧!住新房多好,家中一派新气象,床上两个旧东西!"

这头,牛幸娃也乐了:"你那不是旧东西?旧东西好,经久耐用,物美价廉,可不敢去招新东西,招新东西要犯错误哩!"还要开玩笑,突然醒过神来:刚才说团部搬迁的事,怎么扯起闲篇来了?随即书归正传:"团长老兄,军列定下后,告诉我发车、到达时间,我好去车站迎接你们。"

梁占刚说:"催了几次了,上级还没有批下来。军人一切行动听命令,命令没下,不能擅自行动呀!你且耐心等待,我再催催。你那里抓紧团部收尾和其他连队营房施工,施工时注意安全,切记!"

牛幸娃有点不放心:"上级没有批下来,不会有什么情况吧?"

梁占刚说:"不会,可能是领导忙于部队撤销一事,一时顾不上吧,我再催催。哦,告诉你一件好事,我们申请增加兵员的报告,上级批了,调配给咱们两个成建制连,还有一个连打散了,分配到我们各连队,这样,我们部队就增员了。不过他们到来了,要加强技术培训。采黄金毕竟和建矿井不同,这一点请你事先考虑和安排好。"

牛幸娃把梁占刚的话,转述给王永学、金昌浩。两人都是先遣组副组长,一个是政治处副主任,一个是分管矿建施工的副参谋长,是他的左膀右臂。三人在研究先遣组近期工作时,牛幸娃把梁占刚的话说了一遍。

金昌浩说:"我觉得哪个地方不对头。上级批准团部搬迁就这么难吗?团部搬迁是上面同意的,只是提前五个月而已,怎么会压这么长时间不批?"

牛幸娃似有所悟,说:"我也觉得老梁讲话怪怪的,平时不怎么爱开玩笑的,怎么那天东扯西拉地开起玩笑了,是想转移我的注意力吧?"

王永学分析道:"梁团长说,因为上面领导忙,没顾上批,那同时上报两个报告,怎么申请调剂兵员的报告就批了呢?难道领导就不忙了?而且商调兵员是一件大事,得经兵种批准,还要与其他支队协商,这么快就批了下来,说明上级机关工作效率还是蛮高的。"

牛幸娃说:"你什么意思嘛,把话说清楚些!"

王永学还没张口,金昌浩接话道:"别是出了什么岔头了吧?"

牛幸娃说:"能出什么岔头!你就像那什么人忧天来着?天天没事就看天,怕天塌下来,至于嘛!"

但事实却不幸被金昌浩言中,团部提前搬迁的事果真"出了岔头"。苏继轩、梁占刚多次找上面催问,没催来"批文",却催来了黄金指挥部派出的一个调查组。团里有人向上级写了匿名举报信,举报苏继轩、梁占刚"违抗军令"等问题。举报信寄到基建工程兵兵部、基建工程兵黄金指挥部、冶金部、中央军委。举报信不是一封,而是好几封,举报内容概括为四个方面问题:一、违抗和不执行军令。在上级已经批准并确定部队调动时间的情况下,擅自决定提前将团部向三山岛搬迁,并按新的决定进行搬迁准备和调动部队,严重违反中央军委关于基建工程兵撤销期间"人员、装备、机械、物资、财产、营房、土地等,不经撤销工作领导小组同意和国务院、中央军委批准,任何单位和个人不得随意处理"的规定。二、团主要领导以权谋私、假公济私,以部队搬迁名义侵占部队资产。具体事实是,经团主要领导同意,给向三山岛迁移人员发放包装箱。这些包装箱均是用施工材料和上等木料制成,拆卸后可打制家具或售卖送人。发放数量是:团长、政委七只箱子,副团职六只箱子,营职五只箱子,副营职四只箱子,连级三只箱子,连级以下每人两只箱子。这些箱子占用大量木材,发给个人之后,其结果是化公为私。此外,政委苏继轩以每平方米500~600元的农村市场价格,卖一批木料给当地农户,从中获利谋财。三、等待撤编期间,突击提拔干部和批准解决部分干部家属随军。突击提拔的干部名单中,有王永学、金昌浩、阎芳州等;解决随军家属中,也有王永学的名字,还有其他一些人。四、个别团级领导干部出风头、捞资本,把妻子提前调到三山岛妥善安置,却标榜是起"模范带头作用"。这一条明显是针对团参谋长牛幸娃的,因为只有他一个人把爱人杨玉琼调到了三山岛。

上述检举内容,是黄金指挥部调查组来了之后,在找苏继轩、梁占刚谈话时,一一列给他俩的。调查组并未给他俩看举报信,而是把几封举报信的内容做了概括,提炼出要点,让他俩一一做出解释。

调查组组长是黄金指挥部一个姓初的副政委,从司政后各抽调一名干部,加上支队抽来的3人,共有7人组成,调查组级别比较高,人数不少,直接下到一个团级单位调查,可见举报问题的严重程度。

初副政委是1938年参加抗日的"老八路",中华人民共和国成立后转地方工作,因为爱说真话、讲实情,曾被打为右倾,"文化大革命"中又被诬陷为"有历史问题",长期受到迫害。前几年彻底平反了,年龄偏大,不便再到地方担任重要领导职务,就被组织上安排到黄金指挥部担任副政委,主抓纪检工作。

初副政委在苏继轩主持召开的团党委常委会上宣布了调查组入驻有关事宜,希望团里各位领导积极配合,早日把问题搞清楚。他没有在会上讲举报信内容,只是说接到群众举报,需要调查核实。强调这次调查上级主要领导很重视,做了重要批示。一是希望被举报的同志积极配合,按照要求主动讲清问题。二是其他同志如实向调查组反映情况,是什么问题就是什么问题,帮助调查组把事实查清。三是所有班子成员,都要正常坚持工作,各负其责,确保部队稳定。在会上,苏继轩表了态,梁占刚表了态,参会的各位常委也表了态。会后调查组的调查就正式开始了。

初副政委和调查组会后把苏继轩、梁占刚留下,一一告知他们举报信列举的问题,要求他们以实事求是的态度接受组织调查,正确对待组织,正确对待自己,深刻认识存在的问题。在接受调查过程中,工作不能松,纪律不能散,部队不能乱,经受住组织上的考验。相信组织上经过深入调查,会查清事情的真实面目。不会冤枉好人,不会使敢干事能干事的同志受到打击,不会让部队的好作风受到破坏。

苏继轩表示服从组织决定,协助搞好调查,继续抓好工作,没有多余的话。而梁占刚这个东北汉子,却忍不住"放了炮",说:"我想讲几句。"

初副政委说:"你讲。"

梁占刚说:"我是被举报的当事人,按说只有静候调查处理的份,但是,我还是忍不住说几句。我可以说,举报信说的绝大部分内容都是诬陷,都是胡说八道、罗织罪名!说我们违抗军令,我们违抗什么军令了?我们是坚决执行军令。1982年10月,我们团接到基建工程兵建字〔1982〕第105号《关于基建工程兵第十一团执行三山岛金矿建设任务的命令》后,立即着手施工组织设计和进驻前的各项准备,并很快成立以团参谋长牛幸娃为组长的先遣组。下旬我就和苏政委及先遣组同志们一道开赴三山岛,组织先到连队进行基建和施工准备。团常委会根据施工准备及兵力部署与调动情况,研究确定今年十一前完成团部搬迁,于年底前实现全团部队在岛上集结。前不久,根据变化了的形势以及岛上基建提前完成的实际情况,团常委会开会决定团部提前到五一前搬迁,十一前完成部队集结,并报上级批准。在上级没有批准前,我们是在积极准备,并没有开拔团部的行动。这是模范执行军令,积极执行军令,怎么是违抗军令?上级的军令早已下达,我们作为军人,闻令而动,就像战争年代,听到号令向阵地集结,是吹冲锋号,而不是向后跑,吹撤退号,怎么就是违反军令?难道原地待命不动,死丁丁地待着,不去执行三山岛金矿建设命令,把任务拖黄了,把部队信用搞没了,就是执行军令?这不是扯犊子吗?还有……"

梁占刚来了气,喝了一口茶,把茶杯重重蹾在桌子上说:"说我们团领导以权谋私,用部队施工用的木头做包装箱,是,每人是发了包装箱,是管理股负责经办的,每一级干部发的数目也对,但是,那是什么包装箱?是用施工木头的边角余料做成的,箱子的四面上下,全用圆木割下的板皮钉成,那些板皮割下来什么用也没有,只能当柴烧,我们废物利用,做成包装箱,让机关干部战士搬家用,有什么错?况且包装的,大部分还是公家的物品。怕这样的包装箱不结实,我们让人再把四周一圈一圈缠上草绳加固。说这些木料拆下来可以做家具,纯是胡咧咧,谁家的家具是板皮做的?盖鸡窝还差不多,这不是胡说八道是什么?不是罗织罪名是什么?举报信还说有人出风头、捞政治资本,让妻子提前去三山岛妥善安排工作,这更是欲加之罪,无稽之谈!牛幸娃参谋长看到一些干部和家属贪图安逸,不想离开褡裢基地,他作为先遣组组长,就让妻子、同是军人的杨玉琼带个头先到岛上去,是请示我和苏政委同意调过去的,这怎么就是出风头?爱人在机关财务工作,到了三山岛按护士职务安排,怎么就是妥善安置?这不是无中生有、颠倒是非吗?这不是打击先进、迁就落后吗?人家让妻子带头到岛上,就是捞取政治资本?这是什么政治资本?这个政治资本,别人怎么不去捞?现在什么年代了,拨乱反正都好几年了,还有这种'莫须有'的诬陷发生,不让人寒心吗?"说到激愤处,梁占刚这个刚直的东北汉子,竟淌下几滴眼泪。

2

牛幸娃在三山岛组织营建和施工准备,没有参加团常委会,对常委会上和会后发生的一切并不知情。

他在三山岛上没有等到军列,却等到了调查组的到来。调查组由初副政委带队,他只带两个人,其余的人留在褡裢基地调查和核实情况。

初副政委来三山岛之前已在团部找几个人了解情况,包括了解牛幸娃的成长经历和为人。初副政委和于俊副政委做了长谈。于俊是从黄金指挥部下到十一团任职的。下来之前在黄金指挥部机关纪检组,是初副政委部下,两人无论工作关系和私交都不错。于俊副政委到十一团任职时间不长,没有陷入复杂的矛盾纠葛中去,初副政委想多听一听他的看法。

于俊说:"我到团里时间不长,知道情况不多,我尽可能把我知道的情况和我的看法说出来,供领导参考。首先,举报信举报的时间就值得深思。这几封举报信都是在团常委会开会决定团部搬家提前到五一前之后寄出的。为什么在此之前没有?既然团领导有那么多问题,为什么以前不举报,而是放在一起举报?这说明,这些举报信是围绕'提前搬迁'引起的,是和这件事直接关联的。若没有政委、团长力主'提前搬迁'这件事,就没有这些举报信。因此可以断定,是对'提前搬迁'有意见、有成见,或者说死活不愿从褡裢搬走的人举报的,他们举报的动机很明显,就是让力主提前搬迁的人付出代价,并迟滞提前搬迁行动。这就需要从根本上认清'提前搬迁'的主张是对是错,团常委会关于'提前搬迁'的决议是对是错,这要调查组和上级机关认定。但无论怎样认定,这个决议在组织程序上没有问题,是在充分讨论基础上按'少数服从多数'原则通过,并报上级批准,而且目前尚未组织实施。我认为弄清举报者选择的时间和目的动机至关重要,有利于对这件事情正确判断。其次,要认识到团里两位主官苏继轩和梁占刚,以及团里各位主要领导本质上是好的,是对党忠诚、纪律严明、作风过硬的。我来了之后,看到他们在面临部队撤销的形势下,继承和发扬人民军队的优良传统,自觉服从党的需要和国家大局,带头遵纪守法,带头保持部队稳定,带头严守岗位,尽职尽责。不是考虑个人去留和个人利益的得失,考虑的是怎样创造条件,执行好上级下达的承建三山岛金矿建设任务的命令,无论发生什么情况,都要把命令执行好,把任务完成好,在完成施工任务的同时,带出一支有着坚强意志和优良作风的队伍。他们'提前搬迁'的想法,不管上级是否批准,其动机都是好的,都是值得充分肯定的。在部队将要撤销的情况下,放在第一位的是继续执行命令,为部队争光,为国家建设做贡献,这是极其难能可贵的,这种积极性是应当保护和大力倡导的。第三,从举报信的内容看,据我看来,大都是子虚乌有。有的是扣大帽子,有的是夸大其词,有的是望风捕影。梁团长那天讲的,基本上都是事实。咱就说包装箱,给我也送来几个,是方便物品往军列上搬运的,都是板皮子,哪是什么好材料?扔了就扔了,废了就废了,利用起来做成包装箱有什么不好?有些更具体的问题,如说苏政委倒卖木材谋利、突击提拔干部等,这些需要核实,我不便提个人看法,派人去查也就清楚了。最后,我的建议是,这次调查组来的正是部队面对撤销何去何从的关键时期,对部队建设、未来发展会有重要影响。因此,这次调查不仅要查清问题,对上对下都有交代,更要通过调查分清是非,肯定正气,反对邪气,肯定一切以大局利益为重,以部队长远发展为重,反对一切从个人利益出发,反对一切先替个人考虑的极端个人主义,反对随心所欲的无组织无纪律行为。从这几封检举信可以看出,我们有的干部的基本素质和作风是不过硬的,是一事当前先替自己考虑的,甚至为了个人目的和一小部分人的利益不择手段,不惜牺牲大局和部队建设成果。当然,对这些同志是教育的问题,你不能说他写检举信反映问题不对,是违反组织纪律,但起码这种私下搞小动作的风气不能提倡。通过查清问题,用事实肯定正确的,反对错误的,使部队的正气得到发扬,使歪风邪气受到打击,把部队建设得更好,更强,即使转为地方施工企业,也是凝聚着军魂的一支一流队伍。希望老首长助我们团党委一臂之力呀!"

初副政委听了于俊一席话,感慨良多,赞叹说:"于俊同志,你下部队时间不长,进步不小呀,能从大局着眼,又从实际出发看待问题,难能可贵呀!看来让你下来'接地气'接对了,祝你继续进步。你对调查组提出的期望,也是我们努力的方向,让我们一起努力。这次整编工作结束后,我'船到码头车到站',就办理离休,去干休所安度晚年了。但我在岗位一天,就出于公心、主持正义一天。你放心,我们调查组经过深入调查,会得出正确的结论,并为推动部队健康发展完成上级下达的战斗任务助一臂之力。你现在还年轻,为党和人民工作的时间还很长,部队的希望寄托在你们身上,军队血脉延续的责任担在你们肩上,我们这些老家伙也只能是'不辞衰老敲边鼓,助力战友破险关',发挥一些余热了。"

就这样,这两个曾在一起工作的战友,不同资历和年龄的两代军人,做了一次畅快淋漓的交流,部队招待所初副政委的房间,那盏灯一直亮到半夜时分。于俊就自己初步了解接触到的每个干部的情况、秉性和特长,一一讲给初副政委听,为下一步调查提供了方便。

初副政委原先是想以调查组名义到三山岛的,却在出发前改变了主意,他决定由明察改为暗访,让梁团长通知牛幸娃说,基建工程兵黄金指挥部初福兴副政委,即日到三山岛视察金矿施工准备情况,让他接站并安排好接待。

牛幸娃亲自带车去潍坊站接初副政委。他虽然去北京开过会,见过兵种大领导,但面对面接待副军级干部还是头一回,确保首长安全是第一要事。他和王永学、金昌浩及司机田利明四人,分乘两辆吉普车去接站。金昌浩技术好,又会修车,出了故障能及时排除,就让他给初副政委开车。田利明是从机关调来的司机,开车拉着他和王永学。

接到初副政委后,牛幸娃看到这是一个和善的老头,心里的紧张便去掉一些。他问:"请示首长,是安排您住潍坊军分区招待所,还是住掖县宾馆？"

初副政委笑笑说："哪里都不住，就住你们三山岛团部招待所。"

牛幸娃摇摇头说："这，这……"

初副政委说："这什么呀，不欢迎我到咱们自己招待所去住呀？"

王永学接话道："首长，我们招待所刚修好，各方面条件还不完备，怕你住着不方便。"

初副政委说："我是'老八路'出身，什么条件不条件的，有个房间有张床就行。"

首长如此说，牛幸娃只好遵命。两辆吉普车直奔三山岛而去，开进了团部招待所。招待所小楼不大，刚刚完工，显得整洁、气派。牛幸娃、王永学他们怕怠慢首长，没想到初副政委满口夸奖说：团部有这么好的招待所，就很不错了，还是改革开放好，全国人民生活水平提高了，部队各方面条件也好多了。稍微休息一下，就让牛幸娃陪他去转转，看了建好的团部，看了建好的连队营房。牛幸娃边走边汇报，把如何克服兵力不足，联合浙江小分队、三山岛村建筑队共建部队营房的事也做了汇报。

初副政委说："这个做法好呀，既因地制宜，又密切了和地方及企业的关系，锻炼了军民协同作战的能力。我们过去讲，有条件要上，没有条件创造条件也要上。条件是人创造出来的，办法是人想出来的，你这个办法值得肯定，这个经验值得推广。"

牛幸娃以为初副政委是来考察岛上前期准备情况，看是否达到团部提前搬迁条件而来的，就问初副政委："首长，您看我们达到提前搬迁条件了吧，您回去催一下，赶快批准我们的报告吧，我们各项工作都准备好了，只等上面一声令下了。"

初副政委笑笑说："有那么着急吗？"

牛幸娃说："怎么不急？建矿任务下达了，团部不搬迁，不靠前指挥,远离前方在那遥控,能行吗?现在传说部队要撤编,部队也好,改为地方施工企业也好,原来的任务不还得完成?团部一搬过来,大家心思就稳定了。多个连队开始向三山岛集结,团部不搬过来,群龙无首怎么行?搬过来后立即做开工准备,进行技术训练和技术练兵。三山岛金矿用的是洋设备,不好好学习和操练,根本操作不了。总之,一句话,团部提前搬迁好处多多。现在有先遣组在,我是组长,能力有限,压力很大呀,回去就批准我们的请求吧!"

初副政委受到牛幸娃情绪感染,从心里喜欢这个心直口快、敢打敢拼、足智多谋的基层领导干部,说:"我们会尽快。"其实,初副政委不是来考察团部向三山岛搬迁准备工作的,而是来查牛幸娃问题的。有人除了举报牛幸娃"出风头捞政治资本"外,还说他"弄虚作假,虚报三山岛营房建设进度,沽名钓誉"。初副政委在岛上走一圈,看了营房的基建情况,心里头就有数了,知道那些说法是不实之词。其他问题则需要进一步探访调查。但探访调查不能是直入式的,"旁敲侧击"才能"水落石出",搞清真相。

初副政委说:"家属房盖多少户呀?够随军家属干部住的吗?"

牛幸娃说:"够,按户数建的,还有一些富余。"

初副政委:"你家属何时迁来呀?"

牛幸娃说:"她也是一名军人,已经提前来到岛上了。"

初副政委说:"你这带头作用起得好啊!"

牛幸娃说:"什么带头作用?我没起带头作用,是那次开会争论是否提前搬到三山岛,我与人争论起来,话赶话激出来的。我事先也没有和我爱人商量,我爱人不知情,是我使手段把她骗来的。"

初副政委说:"骗来的?怎么骗来的?说给我听听。"

牛幸娃就把自己在会上怎么表态、事后怎么为难、怎么让苗丽萍写信、杨玉琼到岛上的态度转变,一一说给初副政委听。末了还补充道:"其实,让她提前来,我也有私心杂念,我们两口子结婚四五年了,也没生个一儿半女,她来了,我们在一起时间多一些,也许能早点种上。"

初副政委心里笑了:"看来这是一个老实人。有的人爱往脸上涂脂抹粉,不是自己的功劳,也说成是自己的。这牛幸娃不抢功、不表白,还有一说一,把心里藏的想法都说出来了,不但老实,还很可爱。"接着顺藤摸瓜:"你爱人叫什么名字?来岛上安排什么工作?"

牛幸娃说:"她叫杨玉琼,原是我们支队宣传队舞蹈演员,随我到团里后安排在机关财务,现在在团卫生队筹备组当护士。原先是靠两只脚跳舞吃饭,现在是靠两只手打针吃饭。"

牛幸娃的话把初副政委逗笑了,初副政委说:"你可真幽默,现在不跳舞了,就不能给她安排好一点儿的工作?"

牛幸娃说:"咱这岛上哪有好的工作?再说她当过护士,从舞蹈队下来就当护士,这是回归本行,不当护士干什么?在机关拨拉算盘珠子用手,现在发药打针用手,不都一样吗?"

"她愿意吗?"初副政委问。

牛幸娃说:"我爱人说了,嫁鸡随鸡,嫁狗随狗,嫁牛随牛,一切听我老牛安排。"

初副政委又笑了:"吹,吹吧,你要这么说,我还得当面问问她,看是不是这么回事。"

牛幸娃说:"她脚受伤了,怕是见您不方便。"就把杨玉琼如何给退伍老兵跳芭蕾舞、如何受伤、现在在家养伤的情况说了一遍。

初副政委说:"你这么一说,我更得去看看小杨。我不是去看你爱人,而是去慰问为退伍兵演出受伤的演员同志,代表上级机关送去一份温暖。"

牛幸娃和杨玉琼仍住在十一连的一间家属房中,房子简陋,室内陈设也很寒酸,除了一桌一床几个凳子,也没有什么家具。初副政委进来,杨玉琼拄拐站了起来,听说是黄金指挥部初副政委来慰问她,就说:"首长好!谢谢首长关心!"

初副政委说:"你快坐下!伤筋动骨一百天,得好好养着。我听说你是为退伍兵演出受了伤,这是工伤,是光荣负伤。你主动为战士献爱心,他们要退伍了,你还下力演出,说明对兵有感情,有一颗善良的心。我代表上级机关表扬你,来慰问看望你,祝你早日康复!"

杨玉琼有些不好意思:"首长过奖了,那是我应该做的。我是学舞蹈的,不为战士跳为谁跳?是我自个儿落地时不小心把脚扭伤的,耽误了工作,还给组织上添了麻烦。"

初副政委换了一个话题:"听说你是被你家老牛骗到三山岛来的?"

杨玉琼看了牛幸娃一眼说:"您让他说。"

牛幸娃说:"首长问你呢!"

杨玉琼说:"是被这个人骗到岛上来的。开始时不高兴,很生气,但到岛上一看,高兴了,气也消了。我喜欢大海,生活在海边多浪漫呀!"

听了杨玉琼的话,初副政委从内心发出赞叹:"多么单纯、可爱、浪漫的年轻人!"又说:"家属房都建好了,还待在这里干什么?赶快搬过去住新房,对小杨恢复也有好处。"

牛幸娃说:"得令,那我们就收拾搬过去。"

3

对王永学、阎芳州的情况,初副政委也从侧面听了牛幸娃的介绍。牛幸娃是先遣组组长,听他谈谈岛上干部情况也很正常。初副政委不做引导，不露痕迹，听牛幸娃侃侃而谈。

也许是对王永学过于了解，也许是谈起了王永学，就回忆起了一起在镜铁山的难忘岁月和战斗经历，牛幸娃向初副政委介绍王永学就讲了一上午。讲得滔滔不绝，初副政委也听得津津有味。牛幸娃从王永学参军讲起，讲如何在新兵连认识、教他在镜铁山吃饭、走路，到了施工连队后，两人如何合作共事，又如何"较劲"，王永学如何进步跑到了他的前头，他又如何幸运地超越王永学，两人在此起彼伏中比学赶超，又怎样一起在镜铁山带领一个连队独立奋战，讲了两人的合作、矛盾和冲突，讲了特殊时期王永学为连队改善伙食"以煤换牛"挨过处分，讲了王永学如何执着地调查"罐笼事件"，认定这是一起完全可以避免的安全责任事故，从而遭到否定部队建设成果的误解，讲了因为烈士墓碑被砸，自己气愤中命令战士开枪伤人，王永学主动承担责任，为此挨了处分。讲了对"问题战士"王玉波的不同态度，以及王永学通过耐心细致的思想政治工作使后进变先进的事迹。讲了王永学"以煤换牛"受到处分却引来余秀英对他的爱恋从而结下良缘的经历，以及牛幸娃提出为余秀英和孩子解决随军问题获上级批准的过程。

最后，牛幸娃惋惜地说："这样的好干部用晚了，用迟了。'文化大革命'结束后，支队首长在讨论王永学的问题时，就明确指出：这样的干部要重用。十一连从镜铁山调往三山岛前，基建工程兵兵部一位首长去连队视察时公开讲过，像王永学这样的干部不仅不能撤职，还要重用，这是我们部队的脊梁，无论在部队，还是转到地方，都是不可缺少的骨干。王永学是1977年提的副营职，去年冬天才解决正营职，本来是代理政治处主任，如能转正，也就解决副团职了，可以在部队发挥更大作用了，结果支队下派一名政治处主任把'窝'占了，王永学的副团职打水漂了。但他丝毫没有怨言，而且感谢组织上批准解决了妻子孩子的随军问题，消除了自己的后顾之忧，工作更加勤奋刻苦认真了。

像这样的干部不优秀吗？不该重用提拔吗？我们部队不需要这样的优秀干部发挥作用吗？"

初副政委说："优秀,应该提拔,但也得有合适机会呀。"

牛幸娃说："机会来了,却突然被别人占了。我就不明白,上面动不动就下派干部,难道我们基层干部不应该优先提拔吗？"

初副政委说："你为王永学鸣不平可以理解,但你不能因此否认上级向下派干部。从上派也好,从下提拔也好,都是事业需要。下面干部有很优秀的,应该提拔,上面机关的优秀干部,也应该提拔。再说,有些机关干部也是从基层提拔上来的,不能片面看待机关干部,该派则派,该提则提,一切从事业发展出发。从机关下派干部,把基层干部抽调到机关,有利于干部交流,也有利于干部多方面锻炼全面成长。在这方面,尤其要注意克服片面性,不能认为上级机关的干部都优秀,都该提拔,一拉水地提拔他们,不给基层干部成长空间;也不能只提基层干部,冷了机关干部的心。山里山外都是公家的田,手心手背都是手上的肉。提拔干部要完全着眼于事业需要。出于公心,这样才能服众。你说呢？"

牛幸娃信服地点点头："还是首长有水平,看问题全面深刻。"

说到"阎眼镜"阎芳州,牛幸娃说得不多,说得不多的原因,一是他确实了解不多,在镜铁山时,他是十一连连长,"阎眼镜"是工作组干事。二是似乎不便多说。"阎眼镜"和他妻子杨玉琼走得近,还被传出过有"那个"关系,后来虽然证实都是"诬陷",两人关系是清白的,但白布已被染黑,再去掉黑色,变为白色,是比较困难的。作为男人,牛幸娃一想到杨玉琼和"阎眼镜"的关系,心里就疙里疙瘩的。总算两人分开了,"阎眼镜"去武汉大学读书,没承想这小子四年后又回来了。放着大城市不待,非要回部队,心里是否还装着杨玉琼,舍不下旧情？牛幸娃对此是犯嘀咕的。让"阎眼镜"任十一连指导员,牛幸娃是同意的，但没想到因为杨玉琼给退伍战士演出，两人又走到了一起，而且在杨玉琼伤脚后，"阎眼镜"还送来熬的骨头汤。他撞上的当时，心里就不怎么好受，但嘴上又不好说什么，只是脸色不怎么好看。这一点，恐怕杨玉琼、"阎眼镜"都看出来了。也许是自己小心眼了？他自个心里嘀咕，又觉得不能不防。在这种情况下，他不愿多讲"阎眼镜"。但当初副政委问到"阎眼镜"的提拔情况时，他还是如实回答，说"阎眼镜"不是越级提拔，上大学前就是副连职，大学毕业后按规定套到正连职，调到十一连当指导员是平级调动，还开了一句玩笑，说："有人说阎芳州是背心改奶罩——位置更重要了。"

初副政委大笑："什么乱七八糟的玩笑！"

在牛幸娃介绍的情况中，初副政委感兴趣的是"阎眼镜"大学毕业后，仍坚持回部队，说："这个阎秀才难能可贵呀！我们部队现在也是人才奇缺呀，要搞四化建设，没有人才可不行，他不愿意留在大城市，不贪图安逸，这样的人才要关心、要扶持。下午我找他聊聊，你通知他到我住处来。"他要和"阎眼镜"好好聊聊，探探他内心深处是怎么想的。

十一连指导员阎芳州没想到初副政委会单独找他谈话，更没想到谈来谈去就一个问题：他为什么武汉大学毕业后不选择留在武汉，而是选择回到位于河北沙河的部队，又随先遣组到了三山岛？初副政委问这个问题，有着深刻的时代背景。粉碎"四人帮"之后恢复高考，作为恢复高考后毕业的第一届大学生——七七级毕业生，可谓"时代骄子"，1982年他们毕业时，四化大业初兴，改革开放肇始，各行各业急需人才，那一届大学毕业生大部分分到了国家和省市机关、科研机构和高校，出现"一生难求"的状况。当时黄金指挥部想要几个应届大学毕业生都未分到。那时七八、七九级仍在大学深造，七五、七六级是"工农兵大学生"，多少有点不受人"待见"，在这种情况下，七七级大学生成了"抢手货"。以阎芳州的条件，分到国家机关和留在大城市都没有问题。那时高校毕业生已实行统一分配，没有了"哪里来哪里去"一说，选择余地甚大。而阎芳州选择回部队，不能不引人关注。而且在此次举报的问题中，也涉及他突击提拔的问题。现在已查清，突击提拔并不存在。那么，他为什么非要回部队，就成了初副政委想解开的一个疑问。

阎芳州回答道："我选择回部队，完全是个人自愿的。我可以不回部队，我们武大中文系已提出让我留校任教，也有机关单位想让我去，我最后选择回部队。"

初副政委说："难能可贵，难得你不忘培育自己的部队，有很高的素质和觉悟。"

阎芳州说："首长过奖了，我选择回部队，只是出于个人爱好，我想写一部反映基建工程兵指战员生活的长篇小说。去武汉大学前，我已开始搜集资料。上大学时想写，结果也没写出来，可能是被学到的文学理论框住了，也可能是离开部队火热的生活没有了激情，也可能是生活积累得不够，死活写不出来。几次动笔，几次停下，泪水打湿了稿纸，终于也没有成篇。我毕业后选择回部队，就是想继续体验生活，继续搜集素材，待条件成熟时，完成这部长篇小说。待我回到部队后，方知原先的部队已划归人民解放军基建工程兵黄金部队。这个成立于1979年的新军种，更引起我的兴趣，我想结合过去的生活，加上新的体验，为黄金部队写一部立传的长篇小说，这也是我报名参加三山岛金矿建设先遣组、后又同意到十一连任指导员的目的。"

"为黄金部队写一部长篇小说，为黄金部队的干部战士立传，这个想法好呀！我支持。小说的题目叫什么呀？"初副政委很感兴趣。

阎芳州说："初步想了几个，有《金色年华》《岁月流金》等，还没有想好，请首长帮助考虑。"

初副政委说："我初级小学毕业后，考上了一所私立中专技校，文化程度不高，解放后先后受过几次培训，都和文艺创作不沾边，但我愿意读小说，也有一些体会，认为小说的题目不宜过长，像咱们古代四部经典小说，最长的书名也才四个字，叫《三国演义》。书名太长，就把读者想象力框住了，短一点、简练一点更好，我建议用'金色'两个字就可以了，金色最能反映我们干部战士的品质、品性、品位，他们为国家献上的是黄金，付出的是牺牲奉献，留下的是无悔岁月。这是一支对国家建设有特殊贡献的部队，是中外建军史上罕见的部队。我参加了这支部队的创建，对这支部队有深厚的情感。"

"首长，您能给我讲一下咱们黄金部队创建的历史吗？"阎芳州说。

初副政委陷入对往事的回忆中："我记得很清楚，黄金部队成立于1979年3月7日，这是国务院、中央军委批复成立黄金部队的日子。在此之前，在中央领导同志关心下，这支部队的筹建就开始了。而提到这支部队的筹建，就必须提到一个人，这就是王震将军。'文化大革命'期间，王震副总理分管交通、邮电和合作总社。王震对'文化大革命'尤其对江青一伙的横行霸道是满肚子气，周总理理解他的苦衷，令他负责组织人马，远离北京专做挖金探矿工作，从此开始，王震就把很大的精力用于我国的黄金事业。可以说，周总理和王震副总理是新中国黄金事业的奠基人。王震身体力行，为找金和黄金部队的建立立下了大功。为了配合找金，还将冶金部黄金处升格为黄金局，以加强对黄金工业的领导工作。1975年，王震先后到山东招远、掖县，河北张家口、内蒙古卓资等地调查研究。他组织地质队在一些地区采用井探、槽探等办法寻找黄金矿源。招远采金历史悠久，远可追溯到东汉时期。《三国演义》里写关云长'上马金下马银'的黄金就是来自这里。日本侵华占领胶东半岛时期，据当时的文字记载，他们从招远金矿用掠夺性的开采方式挖走的黄金就有80吨。经过深入调研，王震认为地质勘探是发展我国黄金事业的薄弱环节,在他的领导下,1975年6月至7月,国务院召开全国黄金地质工作座谈会,他亲自主持会议,强调要加强黄金地质勘探工作,开展地质普查,在查清资源的基础上,大力发展黄金生产,增加国家黄金储备。金矿有沙金、石英脉金、含金砾岩三种类型,在我国都有发现,远景很好。问题是设备陈旧,生产工艺落后,回收率低。所以要革新设备,改进生产工艺,提高回收率,才能提高产量。为此,王震不辞辛苦,到处做工作,力争扩大黄金生产规模。内蒙古呼和浩特卓资附近有个金盆金矿,年采黄金近万两。王震到那里看了后宣布,生产一两黄金可给100元加50公斤化肥补贴,但不许拿这个盖楼堂馆所。一下子提高了当地金矿的黄金产量。"

阎芳州听得入神,借初副政委喝水停顿之际,插话问:"首长,那咱们黄金部队创建的背景是什么呢？王震将军对创建这支部队有何贡献？"

初副政委稍一停顿说:"改革开放之初,国家百废待兴,急需增加外汇和黄金储备,邓小平审时度势,决定增加黄金产量,他把重任压在时任副总理的王震身上。在一次研究黄金生产的会议上,与会者对黄金生产各抒己见争论不休,焦点是寻找黄金的困难和挖金队伍的不足。王震将军发火了,他站起来说,我们都解放这么多年了,黄金的开采还是慈禧太后时期的水平,这太不像话了吧？我们这些专家学者还有那么多的开采队伍,怎么向人民交代？新中国成立之初,我国黄金年产量仅为4.5吨,这个数字比1901年黄金产量4.51吨都少。在此后长达20多年时间里,黄金产量始终在低水平徘徊,平均年产量始终没有大的突破,幅员辽阔的资源大国竟然是产金小国,远远不能满足经济建设的需要。王震同意我国地质学家的看法,认为中国不贫金,中国缺少的是专业化找金队伍,是专业找金队伍不足制约了黄金工业的发展。就在这次会议上,王震提出:让部队去找金子。又说:'如果没有什么异议,军队找金子这件事,由我来协调。'这位在抗战时期率领三五九旅开垦南泥湾、新中国成立初期在新疆领导戍边屯垦的老将军,主动承担起了筹建黄金部队的重任。他根据邓小平的指示,约见基建工程兵主要负责同志,提出组建基建工程兵黄金部队,加快黄金资源勘探和生产。经过半年时间筹备,1979年1月,经王震、谷牧副总理同意,冶金部上报了《关于整编基建工程兵地质支队的报告》。报告中请求军委尽快组建一支军事化的专业找金队伍,作为黄金工业的先锋军,以便进行大规模、大范围的黄金矿产资源勘查活动。国务院、中央军委对这件事非常重视,经研究同意成立基建工程兵黄金指挥部,专门负责黄金地质普查、勘探和生产任务。这就是我们黄金部队成立的时代背景。王震将军对这支部队的诞生功不可没啊!"

初副政委一席话,使阎芳州了解了黄金部队成立的来龙去脉,也对《金色》这部小说的构思提供了帮助。他感激地说:"首长,听了您的介绍后,进一步打开了我的思路,也将丰富我的构思。我这部长篇小说是为黄金部队立传,是用艺术手法,歌颂49万为我国基本建设和国防建设做出突出贡献的基建工程兵将士们。我立下的志向就是:写和平年代的军人们,写施工现场的军人们,写我的基建工程兵战友们,为他们立一座精神纪念碑。诗人艾青有两句著名的诗句:为什么我的眼里常含泪水,因为我对这土地爱得深沉。借用这两句诗的意思,我为什么对咱们这支部队如此共情,就是我深爱着这支部队的将士们。我入伍就在嘉峪关钢铁部队,在基层连队施过工、掘过进,经历过生死考验,为了使'酒钢'早日出第一炉铁水,我们第二支队多少人做出了牺牲奉献,一些干部、战士甚至献出了生命。在镜铁山铁矿施工的战友们,常年战斗在高寒山区,进洞一身汗,出洞一身冰,走路咔咔响,像个铁甲兵。有的战士从进山到退伍,都没到嘉峪关市去过一次,不知道嘉峪关关楼在哪里。所有兵种,包括陆海空军和其他兵种都苦,但基建工程兵最苦,那可真是揣着黄连进门——苦到家了。这一点,其他军种的战友们都认同。在嘉峪关有一个野战医院,我们部队的伤病员有时也往那里送,一次我去看一个战友,这个战友在施工现场受伤了,野战医院的医生、护士看到这个战士身上棉袄棉裤都破得不成样子,布上的颜色都没了,腰上系一根麻绳,他们都哭了,说:所有军兵种,你们基建工程兵最苦,因为送来的伤病员,就数你们的军衣最破,苦不苦,从军衣上就能看出。我这个战友出院时,一起住院的一个野战部队的连长,送他一套新军装,向咱们部队的战士致以敬意。"

阎芳州还要往下说,抬头一看,初副政委在抹眼泪,就停下不说了。

初副政委说:"你继续说,我年纪大了,感情脆弱了,容易掉眼泪。你说咱们基建工程兵军衣最破,把我说掉泪了。战士们在那样艰苦的环境中施工、生活,真是不容易呀!"

阎芳州说:"还有,解放军各个军兵种中,咱们基建工程兵宣传最少。因为刚组建时部队保密、施工任务保密,人家都不知道咱们是干什么的,以致造成许多误解,'文化大革命'中还传过'基建工程兵是黑兵',现在还有说我们是'穿军装的工人','军装是花钱从军需仓库买的',等等,造成不少战士有心理负担,甚至觉得低人一等。咱不和别的兵种比,就和铁道兵比,人家铁道兵名声响当当,修鹰厦铁路、成渝铁路、成昆铁路,谁人不知?每公里铁路就有一座烈士碑,做出了重大牺牲,谁人不晓?但我们基建工程兵做出的奉献小吗?付出牺牲少吗?根本不少,但因为种种原因,宣传不够,许多人并不知道,对基建工程兵做出的贡献和付出的牺牲知道不多。这几年好一些,但还很不够,不是说给谁评功摆好,咱们干部战士也不图这个,但这种艰苦奋斗、牺牲奉献的精神不值得弘扬吗?这种精神在改革开放新时期不值得继承吗?但是宣传得太少了,干部战士的业绩被埋没了,还有人不理解我们,嘲笑我们是只知埋头干活的'傻大兵''大头兵',我们对此不应该以正视听吗?想想这些我就来气。我就是一名基层干部,对此也无力改变,但我手中有一支笔,这支笔是部队给我的,是战友们给我的,我要用它写出文艺作品,为基建工程兵将士立传,让他们为国家建设不惜牺牲一切的精神长留天地间。"

初副政委又受到感染,大声喊出一个"好"来。接着又提醒道:"你现在是连队指导员,工作任务繁重,可不能挤占工作时间搞创作写小说哟!"

阎芳州说:"请首长放心,写小说只是一个构想,现在并不具备写作条件。上大学时老师对我说,50岁之前不要写长篇小说,为啥?因为生活积累不够厚实,阅历还不够丰富。现在十一连就是一部最好的长篇小说,我要配合连长和其他连干部把它写好,写丰满生动,向上级交一份合格答卷。"

初副政委说:"好,这我就放心了。我再问你一件事,你愿意不愿意调到黄金指挥部工作?我们机关缺大学生,我推荐你到那里任政治部秘书。请你考虑一下。"

阎芳州没有思想准备,一时不知说什么好。

初副政委说:"不急于回答,你考虑一下,我离开三山岛时回话给我。"

天上没有掉下林妹妹,却掉下来一个想都没想过的好机遇,特别是在部队即将撤销时能够进京,这可是打着灯笼也难找的好事儿呀!阎芳州有些犹豫不定,就去找王永学、金昌浩商量。

在金昌浩家里,金昌浩、苗丽萍、余秀英、王永学听阎芳州一说,都觉得这是一件好事,这时候能调到北京,那是再好不过的了。但让他们没想到的是,阎芳州开始还有些犹豫,后来就"王八吃秤砣——铁了心",表示坚决不离开三山岛,要和这支部队共存亡。

苗丽萍问："为什么呀？"

阎芳州说："继续体验生活，为写作长篇小说做准备。"

苗丽萍说："你真是个书呆子，爱钻牛角尖的书呆子！写小说哪里不能写，非要在三山岛？"

阎芳州说："这里不一样。"

金昌浩说："你小子莫不是还暗恋着杨玉琼？我可告诉你，杨玉琼是牛幸娃的妻子，咱们是战友，你可不能打歪主意，而且你俩今后也根本不可能。"

阎芳州说："我喜欢杨玉琼，但她已成家了，我俩按一般朋友相处，我没有别的想法。"

苗丽萍说："你年纪不小了，也该考虑个人问题了。杨玉琼有个妹妹叫杨玉洁，和她姐一样漂亮，你要是有意思，我给你从中介绍一下。"

阎芳州委婉地推辞说："对象还是自己处的好，别人介绍的也不知是否合适。我现在工作忙，以后再说吧。"

苗丽萍看阎芳州"不打拢"，便不再吱声。

王永学突然开口了："老金、芳州、丽萍，我在琢磨一个问题，你们也琢磨琢磨。"

"什么问题？"

王永学说："阎芳州愿不愿意去且不说。我在想，基建工程兵部队已决定撤销，黄金指挥部也在撤销之列，初副政委为什么这时提出调人？黄金指挥部的人都得找地方安排，阎芳州去了，不是多添安排一个人的麻烦吗？这就是我琢磨不明白的地方。"

金昌浩一拍脑袋瓜说："只有一种可能，黄金指挥部保留，黄金部队不予撤销。在这种情况下，初副政委才会招兵买马调阎芳州。"

苗丽萍比谁都高兴："好呀，这身军装保住了！"

王永学说："这是咱们瞎猜的，到外面可不敢乱说。芳州去不去北京,你自个儿决定,你怎么决定,我们就怎么支持你!"

当年在镜铁山,是在王永学、金昌浩、苗丽萍力劝下,阎芳州才参加高考离开部队的。自己能有今天,和三个人的帮助分不开,自然就与之走得近一些,遇事也爱找他们讨主意。但这一次,他决定遵从自己内心的意愿:咬定三山岛不放松了。

4

初副政委找王永学谈话也很顺利,两人就像拉家常一样,拉了两个多小时。因为已从牛幸娃处了解了王永学不少情况,弄清不存在被"突击提干"的问题,既然不存在"突击提干",就不存在突击解决家属随军问题,因为职级够条件,就可以解决家属随军问题,王永学解决家属随军是顺理成章的。就这,牛幸娃还为王永学鸣不平呢。

初副政委感觉面前的这位叫王永学的基层政工干部,是一个有文化、有思想、有见解,也很讲原则、有感情的人。他总结的"你对兵好,兵才能对你好;你把他们当回事,他们才能把你当回事"的带兵经验;他提出的"不光让战士吃好穿暖,更让他们每个人有成长进步"的带兵理念;他提出的"非十分必要,应确保干部战士生命安全,不做无谓牺牲"的安全生产意识;他把"问题兵"转变为"典型兵"的具体做法和过程等,都在初副政委这个"老八路"心中产生共鸣。初副政委认为王永学不仅继承了我军思想工作的优良传统,而且在新时期还有自己的创新。现在提倡创新,虽然创新不一定都对,但创新一定会有所收获。就像人们常说的一句话,奋斗不一定成功,但是,不奋斗就一定不会成功。因此,敢于创新是难能可贵的品质,尤其在实行改革开放的现在,在部队干部战士面临新的形势、新的任务之际,一些基层政工干部感叹:老办法不灵了,打人的家什没有了,新的办法失灵了,有点找不到北了。在这种情况下,敢于创新敢于探索显得尤为重要,对于这种探索精神要鼓励、支持和保护。

在交流中,王永学说:"我有一个问题想不通,想说出来向您请教。"

初副政委说:"你讲。"

王永学就把他在团党委常委会上,列席会议发言时,建议把三山岛的好处讲一讲,以便做思想政治工作,却遭到了于俊副政委剋一顿的事说了一遍,又道:"我至今想不通,我的错在哪里?"

初副政委说:"我听明白了,你挨了一顿训,现在心里还窝着疙瘩哩!"

王永学笑了:"我这好比人家说的,进电影院,看了一场电影不知啥名;在大街上挨一顿揍,不知哪儿疼。"

初副政委说:"不知哪儿疼?你小子是心疼。"一个"小子"拉近了两人的距离。又说:"你说的并没有错,而且既然是列席会,又经主持人批准,可以发表自己的意见和建议。听不听是领导的事,讲不讲是你的事。你敢于讲出自己的想法,是想为领导分忧,是想打破僵局,是值得充分肯定的。而且你说的是事实,我去过你们沙河团部,到三山岛来了一趟,两相对比,三山岛条件确实好得多,物产丰富,占海湾地利,风光秀美,交通也很便利,是个好地方呀,蛮有吸引力的嘛!"

王永学插话:"我们牛参谋长的爱人杨玉琼开始并不怎么愿意来,来了之后就爱上这个地方了,说天天守着大海,棒打也不走了。这算是一个典型的例证。"

"是啊,牛幸娃也跟我说了,说他老婆是他骗到三山岛来的,没想到歪打正着了。"初副政委说。

王永学说:"您这么说,我心里舒服多了。于俊副政委'一顿撸',我到现在气都没顺过来。"

初副政委说:"于俊副政委心直口快,性格火暴,我和他共过事,了解他,他说的话你不要往心里去。你的建议没错,但不能作为部队调动的主要理由,因为部队的调动是没有条件、不讲条件的,新中国成立前千里挺进大别山如此,新中国成立后进军西藏也是如此,抗美援朝也是如此。但现在时代不同了,情况不同了,人们的生活条件改善了,人们对美好生活的向往程度也不同了。在对部队进行搬迁动员时,把三山岛的优越条件讲一讲,作为说服的一个条件,是完全可以的。你讲的并没有错误,是领导怎样采纳、如何采纳的问题,更不应该上纲上线,这是一个可以心平气和讨论的问题。"

王永学由衷地说:"首长就是水平高,看问题全面。我还有一个问题想请教您。"

初副政委说:"你讲,我洗耳恭听。"

王永学说:"现在改革开放了,各方面与时俱进了,您刚才讲到人民生活水平普遍提高了,对美好生活的向往欲望增强了,在这种情况下,干部战士思想意识和欲望要求也发生了变化,我们应该不应该在不违反军规和原则的前提下,尽量满足他们的要求,使他们生活得更幸福更有尊严?在他们遵从命令、圆满完成国家交给的施工任务之后,得到较为丰厚的回报,从而改善自己和家人的生活条件?"

初副政委说:"你呀,你给我提出了新时期部队建设的一个新课题,我是老革命,遇到新问题,也说不好,试着回答一下,算是相互交流吧。我们是军人,军人是讲牺牲奉献的,古代叫马革裹尸,我们讲流血牺牲,是不计较个人利益和得失的。这一点不能动摇,人民军队的这一优良传统必须继承发扬。这是一句话。另一句话也要讲,那就是在新的条件下,在人们生活水平普遍提高的前提下,我们必须考虑干部战士的个人利益,不能一味强调过'苦行僧'生活,不去关心他们应该得到、希望得到的东西。战士们也是人,也有人的正常需求,也渴望付出后得到回报,希望奉献后得到赞美。不能以提倡'艰苦奋斗'为由,不关心干部战士,漠视他们的利益,甚至侵犯他们的利益。我们说的法律保障,自然也保障干部战士;我们说的人民生活水平的持续不断提高,自然也包括干部战士;我们说的不断满足人们的精神需要,自然也包含我们的干部战士;我们说的人的全面发展成长进步,自然也包含我们干部战士。任何不顾干部战士利益、漠视他们多方面需求的行为都是错误的。当然,这种满足提高是渐进式的、是人先我后的,是从实际条件出发的。我完全同意你的观点,在严格执行军纪军规、完成国家下达的施工任务、不断为社会创造财富的前提下,让战士生活得更幸福、更有尊严。这种幸福和尊严是精神、物质多方面的,是由上而下多层次的,是针对不同对象采取多种方式的。如何做得更好,是我们新时期部队管理和思想政治工作要进行多方面探索的。"

初副政委一席话,让王永学很信服,他说:"我们在基层按您的指示进行探索,争取有一些新收获。还有一个问题向您请教。"

初副政委说:"哟,问题还挺多。你讲。"

王永学说:"为什么上面制定政策总喜欢'一刀切',这种'一刀切'会给下面造成困难,并在事实上产生不公平。"

初副政委说:"请举例说明。"

王永学说:"比如从战士中选拔干部,从1980年开始,都必须经过军校培训,这一'硬杠杠',使我们掘进连队的一些战士骨干提不了干。他们虽然没有学历、文化程度低,但都有丰富的施工经验和很强的组织能力,完成任务离不开他们,离不开又提不了干,就只好当代理干部使用,一使用就是好几年,履行的是干部职责,享受的是战士待遇,虽然解决了志愿兵待遇,却离干部待遇差得多。这很不公平。我们连队现任代理副连长慕古秀、苏明远就是这种情况。两人都是农村兵,眼巴巴地盼提干,却因死杠杠压着,从代理排长到代理副连长,到现在还是'大头兵'一个。因为长期代行职务,称代理排长、代理副连长,有些新兵就以为他俩姓'代',说怪得很,一个连竟有两个姓代的副连长。让人哭笑不得,心里也不好受。为什么就不能'网开一面',从连队施工需要出发,解决这些同志的任职呢?这种'一刀切'合理吗?"

初副政委说:"我相信你说的是事实,我也相信你说的这些代行干部职务的志愿兵是好材料,他们的境遇我也很同情。但对部队前几年出台的新规定我是拥护的,因为不这样,就不能提高我们干部战士的文化水平,不能激发他们学习热情,也满足不了部队建设革命化现代化的需要。据我所知,你们三山岛金矿工程将引进美国先进设备,干部战士若没有相当文化程度,是掌握不了技术、无法操作的。上面的规定卡得比较死,这也是没有办法。你强调特殊,他强调特殊,那规定就无法执行了。在卡死的同时,也留有缝隙,比如有立大功者、突出贡献者、被评为英模者,还是可以转为或提为干部的。你说的两个同志的路并没有堵死,让他们好好干吧,但做好事,莫问前程,让他们努力工作就是了。"说完,又突然醒悟道:"你小子莫不是来我这里走后门吧,是为那两个代理副连长求情吧?"

王永学说:"首长火眼金睛明察秋毫,像这种情况,我们十一团不少,但我管不了那么多,这两个人是我带出来的兵,我承诺过他们,现在我都不好意思见到他俩,一见面,他俩倒劝我:指导员,你放心,什么代不代的,我们努力干工作,不会拉松套的。唉,如有可能,您帮我们关照一下吧。"

初副政委说:"说了半天,净说别人了,你自己呢?你自己有什么要求没有?"

王永学说:"我自己没有什么要求。我当上营职干部,祖坟上就算冒青烟了,家属子女随军了,也没有什么后顾之忧了,只有努力工作回报组织上关心了。"

初副政委说:"听说你娶了个藏族姑娘,生了一对双胞胎儿子,能耐不小啊!"

"歪打正着,歪打正着。"王永学开了一句玩笑,接着把当年怎样在镜铁山驻地"以煤换牛"受到处分、余秀英如何跑到部队上为他鸣冤叫屈,两人如何产生感情走到一起,如此这般说了一遍。

初副政委笑道:"我家乡有一个评剧叫《花为媒》,你这是'煤为媒'了,不错,有趣!"

王永学看到初副政委情绪很好,就有些得寸进尺:"首长,您既然让我提要求,我就提一个,但这不是我个人的要求,而是全团多数干部战士的要求。就是期望在这次基建工程兵裁撤中,能保留我们黄金部队。黄金部队1979年才成立,这几年在找矿、勘探、采金、建矿方面刚开始显威风、出奇迹,正要大显身手的时候裁撤掉,太可惜了,不利于我们国家黄金事业的发展。当初成立这支部队,就是因为找金缺乏专业队伍,现在好不容易建起来,撤容易,再建起就困难了。再说由部队找金建矿优势明显。就以我们十一团为例,如果还是部队建制,拿下三山岛金矿绝无问题,如果变为地方企业,前景难以预料。我这是从黄金事业发展和我团面临的任务出发,提这个建议。我个人人微言轻,但这是黄金部队广大干部战士的心愿,一些团领导有这个想法,但为了顾全大局,不说这个话,我把这个话说出来,让您知道我们基层官兵是如何想的。老金的爱人苗丽萍,听说要脱下这身军装,哭得那个痛,像死了亲娘老子似的,眼睛哭得像两只桃子,唉!"最后以一声"唉"字把话打住。

听了王永学的话,初副政委半天没有说话,盯着手中的茶杯看,那茶杯就是个玻璃瓶,外面套一个用线编织的套子,套子上有图案,好像那图案吸引他,他在研究那图案,研究半天才研究完,举举手中的茶杯说:"我还是那句话,提什么建议是你的问题,领导上采纳不采纳是领导上的问题。目前基建工程兵撤销正在稳妥进行,安排了路线图、时间表,黄金部队何去何从,上级自有安排。我们都要有大局意识,坚决听从上级决定,服从组织分配。但我可以把你的建议报到上面去,供上面参阅。只是口说无凭,你须写一个东西交给我,我好向上呈递。最后我强调一句,这件事哪儿说哪儿了,不要在下面议论。"

"是!"王永学站起来向初副政委庄重地敬了一个军礼。

至此,初副政委带来的调查任务已经完成,事实真相查清,可以打道回府,但这个"老八路"意犹未尽,通过调查,他喜欢上了这里的基层官兵,也看上了三山岛这个地方,还想多待一些时辰,多了解一些情况。王永学走后,快到中午时分,初副政委走出招待所溜达,不知不觉中到了十一连。听说从北京调来的十一连连长王好不错,很会带兵,就想见识一下这个人。到了十一连,按照老习惯,他先到连队伙房,看战士们吃什么。看一个连队战斗力如何、管理水平如何,看一看连队的伙食就可以略知一二。就像当下的现代企业,企业管理水平如何,上他们员工的厕所看看,就可以大致了解。一个厨房,一个厕所,虽是截然不同的地方,却有异曲同工之妙,都是以小见大见微知著。

初副政委走进去,只见伙房里热气腾腾,满屋飘香,几个人在忙乎着,其中一个个头矮胖剃着光头的军人,头上顶着一个大面团,双手使刀,左右开弓地在削面,头上削下的面像天女散花,扑棱棱地飘进翻滚的锅里,技法熟练得像街头卖艺的艺人,而且神情十分专注,就是天王老子来了,也不能使他手中的刀停住。初副政委是北方人,知道这个技艺是刀削面。得,今天算是开了眼了!还想多看一会儿,又怕别人发觉,干扰厨房的有序工作,就悄悄退了出去。快走到连部时,问一个战士连长王好在否?战士回答:在厨房做刀削面呢,我给你去喊他。初副政委说:不用,我是闲溜达走到这里,让他继续削他的面吧!

中午美美睡了一个午觉,下午,初副政委去找金昌浩,他知道金昌浩已搬进团部新办公室,就散步溜达过去。进到办公室,看见金昌浩正和另一名军人在研究什么,欲退出去,金昌浩喊一声"首长好",就迎了上来。

初副政委说:"怕影响你们工作。"

金昌浩说:"不影响,我们说完了。首长请坐。"又给初副政委介绍说:"这是咱们团技术股去年分来的大学生王兴昌,是东北工学院采矿系矿井建设专业毕业的,毕业到部队后在基层连队担任技术员,后来调技术股,参与主持过几项技术设计,现在又承担三山岛金矿井巷施工设计任务,是一块好材料。"

王兴昌问一声"首长好",说一句"你们聊",就手握一卷图纸走了。

初副政委说:"小伙子好年轻,英气逼人,又是大学生,是我们部队建设的栋梁啊!"

金昌浩又把王兴昌的情况说了说,讲了自己在这次金矿建设施工设计中怎样启用年轻人、为几个年轻工程技术人员压担子的事,目的是使部队技术人才后继有人永续利用。

初副政委说:"你这个想法好啊,境界高啊!四化建设需要一代一代人努力,部队建设需要一代一代军人接班。现在已进入改革开放新时期,要重用年轻人,尤其是有知识有文化的年轻知识分子,这是我们的宝贵财富,要大胆放开使用,给他们搭平台、建舞台,最大限度地发挥他们的聪明才智和在金矿建设中的作用。"

金昌浩点头作答。

两人聊着聊着,初副政委就聊起了他的过去。初副政委说他是河北省内丘县人,父亲是一名铁路工人,在北平目睹了"一二·九"学生爱国运动,支持他参加抗日活动。当日寇侵占内丘县城后,他就和几个同学到冀西抗日游击队报名参军了。17岁就到连队任代理指导员,

18岁入党,19岁参加第一次战斗。此后参加战斗无数,参加过百团大战、1942年和1943年五一反"扫荡"、大生产运动、保卫陕甘宁边区,解放战争时期,参加过宜川战役、西府战役、陇东战役、荔北战役、铜川战役、兰州战役等。先后任连政治指导员、营政治教导员、师政治部主任。中华人民共和国成立后做过省军区副政委,以后转业到地方工作。粉碎"四人帮"之后,所谓历史问题得到平反,又二次穿上军装,分到黄金指挥部任副政委。

听了初副政委的叙述,金昌浩说:"首长,我想在家设宴请您吃一顿饭。"

初副政委说:"师出何名?"

金昌浩说:"您刚才讲您抗日的经历,使我想起了我的父亲和我的岳父,他俩都是'老抗联',和您的经历有相似之处,因此,您是首长,又是我们的长辈。我的爱人苗丽萍的父亲,后来在朝鲜战场上牺牲了。我们想像对待长辈那样,请您吃顿饭。"

初副政委说:"噢,这个理由成立。"

金昌浩说:"还有一个理由,就是您让牛幸娃搬到家属房去住,说这样有利于杨玉琼养伤,他动员我和王永学一起搬,三家一起搬过去,按我们东北老家习惯,搬新房时要'燎锅底',请亲友来撮一顿,尤其请来年长的亲友,帮燎燎锅底。"

初副政委说:"噢,这个理由也成立,我就去给你燎燎锅底,但我有一个请求,请客造厨由王好连长掌勺,我要吃他的刀削面!"

"好咧!"金昌浩痛快答应。

因为初副政委要来"燎锅底",牛幸娃、金昌浩、王永学立马搬家。军人的家好搬,来几名战士派一辆卡车,就人走家搬了。三人按照级别住进了相应的家属房,而且是相应级别中条件最差的,把条件好的留给后来的同志,这在部队司空见惯,他们仨自然也是这样做的。

听说初副政委"点将"，王好高兴得乐颠颠的，他不仅掌勺，连采买都亲自去办，花钱是金昌浩和苗丽萍的，这一点不含糊，公私分明。金昌浩是朝鲜族爱干净，负责打扫房间的卫生，苗丽萍给王好打下手。王好一边备菜，一边给苗丽萍传授厨艺。

"燎锅底"主请初副政委，参加者有牛幸娃、杨玉琼、金昌浩、苗丽萍、王永学、余秀英三对夫妻六口人，外加王好、阎芳州两位十一连主官，孩子们不参加，让战士们领着玩儿去了。一桌九个人满满当当喜气洋洋。

王好已知初副政委是河北人，今天的菜以鲁菜、海鲜为主，以河南菜、东北菜为辅，精心设计了一桌。有大菜，有小吃，有名菜，有地方特色，一看就逗人胃口引人食欲。虾蟹鱼鳖比猪肉还便宜，自是不能少。葱烧海参是大菜，东北杀猪菜、河南小酥肉是配菜，东北大拉皮、河南凉拌荆芥、山东拌蜇丝、小葱拌豆腐、油炸花生米是凉菜，满登登一桌。主食后上，是河南烩面、山西刀削面。酒选山东潍坊当地酒坊子酒，便宜又好喝。

准备得差不多时，初副政委来了，这时菜摆得差不多了，桌上还有空余。初副政委掏出100元钱，往桌上一拍说："这是燎锅底的礼钱，多少就这些了！"

金昌浩说："首长，你这是干啥，这不是寒碜我们吗？"

初副政委说："寒碜什么？谁家燎锅底请客客人不拎礼物来？你让我做一个不懂礼数的无礼之人呀！"

苗丽萍说："谢谢首长！这钱我们收下，这是'老八路'优良传统作风的见证呀，我们把这钱收留好。"

王好来上菜，初副政委说："哟，王连长今天光头上没顶一块面团？"

王好说："我一会儿顶上，给你表演刀削面。"

金昌浩说:"什么刀削面,快点吧,我们在等菜来呢!"

王好说:"可不敢说'等菜来',等菜来可是有典故的。初副政委,我给您讲一讲?"

初副政委说:"你讲。"

王好说,这个笑话好像收在《笑林广记》里。说父子两人抬一瓮酒,不小心把酒瓮打破了,酒洒在地上,父亲俯身就喝,儿子站在旁边愣愣地看着,父亲骂道:"难道你还要等菜来?"

王好说的笑话把大家都逗乐了,阎芳州提着两瓶河北名酒"芦台春",到门口听到笑话,差点儿笑得把酒扔到地上。

初副政委说:"你王好会盖房,会做饭,还会讲笑话,全才呀!大家别等了,上桌吧,还等菜来呀!"一席话,把众人又逗笑了。

笑浪一波又一波,"燎锅底"从开始到结束,笑声就没有停止过。初副政委觉得这是这些年来他最痛快的一次喝酒。阎芳州来给他敬酒,低声说出了自己不想进京,而是想继续留在部队的意愿。初副政委说:"我尊重你的选择,什么时候写出长篇小说《金色》,记得送我一本。"

"燎锅底"结束后,初副政委要到海边走一走,几个人陪着他,谁也不说话,就那么静静地在海岸行走。初副政委看着眼前的大海,似乎看到了沉睡在海底的金矿,看到了黄金部队十一团的干部战士手捧金块向自己走来。

第七章

1

初副政委从三山岛回河北沙河裆裢,已是1983年五一之后了。原来设想的五一前团部向三山岛搬迁的计划泡了汤,团主要领导苏继轩、梁占刚正在接受组织调查。调查仍在紧锣密鼓进行中。

初副政委听取调查组两位副组长调查进展情况汇报,也就三山岛方面的调查情况做了沟通。调查组副组长一个姓孙,一个姓李。孙副组长来自黄金指挥部,是个刚直不阿、眼里揉不得沙子的人,敢于坚持原则,对自己要求也很严格。姓李的副组长是支队副政委,是支队党委常委兼纪委书记,是从支队抽调到调查组的,对基层情况,对十一团干部队伍的状况更熟悉一些。加上初副政委,这三个人是调查组的核心。三人在兵分两路调查会合后,对初步掌握的调查情况进行了充分沟通,也谈了各自的看法。

初副政委把三山岛的调查情况做了介绍,认定举报信举报的牛幸娃"捞取政治资本""夸大三山岛基建成果"不符合事实,王永学和阎芳州的突击提拔使用也不存在。三山岛基建成果不仅没有夸大,而且是提前完成了团部搬迁的各种准备;王永学和阎芳州不仅没有突击提拔,而且如此优秀的干部还要重用。他讲了王永学如何带领一个连队独立在镜铁山战斗八年,一起搭档的连长牛幸娃当了团参谋长,而他才提拔为营职干部,失去了提拔机会也毫无怨言。讲了阎芳州武汉大学毕业后主动回部队,平调到基层连队当指导员,当提出调他到北京指挥部机关时,他却不愿调上来,愿意留在三山岛建设金矿。说到激动处,初副政委声音提高了许多:"像这样的干部不应该提拔吗?不应该重用吗?说什么突击提拔,我看是使用晚了,使用迟了,发挥他们的作用晚了、迟了。一个部队、一个单位,使用什么样的干部是一个导向,好干部多使用、早使用,干部战士就有奔头,部队就有战斗力。以前因为多种原因,我们部队许多好干部没有及时放到重要岗位上,就像好钢没有使到刀刃上,今后必须着力解决好这个问题。"稍微平息一下之后,又说:"从我在三山岛实地调查情况看,团里做出提前向三山岛搬迁的决定是正确的,是符合实际情况的。不仅是搬迁条件已具备,更为重要的是,三山岛金矿是国内最大的现代海滨地下黄金矿山,是国家'七五'重点建设项目,建矿任务繁重,施工难度大,技术条件要求高,必须早日集结、早日练兵、早做准备,团部早搬迁一天,对完成施工任务有利一天。团领导做出这样的决策,是有事业心、有责任感、有干劲、有能力、有信心的表现,在部队面临撤销、人心浮动,一些人在考虑个人利益个人得失的时候,团领导能这样做出决定,尤其难能可贵,我们调查组对此必须予以旗帜鲜明的支持。这和查处个别人的问题是两回事,对确实存在的问题一经核实,该怎么处理就怎么处理。但要和向三山岛搬迁的决策区分开来。这个决策是集体做出的,并呈报上级待批,无论从内容到决策程序都没有问题,对这一点要充分认识,给予明确肯定。"

孙、李两位副组长赞同初副政委的看法。孙副组长说:"从我们在团部的调查情况看,团里干部对向三山岛搬迁有三种态度:一种是愿意搬迁,态度比较积极;一种是表示听从组织决定,服从命令听指挥,这部分是多数;一种是不愿搬迁,嫌'挪窝'太麻烦,担心家属工作和子女上学安排不好。其中一些是近些年通过关系从别的部队调过来的,小家刚安好,屁股刚坐热乎,又要开拔走人,且面临撤编后有可能变为企业留在原地,实现'叶落归根'的愿望,因此对搬迁有怨言,阻力较大。"

初副政委插话道:"岂有此理!咱们当兵的人四海为家,黄沙百战穿金甲,何须马革裹尸还,讲什么乡土观念、叶落归根,庸俗!小农意识!我也是河北人,当年参加抗战离开家乡几十年,现在我年纪也大了,也要求到河北来叶落归根吗?"

李副组长接话道:"这种情况在我们部队确实有,不光十一团有,其他团也有,不光团里有,支队机关也有。我们支队过去驻扎在甘肃嘉峪关,调到河北境内已驻扎快十年了,相对稳定,其他部队河北籍的干部和技术骨干,有要求调到我们部队来的,经上级协调,符合事业需要,我们接收了一些。这也是咱们基建工程兵部队的一个特色,因为基建工程兵不像别的部队,调动相对容易,尤其是一个系统所属的部队,比如同属黄金部队、煤炭部队等,指挥机关协调容易,各支队施工任务也差不多。有时为完成施工任务需要,还特地组织过不同部队之间的干部交流。再就是我们基建工程兵部队大部分是'工改兵',原来就是地方干部或工人,是支援三线建设或参加国家重点建设离开家乡的。以后随年纪增大,就有了'叶落归根'的想法。对一些人的想法和愿望,组织上首先在事业需要上进行衡量,如果能兼顾到个人要求,就尽量予以照顾。因此,这种情况在基建工程兵部队并不鲜见。问题是，不能把组织上的关心和安排作为向组织上讨价还价的资本，把自己变成部队向新地方搬迁的阻力。出现这种情况，确实和我们面临撤编、撤编后留在河北还是留在山东有关。存在决定意识，一些河北籍的干部战士不想到新地方，也是可以理解的，这就需要我们多做思想工作，多做一些说服工作，相信这些同志也是通情达理的。"

看到初副政委和孙副组长都点点头，表示同意自己的看法，好像受到鼓励，也好像意犹未尽，李副组长喝了一口茶，又继续说下去："我觉得，通过一些人不愿搬迁去三山岛这件事，可以看到部队中目前有这样一种思想倾向，就是贪图享乐的思想滋长了，艰苦奋斗的思想淡漠了，这是需要我们特别关注、着力加以解决的。不愿搬迁，不愿砸破坛坛罐罐是现象，是表象，根子出在这里——"李副组长指指自己的脑袋瓜，"是思想意识出了问题，思想决定行动，说严重一点，是世界观、人生观、价值观'三观'出了偏差。这些年实行改革开放，社会大环境变了，中央实行富民政策，老百姓勤劳致富，日子过得越来越好，物质条件越来越好，人们讲吃讲穿讲住，城市更加繁华，农村蒸蒸日上，确实发生了日新月异的变化，大家对物质追求和美好生活向往的欲望更加强烈。部队不是真空，干部战士不是生活在世外桃源中，这种风气必然会影响到军营。社会上这种变化很可喜，影响到部队也很正常，但是对我们来说，有一个怎么对待的问题，怎么引导的问题。人民军队从来就是吃苦在前，享受在后，我们过去受到的教育也是'先天下之忧而忧，后天下之乐而乐'，不能本末倒置，一事当前先替个人打算，不能把对物质生活的追求高于对精神生活的追求，不能违反规定，去追求所谓个人的幸福。但遗憾的是，在我们部队里确实滋长了享受之风、享乐之风，在某一时间某一场合这种风还挺盛，比如讲排场，比阔气。过去会个餐设个宴，喝上河北地方名酒衡水老白干、芦台春、丛台、铁板烧就很不错了，现在讲究上档次了，要喝'茅五剑'（茅台、五粮液、剑南春），还开玩笑说：不能喝衡水老白干，喝老白干，就是'老白干'，什么也得不到了。过去家里做简易沙发，就是弄几个弹簧，包上麻袋片，蒙上人造革就行了，现在家里要做长条沙发了，式样讲究不说，还要弄真皮蒙上。过去家里打两个木箱就不错了，现在要打大立柜、高低柜等成套家具了。过去家里有个国产黑白电视机就不错了，现在也到处淘弄'日立''将军'等日产彩色电视机了，比一比谁家电视机牌子硬、频道多了。过去儿子结婚闺女出嫁，骑个自行车就可以了，现在非得吉普车迎送，弄得部队小车班天天都忙乎不过来，有的司机出一趟车还能收50元红包，乐颠颠的。部队干部战士收入不高，又非要和地方攀比、和一些人攀比，歪门邪道趁机捞钱的事情也发生了。这些年部队违法乱纪经济犯罪案件增多，和此不无关系。与此相关联的，就是把物质生活看重了，把家庭生活看重了，把个人利益看重了，一遇到事情，就首先考虑这些。这次部队搬迁遭到一些人强烈反对，甚至为达到目的不择手段，就是这种贪图享乐思想的集中表现，是一些人思想退化、在关键时刻不过硬的大暴露，也反映出我们部队思想政治工作薄弱，没有因势利导，没有把这股风压下去，使之侵害了我们健康的肌体，这个教训极其深刻沉痛。因此说，团领导关于提前向三山岛搬迁的决定是正确的，是应该充分肯定的，但团里相应的思想政治工作没有跟上来，没有通过耐心细致的思想工作，把大家的思想统一起来，变为步调统一的实际行动，在这方面是有失误的，有教训可以总结。实践再一次证明，光有正确的决策和领导的模范带头作用，没有针对性的因地制宜地开展深入细致的思想工作，也是难以达到既定目标的。"

李副组长是一个"老政工"，他对部队情况熟悉，分析得丝丝入扣、入情入理，显示了很高的理论水平和对复杂事态的洞见能力。

接下来转入对调查情况的研究分析。孙副组长说："查到目前为止,实质问题并不多。说团领导化公为私发放包装箱,我带人去木材连和加工现场看了,确实是用板皮做成的,不是什么好料,我害怕他们'狸猫换太子',去看了已发下去的和没发下去的包装箱,证实规格、用料都是一样的,没有弄虚作假,没有以好充次,还带了两只箱子放在招待所,调查组的同志可以去看,不存在化公为私的问题。当然,也有调查组同志认为,即使用板皮做的也不应该,只要用了公家东西就是违规。这个可以讨论,在对性质认定时继续讨论。但这显然构不成严重违纪。现在的问题是要查实苏继轩政委有没有倒卖一批木材给当地农户从中获利谋财。我已让他就这件事写了一个材料,正在调查核实。其中一个涉事人褡裢镇镇长郭金科前去承德市看望闺女,我已派人去承德找其当面询问。等去的人回来弄清情况后,我们再专题研究。我先把苏政委写的材料交您一阅,您先掌握一下大致情况。"

初副政委说:"好。"他目光投向李副组长。

李副组长打开笔记本:"我带人调查核实举报信举报的撤编前突击提拔干部和突击解决部分干部家属随军问题。通过查看会议记录、档案材料和找当事人谈话,找干部部门核实,这两个问题都不存在,可以用'事出有因,查无实据'八个字概括。为什么说事出有因呢?因为提拔这一批干部和解决部分干部家属随军问题,是在去年冬天。去年冬天,国务院、中央军委撤销基建工程兵的命令虽已下达,但还处在保密状态,上级并没有下达停止提拔干部和停止干部家属随军的命令,一切工作照常进行。干部的考察、提拔和使用属于正常工作,并且这批干部早就列入提拔范围,因为团领导分散在各个施工点,一时半会儿开不了会,一些干部的提拔就拖了下来,到冬天集中研究时,就有点给人突击提拔的感觉。排级干部团里有决定权,连以上干部都是呈报支队或黄金指挥部批准的。我们没发现违纪违规问题。倒是发现有的干部该使用没有使用,该提拔没有提拔,因为种种原因,压了一批干部,使这些干部的作用没有得到应有发挥。我们过去一直注意查违纪使用干部的问题,但对干部资源的浪费却没怎么关注。其实,浪费人才,浪费干部资源,没有把该使用的干部放到合适的岗位,使其人尽其才,也是一种失误。我们人民军队一直强调发现人才、培养人才,封建社会也有'举贤良'一说,甚至要求'野无遗贤',这都是看到了人才的重要性。假如人才就在眼皮底下,却不给他们搭展示才能的舞台,造成极大的浪费,那对革命事业也会造成损失。通过此次调查,我们支队在干部使用上也要很好地总结一下,但也可能再没有机会弥补了,遗憾啊!"

初副政委说:"你这个说法有见地,继续讲下去。"

李副组长说:"关于解决部分干部家属子女随军一事,有的干部的问题早就该解决了却迟迟没有解决,有的个人没提要求,有的施工任务重顾不上,还有的是把邮寄地址弄错了,家里人没有收到信件,几经反复,把这件事给耽误了,拖黄了。有的干部也没有当回事,反正有部队在,早一天晚一天都会解决。及至听传部队可能撤编的消息,一些人就着急了,这些人本来是够条件的,早应该解决了的,害怕以后再也没有机会,对不起老婆孩子,就鞋子里长草——荒(慌)了脚,急忙找领导。凡是够条件的,领导都批了。这两年干部家属随军,条件又有所放宽,副营职以上,军龄15年以上,按规定可以享受家属随军待遇的,达到其中一条即可。因此,一次解决得就多一些。解决多一些也有好处,有利于部队稳定,即使以后转为企业,也有利于企业发展。因为此事办得匆忙,有个别办的时候程序不够完善,材料不够齐全,这只是细枝末节问题,不存在以权谋私违规操作,到时把这一点指出来就可以了。这次到干部部门调查倒是发现一个问题:这个团长年在高寒地区施工,撤离镜铁山之后,又高度分散,转为黄金部队后施工地点更加分散,一些骨干没有送到教导队培养和院校深造,在'一刀切'的情况下,迟迟提不了干,部队施工又离不开他们,就用变通的方式,把这些骨干转为志愿兵代理干部,有代理排长、代理副连长、代理连长的。全团有20多个,拿着志愿兵的钱,负着干部的责任,比一些真正的干部还尽责。有一个志愿兵从代理排长到代理连长,一代就是十年。连队把他当干部苗子培养,提干报告打了一次又一次,可上级不是说名额有限,就是说人年轻、经验少,再考验考验。到有了名额的时候,倒是不用再考验了,可是年龄又超了。就是这个志愿兵,一直战斗在施工第一线,多次立三等功,连妻子患胰腺癌动手术,都因为施工现场离不开,没能赶回去。看到此人的事迹,我落泪了,心里也深深内疚。我在支队也负责过一段时间干部工作,怎么就没有设身处地地替这些志愿兵想一想?怎么就没有在坚决贯彻文件精神的前提下,向上级汇报请示,争取从实际出发,有一个合适的解决办法,办一件既利于部队,又利于个人成长的好事。内疚之余,我把这一情况反映给初副政委,请求上级对这个团志愿兵代干问题给予高度重视,作为特殊情况给予研究解决。我们在下面积极配合,争取为十一团建设三山岛金矿助一把力,办一件实事。"

初副政委被打动了:"你说的这个情况是实情,在三山岛,也有同志给我反映了,我会认真慎重地把这个问题带到指挥部机关,带到指挥部党委会上,使这个问题早日得到解决。"

2

初副政委把苏继轩写的材料仔细看了两遍,材料文字不长,但写得认真,事情交代得清楚。苏继轩承认他为驻地群众批了木料,那是应当地镇政府要求而为之,为了解决一些群众的住房困难,他没有从中获利,经受得住组织调查。事情的经过是这样的:今年春节期间,褚褯褳镇镇长郭金科带人来部队慰问,开展军民联欢活动,送来了年货和当地特产,沙河薄皮核桃、萝卜饼、洛关香肠等,感谢部队多年来对地方工作的支持。十一团团部驻扎在褯褳镇,在部队用地、家属工作安排、子女入学等方面,得到当地不少关照。镇长郭金科是复转军人,对部队很有感情,对部队的事很上心,也和部队方面建立了良好的关系,每年元旦、春节、八一建军节都要来部队慰问。这次来慰问,梁占刚没在家,苏继轩就出面接待。本来他不出面亦可,但考虑到团部就要离开褯褳了,虽然这件事目前还不能明说,但见一下面,对地方政府表示一下感谢还是应当的。在和郭镇长交谈中,也是出于客气,也是出于关心,苏继轩对郭镇长说:"你们过去帮过我们不少忙,客气话我就不多说了,你们如有用得着部队的地方,我们会尽力去办。"

郭金科镇长是个实在人,他说:"首长,你既然这么说,我们镇还真有一件事需要部队同志帮忙。"

苏继轩说:"你讲。"

郭金科说:"近些年,镇上老百姓生活水平普遍提高了,不少户盖新房,有的还是青砖到顶,有的还盖起了楼,镇容镇貌焕然一新了。但有几户军烈属,因为家里缺人手或经济困难,住房都还很破旧,我当过兵,知道这些军烈属对国家的贡献,他们中有的是战争年代负伤后退伍回乡的,有的是从朝鲜战场上下来的残疾军人,有的孩子大了要成亲,没有房子成不了,现在成了村里的困难户。我们镇上想帮这几户军烈属和退伍残疾军人家庭翻盖一下住房,人手没问题,砖瓦也没问题,就是缺木材,因为我们这里是平原,不产木材,有一些树,早就被一些盖房的人砍了用了。不知你们部队可否按市场价格拨一些木材,帮我们解决这个困难。"

苏继轩问:"需要多少?"

郭金科说:"有个十几二十几方就够了。"

苏继轩说:"那给你十五立方。你写个材料给我,我批一下,让有关部门去办。部队木材是国家的,个人盖房不能让国家受损失,就按国拨价给你们价拨。"

郭金科上来握住苏继轩的手说:"谢谢政委,这下可帮我们镇上解决大问题了。"回去后很快就写了一个材料送来,苏继轩在材料上批示:请后勤处志强同志办,为解决裕裢镇几户军烈属住房翻修问题,请为他们按国拨价价拨木材十五立方。后面签上了自己的名字。后勤处王处长按苏继轩批示,找木材仓库办了这件事,按规定价格收了镇上付的款。

初副政委知道了事情的大致原委,如果真的是这样,那就没有什么问题,一是事出有因,二是数量不大,三是没有化公为私,是在和地方交往中却于人情又从帮助军烈属解决困难的愿望出发,可以接受和理解。改革开放之初,上面鼓励干部敢闯一点,胆子大一点,在北京就流传着这样几句话:放开手干,只要不走错路(指背离社会主义道路)、不揣错兜(指把公家钱揣到自己口袋里)、不上错床就没有问题。从苏继轩写的材料看,他没有把钱揣到自己兜里,这在性质上就没有问题。当然,对军队干部的要求要比对地方干部严,部队干部还有特殊要求、纪律要求,同是画一个圈,部队干部站的圈画得要小一些,进行纪律检查亦是如此。

初副政委是完全赞同从严治党从严治军的。党的十一届三中全会之后,我国进入改革开放新时期,执政党面临新的考验。为了全面加强党的纪律监督,中共中央恢复设立中央纪律检查委员会,由党内元老陈云担任重新恢复的第一任中央纪律检查委员会主任。陈云深知党风建设的重要性,多次强调,执政党的党风问题是有关党的生死存亡的问题。中共中央做出决定,提出全面加强党的纪律检查工作,成立各级纪律检查组织,抽调得力人员,查处违纪事件,以匡扶正气,打击歪风邪气,强健党的肌体和纯洁党的队伍。就是在这种大背景下,初副政委被派到黄金指挥部,担任副政委兼任纪委书记的。几年来的实践使他认识到,中央关于加强纪律检查工作的决策是英明正确的。随着改革开放的深入,人们对物质利益追求的欲望愈加强烈,社会上和军队内部经济犯罪案件明显增多。地方上的经济案件多为化公为私,部队上的经济案件多为倒卖军需物资和利用军队房产谋利,个别军人还有参与走私案件。基建工程兵担负施工任务,各部队经手各种建材、机械设备等物资,容易在经济上出问题,一直是上面把控和查处的重点。经济犯罪虽呈上升趋势,但也是个别现象,是偷偷摸摸、见不得人的,是真正的堂堂正正的军人耻于为之的。一个军人为国家利益和完成施工任务,可以献出生命和热血,还贪图那一点蝇头小利吗？能为获取金钱失去军人的尊严吗？初副政委相信绝大多数军人,相信千千万万战友们。他也深知目前部队管理的难度,面临改革开放新形势且不说,基建工程兵面临撤销,黄金部队何去何从尚未最后定论,士气低落,人心浮动,敢于管理的干部、坚持原则的干部、勇于执着向前的干部,要承担多么大的压力与风险。这种例子不用去别的地方找,事实就在眼前,十一团主要领导苏继轩、梁占刚不是力主提前搬迁团部到三山岛后,才有人告状的吗？才有人罗织罪名的吗？认清楚这一点,就可以判断出这次"告状风潮"的基本是非。作为调查组组长,应当在自己主持下,既查清问题,又主持正义,利于部队健康发展和完成三山岛建矿任务。最根本的原则就是坚持实事求是,这是我党的优良传统,党的基本经验,也是查处案件的准绳。一是一,二是二,不唯上,不唯书,只唯实,还原事情的本来面目,让该处理的人逃不脱纪律惩罚,没有问题却受到诬陷的同志不蒙受冤枉。对苏继轩的问题也是这样。看了他写的材料,抱着一种信任的态度,但又不能听其一面之词,要结合多方调查,弄清事情真相,结论下在充分调查之后。为此,初副政委决定花费大的气力,这是对党组织负责,也是对苏继轩个人负责,容不得主观臆断和推理分析,容不得马虎和敷衍塞责。

过了两天,调查组派去承德找郭金科镇长的两个人回来了。事情比较简单,一说就清楚,为了慎重起见,去外调的同志还让郭金科写了"证明材料"。因为临时去闺女家住一段时日,没带手章,郭金科还在签名上按了一个鲜红的手指印。去外调的同志心很细,还让郭镇长在材料上一一注明木材都用在哪几户军烈属身上,每户用了几立方都一一写明,回来后又去镇里这几户人家一一对号。从核实的情况看,郭镇长所言不虚。郭镇长还讲到,购买木料的3000元钱,他交给了后勤处处长王志强。以后不久,苏继轩政委打电话找过他,说后勤处处长说这钱不好下账,把钱送到自己那里了,让他去把钱取回来。郭金科在电话中对苏政委说:"部队这就帮我们很大忙了,怎么能不花钱?这些钱我是从财政申请的,不花也退不回去呀!你们该怎么下账就怎么下账吧,我就不去取了。"

现在事情已清楚,苏继轩不存在倒卖木材给农户的问题,与部队交易的是镇政府,经手人是镇长,根本就没有倒卖部队木材从中获利这件事。但按国拨价价拨木材的3000元哪里去了呢?

调查组找了后勤处王志强处长。王志强说奉苏政委命和郭镇长接洽,这件事确实是他经手的。办事前,他还多了一个心眼,去那几户军烈属家看一看,查一下翻修房屋是不是实情,看到那几家已进砖进瓦只是缺少木料,镇政府确实是找部队做好事时,才答应郭镇长的请求,让其一手交钱一手提货,把木料从仓库提出用车拉走。这件事本来到这里就完了,可是过了几天,木材库严管理员找王志强处长把3000元退了回来,说木材库只管出入库不管销售,这钱没法下账,存时间长了怕出什么岔头,只好退给后勤处。王志强觉得后勤处也不好下这个账,就想把这钱还给郭镇长,"干脆做好事做到家算了",他这么想,但又不知道怎么退,觉得这事是郭镇长找的苏继轩政委,是苏政委批的条子,"解铃还须系铃人",就把3000元装在一个信封里,送给了苏继轩。

那么,苏继轩是怎么讲这笔钱去向呢?

他是这么对调查组同志说的:王志强把价拨木料的钱交给我,让我还给褡裢镇郭镇长,还说"做好事就做到底,干脆别收钱了"。我给郭镇长打电话让他来取钱,他死活不来,我在电话里开玩笑说,你不来取,这钱我就喝酒了啊!郭镇长说:"中,留你那里,哪天咱们一起喝个痛快!"

初副政委一惊,问调查组的同志:"他真把这钱用于喝酒了?"

参与调查的那个同志说:"苏政委和郭镇长开玩笑呢!看郭镇长迟迟不来取,苏政委就写了一个情况说明,签字盖章,连同这笔钱交机关财务去了。"

"机关财务同志怎么说?"初副政委问。

"团机关财务总共有三个同志,都是女同志,两个是会计,一个姓关,一个姓冯,一个出纳叫杨玉琼,是牛幸娃参谋长的爱人。那天苏政委去财务交这笔钱时,关会计休假,杨玉琼出去办事了,就冯会计一个人在。苏政委说他把说明材料和钱交给冯会计了。本来是想让别人去的,但一想到钱数不少,让别人经手不妥,就自个亲自送过去了。"

"冯会计怎么说的?"初副政委问。

"冯会计说她那几天高血压病犯了,有点迷糊,记得有这么回事,又有点模糊,一时说不清。她不是军人,只是个随军职工,我们不好深问。"去调查的那个同志讲。

初副政委急眼了:"有什么不好深问?有没有让她必须说清楚,说不清就是她贪污了,严肃处理,现在马上去问。"

孙副组长带一个人去了,不一会儿回来报告:"冯会计说,她想起来了,是有这么回事。"

"那钱呢?"初副政委追问。

"冯会计说,等杨玉琼外出办事回来,把钱交给杨玉琼入账存起来了。"孙副组长说。

初副政委说:"那赶快给杨玉琼打长途去问呀!"

孙副组长说:"您前时去三山岛调查是微服私访,行踪没有暴露,打过去电话,那边就知道调查案子的事了。"

初副政委说:"知道就知道吧,顾不了那么多了,早晚他们都得知道。"

孙副组长带一人去团保密室打长途,很快接通了,那边杨玉琼一接电话,这边结果也就出来了。杨玉琼说:"有呀,有这回事呀,是冯会计交我办的,我把钱存入账户,账记在红皮子那个账本上,列入计划外收入了。苏政委交钱时写的那个条子,我也粘附在那里了。怎么啦?我经手的账目有问题吗?"

孙副组长打完电话,直接去了会计室,从冯会计手上要到那个红皮账本,这时冯会计的高血压病也好了,头脑也清晰了,是她主动把红皮账本找出来,还在那一页夹了张纸条,一看赫然。

回来给初副政委汇报,初副政委长出了一口气,说:"钱查到就好,公家的钱没有损失就好,把相关证据复印保存,列入卷宗。"

初副政委长出了一口气,调查组其他人也长出了一口气。要知道,3000元放到今天不起眼,但在八十年代初,3000元可不是一个小数目,相当于一个排级干部半年的工资。贪污了3000元,得判好几年刑,可不得了。

河北这边调查组出了一口气,山东三山岛那边的人却紧张了,杨玉琼接完电话,委屈得哭了。她练舞蹈出身,心地单纯,心中没有弯弯绕,以为是团部有人怀疑她把这笔钱贪污了,是查她经手的账目来了,她哪里受得了这个,一边抹眼泪,一边到团部新办公室找牛幸娃,见了牛幸娃,竟"呜呜呜"地大哭起来。

"这是怎么了?这是怎么了?"牛幸娃迎上来问杨玉琼。杨玉琼也不说话,哭得更痛了。

牛幸娃吼道:"说话呀!谁欺负你了?谁把你咋了?我这就去收拾他!"

"不是,不是……"杨玉琼哭得说不出话。

"不是,不是他,是谁?我找'阎眼镜'算账去!"

一看牛幸娃要找阎芳州去算账,杨玉琼止住了哭:"关人家'阎眼镜'啥事!是团部打电话查我贪污的事。"

这时,王永学、金昌浩听到动静,也都来到了牛幸娃办公室,三个人听杨玉琼流着眼泪把事情经过说了一遍,大体明白了是怎么一回事。

牛幸娃说:"不要抹眼泪了,打电话不是查你贪污,是查苏政委贪污,怀疑苏政委把那3000元揣到自己腰包里去了。"

金昌浩说:"妈的!这是有人在后面下黑手、下死手呀!"

王永学说:"玉琼,给你打电话的是什么人?是咱们团部机关的吗?你认识吗?"

杨玉琼说:"我不认识,对方说他姓孙,是调查组的。"

牛幸娃说:"我是团党委常委,为什么来调查组我不知道,没人告诉?来调查组查什么呀?有什么可查呀?不会有人在背后下什么蛆,把梁团长、苏政委告下了吧?"

这时,杨玉琼也不哭了,不抹眼泪了,听说事情有这么严重,不知如何是好。后悔自己没弄清原委,就哭着跑来,把这件事给捅破了。

王永学说:"怕事情不这么简单。我上次列席团常委会之后,心里就预感到会有一场什么风暴刮到团里,没想到这么快风暴就来了,那边在查这查那，我们还蒙在鼓里。"又劝玉琼说："玉琼，你不用难过，你已按规定入账了，一点问题也没有，入了账，说明苏政委也没问题，你这几句话，可是把苏政委救了呀！否则若查不清，认定苏政委贪污了3000元，那还当什么政委，判几年刑都是轻的。"

王永学这么一说，几个人都感到了事态的严重性。

金昌浩说："玉琼，老牛现在不好出面，我和永学与机关人头不熟，你在机关财务工作，肯定认识不少人，打电话去找熟人问问情况，我们边分析边等你消息。"

杨玉琼点点头，看牛幸娃一眼。

牛幸娃说："快去呀，还磨叽什么！"

牛幸娃、王永学、金昌浩分析来、分析去，还是王永学分析得透彻，他说："一定是有人对团党委做出的提前搬迁到三山岛的决策不满，趁机泄私愤，伪造各种事实向上告状，以此来阻止决策的实施。他们无力阻挡团部党委决策，就用阴暗的方式想把团党委的决策弄黄了，从而达到不向三山岛搬迁的目的。"

金昌浩说："至于下这么狠的死手吗？有什么意见可以提呀，有什么想法可以说呀，搞小动作算什么能耐！"

牛幸娃说："我看机关有那么几个人，成天为个人利益叽叽叽的，就不是什么好鸟！"

正说话间，杨玉琼回来了，这回倒没哭，脸阴沉着，像天快要下雨的样子。不等几个人问，就把听到的一一说了出来。现在在团部，梁团长、苏政委被举报的事，已是人人皆知。一方面，好事不出门，坏事传千里，这件事就保不住密；另一方面，有的人在多方扩散，企图造成严重影响。举报信的四个方面内容，有人一一告知了杨玉琼。涉及牛幸娃的两个问题，一是"把老婆提前调去三山岛捞取政治资本"，二是"虚报三山岛营房建设成绩，弄虚作假"，都毫不隐瞒地告诉了杨玉琼。

当杨玉琼说到牛幸娃被举报的问题时,牛幸娃气得把手中的茶杯摔到地上,站起来破口大骂:"格老子,老子在前方卖命,有人在背后捅刀子,打黑炮,老子这是图啥子嘛!这不是背着鼓上门——讨人敲打嘛!"

金昌浩说:"你冤枉,团长、政委不比你更冤枉?明明是坚决执行命令,却被说成是违抗军令,去哪儿说理去?"

杨玉琼说:"我还听说调查组是上面派来的,组长是黄金指挥部初副政委。"

王永学说:"噢,那就是到我们三山岛来视察的初副政委呀!看来他不是来视察,而是微服私访查问题来了。我看这个人既坚持原则又心慈面善,实事求是,由他主持调查,我们就可以放心了。"

牛幸娃说:"那倒是,这我信!他还表扬我们好几次呢,那天晚上聚会,还说坚信我们能够完成三山岛建矿任务呢!"

王永学说:"我建议咱们要稳住阵脚,不要在三山岛传播这个消息,继续搞好营房建设收尾和施工设计准备,对陆续进岛的连队从严要求,开展军事训练和技术培训,按既定方针做好各项工作,迎接团部搬迁和大部队的到来。"

牛幸娃、金昌浩、杨玉琼都点了点头。

3

河北沙河这边,调查组的调查将要告一段落,要求对举报的每一件事都要查清,反复核实,记录在案。在事实查清的前提下,调查组在组长、黄金指挥部副政委初福兴主持下,召开一次关于案件性质的分析会,即对每一个举报事实进行甄别并做出结论,初步提出处理意见,呈报上级研究审定。

初副政委这个"老八路"民主作风好,他在讨论前不定基调,不划框框,请调查组所有同志敞开谈意见,讲真话,讲心里话,在充分讨论基础上形成一致意见,或比较一致意见。纪检部门研究案件,调查组讨论案情,不能简单搞下级服从上级、少数服从多数,需要以事实为根据,以法律为准绳,充分展开研议,尊重每个人的意见,更要从事实出发做出结论。是否能做到这一点,主事人或说主持者很重要,这又与每个人的党性、素质、经历、阅历、看问题的角度和方法有关。初副政委受到过不公正待遇,是"文革"后获得平反才出来工作的,他推己及人,主张对干部的处理慎之又慎,务必不要冤枉好人。而要做到这一点,充分展开讨论,听听每一个同志的看法尤为必要。

第一,团主要领导是否有违抗军令问题。调查组同志意见是一致的,认为团主要领导是在坚决地模范地执行军令,提出提前搬迁,是为能够早日完成上级下达的三山岛金矿建设任务,动机、目的是积极的,也是合乎程序的,在这上面无可挑剔,不容置疑。倒是那些不愿意迁移、不肯抓紧搬迁到三山岛执行施工任务的人,有违抗军令的嫌疑,一些人借机制造事端,企图迟滞部队行动,这些行为必须受到批评和抵制,不能让这些人的企图得逞。

李副组长说:"在充分肯定团党委执行命令坚决、做出正确决策的同时,也要看到这个团的思想政治工作存在薄弱环节,在面临搬迁去执行新的战斗任务时,思想政治工作没有跟上去,造成了思想混乱,一些人个人主义严重,借机生事,干扰了团里工作的大局和战略部署,这个教训是深刻的。事实再一次证明,政治工作是我军的生命线,是我军胜利的根本保证。在新的历史时期,面临新的形势和任务,思想政治工作绝不能放松。建议在向团党委反馈意见时,强调一下这一条。"

孙副组长说:"我完全同意大家关于团党委不存在违抗军令的认定,但我有个建议,就是把这个问题上报到兵部,上报基建工程兵撤销工作领导小组,请上级机关做一个'不违抗军令'的认定,因为举报者在举报信上举报说,团党委违反中央军委'关于基建工程兵撤销期间人员、装备、机械、物资、财产、营房、土地等,不经撤销工作领导小组同意和国务院、中央军委批准,任何单位和个人不得随意处理的规定'。报到上面让有关方面做一个认定的批复,有两个好处,一是若举报者不服,再向上举报,上面已知道这回事并已有说法了,会直接给顶回来。二是做一个典型事例上报,让上级领导知道下面有一种混乱认识,似乎在等待撤销期间,什么也不用干了,命令也不用执行了,把模范执行既定任务、部队正常调动、坚持日常施工生产和'违法乱纪'区分开来,便于对下面进行正确指导,这对目前状态下基建工程兵部队有普遍意义。

初副政委点点头说:"这一条好,查案不是就事论事,而是举一反三,从部队建设大局出发,在向上专题报告这件事时,要讲清团党委决策的前因后果和我们调查组的鲜明态度,在此基础上,请上级做一个'是否违抗军令'的性质认定。我相信上级机关对此会做出正确结论的。"

第二,关于团党委领导以权谋私、借搬迁之际侵害部队资产问题,事实已经清楚,这个问题根本就不存在。包装箱是废旧板皮做成的,拆了之后啥用也没有,只能当柴烧,没有二次利用价值,也不可能出售谋利。举报苏继轩倒卖木料从中谋利,纯属望风捕影,主观臆断。苏继轩批木料给镇上,是为了维护和地方的关系,是为了解决军烈属翻修房屋遇到的困难,合情合理,无可指责,换谁在那种场合下也会这样做。

调查组成员对上述认定意见一致,但在如何看待和处理这两件事上有不同看法。

有的认为,用板皮做包装箱因地制宜,节省费用值得肯定,但板皮再不好也是国家财产,是从圆木上剥下来的,做成包装箱归私人占用,终归不合适,不能说化公为私,但也有公私不分的问题。

有的反驳道:"怎么不合适?难道把这些板皮扔进灶坑当柴火烧,放在外头风吹雨淋就合适吗?"

有的说:"烂了、烧了也是公家的,随便动用,做成包装箱归个人就不合适!三大纪律八项注意说,不拿群众一针一线,拿部队一针一线也不行。"

有的说:"这些包装箱是部队搬迁打包装军列用的,怎么就归个人了呢?"

有人说:"那是什么木料?不就是除了烧火啥用也没有的板皮吗?"争论了半天,话又绕了回来。

孙副组长说:"我出个主意,大家看是否可行?"接着说道:"团里每个人发的包装箱中,都会有一部分用于公家物品包装,一部分用于私人物品包装,用于公家物品包装的包装箱,这部分没有问题。用于私人物品包装的包装箱,每个适当收费,算个人购置,这样公私不分问题就解决了。"

大家认为这也是个办法,是没有办法的办法,尽管有人心里认为这是"小题大做",但为了把事情处理稳妥,不留后患,也勉强同意。接着,就围绕公私两部分数量上如何区分、收费收多少钱合适,展开又一轮热烈讨论。

取得的一致意见是,在搬迁的物品中,公家物品居多,多是办公用品,就是家里的桌椅板凳,也是借用的公有财产,粗略算来,公家物品占三分之二,私人物品占三分之一,按每个人发包装箱数量,其中三分之一交付费用。一个箱子交多少钱合适?一致认为不能定价太高,一是破板皮本来就不值钱,二是定价高了,干部们就不要了,把包装箱退回来了,那些物品用草绳缠巴缠巴也能运走,最后商定一只箱子收10

元钱,由管理股统一收缴。

包装箱的问题研究完,又扯到了苏继轩给镇里批木料一事上。一种意见认为,搁谁头上谁也会这样做,也应该这样做。衡量一件事,要首先看动机、目的,苏政委应镇里所请批这些木头,是为了解决镇上几户军烈属和残疾军人家庭翻修房屋遇到的困难,难道不应该帮他们解决吗?烈属的亲人们,为革命事业献出了生命,军属的子弟们在部队流血牺牲,残疾军人在战场上英勇杀敌负伤留下了终身残疾,难道不应该受到照顾吗?新中国成立之后,军烈属残疾军人一直受到国家优待和地方政府照顾,每月发有一定数量津贴和补助,生活条件尚可。但改革开放之后,政策放开搞活,许多老百姓发家致富了,军烈属因为家中缺少劳动力,残疾军人参与劳动不便,渐渐地,生活水平落到了大部分人的后面,村中房子残破的、没有能力翻新的,都是挂着军烈属牌子的人家。这个事实在一段时间内不可否定。镇政府出面解决这个问题,让部队在木料上助一臂之力,部队领导能袖手旁观吗?别说按国拨价收了费,就是白送也应当!因此说,苏继轩在这上面做得好,做得到位,做得既合理又合情,应当受到充分肯定,而不应该受到指责。

另一种意见认为,情归情,理归理,要进行具体分析,看问题不能感情用事。苏继轩在这件事处理上总体没错,更为重要的是,不是像举报信说的那样,是倒卖木料,从中谋利,把钱揣到自己兜子里。这一点必须说清楚,还苏继轩同志清白。但是,苏继轩在这件事处理上也有两个失误之处:一是没有经过团党委集体研究,擅自做主;二是动用的是部队施工用的木材。按照规定,这些木材是国家统管物资,只能用于施工,不得作为他用,更不得价拨给地方或个人。按照规定衡量,这次价拨木材属于违规行为。这种意见一说出,充分肯定苏继轩做法的那些人也不好反驳,因为对方说的是事实,事实确实如此。他们只好强调从大处着眼、从动机着眼、从主流着眼。但是查案子是不能含糊其词的,是就是是,非就是非,功不掩过,必须分得清清楚楚,但如果分得清楚,认为苏继轩有错误,就要承担责任,就会受到处理。那么,按照这两处失误,苏继轩应该受到怎样的处理呢?一种认为应指出错误,谈话提醒;一种认为应严格要求,给予纪律处分。讨论来讨论去,开始集中到给予什么处分上。有的人内心替苏继轩鸣不平,也不好说不给处分,只是想给的处分轻一些,意思一下,点到为止就行了。

孙副组长不这么认为,他认为苏继轩在地方政府求助下办这件事可以理解,一是却不开情面,二是觉得用途正当,但在处理方法上有错误,没有经过集体研究,没有作为特殊情况呈报上级批准,存在违规行为。就好比执法内容没有错,但执法程序上存在问题;就好比提拔一个够条件的干部没有问题,但提拔程序上存在问题。一是一,二是二,不能含糊,有问题就要追究责任,应给予必要的纪律处分。建议给予党内警告处分。

一个调查组成员原先是不怎么赞同给苏继轩纪律处分的,但听孙副组长这么一说,就随声附和道:赞成,给一个处分也好,有利于平息那些告状人的情绪,使他们感到告一次状也有所获,出了一口气,就不再那么闹腾了。如果我们调查组什么说法也没有,他们还会继续告状,说不定比现在还闹得凶。

初副政委本是不想发言的,想等到最后大家把话讲完,把意见讲充分,再归拢一下做总结发言,但听到这里实在忍不住了,就接话道:"话不能这么说!这么说就是没有是非和原则了。给苏继轩处分不处分,给什么处分,是以其犯错误事实为根据的,不是迁就谁,照顾谁的情绪,如果是为了平息事端,这就本末倒置了,就违背了实事求是的原则了,就是迎合毫无根据胡乱告状的歪风邪气了,对苏继轩同志也很不公平。我个人是不赞成给苏继轩同志纪律处分的,我主张进行诫勉谈话提醒其今后注意。但既然有的同志主张给予处分,我们就把这个意见作为一个选项写入调查报告,请指挥部党委最后来研究确定是否给其处分。我们要通过调查,扶持部队的正气,打击歪风邪气,决不能迁就落后,迁就一些人的所谓不满情绪;相反,查出有些人如有诬告、不实举报等行为,也要严厉查处,刹一刹自个儿愿望没能实现、利益得不到满足就胡编乱造,四处告状的歪风。'一张邮票八分钱,让你查个小半年;又一张邮票八分钱,让你查来查去没个完',这种情况我们见得还少吗?好,我不多说了,接着往下研究。"

第三,关于等待撤编期间突击提拔干部和解决干部家属随军问题,调查组一致认为不存在这个问题,而且认为因为种种原因,一些干部提拔使用得迟了,一些干部家属随军解决迟了,一些志愿兵代干长期提拔不了问题突出。而这些问题,涉及多个方面,不是一个团能解决的,上级应该在政策规定允许范围内帮助解决,以利部队的长期稳定和发展。

第四,关于个别团领导出风头、捞取政治资本、调妻子提前到三山岛妥善安置,以及先遣组虚报营建成果等,此经调查组核查并不属实。这两件事都涉及团参谋长牛幸娃。在初副政委带人到三山岛调查核实期间,调查组也派人在机关了解关于牛幸娃的相关情况。初副政委让同去三山岛的一名同志讲了在岛上核查的情况。

这个同志说:"俗话说,耳听为虚,眼见为实。我们在三山岛亲眼看到营建任务完成很好,团部已盖起,一应设施齐全,先头到岛上的连队都已住上自建的营房。人手不够,先遣组就把已入岛部队、三山岛村建筑队、浙江小分队组织起来,军地双方互帮互助,不仅完成了营建任务,还密切了军地军民关系。说牛幸娃的爱人杨玉琼妥善安置,安置什么了?就是在筹建中的团卫生队当护士。她因为为退伍战士联欢演出伤了脚,现在还带伤坚持工作,一瘸一拐地为战士打针发药,任何特殊也没有,任何怨言也没有。人家可是当年嘉峪关市有名的舞蹈演员,按干部身份特招入伍,还在机关财务工作过,现在就一小护士,不知有的人凭什么根据瞎造谣!"

调查组另一个同志说:我们在机关里也了解了相关情况。机关一些人对牛幸娃参谋长有意见,说他性格刚烈,作风粗暴,有时爱骂人。四川话"格老子、龟儿子"地乱骂,还爱摔杯子,发邪火。机关干部战士都怕他,有时团里开大会,团长或政委讲话时间长了,下面有点乱哄哄,坐在主席台后排的牛幸娃站起来朝台下看一眼,台下立马静悄悄的,连人喘气的声音都听得见。随军家属谁家吓唬孩子,一说"牛蛙"来了,孩子吓得立马不敢出声。这些也许有些夸张,但可见牛幸娃确实存在作风简单粗暴的问题。

有人插话:机关还有人反映,牛幸娃因作风简单粗暴,在镜铁山驻扎时,还因让战士开枪伤及当地群众挨过处分。还有,说他在镜铁山北大河下河救人,本来是见义勇为救战友,结果救上来的人成了他的妻子,说他做好事动机不纯,就像社会上流传的"炒房的炒成了房东,炒股票的炒成了股东,救人的救成了老公"。

有人在笑。初副政委实在听不下去了,说:"牛幸娃救人的时候,他爱人和他成家没有?他俩有恋爱关系没有?"

那人答道:"那倒没有。"

初副政委说:"这不就结了嘛!谁规定救人的人就不能和被救的人谈恋爱?国法有禁止吗?军规有禁止吗?没有。自古就有英雄救美的说法,历来传为美德,怎么牛幸娃就不能和杨玉琼结婚呢?结了婚就是动机不纯呢?只要男女双方愿意,又经民政部门批准,人们都可以结为夫妻,怎么他们两人就要遭人非议呢?真是岂有此理!"

李副组长是支队副政委,清楚一些内情,及时插话道:"牛幸娃和杨玉琼的情况我清楚。杨玉琼此前在嘉峪关市处了一个对象,因遭到这个对象诬陷想不开,一气之下跳进了北大河。牛幸娃舍身救战友,根本没有别的想法,是杨玉琼获救后出于感恩,也出于对牛幸娃的爱慕,主动接近他,经人介绍结为秦晋的。说牛幸娃救人有私心,那纯属冤枉人!至于牛幸娃让战士开枪打伤当地群众,这个说法也不准确。战士开枪打伤的是一个流窜犯,这个流窜犯砸了咱们部队烈士墓的墓碑,从中挖出钢筋去卖钱。牛幸娃在烈士墓放了岗哨,让战士吓唬吓唬这些人,没想到战士真开枪伤了人。这件事事出有因,上面派调查组下去调查做过结论,也给牛幸娃记过处分,但明确说过,这个处分不影响今后提拔使用。多少年过去了,重提这件事有意思吗?"

孙副组长说:"我们调查组是来查案子的,不是来考察提拔使用干部的,凡是涉及牛幸娃违法违纪的内容,都在我们检查之列,除此之外,我们一概不涉及,这是两回事,不要混淆到一起。对那些意见和说法听听而已,也没有必要核实,我们还是把主要精力集中到查案上,把案件查清,证实牛幸娃同志不存在举报信上所说的问题,就可以了。"

初副政委说:"对!我们查案子就是查案子,不搞'旁敲侧击',但有一点我想提醒大家,就是如何看待干部身上的优缺点。金无足赤,人无完人,世上没有完人、圣人,只要是人,身上就有优缺点。除了对人不要求全责备,还要区分他身上是优点占主要的呢,还是缺点占主要的,分清主次,不以偏概全,不喧宾夺主。以牛幸娃为例,他身上的优点是什么呢?他身上的主要方面是什么呢?就是处处以党的事业、革命事业为重,身上有一股革命英雄主义和勇于牺牲精神。他长年战斗在施工第一线,在团里接受三山岛金矿建设任务后,又奉命率先遣组去打前站,提前完成营房建设任务,为按时开工做准备,一心扑在工作上、事业上,这是一头老黄牛、拓荒牛,身上有一股子牛劲。这头牛也有牛脾气,性格急躁,遇事搂不住火,但瑕不掩瑜,不能因为身上的缺点,就否定他的全部。凡是身上优点突出的人,身上缺点也比较突出,就如同有山峰,就有山谷一样,怎么能因为有山谷,就否定无限风光在险峰,否定山峰的雄伟壮丽呢？我们查案子,不是为干部做鉴定,管不了那么多,但是对干部得有一个基本的看法、基本的判断,不能人云亦云,不能失去是非。我们查处案子,纯洁队伍,对干部要严格要求,同时要保护干部,当好干部受到攻击、受到诬陷时,要站出来为他们说句公道话,让他们内心感到温暖,感到公平正义仍在,感到对前途没有失去信心。我们纪检工作是挥斩邪恶之剑,也是匡扶正义之剑。"

调查组同志都以初副政委所言为然。见大家没有新的意见,初副政委做了简短总结,他说:"今天我们进行了充分讨论,明辨了是非,认清了责任,初步提出了处理意见。接下来,请大家根据今天的讨论,认真起草调查报告。调查报告拟由三部分组成,第一部分讲调查的经过和对举报信核实的情况;第二部分讲对事实性质的分析认定;第三部分提出调查组的处理意见和建议。请李副组长带几个同志起草第一部分;请孙副组长带几个同志起草第二、第三部分。起草调查材料总的原则和要求有四条:一是坚持实事求是,一切以事实为根据;二是立场鲜明,支持部队为完成三山岛金矿建设任务做出的正确决策;三是着眼大局,一切有利于部队建设和战斗任务的完成;四是扶正压邪,树立正气,打击歪风邪气。"

最后,初副政委强调说:"调查报告起草完成之后,需经过调查组反复研究推敲,认为满意后再上报黄金指挥部党委。时间服从质量,待琢磨细琢磨实再出手。"

4

用一周时间起草、修改、研究,反复打磨,黄金指挥部调查组的调查报告终于定稿。

定稿之后,初副政委就定稿的基本内容,和于俊副政委做了沟通。

于俊副政委负责团里的纪检工作,原来在黄金指挥部纪检组和初副政委共事,进行交流取得共识是必要的。

初副政委肯定了团纪检部门对调查组工作的支持,由衷地对于副政委说:"我们刚来时,你一句话让我们抓住了问题的症结。你说,为什么早不告状晚不告状,偏偏在团党委决定提前搬迁时告状,这说明举报信是由搬迁引起的,是那些不愿搬家而又个人主义严重的人举报的,现在看来这个问题很清楚了。你还提出,希望调查组在查清问题的同时,为推动部队健康发展和完成上级下达的战斗任务助一臂之力。我们调查组也是朝这个方向努力的。既然团党委坚决执行三山岛建设金矿命令没有错,提前搬迁是正确决策,我们就大力支持。回京向指挥部党委呈交报告的同时,我也准备找主要领导谈一次,促成早点批准团部提前搬迁的报告,使你们向三山岛转移早日成行。"

除了这些,初副政委围绕举报这件事深入地谈了自己的看法,也谈了调查组拟定的初步处理意见。他说,其他看来都没有问题,唯有给苏继轩的处分,我怕他想不通。处分不处分,我们提了两个选项,请指挥部党委定。如果真的给他处分,会有什么后果,我们要预做一些设想。如他想不通,你帮助做做工作,让他不要背思想包袱。

于俊副政委说:"恕我直言,若真的给苏继轩一个处分,这事做得有点过,你在参加党委会讨论时,尽量提出自己的意见,给予批评教育就行了嘛!这样处理,给人的感觉是,既然被举报了,调查组来调查了,没有问题,也要给'找补'点问题,似乎不这样做,就白调查了似的。这样对干部不公平。当然这是我个人意见,如果真的有一个处理决定下来,我也会帮助做工作,我也相信苏继轩同志会正确对待。"

初副政委在调查组撤离之前,分别找政委苏继轩和团长梁占刚谈了一次话。是代表调查组,也是作为指挥部首长来谈的,谈话是谈心式的,充分展开了交流。当然,初副政委和他两人谈话针对性不同,谈话的重点也不同。

初副政委首先肯定了苏继轩作为团党委书记、部队政委,带领班子做出的提前向三山岛搬迁的正确决策,认为这是团党委有事业心、责任心、使命感,坚决执行军令的表现,调查组予以充分肯定,会尽力促成团部提前搬迁的早日实现。特别澄清了苏继轩不存在以权谋私、化公为私和倒卖木材从中谋利的问题,团里也不存在突击提拔干部和突击解决干部家属随军问题。同时也指出决策程序等方面存在一些问题,思想政治工作存在薄弱环节,工作没有做到家做到位,部队存在纪律涣散、个人主义倾向严重等不良倾向,作为团里主要负责人,苏继轩对此应承担一定责任。

苏继轩感谢组织上的信任,感谢调查组在"执行军令"等大是大非面前给团里鲜明有力的支持和表示积极推进团部向三山岛早日搬迁的态度。至于其他问题,调查组给予什么结论,他都接受,他相信组织上是公平的、对干部是负责任的。鉴于自己"价拨木材"时擅自做主,没有经过集体讨论,违背了国家物资统一管理的规定,他请求组织上给他纪律处分。他诚恳地说:这样才会服众。有错就得承担责任。

初副政委原本以为苏继轩如果受到处分,会闹情绪,会接受不了,没想到他主动要求给予处分。还说什么呢?这样的干部境界就是高呀!境界高者一般方向明、有理想、格局大、实力强、心地善、为人想,不为琐小所羁绊,不为利益所诱惑,不为得失所拘泥。在欣赏和受感动的同时,初副政委追问:"你为什么主动要求给自己处分呢?"

苏继轩说:"这次调查组来调查,不论问题存在多少,不管别人举报的实不实,我们工作中终归是存在问题的。既然有失误,就要有人来承担责任,谁来承担?当然由我这个党委书记来承担,这是毫无疑问的。给个处分,也是敲响一次警钟,过去讲小洞不补,大洞吃苦。我要求给予处分,也是希望别人在我身上接受教训,今后不犯类似的错误。"

初副政委笑了："你呀，我小看你了，知道你能经受住考验，我就放心了。不过，我总觉得你请求处分的理由不充分，还有什么难言之隐吗？"

苏继轩说："我请求处分，还有一点小心思，既然首长追问，我就全倒给你。现在部队撤销的消息传出，部队和地方一些人，就开始在部队物资上打主意，尤其是木料，通过各种渠道、各种方式来价拨、套购木料，想转手倒卖挣大钱，各种理由也堂而皇之，其中有老首长、也有地方党政领导来找，我们虽一再强调严加管理，但总会有一些缝隙，一些照顾不到的地方。给吧？违反规定。不给吧？把人都得罪了。这次因为'价拨'木材给我一个处分，而且在全团干部大会上宣布，杀鸡给猴看看，把这件事就刹住了，也把我们团干部解脱了，把我也解脱了，一举多得，何乐而不为呢？当然，主要是让我接受教训，避免今后再被同一块石头绊倒。"

初副政委点着苏继轩说："你呀，你呀！"再也说不出什么话来了。

初副政委找团长梁占刚谈话，亮明了支持团部提前搬迁的态度，肯定梁占刚做为团长，坚决执行命令，敢于严格管理，处事坚决果断，敢于和不正之风做斗争，对错误的东西不留情面，身上有军人的作风和担当，是一个敢打硬仗能打硬仗的主官，同时指出他身上过于刚直急躁，受不了委屈，听到不同声音忍不住发火，说话不留余地等毛病。初副政委说："我看了你的简历，你是成长得太顺利了，没受过什么挫折。1968年以大学毕业生、技术员身份入伍，1973年就被任命为一连连长，还因带领全连创造双头掘进月进尺630.7米的先进纪录，荣立三等功。1976年在武安西石门铁矿施工期间，又带领全连创造了多头掘进月进尺703米的好成绩，受到冶金部表彰，被提拔为营长。从此一路顺风顺水，由营长而副团长，由副团长而团长，坐到了现在这个位置上。你是干上来的,没经过大的磨炼,就像一块好钢,必须经过多次淬火一样,你还没经过淬炼。我比你年纪大许多,受到的挫折也多,受挫折多了,再受到挫折就皮实了,就见怪不惊了。那天你一听举报内容,就跳起来了,就炸锅了,就搂不住火了,就是经见少,受到的挫折少。人这一辈子,要走一辈子的路,谁能都顺顺当当?哪个有成就有出息的人物,不是在油锅里滚三滚,在石板上摔三摔,在泥坑里踩三踩?前半生顺利,不等于后半生顺利;今天顺利,不等于明天顺利;这件事顺利,那件事不一定顺利。挫折是成长的磨刀石,不要怕磨,不要怕不顺,遇事要想得开、沉得住气,有大将风度,乱云飞渡仍从容。因此,你在这方面要加强修养锻炼。还有,你的性格过于刚直,是一条东北汉子,爱说:我就这样,爱咋咋地!老子不尿你那一套!遇事不认真思谋,凭情绪办事,这可不行!一个指挥官要加强多方面锻炼,做到有勇有谋,不能凭热情和意气用事。要做到这一点,就要加强党性锻炼,还要多读书开阔眼界,与人多交流,遇事换位思考。期待你不断进步,今后能担当大任。"

梁占刚说:"谢谢初副政委教诲,你一席话点到我麻骨上了。我是学矿建的,就是个粗人,又是一个东北人,脾气杠杠的,点火就着,修养比较差。对工作以外的事关心的也不多,一心只想着拿下手中的活,把命令执行好,把部队建设好,肚子里缺少谋略,遇事也过于憨直,为此也不少得罪人。但没想到有人在团部提前搬迁这个问题上给我们'下蛆',要挡我们道!这是不能容许的,这就把矛盾激化了。如果我考虑细致一些,配合政委做深入细致的思想工作,事情也不会闹到这一步,还给上级机关增添了麻烦。今后我多注意增强党性,提高修养,尽量把工作做周到,把事情想周全一些。您经见得多,受挫折多,人生经验丰富,就多指导我,做我的老师吧!"

初副政委开玩笑:"当你老师,可有束脩?"

梁占刚来了幽默劲:"苏修? 还美帝呢!"两人在哈哈大笑中拉近了距离。

初副政委说:"我还要特别提醒你一点,这就是团结问题。不是说你们团班子团结有问题,而是我觉得这个问题特别重要,需要特别提醒一下。我们常说团结就是胜利,团结就是力量,团结是胜利的基本保证。把几千人的一个团团结得像一个人一样,关键在于团的党政一把手的团结。我们为了革命的共同目标,在一起工作、战斗,理应以大局为重,互相尊重,互相学习,取长补短,齐心协力,共同对敌。如果心胸狭隘,鼠目寸光,夜郎自大,计较小事,互相扯皮,力量对消,损害团结,不仅干不好事业,对个人成长进步也不利。我在东北地方工作时,就遇到过这么一个干部,刚愎自用,处处闹不团结,一会儿说整死这个,一会儿说整死那个,结果谁也没整死,最后把自己整得死死的,寸步难行。因此,搞好团结,谦虚谨慎很重要。处理问题要调查研究,要慎重。我的体会是:十件事情做好九件,若一件不慎,处理不周,也会影响感情,影响团结,影响工作。总之,处人处事,九分不行,要十分慎重。"

初副政委像一个老父亲,又像一个老大哥,对梁占刚细细讲这些道理,循循善诱,把道理掰开了揉碎了说,使梁占刚大为感动,他说:"老首长,您以后常到部队来,给我们指导指导。"

初副政委说:"行,以后你遇到什么事情想不开,直接找我也可,写信也可,我们再深入交流。"

初副政委带调查组离开部队回去了。这时已是6月初了,部队许多人在等待调查组回去之后,上面对举报信给以什么结论。这中间黄金指挥部专题开会研究过一次,基建工程兵兵部还来人专就"违抗军令问题"进行调查核实,经过上下沟通和反复研究,到6月底时,结论终于下来了。

宣布调查处理结论时,是孙副组长带队到十一团的。初副政委没来,传说是因为他不同意给苏继轩党内警告处分,意见没有被采纳,不愿意来;也有说是因为工作分工,初副政委忙别的事情去了。真情不得而知。

孙副组长代表调查组,也代表上级机关宣布三项决定:

一、经上级批准,十一团团部向三山岛迁移的时间,由原定的1983年十一之前,提前到八一之前;全部部队集结三山岛务于十一前完成。经过半年时间技术练兵和施工准备,于1984年4月正式开工,不得延误。

二、经领导机关认定,十一团党委接受赴三山岛建设金矿任务后,主动进取,奋发有为,积极创造条件,在派先遣组赴岛做好各项准备工作的前提下,做出提前向三山岛开拔的决策,是坚决地模范地执行了军令,不存在违抗军令的问题。对团党委坚决模范执行军令的行为,上级予以充分肯定,予以褒扬。

三、经调查组充分调查,认定举报信举报的若干问题不符合事实,不予认定;对一些人出于一己私利捏造事实的举报,提出严厉批评。鉴于苏继轩同志在为褡裢镇军烈属解决建房木料时,存在"未经集体研究、擅自做主"问题,给予党内警告处分一次,希望其认真汲取教训。团党委要提高站位,强化思想政治工作,统一认识,同心协力,为完成三山岛金矿建设任务而努力奋斗!

苏继轩表示完全拥护上级决定,接受组织上给自己的处分。说自己作为团政委,对一段时间以来团里思想政治工作薄弱,负有直接责任。决心按照上级要求,全力做好团部搬迁和三山岛施工准备工作,确保准时开工和建矿任务的按时完成。

梁占刚以上级决定和最新的命令为依据,做了团部向三山岛迁移和部队向三山岛集结的动员,要求机关全体人员迅速行动起来,在20

天内完成所有搬迁准备工作,人员、物品随时可登军列出发。同时由机关派出多个工作组,深入全团各个施工点,帮助解决疑难问题,使所有连队按命令时间准时向三山岛集结。特别提出责任到人,狠抓落实,说:"关键时刻,谁稀里马哈,谁水裆尿裤,谁哭叽尿嚎,我就收拾谁!"

许多事情就是这样,看似坏事,实是好事,经过"举报信"一折腾,全团在上级有力支持下,明晰了是非,统一了认识,干部战士积极性高涨,形势向好的积极的一面迅速发展,以"搬迁"为牵引形成了团结奋斗的喜人景象。

团领导高兴,调查组的同志也很高兴。下午就要打道回京,孙副组长上午想去外面转一转,放松放松,他刚从房间出来,就被几个老乡堵上了。带头那个是干部模样,后面几个人有坐轮椅的、拄拐杖的、一只袖筒随风飘荡的。干部模样的上来说:"你是孙组长?我们等你多时了。"

孙副组长问:"你,请问你尊姓大名?"

那人说:"我叫郭金科,是褡裢镇镇长,是带几户军烈属和残疾军人来向你上访的。"

"上访?找我上访?上访什么?"孙副组长问。

郭金科说:"苏继轩政委帮助我们几户军烈属和残疾军人家庭解决盖房用木料,这是做好事,却被你们调查组处理了,挨了一个处分,我们是为这个上访的。我们要求你们撤销对苏继轩政委的处分,否则,我就带他们几个去北京,找你们上级机关击鼓鸣冤。"

郭金科刚说完,那几个人就把孙副组长围住了,七嘴八舌,争相开口,异口同声地说,苏政委为我们盖房批木料受处分太冤枉,要是不答应撤销那个处分,今晚几个人就结伴坐火车去北京。

那个一只胳膊的残疾人说:"我们把房子扒了吧,把木料还部队吧,要是能为苏政委取消处分,让我们做什么都成。"又说:"要是知道苏政委为我们盖房挨处分,我就是住露天地也不去盖房。"说完,还想去抹眼泪,那一只袖子空空荡荡的,让人望之心酸。

郭金科说:"孙组长,你给句话吧?要不然我就把他们放这里,你们慢慢聊,我还有事,先走一步?"

孙副组长说:"好你个老郭,你这是将我军哩!苏政委这处分是组织上定的,我没有权力取消!但我可以答应你,把你们的意见向上反映,请组织上进行复查,有了结果时我会告诉你。"

郭金科说:"这样也好。反正我认识你了,问题不解决,我就带他们上北京找你,他们正好还都没有去过北京,顺便去北京逛逛。"

好说歹说,郭金科才带那些人走了。后来经过向上反映群众意见,苏继轩的处分被上级撤销。这是后话。

第八章

1

在等待调查组宣布调查结论的近一个月时间里,三山岛这边还算风平浪静,但也发生了一些让人意想不到的事情。就像三山岛面对的莱州湾,有时看着波澜不惊,实则暗流涌动,在孕育着更大的风浪,或说积蓄着能量。其实,波涛汹涌也好,波澜不惊也好,都是大海的品质。一味地波涛汹涌,失去大海的深沉;一味地波澜不惊,失却大海的壮观。只有在深沉和壮观之间不断转换,大海才有生命力,才呈现自己的真实面目。而现实生活又何尝不是如此呢?

尽管牛幸娃、王永学、金昌浩三人一再强调保密,做到守口如瓶,但团主要领导被举报、调查组来部队调查的消息,还是在三山岛传开了,在部队中引起了反应。其中反应最激烈的是十一连指导员阎芳州。他是从机关下来的,机关里熟人多,自然就把消息传给他了,并把举报具体内容一一说给他,连他被列在"突击提拔"之列的事,也没有隐瞒他。阎芳州听到这个消息气炸了,他不是为自己鸣不平,是为苏继轩政委鸣不平,为梁占刚团长鸣不平,为牛幸娃参谋长鸣不平,这些领导天天想着怎样完成三山岛金矿建设任务,为之呕心沥血,却在背后遭人暗算,这太不公道!而且举报的内容子虚乌有。团党委决定部队提前搬迁到三山岛,靠前指挥,是坚决执行命令,怎么是违抗军令?用破板皮子做包装箱就是化公为私、占公家便宜?我们在三山岛做好团部的搬迁准备,把营区建起来,把营房盖起来,怎么就是虚报成绩?牛幸娃把杨玉琼提前调来,是起模范带头作用,怎么就是"出风头""捞取政治资本"?杨玉琼干部身份去当一个护士,天天发药打针,怎么就是"妥善安置"?他想不通,心里很生气。对自己被举报"突击提干",心里也很不舒服。自己入伍十多年了,到武汉上了四年大学,许多资历不如他的人,有的都当到营职了,自己才混一个连队指导员,就算不错,在一起当兵的人中也不算出类拔萃。没想到自己不愿留校主动回到部队,却遭到如此攻击。以上这些加起来都让他愤愤不平。他那股不顾一切的书生气上来了,决定"予以反击"。怎么反击?他也要写材料。"老子大学毕业生,一入伍就写材料,还写不过这帮孙子!"阎芳州心里一边这么想,一边琢磨怎么写材料。

一开始,阎芳州想"以其人之道还治其人之身"的方式,举报那些举报人,让他们也尝尝被举报的滋味。没有事实怎么办?望风捕影、捏造编造、张冠李戴谁不会?我会写小说,还不会编故事?你们这帮孙子能编,老子也能编,编得比你们编的还圆,这时不知怎么就想起了几句歌词:"编,编花篮,编个花篮上南山,南山有个红牡丹,朵朵花儿开得艳。"想到这里,自个先笑了,内心说:"我是被那帮孙子气糊涂了,即使能编,编得出来,那举报谁呢?我离开部队上了四年大学,回到部队后不久就随先遣组到三山岛来了,半年多在岛上,对机关情况不了解,不知举报者为何人。有人告诉我举报信内容,并没有告诉举报人是谁,而且他们也不知道。举报信是匿名的,举报人的名字又没有写在脸上,他们隐藏在干部战士队伍中,身份没有暴露,我去举报他们,反击他们,不就像堂吉诃德去战风车吗?看来这件事行不通。"但他转念一想:我不写举报信,我可以写"呼吁书""说明文"呀,我可以一条一条反驳举报信的内容,用事实说明真相,以实名反映情况,避免上级机关偏听偏信,做出不利于团领导的结论。阎芳州认为他有这个责任,也有这个权利。如实向组织反映情况,是一个公民的权利,也是一个军人的权利。他决定马上行动、立即行动,一刻也不耽误地行动,他要用这个行动为团主要领导说话,讲清真相,主持正义,对不实之词和肆意诬陷行为予以反击。他充满自信,坚信正义在自己一边,坚信手中的笔是犀利的,写作能力是胜任的。他根据听到的举报信内容,一条一条批驳,充分摆事实讲道理,很有气势,很有说服力。就连自己被举报"突击提拔"的事,他也仔细说明情况。落款用的是实名,写明自己是山东三山岛十一团十一连指导员阎芳州,有点行不改名、坐不改姓,愿意承担一切后果的意思。

举报信写完,不,上书材料写完,读了两遍,阎芳州甚感满意,他一气呵成,文如行云流水一般,从大处着眼、小处落笔,摆事实,讲道理,一条一条批驳那些举报信的内容,每一条后面写上自己经过分析得出的结论,全文观点鲜明、材料充实、论证充分、逻辑严谨,遣词用句颇为有力,读起来语感很强,气势磅礴。他有点陶醉,觉得这是大学毕业后,写得最痛快最顺手的一篇材料。他自我欣赏,也想象着上级机关领导读到这份材料时的神情,以及材料如何起到了以正视听的作用。

材料写完了,定稿了,那寄给哪里呢?当然是中央军委、基建工程兵黄金指挥部等上级机关。他复印了几份,准备寄不同部门,估摸着举报信寄到哪里,他就投寄到哪里。就好比,有人在哪里放毒,他就在哪里消毒,一定要有针对性,让这些材料发挥战斗作用。但一想到邮寄,阎芳州头就大了。三山岛离北京不近,从岛上发信,经镇上县上省里,啥时才能到北京? 而且他听分到北京一些大机关的同学说,由于申诉平反冤假错案和反映各种问题,一个机关信访室收到的信件就有几麻袋、十几麻袋。自己这封信进了麻袋,还能重见天日吗? 如何把材料送上去,这成了阎芳州日夜思索的大问题。就好比你辛辛苦苦做了一桌子菜,但这菜却没有端到桌上去,在厨房就倒掉了,不仅浪费了材料,还耽误了工夫。而要把这菜端上去,让人吃上,让人叫好,让人吃了产生营养发挥作用,找到"渠道"很重要。阎芳州内心是清楚的。

他首先想到了阿珠。这个叫夏玉珠的女人在基建工程兵文工团当独唱演员,歌唱得好,人又仗义。王玉波和左梅被冤枉的事,就是左梅写信交到夏玉珠手,由夏玉珠交给兵部首长,首长重视派人下来调查,两人才洗清冤案柳暗花明的。可是,阎芳州和阿珠不认识,和阿珠的爱人刘柱锁也没有交往。那时他们虽然都在镜铁山,但他在团工作组,阿珠在镜铁山矿工会,刘柱锁在十一连,工作上没有交集,也没有私交,自己工作之余忙于采风和写作,天天在自个一亩三分地里忙活,和人家没有交情。但凡求人办事,都要看交情深厚,看和人家处没处到那个份上,不能分不清眉眼高低。处到那个份上,话就好说,事就好办;没处到那个份上,硬求人家,觍着脸上,不仅办不成事,甚至还会自取其辱。这个道理,许多人都明白,阎芳州自然也明白。他想到一个人,这个人和阿珠交情深厚,他可以断定,这个人找阿珠,阿珠就一定会办。但他不能找这个人,这个人就是杨玉琼。杨玉琼和阎芳州的关系,前面已经说过,虽然两人关系纯洁无瑕,并未谈婚论嫁,但两人互相欣赏,走得很近,也一起经受过挫折和磨难,按老百姓话说,那关系可不一般。男女关系一般不一般,人们多指男女关系,其实那是世俗化物质化的理解,真正的不一般是"心心相印",是两个人在一起时,能掏心窝子说话,把心里话全倒出来。两人有男女关系,也不一定掏心窝子说话;有的人没有男女关系,在一起却能掏心窝子说话,把心中最隐秘的东西都倒给对方。阎芳州和杨玉琼就属于后一种,他们没有男女关系,除了在镜铁山北大河边,怕杨玉琼掉进河里,阎芳州拉她一把外,两人从没有过肌肤之亲。但是,两个人的心走得近,这一点,他俩是有感觉的,内心是承认的。这种近,是美好的,既不违法,也不伤害到谁,就让它存在好了。因为有这层关系,阎芳州去找杨玉琼,杨玉琼能不帮他去找阿珠吗?杨玉琼和阿珠什么关系?两个人是不是姐妹胜似姐妹的关系,当初杨玉琼想不开跳了北大河,阿珠参与抢救,边给杨玉琼擦身子,边哭得像泪人似的。阿珠擦到杨玉琼的脚趾,看见因练舞蹈脚趾尖长着厚厚的老茧、伤痕斑斑,痛哭道:"那么多的苦都吃下了,那么不容易都挺下来了,怎么遇事就想不开呢!"好在杨玉琼经过抢救挽回了生命,经此磨难,她们更成了好朋友。夏玉珠、苗丽萍、杨玉琼、余秀英四姐妹关系那个亲热,夏玉珠和杨玉琼同是搞文艺的,一个是独唱演员,一个是舞蹈演员,有相同的追求和爱好,自然走得更近一些。更不用说,她俩丈夫之间的那层关系。牛幸娃在十一连当连长时,刘柱锁在十一连当司务长、副连长,那关系可是铁匠炉打镰刀——铁上加钢,钢钢的。

阎芳州对此心里清楚,但思量再三,觉得自己不能直接去找杨玉琼。因为写这封信向上级反映问题,是要承担风险的,他不想把杨玉琼牵连进去。不能去找杨玉琼,并通过杨玉琼找夏玉珠,阎芳州还有这样几层考虑:一是举报信举报了牛幸娃以权谋私安置爱人杨玉琼,他不想让杨玉琼误解他是为她打抱不平;二是若是让人知道杨玉琼参与递信,让人感觉是他和杨玉琼事先串通好的,是夹杂着私心的。还有一点,是怕牛幸娃知道产生误解,好像他愿意和杨玉琼"打连连"。上次去给杨玉琼送骨头汤,恰好被牛幸娃看见,牛幸娃眼睛像刀一样剜他,明显是设了防线和心里不满的,也不给他让座,让他很是尴尬。

为此阎芳州心里不好受，觉得牛幸娃有些过分，心里说：我们又不越什么雷池，难道战友之间互相关心也不行吗？杨玉琼是你爱人不假，但她是我们战友呀，也是朋友呀！后来想想也想开了，觉得牛幸娃那样，也是在乎杨玉琼的表现，自己不是也希望杨玉琼婚姻幸福家庭美满吗？想开固然想开了，但牛幸娃冷峻剜他那几眼还在，他不愿让牛幸娃再拿眼剜他。拿眼剜他便也罢了，关键是不能让牛幸娃对杨玉琼产生怀疑，从而引来两人生分起隔阂，闹得不可开交，那样，自己让杨玉琼终生幸福的愿望不就落空了吗？

这条路走不通，就思谋着走另一条路，不是说"条条大路通北京"吗？阎芳州在琢磨着通北京的路，琢磨着琢磨着，眼前突然一亮，要找的人不是远在天边，近在眼前吗？谁？连长王好。王好是从北京指挥部调过来的，在北京战友多、人头熟，又到处搞建筑、盖房子，一定和上面通过各种渠道能勾连上关系。王好人缘好，关系广，门路多，一定能人托人把自己的信递上去。阎芳州对这一点坚信不疑。另一点坚信不疑，就是坚信王好也热爱这支部队，来了就很快融入进来，为基建出了大力，做出了贡献，一定会希望部队好，希望部队坚强团结，圆满完成三山岛金矿建设任务。从这一点出发，王好也会帮自己。还有，阎芳州从两人关系衡量，也就是看两个人的交情。

王好先到十一连当连长，阎芳州接替王永学到连里当指导员，比王好晚到，两人配合不过半年时间。王好资格老，当连长早，在北京见过大世面。阎芳州提拔不算晚，但一直在机关当干事，后来又考上大学，刚到连当指导员不久，两人之间资历有落差。王永学当指导员时，资格老、级别高，王好处处维护王永学，一切听王永学的。王永学走了，阎芳州来了，情况发生了变化，王好摆起了老资格，在连里自个儿说了算，唱起了主角，把阎芳州当成了配角。对此，阎芳州开始有些不习惯，觉得连队两个主官级别一样，平起平坐，有事相互商量，怎么就一切听你的,我一个指导员处于服从地位?大凡知识分子都有些较真、有些书生气,内心也有些不服气。但时间一长,也就习惯了。俗话说,家有千口主事一人,总得有个拿事的。细看王好,虽然"霸道"一点,但事事处处也是从事业出发的,处事是出于公心的。也就愿意配合他、乐意配合他。对王好的事业心、号召力阎芳州是服气的。但由于性格、阅历、受教育程度不同,看问题角度不同,阎芳州对王好身上的一些"做派"也有不同看法,甚至也有"腹诽"。比如,太爱和地方拉关系,弄得和三山岛建筑队队长龙大海、浙江工程小分队队长范兰亭,像"桃园三结义"似的,虽无歃血为盟,但也因盖房黏糊到一起,有点拉拉扯扯。还认识了这两个队的一些女同志,比如龙大海的妹妹龙大秀、范兰亭的妹妹范兰枝,一次还给阎芳州开玩笑说:这两个女人都不错,老弟要是感兴趣,我给你保个红媒。阎芳州哼哈答应着,心里说:你自己离婚了,还没有女人哩,你自个先挑选吧!王好看阎芳州没吱声,以为没相中,其实,是阎芳州烦王好拉拉扯扯。这两个女人他也见过,大秀山东妞为人豪爽,丰硕健壮,文化程度低一些,初中毕业就跟哥哥到了建筑队。范兰枝大学毕业,浙江人,细溜苗条,说话吴侬细语,两人环肥燕瘦各有特色。要说欣赏,他更倾向于范兰枝,看见范兰枝,就想起描写江南的诗句"小楼一夜听春雨,深巷明朝卖杏花",或者"日出江花红胜火,春来江水绿如蓝"。对,后一句更贴切,这是白居易《忆江南》的名句,"绿如蓝",范兰枝,由景及人,都充满了诗意。但欣赏归欣赏,他也没有上升到"恋爱"的层面,还没有产生那样的情愫。知识分子是讲究感觉的,只有具体交往,才能产生意愿和情愫,现在还只是朦朦胧胧的好感。即使自己有那个想法,也不会让王好给他介绍,他觉得王好通过拉拉扯扯建立的关系不牢靠不纯真,因为他对现实生活中的拉拉扯扯是看不惯的。还有一点看不惯,就是王好身上原则性不强。举个例子说,浙江小分队参与营建,是签了合同、讲明报酬的，各种费用都是付清的，为什么他们在连队食堂吃饭不交伙食费，白吃白喝？人家范兰亭队长提出交伙食费，凭什么你一口拒绝，让他免交，这不是让他们白占部队便宜吗？部队也是讲核算讲效益的，为什么不来一个"亲兄弟明算账"？人家三山岛建筑队参加营建，是不收费用的，是来帮忙的，管人家伙食是完全应当的，怎么能让浙江小分队也享受这个待遇，这不是不公平吗？还有，建筑队、小分队、连队在一起合作，总有产生矛盾的时候，一旦产生矛盾，王好就和稀泥，不分青红皂白。一次浙江小分队几个浙江人对战士出言不逊，骂战士"傻大兵""土老帽"，王好不去找范兰亭"说理"，还让战士忍耐，"打不还手，骂不还口"，把那些战士气得够呛，跑到他这个指导员面前哭诉。还有，在连队管理上过于"仁慈"。古训讲"慈不掌兵"，王好可不管这些，不是个严格的连长，而是个慈善的兵头，对犯了错误的战士的批评，口头语是"下不为例"，以至于这个口头语在全连传开，排长、班长批评战士，都爱说"下不为例"，在连队"下不为例"成风，不利于连队严格管理。阎芳州给王好指出对下属管理不严的问题，王好说：多看优点，多看长处，"人抬人，人上人；人踩人，踩死人"。嗨！这对下属严格要求和"人抬人""人踩人"有什么关系？阎芳州想不明白，王好也不多做解释。还有其他方面，阎芳州也对王好的"做派"有不同看法，或者说不以为然。

尽管内心有这些想法，阎芳州还是牢记着他当初指导员上任时，王永学找他谈话，对他提出的和连长王好搞好团结的要求。王永学说：在一个连队，连长和指导员的团结最为重要，如果不是大的原则是非，就要相忍相让，一切以连队大局为重，以完成上级交给的战斗任务为重。和则两立，斗则两伤，搞不团结闹意见，不仅事业受损失，个人也会损失惨重。阎芳州记着王永学的话，对王好多补台，少拆台，两人合作得还不错，关系总体上融洽。在这种情况下，阎芳州去找王好帮忙向上递送信件,王好会帮这个忙吗?

2

阎芳州找到王好,直接把这个想法说了。

王好问:"向上递什么信件?有这么重要吗?"

阎芳州只好把事情的来龙去脉说了一遍。原来王好还不知团里主要领导被举报这件事,因为他是从北京调过来的,在团里不认识人,没人跟他透露,阎芳州说了,他才知道团里是复杂的,对是否搬迁到三山岛是有分歧的。不管有多大分歧,军人必须执行命令,到三山岛建设金矿是上头给十一团下的命令,团主要领导坚决执行、提前搬迁有什么错?这帮人辛辛苦苦在岛上打前站,建营房,一切都准备好了,还在那边磨叽什么?原来是有人在阻挡呀!就骂了一句:"这是什么人在装孬孙!真不像话!"

一听王好这个态度,阎芳州放心了,说:"我就知道你是一个主持正义的人,在北京多年,关系又广,就想让你帮这个忙。"

王好说:"你写吧,写好了给我看看。向上转信件,可是个慎重的事。"当年当兵时,他们洛阳偃师县有好几批兵,其中有一批是中央警卫团(当年对外称8341部队)招兵,称特种兵,王好各方面条件符合,就是个头离1.70米差两厘米,是体检时被淘汰下来的,还难过得哭了一场,因此失去了到北京警卫毛主席党中央的大好机会。他被淘汰下来之后,就被当时的铁道兵录取,也是到北京,但是是修地铁,个头要求不高,抬得动铁轨、木头就可以。而他的几个同学、熟人、朋友,包括本村的两个人,都被录取到了中央警卫团,人家当然比他们施工部队神气得多,到北京做的事也不一样,有的在故宫西华门站岗,有的在中央领导家当警卫,也有的在中南海掂勺做菜,还有的在中南海里养花种树管绿化。到了北京之后,大家常常见面,也互相鼓励,不管干什么,都要干好,服从组织分配,工作做到精益求精,一丝不苟。比如说,你在中南海站岗,你就得记住各个首长的车号,要牢牢记在脑子里,不能记错,不能忘记;你在中南海掂勺做饭,你就要弄清首长的口味和饮食喜好。就是养花也有学问,什么季节换土,施什么肥,哪类花喜水,哪类花几个月不浇水也照样活。总之,要干一行爱一行,行行当状元。这些人在家就认识,到了北京常见面,又互相鼓励、互相激励,大家都不断进步。王好在基建工程兵部队当了连长,那些当特种兵在中央警卫团的老乡、朋友也都获得进步,有当连排长的,有当助理员的,有当参谋的,大家都很"茁壮",前途光明。可是,前几年就因为传递一封信件,那个先在西华门站岗后来在中南海里当了参谋的一个老乡,被处理了。传递那封信的时候具体内容他也不知道,但粉碎"四人帮"之后搞清查,牵连到他,查到是他把信递上去的。这就是个问题,为此受到调查,虽然最后查清他没有参与什么,也不知情,也没有给他什么处分,但是还是认为他不适合现在的工作岗位,安排他转业回老家去了。

王好对阎芳州讲这件事,意在讲明对递信这件事要慎重,但阎芳州听了,似乎觉得王好有怕担责的意思,就解释说:"我这封信不是告谁状,也不是为自己申诉,就是实事求是说明情况,在领导机关以正视听,不会惹什么麻烦的,你放心就是了。"又开玩笑说:"即使牵连到你,你也不用怕发配出京,现在你已到天高皇帝远的三山岛来了。"

王好说:"我怕?我怕个球!我什么也不怕,我也是一腔热血主持正义哩!我也盼三山岛金矿早日开工建功立业哩!你敢写我就敢递!你写完拿给我看,我还想签上个名哩!"

阎芳州听王好这么一说,非常高兴,一是王好果真上面有关系,二是王好肯帮自己传递信件,就说:"签名倒不用,我一人签名,一人做事一人当!"

让阎芳州没有想到的是,这王好拿到信件之后竟然变了卦,还悄悄地把这件事捅了出去,这让阎芳州很恼火、很气愤,也为这件事和王好"结下梁子"。

事情是这样的。阎芳州把写好的信件(材料)交给王好之后,王好一连读了两遍,一是觉得这个材料写得好,有文采,有气势,像他擅长的木匠活有板有眼,丝丝入扣,真不愧出自一个大学生和老干事的手笔;二是看了更觉得阎芳州这个人有正义感,敢仗义执言,虽然有时也有书生气,但在关键时刻能"铁肩担道义",为维护大局和部队发展,不计较个人得失,不计后果,这让他甚是佩服。但读了几遍之后,王好觉得阎芳州以个人名义写这封信寄到上面不妥,会对阎芳州今后的成长进步有不利影响。理由有这么几点:第一,你阎芳州也在被举报"突击提拔"之列,理应回避才是,压根就不该写这封信。第二,把自己裹挟其中,材料写得再好,也影响信任度。第三,你在信中大包大揽团主要领导没有问题,谁敢说这个话,谁敢打这个包票?执行命令没有问题,不等于其他方面没有问题,集体没有问题,不等于个人没有问题,如果调查组果真查出了问题,你怎么说?第四,你是怎么知道别人的举报信的?你知道的举报信内容全不全?有没有片面性?最后一点,组织上正派调查组调查,有没有问题,调查组自然会做出结论并报上级讨论决定。个人向上写信,起的作用微乎其微,弄不好还干扰上级调查和做出决定。不仅正面作用起不到太多,还会对写信人造成不利影响,有人会以为阎芳州拉大旗做虎皮为个人辩护,是出于私人目的向上反映情况。要是让写举报信的那些人知道了,还会和他记仇、结梁子,今后找毛病给他小鞋穿。

衡量再三,王好觉得阎芳州写这封信没必要,有些得不偿失。但是既然答应了阎芳州往上递信,又不好往回坐。他不是递不上去,一些战友、老乡就在中央军委和基建工程兵兵部工作,递上一封信轻而易举;他也不是怕担什么责任,又不是告状信、申诉书,而是正常向上反映部队情况,引起上级关注,以便正确决策和处理,何错之有?何责只有?即使有责任自己也不怕担,人家都敢写信,自己连递个信都不敢吗?他实在是觉得没有这个必要,怕对阎芳州进步造成不利影响。自己文化程度不高,对文化程度高的人特别倾慕。部队培养一个大学生不容易,阎芳州是一个人才,不能让他在自己眼皮底下折跟头。想到这些,他就想阻止这件事,为阻止这件事,他不害怕阎芳州产生误解。但他知道阎芳州是下定决心写这封信的,性格也很犟,认准的事八头牛也拉不回。自己劝不了他,就是不给他递这封信,他也会找到其他门路,不达目的誓不罢休。为了阻止他,只能让组织上出面,让他信服的人出面。想到这里,王好拿着信毫不犹豫地去找政治处副主任王永学。

王永学看了阎芳州写的信,听了王好的看法,觉得王好的意见对,虽然说这封信写得真好,真有水平,觉得没有这个必要,还会对阎芳州今后的发展带来不利影响。而且,王永学还担心这封信弄不好还会干扰工作组的调查,他是相信初副政委带领的工作组会实事求是地查清问题的,是会得出正确结论的。若阎芳州这封信再打一横炮,引发什么矛盾,还会耽误调查的进度和时间。因此,王永学同意王好的看法,阻止阎芳州向上递这封信。

王永学把这封信留下,让王好去把阎芳州叫来。

阎芳州来了,王永学抖着手中的信纸,对他说:"芳州,这封信写得不错,有水平呀!"

阎芳州一脸惊讶:"我这封信是给王好连长看的,怎么到了你的手上?"

王永学笑了:"王好说你这封信写得好,让我欣赏欣赏。"

阎芳州信以为真:"那你也同意我把这封信递到上面去了?"

王永学说:"欣赏和递不递交上面是两码事,我欣赏你的正义感和写作水平,但我不主张你向上递交这封信。"

阎芳州说:"为什么?"

"因为你是被举报对象之一,有洗清自己的嫌疑;你对团部情况也不尽掌握,材料是说团领导肯定不会存在违纪问题,话说得有些绝对;组织上正在派调查组调查,这封信搞不好会干扰调查,影响进度。还有,这件事也许会对你的今后构成不利影响,影响发展进步。"王永学回答。

阎芳州说:"我压根就不想进步,大不了撤了我指导员的职!"

王永学说:"即便不影响个人进步,也可能干扰调查组调查的大局。"

阎芳州说:"我反映的是正面的意见,基层的呼声,是站在团党委一边的,是拥护团部早日搬迁三山岛的,怎么会干扰调查大局?我想不通!"

王永学说:"我们要相信上级,相信组织。"

阎芳州来了犟劲:"相信组织?组织上也有决策错的时候。我写一封信供组织上兼听则明,有什么错误?我违反军纪了吗?"

王永学说:"你没违反军纪,你有这个权利,我这不是怕你闯祸,在劝你嘛!"

阎芳州眼一瞪说:"闯了祸我自己承担,和别人没有关系!你既然代表组织上跟我谈话,我坚持我的意见,这封信我交给你,请你转交团先遣组、团党委,正式向上级反映我的意见。信我复写了好几封,其余的我还会寄到北京,寄到中央军委,谁也别想拦我!"又说:"王好这个'王连举'休想坏我事,离了张屠户,不吃带毛猪,我不用他王好,照样把信寄到北京,照样送到北京大机关首长手里!"

王永学见劝不动他,就说:"什么'王连举',王连举是叛徒,王好是自己同志,怎么是叛徒?说话注意团结。王好连长也是好心,害怕你犯错误影响进步,你不要误解他。"

阎芳州更来了气:"他是好心!我就没有见过这样的人,当面一套,背后一套,当面答应帮我,背后却把信送到你这里,这种人我还能信任吗?还能合作共事吗?"说完,站起来径自走出王永学办公室。

阎芳州的表现出乎王永学意料,没想到在这个问题上,"阎眼镜"这么执拗,这么不听劝。在这种情况下,他也觉得没辙了:写信是一个人的权利,向上反映情况是个人的权利,劝说不住,也不能硬性阻止人家呀!

王永学让人找来牛幸娃、金昌浩,把事情简单说了一遍,把阎芳州写的信,让两人传着看一遍。金昌浩看了后说:"阎芳州这小子就是有才学,四年大学没白念,你看这个信写得有多精彩。但是,我同意永学的看法,在调查组已派员调查的节骨眼上,不宜弄这封信,会引起上面反感,引起什么岔头,就事与愿违了。"

牛幸娃气哼哼地说:"这'阎眼镜'就是没事找事,嫌乱子不够大,去乱捅咕!"

王永学说:"你不能这么说。这小子还是出于公心,从部队建设出发的。在信中还为你牛参谋长辩解呢,说你带领先遣组取得的营建成绩是有目共睹的,你不存在以权谋私和妥善安置爱人的问题,杨玉琼干部身份当护士是大材小用,是受到委屈的。"

牛幸娃一听火了:"我不用他为我辩解,不用他为我评功摆好,我的事组织上会查清楚,用他去乱饯饯!无论用什么办法也要阻止他,不能让他坏了团里的大事!"

金昌浩说:"那怎么办?总不能来硬的吧?不能让人天天看着他吧?"

王永学说:"阎芳州有写信向上反映情况的权利,来硬的不行,只有劝阻,劝他回心转意。我是没辙了,刚才他和我都急眼了。"

金昌浩说:"在咱们几个领导中,阎芳州最信服你,你劝都劝不转,谁能劝得转他?"

王永学说:"让你家苗丽萍试试? 丽萍的话他也许听。"

金昌浩说:"阎芳州最听杨玉琼的话,也许玉琼出面劝他好使。"说罢拿眼睛看着牛幸娃。

牛幸娃不耐烦地说:"有什么招你们想去,反正不能让他把信递上去!"说罢抬起腿走了。

3

牛幸娃悻悻地走了。

王永学和金昌浩商量来商量去,也想不出好办法,只好确定借用杨玉琼"这张牌",让杨玉琼这盆水来灭火。

金昌浩常说:一物降一物,卤水点豆腐。再厉害的牲口,也有人驯服;再厉害的人,也有人管住。在三山岛上,阎芳州和谁关系最近? 自然是杨玉琼。阎芳州最听谁的话? 自然最听杨玉琼的话。这一点从镜铁山一起过来的几个战友,心里都清楚。他俩极特殊的关系,大家心里明镜似的,但谁又说不出啥,因为他俩之间冰清玉洁,没有世俗的那种男女关系。这种关系无可指责,又让人羡慕,关键时刻也能派上用场。在实在无奈情况下,也只有让杨玉琼出面了。

王永学提出和金昌浩一道和杨玉琼谈话。金昌浩说:"不用了,两个人谈,女孩子压力大,你一个人谈,给她讲清道理和利害关系就是了。杨玉琼懂道理,人又很聪明,一点就透,是会积极配合,听从组织上的安排去做阎芳州工作的。"

王永学说:"老金,你滑着呢,一到关键时刻就呲边子。"

金昌浩说:"我把和美女谈话的机会留给你,你就偷着乐吧。我等你好消息。"

金昌浩走了,王永学坐在那里犯了愁。找杨玉琼说这件事,似乎有点不好开口。本来应该组织上做的工作,却让杨玉琼个人去做;让杨玉琼去做阎芳州的工作,说明组织上或战友们都认为他俩关系好,会不会给杨玉琼带来压力?谁和谁好,谁和谁走得近,这是个人隐私,他这么一谈话,就让两人的亲密关系暴露无遗了。让杨玉琼去做阎芳州的工作,牛幸娃心里是不高兴的,他不愿意这两人在一起接触,接触了他心里就不舒服,这一点王永学也清楚。但牛幸娃也撂下一句话:"有什么招你们想去,反正不能让他把信递上去",这也默许了也可以去找杨玉琼做工作。老牛这方面心眼有点小,但还是顾全大局,能从部队发展高度出发的。只是让杨玉琼劝劝他,也不是给两人提供条件做暧昧的事,有什么好顾虑的呢?

想到这里,王永学操起电话打到卫生队,让苗丽萍找杨玉琼,让玉琼到团部来一趟。

杨玉琼来了,在王永学对面坐下说:"指导员,您找我有事?"她还是按在镜铁山时的老习惯,称王永学为"指导员",这样叫亲切,也容易勾起对以往生活的回忆。

是呀,脑子一闪现"镜铁山",那一幕幕影像就回放出来了。杨玉琼如何留在镜铁山,如何热心为战士们演节目,恋爱如何受到挫折,包括跳进北大河被救起,都在脑海闪现。杨玉琼练舞蹈,小兵入伍,比王永学小不少,王永学把她当成小妹妹一样关心爱护她,在她受到委屈时帮她解围;在她受到污蔑诬陷时,站出来替她说话;在她和牛幸娃有那个意思时,热心促成了两人的婚姻。连牛幸娃和杨玉琼、王永学和余秀英两对新人的婚礼,都是"八一"建军节一起在连队举行的。牛幸娃和王永学长期在连队搭档,杨玉琼和余秀英也是好朋友,个人关系加上私人关系,关系好得没的说。更为重要的是,杨玉琼信服王永学,认为他不仅善良,而且有水平;不仅和善,而且讲原则,凡事以理服人。只要王永学说过的话,她都信、都听,像对兄长一样信任。

坐在王永学面前的杨玉琼,已不是在镜铁山时的杨玉琼,那时她幼稚单纯,被牛幸娃在训练场训得哇哇直哭,但转脸一抹眼泪,就给战士们做起了前滚翻、后滚翻,像绿色旋风一样卷过;下连查铺,把战士遗精当作"尿床",还是个啥事不懂的毛丫头。现在不仅年岁增大了,结婚了,成了很有风韵的少妇,而且经过在机关财务锻炼,变得沉稳、老练了,气质也发生了变化,由调皮变得优雅,遇事不那么慌张惧怕了,也更让王永学欣赏看重了。

"玉琼,找你来是有件事非你办不可。"王永学说。

"什么事?您说。"杨玉琼说。

王永学把事情说了一遍,直言需要她帮做阎芳州的工作,阻止他把信件递上去。王永学长期做思想工作,说话能因人而异,抓住重点和关注点,引发对方共鸣,从而取得最佳效果。他没有过多强调阎芳州写这封信没有必要、容易给正在调查添乱,而是重点强调这封信如果发出或递到上面,对阎芳州极其不利,别人会认为他是为个人辩解、是泄个人私愤,而且会得罪不少人,成为举报者的对立面,不仅不利于在部队发展,而且有可能被安排转业到地方。那么,他想以部队为题材写黄金部队的长篇小说的愿望就泡汤了,会留下终生遗憾。而且阎芳州目前个人问题也未解决,将来受到处理,解决个人问题也有难度了,也许婚姻家庭终生都不会幸福……

王永学知道杨玉琼的心理,她和阎芳州关系好,最关心的就是他事业发展顺利、家庭美满幸福,实现长篇小说创作的愿望。而这一切会因阎芳州的"莽撞"受到影响,甚至付之东流。杨玉琼听了王永学一席话,意识到了问题的严重性,原先还想推脱,现在不仅不推脱,还蛮有信心地说:"指导员,您放心,这个工作我来做。"

王永学说:"我相信你能做出成果做出成效。"

杨玉琼说:"谢谢您的信任!我有两点要求:一是对此事绝对保密,不让外人知道。若是让别人知道组织上都劝不转他,而是让一个女人来劝,这会伤阎芳州的自尊心,也会引起一些人对我俩关系的议论。二是您把任务交给我,我努力完成就是了,但我使什么招,用什么办法,您不用管,也不用问,只问效果就行了。"

王永学说:"好!这两点依你,一是当'无名英雄',二是只看结果不看过程,只要达到目的就可以了。"杨玉琼点点头领命而去。

这天,杨玉琼坐在卫生队办公室,正琢磨如何去找阎芳州,阎芳州却找她来了。

杨玉琼问:"阎指导员看病来了?"

阎芳州说:"不看病,来看看你。"

杨玉琼说:"我好好的,有什么看的?你不在连队好好待着,到卫生队乱窜,影响不好吧?"

阎芳州说:"什么影响不影响的,我是真有事找你。"于是就坐下来,说团领导被举报,他气不公、据理驳斥,写了一封信,欲递交到中央军委和基建工程兵兵部以正视听,想让她找夏玉珠帮忙把信递交上去。说自己是实在没有办法,没有门路了,才想到她和阿珠这层关系,请她一定帮忙。说话时一副恳切的样子。

杨玉琼说:"别人举报团主要领导,和你有关系吗?"

阎芳州说:"怎么没有关系?这帮人写信告状,目的就是不让部队到三山岛,想把建设三山岛金矿的事搅黄了,决不能让他们得逞!得逞了就不能执行军令,就会破坏部队建设,影响部队声誉,也会给国家利益造成损失,我们怎么能坐视不管!"

杨玉琼说:"你是为部队好,有责任心,但你想没想给你带来什么不利后果?"

阎芳州说:"有什么不利后果?我是党员,也是一个军人,党员、军人都有向上反映问题的权利。"

杨玉琼说:"要是人家给你安个罪名呢?"

阎芳州说:"什么罪名?我是杀人了,放火了,强奸妇女了?"

杨玉琼说:"还杀人呢,我看你连杀鸡都没那个胆子哩!不是说书生无缚鸡之力吗?"

阎芳州被逗笑了,说:"那看为什么,为了你杀人我都敢!"

杨玉琼说:"哟,越说胆越肥了!"她知道阎芳州是开玩笑,但这句话可以看出自己在他心目中的分量,心中还是暖暖的。几个回合下来,杨玉琼已知道阎芳州的想法和态度。他态度如此坚决,看来"劝阻"只能智取,不能强攻。既然领导同意她采取行之有效的办法,便琢磨用什么招数能够奏效。就问阎芳州说:"你主意拿定了?"

阎芳州说:"主意拿定了,是火坑我也往里跳!"

杨玉琼说:"那好,我和你一起跳,等你把信拿来,我也签上个名。"

阎芳州说:"那怎么行!你出这个头,受这个牵连干什么?"

杨玉琼说:"你都不怕,我怕什么!"

阎芳州说:"你不用签名,通过阿珠把信递到上面,就算帮我大忙了,我可不能牵连到你,你要离得远远的,可别沾这个包。"

杨玉琼说:"行,听你的,我找阿珠给你递信。但有两点你要做到:一是不给任何人讲这件事,更不能说是我找阿珠递上去的。二是你既然找我,通过我找阿珠,就不能再找别人递信,要是让阿珠知道了,阿珠那个脾气你是知道的。"

阎芳州说:"别说两条,只要帮我把信递上去,我一百条都答应你。我回去再把信修改润色一下,复印几份,装好信封给你送来。"

杨玉琼说:"一言为定!你还有什么事吗?"

阎芳州在杨玉琼这里办事顺利,内心甚为感激,心中也很高兴,就随口说:"还有一件事,想征求你的意见。"

杨玉琼说:"愿闻其详。"

阎芳州就把连长王好给他介绍对象,一个是三山岛建筑队龙队长的妹妹龙大秀,一个是浙江小分队范兰亭的妹妹范兰枝,让他选一个,王好从中撮合,他拿不定主意,想听听杨玉琼的意见。

杨玉琼在卫生队工作,军地两方都来看病,也见过龙大秀和范兰枝,觉得两人都不错,就说:"那要看你自己的意见,你要相中龙大秀呢,我就说龙大秀好;你要是相中范兰枝呢,我就说范兰枝好,我往成里说。"

阎芳州说:"几年不见,你变滑了,以前可不是这样,有一说一,现在说话会讨喜了,会挑中听的说了。"

杨玉琼说:"年纪大了嘛,进步了嘛!"

阎芳州说:"这两个我都没怎么相中。上次你给我说起你有个妹妹,叫杨玉洁,问我愿不愿意处处,我觉得可以,不知你帮我问了没有?"

杨玉琼心里咯噔一声,但脸色依旧:"我上次跟你说时,你没有打拢,现在既然有这个想法,我再写信问问。你等我信吧!"

阎芳州说:"但愿能成,爱屋及乌嘛!"

杨玉琼装着不高兴了:"谁是屋?谁是乌?我妹妹若是乌鸦,那我是个啥?"

阎芳州说:"杨小姐见谅!小生多有得罪,小生告辞了!"

阎芳州刚走,苗丽萍走了进来。杨玉琼说:"苗姐,可愁死我了。"

杨玉琼出生在甘肃嘉峪关市,父母是东北人,是从东北支援酒钢建设过去的。苗丽萍是地道的东北人,在吉林汪清长大,两人在一起时,都说一口地道的东北话。

苗丽萍说:"啥愁死人了?是把阎芳州和牛幸娃的关系摆不平了吧?我早就提醒过你,要处理好关系,和阎芳州少来往,这不,你又和他一起打连连了。"

杨玉琼说:"他是有事找我。"

苗丽萍说:"什么事呀?"

杨玉琼不想把劝阻阎芳州递信的事告诉苗丽萍,正好借刚才的话题说:"阎芳州找我问我妹妹情况,有意思和我妹妹处对象。可我上次写信帮他问了,我妹妹说她有对象了,正处着呢,男的是我们部队上的。"

"是我们部队上的?谁呀?"苗丽萍问。

杨玉琼说:"十一连副连长王玉波。你说咋就那么巧,我要给他介绍连队指导员,她却处上了副连长,这可怎么办?这不愁死我了吗?"

苗丽萍说:"王玉波?不就是那个会理发的王玉波吗?那个学雷锋典型吗?他不是有对象了吗?那对象还到岛上来过,我还见过他俩逛三山岛海鲜市场哩!"

杨玉琼说:"我问我妹玉洁是怎么认识王玉波的?玉洁说王玉波去镜铁山接余秀英和孩子随军,路过嘉峪关时到我家去过,因为她姐夫老牛给她带去一套女式军装。我父母和妹妹留王玉波在家吃了一顿饭,玉洁就相中了年轻帅气的王玉波。从那次见面之后,两人就开始了通信,现在正处着呢。"

苗丽萍说:"这真是芝麻掉进针眼里了,太巧了,如何办是好呀?"

杨玉琼说:"我也不知如何办才好,这不正在发愁嘛!"

苗丽萍说:"这王玉波有点不地道呀!那边和镜铁山矿左梅处着,这边又和你妹妹处,脚踩两只船,这怎么行!他和左梅是老关系了,当年在镜铁山矿为职工理发学雷锋做好事,左梅找他理发被人诬陷,后来是左梅找阿珠,阿珠在上面找人,才调查清楚,还他俩清白。人家左梅对他可是有意思呀,而且两人公开处对象了,怎么见异思迁了呢?这小子会理发,技艺高,战士们称他'两面三刀',莫不是真的是两面三刀?吃着碗里的,看着锅里的,还瞅着桌上的,有点贪得无厌呢,这可是道德品质问题呀!"

杨玉琼说:"王玉波是咱们东北老乡,铁岭人,虽说有时爱摆乎,但总的看是个实诚人。那些年,咱们没少找他理发。他开始不想下井,说'晕井',我们家老牛要处理他复员,是王永学指导员把他留下,教育他,开导他,他下了井,当了班长,还立了功,在参加施工同时,还给战士们理发,一个人干两个人的活,表现很好呀!老牛离开连队前提拔他当班长,回到家里当着我的面还夸他呢,说这个东北小伙真不赖,以后还会提拔重用。现在提拔了,当了副连长了,怎么这样处理问题呢?让人想不到呀!"

苗丽萍说:"要说问题也没那么严重。也许他和左梅还没有定下来呢,如果没有定下恋爱关系,他和你妹妹处也不是问题。年轻人谁谈恋爱不是'普遍撒网,重点捉鱼'呢?"

杨玉琼说:"哟,苗姐你挺有经验哩!你谈恋爱时捉过几条鱼呀?"

苗丽萍说:"还几条鱼呢,我们家老金这条鱼迟迟不肯就范,可是让我费了不少劲。"心里说:"你们家老牛也是我网里的鱼,还追求过我哩!"只是没有说出口。

杨玉琼说:"苗姐,你看阎芳州和我妹妹般配不般配?"

苗丽萍说:"两人倒是很般配,甘肃老乡,又是恢复高考后上的学,应该有共同语言,更为重要的事是,阎芳州一直对你有意思,你和老牛成婚了,也不可能和他好了,能找你妹妹,心理上也会得到一种补偿。你要是能促成,这也是一件好事呀!那时阎芳州就成了你妹夫了,也算是家里人了。"

杨玉琼点点头,又有点不好意思地说:"苗姐,我请教你一个问题,就是男女之间可以交异性朋友吗?"

苗丽萍说:"现在改革开放好几年了,人们观念更新了,各种新认识、新观念、新思潮出现了,封建意识得到进一步破除,交异性朋友没有问题了,而且交异性朋友也有好处,可以优势互补,开阔视野,只要男女两人不违反法律、不违反家庭婚姻道德,不是借交异性朋友玩弄异性,就不受指责。而且人们交往的场合也扩大了,过去就是电影院,现在有舞厅、卡拉OK、音乐茶座等各种娱乐场所,满足人们交往的需要。谁和异性朋友在外面一起活动,也不受人指指点点、说三道四了。这是社会大环境,是一种潮流。结婚以后的男女,是否交异性朋友,要看丈夫和家庭成员的容忍度。以女性为例,丈夫肚量大一些的,外面交异性朋友没有问题;肚量小一些的,就容易产生猜忌;那些小肚鸡肠的,还会引发矛盾,造成婚姻关系破裂。因此,交不交异性朋友,怎么交异性朋友,要视家庭环境和丈夫态度。但不管怎么说,男女相处要把握好度,把度把握好,这样就不容易出大问题。"

杨玉琼说:"我明白了。但度怎么把握?度在哪里?不好掌握呀!"

苗丽萍"哈哈"笑了,笑而不语。

杨玉琼说:"你笑什么呢?我说错了什么吗?"

苗丽萍说:"没有。你说度怎么把握,度在哪里,使我想起了一件事,挺好玩的。那是我在支队医院工作时,我们后勤处有一个随军职工表现很好,就是爱喝酒,一喝酒就多,有时还误事。医院让我们支部开会帮助他。大家纷纷发言,支部书记是一个老同志,批评爱喝酒的那位老职工道:你工作方面哪儿都好,就是喝酒把握不好度!那位老职工不服,站起来说:我把握着度呢,把握得很好,白酒低于52度我绝对不喝!结果全场哄堂大笑,帮助会在笑声中结束。你说的那个度,让我想起这个度,忍不住笑起来了。"

杨玉琼说:"真好玩,度确实不好把握。"

苗丽萍说:"我倒从中受点启发,咱就拿酒精度做比,假如男女之间感情达到70度为上限,那异性朋友间保持52度就不低了。它的基本点在于不突破男女性爱防线、不对另一方造成伤害、不会给婚姻关系造成破坏。"

杨玉琼说:"你这个比喻好,我知道怎么处理和阎芳州的关系了。原以为他上大学走后,今生今世就不再见面了,没想到这个书呆子又回来了,又天天在岛上,低头不见抬头见的,见了不知说什么好,我心里都有负担了。"

苗丽萍说:"那还不是你有魅力嘛!估计不是因为惦着你,他也不会回来,也许觉得守着你也是一种幸福。我最近看了一本《林徽因传》,林徽因是民国第一美女、才女,吸引了许多人,还说一个著名哲学家因为她终身不娶,而且与其比邻而居,还被人传为佳话呢!"

杨玉琼说:"我可比不上人家林徽因,连人家一个手指头也够不上,我也不希望阎芳州为我终身不娶。咱们还是想想办法,让他早日成家结婚吧!老是这样子,我心里觉得亏欠人家,对不起人家。"

苗丽萍说:"那你就给你妹玉洁写信,多讲讲阎芳州的优点,告诉她王玉波已有婚恋对象的现实,让她'移情别恋',把注意力放到阎芳州身上。对自己妹妹,有什么不好说的呢?"

杨玉琼点了点头。

4

杨玉琼刚把给妹妹杨玉洁的信发走,三山岛上又发生了一件事。这件事和王玉波有关,自然也和杨玉洁有了关联,也关联了其他人。

这件事就是镜铁山矿保卫干事左梅,在没有任何征兆的情况下,从镜铁山铁矿调到三山岛金矿来了,仍然当她的保卫干事。镜铁山矿和三山岛金矿同属冶金部管,一个系统。左梅的一个表哥在冶金部工作,左梅请求他帮忙,来了一个跨省调动,从祁连山到了莱州湾,从镜铁山到了三山岛。她孤身一人,轻手利脚,肩背行李手提提包,风尘仆仆,从几千里之外的大西北来到了山东半岛。她的调动是找上面办的,在镜铁山矿、三山岛金矿惊动人很少,三山岛部队这边也没人知道。她事先也没有和王玉波商量征得他的同意,就一个人做了主,父母兄弟姐妹都支持她,因为山东这边生活条件好,而且是为解决婚姻问题而来的,女大了早晚要走,就支持同意她调动。这左梅也是随父母支援大西北建设跟过去的,家在嘉峪关,工作在镜铁山矿,从求学到工作,长期在那里,生活习惯了,工作又稳定,为什么选择调动?为什么下这么大决心?这里面自然有隐情。一是,那一年部队还在镜铁山时,王玉波到矿上学雷锋做好事,在为她理发时,两人被"捉了奸",后来洗清冤枉,真相大白,事情发生反转,王玉波因祸得福,被树为兵种学雷锋标兵,提了干,当了副连长。两人一起经历了磨难,迎来了光明,左梅认为自己和王玉波有缘分,内心里喜欢这个年轻军官,想把当年的"捉奸"变为现实版的爱情。二是,部队撤走后,王玉波随部队调走,左梅的处境很不好,虽然平反了,但一些人出于阴暗心理,仍相信那个"传闻",认为左梅是一个风流女人,有的男人老想来"勾引"她,占她便宜。他们的想法是:你能跟别人那样,就能跟我那样,女人有了第一次'风流',以后会不停地"风流",女人身上那东西又用不坏,借用一下有何妨?当然,明面上,人家都是用关心她的名义进行的,有的是领导,有的是同事,关心的手法不一样,但目的都是相同的。她作为一个女人,一个有了一定阅历的女人,作为一个保卫干事,处理过不少这方面的案件,知道一些男人的终极目的是什么,说到底是为那点事。但左梅是一个有原则有尊严的女人,她不能拿身体做交易、换好处或苟且偷生,她的身体只服从爱情,只付给自己喜欢的男人。如此态度和如此刚强的性格,难免会得罪人。一次,她在房间里洗被子,把被罩放在一个大铁盆里揉搓。正揉搓着,一个领导不请自到,也蹲在铁盆前帮她揉搓,边揉搓边说:你的手真白呀!她没有理会,把手放到被罩底下,那人也把手伸到被罩底下,像摸鱼一样来摸她的手。她心里一阵恶心,一扬手,把泡开的洗衣粉水弄了那人一脸,那人不高兴了,用手擦把脸,悻悻地走了。还有一次,她洗完衣服端着盆下楼晾衣服,走到楼梯口,碰见那个人上楼,那个人见四下无人,就堵着端盆子的左梅,左梅往左走,他就在左边堵;左梅往右走,他就在右边堵,横竖不让过去,非要让左梅亲一口。左梅气急了,顺手一胳膊肘子捣在那人胸脯上。左梅是保卫干事,下手有点重,那人哎哟一声坐在了地上。左梅也不晾衣服了,抱着盆回房间坐在床边抹眼泪。这件事的后果是,到年底,原已评上的个人先进没有了,奖金也自然没有了。左梅不后悔,但置身这样的处境中真是难过。王玉波上次到矿上来,她和王玉波手拉手在矿区走了一遭,显示自己的恋爱对象是军人,自己的婚姻是军婚,军婚是受法律特殊保护的,着实让打她主意的人害怕了一阵子,但就像稻田里绑的吓唬麻雀的假人一样,时间长了,就不灵了,那些个麻雀更大胆了,有的还落到假人身上示威,好像在说:你看看,你能把我怎么样?因为没见哪个军人给左梅来信,也没见她到矿上开介绍信登记结婚,这些人又胆壮起来,有的又故技重演,成天笑嘻嘻的,嬉皮笑脸地逗咪她。左梅心里烦死了,又不好老和这些人闹翻脸,就有些度日如年,有了换个环境的想法。即使和王玉波没有缘分,最终不能成家,也要离开这个地方,做一个正常的女人,做一个该干啥干啥的女人。有了这个想法,左梅什么也不顾虑了,像人们说的牙一咬眼一闭,就跳下去了。下面可能是悬崖,也可能是海绵床垫呢!总之,走比不走好,走比不走强。上次来过一次,她已喜欢上三山岛这个地方了。大概也是爱屋及乌,因为喜欢王玉波,她觉得三山岛美丽极了,可爱极了。带着调动手续,满怀憧憬地到这个充满希望的岛上来了。

来到三山岛,第一站停靠在哪里?当然是去部队找王玉波,她在这里两眼一抹黑,除了部队上的人,她不认识任何人,想先在部队落下脚,然后再去金矿报到。报到时间还有几天呢,不急。

也算熟门熟路,左梅在三山岛下了长途客车,直奔十一连连部。说来也真是不巧,王玉波没在,还是那个胖墩墩满脸笑容的连长王好接待她。王好连长说:"你来了,欢迎,欢迎!不巧的是,王玉波去河北沙河参加一个培训,四五天后才能回来,这可咋办?"

左梅说:"这次来不及,我住下等他。"心里说:"找王玉波不见,还是王好连长接待,上次也是这样,我和这个王连长还真有缘分。"想到这里,脸先自红了。

王好连长说:"行,我一会带你去家属房住下,还是你上次来住的那间。"说罢,就招呼文书吴世华,让他先去把房间窗户打开晾晾,打扫一下卫生。

这边,沏上热茶,边闲聊。王好问左梅:"这次是出差,还是休假?停留几天?如时间紧迫,我就打电话让王玉波请假提前回来。"

左梅说:"不急,真的不急,我这次是调到三山岛金矿来了,就在矿上当保卫干事,不走了!"

王好心里"咯噔"一声,他知道王玉波并不爱左梅,或者说没有产生男女之间那种感情,从迹象看,似乎和别的女人在处对象。这个女孩这么粗心,对此没有察觉,竟然不打招呼就投奔三山岛来了。如果知道真实情况,该受多大打击呀!王好心里那个慈悲心又翻腾了,世上的事怎么会是这样呢?不是错位,就是别扭,不是说让天下有情人终成眷属吗?怎么让人们处处别扭着,不能随人心愿呢?他心里替左梅这个女孩子惋惜,也鸣不平:多么真挚、纯情、热烈的女子呀,为了爱情什么也不管不顾了,如果知道自己热脸贴了冷墙,该是什么心情？这些话在心里嘀咕,又不说出来,又不想让人家看出,要适可而止。好在王好经多见广,处理这些事很有经验,不会让左梅感到尴尬、冷淡,他笑着说:"好啊,好啊,这次来就不走了。是常住沙家浜了！我们部队和三山岛金矿是合作单位,咱们就是合作对象了。"说了,又怕左梅产生误解,又说:"我说的这个对象,不是你想处的那个对象。我们合作是开矿,你要处的那个对象是开户,形式和内容都是不一样的。"

左梅笑了:"王连长真幽默,真会开玩笑！"

王好说:"幽什么默,我会种麦！"就把自己在河南农村长大、去北京当兵修地铁建楼房、如何来到三山岛的经过说一遍。两人坐在一起,总要说话,王好就把自己身世大体做了交代。

没想到左梅对他说的话很感兴趣,说:"哟,你是从北京调过来的,只不过是比我早调来几个月,咱们有共同经历,你对我可要多关照呀！"

王好说:"是的,同是天涯沦落人,相逢何必曾相识。咱俩不算是沦落人,但都是从外面调到岛上的人,自然应该多加关照。你以后到矿上上了班,遇事对我们部队可要多关照哟！"

说话间,吴世华来报告说房间收拾好了。王好带左梅去家属房入住,交代吴世华晚上给打饭送来,安排她休息。临走时问左梅:"你何时到金矿报到？我认识矿上张副矿长,我送你过去吧。"

左梅说:"既然玉波没在连里,我就先到矿上报到,先上班,等他回来再见面,给他一个惊喜！"

王好心里想:"给他惊喜？恐怕给他惊吓吧。"但嘴里却说:"那好,你晚上吃了饭,早好点休息。明天上午吃过早饭,我带你到矿上报到。"

左梅谢过,就自个儿安顿休息,一夜无话。

早餐也是吴世华送过来的。左梅一看,真不错,有油条、豆浆、包子,还有煮鸡蛋。

吴世华说:"我们王连长来了大抓伙食,说只有让战士们吃好,才能稳住心,干好活。中午、下午饭菜更讲究,怎么讲究,你多住几天多吃几次就知道了。"

左梅问吴世华:"我住你们家属房,没有什么不好影响吧?"

吴世华说:"有什么不好影响?你是来部队探望的,应该住家属房,再说,这家属房闲着也是闲着。"

左梅说:"那我以后白天去金矿上班,晚上就住你们这里,多尝尝你们的伙食。"

吴世华说:"那我就天天给你打好吃的,让你尝尝我们王好连长的手艺。"

左梅说:"你们连长还会做饭?"

吴世华说:"我们连长厨艺高着呢!没事就琢磨做好吃的,天天在厨房待着。到了工地也是一把好手,论盖房子谁也盖不过他,那个巧劲,我打心眼里佩服。"

吃过早饭时间不长,王好就来到家属房,带左梅去金矿报到,交代左梅把报到手续拿好,一起上了路。王好个不高,还有点胖,但走起路来很快,风风火火的,左梅一路小跑才赶上,心里想:"这个人不知谈恋爱轧马路是不是也是这样?要是这样,不得把爱人累死?"说话之间,矿办公大楼就到了。

金矿是配有矿长书记的,是冶金局领导兼着,具体工作由常务副矿长张富贵负责,由他和部队对接。因为建营房等事项,王好和张矿长联系,两人已很熟悉,见面除了谈工作,还爱开个玩笑。

王好把左梅推到张副矿长面前说:"张副矿长,我介绍一下,这是左梅,是我们部队家属,从镜铁山调到你们三山岛金矿工作,请关照。"

左梅把调动手续掏出来,交给张副矿长。

张副矿长说:"我们已接到冶金部和冶金局通知,左梅同志干老本行,仍然在矿里做保卫工作,没有问题吧?"

左梅说:"谢谢！服从组织分配。"

王好说:"左梅新来乍到,一定请您多关照！"

张副矿长说:"你这么关心她,不会是你自己媳妇吧?"

王好说:"可不敢乱说,人家左梅还是黄花姑娘,没有结婚呢！"

张副矿长说:"那正好,你不是也单着吗?"

王好脸红了:"哎呀,矿长可不敢乱点鸳鸯谱,我哪里配得上人家左梅左干事。"

张副矿长说:"刚来,不急上班,先歇几天,我们矿上单身宿舍还没弄好,就先让她住你们那里怎么样？方便不?"

王好说:"方便,方便,我们有空置的家属宿舍,就不跟矿上收租金了。"

张副矿长说:"你想得美！我们矿上干部住你那里,是军地共建精神文明,我不跟你收费,就算便宜你了。"

王好恭维张副矿长:"您一看就是当金矿矿长的料,您看您名字取得多好,叫张富贵,搞金矿的人,想不富贵都不行。"

张副矿长笑了:"我名字起得好？还不如你们部队同志名字起得好,参谋长叫牛幸娃,连长叫王好。"

王好说:"我这名字是话赶话赶出来的,我妈生我时,我爸去叫接生婆,接生婆刚进门,我就生了,就给我取名王正好。我妈不同意,让把'正'字去掉,我就叫王好了。"

张副矿长又笑了:"叫王正好多好呀！我刚才说啥来着,你未婚她未嫁,不是正好吗?"

这个玩笑话,一下子把两个人的脸说红了。

在回连队家属房的路上,王好对左梅说:"这个张矿长真能闹,一见面就开玩笑,他是说笑话哩,你不要多想。"

左梅说:"看你岁数也不小了,又是连长,怎么现在也没成个家?"

王好说:"成过家,离了,一言难尽,有空时给你细聊。这两天你好好休息,我让吴世华陪你。"

左梅说:"谢谢!不用他陪我,我自己在岛上转转,熟悉熟悉环境。玉波啥时回来,你告诉他我在家属房住着就行了。"

两人别过,王好赶紧去忙自己事,连里一大堆子事得有人张罗。阎芳州因为"举报信"的事对自己有意见,这两天气不顺,王玉波去河北沙河参加培训又不在家,连里工作够忙乎的。忙乎完一阵,王好想到应当给王玉波打个电话,告诉他左梅调到三山岛金矿来了,已来报到上班,现住在连队家属房等他,好让他有个思想准备,以免措手不及,真的受到"惊吓"。

王好是晚上打过去电话的,估计王玉波在宿舍,方便接电话。王玉波听王好这头把情况一说,在那头就炸了,大声吼道:"谁让她来的?她跟谁商量了?她不是咱部队家属,住咱连队家属房是怎么回事?人家还以为是我家属呢!我要是另外找对象,人家还说我道德品质有问题呢!"

王好说:"现在已经来了,你让她怎么办?"

王玉波说:"怎么办我不想管,也管不着,反正不能以我未婚妻名义住咱连家属房。"

王好说:"先住着,等你回来再说吧!"

王玉波说:"真闹心,怎么摊上这档子事。"说罢就把电话挂了。

王玉波确实很"闹心",但是"闹心"的事又不好跟王好明说,因为他已和杨玉琼的妹妹通过书信建立了恋爱关系,约定一周后在三山岛两人见面。他正期盼着训练结束后回三山岛欢迎杨玉洁,不承想半路上杀出个"程咬金",左梅在杨玉洁之前来到了三山岛,而且以自己未婚妻的名义。幸亏王好连长通话报了信,否则两个女人都站到自己面前,那可怎么办?战友们又怎么看?自己又怎么解释得清楚?情急之下,王玉波第二天去邮局给杨玉洁发了一份加急电报,说因为河北沙河这边培训时间延长,不能按原定时间赶回三山岛,约会计划取消,何时来待定。先把杨玉洁这只"葫芦"按下去,再回去处理左梅这个"瓢"。反正这件事目前处于保密状态,没人知晓,如此处理尚有回旋余地。

天下事往往事与愿违,王玉波自以为他和杨玉洁恋爱的事无人知晓,而实际上却有人知道了。因为王玉波这一段外出培训不在连里,杨玉洁来了几封信没人收拆,都放在连部会议桌上,几个连干部都来找自己信件,在扒拉中就发现了王玉波的"秘密"。首先是连长王好发现了,他发现寄给王玉波的几封信都来自嘉峪关市,封面上的字很娟秀,是同一个女孩子写的。他断定这信一定不是左梅所写,一是左梅已起身来三山岛,有话自然会当面说,没必要写好几封信;二是如果左梅寄信,来信地址一定是镜铁山矿。由此看来,和王玉波通信的是另一个女孩子。怪不得王玉波对左梅不热心,原来这小子的心另有所属。王玉波当然有恋爱自由,选择谁做爱人是他的权利,但是若处理不好,就会伤害到左梅,他不愿看到左梅受到伤害。在有限的两次接触中,王好认为左梅是一个很不错的女孩子,讲义气,有正义感,为人忠厚老实,为追求爱情竟不顾几千里远,向这人生地不熟的地方调动工作,这样的女孩子打着灯笼也难找,不知王玉波中了哪门邪,硬是看不上人家。是,左梅不是长得特别好看,但那朝鲜电影中不是说"好看的脸蛋长不出大米"嘛,何必把脸蛋看得那么重要呢?一个人心地善良是最重要的,跟你好好过日子才是重要的。一个女人再好看,总有衰老的时候,不可能青春永驻永远保鲜。再说了,人家左梅长相也不难看呀,多有气质。因为是保卫干事,说话办事干净利落,不拖泥带水。一个人有一个人的看法,你王玉波不喜欢,不一定别人就不喜欢,我王好就很喜欢。一想到这里,王好心里"妈呀"一声,我这是想到哪里去了?他现在想的是,无论如何,都要处理好这件事,不能再让左梅受到伤害。

王玉波的"秘密",也被指导员阎芳州发现了。他看见写给王玉波的几封信,落款都是杨玉琼的家庭住址。杨玉琼的父母住嘉峪关市酒钢家属区,门牌号阎芳州都知道,过去他和杨玉琼交往写信时,杨玉琼用过这个地址,因此,阎芳州对这个地址很敏感,对以这个地址写信的女人也很敏感。难道这是杨玉琼的妹妹给王玉波写的信吗?两人是怎么认识、怎么建立联系的?杨玉琼不是要把自己妹妹杨玉洁介绍给自己吗?怎么又介绍给王玉波了呢?这不是"一女二嫁"吗?幸亏自己还没有介入,如果介入,这不成了指导员和副连长争一个恋人了吗?带着这个百思不解的疑问,阎芳州来找杨玉琼,让杨玉琼把这件事解释清楚。

解铃还得系铃人,本来是好心,却惹来麻烦,杨玉琼心里也很不痛快,就只好实话实说。说她本来是想把妹妹介绍给他的,但妹妹在王玉波去嘉峪关办余秀英和孩子随军时,两人先一步认识,初步确立了恋爱关系,但此事还没有最后定下,还留有余地。她在信中把阎芳州的情况做了详细介绍,让妹妹综合平衡全面衡量,现在妹妹还没有来信谈自己的态度。

阎芳州虽然心里不痛快,但对杨玉琼还是信任的,也知道她是为自己好,就是她有成全的心,也做不了妹妹的主,就大度地说:"我不怨你,我也不去争取了,若传出来我和王玉波两个连干部争一个女人,这个女人还是你妹妹,还会把你牵连进去。此事到此为止吧!我托你一件事,上次你说范兰枝和我比较般配,你有空时帮我考察考察。我不想让王好介入,他就是个叛徒'王连举',我信不过他。你若通过考察认为范兰枝合适,我就和她处。我老不处对象,别人会说我惦记着你呢,给你增加思想负担不说,也让你家老牛不放心。我好歹把自己安顿了,对大家都好。"

这话说得似乎有些悲壮,杨玉琼知道阎芳州是为自己好,眼眶里不由得充满了热泪,她忍住不让眼泪滚下来,说:"你就是为我好,也不能这么着急呀,婚姻是慎重的事,找一个合适的人不容易,匆忙中容易出错。我觉得我妹妹和你比较般配,信中把你的优点长处都说了,等她回了信,表明了态度,若她选择已定,你再另寻别人不迟。范兰枝是个好姑娘,但是个南方姑娘,和咱们北方人生活习惯不同,不知你俩是否处得来,如果到时候你愿意,我可以从中介绍,她和我及丽萍姐走得近乎。"

看到杨玉琼还是这么关心自己,阎芳州有点感动,来了幽默劲,说:"你这是肥水不流外人田呀!"

杨玉琼说:"什么意思?"

阎芳州说:"有这么一个故事。过去一个才女择偶,出了一副上联:肥水不流外人田。谁对上嫁谁。没想到被一个穷困的庄稼汉对上了,出的下联是:沃土只能自己耕。结果是才女和穷困的庄稼汉成了夫妻。"

杨玉琼笑道:"什么乱七八糟的,你是大学毕业生,部队军官,怎么成了穷困的庄稼汉了?看我妹妹回信怎么说吧,收到信我告诉你。"

阎芳州不再多说,兴冲冲地走了。

第九章

1

调查组宣布调查结论,上级同时下达批准团部向三山岛迁移的命令,是非清楚,士气大振。团党委一班人斗志昂扬,随即就开会决定7月28日前务必迁移到三山岛,在"八一"建军节那天举行隆重的入驻三山岛仪式,召开坚决完成三山岛金矿施工任务誓师动员大会,而后全团会操、检阅部队,举行盛大文艺演出,慰问干部战士,庆祝部队向三山岛顺利搬迁开创新局。

随后,经过精心组织,两路铁流同时向三山岛进发。一路是军列,上级调拨多趟军列运兵运送物资。一路是汽车,工程机械设备但凡能开动的,都编组结队从公路由河北向三山岛进发。支队为支持十一团执行新的建矿任务,特别调拨了新的装备,像是姑娘出嫁的嫁妆,有的用火车运,有的用汽车拉,大大增加了部队的机械施工能力。支队首长还特意带司政后机关干部到褡裢为他们送行,对确实有困难留在褡裢的家属子女都做了妥善安置,解除干部后顾之忧。

在三山岛,迎接团部和大部队到来的准备工作紧张有序地进行。入岛部队都已妥善安置,新来的团部和相关人员的安置,已制订好计划并由专人负责。牛幸娃让连长王好负责,把团部所有营房的设施再检查一遍,堵塞漏洞,解决遗留问题。王好带一个排人马,忙得像推小磨似的。尽管在繁忙中,他也没有忘记对左梅的照顾,从内心觉得这姑娘太痴情了,太善良了,结果是剃头挑子一头热,她热扑扑地从镜铁山赶到这里,却遭到王玉波的冷遇,心里能愉快吗?不排解就会生气,生气就会生病,一个人在这里举目无亲,要是生病了可怎么办?可又一想:我这是图啥哩,不是咸吃萝卜淡操心吗?我又不是她哥哥,她也不是我妹妹,八竿子打不着,犯得上吗?但又转念一想,我们都是革命同志,为了革命目标走到一起来了,一切革命队伍的同志都要互相关心、互相爱护、互相帮助,既然领袖是这么教导的,我们就应该践行呀!能让奔我们连队干部来的一个地方女同志受委屈,孤立无援吗?不能!如果那样,你的名字还配叫王好吗?王好一边忙乎,一边心里七上八下地敲着小鼓。

事情起因是这样的:王玉波从沙河培训结束回来了,见到左梅,一脸的不高兴,说:"这么大的事,你也不和我商量,你这不是自己强行做主,逼我就范吗?"

左梅热脸贴了冷墙,心里本就不舒服,听到"逼我就范"四个字,火就上来了:"什么叫逼你就范,你要不愿意拉倒!我调三山岛是个人工作调动,和你一毛钱关系也没有,我找你商量个啥!"

王玉波说:"好,这是你说的,咱俩一毛钱关系也没有!今后各走各的!"因为王玉波已通过通信和杨玉洁建立恋爱关系,他怕左梅纠缠不清,让人觉得他脚踩两只船,正好就坡下驴。

左梅哭了,呜呜地哭,说:"你走你的阳关道,我走我的独木桥,咱俩从此一刀两断!"

王玉波也在气头上,不再说什么,扭头走了。回到连部,王玉波找到王好,说:"我已和左梅说清两人没有任何关系,她仍住在咱连家属房不合适。她要住可以,但不能以我女朋友名义!"

王好说:"我那天带左梅报到时,已经答应张矿长左梅住在我们这里,在矿里没有建好单身宿舍前,住多长时间都可以。你不让她在这里住,她去哪里住?她不以你的名义,以谁的名义?"

王玉波说:"住也可以,我不反对,但不能以我女朋友名义。我外面正交一个女朋友,让人家知道了,我不成脚踩两只船的小人了吗?让干部战士知道了,不指责我道德败坏吗?"

王好说:"咦,你找对象了?哪里的?干啥的?还保密呀!"

王玉波说:"连长,不瞒你说,我找的这个对象是卫生队杨玉琼的妹妹杨玉洁,是上次去嘉峪关出差认识的,已基本确定恋爱关系。本来杨玉洁这几天要到三山岛来的,因为左梅来了,我没敢让她来,怕两人撞上了面子不好看,更让我难堪。我这么做也是不得已,你说怎么办?你是连长,又是老大哥,你说怎么办?"

王好挠了半天头,好像挠头能挠出什么办法,结果挠了半天,什么好办法也没有挠出来。既不能在答应张副矿长后食言,在左梅伤口上撒盐,又不能劝王玉波就范,挠了半天头,最后一咬牙说:"玉波,我问你一句话,你明确回答我,你爱过左梅没有?现在是爱还是不爱?以后会不会反悔?"

王玉波态度极其明确:"左梅是个好人,好女人,我感激她,但我不爱她,我现在不爱她,今后也不会爱她。我喜欢的是杨玉洁,我爱她,追求她,今后绝不后悔!"

这时,王好态度冷静下来了,似乎也下了决心,他说:"玉波,我明白你的态度了,明确了好,一个男人,一个军队干部,确实不能脚踩两只船,这不仅不道德,也不会有好结果。我赞赏你的态度,支持你的选择。但是,左梅决不能走,她刚住下,我们不能伤她的心,我们更不能食言,这涉及部队信用和军地军民关系,不能让一件小事影响团结。从现在开始,左梅住连队家属房,以我王好表妹的名义,我把她当我妹妹关心照顾她,有什么责任我来承担,有什么闲话,我来担着。"

王玉波不好意思了:"这……"

"这什么?就算我为你分忧解愁了。你努力去干好工作吧,去追求自己幸福吧!但有一点我要提醒你:对左梅要尊重,要有感激之心。虽然没有恋爱关系,但该怎么对待就怎么对待,决不能反目成仇。我最反感那种朝秦暮楚、翻脸不认人的人!"

王玉波说:"连长,你放心,这一点我能做到。真是不好意思,我这件事没有处理好,还让你费心给我擦屁股,心中有愧呀!"

王好说:"行了,我不擦谁擦?谁让你是我的好战友好兄弟呢!把工作干好比啥都强,不要说那些没用的话了。"

王好知道王玉波伤了左梅的心,有空时就来安慰她说:"王玉波不愿意就不愿意吧,强扭的瓜不甜,天下男人有的是,不是他王玉波一个人,不必非在一棵树上吊死。"

左梅说:"不是我非要在一棵树上吊死,我是计较他那态度。不管怎么说,我俩也一起遭过难,两人是有感情的。"

王好说:"他不那么说,他就摆脱不了你。他处了一个对象,如果让别人知道他两边拉扯着,非得鸡飞蛋打不可,组织上会对他有看法,干部战士也会说他道德败坏。"

左梅说:"他处对象了?处对象怎么不早说?我早知道这样,我从镜铁山跑来干啥!"

王好说:"你不会因为这再调回去吧?这里条件比镜铁山好,你一个姑娘家来回折腾,回去让人家知道你对象跑了,军嫂是假的,人家不笑话你呀!"善良的王好总是替别人着想,现在又设身处地替左梅考虑。

左梅心里一阵暖意掠过,对眼前这个男人有了更多的好感。人在平常,对一句好听的话、暖心的话感觉不明显,或者说没有感觉,但在难处就不一样了,古人说"良言一句三冬暖",现在左梅处于难处,处于进退两难的境地,王好的几句话像电流一样击打自己,入耳入脑,岂是三冬暖,对自己的一生都产生暖意了。她不自觉地改换了称呼,把王连长称为"王大哥",说:"王大哥,谢谢你,你真是个好人!"

王好说:"人不好,名字好,应了个好名,就得做好事。我父亲说,你要不做好人,就白瞎这个名字了。"

左梅说:"你是个军官,又是这么好的人,怎么现在还单着?"

王好说:"我和你一样,都是遇到变故,被另一半儿抛弃了。"

左梅忘记了自己的痛苦,关心起王好来:"怎么回事呀?"

王好说:"你既然想听,我就告诉你。"就把自己婚姻的前后经过,一枝一蔓、一丝一缕地说给左梅听。他说这些固然是回答左梅所问,但更想通过说这些,来减轻左梅的痛苦。因为人们都有一个心理,就是觉得别人比自己更命苦时,心里就平衡了,就好受了。有人摔了一个盆,心里正在难受,忽然看见别人把锅摔了,就会破涕为笑;有人失去一只手,当看见他人失去两只手臂时,感到自己还是幸运的。这其中是什么道理,王好没有研究过,但他知道这确实是安慰他人的一个方法。果然在他讲了不幸的婚姻,特别是讲到一个牙牙学语的女儿还让白发苍苍的老母亲带着时,竟抹开了眼泪,忍不住失声痛哭。左梅把自己的手绢递给他,他用手绢擦擦眼泪,一股女人身上的香气侵袭过来,使王好清醒起来,他把手绢还给左梅,说:"失态了,让你见笑了!"

左梅知道"男儿有泪不轻弹,只因未到伤心处"这句话,看来是自己的问话捅到王好的痛处了,内心就涌来了女人的柔情,说:"王大哥,天下好女人有的是,何必一棵树上吊死呢?"说到这里,自己竟然笑了:"这不是你劝我说的话吗?怎成了我劝你说的话呢?"

王好说:"这就叫同病相怜,咱们就互相劝着逗开心吧!"

左梅说:"谢谢王大哥,你让我想开了。下次来时,把你小闺女照片拿来让我瞧瞧,我喜欢孩子。"

过几日,王好来看左梅,把女儿王茜的照片带来了。那天左梅说时,王茜的照片就在王好上衣口袋里,每天都带在身上。本来不想让左梅看,因为王茜是他的最爱,是他人生最有价值的东西,对孩子的喜欢只想一个人独享。另一方面,她怕左梅看了孩子的照片,可怜他父女俩,再产生什么想法。但既然答应左梅,就不能言而无信。

左梅看了王茜的照片说:"哟,这孩子好可爱,脸上两个小酒窝,一双眼睛会说话,真是个可爱的小精灵。"

左梅说自己女儿可爱,王好来了兴奋劲,说:"我探家回去,孩子缠着我问个没完,说的话、问的问题也稀奇古怪。她奶奶跟她说,她妈妈出国去了,到国外去了。我问她国外在哪里?她指指天上。她问,爸爸,你在哪工作?我说,爸爸在部队。她问,在部队干啥?我说,在部队盖房子。她说,你怎么不在家里盖房子呀?问得我都答不上来。这么可爱的女儿我能不喜欢、能不想念吗?"

左梅说:"现在孩子还小,大了,上学了,还是要接到自己身边,这样对孩子成长有好处。"

王好说:"再说吧!只能走一步看一步了。"

王好给左梅带来一小口袋油炸馒头片,说:"这个可以在饿时当点心吃,还放不坏。"

左梅说:"你想得真周到。我虽在矿上吃饭,有时也蹭连队的饭,你还给我送吃的,占连队的便宜,我都不好意思了。"

王好说:"占什么便宜!这馒头扔了就扔了,利用起来不好吗?你在连队吃饭,我让记着账呢,到时我会结算,不会让人家背后说你。"

左梅说:"我既然和王玉波没有关系了,老住在你们连队家属房不合适吧?"

王好说:"你是以王玉波对象名义住进来的,师出有名,没有关系的。"

左梅说:"我可不想担这个名。担这个名对王玉波也不好,知道家属房住一个对象,今后再找对象怎么办?我收拾收拾马上搬走,没有地方住,我就去村里租房住。"

王好被感动了,被左梅的善良感动了。王玉波让她受了伤害,她还处处替王玉波着想,一般人做不到呀!王好说:"你放心住就是了,你住这里,是以我妹妹的名义住。我在连队宣布了,左梅是我表妹,在矿上工作,暂住我们家属房,我该交钱交钱,请诸位多关照。这样说,一方面让你在这里住有个名义;一方面把王玉波也解脱了,省得别人说你是他的对象,让他不好做人。"

左梅感动了,她是为王好的善良所感动。说:"只要让我住,以你表妹的名义,以你未婚妻的名义,什么名义都可以,我不计较。"

王好说:"我没想到这一点,其实可以借用未婚妻的名义,过去咱们地下党为了革命工作,两个不是夫妻的同志还假扮夫妻哩,要不咱俩也假扮一把?"这显然是玩笑话。

左梅说:"那是,但最后也有弄假成真的哩。"

不知是不是玩笑话,王好没有听出来,但他心里说:这种玩笑可不能再开了,自己结过婚,又带着一个孩子,和左梅不般配,可不能往这上面引,若弄得有进路没退路,可就伤感情了,他没再说什么。这次离去,见面的次数明显减少了。

这边再说王玉波。王玉波把左梅"辞了",一心巴火地想和杨玉洁好。原先已约好杨玉洁到三山岛来，结果让左梅给"冲了"，何时来也说不定。现在团部要搬迁过来，连队工作突然忙起来，抓得很紧，即使来了，也没有空接待，还是通过写信联络吧。他坚持按原有频率给杨玉洁写信，但明显感到杨玉洁给他回信少了，不像前时来得勤、来得紧，他以为他在河北沙河发加急电报"爽约"，让杨玉洁生了气，就在信中一再解释。当然，不论怎么解释，他都不能把左梅来的事说出，把左梅捎带上，不仅说不清，后果还会很严重。就在信中多说些道歉的话，多做些安抚工作，杨玉洁是个通情达理的姑娘，不会因为一次爽约就改变态度吧？

王玉波没有想到，是杨玉琼写给妹妹杨玉洁的信，使杨玉洁产生了犹疑。杨玉洁是个文艺青年，喜欢文学创作，会写诗，在学校是"星火"社成员。信中见姐姐介绍的这一位是武汉大学中文系毕业，擅长文学创作，会写小说，认为自己遇上了知音，心里埋怨姐姐没有早给他介绍。现在认识、结交了王玉波，感觉不错，已经想确定恋爱关系，现在又冒出一个人，这可怎么整？她在给姐姐的回信中，这样表示自己的犹疑心态：

姐姐：这件事你让我再好好想想。本来我是想尽快和王玉波确定关系的，也还想去三山岛一趟，后来因故没去成，这件事就耽误下来了。你信中介绍的指导员阎芳州的情况我很中意，但毕竟我和王玉波建立关系在前，且通过通信建立了一定感情。此事须慎重。但从另一方面说，从爱好上说，我和阎指导员都喜欢文学创作，可以互相切磋。我不是见异思迁，但遇到条件更好、更适合的，我也可以考虑。况且，你信中说，王玉波以前有个恋爱对象叫左梅，她到三山岛去了，这说明，王玉波是在拿左梅和我相比之后，才相中我的。既然他可以在对比中选择，我也可以在对比中选择。你在信中介绍了阎指导员身上的诸多优点和特点,看来你还是很了解这个战友的。但你说的这些对我都是概念,我没见过这个人,也没有和他相处过,而王玉波我是见过的,长相英俊,有东北人的气质和幽默,爸妈都很喜欢他,我也被他的气质所吸引。通过几个月交往,也进一步加深了了解。我说的意思是,对这两个人,目前还不能进行清晰的比较,因为一个是清晰的,一个是模糊的;一个是可感的,一个是虚幻的。我想如果阎指导员对我有这个意思,就请他给我写信,谈文学创作,谈什么都成,可以通过他的文笔看出他的才气、胸襟和情怀。待进一步了解后,我到三山岛去一趟,当面见见他俩,从中考察比较,再从中确定一个。反正过几个月我就毕业了,有的是时间,行动也自由了,我也想去岛上看看你和姐夫呢。以上考虑妥否?请姐姐明示。

杨玉琼接到妹妹的信,有点生气,心里骂道:"这死妮子,是脚踩两只船呢!"一时间没了主意,就来找好朋友苗丽萍,把前后经过详细说了。

苗丽萍说:"嗨,这事叫你整的,一个指导员、一个副连长,成了你妹妹恋爱竞争对手了!"

杨玉琼发愁道:"这如何是好呀?"

苗丽萍说:"你不要太怪你妹妹了,现在年轻人婚恋观念变了,择偶方式也变了,和咱们以前大不相同。你不必杞人忧天,静观事态发展变化就是了。"

2

团部和大部队来岛前一个月,牛幸娃主持召开先遣组和已入岛连队排以上干部大会,对当前工作提出明确要求,说:"我们先遣组率队到三山岛快十个月了,经过干部战士共同努力,迎接团部到来的各项工作基本就绪,但还是那句老话,已经做了大量工作,还有大量工作要做。我们先遣组的使命快要完成了,这是最后一哆嗦了,谁也不能拉松套,谁也不能给我上眼药,谁也不能洋和尚念洋经——光唱不烧香,光动嘴不动手,光说不练,谁在关键时刻捅娄子、上眼药,莫怪我牛幸娃跟谁翻脸!现在的工作归拢起来就是两项:一是迎接团部和随之而来的连队顺利入住;二是确保八一入岛仪式和各项活动圆满举行。从现在开始,全员动员,严细分工,各负其责,逐一检查落实。副组长王永学讲了注意事项,要求在团部搬迁期间,加强思想政治工作,确保部队稳定和与地方关系和谐。金昌浩宣布了入岛接待组、后勤保障组、活动安排组各组名单和负责人。一场迎接团部搬迁入岛的工作全面展开、有序进行。

1983年7月28日,政委苏继轩带领乘坐军列的干部战士赶到三山岛,团长梁占刚带领汽车运输队干部战士也顺利入岛,两支队伍在三山岛会合。到此为止,黄金部队十一团除两个连之外,已全部在岛上集结完毕,来到战争年代称之的前沿阵地,积极做投入战斗前的准备。

8月1日,是中国人民解放军第56个建军节,是十一团入岛后过的第一个建军节。团部大操场上搭起了主席台、检阅台,安上了扩音喇叭,四面红旗招展,地上用白石灰撒线做了各种标志。上午10时整,所有部队入场完毕,黄金部队十一团入岛仪式正式举行。入岛仪式,同时也是部队检阅仪式。由八名手持钢枪戴着白手套的战士,护卫着军旗入场,后面是护旗队、司政后方队、各连队。团首长位于主席台上,向行进队伍行军礼。台上台下共唱《中国人民解放军进行曲》(1988年中央军委颁定为《中国人民解放军军歌》):"向前向前向前!

我们的队伍向太阳,脚踏着祖国的大地,背负着民族的希望……"黄金战士唱着军歌行进,气势磅礴,坚毅豪迈,气壮山河,充分表达了决不辜负人民期望和祖国重托,建设好三山岛金矿的信心和决心。

在随后进行的"坚决执行上级命令,按时优质完成三山岛金矿建设任务"动员会上,苏继轩政委做了简短有力的动员报告。他说:这是动员会,也是誓师会。我们来到了三山岛,来到了前沿阵地,祖国和人民在看着我们,期盼我们担大任、立新功,找到打开传说中金库的金钥匙,为国家从海底捧出一个金矿;外国一些专家、企业家也在看着我们,在等着看我们失败,在等着用不屑的眼神嘲笑我们。所以,我们只有进路,没有退路;只能进攻,不能后退。我们几千将士就是用血肉之躯去堆,也要为国家堆一个金矿出来!苏继轩的话,感染着每一个将士,他们个个热血沸腾,充满必胜的信心。

团长梁占刚接着进行"战斗部署",讲了施工前的具体准备工作,开工后分几个阶段进行,提出用六年时间奋斗,按时将矿山建好移交三山岛金矿投入生产。要求从今天开始,从现在开始,进入临战状态,搞好施工设计、技术训练、设备采购更新到位等战前准备,确保明年春天把开工战斗打响。

动员会之后,接下来还有三项活动:一是全团各连队会操,由参谋长牛幸娃主持;二是慰问驻岛部队文艺演出,由王永学牵头负责;三是各连队节日会餐,由先遣组指定十一连连长王好负责。王好把自己连队养的猪杀了一头又一头,让战士送到各连队,还采购了大批海鲜,让龙大海、龙大秀按指定地点,一一送到各连队,让入岛干部战士过一个肥节。酒按量供应,白酒一个班一军用水壶,啤酒不限,一色"青岛",让大家放开肚皮畅饮。

牛幸娃指挥各连队会操,团首长坐在主席台上观看、评分。在整个十一团,牛幸娃的军事素质是拔尖的。他是基建工程兵 1966 年招收的第一批义务兵,参军后兰州部队派人来实施军训,之后还被送到军区集训队参加训练,使他受到严格训练,其军姿优美、军容严整、军事技能过硬,成了团里军事训练标兵。以前各连队会操,干部战士都爱听他喊口令,那时他是一个连长,爱穿一身洗得发白的军装,往队列前面一站,威风凛凛,喊出的口令标准有力、声音洪亮,自然中透露着威严。带点"川普"的口音,是那样悦耳,尤其是跑步向前向值班首长报告的那几句话,一气呵成、行云流水,且动作连贯,言行配合得体,无懈可击,让人都在心中暗暗夸赞。现在当了参谋长,英雄有了更大用武之地,又经过充分准备,这一次主持各连会操,又一次赢得全团指战员的喝彩。这次会操,放在坚决完成三山岛金矿建设任务动员会之后,那可不是一般的会操,而是对部队战斗力的一次检验,是对动员会上动员令的呼应,是表达无论遇到多大困难都要坚决完成金矿建设任务的决心,展示一往无前的精神面貌。带着这个想法来指挥各连会操,主持整个会操活动,牛幸娃使这次会操获得了极大成功。

  王永学负责组织慰问部队的文艺演出。他从小五音不全,唱个信天游都跑调,没有艺术表演天赋,但他会借"东风",他让阎芳州当助手,两人策划了一个演出组织活动方案。第一个大动作,就是把夏玉珠请到三山岛演出并主持这台节目。阿珠能从镜铁山去基建工程兵文工团当演员,在很大程度上是王永学做的工作。王永学找"老霍头","老霍头"找老战友、基建工程兵文工团汪政委,在具体调动中,王永学还找支队干部科科长李景夫帮忙。更让阿珠感激的是,王永学和妻子余秀英,在甘肃肃南裕固族自治县找到了她失散多年的母亲,让她父母在晚年得以圆了夫妻梦。所以,王永学一个电话,阿珠就来了,她不仅来了,还带了一个演出小分队,小分队连阿珠在内共七个演员,人人一专多能,足够表演一台节目。不仅阿珠来了,刘柱锁也屁颠屁颠地跟来了,说是给小分队管伙食,其实是"别有用心",不说别人也会知道。

如此阵容,王永学仍不满足,他还"下接地气",让三山岛村、浙江小分队和三山岛部队各出一个节目。三山岛村是龙大海、龙大秀带领秧歌队上台扭秧歌;浙江小分队是范兰枝与一个浙江小伙子扮演梁山伯与祝英台,唱《十八相送》。他们说梁山伯与祝英台的学堂就在离杭州西湖不远的万松书院,两个人唱得声情并茂,真的入了戏。部队这边让金昌浩和苗丽萍登台跳朝鲜族舞蹈《道拉基》:"道拉基,道拉基……"夫妻俩身着朝鲜族服装,边唱边舞,人们以为他俩是从延边歌舞团过来的。本来还可以让杨玉琼跳一个芭蕾舞,她的保留节目是"椰林寨常青指路",跳起来绝对会迷倒一片,无奈她为退伍战士跳舞送行时右脚扭伤,还没有好利索,走路时一拐一拐的,只好放弃,留待下一次让她表演。

如此阵容,如此安排,如此运作,岂能收不到最佳效果?最后的文艺演出,使八一欢庆气氛达到高潮。待各连队干部战士回到连里会餐时,吃着菜,饮着酒,还在议论刚才看的节目,说哪个节目演得好,哪个演员长得好看,说着说着还争执起来,耽误了吃菜,但互相刚着,酒又喝下去不少。

阿珠这次到三山岛演出获得成功,又见到了在镜铁山朝夕相处的老战友们,而且人人都有了进步,负起了更大责任,心里很高兴。刘柱锁离开三山岛也就七八个月,没想到这里变化这么大,营房已建好,团部也搬迁过来了,战友们的精神状态这么振奋,内心自然也很愉快。高兴、愉快之余,两人还有一个想法:想请连长王好吃顿饭,专门答谢人家一次。刘柱锁到北京前,阿珠住文工团单身宿舍,刘柱锁到了北京指挥部下属部队,也是住单人宿舍,北京住房紧张,两口子连个亲热的地方都没有。一个星期天,阿珠去刘柱锁宿舍,正好同宿舍那个干部外出办事,两人刚脱衣解带进入状态,便听到有人"嘭嘭嘭"敲门,原来是邻居一个干部来讨要煤气罐,说要去灌煤气,一看两口子衣衫不整,大体明白了什么,就说"我去灌气,你们继续"。还继续什么呀,早不灌气晚不灌气,偏偏这时候灌气,你说让人生气不生气!阿珠再也提不起兴致,穿好衣服坐公交车奔文工团而去。让他俩没想到的是,王好为他俩办了一件天大的好事,把北京的一处住房借给他俩用,使他俩有了安身的地方,就像那黄梅戏《夫妻双双把家还》唱的那样:"寒窑虽破能遮风雨,夫妻恩爱苦也甜。"而且,人家王好的房子可不是"寒窑",而是复兴门边上带有厨卫的小一室,虽然小,却很温馨。小两口把门一关,想怎么开心就怎么开心,再也不用担心谁来敲门要煤气罐了。有了住的地方,小两口一下子提高了幸福指数,看北京的天也蓝,草也绿,花也香,工作也安心,事业也顺利,更为重要的,是一个幼小的生命开始在阿珠的子宫中生根发芽了。所以呀,两人从北京来时,就下决心专设一次答谢宴,感谢王好,感谢一下这个从未见过面的好心人。

阿珠把想法跟王永学说了,王永学说:"那完全应该,但你到岛上来了,哪能让你破费?我来张罗,把王好请上,咱们聚一聚热闹热闹。"

阿珠不干,说:"我是实心实意请王好连长,一定是我请客,我订地方,我和柱锁亲自去连队请王好连长,到时你和秀英两口子参加就可以了。"

王永学一看阿珠实心实意,也只好由她。

阿珠和刘柱锁来到十一连连部,正好王好连长在。王好已看过阿珠主持节目和演出,在北京时就看过阿珠演出,这一次又一饱眼福,对阿珠佩服得五体投地。看见阿珠,上去握着手说:"大明星,今天终于这么近见面了,这是真的吗?"说着还用另一只手摸一下自己的脸,表示这确实是真的。

阿珠被逗笑了。刘柱锁从阿珠身后跃上来,握住王好的手说:"王连长,我是刘柱锁,就是和你对调的那个刘柱锁,阿珠是我爱人。你可帮我们两口子解决大问题了,没有你那房子,我俩还没法团聚呢。千恩万谢的话就不说了,我和阿珠要专门请你一次客,好好感谢感谢,你可一定赏光呀!"

阿珠说:"是的王连长,我们俩来就是专门请你赴宴的。"

王好说:"阿珠、柱锁,你们的心意我领了。花那钱请客干什么,想聚聚,咱连队啥都有,我掂马勺弄几个菜,咱们喝一壶,何必去饭店破费哩!再说了,感谢什么呀?那小房子闲着也是闲着,空着也是空着,房子长时间不住人还容易破旧,有你俩给我看门,我那些旧家具还不会损坏,那可是我用边角余料一点点拼起来的,当年可是费老劲了……"

这边阿珠和王好说着话唠着嗑,那边刘柱锁不见了。他一转身去了伙房,去看看现在连队干部战士的伙食情况。他当过连队司务长,对连队伙食感兴趣,到连队就爱往伙房钻。不一会儿刘柱锁回来了,手里还掂着两只对虾,对虾红红的,虾须长长的。他冲着王好大声豪气地说:"王连长,我真服了,连队伙食搞得这么好,我真服了!和过去在镜铁山比,那是一个天上一个地下呀!镜铁山高寒缺氧,开水烧不开,馒头蒸不熟,就是个死疙瘩。一次两个战友开玩笑,用馒头砸人,头竟被砸了一个很大的包。那菜就不用说,就是白菜、萝卜、土豆老三样。"

王好说:"也不尽然,你不是去青海托勒牧场采购牛羊肉去了吗?听说你不仅弄来了牛羊肉,还弄回了一个会唱歌的姑娘。"

刘柱锁说:"这个你也知道?"

王好说:"全连人都知道,我怎么会不知道?我还知道你去托勒牧场途中差点被狼咬死、差点被冻死,是托勒牧场的职工和老场长老红军及他的女儿救了你的命,不仅救了你的命,还给了你甜蜜的爱情。"

阿珠大笑,说:"王连长真逗,我们俩的秘密你都知道,你是克格勃呀?"

王好说:"我什么勃也不是,就会剥葱剥蒜,没事就到厨房走走,把伙食搞好点,让战士身上有劲些。"

阿珠说:"不开玩笑了,就今天晚上,我在三山岛最好的饭店'仙客来'已订好了桌。你是主客,陪客的我请了牛幸娃、杨玉琼两口子、王永学、余秀英两口子、金昌浩和苗丽萍两口子,不知请这些人合适不合适?"阿珠到北京几年了,也参加过不少饭局,已知道北京请客的规矩,一是须提前通知客人(这一点她现在讲究不了了,因为要急着赶回北京),二是要告诉请的人都有什么人参加,看合手不合手,别扭不别扭,否则在酒桌上闹起矛盾,大家脸上都不好看。听说某个人请客考虑不周全,把原来在岗位上闹矛盾的单位一、二把手请到了一张饭桌上。席间,喝酒喝高了,"一把手"对"二把手"表示歉意说:"老弟,过去咱俩尿不到一个壶里去,你不要在意。""二把手"说:"不是尿不到一个壶里去,是只许你往壶里尿,不许我往壶里尿。"场面弄得很尴尬。

王好说:"都好,都好,你既然都已跟别人说了,这件事定下来了,我就不扫你的兴,答应你参加吧!不过这不叫感谢宴,而是战友团聚宴,借你和柱锁回来,我们战友们好好团聚一把,祝贺你演出成功,庆贺我们团部顺利搬迁三山岛,过一个有意义的八一建军节。"

阿珠说:"连我们两口子,加上您,加上刚才说的人,一共九人,最好能凑上十个人,来它一个'十全十美',请您再邀一个人,谁合适,您定。"

王好听说给他留了一个名额,以凑够"十全十美",本来是想邀请阎芳州的,阎芳州是指导员,和自己搭档,但一想到他为了"举报信"的事气还没有消,对自己产生了误解,怕在酒桌闹出不愉快,就改变了主意,冲阿珠说:"你们四对男女共八人,只有我跑单帮,为了凑个整数,也为了和你们搭配,我也请个女的,这个女的是我表妹,不知合适不?"

阿珠说:"合适,绝对合适!不仅十全十美,还五对男女搭配,喝酒不醉。"事情就这样定下来。

"仙客来"是三山岛最高档的饭店。所谓高档,除了建筑高雅、装修讲究外,主要是这里供应着三山岛所处莱州湾有的各种鲜活海鲜,且价格合理,岛上人请贵客都到这里来,这里有别的地方见不到的各种海鲜,让人不仅大饱口福还大开眼界。阿珠和刘柱锁把请客地点定在这里,显示出两口子一片诚心。显示两口子诚心的还有酒和烟,都是两口子从北京背来的。酒是6瓶五粮液,烟是6条大前门,寓"六六大顺"之意,加上"十全十美",那是再好不过的兆头了。让两口子没想到的是,这顿饭还引来了一段佳话。

王好带"表妹"到时,阿珠和刘柱锁已在门口迎候。上来握手、迎客、寒暄时,阿珠一下子愣住了:怎么是自己的好朋友左梅呀?左梅也认出了阿珠,两人热烈拥抱。阿珠说:"怎么是你呀,你不是在镜铁山吗?怎么到三山岛来了?怎么成了王好连长的表妹了?"

王好也愣住了:"你们认识?在镜铁山时就认识?"

阿珠说:"岂止认识,我俩还是住一个宿舍的好朋友呢!她申诉冤枉的信,还是我帮助递上去的。喔,那个王玉波呢?就是会理发的那个'两面三刀'呢?"

左梅低声说:"别提那个小白脸了,一提我就生气,一言难尽呀!一会儿给你细说。"

天下事竟真的有这么巧。阿珠和左梅这对好朋友,在异地他乡,在毫无预期的情况下,在同一桌酒宴上见面了。

待客人到齐,佳肴上桌,美酒启瓶,香烟开封,阿珠在开宴之际,首先介绍好朋友左梅。左梅是自己的好朋友,又是王好连长带来的尊贵客人,是王好的"表妹",阿珠自然把左梅突出出来。在座的因为当年那个"捉奸"事件,大都知道左梅的名字和身份,但没有见过面,今天见面竟是以王好"表妹"的身份出现,这究竟是怎么回事?除王好外,大家都分外好奇,也格外高兴。

牛幸娃说:"王好你个龟儿子,左梅在镜铁山,你老家在河南,在北京当兵,她咋成了你表妹了?今天不交代清楚决不饶你。看你小子平常挺老实,却是黄鳝爬犁头——绞铧(狡猾)得很。"

众人大笑。王好有些不好意思,左梅脸上也起了红晕。

牛幸娃接着说:"阿珠左梅他乡遇故知这是一件好事。我现在还要宣布一件好事,这就是:我们的战友王永学职务提升,去掉副字,提拔为政治处主任了。我们今天一并为他祝贺!"众人自是一片欢腾。

关于自己获得提拔的消息,王永学这之前已经知道了。是团政委苏继轩告诉他的,说任职令已下,马上宣布。又说:这一次他的任职,是团副政委于俊极力推荐的,在部队面临撤销的特殊时期,干部基本冻结的状况下,于俊找了上面干部部门催办下来的。韩进群主任提了副政委,王永学接替政治处主任。王永学很感动。首先是感谢组织,再就是感谢于俊副政委的推荐抬爱。因为上次在会上挨于俊"一顿撸",他心里结下了梁子,对这个有点"左"的首长有些看法。没想到正是这个人力荐自己,就想去找于俊副政委表示一下感谢。没想到两人在操场上碰到了。

王永学刚说一句"谢谢于副政委",就被于副政委打住了:"谢什么!为组织上举荐人才是每个领导干部都应该做的。"又说:"我知道那天在会上撸你一顿,你心里不高兴,但我不那么撸你行吗?年初我从北京下团时,上面正在批精神污染和资产阶级人道主义,害怕有人在会上上挂下联,给你扣上资产阶级人道主义的帽子,我就不让你讲下去了。当然,你的观点我也并不完全赞同。但我欣赏的是你有自己的见解、领悟,并敢于在党内会议上讲出自己的看法,这一点非常难能可贵。结合你长期在镜铁山的表现和到三山岛先遣组的工作成绩,我向组织上推荐你是发自内心的,我希望我们干部队伍中有更多你这样的干部。相信你会胜任自己的职务,并努力取得优异成绩!"说完握握手,转身走了。

王永学站在那里半天,心头涌起阵阵暖意。坐在酒桌上想起这件事,心中仍然暖意升腾:在我们社会上,好人还是多呀! 王永学心里更坚信这一点。

桌上人开始喝酒、劝酒,平常酒量甚大的阿珠,今天滴酒不沾,竟以开水代酒。人们力劝,刘柱锁说:"阿珠有特殊情况,敬她的酒我代喝。"

"有什么特殊情况呀?"大家起哄。

刘柱锁掩饰不住兴奋:"阿珠怀上小宝宝了。"

阿珠说:"我不怀上,能把你刘柱锁拴住吗? 这一下你就跑不了了。"

刘柱锁说:"不跑,不跑,我要当爹了,往哪儿跑!"

众人为阿珠和刘柱锁祝贺。牛幸娃在祝贺之后,内心也涌上一些酸楚,抬眼望望杨玉琼,杨玉琼手握酒杯也若有所思。

阿珠说:"这真还得感谢王好连长、王好大哥!"

王好说:"感谢我什么呀,我又没有用力!"

金昌浩大笑:"这事你要用力,可就坏菜了!"

众人又是大笑、喝酒。

左梅酒喝多了,心里不痛快,酒喝多了,话就多了。趁别人正在喝酒、闹酒,阿珠细听左梅把从镜铁山到三山岛的经过讲了一遍。

阿珠是一个主持正义之人,听了左梅的诉说,立马就火了:"这个王玉波怎么是这种人,自己当了先进,提了副连长,就忘记了患难与共之人吗?"又说:"何必一棵树上吊死呢,他有什么好? 不值得留恋! 这王好不是对你挺好吗？这可是个好人，不仅帮助我们，而且处处做好事，邻居、战友说到他，都交口夸奖，你要是有这个心，我给你保个媒，我去跟王好连长说，促成你俩的好事。只是他老婆跟人家跑了，留下一个女孩子，放在河南老家，不知道你在意不在意他带着一个孩子。"

沉闷半天的左梅说话了："那女孩子照片我看过，挺可爱的。"

阿珠看有门，就说："你趴着干什么，坐起来喝酒，振作精神，我保你有一段好姻缘。"

让阿珠和左梅没想到的是，王好对这桩好事竟拒绝了，他说自己带着孩子，不忍心拖累左梅。看来这件事还有点好事多磨。

3

八一建军节隆重庆祝活动和坚决完成三山岛金矿建设任务动员大会之后，团党委乘势而上，紧紧围绕明春按时开工这个中心，研究布置了各项工作。团主要领导明确分工，各负其责，狠抓落实。政委苏继轩、副政委韩进群负责和上级有关部门、三山岛金矿以及相关方面协调，确保形成合力，步调一致；团长梁占刚和参谋长牛幸娃负责技术训练和军事训练；于俊副政委和政治处主任王永学负责党纪军纪监察和思想政治工作，重点是严肃纪律，严格要求，保持部队稳定；后勤处处长王志强负责施工设备采购和后勤物资保障。

会上分工完毕，苏继轩问：各位有什么意见？后勤处处长王志强说："我有意见。"

苏继轩说："你讲。"

王志强说："各个组都有两个人负责，团主要领导牵头，唯我这一组孤零零，老哥一个，我成孤家寡人了。"

梁占刚说："你是猴子上台，又钻火圈，又爬高杆。"梁占刚和王志强都是东北人,两人凑在一起常开玩笑。

王志强说:"什么意思?"

梁占刚说:"能者多劳!"众人大笑。

王志强是团里有名的"铁嘴",被比成了猴子,明显吃了亏,心里不服,就反击道:"你是小偷藏到屋顶下。"

梁占刚说:"你是什么意思?"

王志强说:"梁上君子。"梁占刚姓梁,梁上君子是小偷,小偷还不如猴子好听。众人又大笑。

大家看他俩一来二往"斗智斗勇",很是开心。好久没有这么开心,这么轻松愉快过了。部队迁到了三山岛,战斗任务明确,士气高昂,地理环境好,生活条件优越,许多人心里乐滋滋的。团领导一班人脸上也绽开了笑容,在工作之余也开起了玩笑,寻起了开心,显示了相互间的团结、融洽和协调,形成了难得的团结紧张而又生动活泼的局面。

苏继轩看梁占刚、王志强两人逗乐逗得差不多了,就开口道:"梁团长说得不错,你是能者多劳。说你是猴子,你还不大乐意,你看那齐天大圣孙悟空不就是猴子吗?尊称美猴王,它一路保佑唐僧去西天取经,经历那么多磨难,矢志不移,终于取回真经。你这个后勤处处长,担负着采购金矿施工先进设备的任务,除了项目不用跑,要跑资金、跑批件、跑采购设备、跑设备由国外向国内运输,我们相信你像孙猴子那样能完成任务。拜托了!"

王志强说:"我是跑步(部)前进,经常跑冶金部。"

牛幸娃说:"团里的差旅费都让你花了,下次去北京,带些好吃的回来,别老带那些豌豆黄、驴打滚之类的不值钱的东西糊弄我们。"

王志强说:"行,下次给你带些牛打滚。"

梁占刚说:"什么后勤处处长,就是一个指头搓身上灰卷——小扣。"终于扳回一局,你说我"小偷",我说你"小扣",两人找平了。在众人的笑声中团领导分工会议结束。

第二天,王志强就到北京出差。他出差常常是拎包就走,事先也不打个招呼。跟他去的人也是"招之即来",牙刷等洗漱用具就放在办公室,说走就走。时间长了,跟他出差的人,就知道了王处长的"小九九",他就是舍不得买卧铺票,你跟他出差别说软卧,硬卧你也别想坐。反正到哪个车站,都是"军人售票优先",有硬座能走,没座位也能走,耽误不了时间。他就是这样,按规定可以花的、可以报销的,他也不花,人们背后叫他"小扣"。他的"扣"表现在多个方面,远的不说,就说近期向三山岛搬迁的事。后勤机关家当最多,装档案、凭证的铁柜、铁箱,既大又笨重,那时没有民工,只能靠机关干部战士装卸搬运。从军列上卸下拉到机关楼下的这些东西,要从下面搬到二楼三楼实属不易。为了将这些重要的后勤档案柜、财务保险柜、办公桌椅等及时、安全搬运就绪,王志强亲自参加搬运、亲自指挥,他打破股室界限,让大家互相帮助团结合作,连续奋战。食堂就餐吃饭过了餐点,有人说:处长,我们加油干,完成任务你请我们吃海鲜大餐。王志强说:好,我请你们吃大餐!结果是买回花生米、榨菜、烧鸡、黄瓜和西红柿,又买几袋山东大馒头,请大家就着包装箱吃了一餐。而且,这钱还是他自个儿掏的腰包。

对王志强的"扣",常和他一起出差的财务股助理员胡如军感受最深。两人到了北京,就住在冶金部附近一个地下招待所。招待所是人防工程改建的,阴暗潮湿,通风不畅,吸一口空气全是霉味。招待所住的人很杂乱,有进京上访的,有投亲靠友的,有到京看病的,有出来打工的,有出来闯荡的,有拉二胡卖唱的,有埋头写书的。人多声音嘈杂,空气污浊,房间都是烟味、酒味,满楼道都是尿骚味、中药味。房间狭窄,一个房间两张床,只有让人能转身的地方。这种空间对胡如军来说还好一些,他是四川人,个头小。但对王志强这个大个头来说,就不那么容易了。他是吉林公主岭人,一米八五的个儿,站起来头顶住天棚,躺下床还不够长,脚要伸出床头外。住地下室唯一的好处,就是便宜,一个人一天一夜才20元。好像王志强对住这个地方有瘾似的,一到北京就熟门熟路地往这里钻,如地老鼠恋自己的老窝。胡如军对这个地方不感兴趣,尽管自己个头小,住在地下室的狭窄房间中,能伸展自如,但他还是希望住在地上的招待所和宾馆。这些招待所和宾馆,在冶金部附近就有好几家。有老式建筑,也有现代建筑,有推拉门的、自动闭合门的、旋转门的。胡如军偷偷去看过几家,问过价钱,按照部队财务规定,住房费都不超标。他给王志强建议过,说:我们还是住地上招待所好,空气好,通风好,出入方便,还能常晒太阳。王志强却说:住地下好,住地下不怕地震;住地下少见太阳,脸上看着白嫩。这些,在胡如军看来都是瞎扯。知道王志强是为了省钱、节省经费,但犯得上吗?又不超标,又不乱花钱,何必扣这么紧?反正胡如军住这个地方就是心里不舒服。一次,同住一个招待所的客人问胡如军是哪个部队的?胡如军告诉人家是基建工程兵煤炭部队的。此话被王志强听见。王志强责问他为什么这么说?胡如军说:"煤炭部队是搞煤炭建设的,干部战士天天在地心深处。咱们住地下室,不是和他们一样吗?都是在'地下'。"又说:"我们是基建工程兵黄金部队,是为国家找金矿挖金子的,人家要是知道咱黄金部队的官兵住在如此简陋的地方,还不得笑话咱们吗?"

胡如军后面这句话"画蛇添足",把王志强惹火了,他严肃地批评道:"你怎么会有这个想法!虚荣、低俗!我们黄金部队是为国家挖金矿找金子的,是为国家创造财富的,这不假!但我们就不需要艰苦奋斗了吗?就不需要节约资金了吗?毛主席早就说过,节省每一个铜板,为了革命和建设事业的需要。我们要节省下每一分钱,用到刀刃上,用到部队建设上,用到三山岛金矿施工上。你这种想法是要不得的,尤其是财务人员,没有节约意识怎么能行?你必须对此做出深刻检讨!"直到把胡如军说得掉下眼泪,一再表示知错,方才停止。

王志强是个直性子,从来都敢于开展批评和自我批评。一般情况下,他能和颜悦色,动之以情,晓之以理,处处以事服人、以理服人,但你犯了错误不认错,或者无理狡辩,或者屡教不改,他就会发雷霆大怒,瓢泼大雨倾盆而下,直到你认错服软,掉了眼泪为止。对此,胡如军可是深有体会,就在今年年初,他就挨过王志强"一顿撸",至今想起来都心有余悸。

年初的时候,胡如军担心部队撤销后集体转业,自己回不了四川老家,就三番五次地找王志强要求转业,工作上不安心,出现懈怠情绪。但他的要求没有被组织上批准。有一天,他再次来到王志强办公室,开门见山地说:

"王处长,请安排人接替我的工作。"

王志强问:"那你呢?你是干啥的?"

胡如军说:"我?我等着转业。"

王志强一听立马火了:"你等着转业?谁安排你转业了?组织上安排你转业了吗?你这是撂挑子!不是给我王志强撂挑子,是给组织上撂挑子!胡如军我告诉你,你是一名共产党员,一名部队干部,必须服从组织决定,让走就走,让留就留,没有任何讨价还价的余地!"

胡如军说:"我要是不同意留呢?"

王志强一听,顿时火冒三丈:"胡如军,我问你:你算老几?你不同意留,这是你讲的话吗?你想走就走,想留就留,你说了好使吗?你把组织摆在什么位置?你心目中还有没有纪律观念、组织观念?你连这么简单的道理都不懂,我看党组织白培养你了,你这十几年绿军装也白穿了!⋯⋯"

胡如军被王志强一顿"炮轰",心里很不是滋味,开始红着脸低着头一声不吭,后来抹开了眼泪。王志强见状,火气也消了三分,说:"今天就说这些,我现在还有事,你走吧,给你三天时间好好反省,三天后拿着检讨书来见我。"

第三天,胡如军带着检讨书来找王志强,他诚恳地承认了错误,表示愿意服从组织决定,让走则走,让留则留,决不讲价钱。他在检讨书中还说,感谢处长的帮助教育,从此安心工作,转业之事不再提及。现在回头想,幸亏得到王志强批评教育,否则闹情绪、压床板,非受到组织处理不可。即使安排转业,也会背一个处分。现在没转业还挺好,跟着大部队到三山岛来了,这里的风光和条件多好呀!以后把老婆孩子接到这里安个家,比回四川老家强多了。想到这些,他就感激王处长的批评教育,工作起来更积极主动了。王处长到北京"跑部前进"时,也愿意带他一起来跑了。

这一次在北京停留一周,事办得相当顺利,进口三山岛金矿施工设备各个环节都已打通,可以确保开工前进关到位。这天下午三点办完批文回到地下招待所,王志强对胡如军说:"抓紧收拾结账,我们换个地方。"

胡如军不解:"换什么地方?咱们明天不就回部队了吗?"

王志强说:"你小子不是想住带旋转门的宾馆吗?我今天就带你去住一宿。你以为你心里想啥我不知道?你去旁边的国华宾馆看过价格,我也进去看过。咱俩今晚就好好享受一把,痛快洗个澡,我再给团长政委打个长途电话,详细汇报一下情况。"

胡如军一听,乐颠颠地收拾东西,退房,跟王志强处长去入住离这里不远的国华宾馆。一个人要了一个房间,痛快地洗了热水澡。胡如军躺在床上打开电视看,王志强接通电话把这边落实进口设备顺利到位的情况,分别向团长、政委做了汇报。

梁占刚在电话那头说:"我说你是猴子,你还不服,这一下保佑取经成功了吧?回来给你设宴夸功!"

王志强脸上写着高兴,晚餐时脸上的兴奋更甚,他对胡如军说:"我们喝点小酒庆贺庆贺。"

在宾馆二楼餐厅,两人开始点菜。王志强说:"我来点菜,你去宾馆外小卖铺买一瓶红星二锅头酒。我刚才看了,一瓶酒宾馆的贵一块多钱呢!"

胡如军去了,买酒回来时,王志强已点好菜,对胡如军说:"我点了小葱拌豆腐、油炸花生米、东北大拉皮、地三鲜四个菜,要了一斤水饺,猪肉大葱、素三鲜各半斤。饺子就酒,越喝越有。饺子不够,咱们再要,管够。俗话说,上车饺子下车面,咱们回部队,也图个吉利。"

胡如军知道他说到底还是为了省钱,也没揭穿他。反正是喝酒,有点菜就可以了,这已经很不错了,这是他跟处长出差以来享受到的最好待遇了。

人们常说,三杯酒下肚,话也多了。为什么三杯酒下肚,话就多了呢?这是因为酒精起了作用。人们平常或矜持或木讷或少语,在酒桌上一闹腾,就放松了,就放肆了,话自然也就多了。王志强也是这样,本身就性格活泼开朗,加上这次办事成功,受到团长政委肯定,像小学生的作业让老师打了 100 分,心里那个欢喜,都随着话语流淌出来了。他一反在下级面前的严肃面孔,上下级的隔阂在酒精的作用下挥之远去,变成了两个好朋友、亲兄弟在一起。王志强关心地询问胡如军四川老家的情况,问他老婆孩子的状况。讲了自己如何在初中毕业后到吉林舒兰矿参加工作,1958 年煤校毕业后留在矿上,1965 年到西南参加三线建设,后被调到本溪参加本钢建设,后来又服从组织分配到了黄金部队十一团。对自己走过的历程做了回顾,也介绍了人生经验。他没有讲大道理,只是告诫胡如军道:无论在哪里,一是服从组织分配,二是努力干好本职工作。交代胡如军积极创造条件,待符合规定时把老婆孩子接来,在岛上安个家享受天伦之乐。告诫他不能鼠目寸光,只看眼皮底下一星半点;干起工作要实诚,不要耍嘴皮子,干好工作最重要。凡是组织上交代的工作,下达的任务,干就要干好,干出名堂,干在前面,不要在后面"打狼"。

胡如军今天享受"高级宾馆"待遇,见王处长给自己说掏心窝子的话,心里高兴,酒已喝高了,听说"打狼",就问处长:"狼在哪儿? 我去打!"

王志强说:"你紧张什么?'打狼'是我们东北话,是落在后面垫底的意思。比方说一帮人跑步,跑在最后边的那个人,大家就说这个人'打狼',就是落到最后了。有人说,你儿子在班里是打狼的,就是说成绩在班里垫底了。"

胡如军问:"最后和垫底怎么就是打狼呢?"

王志强解释道:"说是古代有些地方经常有狼群出没,大家需要结伴而行,而通常人群末尾的人最危险,需要时刻手拿打狼大棒准备打狼。时间一长,落在后面的人,就被称为'打狼的','打狼'就是这么个来历。"

这一顿酒两人喝得高兴,一瓶酒见底,菜和饺子都风卷残云般吃光。胡如军喝高了,王处长讲了许多话,他都没有记住,只记住"打狼"两个字的来历,和今后在工作上无论如何不能"打狼"的叮咛。

三山岛这边,好消息不断传来,苏继轩刚撂下王志强的电话,又接到烟台军分区通知,让他和梁占刚团长后天到烟台参加一个重要会议。什么重要会议,没说;会议什么主题,没说。只告诉他们就三山岛金矿施工准备情况和施工计划做一个简要报告,有上级领导听取汇报。

及至两人赶到烟台,到了会上,才知道是中共中央政治局委员、国务院副总理王震到烟台,视察黄金生产情况和接见黄金战线的干部及工程技术人员代表。接见和听取工作汇报在1983年8月14日上午和8月15日上午,分两次进行。王震副总理认真听取了烟台地委和行署专员等人的工作汇报,并详细询问了黄金建设和生产方面的情况。当汇报到在中央领导和关怀下,在党的方针政策指引下,烟台地区黄金生产连年上升,八年时间翻了两番时,王震听了很高兴,对黄金生产取得的成绩表示满意,对黄金战线广大干部、工人和工程技术人员表示亲切慰问,并勉励大家要发扬艰苦奋斗的革命精神,争取黄金生产的更大胜利,为振兴中华和国家建设多做贡献。

第二天上午,王震专门听取掖县(后改为莱州)三山岛金矿建设情况汇报,接见了十一团团长梁占刚、政委苏继轩,询问了部队建设情况。汇报时在座的有山东黄金局负责同志、烟台地委负责同志、掖县县委负责同志、三山岛金矿党委书记等负责同志。苏继轩汇报了十一团坚决执行上级命令、克服点多分散等困难,提前迁移到三山岛开始施工准备的情况,梁占刚就工程立项、施工组织设计和进度计划做详细汇报。王震听取他们汇报后,对十一团指战员坚决执行命令、勇于克服困难、以临战姿态进行施工准备,以及当前的进展表示满意,对官兵给予了鼓励。明确提出了加快三山岛金矿建设进度的要求。他说:你们把时间提前了,就等于提高了效益。他还专门了解了干部战士在三山岛施工的思想情况、生活情况,要求团领导要大胆管理部队,搞好思想建设、政治建设、军事训练、技术练兵,以一不怕苦二不怕死的精神投入到金矿建设上去,为祖国争光,为中华民族争气,展示一流业绩,展示我国在金矿建设方面屹立世界民族之林的非凡业绩。要教育干部战士服从党和国家的需要,为四化建设多做贡献,同时要安排好他们的工作、学习和生活。要求地方支持部队执行三山岛金矿建设任务,为他们施工创造有利条件,提供必需的各种保障。

握着王老那双炽热温暖的大手，梁占刚、苏继轩内心充满了感动，在黄金部队面临撤销的关键时刻，这位创办黄金部队的倡导人，一直热心我国黄金事业的老首长，亲自接见他们，明确做了指示，要求安排好干部战士的工作、学习和生活，提出地方要给部队施工大力支援，这真是雪里送炭关爱有加呀！

梁占刚、苏继轩两人心里升腾起新的希望，眼前似乎又看到了保留黄金部队的曙光。心里想，何去何从听从组织安排，唯有竭尽全力建设好金矿，为国家四化大业做出贡献，才算是尽到一个黄金部队军人的责任。

4

紧张的日子总是感觉过得比较快。在紧张忙碌中，时间一晃就到了10月下旬。季节也从夏季进入秋季，过了中秋节，时序进入金秋，金风徐来，"金风玉露一相逢，便胜却人间无数"，很快就"萧瑟秋风今又是，换了人间"。11月份进入深秋，季节就开始向冬季迈进了。像自然界气候的不断变化一样，社会上各种事物也在变化，有的变顺利了，有的变迟缓了，有的变逆转了，有的变得解不开而更为复杂了，如同"天有不测风云"，社会上许多事也出乎人们意料之外，甚至让人措手不及了。

对于黄金部队撤编，对口集体转业到所在省市黄金公司，十一团干部战士已有比较充分的思想准备。因为文件精神已经传达下来，1983年冬撤销核工业部、黄金指挥部和驻深圳的部队，共7个支队、43个团、4所学校，共6.6万人。十一团含在被撤销之列，大家对此是心知肚明的。虽然个别人有一些想法，但军人一切行动听指挥，干部战士常说的那句老话是："理解的要执行，不理解的也要执行；对自己有利的要执行,对自己没利的也要执行。"并落实在行动上。此时,基建工程兵三分之二的部队已经完成撤销改企,20余万人转为地方企业职工,也有一部分人在撤销改编前转业和复员,到了地方政法战线工作,也有自谋职业去商海大潮闯荡。从传来的消息看,部队撤销后改为相应级别的企业、事业单位,原有待遇保留,个别人还提升了工资等待遇,大部分人解决了城镇户口。深圳基建工程兵部队转入深圳城市户口;北京基建工程兵三个支队(师)转为北京市建筑企业,干部战士都得到了妥善安置。这些好消息传来,让十一团的干部战士感到撤销转企也并没有什么可怕,安心工作等待变化吧,一切听从上面安排吧。

他们上面的业务主管部——冶金部、黄金部队的指挥机关——黄金指挥部、即将转入的中国黄金公司,对干部战士的撤编是高度负责的,分头和联合召开过多次会议,反复研究和磋商,提出过多种方案。

1983年8月13日,黄金指挥部与中国黄金公司召开联席会议,中心议题是研究撤改方案,其中包括撤编的几个团的设置、地点、代号、隶属关系、干部转业等八个方面的议题。对十一团的撤销问题,会上明确:"十一团撤销后并入三山岛金矿,成立井巷队;对干部战士职工的安排意见是:愿留的留,愿走的正常转退。"

1983年10月2日,黄金指挥部召开常委扩大会,司政后领导也都参加了会议。会上传达了基建工程兵召开的转业工作会议,其中说黄金指挥部对口集体转业已成定局,一切工作都要从"撤"和"转"出发,要全力做好撤改工作。会上对8月13日确定的撤改方案进行了再次研究和确认。

1983年10月17日,黄金指挥部再次召开党委扩大会,下属各支队和直属团领导参加会议。会上传达了基建工程兵总部下发的关于部队撤编的几点意见,研究了撤销所属部队的实施方案。

除上述会议外,黄金指挥部还多次召开会议研究各团撤改后的班子配备、人员调整、离退休干部管理、遗留问题处理等一系列问题,撤改工作在紧锣密鼓中步步扎实地有序进行。

由于不是直属团,十一团主要领导梁占刚、苏继轩没能参加10月中旬在北京召开的黄金指挥部扩大会议,对会上的情况不了解。支队领导按照要求逐级传达,精神传达下来会有个过程。进入下旬,黄金部队要立马撤销的消息在十一团传开,大家都关心部队撤销后的去向,当听说十一团撤销后并入三山岛金矿,成为矿上管辖的一个井巷队,是股一级的二级单位时,全团干部战士职工"炸锅"了。刚开始的时候,得知消息的人并不多,范围也很小,但这毕竟事关部队命运、事关三山岛金矿工程建设、事关每个人切身利益,一传十、十传百、百传千,范围进一步扩大,很快全团人都知道了,都在议论。消息自然也传到苏继轩、梁占刚等团一级领导耳朵里。苏继轩让梁占刚打长途电话给支队领导证实,支队领导说"是有一个这样的设计和安排",这就间接证实了传言的真实性。

牛幸娃听到这个消息,死活都不肯相信:上级让我们执行命令建设三山岛,怎么会撤销我们?即使撤销我们,也应按原县团级级别成建制转为企业,怎么会并入三山岛金矿?如果部队转企后并入金矿只是一个井巷队,能担负起整个金矿建设任务吗?这不是开玩笑吗?要是让干部战士职工愿留的留、愿走的走,这还能保留技术骨干和技术能手吗?建设金矿不成了一句空话吗?不相信归不相信,但传的人太多了,消息流传太广了,不少人开始将信将疑。

这消息不仅在部队广泛流传开,而且产生了明显的副作用,各种议论都有了。最典型的是埋怨情绪和消极情绪。一些本来就不愿搬迁到三山岛的人,说开了风凉话:"像过年抢炮仗似的往三山岛跑,得来什么好了?"还有的说得更难听:"像孝子抢孝帽似的往三山岛跑,以为有什么好事,现在有你哭的时候。"有的说:"咱们要是留在沙河就地改公司,怎么也弄个县团级企业,现在可好,桌子改成了板凳,向下矬了一截。"

散布消极情绪的人说:"眼下是打铁人分家,散伙了。"有人说:"部队保不住了,级别也保不住了,爹死娘嫁人,各人顾各人吧!"还有的表达心中不满,说:"我们到三山岛来建设金矿,落了这么个下场,真个是老公公背儿媳妇去赶集——出力不落好。"

更多的人是茫然无措,不知道这个消息是真的还是假的,是真的如何办,是假的如何办。除了个别人思想飘摇、情绪低落,在思想和行动上有不同表现外,多数是遗憾,是为这支部队即将消亡而遗憾,为三山岛金矿建设可能受到影响而担忧,有一种英雄末路壮志未酬的味道,不愿脱下军装,即使脱下军装也不愿散伙,而是继续执行命令,把三山岛金矿建设好,献给国家。但遭此际遇,也无话可说,只好听从命运安排。

从来厌恶通过小道打探消息的牛幸娃,也忍不住让杨玉琼给北京的夏玉珠打电话探听情况。夏玉珠是基建工程兵文工团独唱演员,父亲是老红军,人脉关系广,消息渠道多,神通广大。果然只用半天时间,她就摸到了实底,晚上把电话打到牛幸娃家。是杨玉琼接的电话,牛幸娃怕她转述不清,就把电话抢过来自己接,让夏玉珠慢些讲,一字一句讲清楚。害怕忘了记不全,还一边复述,让杨玉琼做记录。

夏玉珠在电话里说:"事情是这样的。按照这次基建工程兵撤销的有关规定,部队转成企业的,按照部队原有级别确定企业级别,部队干部转到地方企业的,享受原有级别,这是明确的。但在上级研究十一团转制为企业,在和山东省有关部门沟通时,人家提出在三山岛这么小一个地方,放三山岛金矿和三山岛矿建公司两个县团级企业,不好管理,不好协调。一山不容二虎,互相不服怎么办?闹矛盾怎么办?"

牛幸娃听到这里,忍不住发火了:"这纯是屁话!我们现在不就是两个县团级单位吗?我们闹矛盾了吗?一山不容二虎,什么二虎,都是共产党领导的企业,怎么就成了互不相容的老虎了呢?这不是挑拨离间吗?不是贬低党的组织和我们这帮人吗?这是他娘的什么理由!能站得住脚吗?"

阿珠等牛幸娃发完火,接着说:"情况就是这个情况。实在不行,你就和玉琼转业回嘉峪关吧,你对那里有感情,工作也好安排。"

牛幸娃一下子没搂住火,冲电话喊道:"我哪里也不去,死也死在三山岛!"说罢,"啪"的一声把电话撂了。

杨玉琼责怪牛幸娃:"有你这么给朋友讲话的吗?人家好心给你打探消息,你冲人家阿珠发什么火!"

牛幸娃捂着胸口说:"气死我了!气死我了!你听听,那叫给我们降格合并到三山岛金矿的理由吗?老子实在咽不下这口气!"

杨玉琼说:"阿珠说得没错,不行咱俩就转业回嘉峪关,那里熟人多朋友多,你可以转到政法系统,我去少年宫教舞蹈。"

牛幸娃眼一瞪说:"我哪儿也不去,老子回四川老家种田去!"

杨玉琼知道他说的是气话,就不再理他,自个儿睡觉去了。牛幸娃虽然也躺在床上,却一宿没合眼,翻来覆去折腾,还不停地"哎呀""哎呀"地唉声叹气。杨玉琼怕夜深人静被别人听见,扯一个枕巾盖住他的嘴,就这么折腾了一个晚上。

第二天上午,苏继轩主持召开党委常委会,分析部队形势和当前思想动态,话题自然集中到部队当前流传的小道消息上来,说到小道消息对部队的影响。关键时刻,党委委员们显示了高于一般群众的思想觉悟。大家坦诚相见,开诚布公地说了小道消息对自己思想的影响。说一点没受影响,那不现实,是说假话;说一点没考虑自己的前途和命运,那也不是真话。但考虑更多的是部队的前途和命运,官兵的前途和命运,三山岛金矿建设能否建成。异口同声地表示:最后听从组织决定吧!即使十一团撤销了,不存在了,也要站好最后一班岗,给全团干部战士树立一个榜样。

苏继轩对大家的表态大为赞赏,内心也很欣慰。同志们和自己想到一起去了,这就好办了,就没有解决不了的难题、克服不了的困难了。他最后概括道:"我根据大家的意见讲这么几点:一是对小道消息不能放任自流,要以'小道消息不可置信'为由加以堵塞,防止进一步扩散造成更大不利影响;二是因势利导,有针对性地开展思想工作,批驳各种错误言论和自由主义、个人主义思想;三是严格管理、严格纪律,把部队稳定放在突出位置,稳定压倒一切,消解和排除各种不稳定因素;四是毫不动摇地继续做好施工准备,加快施工组织设计和技术培训进度,以实际行动来消除人们的各种猜测。通过切实努力,实现'政治上不出问题、管理上不出疏漏、施工准备不受影响'三大目标。"

梁占刚说:"我完全同意苏政委的意见。补充三点:一是要进一步抓好干部队伍建设,充分发挥干部在稳定部队、确保任务完成中的定盘针作用;二是抓好行政管理,保持正常的生活、工作、施工秩序,为稳定部队、确保任务完成营造有利条件;三是进一步抓好后勤工作,搞好经费、物资正常供应,为稳定部队、确保任务完成提供物质基础。"

牛幸娃眼睛红红的,嗓子嘶哑,坐在那里像个泥雕,一直没有发言,待苏继轩最后问大家还有什么意见没有,准备结束会议时,牛幸娃忽地站了起来:"苏政委,我提一条意见:我们不能在这里坐等上面撤销我们、安置我们!我们要向上级反映大家的意见和心声,不能把我们团合并到三山岛金矿,成为它的一个下属单位,和浙江小分队一个级别。我们必须保留县团级企业建制,这样才能完成三山岛金矿建设任务。如果这个战斗集体没有了,不存在了,这个准备那个准备,准备再好有什么用?部队再稳定有什么用?我们所有的工作都将失去意义。我们不是为自己,而是为部队的前途和命运、干部战士的前途和命运,以及三山岛金矿的最终建成鼓与呼!"说到这里,他还想往下说,却突然跌坐椅子上捂住肚子,不吱声了。旁边的于俊副政委去扶他时,牛幸娃已经坐到地上,人事不省了。几个人手忙脚乱地把他放平,有人赶紧打电话找苗丽萍。苗丽萍和杨玉琼带救护车来了,把牛幸娃弄上车,由王永学代表团领导陪护,一路疾驰向掖县人民医院而去。

第十章

1

　　牛幸娃被送走了,会也开不下去了。与会人员开始关心牛幸娃的病情。这头脾气倔强、性情耿直的"老牛",平常没少得罪人,但他这么一犯病,却引起了大家的关心,内心也认可他的说法不无道理,进而想起他为部队建设做出的贡献,以及为人处世的种种好来。人心都是肉长的,人人心中有杆秤,从内心里大家对"老牛"都是服气的。别的不说,担任三山岛先遣组组长,吃多大的苦挨多大的累,得付出多少心血! 若不是牛幸娃,部队不可能这么快搬迁,搬迁来也住不上这么好的营房。这老牛是累病的,加上听到部队撤销后降级安排的消息,急火攻心,一下子病倒了。大家为他的病会不会有危险担心起来,又多了一份惦念。战友情、同志情,一个班子共事的感情都涌上心头,你一句我一句表达关切之情。有人认为可能是心脏病犯了,有的猜测是急性胰腺炎发作。有的猜测是胃出了问题,长年在现场施工,饥一顿饱一顿,在镜铁山生活条件又不好,不少干部战士有胃病。牛幸娃胃疼时,就用手捂着,一次胃穿孔,还送到医院急救过,这一次恐怕又是胃出了问题。

苏继轩听着大家的议论,心里涌上阵阵暖意。团领导班子总体是团结的,有时对一件事,每个人也会有不同意见,特别是去年以来围绕团部搬迁、部队撤改、干部战士前途命运都有不同看法,也有自己的想法,用班子成员的话说,说情绪一点没受影响、一点也没有考虑个人前途,那是吹牛说假话。团领导也是血肉之躯,也有妻儿老小,在涉及自己切身利益的时候,有一点点想法也是正常不过的事。但大家还是有大局意识的,是把十一团的前途命运放在第一位的,是想着如何执行命令早日把三山岛金矿建设好的。虽然对个人去留有些想法,但该干啥干啥,不影响工作,在关键时刻表现出很高的思想境界和政治觉悟。大家在一起合作,不可能不闹意见。牛幸娃性子急,有时说话伤人,容易得罪人,平常交流,一些同志对他有看法,背后也有怨言,现在老牛一下子病倒了,大家表示对他真挚的关心,期盼他脱离危险,早日康复。目睹此情此景,平常不怎么爱动感情的苏继轩,这时竟触动柔肠,强忍着眼泪没有掉下来,心里酸酸的,嘴里却说道:"谢谢大家对老牛的关心!刚才团卫生队苗丽萍队长悄悄跟我说,从症状看,应是急性阑尾炎发作,生命应无大碍,因此请大家放心。老牛身子骨结实硬朗着呢,不会就此病倒躺下的,他还要和我们一起完成三山岛金矿建设任务呢!等有准确消息会告诉大家的。会就开到这里,散吧!"

那几个常委走了,唯有苏继轩和梁占刚留了下来,两人有一阵子相对无语,内心都感慨良多。就在三个月前,他们俩还一起受到王震副总理接见,首长听取汇报,要求他们把部队建设搞好,提高效率,早日建成三山岛金矿,为国家四化建设做贡献。言犹在耳,正当部队热火朝天准备大干一场的时候,却传来这么个消息。部队要撤编为企业了,并入三山岛金矿,成为矿上的一个井巷队,这还能独立完成三山岛金矿建设任务吗？莫非另有企业接替三山岛金矿建设任务？在部队接到命令之前,三山岛金矿曾有交给浙江一家企业施工建设的打算,后来各方面经过掂量,觉得还是黄金部队能打硬仗,就把这一艰巨任务交给了十一团。莫非因为部队要撤编,信任度下降,要另找建设者吗？即使这样,如此安排对十一团干部战士也很不公平,尤其是对干部,团里连队干部百十号人,营以上干部也有几十号人,转企降级了,干部如何安排？待遇如何保证？就是干部能服从大局,不提要求,那作为团领导,能不为大家的前途考虑吗？能眼瞅着他们职务降低、待遇降低、工作没有着落、家属不好安排吗？战士好安排一些,愿留下的留矿上,不愿留下的回原籍,但是技术骨干技术力量都走了,还有战斗力吗？还能完成施工任务吗？真要这样,那就"树倒猢狲散"了,那么埋在胸中建设三山岛金矿的雄心壮志就化为泡影了,花那么大心力、冲破那么大阻力,提前向三山岛搬迁的意义就大打折扣了。想着这些,两人的内心都不好受,又有几分无奈。

还是梁占刚首先打破相对无言的沉闷,冲苏继轩道:"政委,我认为牛幸娃说得有道理,话糙理不糙,也让我们多了一条思路。你强调部队稳定压倒一切,我强调要一切围绕金矿建设做好准备,这些都不错,但真如目前这样的安排,十一团撤销转企并入三山岛金矿,我们就不可能独立承担三山岛金矿建设任务,那所做的一切,意义也就不大了。如果像先头部队失去目标一样,我们部队失去了三山岛金矿建设的目标,那所谓稳定也是消极的稳定,所做各项准备也是做无用功。而要保住三山岛金矿建设目标,就必须得保留住这支队伍。转为企业没有关系,转为企业,我们也是熔铸军魂、能打硬仗的企业,但这个企业必须是保存原级别、能拥有企业自主权的企业,保留了绝大部分干部战士等基础骨干的企业,这一点很清楚。因此,我们要像牛幸娃说的,不能消极地等待撤销命令,而是要积极向上面反映情况,让上级领导了解实际情况以及我们誓与三山岛金矿建设任务共存亡的心声,从而对已有的决定重新考虑和调整。现在决定还在拟议中,应该有调整改变的余地。"

苏继轩说:"你说的,也是我心里想的。但向上面上书我有顾虑呀!咱们军人从来就是下级服从上级,咱们作为党的一级组织,怎么向上面反映情况?说到什么分寸?我们是代表谁?这是大家共同的意见吗?"

梁占刚说:"不用组织名义,就用咱俩个人名义,由咱俩署名上书。一个共产党员、一个部队干部,有向上级反映情况和申诉的权利。"

苏继轩说:"可以。这件事由我牵头。我真正的顾虑是怕有向上级伸手要官的嫌疑。我自当兵以来,都是组织上让干啥就干啥,从来没有伸手要官、要待遇,临到撤编了,却伸手向组织上要官要待遇了,心里别扭不得劲呀!"

梁占刚说:"怎么是伸手要官要待遇?咱俩一个团长一个政委,本身就是县团级,又没要求提拔,怎么就是伸手要官?"

苏继轩说:"咱们写信要求保留县团级企业级别,不了解情况的人,不就会说咱俩是为了保住个人的县团级待遇吗?"

梁占刚说:"听蝲蝲蛄叫,还不种地了呢!再说了,我们原先就是县团级,现在凭什么把我们降下来?这符合撤编文件规定吗?有依据吗?谁说老子要官,老子就要官了,爱咋咋地!"

苏继轩笑了:"还是你老弟豪横,那我就和你一起要一次官吧!"

两人开始商量这封信怎么写。首先强调此事要绝对保密,范围越小越好,不要牵扯太多的人。如果别人知道了要求署名,你让他署还是不让他署?署名的人多了,不就成聚众闹事发泄不满引起上面反感吗?因此此事要保密。向上递材料,要走正当程序。两人写定材料后交于俊副政委,并请于俊副政委过目后,帮助递交黄金指挥部初副政委,请初副政委交指挥部党委会,一切按正常程序走,不在私底下扩散。在商定两人署名顺序时,两人争了一阵,梁占刚要求做第一署名人,苏继轩也要求做第一署名人。苏继轩说:"我是政委,比你年纪大,你就让给我吧!有什么责任,上面有什么怪罪我首先承担,你年轻,以后还有前途。"

梁占刚说:"你既然不怕承担责任,我还有一个想法,就一起说出来。"

苏继轩说:"你说。"

梁占刚说:"既然给上面写信,就不要藏着掖着了,有什么想法,就一起说出来。我想在这封信中把下面保留黄金部队的呼声一并反映,咱们这支部队1979年才成立,这次就不应该撤。"

苏继轩说:"你接着说。"

梁占刚说:"撤销基建工程兵,是党中央根据国民经济调整和国家体制、军队体制改革的要求做出的决定,我们拥护中央的决定,自觉服从党的需要,顾全大局。但贯彻这个决定时最好不要'一刀切',要从实际情况出发,特别是对新成立的黄金部队要'网开一面',使这支1979年组建的军事化专业化找金队伍,继续发挥黄金工业先锋军的作用。咱们黄金部队这支专业找金队伍成立时间不长,但经过几年时间磨炼,已经堪当大任,广大指战员踏遍千山万水,打开了地下金库神秘的大门,在地质勘探、矿山建设和黄金生产等各个方面为国家做出了突出贡献。我们十一团是基建工程兵黄金部队成立时从钢铁部队转隶过来的,因为我们的加入,黄金指挥部不仅有专门找金的部队,还有专门从事坑探和矿山井下基本建设的部队,在专业技术上成龙配套了。转为黄金部队后,我们完成了湖南邵阳地区龙山锡金矿坑探工程、灵宝地区枪马探矿工程、灵宝地区老鸦山金矿坑探工程等,显示了我们在大型黄金矿山基建中具有独特优势。还有一些边远山区的矿山建设,条件非常艰苦,一般地方队伍很难胜任,而我们却可以大有作为。上级决定把三山岛金矿建设任务交给我们团,是对我们黄金部队的信任,相信我们能啃下这块硬骨头。目前开工在即,就要投入战斗了,这支部队却被撤销了,这对按时建成三山岛金矿不利,对国家黄金事业不利呀!我们就从十一团的情况谈起,谈它继续作为部队存在的必要性,可以从我们团说开来,谈整个黄金部队保留的必要性,为上级最终决策提供参考。"

苏继轩说:"你讲的理由很充分,要把这些形成严谨的文字体现出来。你这么一说,我倒觉得可以把保留黄金部队作为我们的第一条建议,如能把这支部队保留下来,是再好不过的了,三山岛金矿建设任务完成,就完全没有问题了。"

梁占刚说:"这样好。写明在部队实在不能保留的情况下,我们团转为企业时,应保留现有级别,搞好班子配备、合理使用干部、保留大部分骨干,使之能继续完成三山岛金矿建设任务。"

两人本来是商量写一封信递到上面,建议按原有级别转为企业,避免部队撤销后归入三山岛金矿的不利结局,现在却立于更高的站位,在黄金部队是否保留上提出建议,保留黄金部队成了首选。如果黄金部队得以保留,十一团这支劲旅自然在保留范围内。议论到这里,团里两位主官眼前似乎看到了新的希望。

梁占刚说:"建议信最后还要写上,希望上级领导尽快决断,早日做出决策。要是没日没月地拖下去,那黄花菜都凉了,部队就拖散架子了。"

两人还在商量,会议室电话铃响了,是政治处主任王永学打来的。王永学报告了牛幸娃的病情,说医生诊断是急性阑尾炎,已送进手术室。因为情况比较严重,术后恢复得一周左右。苏继轩和梁占刚放了心,苏继轩在电话里交代王永学:"你在那里待到牛幸娃术后稳定后再回来。吩咐老牛好好休息,因为团里目前工作忙,我和团长就不过去了,代我们问好,告诉他不要着急出院,好好在医院全面检查一下身体,调养一下,术后稳定以后,留下杨玉琼陪护他,小杨是护士,两口子照顾起来也方便。"

梁占刚说:"那就这样,我把建议信写好交给你审定。"

苏继轩说:"不劳你大驾了,我来写,我亲自动笔,而后你再修改补充,抓紧上报。"

2

牛幸娃急性阑尾炎手术顺利,由于当时化脓穿孔比较严重,手术时间较长一些。术后需要观察住院几天,适当地进行消炎抗感染治疗。躺在病床上,他要么绷着脸不说话,要么就唉声叹气。王永学知道他为部队撤销改编的消息不痛快,就劝他想开一些,说:"一切听从上面安排吧。"

牛幸娃眼一瞪说:"那就任人宰割吗?"

杨玉琼说:"刚动了手术,可不敢动气,动气把伤口撑开不是好玩的。"

牛幸娃说:"撑开就撑开,死了拉倒,反正活着也没有什么事干,有意思吗?"

杨玉琼说:"咱俩是两口子,你说这话,不怕我伤心吗?"

牛幸娃不再说话,也不爱搭理人。第二天,王永学和苗丽萍看牛幸娃病情已无大碍,要离开医院回部队,去向牛幸娃告别时,牛幸娃挣扎着爬起来,要和他们一起回去。王永学说:"苏政委和梁团长交代,让你在医院做一次全面身体检查,等完全恢复了再回去。你现在闹着回去,对刀口恢复不利,我回去也没法向政委团长交代呀!"

苗丽萍也尽力劝阻,说:"到医院就要听医生的,医生说啥时出院,我们再来接你。留下玉琼陪护你,你们也可以多说说话,好好交流交流。以前两眼一睁,忙到熄灯,回家就困,困了就睡,也没有好好说话的时候。"

牛幸娃不再说什么,目送他们离去。

过了一天,杨玉琼问牛幸娃:"咱们增加什么检查项目?我建议你做个胃镜查一下胃,以前你得过胃穿孔,看看愈合如何,有没有潜在病变。"

牛幸娃说:"查什么胃!"

杨玉琼说:"那查什么?"

正好病房没有别人,牛幸娃就指指自个儿裤裆说:"查查这里!"

杨玉琼不解:"查那个干什么呀,不是好好的吗?"

牛幸娃说:"是好好的,不耽误吃喝,不耽误那个,但就是在你那黑土地上播不上种子!"

杨玉琼说:"播不上就播不上呗,现在有不少人还主张丁克家庭哩!"

牛幸娃不解:"丁克,什么丁克?我听说丁是丁卯是卯,听说让蚊子叮了跳蚤咬了,就是没听说什么丁克!"

杨玉琼说:"丁克家庭现在是一种新时尚,就是夫妻俩结婚后,不生孩子,两人快快活活过一辈子。"

牛幸娃说:"不行!我不赞同结了婚却不要孩子,那人类还有后代吗?还会一代一代传下去吗?我老牛现在事业没有了,部队要撤销了,再连个孩子也没有,成了绝户,那不是两头都没着落了吗?从今往后,部队的心我不操了,爱咋地咋地,我操我自己的心,我就不信在你那块黑土地上播不上种子、种不出庄稼。"

杨玉琼说:"你这么有信心,还查什么呀?"

牛幸娃说:"结婚好几年了,地也没少耕,炮也没少放,你这怀里咋就没有动静呢?你看人家王永学,一炮两个,老金头一年结婚,第二年就生了国庆,和人家一比,我头都抬不起来。"

杨玉琼说:"你是头脑中不孝有三无后为大的封建思想在作怪。其实有没有孩子没有啥,没有孩子,咱们过得更痛快。"

牛幸娃不以为然,说:"什么更痛快,就是自私。你答应过给我生孩子,生一群牛犊子的,现在说这个话了,我不同意!"

在牛幸娃的坚持下,杨玉琼只好给他做了男科检查,化验的结果是牛幸娃患有男性不育症。男性不育症包括无精症、死精症、少精症、弱精症、精索静脉曲张、精子精液异常等症状。牛幸娃属于少精症,精子数量不够。医生告诉他,因为精子少,每次战斗就形不成攻击力。可以调理和治疗,经过调养,精子量增多了,攻击力就增强了。牛幸娃听了内心很失落,但因为没有被"判处死刑",也还有希望,就琢磨着如何才能让那些小蝌蚪数量增加一些,在攻占山头时跑快一些,和对方打上遭遇战时,不能望风而逃,没看见对手就举双手投降。为此,他让杨玉琼去书店给他买些有关书籍,他要好好研究一番。

为了确保成功,牛幸娃让杨玉琼也去做个妇科检查,如有什么不孕症,两人"同甘共苦"一起治疗。杨玉琼坚决不去,说:"我年纪轻轻的,没有毛病。"却背着他也到中医科去过几次,问一些有关不孕的问题,请教如何才能提高着床率,和牛幸娃积极配合。

一周之后,牛幸娃阑尾炎手术伤口愈合顺利,炎症消退,身体得到较好恢复,但心里却瓦凉瓦凉的。一想到部队将要撤销,变成三山岛金矿的井巷队,心里就异常失落,再加上查出自己患有精子稀少的不育症,真是雪上加霜,使他打不起精神,自打参军以来就没有出现过如此低落的情绪。从掖县医院回到部队,在家里待了几天,饭也吃不香、觉也睡不实，干啥都打不起精神，连杨玉琼为了安慰他主动来行夫妻之事，他也草草了事，没有往日床笫上的激情和勇猛。苏政委、梁团长和其他团领导来家里看他，过去在他们眼中勇猛的"老牛"，现在蔫巴巴的，问东说西，全然没有过去的精明和强悍。团领导劝他好好在家养病，不要急着上班，还让杨玉琼留在家里照顾他。杨玉琼说他是患了精神抑郁症，苗丽萍说没那么严重，是因为情绪突然遭到打击转不过弯来，需要慢慢开导和调理。

好在牛幸娃虽然情绪低落，但他并不糊涂，他知道自己病根在哪里，知道不能因为自己情绪失落而影响周围的人。既然上班不能集中注意力，在家养病还得招别人来探视，那就莫不如"躲出去"，到外面静养一段。他和杨玉琼商量之后，向团长、政委请病假和探亲假，说是想去北京大医院看病和到嘉峪关探望杨玉琼父母。团长、政委合计后准假一个月，让杨玉琼陪他去北京看病，然后一起去嘉峪关探亲。苏政委给杨玉琼开玩笑说："好好出去转转，看看病，散散心，回来时给我领一头健壮的老牛回来。"

行前两口子做了合计，到北京要见刘柱锁和夏玉珠，要带点海货给他们；去嘉峪关，要给杨玉琼的父母带些礼物，这些礼物可以到北京准备。但出发前也要准备一些海产品，这在嘉峪关可是稀罕物。牛幸娃还问杨玉琼要不要多带几份？假如需要联系两个人转业后的工作岗位，还得找人办事，礼品是在三山岛带好还是到北京准备好？看来"老牛"这回真的是动心要离开部队了。确切地说，不是他要离开部队了，而是部队不存在了，他不甘在金矿井巷队谋职，要远走高飞早做打算了。上次阿珠在电话中的话提醒了他："你对嘉峪关有感情，嘉峪关工作也好安排。"那里是杨玉琼从小长大的地方，经过几十年建设，嘉峪关成了戈壁绿洲和钢铁工业重镇，能在这里工作也挺好的。反正自己是一个孤儿，在四川那边也没有什么可留恋的，在自己的第二故乡嘉峪关转业安家也是不错的选择,想念镜铁山了,就坐小火车到山里转转,回忆回忆过去的战斗生活;想念牺牲的战友们了,就去给他们扫扫墓,陪他们说说话。自从离开镜铁山之后,就没有再去祭奠过他们,心里有愧呀!

杨玉琼自然同意牛幸娃的选择。三山岛虽然风光秀丽,但部队不存在了,还是得找个地方。什么地方最好?家最好。父母在,家就在;父母在哪儿,家就在哪儿,能回到父母所在的城市,那是求之不得呀!杨玉琼刚开始有这个想法时,牛幸娃还跟她瞪眼睛,说:"哪也不去,死也死在三山岛!"现在这个"犟筋"终于转过来了,也开始有这个想法了,已在考虑联系安排工作时带什么礼物,真的是比以前"进步"了。杨玉琼对牛幸娃的变化,发自内心地持欢迎态度。

请假已获批准,两口子开始安排行程。这时牛幸娃变了卦,说是想到泰安一趟,去泰山散散心,杨玉琼自然由他。两口子到了泰安住下后,牛幸娃却不忙于上山,而是四处打听一个什么小庙,后来终于打听到了。杨玉琼以为此处是一处文物古迹,走近一看,原来是一座送子观音庙,一尊汉白玉雕送子观音像打坐在莲花上,身上到处都是汉白玉雕的男娃和女娃,就像一棵树上结了许多果子,让人看到果实和人生的希望。

原来是在掖县医院住院,牛幸娃去查不育症时,一个老者给他推荐的,说这里的送子观音很灵验,两口子到这里拜一拜,再回去合房,十拿九准。还说这送子观音是有来历的。传说送子观音是春秋时期楚庄王的第三个女儿,名叫妙善,她不从父亲的婚配指令,被父亲赐死,是掌握地狱的阎罗王好心在南海普陀山让她复活。现在全国的送子观音像都是去南普陀请来的。泰山脚下的送子观音为什么特别灵验?就是因为他是南海秀丽和泰山壮美的完美结合,有无尽的生机和活力,但凡来这里求子没有不灵验的。牛幸娃信了这个话,他带杨玉琼来这里,就是想拜拜送子观音像,让送子观音满足自己得子的心愿。

杨玉琼并不怎么信服,不愿意下跪,牛幸娃就做她工作说,你下跪拜一拜,也许真灵验呢。你跪拜了,我就陪你爬泰山。好在两口子穿的是便服,在一众求子人中间也不扎眼,就模仿别人的样子跪下来,很实诚地叩了三个头。至于灵验不灵验,也只能待日后验证了。跪拜之后,牛幸娃果真带杨玉琼爬了泰山,领略了泰山"会当凌绝顶,一览众山小"的壮观。下得山来,心情已好了不少。看来站在高处看世界,确实能让人心胸开阔。第二天,牛幸娃和杨玉琼参观了岱庙,在岱庙附近的商店买了一些泰安特产,带到北京作为礼物送给阿珠和柱锁。

在泰安站上火车前,杨玉琼给阿珠拍了电报。告诉几点几分到北京站,让她到北京站接,并帮忙安排好住处。

出了北京站口,刘柱锁和夏玉珠已在迎候。刘柱锁接过牛幸娃手中的提包,夏玉珠上来拥抱杨玉琼。上面说过他们的关系,牛幸娃和刘柱锁在镜铁山十一连时,一个是连长,一个是副连长,关系那个铁,钢钢的。杨玉琼和夏玉珠也是在镜铁山认识的,一个学舞蹈,一个学唱歌,情同姐妹,关系自然很铁,也是钢钢的。现在两对夫妻又成了好朋友,那更是铁上加铁,钢上加钢。见了面,就老铁老铁地叫着,因为大家都是从镜铁山出来的,镜铁山淬炼也见证了他们的友谊,让他们记住了那个难忘的岁月。

为了表示隆重欢迎,刘柱锁开了一辆帆布篷北京吉普,说是夏玉珠特意向人借来的。车出北京站向北,再向西驶入长安街。夏玉珠让刘柱锁开慢一些,给牛幸娃和杨玉琼指着北京饭店、天安门城楼、电报大楼、民族文化宫一一介绍。过了复兴门,车向北驶,路过钓鱼台国宾馆,进入白石桥路,在白石桥路42号基建工程兵招待所门前停下。刘柱锁给牛幸娃和杨玉琼安排的住处就在这里。

刘柱锁说:这个招待所还是王好领人盖的呢,原本归我们基建工程兵北京的一个支队部,后来让给兵种机关了,因为人熟,我们来了人,也都安排在这里住。这里离阿珠的文工团就几十步远,隔壁南边就是基建工程兵兵部礼堂。这附近也很热闹繁华,南面是国家气象局,北面是解放军艺术学院,对面是中央民族学院,中央民族歌舞团就在附近。这里交通也很方便,出门坐公交332路,往城里可到动物园,往北走可到北京大学,介绍得详细细致。牛幸娃到兵部开过会,也在这个招待所住过,阿珠陪他转过,对这里比较熟悉。杨玉琼却是头一次来,对一切都感到新鲜,眼睛好像不够用,耳朵也不够用,看到的、灌到耳朵里的都是新鲜的东西。她到底比牛幸娃年轻十多岁,对各种新鲜事更感兴趣,对走过女人的新发型、身上穿的"奇装异服"都感兴趣,向夏玉珠问这问那,像个兴奋的大孩子。还因为她心里不像牛幸娃那样装着部队被撤销消息带来的心事,不像牛幸娃听说部队被撤销就忧心忡忡、失魂落魄、魂不守舍。

牛幸娃看见基建工程兵兵部大楼和大礼堂,又想起了几年前在这里开会受到表彰的情景,想到了昔日的辉煌和曾经的部队生涯,想起了即将脱去的军衣,结束军旅生涯,甚至前景都没有着落,心里就升起一层阴影,深感前途暗淡。但他还是装着无事人一样,尽量不表现出来,在战友们刚见面时不露出低落的情绪。但他心里咋想的,杨玉琼比谁都清楚,知夫莫如妻,夜夜睡在一起,一举一动一思一想都看在眼里记在心上。对牛幸娃受部队将要撤销和查出患了不育症双重打击下出现的烦躁不安情绪失常,杨玉琼予以体谅,她是护士,知道怎么关心人,格外注意自己的一言一行,避免再给牛幸娃的伤口上撒盐。

住房是一个标准间。部队是按级别的,这间房是团级标准,标配有两张床、一张办公桌、一个大立柜,有独立的盥洗室和洗澡间。住下稍一安顿,刘柱锁两口子就请牛幸娃和杨玉琼到路对面偏北一些,位于中央民族学院北侧的魏公村一家新疆餐馆用餐,用民族佳肴为他俩举办接风宴。这新疆餐馆原来是个小馆子,很有维吾尔族特色,尤其这里的烤羊肉串很有名气,不少人慕名到这里撸串喝酒,使得这里的生意异常火爆。夏玉珠的文工团就在对面。她从小在青海托勒牧场长大,上大学时就读兰州,对西北风味,对牛羊肉情有独钟,常到这家餐馆就餐、消夜,和这里的老板熟识,订下了这里仅有的一个小包间。老板知道夏玉珠是基建工程兵文工团的一名独唱演员,歌唱得好,尤其是民族风格的歌很拿手,偶尔喝高兴了亮一嗓子,那是举座喝彩一片掌声。对她带客人来表示欢迎,并多有关照。

菜肴是新疆风味自不必说,四个人长期生活工作在甘肃镜铁山,夏玉珠和杨玉琼又是在西北长大,有相同的饮食习惯,上一道菜叫一声好,尤其是那羊肉串,长长的铁钎子,肥实实的羊肉块,闪着油光,有点焦煳的木炭味,让人馋涎欲滴爱不释手,与之相配的自然是56度酒精度的北京二锅头。夏玉珠有孕在身,不敢喝酒,但馋得要了一瓶啤酒,小口抿着和大家一起举杯。

真正的好朋友都是推心置腹的。判断是不是真正的好朋友,就看这么几条:一是你遇到困难为难遭灾时,他愿意不愿意伸手帮忙;二是你取得成绩获得进步中了大奖时,他是否真心为你高兴;三是能不能在一起说掏心窝子话,说掏心窝子话就是推心置腹。什么是推心置腹?简言之,就是"推赤心置腹中",语出《后汉书·光武帝本纪》,意思是推出自己的赤心,放置在别人的腹中,表示把自己内心的想法毫无保留地告诉对方。牛幸娃、杨玉琼两口子和刘柱锁、夏玉珠是可以推心置腹的好朋友。坐下等菜时,牛幸娃说出了此行的两件事,或者说是两个目的:一个是到北京找医院治不育症;二是借去嘉峪关探亲为转业安排工作探探路子。第一件事是个隐私,这是一个男人很难启齿的事,等于在生育上无能、不行,哪个男人愿意承认这一点?即使真的无能、不行,也咬着牙不说。第二件是关于工作安排的一个想法,目前还八竿子打不着,要是不成,或根本办不到,到时还不让人家笑话？但牛幸娃这么有自尊心的一个人,竟把这两件事对刘柱锁和夏玉珠"竹筒倒豆子"了。为什么会这样？完全是出于朋友间的信任,一是相信他俩不会说出去,二是相信他俩不会笑话自己。刘柱锁、夏玉珠果然没有笑话他。

夏玉珠说:"现在不知咋个搞的,患这种病的多了起来,不过现在医学发达,这种病也是可以看好的。地方医院我不熟悉,我给你联系解放军301医院,找专家好好给你看看。要想生育,办法多的是,说不准到那里一看就好了。"

刘柱锁说:"我们牛哥这么强壮的身体,怎么会生不出孩子？这不可能,一定是像电路一样,电流卡在哪里短路了,稍一维修,电就通了,灯就亮了。"

两口子把牛幸娃说得很高兴,情绪一下高涨起来,加上菜肴可口,二锅头好喝,就有点整高了。杨玉琼也能喝酒,在刘柱锁和夏玉珠的劝说下,也喝了不少,说起回嘉峪关安排工作,两眼炯炯有神,好像已回到嘉峪关,回到了父母身边。夏玉珠说,如工作安排遇到困难,她可以找关系疏通,帮忙解决。这么一说,牛幸娃杨玉琼喝得更欢了。

正在兴头上,有人推开包间的门,进来几个穿着维吾尔族服装的年轻姑娘,头上梳着数不清的小辫子,每人拿着一面手鼓。她们是中央民族学院学生,是来为客人唱歌创收的,一支歌收五元钱。其中一个姑娘刚问了一句:"请问尊贵的客人要不要点首歌？"餐厅老板就跑了进来说:"我的天,你们这不是班门弄斧吗？你看看坐着的这位是谁？她可是大名鼎鼎的独唱演员阿珠,是大师级的人物,完全可以做你们的老师了。"几个姑娘一听,有点不好意思,就把夏玉珠围着,"老师""老师"地叫了起来。其中一个说:"老师,您给我们唱支歌吧！"餐厅老板跟着起哄:要得! 说罢还把包间的门打开,让更多人欣赏。

夏玉珠虽然没有思想准备，但毕竟是资深独唱演员，又见过世面，见盛情难却，就大大方方地站起来，说："谢谢各位！我唱一首歌献给我远道而来的战友，也献给在座的小歌唱家们，希望大家喜欢。"夏玉珠到了北京之后，视野开阔，音域也开阔了，歌曲选择的范围更加宽泛，从唱西藏歌曲、新疆歌曲扩展到更多民族地区歌曲。今天，她选择唱《我爱祖国的大草原》：

> 我爱呼伦贝尔大草原
> 红旗如海绿浪无边
> 红太阳光辉照亮牧区
> 我催马儿飞向前
> 接过先辈牧马鞭
> 草原人民把我指点
> 啊
> 骏马行千里
> 雄鹰飞蓝天
> 新牧民扬鞭高声唱
> 我爱祖国的大草原
> 新牧民扬鞭高声唱
> 我爱祖国的大草原
> ……

这是一首七十年代流传在内蒙古草原的知青歌曲。夏玉珠唱得声情并茂曼妙动人。从青海托勒牧场走出来，又在镜铁山淬炼过的独唱演员阿珠，歌声融入岁月的沧桑，更加有神韵、有味道。也许是从小在牧场长大，她对草原有一种深情，唱起来悠远动情，和草原融合在一起,仿佛她就是草原,草原就是她,此时她正骑在骏马上,手持牧羊鞭,在绿色的草原上奔驰。更为奇特的是,她一个人兼男女两部,唱男女两种声音,一句男声一句女声交替着清唱,男声高亢悠扬,女声柔和婉转,男女声交替叠加,变换自如流畅,就如两个演员同台演唱。一下子把学专业的中央民族学院的学生们镇住了。门口围了一帮人,还想听她再唱一曲。刘柱锁出来打圆场:"唱歌的是我的妻子,现在怀上小宝宝了,可不敢动了胎气,以后有机会再给大家唱,谢谢,谢谢!"那些学生和围观的人听刘柱锁这么一说,也就散去了。餐厅老板送上一盘新疆大盘鸡,说是慰劳阿珠的,请各位品尝。脸上笑得像一朵花,也退下去了。

杨玉琼端着酒杯站起来说:"祝玉珠姐演出成功!我今天也饱了耳福了,知道玉珠姐歌唱得好,没想到唱得这么好。干杯!"牛幸娃、刘柱锁自然响应,阿珠不好意思地抿了一口啤酒,算是答谢。

快要结束时,夏玉珠提议今晚串换着住,杨玉琼跟她回家住,刘柱锁到招待所陪牛幸娃住,说:总觉得话没说够,嗑没唠透,我要和玉琼聊个通宵,你们老哥俩也好好说个话。杨玉琼、牛幸娃、刘柱锁自然乐意。刘柱锁开着"帆布篷"和牛幸娃一起,把夏玉珠和杨玉琼送到复兴门外王好连长那间房子,然后开车回了招待所。

刘柱锁和牛幸娃进了房间,各自枕着被子躺在床上。刘柱锁开起了玩笑:"老连长,你今晚打不成炮了。"

牛幸娃说:"你不是也打不成了吗?"

刘柱锁说:"自从阿珠怀孕,我就没有碰过她,都成了旱蛤蟆了,现在一天一天熬,一天一天在数日子哩!"

牛幸娃说:"不说这个。我今天没喝够,还想喝酒!"

刘柱锁说:"我是干什么的?"

牛幸娃说:"我说没喝够,你问我你是干什么的,这不是答非所问吗？是不想让我喝透吗？刚才守着玉琼，又闹哄哄的，喝酒没过瘾。正好两个女人不在，没人管咱，咱放开喝！老子不缺钱！"

刘柱锁说："嗨，老连长误会了，我说我是司务长出身，就是管伙食的，弄点酒菜还不是小菜一碟吗？你稍等！"说完就闪身出去了。不一会提回两瓶二锅头、两只烧鸡和几口袋凉菜，把写字台上的东西清理开，就摆了上来。牛幸娃一跃而起，抓起一瓶酒，用牙把盖子咬开，又咬开一瓶递给刘柱锁，两人也不用杯子，就着瓶喝了起来。

那边夏玉珠和杨玉琼到了家里，两人清把脸，脱巴脱巴就上了床，拥被而卧，说开了悄悄话。

杨玉琼说："阿珠姐，真是羡慕你呀！歌唱出来了，事业有成就，婚姻又幸福，现在又有了小宝宝，真是想啥来啥，顺风顺水呀！"

夏玉珠说："那还不是托镜铁山的福，托咱们部队的福，没有'老霍头'、王永学、牛幸娃、金昌浩、你和苗丽萍，我能参军入伍，能有今天吗？"

杨玉琼说："还是你自己有福气，在托勒牧场认识了去采购牛羊肉的刘柱锁，大胆追求幸福婚姻，像北大河一样，从祁连山里冲了出来，你的勇气让人佩服，你对爱情的执着让人敬佩。"杨玉琼的话里含着这么一段往事：当年阿珠跟刘柱锁押着一车牛羊肉返回部队驻地，牛幸娃等人给两人举办订婚宴，酒后送两人去刘柱锁住的地方，有人开玩笑说："今天就圆房吧，说不定在托勒牧场早就开山放炮了。"阿珠听了这话，晚上坚决不和刘柱锁住在一起，把醉酒的刘柱锁安顿好，就让王永学把她送到苗丽萍和杨玉琼的宿舍去住。第二天还让她俩给自己做了妇科检查，证实自己处女膜还在，没有和刘柱锁打"提前量"。阿珠对爱情既热烈又慎重，既冲动又理智，她的举动赢得了许多人的尊重。

夏玉珠说："刘柱锁这个湖南骡子犟得很，刚到北京时，还对我有二心,老想离开我。"

杨玉琼说:"当年他这个想法我们都知道,他是为你好,害怕拖累你,想让你在北京找一个志同道合的专业人士,好让你有更大的提高,专业上有更大的进步。我们家老牛说,帮他对调到北京和你团聚,他还老大不乐意,把酒杯都摔了,哭得那个痛,好说歹说才劝他同意调到北京。"

夏玉珠笑了:"这二货到北京,还不愿意同我合房,每次干那事,就像个木桩子放在床上,还得我迎合他,为他服务,好像我搞家暴强奸他似的。"

杨玉琼乐了:"刘柱锁这头犟骡子有什么好,值得你这么稀罕,对你那么有吸引力?"

夏玉珠说:"吸引我的是他身上那种军人气质,他为了给连队干部战士解决给养,一人独闯祁连山深处的托勒牧场,差点让狼咬死、被寒冷冻死、被大雪掩埋,幸亏倒地时朝天开了三枪,托勒牧场工人救了他,是送到牧场医院才抢救过来的。这个人对事业这么执着,对战友这么深情,对爱情也不会轻浮,对爱人也不会不关心,我看中的就是他这个人、他这个人的品质。"

杨玉琼说:"阿珠姐还是挺有眼光的,现在怎么样?现在他还有'二心'没有呀?"

夏玉珠说:"二心?他连一心都忙乎不过来呢!知道我怀了孕,怀了他的娃,那个上心。我开玩笑说,柱锁呀,你还想离开我吗?他回答说:你现在拿打狼棒打我,我也不走!"说这话时,夏玉珠充满了幸福感。又说:"玉琼,我给你说,要想把男人拴住,还得有孩子,人家说孩子是夫妻之间的纽带,是夫妻关系的稳定器。"

杨玉琼"唉"了一声,说:"也不知道咋整的,我和老牛没少在一起,就是怀不上,我倒没有啥,可我家老牛急得像火上房似的,越急越用力,地里越不长庄稼。看你和柱锁,多能干,真让人羡慕呀!"

夏玉珠脸上洋溢着幸福的微笑,说:"哟,小家伙踢我呢,你来伸手摸摸。"

杨玉琼把手伸到夏玉珠肚皮上,果然感到胎儿在腹内躁动,就学着牛幸娃的四川话说:"咦,刘柱锁的龟儿子在妈妈肚里还不老实哟!"

夏玉珠问杨玉琼:"老牛对你如何呀?不会光知道干那个事吧?"

杨玉琼说:"老牛对我挺好的,就是性格暴躁、脾气倔,遇事不那么细心。"

夏玉珠说:"这次来北京好好看看病,生个孩子,夫妻关系就稳定了。男人都说媳妇是人家的好,孩子是自己的好,既然孩子好,他能不喜欢孩子他妈吗?有了孩子一切都好了。"停了停又说:"那个'阎眼镜'还当指导员吗?你俩还有联系没有?他现在还一个人单着吗?"

说起"阎眼镜",杨玉琼又"唉"了一声,就把和阎芳州的关系,以及阎芳州如何求她找阿珠递信,她为了不让他闯祸,把信匿起来的经过说了一遍。

夏玉珠说:"你这个小妮子,做事会动脑筋了!看来还是心里有他,怕他犯错误。"

杨玉琼说:"也不全是,是王永学指导员找我,让我出面阻止他,我是奉命而为。说实话,我对他还是有感情的。他迟迟不找对象,大学毕业又回到部队,低头不见抬头见的,弄得我很为难。老牛有时也会吃点小醋,搞得我心里不舒坦。"

夏玉珠说:"这可咋整?"

杨玉琼说:"我想把我妹妹玉洁介绍给阎芳州,想让他早日成家。谁知我妹妹之前交往上了和阎芳州一个连的副连长,两人谈上了,现在又觉得阎芳州不错,踩上了两只船,要搞什么'竞争上岗'。弄得我豆腐掉到灰堆里——吹也不是打也不是。我准备这一次回去好好给玉洁说一说,必须赶快决断,早做选择,在恋爱上可不能脚踩两只船。"

夏玉珠说:"你妹妹踩不踩两只船,我不管,但杨玉琼,我可给你说,你绝不能踩两只船,既然跟了牛幸娃,就跟到底,绝不能再去招惹阎芳州,这可是个道德品质问题。你现在结婚了,就要有底线,和结婚前不同,结婚前有选择自由。"

杨玉琼说:"这个我明白,我把握着度呢!"说到这里,自个儿笑了,嘎嘎地笑。夏玉珠问她笑什么,杨玉琼就把苗丽萍讲的那个把握度的故事讲了一遍。

夏玉珠笑了,但控制着不敢笑大劲,怕震着肚子里的孩子。停了一会儿说:"玉琼,你给姐姐坦白,你以前跟'阎眼镜'有那个事没有?"

"啥事?"杨玉琼问。

夏玉珠说:"装吧,装吧!就是男女之间那个事呀!"

杨玉琼脸红了,一会儿又白了,说:"阿珠姐,我和阎芳州比窦娥还冤屈,我俩是交往密切,但连拉个手、亲个嘴都没有,更不要说床上那些事了。天地良心,我敢对天起誓。"

夏玉珠说:"起什么誓!姐姐信你。姐也相信除了婚恋关系外,男女之间是可以有异性朋友的。不瞒你说,姐姐就有异性朋友,事业上还是很有帮助的。"

杨玉琼惊叹:"你们大城市就是开放呀!"

两个好朋友断断续续聊了一夜,一直到东方既白。

3

牛幸娃和刘柱锁这边,又是另一番景象。

开始时,两人也不说话,互相也不劝酒,一个人把着一瓶酒就着一只烧鸡,还有一些凉菜,自个儿吃自个儿的,自个儿喝自个儿的。北京二锅头就是劲大,在餐馆喝了一气,现在又喝不少,两个人脸都喝红了。

牛幸娃给刘柱锁要酒喝,不是他多么好喝这一口,对酒有多大瘾。作为部队干部,他喝酒也是有节制的,除了极特殊情况,一般是在节假日允许时喝,喝时也不敢太放开,部队万一有事怎么办?可不能因酒误事,他头脑中有这根弦。现在是休假期间,又觉得是被命运抛弃了,玩弄了,心里满是痛处、苦处,就想借酒浇愁,借着酒把有些事想想清楚。反正自己要离开部队了,也没有什么用处了,也找不着北了,就"醉里乾坤大,壶中日月长",放开痛饮吧!再说对着的是刘柱锁,是比兄弟还要亲的亲战友,不怕喝多了被人笑话,不怕酒多失言让人抓住把柄。无奈何借酒浇愁愁更愁,心里的愁苦更甚了。

牛幸娃酒虽喝多了,但还知道关心刘柱锁,终于像在屁股上划一小刀——开了口,边喝边问刘柱锁的情况。上次刘柱锁回三山岛时,说北京指挥部的部队正在撤销改编中,不知现在进行得怎么样了?刘柱锁工作安排如何?

刘柱锁说:"上级对撤销北京基建工程兵很重视,要求在完成这项任务的过程中,决心要大,步子要稳,要保证部队政治上不出问题,特别是北京作为首都,不能出任何问题,担负的生产建设任务不受影响,或者影响很小。北京指挥部下属各部队采取成建制转业的办法,除一些干部战士因特殊情况选择转业、复员外,绝大部分都选择留下参加北京市政建设。"

牛幸娃说:"这样好,骨干都保留下来了。部队改编后的级别呢?"

刘柱锁说:"基建工程兵北京指挥部改编为北京市城市建设工程总公司(局级);撤销基建工程兵第六、第七、第九支队机关;第五十二、第五十三团改编为北京市第一城市建设公司,第五十四、五十五团改编为北京市第二城市建设公司,第六十一、六十二团改编为北京市第三城市建设公司,第十三、第五十一团改编为北京市第四城市建设工程公司,第六十三团改编为北京市城市建设机械施工公司,第六十四团改编为北京市城市建设工程安装公司,材料供应总站改编为北京市城市建设工程材料供应公司,均为县团级;基建工程兵北京指挥部设计院、第四技术学校、医院、构件厂分别改编为:北京市城市建设工程总公司设计院、技术学校、职工医院、构件厂,均为县团级。北京指挥部、各支队、各团干部得到了合理安置,有的还得到了提拔重用。"

牛幸娃说:"真不错呀!基本上是原来是啥还是啥,原来干啥还干啥。你个龟儿子,咋对这些事情知道这么清楚呢?"

刘柱锁说:"我被抽调到北京指挥部撤编转企工作组,参与撤销和移交的具体工作,一直到全部工作完成,部队番号撤销。"

牛幸娃说:"怪不得你如此门清。部队番号撤销了,你任务完成了,现在你被安排哪里去了?"

刘柱锁说:"我现在被分配到市人事局,继续协助部队做好善后工作,协调解决一些遗留问题,比如离退休干部安置、一些干部住房、家属户口、医疗待遇等遗留问题。事情还真不少,忙得不亦乐乎。"

牛幸娃又大口喝了一些酒,说:"柱锁,你现在行了,部队转企转得好,你工作安排也巴适得很,老哥为你高兴,心里也有点嫉妒咧。你看看你老哥我现在混成啥样了?十一团要没了,撤编变成三山岛一个井巷队了,真要爹死娘嫁人,各人顾各人了。老营盘没了,向哪投奔?搞了这么些年施工,我又不会别的,身体也不行了,还得了什么不育症。一想到这些,我心里就憋气,打不起精神,想死的心都有。"说着,还抹起了眼泪。

刘柱锁说:"老哥莫急,相信组织,相信天无绝人之路。"

牛幸娃说:"你小子现在脚踩干滩滩上,站着说话不嫌腰疼!组织在哪儿?天在哪儿?怎么不来帮帮我牛幸娃!"说完,竟痛哭起来。

刘柱锁站起身把窗户关严、门锁死,又从洗漱间抽一条毛巾出来,递给牛幸娃,让他擦眼泪,耐心地劝说。

没承想,越劝说,牛幸娃哭得越痛:"我活了大半辈子,啥也没有了,目标没有了,前途没有了,想享受天伦之乐吧,还断子绝孙了,天下有比我还倒霉的人吗?"说完又呜呜地哭,怕被别人听见,还用毛巾捂着嘴。

刘柱锁劝不转牛幸娃,索性不劝了,他流着眼泪说:"老哥,不说了,到什么山上唱什么歌,咱们喝酒,咱们今天喝个巴适。"

刘柱锁劝说不听,劝酒倒大有效果。牛幸娃积极响应,比先前喝得更欢更猛,索性握瓶仰嘴往里灌了起来。刘柱锁也不示弱,往嘴里灌得更猛,结果是两人全部醉倒不省人事了。

第二天早上,夏玉珠和杨玉琼买了早餐,赶到招待所,牛幸娃刘柱锁房间的门敲不开,怎么擂门也没人应,找服务员打开门,看到两人和衣睡在床上,醉得一塌糊涂,桌上狼藉,地下摆着两个空酒瓶。

夏玉珠杨玉琼各自摇醒自己丈夫,让他们起来洗脸、用餐。

阿珠埋怨刘柱锁说:"怎么把牛参谋长喝成这样?"

刘柱锁嘿嘿笑着说:"酒逢知己千杯少,喝着喝着就整多了,娘子恕罪!"

夏玉珠说:"少给我嬉皮笑脸,今天将功补过,拉牛参谋长和玉琼在北京多转几处名胜。"

牛幸娃刚在洗漱间洗完脸,清醒完头脑,说:"阿珠陪我转过,我就不去了,我想让柱锁陪我去部队改编后的军营看看,看看部队转企后是如何管理的。"

杨玉琼说:"不去拉倒!我和阿珠去逛王府井百货大楼和西单商场去!"

刘柱锁说:"那这样,吃过早餐,我用车送你俩去王府井百货大楼,我们去部队改编的公司看看,咱们兵分两路,各不相扰。"

牛幸娃点头同意,追了一句:"联系 301 医院看病的事别忘了。"

夏玉珠说:"不会忘,已找了人,等人家来电话呢。"

刘柱锁开着"帆布篷",同牛幸娃一起,把夏玉珠和杨玉琼送到王府井百货大楼,约好中午见面时间,就开车走了。

牛幸娃说:"老娘们逛商店就是有瘾,即使兜里没揣钱,也要去那里点点货。我一听进商店脑袋就大了,宁肯在门口等。"

刘柱锁说:"逛商店是女人的天性,咱们男人进商店是买啥看啥,买了就走;女的要把所有货看个遍,生怕眼睛不够用,就是不买,看着也心里高兴。我们连队有个家属,兜里揣一毛七分钱能到商场逛一天,逛完一天,又揣着一毛七分钱回来了。我也不爱逛商店,阿珠进去后,我就在门口抽烟等,门口蹲一溜人,都是男的在等老婆,都成一道风景线了。"

牛幸娃说:"真闹不明白,那商品看看,能看出花来?"

刘柱锁说:"商品是看不出花来,但看商品的女人心里乐开了花。"

牛幸娃说:"看来还是你小子懂女人!"

两人说着话,车就开到朝阳门外水碓子了,这里原驻有北京指挥部一个团,这个团改为企业后,仍驻在这里。这里是过去的军营,现在也还住着军人,但这些军人已不是严格意义的军人了,他们穿着军装,但已经摘去了领章帽徽,成了曾经的军人、现在的企业职工。

刘柱锁和这里的团长、政委熟悉,团长姓王,政委姓慕,转企后团长任经理,政委任书记,还是两人搭班子。他们听说是基建工程兵战友来访,又是友邻黄金部队,看到牛幸娃的领章和帽徽既亲切又羡慕。

王团长说:"牛参谋长,你们现在还没转企,怕是不转了吧?"

牛幸娃说:"一言难尽。我来这里是想了解你们转企后是如何管理的,也好有个思想准备。"

慕政委说:"从军队变为企业,从军人转为老百姓,确实是一个很大的转变,我们也有一个从不习惯到习惯的过程。但不管怎么转,我们以前的历史、传统和军人的身份不能忘记。我们坚持做到几转几不转:一是从编制建制上转,从部队的一个团转为建筑企业,但人民子弟兵的性质没有改变;二是从身份上转,从部队的指战员转为地方企业的干部职工,但全心全意为人民服务的宗旨没有改变;三是从外在形式上转,军营变为企业,门口也没有站岗放哨的了,但内在素质、气质,精神面貌没有改变;四是从组织架构上转,对外不再称团、营、连、排,而是称区队、中队、小队,但严格管理的作风没有改变。"

王团长接话道:"我们现在作息和活动,以及出工,都和部队时一样管理。早上吹起床号,早晚点名制度、班务会制度都坚持下来了。包括内务卫生,还像过去一样井井有条,毛巾、水壶还挂得像一条线一样溜直。过去官兵一致、战友互相爱护互相关心等一些好传统也继承下来了,部队战斗力没减弱,还是指哪儿打哪儿,坚决完成任务!"

牛幸娃边听介绍,口中边说"好",内心想,从部队改编为地方企业,如果改编得好,也没有那么可怕,仍然有战斗力,照样可以很好完成上级下达的任务。对军队转企,思想上也没有过去那么抵触了。但一想到十一团不仅要转企,还降格为三山岛金矿的一个小井巷队,心里就瓦凉瓦凉的。

牛幸娃和刘柱锁按约定时间,到王府井百货大楼和杨玉琼、夏玉珠会合,等了半天两人才出来,出来后手里拎着不少纸袋子,算是一个上午的"战利品"。在王府井小吃一条街吃了午餐,刘柱锁开车送夏玉珠、杨玉琼去西单商场,两个女人继续"逛购",两个男人回招待所休息,说好不用再接,晚餐自便。刘柱锁知道,这是夏玉珠还要领着杨玉琼逛夜市,西单商场附近的夜市刚开不久,红火得很。阿珠自己就跑去过几次,弄来不少从南方倒过来的商品,什么喇叭裤、连衣裙、露脐装、蛤蟆镜、网眼袜之类,挤占了王好连长房子的不少面积。今天肯定领着杨玉琼狂购一气。

回到招待所睡个午觉,起来洗把脸,牛幸娃问刘柱锁:附近有没有部队改企的单位?刘柱锁说西直门外还有一个。

牛幸娃说:"走,你再带我去看看。"

"帆布篷"又开到西直门外,牛幸娃在刘柱锁陪同下,又看了一个团改为企业后的管理,和上午考察的大同小异。不同的是,他俩还到了建筑工地,牛幸娃看到昔日战友今天的工友依然生龙活虎、干劲不减,心中有许多感慨。他在心中琢磨着什么,想干点什么,内心涌升上来一些冲动。

第二天上午去301医院检查身体,重点看不育症。夏玉珠让杨玉琼一起查一查,说找一次人不容易。这样,刘柱锁陪牛幸娃看男科,夏玉珠陪杨玉琼看妇科,相约看完后在门诊大厅会面。

牛幸娃先到门诊,接待他的是一个有经验的老大夫。老大夫和颜悦色,先让他说说自己的经历,牛幸娃有点疑惑不解:来看生不出孩子的病症,和自己经历有关系吗?等他讲完,老大夫说:不育症分两种,一种是先天性的,一种是后天的,后天造成的又有各种原因,比如患过其他疾病的、受过伤的、长期在艰苦环境中生活的、身体精神突然受到刺激的。从你介绍的情况看,后天的可能性很大,也许在施工中受过伤,也许在动其他手术时损坏生殖系统,也可能是在冷热环境突然变换中受到刺激所致,比如在冰冷的天气下水,等等。凡属后天的,都可以调治,但效果好坏自当别论。所以,你的病是有希望看好的。说完便开了一个单子,让他去做化验检查,待检查结果出来后按症施治。

杨玉琼是夏玉珠陪着进去的,女大夫看她俩关系很好,也都是女同志,就没有赶夏玉珠出去。问了问情况,说不孕症情况复杂,有一方有毛病的,也有双方有毛病的。

夏玉珠插话："她男人在男科查着呢。"

女大夫问："你们同房正常不正常？"

杨玉琼有点紧张："我们一直在一个房子里住着呢。"

夏玉珠笑翻了："人家大夫是问你那个呢，是你和你男人在一起那个呢。"

杨玉琼说："那个啥？"

女大夫说："性交，就是性交正常否，他能勃起否，能正常进入否？"

杨玉琼脸一下红了，羞得说不出话来，只是一个劲地点头。

女大夫说："女性不孕症有先天的，有后天的，有先天后天一起造成的。比如一个女人的体质，再加上后天不怎么注意，也会造成宫寒，宫寒就不宜着床。"说完开了单子，让持单去化验一下，结果出来后就可以进行判断了。

从诊室出来，夏玉珠贴近杨玉琼的耳朵问："正常否？"杨玉琼脸又红了，用小拳头对着夏玉珠捶打起来。

既然已经检查完毕，只等化验结果了，牛幸娃和杨玉琼提出明天出发去嘉峪关，托夏玉珠买火车票。

夏玉珠说："急什么，化验结果还没出来呢！"

杨玉琼说："走前能出来更好，出不来你就取了把结果告诉我们，反正我们那不是秘密，你都知道了，也不瞒你。我爸妈在那边催我呢，说安排转业事已找人，人家等着要材料呢。"

牛幸娃说："从嘉峪关返回时，我们还可以在北京停留，不行就'二进京'，非把不能生孩子的病治好不可。"说时看着夏玉珠隆起的肚子，一脸的羡慕。

既然如此，也只好听从他们安排。夏玉珠即找人订票，下午陪杨玉琼逛北海公园。刘柱锁下午回单位上班，牛幸娃在招待所休息。杨玉琼对夏玉珠说："你现在身子沉了，行走不方便，下午就别陪我了，我

319

也在招待所休息吧。"

夏玉珠说:"你下午就想在招待所'正常'呀?不行!你得陪我去北海公园走走,人家医生让我多走动,说多走动有利生产。"

杨玉琼笑笑:"随你!"她知道这是阿珠想多陪陪自己,两人在一起多说说话。

刘柱锁说:"你们刚才说下午就'正常',什么意思?"

夏玉珠说:"这是我们女人之间的秘密,不告诉你!"

下午招待所房间里,就剩下牛幸娃一个人,因为心里有事,睡一会儿也没有睡实。他起床出门,沿大街人行道向北溜达,一下子到了白石桥路42号——基建工程兵大院门口。看见门口两个威武的岗哨,车从正门开进开出,一些军人在边道上进进出出,他也随着人流进去,大概站岗的看他穿着军装,也没有拦他,但进去之后,他却不知道去向哪里,奔向何方。别人有进南楼的,有入北楼的,有向东的、向东再向南的,他愣愣地站在原地在那里发呆。发了一会儿呆,却突然想到:这里是基建工程兵兵部,是基建工程兵最高领导机关,我是黄金部队的一名副团职干部,我既然来了这里,为什么不去找领导机关向领导同志反映情况?人家北京指挥部的部队安排得那么好,自己是亲眼看见的。听说深圳基建工程兵七个团两万人都得到了妥善安排,其他系统的部队转企业后也都安排得不错,为什么偏偏我们十一团却要撤编后,改为三山岛金矿的一个井巷队,一支几千人的队伍,变成几百号人,说没就没了,金矿建设任务也"吹灯"了,这样安排合理、合适吗?他想找领导问问:他们知道不知道这件事?对这件事怎么看?他想向领导反映基层的呼声,为什么就不能从我国黄金生产实际出发、从完成金矿建设任务实际出发处理这些问题,让我们这些黄金战士成了没娘的孩子,哪怕完成金矿建设任务后再撤也可以呀!或原建制转成企业继续完成三山岛金矿建设也可以呀!我们干部战士不图这不图那,就图把金矿建设成,为国家争光,为中华民族争口气,这个要求难道还过分吗?想到这些,他就想进机关大楼里去。

打听到主要领导所在的楼层,就要进楼时,牛幸娃却止步不前了。进去后找谁呢?一个人也不认识呀!自己不认识推门而进,不是成了上访者了吗?不是会被误认为是扰乱工作秩序吗?现在基建工程兵撤销到了关键时期,自己冷不丁去找领导同志,见了面说什么呢?从何谈起呢?他后悔没有找夏玉珠或者刘柱锁事先找人沟通,问一问。现在就自己一个,举目无亲,想想觉得这样做实在唐突,心中的一腔热血也就凉了下来。自觉在这里待着也没有什么意思,就移步而出,到了马路对面的中央民族学院门口,看人家男男女女朝气蓬勃地进进出出,而自己却身处目前的处境,心中自是有一些悲观,漫无目的地沿人行道前行,遇到一个公共汽车站,看人们上车下车消磨时间。当他看到汽车站牌时,眼前突然亮了,有一路车直通黄金指挥部所在地北苑,好像没有多少站就能到黄金指挥部,他不再犹豫,等车到站时,一脚跨上了这路公共汽车。

黄金指挥部是黄金部队的上级机关,牛幸娃认识几个月前去三山岛调研的初副政委,初副政委离岛时说过,有什么事可写信反映,也可以去北京找他,这不是有约在先吗?找他反映情况,没有越级之嫌,因为认识就可以放开了说。一边坐在车上,一边琢磨着怎样开口,到了黄金指挥部,见了首长面怎么说也想好了。也想好了,万一初副政委不在怎么办。便后悔自己没有事先写个材料,如果人家不在时把材料留下来。又在心里骂自己:你后悔个球!原先哪有这个想法,现在是临时起念,怎么会有材料?管他呢,有枣没枣打三竿,人在不在我找一趟,找着了算有运气,找不着就死了这条心,回嘉峪关找个工作转业算了,省得留在三山岛受气。就这么一路盘算着,他到了黄金指挥部。

牛幸娃真是幸运,不仅下了车顺利到达,而且顺利进了黄金指挥部大楼,顺利地见到了初副政委。初副政委正在审一材料,门开着,他一眼就看到印象中那个慈祥又威严的首长。

"报告!"一声"报告"响过,牛幸娃走了进来。初副政委抬起头来,初时没看清来人是谁,待牛幸娃走近,看清是他,就笑着伸过手道:"牛参谋长,哪阵风把你吹到北京来了?"

找初副政委这么顺利,牛幸娃本应高兴才是,但握过手,却不回答,坐在沙发上抹开了眼泪,像受到了委屈的孩子,在外面受了一肚子委屈,终于见到自己的父母,那委屈就和着眼泪一起爆发了。

"这是怎么了?"初副政委把一茶杯放到茶几上,坐到牛幸娃身边。

"首长,您可得替我们做主呀!"牛幸娃就把如何听到十一团将要撤销、变为三山岛金矿一个井巷队,部队人心惶惶没有着落的情况,一股脑地向初副政委倒出来。

初副政委说:"看来上面说话、办事非得谨慎不可,一个想法、一个动议传到下面可不得了。"又说:"别抹眼泪了,你有啥想法,直接说!"

牛幸娃说:"我就是两个想法,一个是先把三山岛金矿建设好,再把部队撤编,不影响部队执行上级命令完成任务;二一个是即使撤编,也要按现在建制和级别转为企业,继续以部队的方式进行管理,坚决把三山岛金矿建设任务完成好!"

初副政委说:"你这个想法和你们团苏继轩政委、梁占刚团长商议过?"

"没有呀,没有商议过呀!我是自个儿请假出来看病、探亲,自个儿到这里向您反映情况,没有受谁指派呀。"牛幸娃急忙解释。

初副政委笑着说:"那就是英雄所见略同了。我前两天收到你们团苏政委、梁团长写来的信件,信中写的内容,竟和你的要求一模一样。"

原来自己离开部队期间,政委和团长给领导机关黄金指挥部写了信,内容和自己不谋而合。牛幸娃无意中知道了这个情况,也为政委、团长有责任心和担当而受感动。就问初副政委:"他俩写的信在哪儿?"

初副政委说:"你干啥?"

牛幸娃说:"我要在信上按个红指头印。"

初副政委说:"你用不着按,也按不了了,我已把信转送到主要领导同志那里了。你来了正好,作为团参谋长,当面到领导机关反映问题,这个分量够,也是一个新角度。我一会儿找一个同志把你的想法记录一下,你签个名,你看这样可否?"

牛幸娃说:"这太好了,太好了!"

初副政委找机关一位干事来,让牛幸娃把自己的意见、建议讲详细一些,那位干事记录之后,给初副政委和牛幸娃看了一遍,牛幸娃在上面签了字,还郑重地在名字上按了红手印。

那位干事走后,初副政委说:"你这个材料,我很快就会转党委常委们传阅,也会作为一个决策的依据。组织上最后怎么决定,我们怎么执行。我这里有几条意见,请你带回去给苏政委、梁团长和团里各位领导。一、无论情况发生什么变化,由你们十一团完成三山岛金矿建设任务的命令不会改变;二、目前还没有接到黄金部队改编为企业的命令,必须一切按照军队要求严格部队管理,做好三山岛金矿开工前的一切准备工作;三、即使下一步十一团转变为企业,也是团一级企业建制,按部队管理的方式以及执行的三山岛金矿建设任务也绝不会改变。"讲完之后,又强调说,上述意见是他在转交苏政委和梁团长信件时,黄金指挥部主要领导同志口述的。正好请牛幸娃带回去向团里传达。

初副政委的一席话,让牛幸娃这个蔫巴的老虎又振作起来,他"呼"地站起来行了一个军礼:"请首长放心,我这就赶回去传达贯彻!

不把三山岛金矿建设好誓不为人,决不收兵!"

初副政委要留牛幸娃吃饭,牛幸娃说:"首长,您这一席话比给我吃啥好东西都强,我病也好了,头也不晕了,我回去收拾收拾,就往部队赶!"

初副政委说让司机送牛幸娃回招待所,牛幸娃这回没客气:"首长,借你光了,你的小车肯定比我们吉普车强,坐这么高级的车,我还是大姑娘上轿——头一回哩!"初副政委把他送上车,挥挥手作别。

刘柱锁赶到招待所时,牛幸娃正在往提包里装东西,一见到刘柱锁,就喊道:"快,帮我收拾,收拾好送我去北京站!"

刘柱锁说:"你干什么这么着急?阿珠和玉琼还没回来,你俩订的票是明天的卧铺,怎么现在就鞋子里长草——慌(荒)了脚?"

牛幸娃也不多做解释,只说刚接到团里和上级电话,说有紧急任务,需要他这个团参谋长连夜赶回。一边收拾一边交代:"你告诉玉琼,让她一个人去嘉峪关,就说我执行紧急任务,不能跟她回去了,让她路上注意安全。检查不孕不育症的检查结果出来后让玉琼带着,或电话告知一声,这事也没那么急,慢慢看吧。"又对刘柱锁说:"你去招待所给我弄些吃的,我在路上用。"

刘柱锁说:"等我们吃了晚饭,我为你送个行;等她俩回来也打个招呼,免得玉琼生气。"

牛幸娃说:"等不及了,到车站赶上哪趟是哪趟,咱军人有这个优待和便利。再说,军令如山,你又不是不知道。"

刘柱锁看劝不转他,就去招待所食堂要了些馒头,装了一些凉菜和做熟的菜,还装了一瓶二锅头。把准备好的吃的拿来,牛幸娃东西也收拾好了,两人开着"帆布篷"向北京站匆匆驶去。

4

十一团处于"风雨飘摇"的特殊时期,政委苏继轩和团长梁占刚深知部队存在不稳定因素,不敢稍有疏忽大意,坚持每天碰一次头,沟通情况,研究对策。

这一天两人正在碰头,牛幸娃风风火火地闯了进来。

梁占刚说:"咦,你不是休假探亲去了吗?怎么又回来了?你老婆杨玉琼也回来了?"

牛幸娃端起梁占刚面前的大茶缸,"咚咚咚"喝了几口,一抹嘴说:"老婆没回来,跑了!"

苏继轩说:"闹什么矛盾了?至于吗?不是说对上级要敬,对下级要爱,对老婆要哄吗?看来你老牛哄老婆的功夫还不到家呀!"

牛幸娃说:"咱不扯这个。我问你俩,背着我都干什么事了?"

苏继轩和梁占刚对视一下,不知牛幸娃葫芦里卖的什么药。

梁占刚说:"我们背着你干什么了?你离开才几天,我们又没有提拔干部,又没有整你黑材料,你这是发哪门子癔症!"

牛幸娃说:"你敢说你俩没背着我干什么事?那给黄金指挥部写的那封信是谁写的?谁签名的?"

苏继轩说:"噢,你老牛指的是这件事呀?这个事有,我和占刚给上面写信反映了部队情况,提出了我们的意见和建议。"

牛幸娃说:"那为什么不给我打招呼?为什么不带我一个?"

梁占刚说:"那时你还在医院住院嘛,再说这是写信要级别、要官,是个砢碜事,带你干什么!"

牛幸娃说:"这是向上反映情况,反映基层干部看法,怎么是要级别、要官?难道保留我们原级别不应该吗?"

苏继轩说:"你去休假了,怎么和这件事扯连上了?你是怎么知道我俩向上级写信的事?这个事是保密的呀!"

牛幸娃笑了:"保什么秘密?我什么都知道了,就不要跟我盖盖摇了。"于是就把他如何去北京,如何去黄金指挥部找初副政委,初副政委说他俩的信已转交主要领导,主要领导同志讲了三条意见。然后按照初副政委的要求,对这几条内容一一做了传达。

苏继轩和梁占刚听了很兴奋。苏继轩说:"看来咱们写的信起了作用,一是交到了主要领导手中,二是主要领导意见很明确。这三条意见,条条都很重要,我们必须认真传达,贯彻落实,使之起到特殊时期的定盘针作用。"

接下来,牛幸娃又讲了他也反映了这个意见,在自己口述材料上签名按了手印。为了能及时传达上级领导指示,他连夜从北京赶回,也不准备去嘉峪关休假了,让杨玉琼自个儿去探望父母。至于在北京看不育症的事,他只字未提,这是个人隐私,说出了让人笑话。

苏继轩说:"老牛就是老牛,关键时刻能顶得上去,这可对稳定咱们部队起大作用了。只是别让老婆跑了,要哄住、看住。"说罢让梁占刚去通知其他团党委常委,让大家一起听牛幸娃对上级精神的传达。

牛幸娃传达的黄金指挥部主要领导的意见,像"定海神针",一下子把十一团稳定住了。一是可能不撤,二是撤了也会改编为县团级企业,三是撤与不撤,由他们执行三山岛金矿建设的命令不会改变。这三条,条条扎实,把改编后归三山岛金矿成为矿上井巷队的消息,完全否定掉了。如果说前者是传闻,那后面这三条可是从上级机关传下来的指示,不由人不信。当然也有人犹豫,他们尽管相信这是真的,但这毕竟是"捎话",不是白纸黑字的文件。就在这些人心存犹疑时,很快就有一件事打破了这种犹疑。

一天,十一团上级五十二支队支队部来电话,说冶金部直属华北矿建公司总经理杨振山,要带一个考察组到十一团学习考察,支队刘支队长陪同他们来,让团里安排考察接待工作。很快,黄金指挥部干部处也来了电话,说华北矿建是我国矿山建设重要企业,到部队考察学习,是一次重要活动,涉及军民关系,一定要认真接待,如实介绍情况,把关系处理好。

十一团领导过去也接待过一些地方政府和企业,但接待如此高规格的考察团还是第一次,有刘支队长作陪,上面还来电话强调搞好接待,苏继轩、梁占刚自然不敢怠慢,成立了以梁占刚为组长、牛幸娃为副组长,有王永学、金昌浩、王志强等人参加的接待组。接待无非是两个方面,一是生活方面,二是工作方面。生活好办,安排周到就是了,但工作方面如何让考察组满意,须预先准备。打电话向上级请示,上面告知考察组主要考察部队施工能力、设备状况、金矿开工准备,以及金矿现状及未来发展情况。知道了考察内容,就按这方面去准备。关于金矿现状及未来发展,只有请金矿张副矿长来介绍,确保考察组考察有所收获,人家大老远地来考察,不是混吃混喝来的。当然,生活上也要安排好,圆满完成这次接待任务。

考察组来了,一溜小车开了过来。刘支队长陪同杨总经理来到三山岛,入住十一团招待所,随即开展紧张的考察活动。除了听取汇报,还分部队管理情况、施工情况、技术力量等几方面进行考察。刘支队长介绍了十一团组建以来的情况,讲了他们打过的硬仗、恶仗,立下的功勋,也讲了干部战士做出的牺牲。梁占刚介绍了十一团目前的状况,重点讲了三山岛金矿开工前的准备情况。刘支队长、梁占刚等还陪杨总去了三山岛金矿,听张副矿长介绍了金矿的现状和未来发展,说三山岛黄金储量位居全国之首,未来发展前景远大。

考察组在三山岛考察三天,马不停蹄,多方面了解情况,尤其对十一团的情况了解很细、很深,和以往地方考察组不同,这让苏继轩、梁占刚这些人有些不解。梁占刚问刘支队长：考察组这一次到十一团实地考察的目的是什么？刘支队长说：该问的问，不该问的别问！

考察组离开前，十一团要举行送行宴，杨总不干，说我们考察组要举行一个答谢宴，答谢刘支队长和十一团领导的热情接待，也向这样一支英雄的部队表示敬意。梁占刚请示刘支队长，刘支队长说：恭敬不如从命，那就听他们安排吧。多找几个人，把酒陪好。你不是想知道他们考察的目的吗？那就看你如何表现了。

梁占刚头脑很灵光，刘支队长一点，他就明白是怎么回事了。苏继轩不怎么能喝酒，他就给王永学、金昌浩、王志强打了招呼，做了布置和安排。

考察组安排答谢宴是诚心诚意的，杨总一行对这次考察很满意，对这样一支能打硬仗的部队充满敬意和好感。答谢宴档次很高，安排在阿珠上次请客的"仙客来"，一色的海鲜，有些还是莱州湾的特产，像梭子蟹、鱿鱼、斑鳒、梭鱼、对虾等。这里的海鲜极为便宜，花费少，还能一饱口福。考察组选择这里，也是表达对部队的敬重。华北矿建杨总和刘支队长、苏继轩、梁占刚、牛幸娃等坐主桌，还有一桌是随行人员、接待人员，在另一个房间。

杨总代表考察组致答谢词后开宴。考察组成员都是北方人，酒量大，部队这边也不示弱。刘支队长一番热情洋溢的讲话，在酒桌上掀起敬酒的浪潮。刘支队长说："华北矿建是冶金部劲旅，是国家重点企业，能到十一团考察，给我们一次接待的机会，是我们的光荣。华北矿建说是来考察，实际上是给我们传经送宝来了，你们马不停蹄的精神、精细务实的作风、谦虚和蔼的态度、对部队将士的关心，都给我们留下了深刻印象。我老刘敬一杯酒，表示对你们的感谢和敬意！祝我们友谊长存！"

梁占刚站了起来："我们刘支队长带头敬酒了，我向领导看齐，先向杨总敬一杯,然后向每个领导敬一杯!"说完,喝完一钢化玻璃杯,又往杯里倒酒。

考察组副组长谢总说:"我们杨总酒量不行,这一大杯我替喝了!"

杨总手一挥说:"不用你,我自己喝。今天高兴,部队同志敬多少我喝多少!"他这样一说,就把酒桌上的气氛点燃了。

接下来是牛幸娃、王永学、金昌浩、王志强等人来敬酒,都是一色的钢化玻璃杯,都是给每个客人敬一大杯。牛幸娃还独出心裁喝了一杯刚在三山岛学会的"深水炸弹",即把一小酒杯酒丢进分酒壶中,仰脖一口闷掉,杨总、谢总等也都跟着喝"深水炸弹",也不怕"炸"得人仰马翻。金昌浩更能整,一边唱朝鲜族歌曲"阿里郎",一边敬酒,还跳着舞步,他这么跳着敬着,一些人的腿就软了,舌头硬了。

更热闹的还在后面。苗丽萍带着几个女兵,不知从哪里冒了出来,也来给杨总一行敬酒,杨总这些人哪能不喝。不一会儿,十一连副连长王玉波、代理副连长慕古秀、苏明远也来敬酒,说是代表基层官兵来敬酒送行。反正,人人都端大杯,句句都有理由,一波一波敬酒,把考察组那帮人都喝高了。杨总到底是领导,有自制力,后来的酒就由谢总代喝了。

谢总喝高是肯定的了,他满脸通红,话也多了,虽然舌头有些发硬,但说话还能听得清楚:"诸位官兵兄弟们,你们知道我们考察组,为、为什么来考察吗?我们是奉冶金部之命,来对十、十一团考察的,你们真是一支劲,一支劲旅呀!要是撤编转企,我们华北矿建欢迎你们,成为我们下面一个县团级单位,继续在三山岛开金矿。杨总说了,部队设备好呀,战斗力强呀,到时我们再加大投入、更、更新设备。不说了,兄弟们喝酒!以后咱们就是一家人了。你们加入了我们华矿,那可就猛虎添翼了,老虎安上翅膀了,现在添酒,添酒!"

谢总一席话,把考察组来的"谜底"揭开了。刘支队长心里很高兴,他要的就是这个效果,给十一团指战员们吃一颗"定心丸"。苏继轩、梁占刚等团领导心里一块石头落了地,酒桌上气氛更加热烈,答谢宴圆满结束。

华北矿建考察组走后没几天,山东省黄金局也来了人,让三山岛金矿张副矿长陪同到十一团走了走,说是来慰问建金矿的部队,还开了一个座谈会,带队的韩局长说:"十一团已做好金矿开工准备,我们局将予以全力支持,要什么给什么,设备、资金都没有问题。我们下属还没有这么过硬的企业,我们就把部队当成我们的企业了。今后加强联系,三山岛金矿和十一团要搞好军民共建、军企共建,为部队完成施工任务创造一切有利条件,盼望三山岛金矿尽快开工建设。"

韩局长、金副矿长一行走了。送他们到大门口,回转时,梁占刚对苏继轩说:"政委,咱们十一团现在成香饽饽了。"

苏继轩说:"不光是香饽饽,还是一块金疙瘩哩。"

第十一章

1

　　形势像三山岛的天气一样，一会儿阴一会儿晴，阴时雨狂风骤，晴时风和日丽。关于部队的消息不断传来，说是黄金指挥部召开党委扩大会，会上对先前的撤销方案进行再次研究，其中对十一团的撤改方案由原来的"撤销后并入三山岛金矿，成立井巷队"，改变为成立县团级独立建制公司，继续承担三山岛金矿建设任务。不久，黄金指挥部再次召开常委扩大会，会上研究了《关于黄金部队撤编改编的请示》，会后正式上报。这些消息通过正式非正式渠道传到十一团，起到了稳定军心的作用。既然撤销已成定局，撤销转企后级别不变，继续执行原有任务，那还有什么不满意的呢？况且从已转企的部队看，效果也不错，干部战士都得到了妥善安置，战斗力也没减弱。牛幸娃感受尤深，在团领导会议上介绍了北京基建工程兵部队转企后的情况，他是亲眼看见的，说了大家很信服，人们也都往开里想，说：部队转地方企业,也不是从咱们开始的,刚解放时野战军转为农垦部队,还在新疆种地呢,后来变为生产建设兵团了。咱们转企就转企吧,转企也有转企的好处,只要部队不散花,能继续执行三山岛金矿建设任务,我们仍然按部队建制进行管理,达到的目的是一样的。人就是这样,往窄处想越想越窄,往宽处想越想越宽,连原先埋怨团领导把部队引到三山岛这个死胡同的一些干部,也开始做自我批评,说自己封闭保守,思想境界低。大家对问题的认识空前一致,干劲更高涨了。

团党委对领导班子进行了分工,由苏继轩、于俊、王永学抓部队稳定,通过党的建设、干部带头作用、思想政治工作等,稳定大局,激发干部战士积极性;梁占刚、牛幸娃、王志强负责三山岛金矿开工准备,进行施工设备维修、调集施工用料等,做好开工准备,一声令下,就能顺利投入施工运营。

牛幸娃协助梁占刚进行开工准备,浑身的气力都用到工作上了,天天精精神神忙忙碌碌的,也不萎靡不振了,也不精神恍惚了,也不抑郁烦闷了,也不张口骂"格老子""龟儿子"了,连自己的不育症,也完全抛到脑后了,甚至也忘了去检查过,也不管什么结果了。当他全身心地投入工作、以工作为最大乐趣的时候,后院却失火了,老婆杨玉琼闹开离婚了,还闹得挺凶,两人分居,牛幸娃竟住到办公室不回家了。一对恩爱夫妻,怎么到了这一步?许多人很好奇,也有许多猜测。过去有句话,幸福的婚姻都是相似的,不幸的婚姻各有各的不幸。借用这句话,那就是:恩爱的夫妻都是相似的,闹离婚的夫妻,一定各有各的原因。

杨玉琼和牛幸娃闹离婚的原因是什么呢?这要从杨玉琼从嘉峪关探亲归队说起。

杨玉琼在嘉峪关休假结束,归队心切,没有绕道北京,而是从兰州、西安、郑州一路下来,抓紧往部队赶,她想把好消息尽快告诉牛幸娃。经过这一阵子联系,嘉峪关市有关部门同意,牛幸娃按原级别转业到市政法系统,她安排转业到市青少年文化宫,当舞蹈老师,因为是干部,还可以挂个副主任头衔,享受相关待遇。这是老牛最关心的,现在心想事成,要是老牛知道了,还不高兴得在自己身上乱扑腾一气?这么长时间不在一起了,还真有点想。有时老牛乱扑腾招人烦,但多数时候是招人喜欢的,她喜欢老牛在自己身上扑腾,越扑腾她越高兴。还有一个好消息,夏玉珠在北京往嘉峪关给她打电话,说两口子查不孕不育症化验结果出来了,从指标看,老牛是少精症,她是宫寒症,说都是可以治疗调理的。夏玉珠还在电话中开玩笑说:老牛精少不怕,多在一起"正常"就多了;你玉琼宫寒不怕,让你家老牛给你暖暖就好了。如老牛还暖不好,就找中医调治,这是医生建议的。看来希望在前头。这两件事都是从部队出发前定下的目标,现在一一落实,看到了前景和希望,真让人高兴呀!杨玉琼那练舞蹈的双腿,走路都想跳起来,想象着夫妻见面后,老牛乱扑腾的样子,她脸上都升起了红晕,好在没有人看见。因为心情如此之好,几天的路途也不感到劳累,回到家里,还去市场买了食材,破天荒地烧了几个菜。

牛幸娃回来了,咚咚咚的脚步声,像踩在杨玉琼的心上,她一阵激动,开门去迎接牛幸娃。

牛幸娃见杨玉琼回来了,反手将门关上,就把杨玉琼抱了起来,一边说"想死我了",一边就把她放到床上摁倒。

杨玉琼挣扎起来,说:"快去洗洗手,吃罢饭任你,我还有好消息告诉你呢!"

牛幸娃只好搂住火,去卫生间洗手。出来时,杨玉琼已经把菜摆上,还要张罗着找酒杯倒酒。

牛幸娃坐下来问:"什么好消息啊?"

杨玉琼说:"你猜猜!"

牛幸娃说:"你怀孕了?"

杨玉琼说:"想孩子想疯了?不是这个,是咱们转业的事,我都联系落实好了,你按原级别去市政法系统,说是可以当个公安局副局长,我去青少年文化宫俱乐部当副主任。这不是好消息吗?"

牛幸娃"啊""啊"两声,没有杨玉琼期待的那样强烈。杨玉琼为了引起牛幸娃关注,就加重了口气:"很不容易呀!把我两条腿都跑细了,现在部队干部转业多竞争很厉害,听市转业办人讲,光咱们基建工程兵部队就有一百多个人,按原职务安排很不容易,要不是我父母找了原来酒钢的同事,就是原来那个市革委会副主任,这事还真落实不了。我妈还把你带去的海鲜送人家一份,表示谢意呢!"

杨玉琼这边还在说,那边牛幸娃已经气得不行,脸都成了猪肝色,他把筷子"啪"地摔到桌子上,大声吼道:"别说了,我叫你联系转业了吗?我不转业!"

杨玉琼没料到牛幸娃来这么一手,胸中一盆火被浇灭,也没好气地说:"你怎么说翻脸就翻脸,说不认账就不认账!转业不是你提出来的吗?不是当着夏玉珠面说的吗?联系转业准备礼物不也是你提出准备的吗?说嘉峪关市是自己的第二故乡,转业到那里也挺好吗?"

牛幸娃说:"我是说过转业,但我让你去联系那个革委会副主任了吗?"

杨玉琼说:"这是我爸妈找的,人家熟人多,我爸妈托人家办事,现在办事不找人能行吗?幸亏人家看在当年一起从东北来建酒钢的分上,没有驳我爸妈面子,从中找人疏通协调,才有现在的结果。"

牛幸娃吼道:"那家人就不是好东西,爹是'文革'造反派,儿子是个人渣子、小混混,害得你还浅吗?你现在又和那个小混混、小白脸混到一起了,忘了当年你是怎么跳北大河的!"

杨玉琼气哭了:"你胡说八道,信口雌黄!我爸妈出面找他爸,和我有什么关系？我又没有照他们家人的面，没有照他个人的面，怎么就和小混混混到一起了？今天你必须说清楚，必须还我清白！"

牛幸娃压了一下火，也可能觉得自己说的有点儿过分，就说："你自己做的事你知道。"

杨玉琼大哭："我做下什么事了？你可以去嘉峪关市调查，看我这20天都去哪了，都见了什么人，调查不清楚，你不要回来！"说罢，就把牛幸娃往门外推。牛幸娃不想和他撕巴，就站到门外，想和她解释。

没想到杨玉琼火气越来越大："你真是不知好歹！把我父母的好心、把我的好心当驴肝肺，不感谢不说，还往自己老婆头上扣屎盆子，说我和小混混混到一起了，这不是无中生有、胡说八道吗？"

两人隔着门越吵越凶，牛幸娃怕被人看见笑话，就要往屋里进，杨玉琼死抵住门不放，趁他一松劲时，把门"啪"的一声关上，"咔嚓"从里面反锁上了，任牛幸娃怎么擂门、怎么敲门，都死活不开，从外面能听到杨玉琼的哭声和气得摔东西的声音。

至此，牛幸娃站在门外，已没有回旋的余地。他朝走廊看看，一些人从家里探出头，想看西洋景，在看、在听他们夫妻俩吵架，等他再回头看时，这些人又消失得无影无踪了。牛幸娃心中烦恼不已，又进退不得，只好饿着肚子回到办公室。这时，肚子饿了，却又感觉不到饿，整个肚子胀鼓鼓的，好像刚吃过饭，实际上是装了一肚子气，肚子被气撑饱了、灌胀了。这种气不是一股气，而是多股气，真是"气不打一处来"。他一是生杨玉琼的气，为了安排个工作，不讲原则，求人都求到"仇人"身上去了，太没有原则性。虽然说是父母去的，那你不求父母，父母就去了？忘了当年自己是怎么受到的羞辱、受到的折磨，若不是老金找镜铁山矿保卫科老熊，搞了一个"温酒斩华雄"，胡晓明那个小混混还不定弄成什么样子，怎么就"好了伤疤忘了疼"。二是生自己的气，说话怎么就口不择言？部队形势变了，不考虑转业了，给玉琼解释清楚不就得了,那么没有耐心干什么?一听说杨玉琼父母去找杨玉琼原先对象的父亲,自己发那么大火干什么?怎么能毫无凭据地说她和小混混又混到一起了?这是发的哪门子邪火!他内心承认,他是太爱杨玉琼了,生怕杨玉琼离自己而去,一听说原先对象的父亲,就和原先对象联系在一起了,是妒忌吗?是吃醋吗?这又是何苦呢?杨玉琼是什么人,自己又不是不知道,自个儿怎么成了如此小心眼儿的男人!就这么边气边想,边想边气,一个中午的时间就过去了。

下午,王永学、金昌浩不约而同地来找牛幸娃,他们都知道牛幸娃和杨玉琼吵架的事了。三个人是从镜铁山走出来的老战友,可谓无话不谈。听牛幸娃把事情讲了一遍,知道了前因后果,都开始埋怨牛幸娃。

金昌浩说:"牛幸娃,你就是个浑球子、二百五!人家杨玉琼有什么错?你想转业,人家杨玉琼就回去帮你联系,还动用了父母的关系。人家父母还不是为你好!人家图什么?你不仅不领情,还牵耳朵动腮,把杨玉琼和那个小混混胡晓明混到一起去了,你看见了吗?有人给你打小报告了吗?胡晓明告诉你了吗?人家别人是自作多情,你是自己作践自己,作践自己的老婆。还参谋长呢,参谋长就这么个水平?"

王永学说:"前阵子传闻听部队撤销后归三山岛金矿,成立井巷队,不少部队干部联系转业,这很正常,我也有这个念头。你想转业到嘉峪关市并不错呀,但现在形势变了,咱们部队也许不撤编,也许撤编转企,继续执行三山岛金矿建设任务,你不想转业了,改变了转业的念头,这可以给杨玉琼解释呀,为什么出尔反尔,不认前账,这不让爱你的女人伤心吗?"

牛幸娃也自知无理,说:"现在怎么办?"

金昌浩说:"怎么办,负荆请罪呗!"

围绕怎么负荆请罪,又商量了半天。最后还是金昌浩说:"先让苗丽萍去跟杨玉琼沟通沟通吧,看看怎么个情况,再谈负什么荆、请什么罪吧!"

下午下班后,牛幸娃回家敲门,仍然敲不开,杨玉琼又从里面反锁上了,不知是一直反锁在里面,还是出去后回来时又把门反锁了。他敲了一阵敲不开,也不敢狠敲,怕把其他家的人敲出来,就只好转身回办公室,从此一段时间在办公室下榻,在食堂用餐,过起了单身汉的日子。

晚上,苗丽萍来了,熬了一罐子大米稀粥,装了一饭盒朝鲜族小菜。听是苗丽萍的叫门声,门"吱呀"一声开了。待苗丽萍把饭菜放到桌子上,杨玉琼扑上来抱住她就哭,哭得那个伤心,双泪长流,号啕失声,心中的不满、委屈、痛苦,就像山洪一样喷涌而出。从来没见过这小丫头这么痛哭过。杨玉琼从六岁开始练舞蹈,吃过多少苦,从小到大受过多少委屈,即使受人诬陷跳北大河被救上来,也是眼角滴两点清泪。这一次是太让她伤心了,是痛入心扉了。苗丽萍已听金昌浩讲了事情原委,大体知道了杨玉琼伤心之处何在,这老牛太不知爱惜玉琼了,两人走到一起不容易。当年杨玉琼要嫁给牛幸娃时,苗丽萍曾劝过她,让她认真考虑,毕竟两人差十多岁,但杨玉琼态度很坚决,不仅感激他救自己一命,更是爱他身上刚直不阿勇于牺牲的军人气质。虽然两人没有孩子,但彼此之间感情还是很深厚的,怎么就不知道怜惜玉琼呢?玉琼去嘉峪关联系转业有什么错?还无中生有受到猜忌,心里怎能没有天大的委屈!

等杨玉琼哭完、哭够,苗丽萍劝她吃些粥,别把身体饿坏时,玉琼说:"丽萍姐,谢谢你!我吃不下,我心里有气往上顶,喝口水都咽不下,等消消气再吃。"

苗丽萍说:"我们家老金把牛幸娃骂了,说他是浑球子、二百五。

下午老金、王永学轮流把牛幸娃教训了一顿,牛幸娃知错了,说要来向你负荆请罪哩!"

杨玉琼说:"他可别来,他有什么罪?我俩结婚后,他就没有认过错。两人没有孩子,他把错记到我头上,骗我去泰山拜送子娘娘。说好到北京停几天后,一起去嘉峪关,阿珠把票都买好了,他临时决定不去了,只让刘柱锁打个招呼,说部队有紧急任务,就连夜回三山岛了,扔下我一个人在北京,一个人去嘉峪关。为什么这样,连一句解释都没有。听说咱们部队要撤编并入三山岛金矿,他唉声叹气,想转业去嘉峪关,我去帮他联系,联系成了出力不落好,还往我父母身上扣屎盆子,往我身上扣屎盆子。丽萍姐,你说天下有这么不讲理的人吗?"

苗丽萍说:"牛幸娃连夜赶回三山岛,是他去了北京黄金指挥部,领导有几点指示让他回来传达,就连夜跑回来了,没去成嘉峪关。他现在不想转业了,是因为上级决定我们继续执行三山岛金矿建设任务,也可能不撤销,即使撤销也是县团级企业,老牛的想法变了。"

杨玉琼说:"出现了新情况,想法改变了,就不能告诉一声吗?即使见不了面,也可以写信呀!他这里决定不转业了,我还在那里跑他转业的工作安排,这不是耍猴玩吗?"说到这里,杨玉琼又哭了。

苗丽萍说:"你让他回来,两人好好交流交流,把话说开,夫妻吵架,床头吵架床尾和。"

杨玉琼说:"我和他是什么夫妻?我要和他离婚!"

苗丽萍说:"这话可不能乱说,说了多伤感情!你不是说过嫁鸡随鸡、嫁狗随狗、嫁牛随牛吗?"

杨玉琼说:"那是过去,过去我没有看清他真面目。出尔反尔、言而无信、无故往自己老婆头上扣屎盆子,这样的婚姻还有什么意思?他不转业我转业,我转业后回嘉峪关,两人从此一刀两断!"

苗丽萍说:"玉琼,你可不敢有这个念头。婚姻咱先不说,难道你对部队没有感情了吗？军装真的穿够了吗？难道就不珍惜咱们之间和战友之间的情义了吗？咱们部队现在处于关键时期,处在金矿开工的前夜,大家都在积极准备,各项工作紧张忙碌,咱们卫生队也离不开你呀！怎么说转业就想转业了呢？再说了,一个军人服从命令听指挥,转业不转业由组织决定。组织不批准,自己也转业不了。我作为卫生队队长,首先就不会同意你转业,更不会现在同意你转业。"

杨玉琼又哭了:"丽萍姐,做人怎么这么难呢？"

苗丽萍对她又是一阵开导,心里想的是,可不能让杨玉琼独个提出转业,那样,她和牛幸娃的婚姻就真的完了。夫妻俩闹矛盾不怕,闹矛盾也可以和好。就像缸裂了缝,也可以锔到一起,但另一半缸都没了,还锔什么锔！好劝歹劝,杨玉琼才答应不自己提出转业。苗丽萍说:"像我们玉琼这么好的条件,啥时转业都有单位抢,现在急什么呢？"目的是把杨玉琼稳住,再做夫妻俩和解的工作。

杨玉琼答应不提转业的事了,但死活不同意牛幸娃回家来住,她说:"我一见他就烦,你让我清静清静。"

2

在发生杨玉琼和牛幸娃闹离婚这件事的同时,十一团又发生了一件事。前一件是私事,这一件却是公事。在全团紧急备战准备明春金矿开工的时候,十一连连长王好提出辞去连长职务,要求改任到后勤处当营房助理员。他提出的理由很简单:十一连擅长打各种井巷,在金矿建设中肯定是主攻连队,而他这个连长盖房子还行,但对金矿施工掘进却是擀面杖吹火——一窍不通。如果在连长位置上不动窝,不仅年轻同志上不来,还会误大事。他提出自己辞职后,请组织上选一个懂矿山施工的同志任连长,具体人选他没提,悉听组织安排。

在有辞去连长职务这个想法时,王好和阎芳州交流了看法。阎芳州不同意王好辞去连长职务,说:"咱俩合作刚磨合好,进入最佳状态,你把我闪一下,不够意思。再说,现在修金矿都是机械化施工,有专业技术人员,连长负责指挥就行了。副连长王玉波、代理副连长慕古秀、苏明远都是开掘井巷出身,由他们顶着就行了。你不熟悉,可以慢慢熟悉,我不会盖房子,还不是跟你学会了瓦工技术?"

王好说:"这可不一样,一个连长就等于是地方企业的一个工头,一个工头不懂本行业施工,这个工头肯定当不好。我当初被调来,还不是因为我懂得盖房?在这方面比你们强。但现在要进入主要工程了,进入主题了,我就得靠边站,可不能再逞能。选一个懂巷道施工的连长肯定比我强,比我能更好完成任务,这你不能不承认。"

阎芳州不由得点点头,内心更佩服这个能从实际出发、高风亮节的人。现在外行领导内行的事还少吗?有多少人"高风亮节"主动让贤了?更别说那些不懂装懂的人,那就更是等而下之了。有比较才有鉴别,王好有自知之明,咱们这个社会上有自知之明的人不很多,不懂装懂的人倒是不少。虽说嘴上在劝王好,但心里又认可他说得有道理。

王好又说:"至于推荐谁,咱们就不操那份心了,王玉波、慕古秀、苏明远都可以,但组织上如还有更合适的人选呢?由组织上考虑决定吧。"

阎芳州又从一个侧面看到王好的好处。有的人时时处处都想提自己的人,不说是拉帮结派,也不能说立党为公。一个真正出于公心的人,是从党的事业、部队建设考虑使用干部的。这样不仅公平,干部们也不用为升迁四处活动挖门盗洞。想到这里,阎芳州就念起王好的好来,为即将失去这个好搭档而遗憾。

王好去找牛幸娃、王永学谈了自己的想法,这两位都是先遣组的,自己也是作为先遣连队来盖房子的,和他们熟悉,话好说一些。两人说:这是一件大事,你直接找团长、政委吧。

苏继轩、梁占刚听了王好的请求,也深受感动。两个人碰了一下头,一致认为王好这个人很实在,想法也很诚实。他想调去后勤当营房助理员,胜任工作也没问题,就责成后勤处处长王志强和王好谈一次话,进行一番考察。往各部门调干部,首先要征求部门负责人的意见,听听他们的想法。王志强领命而去,过了几天来找苏继轩,说:"苏政委,我和王好谈了话,也到连队组织了考察,觉得这个人是个很好的后勤干部,盖营房维修营房是他的拿手好戏,抓连队伙食他也是内行,是不可多得的后勤管理人才。我建议将王好提为后勤处副处长,协助我工作,过几年我就让贤,让他当处长。人才难得呀!为人又好,所谓德才兼备,在王好身上体现出来了。别的不说,一个连队主官,有这么主动让贤,要求到边边拉拉去当一个伺候人的助理员吗?啥是思想过硬,这就是思想过硬,对这种人才绝不能埋没。"

苏继轩说:"好呀!你这下挖到宝了,麾下添大将了。你把情况去给梁团长汇报一下,到时我们在常委会上讨论。"

让人出乎意料的是,常委会上所有人都主张提拔王好,说他在营建方面立了头功,房盖好后续服务跟得上、质量好;说他爱兵情深,给退伍兵办各种培训班,使他们有一技之长,解除了后顾之忧,安心复员回地方工作;说他主动让贤,腾出重要位置,要求到适合自己的位置发挥作用;说他是一个老实人,不能让老实人吃亏,是我们党一贯倡导的。总之,会上异口同声替王好评功摆好,同意提拔他为后勤处副处长。这种情况在以前是很少有的。王志强因此还落了一个"伯乐"的好名声。

团干部股很快行文上报,支队党委常委会讨论原则同意,但考虑到目前处于特殊时期,干部提拔得走较长时间程序,就行文批复先任命王好为十一团后勤处代理副处长。

对这一切,王好蒙在鼓里并不知情。他是一个心地坦荡的人,既然给组织上提了要求,组织派人谈了话,其余的就是组织上的事,在连里该干啥干啥,也许考虑在连队待的时间不长了,下厨房时间更多,菜炒得更香,馒头蒸得更暄,双手操刀削面时更加用力,脸上油光光的。

还有一件事,王好也在考虑:自己很快就要离开十一连了,以自己表妹名义住在连队家属房的左梅,自然不能再住下去了。他决定如实给左梅说。两个人几个月接触下来,虽然由于王好极力回避,没有谈婚论嫁,但已经成了很要好的异性朋友,两人之间几乎无话不说。

王好对左梅说:"咱俩假扮地下夫妻的日子就要结束了,我要离开连队,你也不便在这里继续住下去了。"

左梅说:"那自然是。正好我们矿上要分单身宿舍了,矿领导说,以我的资历可以单分一间,你不用惦念我的住处。我只问你一个问题,你当连长好好的,为什么要辞去呢?"

王好说:"主要是业务不熟,不懂井下施工,怕耽误事,莫不如去干点自己熟悉的工作。我熟悉什么?就是会盖房子。这个是辞职的主要原因。还有一件小事,我没给组织上说,因为这是私事,和你说说无妨。我家闺女王茜一直在老家跟着奶奶,我妈最近得了脑血栓,照顾不了她了。再说,孩子也到了上学年龄,我想把她接过来,如果还在连队当连长,哪有时间管她。如果调到后勤上,天天坐办公室,时间就多一些,接送孩子上下学也方便。这也是实在没有办法,我这个当爹的太不称职了。"

左梅说:"接出来可以。孩子到了上学年龄,应该接出来上学,别把孩子耽误了。但孩子来了,不能和你在一起。"

王好问:"为什么呀?"

左梅说:"女孩子到上学年龄了,和你这个当爹的在一起方便吗?

去男浴池洗个澡,你能带着她?但她跟着我就方便了,反正我就一个人,也没有什么拖累,就让小王茜住我宿舍,我来照顾她,接送上下学我也管着。你一个部队干部,天天侍弄一个孩子,工作不干了吗?在干部战士中什么影响?"

王好挠挠头:"这合适吗?"

左梅说:"你把那个'吗'去掉,怎么就不合适?我一个矿上保卫干事,平常也没什么事,有的是时间,还可以多陪孩子,辅导她做作业,两人啥也不耽搁。跟着你,把你的工作耽搁了,孩子学习也没抓好,到时你想后悔都来不及。"

王好说:"跟你倒是合适,但你一个单身未婚女人,带一个孩子,会招惹闲话的。"

左梅说:"招惹什么闲话?我在你们连家属房住了几个月,人家早就说我是你的女人了,只是你不认可。你不要有什么思想负担。"

王好感动了:"我不是害怕拖累你吗?我离婚又带着孩子,你是一个黄花大闺女呀,咱俩不般配。"

左梅说:"什么不般配?你是怕我对孩子不好,给孩子找个后妈,让孩子受委屈。那我就跟孩子处处,看看孩子的感受,如果你觉得合适,咱俩再在一起不迟。人家有的是先结婚后恋爱,我是先带孩子后成家,你看这样成吗?"

王好眼里涌上了泪水:"左梅,你这是图啥哩吗?"

左梅说:"我就图你王好是一个好人,你一辈子对我好,我就知足了。"

王好的任命令下来了,他没想到组织上任命他做了后勤处代理副处长。他同样没想到王茜接来之后和左梅处得那么好,左梅对王茜无微不至的关心,就像亲生母亲一样。到星期天时,两人就到王好分的新宿舍团聚。看到三人在一起时其乐融融的样子,许多人都羡慕王好

343

找了一个好妻子、生了一个好女儿。一些人私下议论:"好人果有好报,此言不虚。"

过了一段时间,三山岛建筑队龙大海请王好吃饭,说是庆祝王好高升,也为妹妹大秀过个生日。时间定在一个星期天,地点是"仙客来"酒店。王好说是朋友请客,让左梅好好捯饬捯饬,把王茜打扮得漂漂亮亮的,三个人一起赴宴。王好还招呼了十一连代理副连长慕古秀,他俩是老乡,平常走得近一些,一起叫过来参加,对左梅说,慕副连长酒量好,到时能挡挡酒。

其实,今天的宴会是别有主题,只不过秘而不宣,只能意会不可言传。龙大海的妹妹龙大秀看上了王好,觉得他又能干,人又好。龙大海和王好是"结拜"兄弟,知道王好的婚姻状况,还带着一个女孩。大秀说她不嫌弃,一好遮百丑,愿意当后娘,跟王好过一辈子。大海传达过大秀的意思,王好一再推三阻四不打拢,今天终于答应来,看来也许有戏。他没有想到,王好今天是有备而来,而且还带了一个"替补",结果是成就了另一桩美好姻缘。

到了宴席上,当着大海、大秀的面,王好大大方方地介绍左梅,说这是自己的女朋友。又介绍王茜,说是自己的女儿。然后介绍慕古秀,说是自己最好的哥们、最铁的战友,特地叫来赴宴。大海、大秀也认识慕古秀,在一起合作盖过营房,知道他是河南人,很实在很能干的一个副连长,但相互之间不那么熟悉。他们没想到王好会带左梅和慕古秀来,更没想到王好还撒了个谎。

王好说:"我们古秀副连长现在还是单身一人,想在三山岛找个对象成家。我问他相中何人?他说喜欢大秀。今天正好大秀过生日,我把喜欢大秀的人领来了。你们互相相看,看行不行?我这个红媒就当到这里了。我就是个报幕的,接下来的戏该你们自己唱了。"

慕古秀不知说什么好,一个劲抓耳挠腮,大秀脸也红红的,也不表态,只看着眼前的菜盘子。

左梅见过世面,一拍巴掌说:"你们俩的姻缘真是天意,名字中都有一个秀字,古秀大秀,这不是双秀吗?"

王好说:"太好了!左梅的发现太好了!北京有个'双秀公园',我们这里有'双秀姻缘',来,喝酒庆贺!"

龙大海是个聪明人,一看王好领着左梅亮相,演了一出"金蝉脱壳"之计,又"李代桃僵",成全古秀、大秀一对好姻缘,也自然乐见其成。杯酒来往之间,意思也表白得越来越明显。说实话,慕古秀和龙大秀还真是很般配的一对,经大家牵线,就渐渐生出一些情意来。慕古秀是一个很爱开玩笑的人,渐渐适应这个场合,喝了几杯酒之后,就好像一块冻肉化开了,渐渐活泛起来,用几句话总结自己的经历,说:"在河南垒过墙,在陕西放过羊,在镜铁山打过狼,在三山岛盖过房。"再喝多了,就说自己是"两块肌肉(胸肌、腹肌),一颗红心",愿意为大秀小姐服务一生。惹得大伙都笑起来,大秀也笑了起来。笑到最后,两人都有了那个意思。

又过了一段时间,王好提出和左梅办结婚手续,说:"咱俩假扮夫妻也该结束了,你也该堂堂正正了。"

左梅却不干,说等再和王茜处处,两人还没处够,没处到亲母女那样的亲密度,怕结婚早了做得不到位,让闺女受委屈。

王好说:"你这是用小绳吊着我哩!"

左梅笑了:"吊你个啥?你还能跑了?你闺女在我手里,我只要对你闺女好,你就跑不了。我不是多喜爱你,我是真的喜欢王茜这孩子,既漂亮可爱,又聪明懂事,上学时间不长,学习成绩可是排在全班前面,老师都喜欢她呢!"

王好笑得合不拢嘴:"你不是用小绳吊我,是拿我的小心肝吊我哩!"

没承想，这么一吊，还真的差点让王好跑了。

一个星期天，王好、左梅、王茜三人正在王好分的家属房吃饭，王好掂勺弄了几个菜，刚开餐，就闯进来一个女人，直朝王茜扑过去，喊了一声"我的女儿呀"，就哭了起来，把王茜吓得躲到左梅的怀里。

这个叫刘芳的女人，是王好的前妻，她不知码着哪条线索追到了王好这里。她在广东做服装生意赔了钱，被债主逼债，说军营安全，想到王好这里躲几天，实际上是想和王好复婚。她在外面闯荡这些年，见过的人多了，酸甜苦辣也尝多了，那个带她出来闯荡后来又在一起同居的男人，见她欠了一屁股债，竟躲得远远的，还劝她去做那种生意赚钱，这都是些什么货色！相比之下，还是王好人好，实诚，后悔不该那么莽撞地离开他，离开女儿。现在两手空空，什么都没有了。放着金子不捡，非要去捡破砖烂瓦，她肠子都悔青了，抱一线希望投奔王好来了。

王好给左梅讲了前妻的处境，征求左梅的意见。左梅说："你俩的事我不想掺和，你愿意跟谁你自己决断，但我希望你听听王茜的意见，看王茜愿意选择谁。"说完左梅就回矿上自己单人宿舍去了。放学时左梅依然来接王茜，接回来就送到王好处，说："你亲生妈妈来了，你跟她吧，我走了。"王茜不干，跑出来要跟左梅回，一边跑一边哭："我不要那个妈妈，我要左梅妈妈，左妈妈就是我亲妈妈！"把左梅都哭得掉了眼泪，拉着王茜的手回到宿舍，又痛哭了一场。

王茜用行动投了两个妈妈的选择票，也使王好最终下了决心。他和左梅商量，这个女人虽然无情无义，在外面混也不容易，让人追债，生活也无着落。我这几年挣钱不多，钱都寄回老家了，现在手里还有500元钱，是准备咱俩结婚办婚礼买家具用的，看她那为难遭灾失魂落魄的样子，我不能坐视不管，这500元钱我想送给她，让她做个路费什么的。

左梅说:"钱是你的,怎么花是你的事,问我干啥?"

王好说:"你要不同意,我还留着办咱俩婚礼。"

左梅没有正面回答,说:"办婚礼不用你的钱,我攒的钱比你多多了,就你那几个钱?"

王好"噢"了一声,也不知表示什么意思。

左梅接着说:"钱我同意给,要不够,我也可以凑些,但有一句话必须说清楚,她拿了钱走人,你们俩从此一刀两断!"

王好自然应诺,也谨守诺言。两个人结婚成家后,有人知道了王好给前妻钱的事,就打趣左梅说:你也真大方,那500元钱是小数目吗?干啥不行!送出去不是打水漂了吗?

左梅笑笑说:"谁在世上没个为难遭灾的时候,王好给她钱,是念过去的情义,两人在一起生活过,又有了孩子,能一点感情没有?表示一点关心有什么不可?如果王好视若不见冷若冰霜,那他就不是王好。我看中王好的就是两个字:'善良'。"

3

回过头来再说牛幸娃和杨玉琼闹离婚这件事。

经过苗丽萍、余秀英、金昌浩、王永学好劝歹劝,杨玉琼总算不提一个人转业回嘉峪关、不再提离婚这件事。但这只葫芦按下来了,牛幸娃那里却起了瓢,说:"离婚就离婚,谁也不是离开谁就不能活,我以前没结婚,不也活了几十年!"他是受了刺激才说这个话的。老金他们劝他主动认错、主动和好,说"大让小,处处好"。他给杨玉琼打电话,杨玉琼不接,听是他的声音,就把电话撂了。开始不开门,不让进,后来开门了,让进了,他进来了,杨玉琼却走了,去卫生队住了,那里有值班室,也有多余的病床,不缺睡的地方。两口子打开了游击,几乎不照面,照面也不说话。也不用为照顾孩子拉拉扯扯,这是夫妻没有孩子的好处。但夫妻没有孩子也有不好处,闹矛盾时两人面对,没有孩子做"缓冲地带"和"和解纽带",不能做一些让孩子捎信传话的动作。更不用说有了孩子,两人关系是否破裂就会考虑更多一些,孩子成了考量婚姻牢固度的一个筹码。说孩子是夫妻关系的"稳定器",就是这个道理。也有用三角形稳定性,来解释一对夫妻和一个孩子关系的,说三人形成了铁三角,自然比一对一稳固得多。无论如何,有孩子,夫妻闹矛盾缓解的办法多,化解的时间也快。像牛幸娃和杨玉琼这样闹矛盾的,轻手利脚,拎包就走,也不用顾忌孩子吃饱穿暖成长教育娶妻生子之类,中间缺少牵扯,恢复起来要费更大的劲。

　　金昌浩等几个人回过头来又按牛幸娃这个"瓢"。牛幸娃性格刚直,文化程度不高,有时爱认死理。当了参谋长之后,有了个人威严,是个副团级干部,对别人冒犯自己尊严比较在意。但杨玉琼不理这个壶,她是舞蹈演员出身,什么大领导没见过?她又爱追求平等,夫妻吵架又不是上下级有不同意见,下级服从上级,夫妻关系是平等的,谁说得对就服从谁。平常在家里,就没有把牛幸娃当大领导,这次吵架也是说事讲理,没有因为你是县团级,我就主动退让。而且还"步步紧逼",这让牛幸娃心里很不舒服,觉得伤了自己尊严,伤了当领导的尊严,伤了男人的尊严。开始还求杨玉琼"原谅",后来也冷脸相对了。甚至在心里想:一个女人,又不能生孩子,有什么好?后又一想,生不了孩子还是自己毛病大,是自己精子稀少,不能把账记在杨玉琼身上。这么一想,生孩子这件事也就释然了。但其他方面的疙瘩并没有解开。

　　经过老金等人再三做工作,牛幸娃终于被摇动,答应和杨玉琼见面,面对面交流一次,主动检讨,把一些情况讲明,一些话说开。比如,那天晚上自个儿离京确实是因为有紧急任务,没来得及给杨玉琼打招呼,也没能去车站送她,让她一个人走了。比如转业的事,自己原来确实有那个想法,后来形势变了,自己不想转业了,没来得及和杨玉琼沟通等,多说软话,求得谅解。

这边和牛幸娃说好了,那边杨玉琼却死不吐口,说不愿意见面,无话可说,任是怎么劝,也不愿"接招",把几个人愁得没办法。

"这可咋整?"一天,金昌浩、苗丽萍两口子又在议论这件事,想着怎么打开杨玉琼这把锁。

金昌浩说:"我突然想到一个办法,可以一试。"

苗丽萍说:"什么办法?快说!"

金昌浩说:"在这三山岛上,请问谁和杨玉琼关系最好?"

苗丽萍说:"我呀!我俩关系最好,有超过我俩的吗?"

金昌浩说:"我说的是异性朋友。阎芳州和杨玉琼关系特殊,不妨让他去劝一劝。"

苗丽萍说:"我怎么没想到?他俩关系确实特殊。阎芳州出面,即使劝不转,也不会起什么坏作用,那就试一试。"

金昌浩说:"这事你还得好好谋划一下,一是尽量少让人知道,避免说他两人闲话。二是事先不让杨玉琼知道,更不能让牛幸娃知道。"

苗丽萍说:"你点子还挺多。这事我来办。"

等到了班上,苗丽萍对杨玉琼说:"我今天下连队巡查,你在我办公室值班。"苗丽萍是卫生队队长,一人一间办公室,空间大,说话也方便。杨玉琼进来坐定,苗丽萍背着药箱就走了。

苗丽萍背着药箱径直去了十一连,她和阎芳州是老熟人,不用客套,就把心里的想法给他说了。阎芳州已知道牛幸娃和杨玉琼闹矛盾闹离婚的事,连队都在传,杨玉琼不让牛幸娃进门,别人来劝也不开。还有传得更邪乎,说牛幸娃在门外面跪下了,杨玉琼也不开门,但具体原因不知道,也没细打听,因为自己身份特殊,怕被别人挂连上,就有

349

意回避这件事,但内心里很是担心。他对苗丽萍讲了心里话,说自己过去爱过杨玉琼,虽然她和别人结了婚,自己没有机会了,但内心还是希望她好,愿去做促进工作。苗丽萍给阎芳州讲了两人闹矛盾的具体情况,交代一些注意事项,就背着药箱走了。临走又说:"你现在就去吧,她在我办公室,最好不要让她觉得这是咱俩做的扣,你是偶然碰到她的,不是来做她工作的。"

阎芳州去了卫生队,敲敲队长室的门。杨玉琼说:"请进。"

阎芳州进来了,盯着杨玉琼看半天。

杨玉琼说:"看什么看,不认识我呀?"

阎芳州笑着说:"我还以为你是苗丽萍呢!你怎么坐在这里?你当队长了?"

杨玉琼说:"丽萍姐下连队巡查了,让我在这里值班。你找她有事呀?"

阎芳州说:"是想就连队防治传染病的事,找她汇报一下,连队到了海岛上,传染病多起来了。你怎么样?"

杨玉琼说:"我能怎么样?老样子呗。"

阎芳州说:"我正好也要找你呢。"

杨玉琼说:"找我干啥?"

阎芳州说:"你不是给我介绍你妹妹玉洁吗?情况如何呀?你回来这长时间了,也没有给我回话,如果不行,我就另起炉灶了。"

杨玉琼一拍脑门说:"这一段时间心情不好,把这个事整忘了,完全忘记了,对不起啊!"

阎芳州说:"心情怎么不好了?遇着什么事了吗?咱们可是好朋友,有啥话可不能闷在心里,闷在心里是会生病的。"

几句话把杨玉琼说流泪了,好像遇到了亲人。她流着泪说:"不说了,说了你也解决不了。"

阎芳州说："你说说看,我好歹也是大学毕业生,现在也是连队指导员,更不用说咱俩是知根知底的好朋友了,有什么话,你不给我说,去给人家谁说呢?"

杨玉琼"呜呜"地哭出了声,急忙用手绢捂住嘴,过一会儿平静了情绪,就把和牛幸娃争吵闹矛盾要离婚的前前后后前因后果,详详细细地说了一遍,边说边哭,倾诉着莫大的伤心和委屈。

阎芳州知道了事情的原委,也知道了杨玉琼委屈的所在。付出劳动不被认可的委屈、无端被人猜忌的痛苦、被揭了过去伤疤的隐痛交织在一起,形成一个巨大的思想包袱,差点把这个弱女子压倒了。她想用离婚来解脱这个痛苦,以后也不成什么家了,一个人过一辈子得了。

一阵怜香惜玉之感涌上心头,必须劝说她,必须让她解开心中的疙瘩。到了这时,也大体知道怎么说了。就开口道:"玉琼,你误会牛参谋长了。"

杨玉琼说:"我误会他了?他没有把我冤屈死!"

阎芳州说:"凡事得往大处看。当年你喜欢他,还不是喜欢他军人的气质,他对部队的深情,他对完成任务的说一不二。他是一个孤儿,吃百家饭长大的,是部队培养了他,军营哺育了他,对部队有一种极特殊的感情。听说十一团要撤销改成金矿井巷队,他一股子火蹿上来得了急性阑尾炎;到北京听说十一团不撤销,即使撤销后也会妥善安置,连老婆都顾不上见一面说一声,就连夜坐车赶回部队传达上级精神;他原本是想转业到嘉峪关市的,确实动了心,但当听说上级让我们继续执行三山岛金矿建设任务后,就放弃转业,放弃了那么好的职务安排,连你费那么大心办成的事都不吝惜,下决心留在三山岛与十一团共存亡。他是太喜欢部队了,太愿意在完成任务中展示风采了,把这放到了第一位,把自个儿、把家庭、把妻子都放在脑后了。这是什么精神?这就是军人的牺牲精神。在和平年代,军人的牺牲,不一定是指失去生命,牺牲个人利益、牺牲小我,也是一种牺牲,这种牺牲甚至更不容易做到。牛参谋长做到了,这是他身上最闪光的东西,这也是他的基本面。你最初喜欢他的就是这个,他这一点改变没有?没有。当然,在处理国家和个人、大家和小家关系时,可以处理得更好些,在把国家利益放在前面的时候,也要顾及小家和个人,处理好二者关系,比如在你们二人的关系上,他可以多做些解释,但他太信任你了,以为你俩想的都一样,无须多言,这就犯了简单粗暴的毛病,造成误解隔阂,甚至伤及亲人和无辜。但无论怎么说,牛参谋长是一块金子,但这块金子还没有经过提炼,还很粗粝,随着时间的磨炼,这块金子必然会金光闪闪。"

杨玉琼不哭了,显然听了进去。以前别人劝他都是就事论事,让她越听越烦,越理越乱,唯有阎芳州讲的是道理,让他听得信服,不由得点点头。

阎芳州又说:"牛幸娃参谋长身上的闪光处,还不止这些。比如说,他对战友的感情,要比一般人深得多。就说跳北大河救你,他不是因为你是杨玉琼就下河救你,不是为了得到一个老婆。在他心中,你就是一个战友,不是你,是别人,哪怕是我阎芳州掉到河里,他也会下河去救,他把所有战友当成了自己的兄弟姐妹。"

杨玉琼开口说话了:"那是。"

阎芳州接着说下去:"再说他爱不爱你,他对你有没有感情?他不爱你,能同意和你一起转业回嘉峪关吗?他没想回四川泸州老家,不愿意留在三山岛,却愿意跟你回嘉峪关,那可是你父母所在的地方,你从小长大的地方,那地方再好,也不是他自己的家乡。他愿意跟你转业去嘉峪关说明什么?说明想和你在那里生活一辈子。这个选择,是对一个地方的选择,也是对你父母家庭的选择,这充分证明他是爱你的,对你是有感情的。当然,情况发生变化了,转企并入金矿的事没有了,就像我上面讲到的,他放弃了个人利益,选择留在三山岛,那是另一回事。"

杨玉琼说:"这一点我承认。"

阎芳州说:"他最伤害你的是那句话,说你又和那个人渣那个小混混混到一起去了,这确实是急不择言,无中生有。根子在忌妒,是男人的忌妒。我读过一本书叫《忌妒论》,对此略有领悟。书中说,忌妒之心人人都有,它源于害怕心爱之物被别人占有和掠走。表现在男人身上,尤其不愿看到听到自己的女人和原先的男友在一起,害怕人家把自己取而代之。你家老牛自然也有忌妒之心,上次你脚伤我去送骨头汤时,我就看见他眼中忌妒的火焰在燃烧。从他内心涌出这种忌妒,说明他深爱着你,你在他心中有非常重要的位置。如果他不爱你了,有你无你无所谓了,谁愿领走就领走吧!那他眼里就不会燃烧忌妒的火焰了。当时我就明显察觉到了,心里已然有点儿发虚,赶紧放下瓦罐,落荒而逃了。"

杨玉琼笑了,说:"你心虚什么?"

阎芳州也笑了:"我心虚什么?我也不知道心虚什么,反正就是心虚。"又说:"你赶快和老牛和好吧,千万不可弄什么离婚了,人家外面传说,说是你和老牛离婚后,我要和你私奔呢!"

杨玉琼正色道:"这是胡说!"

阎芳州说:"胡说是胡说,但人言可畏呀!那上海演员阮玲玉还不是被汹汹之言淹死了。"

杨玉琼说:"你害怕了?"

阎芳州说:"我害怕什么?我行端坐直。我是为你好,为你婚姻家庭幸福才说这些,你好好想一想吧!"

杨玉琼说:"你说得有道理,容我好好想一想。先不说这些了,你不是问我妹妹态度吗？唉，没把我气死！她先前喜欢王玉波的风度，现在喜欢你的文采，我骂她是脚踩两只船，她说她有这种自由，结婚前踏踩八只船，谁也管不着，人家结婚后还照样可以离婚呢！你瞧瞧她说的是个啥！"

阎芳州说："这是新一代年轻人的想法，他们追求个性自由发展，对婚姻持一种开放态度，我在大学读书时，这种人见得多了，都快成一种潮流了，要说多选择选择也没有什么不好。你不能用自己的观念去要求她，一代人有一代人的观念。"

杨玉琼说："我给她说，你就是脚踩两只船，也不能一边追求连队的副连长，一边追求这个连的指导员呀，这不引发同事战友之间矛盾吗？我妹妹说，那倒是，我注意不引发矛盾就是了。"

阎芳州说："一个连队两个连干部追求一个女人，不可能不引发矛盾，不行我就割爱吧。"

杨玉琼说："玉洁说让你俩竞争上岗哩！"

阎芳州说："那不可能，我不会主动给她写信的，她若写信来，再说吧！"

杨玉琼说："她说要给你写信，向你请教小说诗歌创作方面的问题哩，还说寄来作品让你指点指点。"

阎芳州说："看她尊姐的面子，我可以为她效劳，没有问题。"看看谈话的目的已达到，阎芳州说："等不到苗丽萍，我就先回连了，连里事多，你让苗丽萍下午到我们连去一趟，我当面向她请教。"

杨玉琼说："好吧。"把阎芳州送到门口，握手道别。

苗丽萍从下面连队回来，看杨玉琼情绪大为好转，就知道阎芳州已经"得手"。下午去十一连和阎芳州交流后，确知果然如此。苗丽萍说："还是你这个大学生指导员有办法，一针见效。"说完，又觉不妥，说："有学问的人就是会讲道理呀。"

阎芳州谦虚地笑笑:"哪里,是你们做了大量工作,我最后加一根柴火。我有个建议,我最近学了一点心理学,对杨玉琼目前这种情况,宜采取冷处理,不要再劝她,也不当她面提这件事,使之能冷静思考一段时间、反思一段时间就好了。"

苗丽萍说:"你这个建议好,我有好办法了。"

什么好办法呢?就是最近济南军区让各部队派人去烟台一家医院学习新的诊疗技术,培训时间20天,她决定派杨玉琼去。在征求牛幸娃、王永学同意后,杨玉琼被派去参加医护培训班,暂时离开部队一段时间。

戏剧性的一幕发生在医护培训班结束时。苗丽萍掐算着培训班结束的时间,提前给杨玉琼打了电话,说是到时去烟台人民医院接一个伤员,顺便把杨玉琼捎回来。

团卫生队救护车到了,杨玉琼背着挎包手提提包赶了过来,老金和苗丽萍从救护车上下来。

杨玉琼说:"金哥也来了?"

金昌浩说:"我来烟台办点事,顺便来接你。"接过杨玉琼的提包,率先从后门跳上了车。苗丽萍、杨玉琼也依次跟进。

杨玉琼看车上放一个担架,担架上躺一个伤员,怕踩着伤员,身子向后收了收坐下,掏出军用挎包中的军用水壶,扭开盖子刚要喝水,担架上的伤员却"水""水"地喊起来,声音还有点熟悉。待眼睛向下看时,发现这个伤员有点面熟,也看不大真亮,她弯下腰要喂伤水时,突然大惊:"老牛,这不是我们家老牛吗?老牛!你怎么啦?"

那个伤员脑袋上缠着绷带,身上也缠着绷带,胳膊好像也受伤了,看来伤得不轻,但嘴里只是"啊""啊"地哼叫着,却不答话。杨玉琼吓坏了,蹲下来一看,果真是牛幸娃,立马大哭起来:"老牛,老牛!你这是咋啦?伤你哪里啦?快说话呀!"

牛幸娃把头扭到一边去,也不吱声。

"老牛,老牛,你快说话呀!你可别吓唬我呀!金大哥、丽萍姐,这是怎么了?发生什么事故了?我们家老牛咋伤成这样?"

牛幸娃还是不说话,只是一个劲地喊"水""水"。

杨玉琼拿起水壶,低下头给牛幸娃喂水,刚把水壶口对准他唇边,只见牛幸娃呼的一下坐了起来,头上、身上的绷带也滑落下来。

金昌浩说:"哎哟,牛幸娃同志诈尸了,这可怎么整?"把苗丽萍逗笑了。

杨玉琼刚发现事态有点不对,就见牛幸娃囫囵个地从担架上蹦起来,说:"玉琼,没有吓着你吧?"

杨玉琼说:"你们这是搞什么鬼哟,吓死我了!"

苗丽萍说:"我们来接你,你们家老牛想试试你还爱不爱他,喜不喜欢他,就和金哥导演了这一出。"

杨玉琼不再说话,一下子扑在牛幸娃的怀里,两只小拳头就像雨点般捶在牛幸娃胸脯、身上、头上,像要通过捶打,把这些天来心里积攒的怨气全都发泄出来。牛幸娃也不说话,一边任她捶打,一边接过杨玉琼的水壶喝水。金昌浩、苗丽萍在一旁偷着乐。

杨玉琼觉得捶打还不过瘾、不尽意,又用手去揪、去薅牛幸娃的两只耳朵,嘴里恨恨道:"看我今天晚上怎么收拾你!"

金昌浩、苗丽萍相视而笑,一场戏剧性演出到此结束。

4

王好从十一连调出,连长职务空出来了,谁来接任连长?因为牛幸娃和王永学都是从十一连出来的,一个当过连长,一个当过指导员,连队情况熟悉,苏政委和梁团长让他俩推荐合适人选。这个人选,自然是十一连的,或是从十一连出去的。

牛幸娃推荐从十一连出去、现在在军务股当参谋的申力明。申力明原先是十一连的文书,和连领导走得近,尤其和牛幸娃走得近,牛幸娃把他视为"亲兵",处处予以关照,为了提拔,让他下连当了代理排长。申力明能吃苦下力,工作也很努力,但此人身上有两点特别突出,一是上进心太强,天天处处都想着进步,甚至为了进步采取不正当的手法;二是为人过于机灵。这个1972年入伍的浙江兵高中毕业,脑瓜活,有眼力,但脑袋过于灵活,处处察言观色,有时就会失去原则、失去做人的底线。因为这两个特点,申力明在成长道路上曾遭到过挫折,做过一些错事。他曾经暗恋过杨玉琼,因为想得到杨玉琼,又嫉妒阎芳州和杨玉琼走得近,就把两人的通信寄给了杨玉琼的对象胡晓明,引发了轩然大波,以致发生了杨玉琼跳北大河的事件。他害怕战士王玉波进步快超过他,提拔走在他前面,就听信谣言策划了"捉奸"事件,制造了一起冤假错案。这些行为暴露后,身为连长的牛幸娃很生气,要处理申力明退伍,还是王永学指导员网开一面,让牛幸娃收回退伍成命,调他到其他连队锻炼成长。后来,他考上了基建工程兵第二技术学校,学习冶炼矿建专业,毕业后正遇上部队从各级各类院校毕业生中提拔干部,就顺利提了干,分配在军务股任参谋。现在,牛幸娃提出让他来做十一连连长,也有充分理的理由,一是从十一连出去的,熟悉这个连队;二是经过大专院校培养,符合重用专业技术人员的规定;三是经过在军务股培养锻炼,积累了带兵经验。原先他和慕古秀、苏明远都是代理排长,后两人虽然已是代理副连长,但仍不是干部身份,就是因为吃了没去上学的亏。没机会不说,就算有机会,他俩文化程度低,也考不上。申力明从他们中胜出,完全占了有文化的光,占了上学的光,知识改变命运和重用专业技术人员的大环境,在他的成长进步中发挥了作用。

王永学推荐现任十一连副连长的王玉波。王玉波是王永学一手带出来的兵。王玉波当兵后不敢下井，自称"晕井"，连长牛幸娃要把他退回原籍去，是王永学把他留下来，一步一步扶着他成长成才。他也不辜负王永学期望，不仅下了井，还立了功，又坚持长年学雷锋做好事，用"两面三刀"为连队战士和矿上职工服务，被基建工程兵兵部授予"模范团员"称号，因此提了干，做了十一连副连长，属于十一连土生土长的干部，熟悉井下施工，人际关系好，自有他的优势。

牛幸娃和王永学反复磋商，将两人进行比较。虽说两人都是出于公心推荐干部，但不容讳言，谁都想使用自己提拔使用过的干部，因为这个干部自己比较了解、比较熟悉，甚至相互之间有一些感情，在不违背大原则的前提下，这些可以谅解，也无可厚非，人都是有感情的，天下没有纯而又纯的人，也没有绝对公平的事。因为视野有限，领导肯定愿意用自己了解的、信任的人。牛幸娃推荐申力明，自然也有这方面考虑。他过去也骂过申力明，那是"恨铁不成钢"，现在看到他的进步，也为之欣喜，认为可以给他压担子，让他有更大进步。

思考再三，王永学同意了牛幸娃的意见，放弃了推荐王玉波的想法。这不是他对牛幸娃的屈从和服从，团参谋长和团政治处主任职务级别相同，在干部使用上，团政治处主任的话语权更大一些，因为干部股就设在政治处。王永学之所以同意牛幸娃的意见，是从事业出发的，因为申力明毕竟在基建工程兵第二技术学校学习三年，受过专业训练，在金矿施工机械化程度提升、地质条件异常复杂的施工条件下，他更能担当重任，也在军务股积累了带兵经验，视野开阔。虽然说，他身上有这样那样的毛病，犯过这样那样的错误，但人是不断成长进步的，像铁器一样是要经过淬火的，怎么能把人看死、看不到人家进步？年轻人谁不犯错、做过些浑事，改过了，不犯了，还是好同志。还有一点，从资历上看，申力明比王玉波资历老，申力明是1972年兵，王玉波是1976年兵,申力明提拔得也早一些。虽说不能论资排辈,但资历老一些在连队管理上更容易镇得住。

牛幸娃、王永学两人意见一致,报到团长、政委那里,团长、政委也认可,让干部股先进行考察一下,然后上会。因为是连级干部,要报到支队审批走程序,现在处于特殊时期,走程序估计不会太快,就责成阎芳州在连长暂时缺位情况下负起连队管理的全面责任。

阎芳州到连队时间不太长,原先是依靠连长王好,自己甘愿做配角,现在连队主官剩其一人,又要抓施工准备、技术培训,又要做思想政治工作稳定部队,手上事不少,显得很忙乱。王玉波本可伸手多帮他一些,但听说申力明要来当连长,已考察上报,就等前来任职,不方便向前抢,而且两人过去因"捉奸"事件结下过梁子,内心有些怨气和不服,就不愿主动多做工作,也是害怕别人说闲话,说他抢着当连长,天天就是"按部就班",听阎芳州派活。慕古秀、苏明远两个副连长是志愿兵身份,就分管自己那一摊子。技术员严士范是"四朝元老",技术大拿,他从不掺和管理方面的事,没事就琢磨施工方面那些事,或者捧个书本,在钻研新技术新工艺。司务长刘宪胜更是天天钻在厨房,在王好连长调理下,每天琢磨炒哪几个好菜,让干部战士吃饱吃好,他公开说:阎指导员管大家的脑子,我管大家的肚子。战士思想觉悟高不高,找阎指导员;战士肚子饱不饱,由我负责。

在这样一种架构下,阎芳州就成了临时性的军政一肩挑。阎芳州是个有责任感的军人,对这种局面,有几分欣喜,也有几分恐惧。欣喜的是自己多了一份体验,自己下来当指导员,在很大程度上是想增加阅历,为今后写黄金部队的长篇小说积累生活,这样一来,也可以多一些行政管理方面的体会和经验,一肩挑一举两得,求之不得。恐惧的是,连队领导责任重大,管理一二百号人并不容易,现在又处于撤销改编前的特殊时期,干部战士各有各的想法,军心不稳,还要做好开工前的一切准备,一声令下就能投入施工,万一工作没做好,没做到位,捅下什么娄子,那可不是好玩的,责任得自己一人担,处分得一人擎。因此在工作上就格外细致小心,生怕捅了娄子。但怕啥来啥,真的就发生了这么一件事,让他始料不及,也把他吓了一大跳。

事情的经过还得从"友邻部队"浙江小分队说起。由范兰亭任经理的浙江小分队,曾和十一连在盖部队营房时合作过,还在一个锅里搅过马勺,那是王好连长出面协调的。虽然表面和谐,但关系并不像连队和三山岛建筑队那么密切。连队干部战士内心认为,你们浙江小分队是我们花钱雇来的,是你们没事干时我们给你们找活干,钱一分也不少给,还在连队食堂白吃饭,说是军民合作关系,实际是雇佣关系。浙江小分队对连队的意见也很大,这种意见根子不在连队,而在部队开进三山岛。他们认为这三山岛金矿本来是交给他们施工的,因为部队来了,抢了他们的饭碗,使他们产生了经营困难。这种想法,浙江小分队的干部职工没法跟上面提,他们也见不着团领导,但在和十一连干部战士打交道时,就流露出来了。一些干部战士也知道他们的想法,但当兵的服从命令听指挥,我们是上级派来的,怎么就抢了你们的活?心中也有一些微词。但平常各干各的活儿,各吃各的饭,也无什么交集,两者相安无事。

事情是由浙江老乡聚会后引起的。浙江小分队自然是浙江人,以永嘉人居多;十一连也有一批1981年入伍的浙江兵,也有四五十号人。两伙浙江人在盖营房时认识了,平常就有了来往。来往本来是好事,但一来二往杯盘碗盏之间,尤其是喝了酒之后,就对"抢饭碗"一说有了争执。浙江小分队一些人认为就是部队"抢了他们饭碗",十一连浙江兵这边决不认账,常常为此争执起来,后来就不怎么来往了。但浙江小分队那边心中疙瘩没解开,一些人怀恨在心,就做了一些不利于浙江兵的事。

一天,突然在十一连围墙外面,有人贴了一张"浙江人不是人"的标语,浙江兵发现后气坏了,认定是浙江小分队干的。其中一个兵外号叫"福尔摩斯",因爱读福尔摩斯探案小说而得名,他把标语揭下来作为证据,又分析道:这个不可能是浙江小分队干的,他们骂"浙江人不是人",不是连自己也骂了吗?这其中肯定有蹊跷,待我细细探明。这"福尔摩斯"还真有些本事,他很快查明,这张标语是三山岛村里人贴的。浙江小分队一些人纪律性差,仗着自己工资高,以谈恋爱为名对年轻女孩无礼,还有强买强卖等霸道行为,村里人对他们表示不满时,他们就说自己是十一连的浙江兵。为什么不穿军装?说离开连队时就穿工装,他们的工装确实跟连队战士穿的工装差不多。老百姓信以为真,就把他们当成浙江兵了,一气之下就在围墙上贴了那张"浙江人不是人"的标语。

案情既已查明,十一连浙江兵就派了几个代表去浙江小分队"谈判","福尔摩斯"带队,找到爱闹事的那伙人,提出了"为浙江兵恢复名誉"的要求,具体的做法是:派人到三山岛村公开承认这些坏事是浙江小分队干的,承认自己的假冒行为;而后到连队向浙江兵赔礼道歉。浙江小分队领导上对此事并不知情,这些都是那伙爱滋扰生事的人为之,其中一个外号叫"东霸天"的头头十分蛮横,他不把几个浙江兵放在眼里,一拍桌子说:"老子就不认错,就不道歉咋的!现在黄泥巴抹到你们裤裆里了,不是屎也是屎,你们看着办吧!"

那时电视上正在播放《上海滩》,社会上流行打群架分输赢,有人就提议:不行咱们就干一架分输赢!两边都是年轻人,火力很旺,就吵吵嚷嚷起来:干就干,谁怕谁!"福尔摩斯"说:"你们一百多号人,我们只有三四十号人,怎么干得过你们?要不我带枪来吧,一个顶三个。"他说这个话,是吓唬浙江小分队那些人的,意在把这场干仗平息,毕竟打架不是好事。

没想到"东霸天"很豪横:"咱一对一,决不占你们便宜,连木头大棒都由我们准备,先可你们挑,一家出30人,人手一棒,谁打过谁算谁赢,事情怎么办,谁赢谁说了算。"

"福尔摩斯"这时候不能示弱,说:"打就打!"回头给几个浙江兵商量,他们也都同意,心里认为老子当兵吃粮,都受过军事训练,还怕你们这些毛猴子!于是双方就约下时间、地点,当场由"东霸天"签了"挑战书","福尔摩斯"签了"应战书",定好某个星期天在三山岛采沙场"两军对垒"。尔后各自回去准备。

在十一连,浙江兵很抱团,"福尔摩斯"他们回去一动员,超过30名浙江兵愿意参加打群架,他们个个义愤填膺:"浙江小分队这帮小子太欺负人,像《林海雪原》中夹皮沟那些土匪做了坏事,却嫁祸到解放军头上一样,还死不认错,非教训他们一下不可!"也有的兵认为,这不仅是为浙江兵争光,也是为十一连争光,这一次把他们打服了,就再也不敢说咱们抢他们饭碗,在耳边聒噪了,所以踊跃地参加这次"活动"。他们制定严格的保密纪律,说一定不能让连队干部和其他省籍战士知道,到时以上街名义或在周围散步名义溜出来。谁也不能走漏半点消息,要是被连领导知道了,肯定被制止,到时约架不赴会,会带来更大耻辱,以后在浙江小分队的人面前头就抬不起来了。这保密工作做得还真严实,连连部通信员、浙江兵小武,都没给连指导员透露一丝一毫。

在约好的时间地点,双方准时来打群架。还是"福尔摩斯"这小子脑袋瓜子灵活,快走到采沙场时,突然看见浙江小分队那些人,个个头上都扣着安全帽,这样一打,非吃亏不可,双方都挥舞大棒,打到安全帽上和军帽上怎能一样?明摆着吃亏,方知道浙江小分队这帮人来者不善,他们保护自己脑袋,却要打别人头破血流。事情紧急,容不得多想,朝通信员小武耳语几句,小武撒腿开跑。

看跑了一个人,那帮浙江小分队的人起哄:"哎呀!还没开打,就吓跑了一个当兵的。"

那"东霸天"看似还挺讲义气,说:"跑一个不怕,我们绝不以多打少,我们也去掉一人,上29人。"说罢给每人发木棒,29人对29人公平合理。

"福尔摩斯"看小武那边还没动静,就故意拖延时间,说:"公平合理什么?你们个个戴安全帽,我们的人戴军帽。军人的领章,帽徽是军人的荣耀,是军人的尊严,是不能随便动的,你必须保证打棒时不打脑袋、不打脖子。"

"东霸天"不干了,气呼呼地说:"哪来那么多废话,木头棒长有眼睛吗?认领章帽徽吗?"说着就带一帮人扑了上来。

这边的浙江兵也不示弱,人人手持大棒争着往前冲,也不怕被打得头破血流。

就这样,两伙人手持大棒由近距离接触变为密切接触,开始互相推搡起来,就在将酿成血案的紧要关头,阎芳州和小武上气不接下气地跑来了。

小武去报信时,阎芳州正在和慕古秀研究工作,听小武说事态如此严重,就和慕古秀跑来了。跑到半道,突然想起没带一兵一卒,怎么把浙江兵弄回去?就让慕古秀赶紧回连队带两个排来,以便劝阻浙江兵,阻止事态发展,不听话就把闹事的浙江兵抓回来。

等阎芳州跑到时,正处于一触即发的紧要关头。这个"书生"不知哪来的勇气和胆量,一头钻进两列人群中,用身体护在浙江兵前面,大声说:"我是十一连指导员,是这些兵的领导,有什么事跟我说,请大家把手中木棒放下!"

阎芳州被夹在中间,对面的浙江小分队那些人不听他的,挥着大棒向前拥,他后面的浙江兵什么情况,他也看不见,但能感到他们向前涌动的力量。在两股力量就要碰撞时,阎芳州突然灵机一动,转身面向浙江兵,大声喊起口令:"全体军人:立正!向后转!前进十步走!"

军人任何时候都是听从号令的,那些浙江兵先是一愣,马上意识到这是连首长发出的命令,就不折不扣地坚决执行。如此一来,这支队伍就脱离开接触,确保了暂时的安全。

待"疏远"了这帮浙江兵,回头看浙江小分队这些人时,猛地发现一个漂亮女人横在队伍前面,把他们向后推,嘴里喊着:"你们这是干什么?谁让你们来打群架的!你们要打解放军战士,就先打我吧!"

阎芳州认出来了,那个女人是范兰枝,八一联欢时在台上唱过《十八相送》,人漂亮,又唱得好,说话吴侬软语,印象深刻。

手持大棒的浙江小分队那些人,没有打范兰枝,而是极力躲开她的阻挡向前冲,她急得哭了:"你们这是干什么呀?要出人命的呀!"被那些人拥着向前走,到了阎芳州跟前,在混乱中不知是谁一棒子把阎芳州打倒了。

那帮浙江兵看指导员被打倒了,要上来报仇,小分队那些人丢掉木棒,撒丫子跑了。原来是他们看见一百多号当兵的跑步过来了,有人大喊:"快跑!当官的带着队伍来助阵了!"等慕古秀带人到时,那些人已经跑得无影无踪了,只剩下范兰枝蹲在地下,扶着受伤的阎芳州。

慕古秀问:"指导员怎么了?"

阎芳州捂着脑袋说:"没事。你赶快集合队伍,把那些浙江兵带回去!"又对范兰枝说:"我没事,你也回去吧。"

范兰枝说:"我送你去医院,医疗费我们出。"

阎芳州说:"谢谢!不用,我去我们卫生队看看就行了。"

范兰枝摸摸阎芳州的脑袋:"都起包了,伤得不轻!我替浙江小分队给你赔罪!我去医院陪护你。"

慕古秀让一排长把队伍带回连队,和通信员小武一起,把阎芳州送到卫生队。范兰枝说到做到,她一直跟到团卫生队,留下来做陪护。

苗丽萍给阎芳州做了检查,确认是头部挨了一棒,造成了脑震荡,需要在卫生队静养几天。

杨玉琼听说阎芳州受伤住院了,也过来探望,看见范兰枝也在病房,就问:"范技术员,你怎么也在这里?"待范兰枝把大致经过讲了一遍,杨玉琼说:"嗨,我原先还想介绍你俩认识呢,你俩这是不打不相识呀!"她看看阎芳州伤处没什么大碍,就放心了,心里说:"这对阎芳州也许是好事呢!"便冲范兰枝说:"你好好看护吧!我们这位大作家要是脑袋被打坏了,写不出好作品,是要找你算账的。"

第十二章

1

  时间过得飞快,转眼就到了1984年。这一年是我国实行改革开放的第六个年头,形势在变化着发展着。进入新一个年份之后,十一团撤销转企的事并没有实施。干部战士都已做好了思想准备,改为华北矿建直属企业也好,转为山东黄金局下属企业也好,只要主体框架不变,仍然执行三山岛金矿建设任务就可以,盼望着"这只靴子"早些落下来。"靴子"落下来,心里就踏实了,但"这只靴子"就是迟迟不肯降落,让人期待中又有一些疑惑。

  上级强调,部队一切按过去一样严格管理,不能有丝毫松懈,要保持旺盛的战斗力,一旦投入施工就要确保完胜。干部战士自然是一切行动听指挥,虽然思想上比较活跃,在行动上还必须保持一致性。团首脑机关、司政后各部门、各连队都正常运转。军营里军旗飘扬、歌声嘹亮,三山岛依然被笼罩在军人强大的气场中。

过了元旦没几天，十一连新连长申力明上任。他站在十一连营房的大门口，内心感慨良多。他当兵就在十一连，那时还叫十一中队，他是从这个连队走出去的，对这个连队的情感自非寻常。这个1969年在甘肃镜铁山组建的连队一路走来，经受过挫折，也创造过辉煌。从镜铁山到三山岛，从建设铁矿到开掘金矿，环境和执行的任务变了，不变的是铁打的营盘和永存的军魂，是战友们对这个营盘的情感，就像游子回到故乡，老兵们看到自己的老连队，自然也心潮澎湃得厉害。他们就是在这绿色的营盘中，从一个不甚懂事的年轻人，成长为一名职业军人，为今后的道路打下了坚实基础。在成长过程中有收获、有喜悦，也有痛苦、烦恼、遗憾、失落，他们从来就没有后悔从军的选择。当兵时养成的好习惯，受用一生；当兵时养成的坚强性格，成就了未来；当兵时学习的技能和本事，成了存身立世的本领；当兵时结识的战友，使自己拥有了享受终生的友谊……但凡当过兵的人，没有不留恋自己老连队的，这种留恋也是对自己人生的一段纪念。此时此刻的申力明，怎能不面对老连队感慨良多呢？

申力明这个浙江兵，聪明，有文化，能说会写，入伍后很快就被抽到连部当文书。小伙子长得精神，遇事爱动脑筋，会说话，不仅连领导喜欢，战友们也都喜欢他，很快就送给他一个"机灵鬼"的绰号，使他和"铁匠"苏明远、"编织匠"慕古秀、"理发匠"王玉波成了十一连的"四大名人"。苏明远是四川富顺人，从小学打铁，有一身打铁的好手艺，打铁好像在玩黑色泥巴一样。慕古秀是河南温县人，在陕西富平长大，五大三粗的掘金猛将却会编织毛衣，连大姑娘小媳妇都比不过他。王玉波是辽宁铁岭人，入伍前是国营理发店理发师，有"两面三刀"的祖传技艺。加上"机灵鬼"申力明，十一连格外热闹。四个人一度也是竞争对手，为了进步，为了提干，为了穿四个兜的干部服、一走路就咔咔响的军干皮鞋，四个人摽着干，像鸭子凫水——在下面暗用力。现在几经翻转,自己在"四大名人"中胜出,当了新任连长,内心里是不是特别高兴、感觉特牛,有一点衣锦还乡的感觉? 也许有那么一点点,但他想得更多的是如何检讨自己,检讨自己在十一连走过的岁月,使今后的人生路走得更扎实更稳当些。他找过老领导牛幸娃,想回到十一连工作,别说当连长,当副连长也成,为什么非要回到十一连? 因为我们中国有句老话,叫从哪跌倒就从哪爬起来。申力明认为自己在十一连栽倒过,不仅栽倒过,还跌了大跟头。想想自己过去做的一些"糗事"就耳热脸红。若不是王永学网开一面,让他调到别的连队换了环境,即使不复员,自己在连队也待不下去了。这些都是牛幸娃告诉他的。他能有今天,靠牛幸娃的培养提拔,也因指导员王永学的宽容大度,也有战友们对自己的保护谅解。逝者成以往,来者犹可追,他要来十一连工作,回报战友们的关心,弥补对连队的亏欠。当然,他也想用自己学到的本事,通过自己的努力,续写老连队的辉煌,很好地接过老连长段新虎、牛幸娃、王好传下来的接力棒,把连队各项建设推向新的进步。他是带着愧疚感、责任感来上任的,这一点自与别人上任时的喜悦和轻松不同。

到连队第一件事干什么,如何打开局面? "机灵鬼"申力明是动了脑筋的。一个连队,连长和指导员团结很重要,而连长和指导员要团结好,相互信任最重要。

上任的第二天晚上,申力明提着一瓶龙山老窖、一袋花生仁、一袋凉拌海鲜去了阎芳州的房间。

阎芳州说:"你这是干啥?"

申力明说:"我来找你喝口酒,赔个不是。"

阎芳州愣住了,他和申力明在工作中没有交集过,在镜铁山时,他在团工作组当干事,申力明在连队当代理排长,上学回来,一个在政治处,一个在军务股,只是见面点点头的交情,何罪之有? 就开玩笑说:

"想喝酒就找个合适的理由,这话让我丈二和尚摸不着头脑。"

申力明说:"真的要赔个不是。你在武汉大学上学时,我也在武汉上第二技校,两个学校离得不远,我都没有去看过你,真的不够意思。"

阎芳州说:"这你客气什么?咱俩又不是一个学校一个专业,都忙着学习,哪有时间?想喝酒就说喝酒,想聊天就说聊天,绕那么多弯子干什么?"阎芳州是"才子",也是性情中人,就拿来两个杯子把酒倒上。

两人就这么喝着酒,说着话,渐渐酒意浓时,申力明说:"阎兄,我今天真是给你赔罪来了,借酒盖脸,我就往外倒了。"

阎芳州说:"这话从何说起?"

申力明就借着酒劲,把当年在镜铁山如何暗恋杨玉琼,看杨玉琼和阎芳州走得近时,就心生忌妒,把阎芳州采风期间在外地写给杨玉琼的信私自扣留,转寄给杨玉琼的对象胡晓明,给胡晓明提供了"炮弹",胡晓明借机到部队滋事,最终造成杨玉琼跳河的经过说了一遍。说完又喝了半缸子酒,仿佛这样才能盖住脸上的羞惭。

阎芳州听了半天没吱声,压了压还是没搂住火:"我早就认为咱们部队有内鬼,这内鬼原来是你!你这事办得真他妈的不地道!"

申力明嗫嚅地说:"干完我就后悔了,当时真是鬼迷了心窍,也没想到后果有这么严重。"

阎芳州斥责道:"你这是极端自私、极端个人主义,为了达到目的不择手段。"

申力明说:"我也反思了这种行为,既不利己,也害了别人,对杨玉琼和你造成了伤害,我向你赔礼道歉!"

阎芳州说:"我倒无所谓,但你把杨玉琼害惨了,害得她跳了北大河,要不是牛幸娃把她救上来,她就没命了。当然,这个账不能都算在你身上,即使你不转寄那封信,那个道德败坏、素质低下的小混混也会到部队闹事,也会对杨玉琼造成极大伤害。问题是你不应该这么做,爱一个人就要为她好,不是为她添苦痛与烦恼。"

申力明点点头,表示同意阎芳州的看法。

阎芳州喝了一口酒说:"我也喜欢过玉琼,用你的话说,就是暗恋。但从来就没有为难过她,我俩的友谊非常纯洁,尽管外面有各种传闻,但我可以负责任地说,我俩从来没越男女之大防。当她摆脱那个小人的纠缠有了新的选择之后,我衷心地为她祝福。我们中华民族的传统美德是成人之美,各美其美,美美与共,不是为了把某个心爱的东西占有而不择手段,这是一个正人君子所不为的。"

申力明说:"我知道自己错了,内心很痛苦,也很后悔。"

阎芳州说:"知耻而后勇,谁能不犯错?改了就好。你今天能向我坦白这些,说明你真的知道错了,而且胸怀坦荡,这也是君子之风。"

申力明说:"我说这些,是请你宽恕我,也请你监督我,防止我再犯类似的错误,你比我水平高,今后还请多帮助我。"

阎芳州说:"这你就见外了,今后咱俩搭班子,密切合作,互相监督。这件事到此为止,就不要再提了。来,咱俩碰一杯,这件事就翻篇了。"

接下来两人商量工作,在讨论各有侧重时,申力明把最棘手的如何处理和浙江小分队的关系这件事揽了下来。他说:"指导员,我知道你为这件事挠头,担心处理不好事态扩大,在社会上造成不良影响。这件事你交给我处理,我是浙江人,与连里浙江兵和浙江小分队都能说上话,有这个方便条件。一定把事态平息下来,让浙江小分队的人来向你道歉,给咱们连队一个交代。"

阎芳州有点感动,和浙江小分队的关系成了"刺猬",不抱怕跑了,抱了怕扎着,是个难题。现在申力明愿意把这个活揽过去,说明他还是有责任心的,不怕困难的,也是从大局出发的。

一顿酒喝下来,阎芳州对新来的连长有了知错能改、胸怀坦荡、敢担负重任、不怕难题的好印象,两人关系也很快密切起来。

一天,阎芳州去团部开会,申力明在连队值班,一个年轻女人来到连部,提的网袋里装着苹果、麦乳精等营养品,说话声音吴侬软语,一听就是浙江人,内中还有永嘉家乡话的味道。女的说她找阎指导员,是特意来看阎指导员的,他们浙江小分队的人把阎指导员头打伤了,她过意不去,是代表经理来看望的。自我介绍说:"我叫范兰枝,是浙江小分队的技术员。"

申力明说:"我叫申力明,是新来的连长,也是浙江人。听口音你是永嘉人?我也是永嘉人,听到家乡话好亲切呢!"

两个人闲聊起来,方知道两人都是永嘉一中毕业的,申力明和范兰枝的一个表姐还是同班同学。

申力明说:"你来得正巧,我想去你们浙江小分队走访,正愁没人引荐呢。"

范兰枝说:"是我们有错在先,我们应该来向你们道歉,但我哥不好意思来,让我代表他来看看,表示一下慰问,赔个不是。"前不久浙江兵和浙江小分队打架时,阎芳州在双方拥挤中被打伤,送到卫生队幸无大碍,范兰枝亲自去陪护,现在又代表经理来慰问,说明这姑娘还是很有诚心的。

申力明说:"是什么使本是一家的浙江人搞得仇上仇、冤上冤的,甚至到了动手打群架的地步?"

范兰枝说:"根子还是谁来建矿,原来说浙江公司建,后来改为让部队建,浙江小分队就认为部队抢了我们的饭碗,内心深处存在不满,一有机会就表现出来,其实这是一种误解。"

申力明说:"这当然是一种误解。上级命令让部队来建金矿,干部战士能不来?上级让部队来建,一定认为部队更适合。况且,你们浙江小分队也是留下建矿的,部队开工了,你们照样有活干,怎么说抢了你们的饭碗？假设部队不干了,让你们浙江小分队干,单挑得起来吗？只有合作共赢才有出路。要想消除矛盾,必须从根子上拔掉这种思想,真诚地进行合作。"

范兰枝说:"表现在职工身上,根子在领导身上,我哥哥范兰亭就是这个想法,一些中层干部也是这个想法,打消这种想法,要从领导做起。"

申力明说:"过几天我去好好聊一聊,必须扫除这些思想障碍。"

范兰枝说:"还有我们小分队一些人在野外施工惯了,作风比较散漫,仗着工资比较高,在三山岛不注意言行,有的欺负女孩子,有的强买摊主东西,还有的损坏百姓庄稼,这些不好的事,被百姓发觉了,他们就嫁祸你们连队的浙江兵,引起老百姓对解放军的不满。"

申力明说:"一些人胡作非为嫁祸军人,这是绝对不能容许的。问题的关键是,你们小分队要加强管理,通过各种有效的办法,制止这些损害老百姓利益的事情发生。不管怎么说,你们也是正规企业,怎么能不按国家要求加强企业管理呢？怎么能允许这些不良现象存在呢？为什么不用有效的方法有益的活动加以引导呢？如果你们愿意,我们可以进行军民共建,把部队一些好传统好做法传给你们,也可以组织一些丰富多彩的文娱活动,把工人们的注意力吸引到健康有益的活动这方面来。"

范兰枝说:"军民共建这个想法太好了,我完全赞同。我回去跟我哥哥说一下,等你去时就进行具体商议。"

申力明说:"军民共建、军企共建精神文明,在全国已是一条成熟经验,我们可以围绕三山岛金矿建设的实际来进行,可以先易后难,从小到大,由浅入深。"

范兰枝说:"在共建中有一些思想障碍需要破除,说出来有一些不好意思,我们有一些工人看不起战士,认为他们没有自己挣钱多,没有自己财大气粗,说,还建金矿呢,一个月才几元津贴,说他们傻,说他们憨。"

申力明说:"这就是价值观的问题了。战士们一个月才挣几块钱,却辛辛苦苦为国家做贡献,这正是他们的高贵、高尚之处,一些人处处计较斤斤计较,给多少钱干多少活,给钱少扬长而去,孰高孰低、孰优孰劣,我们不难分辨。可见在军民共建中,也要进行价值观人生观世界观教育,让大家'三观'端正,就不会有歧视战士的现象发生了。不过,我们革命军人从来不怕别人歧视,鲁迅说,走自己的路,让别人说去吧,这就是我们应有的回答。"

这一番话,范兰枝听得入耳入脑,不仅明白了更多道理,而且对这位浙江小老乡产生了好感。她看等不回阎芳州,就对申力明说:"你代为转达问候,哪天我再来看阎指导员。欢迎你尽快到小分队走访指导,我们再进一步交谈。"

2

阎芳州开会回来,申力明告诉他范兰枝来了,还给他送了表示慰问的营养品。

阎芳州说:"这个女子通情达理,上次两伙人冲突,她硬是拦在前面,我被打伤后她到医院陪护,你可以通过她多做一些说服工作。"

申力明就把和浙江小分队搞军民共建精神文明的想法说了。

阎芳州说:"搞军民共建好呀,今天上午的会议就有这方面的内容。中央文明办下发文件,要求在全国开展五讲四美三热爱活动,简称'五四三'活动,倡导在开展活动时军民共建、军企共建,你这个想法好呀,符合上面精神,踩到点子上了。你是怎么想到的呀?"

申力明说:"我也是这几天听新闻,知道了这方面的内容,想到和浙江小分队搞共建,既能消除矛盾隔阂,又能在工作上互相支援,做到互利双赢。"

阎芳州说:"你这个想法太好了,有新意,能解决我们目前遇到的现实问题,是一剂良药。"

申力明说:"赶巧我和他们浙江小分队都是浙江永嘉人,我和范兰枝还是一个中学毕业的呢,她的表姐我认识,是我同班同学,这样沟通起来就方便多了。"

阎芳州说:"这太好了。我知道你们永嘉,著名山水诗人谢灵运做过永嘉太守,有多首诗作吟咏你们永嘉山水,像《登石门最高顶》《登永嘉绿嶂山》《石室山》《石门岩上宿》《登池上楼》等,有'池塘生春草,园柳变鸣禽''鸟鸣识夜栖,木落知风发''石室冠林陬,飞泉发山椒'等名句。李白、杜甫等大诗人都有赞美永嘉山水的诗作,你们楠溪江被誉为'中国山水诗的摇篮',因为中国的山水诗派肇始于此。"

申力明惊叹道:"你太有学问了,对我们永嘉知道这么多呀!"

阎芳州说:"我在大学时写过论文《论山水诗人谢灵运》,注意考察过他在永嘉的行踪,就比较多地了解了你们永嘉的一些情况,知道永嘉建县甚早,已有1800年历史,历史上先有永嘉郡,后有温州府,拥有永嘉学派、永嘉昆曲等,是瓯越文化的发源地。此地可谓山清水秀,人杰地灵,你们永嘉出人才呀!"

申力明说:"出人才,也出贫困。由于新中国成立后长期处于对台前线,国家投资少,基础设施薄弱,交通相对闭塞,县域内人多地少,资源不足,人均耕地不到半亩,粮食难以自给,许多永嘉人被迫靠外出弹棉花为生。全国各地那些弹棉花的,十个有九个是永嘉人,他们吃苦耐劳,游走他乡。改革开放之后这些人见多识广,纷纷转行谋生,在建筑领域、小商品经营领域、矿山开发、废旧物资利用等领域,崭露头角,有的还成了大气候,每年把钱寄回家里,或回县里投资办企业,使永嘉经济这几年增长很快,可谓一天一个样,我回去有些地方都不认得了,惊叹不已。"

阎芳州说:"你们永嘉没几年就发生这么大变化,这是我国改革开放的一个缩影呀,是对干部战士进行改革开放好教育的典型事例,哪天你在全连讲一讲。"

申力明说:"永嘉人长期在外闯荡,怕受人欺负,喜欢抱团,也形成一些粗放散漫的性格,爱争好斗,这一次打群架要不是你阻挡及时,还不知道酿成多么严重的后果呢!还让你无故挨了一棒,伤得不轻,连我都不好意思。我代表我们永嘉人向你道歉!"

阎芳州说:"道什么歉!我不挨这一棒子,能得到这一袋子营养品吗?"又说:"挨这一棒子,也许把我灵感打通了,有利于以后文学创作呢,真是这样,我还要感谢他们呢。"

申力明说:"指导员,你不仅有学问,还宽宏大量!"

阎芳州说:"怎么,你还想提拔呀?刚提连长,就又想进步了?净说好听话。"

申力明说:"我是发自内心的,回头我就去浙江小分队,把军民共建的事认真落实。"

阎芳州说:"我把你的思路再打开一下,咱搞共建,不光搞军企共建,还要搞军地共建,把三山岛村也纳进来,我们和双方搞共建,也可以联合起来三方搞共建,各方用力,共同提高,大家受惠。"

申力明说:"高,实在是高!这一下更全面,更有典型意义了,我们既搞军企共建,又搞军地共建,还搞军地企三方共建,这可是一个创举呀!"

阎芳州补充说:"你要同意,咱就这么办!咱俩分分工,我分管和三山岛村共建,你分管和浙江小分队共建,各有侧重。"

申力明说:"你是指导员,你来统筹吧!"

阎芳州说:"发明权在你,我可不敢争功,但愿这件事取得成功,消除隔阂,增强团结,又在三山岛金矿建设中互相支持,共同努力,取得两个文明建设新成果。"

申力明说:"指导员,和你合作真愉快!"

阎芳州说:"我也一样的感受,两好合一好嘛!"

和阎芳州指导员关系融洽了,密切了,申力明开始琢磨如何处理和王玉波、慕古秀、苏明远这三个副连长的关系。他和这三个人过去是连队的"四大名人",按资历说,慕古秀、苏明远资历最老,他次之,资历最浅的是王玉波,是1976年冬天入伍的兵,但就是这个"新兵蛋子",现在让他打怵。王玉波是典型的东北人,东北人的性格和做派,平常有点儿牛,对看不上的人不夹在眼里,不理那个胡;对关系好的人好得不得了,恨不得把心掏给你。申力明打怵的不是王玉波的性格,而是自己曾对王玉波做过亏心事。王玉波利用"两面三刀"的理发技术去镜铁山矿学雷锋做好事,有谣传说他和矿上保卫干事左梅有那个事,出于忌妒心理,便拉着慕古秀去"捉奸",对慕古秀说:"听说王玉波和矿上一个女的有奸情,我们去捉奸,让这小子出出丑。这新兵蛋子人缘好,又到矿上学雷锋做好事,风头都盖过咱们老兵了,现在苏明远、你和我都是后备干部,要是这小子跑到咱们前面,指不定把谁挤下来呢!"就是出于这个目的,他拉着莽撞的慕古秀去"捉奸",结果弄了一个冤假错案,让王玉波蒙受了不白之冤。虽说后来在组织调查此事时,申力明说:"我是当事人,进去之后看到两人在烫发,没有任何男女之事。"对自己当时处理问题的不慎重认错,并且向受到伤害的男女双方致歉。王玉波也因为组织上的调查,由坏事变好事,受到提拔重用。但毕竟自己给人家扣过屎盆子,败坏过人家名誉,让人家差点被处理复员退伍。将心比心,人家肚子里能没有气? 而且,这次两人又争连长这一职位,也许用"争"不恰当,但毕竟两人构成了事实上的争。尽管这是组织上定的,自己是服从组织决定,但如果他不被推荐和考察,这个职位按常规说,就应是王玉波的,王玉波也能胜任这个职务。王玉波自然知道这一点,他内心能服气吗?想到这些,申力明就打怵,就不知该怎么处理和王玉波的关系。好在王玉波表面上还过得去,让干啥干啥,该干啥干啥,两人之间客客气气的,客气得就像家里来了不怎么熟悉的客人一样。聪明的申力明始终把握这一点,就是不能发生正面冲突,正面冲突不但让矛盾解不开,还会造成很尴尬的局面。一般说来,上一级领导和下级冲突,尴尬的是上一级领导。过去见一个领导在会议室和一个下级冲突起来,领导大声吼道:"你给我出去!"那个下级在气头上,来一个"死猪不怕开水烫":"我就是不出去!有本事你让他们把我抬出去!"那个领导没招了,只好自己下台阶:"好,你不出去,我出去!"结果是领导没有面子。申力明想的是,只要不公开正面冲突,不撕破脸就好办,总会找到办法把矛盾解决。目前找不到办法,就暂时搁置吧,保持"一团和气"吧。

回过头来,申力明开始考虑如何和慕古秀、苏明远相处。说内心话,他心里是同情这两个代理副连长的。这两人比他资历老,比他对连队贡献大,但因为失去了机遇,迟迟没有解决干部身份。本来他们是可以直接提干的,但因为上级决定不直接从战士中提拔干部,他们就失去了机会。幸亏自己抓住了机会,考上了武汉基建工程兵第二技校,否则就和他们一样"待遇"了。相比而言,慕古秀、苏明远就失去了机遇。人这一辈子,不管什么出身,本事多大,都离不开努力和机遇两个方面。这两个方面就像天和地、阴和阳,不能缺少任何一项。这两个方面就像一枚硬币的两个方面,缺少一面都不能称其为"硬币"。只努力,没有机遇光临,也不会成就大事业;光等机遇,不努力,来了机遇也抓不住,占了机遇也干不好。民间常说"运去黄金生锈,时来铁也生光",有大人物说"时来草木皆努力,运去英雄不自由",说的就是这个道理。时、运、机遇大概说的是一个意思。你说慕古秀、苏明远不努力、不想进步？他们做的工、出的力比谁都多,进步的心比谁都迫切,但他们没有运气,失去了机遇。申力明深深为他们惋惜。内心也为他们鸣不平。他知道,这两个老兵对他来当连长会有一些失落,但绝不是忌妒,因为二者已不在一个档次上,按现在时髦话说,就是不在一个频道上。他对两个老兵能做的,一个是尊重,二个是帮助他们解决一点实际困难,在帮助他们实现梦想方面助一把力。

上任不久,申力明就去找牛幸娃、王永学,这两个团领导是他当年的连长、指导员,熟到推门就进的程度。牛幸娃问:"去了有什么困难需要帮助解决？"

申力明说:"什么困难也没有,就是想请老领导帮助解决一件事,解决慕古秀、苏明远的干部编制。"

牛幸娃说:"该解决！你去找王永学指导员,他有办法。"

王永学说:"我有什么办法？我有办法早解决了。"

申力明说:"我只能靠您了！要没有指导员您,我就没有今天。天天看着他俩以兵代干,我心里就不是滋味。苏明远的妻子和孩子还在农村,慕古秀连对象都没处一个,都是一个连队的战友,我心里能好受吗？"

王永学说:"你能有今天,不用感谢我,树挪死,人挪活,那是你的努力和造化。他们两个的问题我找上面多少回了,上次黄金指挥部初副政委来,我也反映过,至今没有下文。"

申力明说:"您再找找支队干部科吧,听说你和科长李景夫是好朋友。"

王永学心里骂一句牛幸娃,看来是这老牛把自己的底兜出来了,就说:"你先回去,我先联系看一看。"

申力明走了,王永学看着这个"机灵鬼"的背影,心里升起一丝莫名的感动:"看来这小子成长了,进步了,知道将心比心替战友着想了。以前是一心想着自己进步,恨不得拽着别人的衣襟,把别人拉下来,现在找人托关系是为了别人进步,看来士别三日当刮目相看了!"心里一边想着,一边让总机接通了支队干部科科长李景夫的电话。

两人熟得不能再熟,原先在基建工程兵钢铁部队时,两人就是好朋友,十一团转隶黄金部队后,李景夫也调到五十二支队当干部科长,又成了上下级关系。看来李景夫是在忙着,在电话里说:"有话就说,有屁就放,我还忙着呢!"

王永学说:"我说的还是十一连慕古秀、苏明远老兵转干的事,又过去半年了,也没个动静。"

李景夫说:"他俩不是志愿兵吗?享受志愿兵待遇吗?"

王永学说:"你小子是揣着明白装糊涂,志愿兵和干部待遇能一样吗?"

李景夫说:"我不是给你说过,先干着再找机会吗?"

王永学说:"这都拖到猴年马月了,当初可是你出的主意,说先让他俩以志愿兵身份代干,容日后解决,怎么说话不算话了呢?"

李景夫说:"当初我是为你好,怎么还赖上我了呢?"

王永学说:"我就是赖上你了,谁让你出这个馊主意呢?你不解决,我就天天给你去电话,烦死你!"

李景夫说:"啥叫得了便宜卖乖?你这就是!我还让你破裤子缠腿缠上了。这样吧,正好支队要统筹考虑解决这个问题,我先给你解决一个,另一个再等等。"

王永学得寸进尺:"你好人做到底,两个一起解决了吧!"

李景夫说得很决绝:"就这么一个,要就要,不要拉倒!"说完,啪的一声把电话挂了。

王永学窃喜,放下电话偷着乐,还没乐完,就犯起了愁:"就这么一个,给谁不给谁?要这么一个指标成了烫手的山芋了。"

在十一连,谁都知道牛幸娃和苏明远关系好得像亲兄弟一样,两人是四川老乡,苏明远的铁匠炉就是牛幸娃的"中军帐",没事就到那里待着。谁要说牛幸娃一个不字,苏明远非跳起来不可。在十一连,人们也都知道王永学和慕古秀走得近,两人都是从陕西入的伍。慕古秀文化程度不高,但力大无比,干活不偷奸不耍滑,为人诚实、透亮,知错能改,思想单纯,王永学一直把他当干部苗子培养。现在提干机会来了,这可是一个错过再没有的好机会。他是政治处主任,分管干部股,名额又是他出面要来的,把这个名额给慕古秀,谁也说不出啥来。但是,王永学还是决定征求牛幸娃的意见。

牛幸娃说:"好事呀,解决一个不愁另一个,就像生孩子一样,开始生不出来,后来一生就生好几个。"看来他和杨玉琼"正常"之后,想孩子都想疯了。

王永学说:"这是哪儿跟哪儿呀!要一个就像挣命似的,还想要几个?能像生孩子那么容易吗?"

牛幸娃不高兴了:"生孩子容易吗?我怎么就生不出来?你说这话不是打我和玉琼的脸吗?"

王永学说:"对,不那么容易!当着和尚不能说秃瓢,当着麻脸不能说点子多,我今后会注意!"

牛幸娃说:"少给我耍贫嘴!你说,你想把这个名额给谁?"

王永学说:"你是老领导,对十一连每个人表现熟悉,你定夺,我服从。"

牛幸娃说:"我才不定呢,这两人都不错,你让我做恶人?我不做!"

王永学说:"那怎么办?"

牛幸娃说："怎么办？交申力明处理，指标是他出面向你要的，他能请神就能送神，让他找'阎眼镜'商量，由连队向上推荐。"

王永学说："牛参谋长，老牛同志，你是鸡蛋掉进油缸里，真滑呀！"

牛幸娃大笑："你没听说人老奸马老滑吗？我不是马，但牛马是一族，不是说出的牛马力嘛！"

踢来踢去，这只球又踢回十一连，踢到了申力明脚下。他去要指标时，没有给阎芳州说，怕要不来，也怕别人知道了说他买好。现在真的要来了，却成了难题，两个人等待转干，却只有一个指标，而且两个人都符合条件，这可怎么办？连这个"机灵鬼"也难住了。

申力明去找阎芳州商量，阎芳州说："该解决两个，只给一个指标，这不是制造矛盾吗？真不知上面是怎么想的。"

申力明说："要不咱把这指标退回去？"

阎芳州说："别，这是一件大事，能解决一个解决一个，容我们商量一个妥善办法。"

两人商量好几天，也没商量出一个妥善解决办法。还是申力明"机灵鬼"脑袋灵光，他说："我想出一个好办法，让慕古秀、苏明远这两人抓阄，谁抓到解决谁，这样最公平，另外一个人也没有怨言。"

阎芳州不同意，说："怎么想出这么一个馊主意，难道这样就公平了吗？两个代理副连长为争解决干部指标去抓阄，传出去不让人笑话吗？"

申力明说："那你说怎么办？"

阎芳州说："我先分别找他俩谈谈，听听他们自己的看法，也许能找到好的解决方案。"

申力明自然听他的，心里想，你去谈更好，责任在你身上，省得我初来乍到得罪人。

阎芳州先找的慕古秀，出乎意料，慕古秀听到两个人只有一个转干名额时,先是愣了一下,然后摸摸脑袋说:"既然只有一个指标,那就让苏明远转吧,他老婆有病,还带两个孩子,都在四川乡下。他转了干就能把老婆孩子办成吃商品粮的。我反正是一个人,一个人吃饱了肚子不饿,当志愿兵待遇也不错。"此外再无话说。

阎芳州又找苏明远,苏明远说得更干脆:"让慕古秀转。听说他最近和三山岛村龙大秀处对象,就成全他好事吧。我们老家分了田,正好老婆带着孩子忙不过来,我就复员回家种田去,现在农村种田也能致富,我老婆来信说有些人靠种田成了万元户呢!"

两人都推让,阎芳州找申力明合计,说既然苏明远家中有困难,他下决心回去种田,那就把转干名额给还想在部队干下去的慕古秀吧。申力明表示同意。两人找慕古秀谈了商量的结果,初步考虑把转干名额给他。慕古秀没有说什么,点点头表示认可。

第二天起床号刚响过,慕古秀来找阎芳州,说:"指导员,我烙饼似的翻了一夜,觉得还是把名额给苏明远好,他转了干,老婆、孩子吃了商品粮,今后安排工作上学都方便。你看这样可否?先让苏明远转,他转干后安排他转业,他转业后名额倒出来再给我,这不是一举两得两不耽误吗?"

阎芳州觉得慕古秀又可爱又可笑,说:"古秀,部队提拔干部不是你心目中那样的,赶上了就提拔了,这一波没赶上,下次就提拔不了了,不存在谁占谁的名额、谁倒出来谁接续的问题。你这次让出名额,也许以后就永远也没有机会了,你可要想清楚。"

慕古秀说:"这没什么想不清楚的,大不了我就以志愿兵的身份干下去呗!我有的是力气,又有技术,我就不相信部队会不用我。"

阎芳州说:"听说你处了一个对象,是三山岛建筑队龙大海的妹妹龙大秀,你不转干,会不会影响你处对象成家呀?"

慕古秀肯定地说:"不会,她说她看中的是我这个人,又不是看中我是一个干部。我当志愿兵也不低人一等,她爱干就干,不干拉倒!"

阎芳州见劝不动慕古秀,就和申力明商定把名额给苏明远,也不再给苏明远打招呼,直接把结果报牛幸娃和王永学。阎芳州去给王永学汇报,申力明去给牛幸娃汇报。

牛幸娃听申力明说把名额给苏明远,又听了两人互相谦让的态度,很欣慰,也为慕古秀惋惜,对申力明说道:"把名额给苏明远也好,一个一个解决,反正王永学主任不会不管慕古秀。你过一段时间再盯盯他,让他去上面再要一个名额,把慕古秀转干问题解决。咱们不能让老实人吃亏。"

3

申力明第一次去浙江小分队走访,气氛是客气友好的。浙江小分队打伤了连队的干部,本身是亏理的,小分队的头头没去向人家赔礼道歉,只是派自己妹妹送些慰问品表示一点意思。人家部队这边不计前嫌,派一名连长来走访、联络,这就让正义的天平偏向连队一边。但申力明言语谨慎,没有指责之意,声称自己是浙江永嘉老乡,是来联络感情的。

听说申力明是永嘉人,老家是永嘉珠岙村,浙江小分队的人都来认老乡。美不美,故乡水;亲不亲,家乡人嘛。经理范兰亭更是热情有加,口里啧啧连声:"看我们永嘉小伙子多帅气,穿着军装多英武,这么年轻都当连长了,前途无量呀!"说得申力明都不好意思起来。在会议室,几十个老乡围坐在一起,像是在开永嘉乡情恳谈会。他们有的家在永嘉县城,有的在沙头镇,有的在岩头镇,有的在鹤盛镇,多数临楠溪江而居,说起永嘉的母亲河楠溪江,有说不完的话题。横贯永嘉县境三百里的楠溪江浩荡南流,江水清澈见底,两岸高峰入云,风烟俱静,天山共色,奇山异水,天下独绝。楠溪江流域开发较早,在新石器时代就有先人于此休养生息,秦汉之际建有"东瓯王国",瓯越文化为一时之盛。经过几千年繁衍接续,这里人文荟萃,创建于南宋的永嘉书院享有盛名,源远流长。大伙讲罢楠溪江,就说永嘉书院,议论"倡义利之双行"的永嘉之学。永嘉之学倡导"万事有道,道不离器(器即物)",这是典型的实践派观点,是朴素的理论与实践相结合的观点。说着说着,就说到了永嘉人为什么能吃苦,温州人为什么能成功,仿佛从永嘉学派里能找到精神源流。有人建议尽快恢复永嘉书院,有人建议,深入研究永嘉学派学术思想在现实中的应用,有的建议在楠溪江放竹排漂流搞旅游,七嘴八舌议论风生。范兰枝一言不发,只是给大家续茶倒水。

申力明看大家说得差不多了,就说:"请允许我说几句。"范兰亭、范兰枝带头鼓掌表示欢迎。

申力明说:"永嘉有好山水,才孕育了山水派诗人。我当兵十多年了,虽然一直在军营里,但楠溪江一直是我魂牵梦绕的地方。我们连队阎指导员是学文学的,对山水派诗人很有研究,对我们永嘉山水多有了解,给了许多肯定和赞美。但他绝对没有想到,从这个绝美山水走出来的人,会当头一棒把他打伤。我没有怪罪浙江小分队的意思,但我想出一个题目,这就是,永嘉是个好地方,我为永嘉添光彩,而不是给永嘉人抹黑,希望这个题目成为我们下次讨论的话题。"

范兰亭威严地说:"申连长说得在理,我们永嘉人不管在哪里,都要注意自己的形象,不给永嘉人抹黑。过去我们永嘉人即使在外面弹棉花,也把自己和场地收拾得干净利落,给人一个好印象。我们是浙江工程技术小分队,不是弹棉花的,难道我们连弹棉花的老乡都不如吗?在外面恣意妄为吗?请各班组认真检讨,对以前存在的问题坚决整改。"

范兰亭这么说,也是对申力明讲话的回应。看此行目的已达到,申力明起身告辞,说过一段时间得空时再来走访聚谈。

通过又一次接触,范兰枝对申力明有了更多的了解。她给在温州商检局工作的表姐朱彩虹写了一封信,打听申力明的情况。表姐回信说:申力明和她是永嘉一中一个班的,一个是学习委员,一个是文艺委员,两人关系还不错。表姐赞叹说,这申力明聪慧、英俊,是个学霸,也是个不可多得的人才,听同学说在部队进步很快,都当连长了。表姐和范兰枝开玩笑说:我是结婚生娃了,没有机会了,他若是还没婚配,你早点把丘比特爱箭射过去。

范兰枝看信看到这里脸红了,心里骂表姐:我就是写信问一下他的情况,你胡说什么呀!好姻缘是遇到的,是求来的吗?尽管如此想,但从此比较注意关注申力明,有时也会把他和因"打架"事件认识的阎芳州做个比较。

第二次去浙江小分队走访,申力明就没有那么客气,他要镇一镇、压一压那些挑头闹事打群架的人,让那些人知道自己的错误,再也不敢胡乱作为。这一次他事先和范兰枝通了气,让她做内应。范兰枝说,是得收拾一下这帮人,否则不知以后还会闹出什么事端。临出发离开连队时,他让阎芳州端坐在连队等他,说浙江小分队有几个人要来向他赔礼道歉。阎芳州半信半疑,继续准备给战士讲课的讲稿。

到了浙江小分队,那些人以为申力明这个小老乡又来闲聊,没想到他神态严肃地说:"坏了,三山岛派出所已介入调查,说打伤部队干部是严重伤害事件,如果阎指导员起诉,打人者查出来就要判个三年五年刑,单位负责人也要负连带责任,还要进行经济赔偿。"

范兰亭一听急眼了,冲"东霸天"一伙人骂道:"这下不嘚瑟了,等着判刑、吃劳改饭吧!"急忙堆着笑脸冲申力明说:"你看这事还有缓没有?能不能让派出所不介入,咱们自个儿协商解决?"

申力明说:"那要看你们打人者的态度了,如果知错认错,去向阎指导员赔礼道歉,取得他的谅解,他不提出起诉,也是有可能的。"

范兰亭冲着那帮人吼道:"还愣着干什么?谁打的?主动站出来!"

"东霸天"说:"经理,当时场面很乱,拥挤中不知谁打了一棒,没有看清。"

范兰亭说:"当时谁站在前排?统统站出来!"

"东霸天"等几个人站了出来。范兰亭说:"现在我领你们去赔罪,求得阎指导员谅解。"

"东霸天"说:"过去看戏,知道负荆请罪,现在一时找不到荆条,那背点什么去请罪呀?"

范兰亭说:"每人背一根你们那天打人的木棒,把木棒绑在后背上,以示诚意。"

"东霸天"按照范经理说的,把五个人背上都捆了一根木棒,又让别人给自己捆了一根,六个人跟着范兰亭去连队找阎指导员请罪。申力明、范兰枝跟在后面,像押着人犯一样。

快到连队营房,一些战士看见来了几个人,每人背上背一根木棒,好像又来寻衅闹事的,急忙去向阎芳州报告。阎芳州出来查看,见每个人弯腰前行,背后背着一根木棒,申力明、范兰枝跟在后面,不知是演的哪一出。刚要询问,只见那些背木棒的一溜跪下来,齐声说:"我们负荆请罪来了,请指导员原谅我们。"

阎芳州忍着笑,把六个人一一扶起来,冲范兰亭说:"这是干什么?写份检讨知错就行了,没必要弄这么复杂,把我们战士吓了一跳,以为你们浙江小分队又杀将过来了。"大家都笑了。

阎芳州请大家进连部喝茶,范兰亭说:"改天吧,今天他们背着木棒不方便。"

阎芳州说:"那也行,改天我和申连长一起去商量军民共建的事,你们欢迎不欢迎呀?"

"欢迎!""欢迎!"一阵掌声响起,负荆请罪桥段到此结束。

接下来进行军企共建、军地共建、军民共建就顺畅得多了。在阎芳州和申力明策划下,连队、三山岛村、浙江小分队建立了联建机制。设立了联建领导小组,推举三山岛村施老支书担任组长,统管这件事。施老支书是老革命,在当地很有威信,让他出面召集和组织实施检查,一是因他德高望重,二是避免连队去指导人家企业的嫌疑,树立平等地位。当然,组织原则、实施方案等主要由连队拿。浙江小分队积极性也很高,范兰亭亲自参加领导小组,具体事宜由范兰枝负责,使各项共建活动有条不紊地开展起来。

共建活动以"活动"为载体,以文娱活动为纽带,以世界观人生观价值观教育为重心,以促进两个文明建设为目标,以实际效果来检验共建活动的成效。

施老支书对当共建领导小组组长很有积极性,他有几十年党龄,又是支前模范,家谱上记载是施琅的后裔,很有号召力和组织能力。他知道浙江小分队和村民们有些矛盾,也知道浙江小分队和十一连浙江兵打群架的事,这些矛盾通过共建可以得到解决,还可以增加团结,相互帮助,把"两个文明"建设提高到新水平新高度,何乐而不为?况且,他从过去管一个村,现在可通过连队、浙江小分队共建的事,管得更宽更多,两方都很尊重他,他也很荣耀。所以,抓起共建来很卖力气,三家因开会和组织活动,接触也就多了,目标很一致,把三山岛金矿建设好,把三山岛建设得更富裕更文明。他还有一个想法:就是借助部队,提高三山岛村民的政治素质;借助浙江小分队,提升村民的文化素质,让三山岛在他带领下变得更富裕更文明,形成良好的社会风气。过几年退休交班时,交出一个富裕文明的三山岛。这些年改革开放了,三山岛村通过抓渔业生产、多种经营,村民们富起来了,腰包也鼓起来了,成了这一带村镇的首富,他这个村支书,坐的车比掖县县委书记的车还高级,他坐小轿车,县委书记还坐"帆布篷"哩。但是,富起来后,不等于人们的思想觉悟就自然提高了,有的人炫富,有的人婚丧嫁娶铺张浪费,还有些人滋长了一切向钱看的思想,把钱看得比什么都重要,为了金钱,可以不讲经商原则、不讲传统美德,甚至不愿意赡养父母老人等。对此,施老支书心里有数,对这些现象很焦虑,也想着手解决。正好这时候,十一连领导提出军民、军地、军企共建,真是想睡觉就有人递过来一个枕头,他要利用这个有利条件把三山岛的精神文明建设提升到一个新层次,避免物质文明建设和精神文明建设失衡。假如物质文明上去了,精神文明滑坡了,道德沦丧了,那也是悲剧呀!这也是自己不愿看到的呀!别的地方自己说了不算,管不了,但绝不能让三山岛村出现这种情况。那时"五四三活动"刚兴起不久,福建三明是全国的典型,施老支书想向三明学习,但自己力量不足呀,正好借助部队和浙江小分队的帮助。参加共建,当然要帮助别人,但更重要的是帮助自己村。就像他最近坐飞机去深圳考察时,在飞机上空姐广播的那样:"请系好安全带!你在帮助别人前,先把自己的安全带系好。"是呀,道理就是这样。搞精神文明建设,也是给人们系上"安全带",让人们的思想行为不出问题。但要不出问题,先要自己把"安全带"系好,自己系好了,人人就系好了。不能自己没系好,就盯着别人的腰看。施老支书又联想到批评和自我批评,这和系安全带也是一个道理,批评别人,首先要批评自己;严格要求别人,首先要严格要求自己,不能手拿强光手电筒,光照别人。想到这些,施老支书对三山岛村精神文明建设的使命感和责任感就更强了,考虑布置工作就更勤了。

联建活动先从文娱活动开始。那个时候,篮球是最受大众欢迎的体育竞技项目,在基层,部队的团、营、连,地方的县、乡、村,各级企业都建有篮球队,条件具备的,还建有男女两支篮球队。这些篮球队起着活跃单位体育活动的作用,又代表着组建者单位的"门面",担负着军民之间、厂企之间等相互交流的功能。这些篮球队经常进行比赛,一是为观众表演,二是切磋提高技艺,三是密切相互之间的关系,奉行的宗旨是"友谊第一,比赛第二",但既然是竞技项目,各队之间就想着一决高下,一显神威,也为主办单位赢得脸面。三山岛篮球队龙大海是队长,队员多是海边的渔民,成天出没风浪里,称为"龙队"。十一连篮球队以战士为主体,个个生龙活虎,虎虎生威,称为"虎队"。浙江技术小分队队员都是南方人,打的是南方篮球技法,讲究技术手法细腻,称为"南队"。三个队以"共建"名义举行比赛,各个队都很重视,虽说主题是以"友谊赛"的名义,但三个队队员个个摩拳擦掌,都想争个高低,尤其是十一连浙江兵和浙江小分队还有"过节",这次两家都憋着一口气,决心在篮球场上一决雌雄。阎芳州、申力明知道干部战士的心理,在抓紧"备战"的同时,建议施元兴老支书把比赛场地放在三山岛村灯光球场,让老支书担任赛场总监督,还从金矿职工俱乐部请来裁判,以示公允。

浙江小分队篮球队也在积极备战,范兰亭亲自担任领队,范兰枝组织一些女队员当啦啦队,已在小分队驻地篮球场进行多次练习。"东霸天"担任队长,别看他个子不高,身材有点儿粗胖,但打起球来不含糊,尤其在篮下,他像泥鳅身上抹了油,钻来钻去,连大个子都封不住。更有两个打过温州青年队的,一个叫黄金宝,一个叫韩大有,更是身手不凡,那黄金宝跳起投篮,在三分线外很少失手,其他几个水平也都不低。他们和附近几支篮球队交过手,知己知彼,认为稳操胜券。前一阵子打伤部队干部闯过祸,这一次想好好表现为自己正名,也体现出"共建"的诚意。

龙大海领着那帮渔民兄弟和建筑工人,也在厉兵秣马。龙大海一贯争强好胜,对浙江小分队一些扰民行为看不惯,也想借此报"一箭之仇"。但他知道"技不如人",就在鼓励士气、敢打敢冲上下功夫。一是让龙大秀把这些篮球队员的媳妇、对象组织来,让他们在下面"加油",还多组织村里的大姑娘小媳妇前来"观阵",激励军心。灌进一个球给多少钱奖励,进行物质刺激。

这样,在三山岛村灯光球场举行开赛仪式那天,就出现了奇特的现象,除了三支篮球队的将士、村民、连队干部战士、浙江小分队队员外,还有三支特殊的"啦啦队",一支是龙大秀带领的三山岛女村民啦啦队,一支是范兰枝带领的浙江小分队女队员啦啦队,一支是苗丽萍带领的团卫生队女兵啦啦队。这后一支啦啦队,是阎芳州去求苗丽萍、杨玉琼,让她们帮助组织的,说:我们的女兵若是不来,人家的女人一鼓掌、一喊"加油",我们在气势上就输了。苗丽萍觉得带女兵只有好处,没有坏处,也不违纪,和杨玉琼商量一下,也就同意了。那时候还不时兴现在的"篮球宝贝",也不时兴让美女们跳舞助兴,三支啦啦队就站在球场边,为竞赛的队伍喝彩加油,这也就足够了。那些气血方刚的年轻人,看到这些女人站在场地边,听到她们喊"好球""加油",就像无数台鼓风机吹动翅膀,恨不能飞起来,生出"力拔山兮气盖世"的英武。男人想在女人面前表现自己,自古如此,但得有合适的场地,这篮球场就是最合适的场地。是骏马就要奔腾,是俊鸟就要展翅,是勇士就要显出神威,是钢铁就要掷地有声,且等看好一场厮杀的到来。

这里且不说激烈厮杀的场面,不说那让人热血奔涌的"加油",不说众人喝彩的"好球",只说结果和由此引出的争端。按照比赛规程,比赛结束后,十一连获得第一名,浙江小分队获得第二名,三山岛村获得第三名。结果宣布后,浙江小分队篮球队不服,提出申诉,理由是在比赛进行中,十一连篮球队员有小动作,影响了他们的成绩,希望重新考虑名次排列。还提出,三山岛村篮球队动作过于"生猛",故意带球撞人,队员横冲直撞,不像打球像是打架,打坏了他们一个队员的鼻梁骨。虽然没有名次之争,但打球伤人之风不可涨,好在浙江小分队队员克制,没有"以牙还牙",才没有开"全武行",希望对比赛风气予以纠正。

施老支书当场主持会议,把各领队、队长召集一起进行协商沟通。"东霸天"说:我们主力队员黄金宝投篮神准,比赛中却失了准星,为什么? 全因十一连有队员搞小动作,黄金宝每跳起投篮,就有人往下拽他短裤,一拽就投不准了,投一次拽一次,即使不拽也投不准了,害怕再来拽,怕自己走光丢人。"东霸天"边说还边做动作,学着黄金宝向上跳,一边跳一边喊"妈呀",把众人都逗笑了。

申力明说:"是谁拽裤子的?"

"东霸天"说:"是姓武的那个浙江兵,他不看球,专盯人,专盯黄金宝的短裤。现在黄金宝还害怕呢,说要是裤子掉了,场地那么多姑娘小媳妇,丢人可就丢大发了。"

龙大海说:"那好办,下次你们穿长裤,腰上再系个牛皮带。"

施老支书瞪龙大海一眼:"净胡说! 有问题解决问题,你见哪个篮球队是穿长裤打比赛的?"

申力明说:"我回去调查一下,如果确实有这么回事,我们进行自我批评,并保证下次绝不再犯。"

范兰亭说:"打篮球队员有小动作常见,但像十一连这么过分的,还是第一次见到,而且还搞得挺隐蔽,一下击中要害,佩服,佩服!"明显表示心中不满。

施老支书说:"对,做事都得光明正大,像你们浙江小分队一些人做了错事,就把这些错事说成是人家浙江兵干的,这就不地道。现在在球场上,一些队员有小动作,你们就受不了了,说明不管什么小动作都不好,都不受欢迎,都要纠正。"这些话明显有所指,是对浙江小分队一些行为的委婉批评。

申力明说:"谁的错谁认,谁的孩子谁抱走。我保证下一次比赛时再不发生这样的事情。要不这样可否,我们把第一名让出,甘愿排在第二名。"

范兰亭说:"那倒不用,谁还不犯个错?下次纠正就是了。再说咱们谁跟谁呀,为一点小事这么较真?"

施老支书说:"你们双方的诚意让我感动。我也做个自我批评。三山岛村篮球队队员敢打猛冲是好的,但动作猛伤人是不对的,今后必须纠正。这次鼻梁骨受伤队员的医疗费由我们出。人家浙江小分队很克制,打不还手,体现出了良好的文明素质和精神风貌,我建议增设一个精神文明奖,奖给浙江小分队篮球队,大家同意不?"

申力明、龙大海等纷纷表示同意。范兰亭表示感谢,还表示谦虚地说:"我们做得还很不够,以前也有很多对不住村子和连队的地方,今后我们会更加努力,进一步把精神文明建设好。"

一场纠纷在施老支书协调下,就这么顺利地解决了。三支篮球队以后又进行过多次比赛,再没有上述不文明行为发生。以后,他们还组成"联队"去掖县、黄县参加比赛,都取得了较好的成绩,体现了互助合作团结奋斗的精神,也促进了三山岛村、十一连、浙江小分队的团结互助和合作。

在施老支书主持下,"共建"以"三观"教育为重点搞活动、讲党课、搞专题研讨。施老支书以带队抬担架上前线的亲身经历,讲了一个个支前模范的事迹,生动地诠释兵民是胜利之本,以及取得革命成功的艰辛,形象地说明了"目标一致才能得胜利"和"团结奋斗结硕果"的道理。

阎芳州以苗丽萍姐姐苗淑娟为典型事例,讲述了当年地质队员们在镜铁山探矿的艰辛以及做出的牺牲和奉献。为了给新中国找矿,苗淑娟这位长春地质学院毕业的大学生,从东北来到祁连山,加入探矿队伍,在采集好样本准备下山时不幸坠崖,献出了年仅25岁的生命。人们为了纪念她,将她坠崖的那高高耸立的山峰称为"凤凰峰"。像苗淑娟一样,共有11位地质队员在镜铁山找矿中献出了宝贵生命。这些生动事例告诉大家,"要奋斗,就会有牺牲",不能忘记为我们过上幸福生活而牺牲的那些人。要以他们为榜样,把国家和人民利益放在首位,在建设三山岛金矿中,发扬英勇无畏不怕牺牲的精神。

范兰枝以在永嘉革命根据地活动的红十三军为生动教材,讲述了"怀抱理想,敢为人先的求真精神;艰苦奋战,不怕牺牲的斗争精神;为民奉献,自强不息的进取精神"的红十三军精神。陈文杰烈士1927年8月参加南昌起义,部队被打散后回到宁波,任中共宁波市委书记。1930年初,被党中央派往浙南领导农民武装斗争,红十三军成立后任政治部主任,6月任中共浙南特委军事委员,他行军打仗时经常把草鞋让给战士,自己光着脚翻山越岭,战士和群众亲切地称他为"赤脚大仙"。9月,因叛徒出卖被捕,21日在温州松台山英勇就义。范兰枝以这些生动事例弘扬红色文化,传承革命精神,使军地企三方听众都受到教育。

这些授课,有的以三家"联听"方式,有的单独进行,无论"联听"或单独进行,课后都认真组织讨论。围绕主题,还开展丰富多彩的文化活动,如把一些生动素材编成节目演出,在三家选演出人员,让演员在互相配合中增强团结合作精神,渐渐地三家的走动就频繁起来,各种"走出去""请进来",密切了相互关系,建立了深厚情谊。

阎芳州被范兰亭邀去浙江小分队讲"山水派诗人谢灵运",他以丰富的历史知识、丰厚的文学素养及大量生动事实,讲述了谢灵运在永嘉的活动以及在永嘉歌咏山水的诗作,阐述了诗人和名胜的关系,以及我国山水诗的源流,感染了所有浙江小分队成员,也打动了一个年轻姑娘的芳心。

4

范兰枝是喝楠溪江水长大的,在楠溪江边的一个小山村度过童年时光。"千岩竞秀,万壑争流"的三百里楠溪江,以水清、岩秀、瀑多、村古、滩美而著称,被誉为"中国山水画的摇篮"。江流逶迤曲折,清、弯、秀、美,沿江美景多,有百丈瀑、九石门台、芙蓉三崖、藤溪潭瀑、十二峰、陶公洞、石桅岩、苍坡村、芙蓉古村、狮子岩、太平岩等。范兰枝的家傍水而居,在楠溪江这样美丽的环境中,生就一副南方女人的美貌,也养成了柔和如水的性格,处事能忍能让,考虑周全,受古老文化和家庭的影响,为人和善仁慈,遇事先替别人考虑。由于家庭贫困,父母曾外出弹棉花挣钱,供她和哥哥范兰亭上学。兄妹俩也很争气,先后上了永嘉一中,改革开放恢复高考后,又先后考上了大学。范兰亭是恢复高考后第一届大学生,是班里年龄最大的。听说永嘉境内的括苍山、雁荡山、大青岗矿资源丰富,立志去建矿开矿,造福一方,就报考了中南矿冶学院,学的是探矿建矿专业。范兰枝受哥哥影响,想陪兄长干一番事业,性格柔弱的她高考时,也选择了矿业学院矿建专业,毕业后成了一名技术员。但由于国家对楠溪江和沿岸山水进行保护,不允许开山建矿,他们就组建一支矿建小分队移师别处,先是挂靠浙江省矿建公司,按承包制的办法进行管理。后收归为公司所有,开到三山岛执行探矿建矿任务。三山岛金矿确定由部队施工后,浙江小分队留了下来,与矿上协商,担负建矿的辅助任务。这就有了与先期开来的十一团十一连的配合和"恩怨情仇"。范兰亭、范兰枝置身其间,感受相同,但看法不尽相同。范兰亭有浙江温州人的聪明算计,处事爱"亲兄弟,明算账",让人觉得有些计较。开始时觉得部队的到来影响了自己开矿,心中有一些怨气,对队员中的一些牢骚怪话听之任之,遇事也爱偏袒浙江小分队一些人。

范兰枝在这方面和范兰亭不一样,她处事公允,不走极端,对部队建矿持欢迎态度,也愿意和部队积极配合。她从小就喜欢红色文化,上高中时担任团支部书记,带领团员们去永嘉境内的红十三军军部旧址和红军活动过的地方采风,写歌颂红军战士的诗文。现在视这些干部战士为红军的后代,看着格外亲切。在处理地方和部队关系时,能说公道话,向着部队,为协调浙江小分队和十一连、三山岛村关系,做了不少促进工作。这次搞"共建",她又出了不少力,看到三家关系如此密切和谐,打心眼里高兴。她哥哥范兰亭也很高兴,但更为高兴的是妹妹范兰枝,因为她的高兴里还有一层,就是她在朦胧中觉得自己找到了"如意郎君",对婚姻大事看到了前景和希望。

范兰枝1979年入大学,1983年毕业,今年23岁了,开始有姑娘的心事了。像她这样年轻貌美的姑娘自然不乏追求者,但她至今尚未找到合适婚配对象。上大学期间追求者甚众,但她看上的甚少,个别看上的,人家也不肯随她分配到永嘉。来到浙江小分队后,这里的年轻小伙子多,自然也有向她表白者,她哥哥范兰亭也积极帮她物色,她都没有相中。和她唱《十八相送》的那个技术员,明白地向她吐露心声,自己表白还不算,还托人找到她哥哥,想把《十八相送》中舞台上的梁山伯与祝英台变成现实生活中的人物,当然不是化为蝴蝶,而是结成夫妻,过一辈子甜美的日子。所以唱《十八相送》格外卖力气,演的梁山伯格外多情,眼睛中不是含情脉脉,而是烈火腾腾,抓着她的手迟迟不愿松开,好像不是送人回家,而是直接进入洞房。对这种情意,范兰枝岂能不知?她的嫩手被"梁山伯"捏得都出了汗,怎能不会产生感应?问题是"祝英台"不来电,也不是完全看不上"梁山伯",而是觉得他缺少男人的阳刚之气。她喜欢男人性格刚一些,脾气烈一些,和自己的柔软性格形成互补,而"梁山伯"和小分队一些男人性格偏软,另一些人性格倒不软,却像"东霸天"一样粗俗。所以,在小分队里她还没有中意者。尽管如此,凡是追求者、表示对她有意者,她都以礼相待,绝不给人以难堪,也绝不把别人追求自己的事说出去,不把别人写给她的信公布出去,也不显示自己的优越,婉拒都能找到合适的理由,比如说自己和一个大学同学初步确立了关系,不能"两头沾",云云,使受到婉拒者不产生反感情绪,是能够理解的,依然以正常关系相处。不像有些人,处个对象闹得满城风雨,不成亲便成仇,连原来的正常朋友也做不成了。范兰枝就是这样以水的性格待人,以柔克刚,她连讲话都不大声,柔声细语的,那天为拦着小分队一些人和十一连浙江兵打群架,说话声那样高厉,是绝无仅有的,她害怕事态发展下去不可收拾,才奋不顾身地挡在前头。那边是阎芳州"奋不顾身",头上挨了一棒。范兰枝和阎芳州的交往,就是从阎芳州头上挨一棒开始的。

　　棒打在阎芳州身上,却疼在范兰枝心上。她自幼崇尚军人、喜欢军人,一棒把解放军的指导员打倒,就像打在自己身上一样。而且是浙江小分队这帮人干的,范兰枝痛惜、内疚掺在一处,主动留下来陪同并到卫生队陪护,她不顾"男女有别",坚持陪护到出院,在此期间,也对阎芳州产生了一种微妙的情感。这种情感朦胧、飘忽,就像"天街小雨润如酥,草色遥看近却无",又像"东边日出西边雨,道是无晴却有晴",让人捕捉不着,欲说还休,像读当时流行的朦胧诗。她喜欢朦胧诗派诗人舒婷的朦胧诗,尤其是《致橡树》:

　　　　我如果爱你——
　　　　绝不学攀缘的凌霄花,
　　　　借你的高枝炫耀自己;

我如果爱你——
绝不学痴情的鸟儿,
为绿荫重复单调的歌曲;
也不止像泉源,
常年送来清凉的慰藉;
也不止像险峰,
增加你的高度,
衬托你的威仪。
甚至日光,
甚至春雨。
不,这些都还不够!
我必须是你近旁的一株木棉,
作为树的形象和你站在一起。
根,紧握在地下;
叶,相触在云里。
每一阵风过,
我们都互相致意,
但没有人,
听懂我们的言语。
你有你的铜枝铁干,
像刀,像剑,也像戟;
我有我红硕的花朵,
像沉重的叹息,
又像英勇的火炬。
我们分担寒潮、风雷、霹雳;
我们共享雾霭、流岚、虹霓。

仿佛永远分离,

却又终身相依。

这才是伟大的爱情,

坚贞就在这里:

爱——不仅爱你伟岸的身躯,

也爱你坚持的位置,

足下的土地。

诗人以橡树为对象,表达了爱情的热烈、诚挚和坚贞。通过拟物化的手法,用木棉树的内心独白,热情而坦诚地歌颂了自己人格理想,以及要求比肩而立、各自独处又深情相对的爱情观。

范兰枝把《致橡树》工工整整地抄写在自己的笔记本扉页上,在社会上一些人对朦胧诗非议的时候,她却成了朦胧诗的赞美者,舒婷的拥戴者。《致橡树》表达的爱情观,成了她对爱的宣告和追求的准则。范兰枝家旁的楠溪江,据说是因为源头处有楠木而得名,她原先是渴望做一棵楠木的,现在却更期望做一棵木棉树:"我有我红硕的花朵,像沉重的叹息,又像英勇的火炬",和橡树"仿佛永远分离,却又终身相依"。

虽然对爱情有炽热的追求,但柔情似水的范兰枝是矜持的、含蓄的,在寻找"橡树"过程中锲而不舍,又是随遇而安的。有谁说过,好姻缘是遇到的,不是刻意追求的,这就像刻意挑来的瓜不甜,随意拿到的瓜甜得掉牙一样。因为有这种想法,虽然也渴盼爱情,但也不那么急切、急躁,争来抢来的东西不值得珍惜,等来的东西更有价值、更值得珍惜。有时候盼和等是同一含义,人们常看到的"望夫石""望夫崖"等,望,是盼望,其实也是一种等待,人们描述最有意义的事情,爱说"千年等一回",就是这个道理。范兰枝二八已过,接近"三八",虽说已春心荡漾,却在等"吹皱一池春水",这自然和她矜持的性格有很大关系。有人说,性格过于矜持也不好,在那里等呀等,会错失许多良机,不如处事嘎嘣脆。但一人一性百人百性,范兰枝就是爱等,你有什么办法?这不等着等着,她就等来了阎芳州,又等来了申力明,这两个人都是她中意的人,但谁合适,需要反复掂量。这种掂量不像购物那么简单,需要时间,好在她也不那么着急,也没人知道自己心中的秘密,有充足的时间供自己掂量。

范兰枝是一个心很细的姑娘,她从杨玉琼的一句话中捕捉到了信息。那天,杨玉琼见范兰枝在陪护阎芳州,说:我原先还想介绍你俩认识呢,你俩这是不打不相识呀。范兰枝想:她想介绍我俩认识,介绍我俩认识干什么?想到这里脸便红了,那时男女处对象靠人"介绍","介绍"这个词有特定含义。范兰枝悟出来了杨玉琼话中的含义。否则,介绍我俩认识干什么?也没有必要介绍我俩认识。开始,她并没有往这上面想,等往这方面想时,阎芳州已经出院了。中间她哥哥范兰亭托她去看过阎芳州,送去一些营养品,却没见到阎芳州,而是遇到申力明,托申力明转交了。那一次"押着"几个人去给阎芳州"负荆请罪",目睹了这个指导员的大度和和善,又增加了一些好感。但真正有那种想法,心底起一些波澜,是在阎芳州应邀到浙江小分队讲"谢灵运与山水诗"之后。她负责讲堂组织,也一起参加听讲。没想到这个中等身材、貌不出众、讲话略带甘肃口音的人,知识那样渊博,口才如此之好。没有讲稿,只有一个讲课提纲,条理分明,生动活泼,引用谢灵运的诗信口拈来。讲到永嘉县的风物名胜如数家珍,比他们这些土生土长的永嘉人知道的还多、还系统。范兰枝打心眼里佩服,也有点儿走神,一向做事专注的她,在给阎芳州续茶水时,竟把水倒得溢了出来。阎芳州见状,开玩笑说:"瞧,这就如同你们永嘉的万丈崖瀑布。"一句话逗得听课的永嘉人哄堂大笑,也解除了范兰枝"失手"的尴尬局面。

就是这么一堂课,在范兰枝心上烙了个深刻的烙印,也激起了她心底情感的微澜。

对申力明产生好感,应在这之前,那是在去连部看望阎芳州时,申力明接待她留下的第一印象。小伙子聪明、精干、英俊,说话得体,又意外得知是永嘉老乡、永嘉一中校友,老乡见老乡,自然在好感上多一层亲切。在申力明第一次到浙江小分队走访时,这种好印象又增加一层。她给表姐朱彩虹写信,打探申力明的情况,表姐在回信中说,此人很优秀,年纪轻轻就当连长了,他若是还没婚配,你早点把丘比特爱箭射过去。这些话让范兰枝心动。在申力明第二次到浙江小分队来访时,她就格外注意观察,发现这个年轻连长不仅英俊,做事还很聪明,遇事有办法,几句话就让范兰亭带队去"负荆请罪"。在这之前为确保成功,还让她"暗中接应"予以配合,终于达到了两个单位的初步和解。她在对申力明好感的基础上,又多了几分敬佩。

现在,丘比特之箭就在范兰枝手上,她掂来掂去,不知向哪个目标射去,一时犹豫不决。

第十三章

1

  1984年春天,在三山岛金矿建设史上将留下浓重的一笔。经过慎重研究和反复组织专家研讨,冶金部黄金建设局和黄金指挥部批准三山岛金矿施工设计组织方案,依据北京有色冶金设计研究总院精心设计的设计方案,由十一团组织设计的施工方案切实可行,可以实施。冶金部对建设我国第一座海底金矿高度重视,中国黄金总公司选择富有设计能力的北京有色冶金设计研究总院设计方案,研究总院组织顶级专家经过实地勘察反复论证,否定了前期论证时有的专家提出的沿袭常规开拓及采矿的老办法,打破传统理念,大胆采用了新旧结合的新方案,使设计方案更优化、更具实施性。在开拓方式设计上,突破了传统的一对中央竖井、斜井两翼风井等开拓方式,具有基建开拓开展速度快、应变能力强、安全系数大、以斜井坡道取代常规提升井优势明显等优点。5年之内完成传统设计方案需要12年半的开拓矿量,为加快金矿建设提供了有利条件,使施工单位交付使用的时间大为提前,对于尽早建成三山岛金矿,使之早日投产出金,对于促进我国四化建设和维护国家重大国际信誉,都具有重要意义。

十一团由总工程师金昌浩领衔、由年轻助理工程师王兴昌担纲设计的施工方案,根据总体设计方案,对主竖井、斜坡道、北通风井、南通风井等主体工程的施工进行具体设计,提供施工图纸。施工组织设计方案,包括施工方案、设备配置、人员配置、质量保障、安全保证、环保要求等,还有排水、提升、送电等系统的工艺设计,经过监理方、甲方、总设计方同意后,作为施工方施工的依据。王兴昌不负众望,以高昂的工作激情,加班加点,夜以继日忘我工作,圆满地完成设计任务,交金昌浩审订,并交团领导审定后,提交上级机关工程部门审核,请三山岛金矿、北京有色冶金设计总院和监理方会商审议,得到相关领导和专家的一致肯定,认为设计大胆细致、合理,切实可行。鉴于该金矿三面环海,是国内最大的现代海滨地下黄金矿山,地质条件异常复杂,为了确保建矿安全,避免矿毁人亡的重大损失,有专家建议开工分为两步走,4月份先开掘北风井,在取得经验后,再开挖主竖井、斜坡道、南风井。这样可以先行探索、先行试验,避免损失,少走弯路。对专家的建议,上级责成十一团党委审慎对待,认真研议做出决策。

十一团党委会对专家"分两步走",先打北风井,取得经验后再全面铺开的建议,进行认真研究。团长梁占刚、政委苏继轩表示同意专家意见,认为这么重大的工程,又遇到这么复杂的地质条件,十一团任何连队在施工中都没有遇见过,先行一步探索很有必要。有一些团领导不同意这个方案,说如果按照这个方案,就没有兑现全面开工的诺言,是局部开工不是全面开工,而且是单个项目开工,只能容纳一个连队,其他人员大量窝工,会造成严重浪费。咱们一两千人开到三山岛来了,具备开工条件却不全员齐上,在这里大米白面吃着,心里有愧,不如早投入早完成早开拔,为国家黄金事业做更大贡献。

牛幸娃是这种意见的主要代表,他率先遣组到这里打前站,建好营房迎接大部队,现在大部队集结了,施工方案也获得批准了,就应该马上投入全员兵力大干一场,现在磨磨叽叽的,还要分两步走,他有点不理解,也不赞成。在会上大着嗓门说:"什么专家,专家多了去了,一个专家这么说,一个专家那么说,同一个专家,一会儿这么说,一会儿那么说,听谁的?既然多数专家赞同施工方案,就可以了,何必六个指头挠痒痒,多那一道呢?听蝲蝲蛄叫,就不种地了吗?"

梁占刚笑道:"哟,你这个川娃儿也学会说我们东北话了,蝲蝲蛄,你见过蝲蝲蛄吗?你怎么能把专家和蝲蝲蛄扯到一起呢?专家是专门学问家,审议咱们施工设计方案的有矿建专家、地质学家等,既有知识积累,又有丰富经验,人家这个建议是从金矿位于海水底下的实际出发的,我们的井巷越打越深,就会遇到地下水,也会遇到海底存积水,也有从海底缝隙里涌进来的海水,这是我们施工中遇到的最大难题和危险,因此慎重一点好,取得经验后全面铺开比较稳当。"

苏继轩政委接话道:"如果兵力部署得好,不存在窝工的问题。按照施工设计图分配使用兵力,各就各位,做好地面开工的全面准备工作。在等待开工阶段,进行技术培训,让干部战士熟悉新装备新技术新工艺,把大量英文资料翻译过来,让大家既学英文,又熟悉设备的零部件和操作工艺,时间还怕不够用呢!工欲善其事,必先利其器,磨刀不误砍柴工,利用这两三个月空档,把技术训练好好抓一抓,还是很值当的。"

于俊副政委说:"这里有一个怎么看待快与慢的问题。先打北风井,取得经验后再上其他工程项目,看似行动慢了,整个工程开工延后了,实则不然。先行探索取得经验,解决施工中的疑难问题,为其他工程中遇到的问题提供解决方案,这样做既稳妥,又为其他工程项目进行节省时间,看似慢,实际是快了,少走弯路,就能快步前行,前期耽误的时间完全可以在施工中抢回来,实现金矿提前竣工提前出金仍没有问题。我们处理问题要从实际出发,当快则快,当慢则慢。过去许多教训都是急于求成,没有把握好速度和效益的关系,欲速则不达,好心办错事,造成了许多不应有的损失。在金矿施工中,我们应该汲取这样的教训。"

于俊副政委喝了一口茶,又说:"也有的同志认为,我们局部开工,脸面上不好看,要是全面开工那多热闹,多点爆发,红旗招展,让人多么振奋!报上有名,电视有声,轰轰烈烈,媒体都来宣传报道,让我们脸上多么有光,等等。这些想法都是要不得的,都是缺乏实事求是精神的。一切从实际出发,实事求是,是我们必须遵循的原则,一就是一,二就是二,有什么条件做什么事情,绝不能图虚名而招实祸。假如我们没有取得经验就全面铺开,也许会造成难以估量的损失,到时后悔就晚了。"

牛幸娃听其他团领导讲得有道理,不再坚持全面开工,换了一个话题说:"打北风井先行试验做一个样板我赞同,但领导必须靠前指挥。我是团参谋长,我要求到担负北风井施工的连队担任工作组组长,与连队干部战士同吃同住同施工,也争取能摸索到一些经验用于其他工程项目。"

后勤处处长王志强和牛幸娃开玩笑:"您老牛想上第一线冲锋陷阵,就直接说得了,绕那么大弯子干什么呀,这不是河里冒泡——多余吗?"

梁占刚说:"既然大家都同意分两步走的方案,那就定下来。4月10日,北风井正式动工;7月下旬进行开工总动员,8月上旬所有工程项目全面启动。这期间一是要抓好北风井的开掘,二是要抓好全员技术培训。这个想法我和政委事先沟通过,大家如果没有什么新的意见,我们就分头实施。刚才牛参谋长提出亲自下连带领开挖北风井,我看这个想法很好,只是不知你希望哪个连队上呀?"

牛幸娃不吱声,只朝王永学眨巴眼睛。

王永学会意,说:"根据我对牛参谋长的了解,他对十一连更熟悉一些,他应该是想让十一连上。十一连也确实有这个能力,有打竖井、打斜井、打巷道的丰富经验,一定会不辱使命。"当年十一连的连长和指导员在团党委会上唱起了"双簧"。

苏继轩说:"幸娃同志,永学同志怕是说到你心里去了吧?有什么话直说,老眨巴眼睛干什么,我以为你眼睛有病了,想让人去给你拿眼药水呢。"

王志强说:"牛参谋长不是眼睛有毛病,而是困觉困的,昨晚和老婆困觉困得睁不开眼睛了,是扒拉个缝,向外找亮光呢!"

全场"哄"的一声大笑起来。牛幸娃如愿以偿,让十一连担任了北风井开掘的先行连。散会时,他傍着王永学走,非要晚上去王永学家喝酒。王永学说:"你自己有老婆,为什么不用?"

牛幸娃说:"还是余秀英炒的菜好吃,我还想和你边喝酒边商量开掘北风井的事呢。"

王永学说:"还有啥指示?"

牛幸娃说:"若是菜做得多些,多找几个人来嘛!"

王永学故意问道:"那把杨玉琼、苗丽萍都叫来?"

牛幸娃牛眼一瞪说:"商量打巷道的事,找老娘们干什么?找老金,把十一连那几个头头脑脑都叫来,给他们透个风,好早做准备。"

王永学说:"明白。你这个北风井工作组组长提前上任了,要不要杀只鸡,歃血为盟?"

牛幸娃说:"你这是半天云里挂口袋——装风(疯),净说些没用的!准备好酒菜就行了,人由我通知。"

王永学回到办公室不敢怠慢,即和余秀英通电话,让她早点下班,去海边集市购海鲜肉菜,好在现在市场极为丰富,买回来稍作加工,就可以了,有的就直接买加工好的,直接上桌不用费事。他回家时去小卖部买了四瓶坊子酒和两条烟,好应付这些"酒鬼""烟鬼"。到家后余秀英购物已回,两口子就忙乎起来。正在忙乎着,牛幸娃和金昌浩走了进来。王永学迎他俩进屋,把茶水倒上,把烟点上,要坐下来一起谝,牛幸娃说:"你忙你的,我和老金商量一下打北风井的事。"

金昌浩现在是副参谋长兼总工程师,是技术大拿,这次又主持完成施工设计。牛幸娃很尊重老金,在他面前从来不敢夯翅。一是老金年纪大,二是团内技术权威,在老金面前,他谦虚得像小学生一样。老金喜欢牛幸娃敢打敢拼不怕牺牲那种精神,也很尊重他,这种尊重在许多时候是以开玩笑的方式。两个朋友之间可否互相开玩笑,这是衡量亲密度的一个标志,是另一种形式的尊重。老金是老大学生,又有丰富的实战经验,肚里确实"有货",给牛幸娃认真讲解海底复杂地质情况的形成、表现,以及可能出现的问题预测,出现问题时如何应对,有哪些方案,这些在施工设计方案中都考虑到了。

牛幸娃说:"金工就是高,这个设计方案没有你,还真出不了。"

金昌浩说:"你说错了,这次搞设计方案的是一个年轻人,助理工程师,我给你报告过,这一次我们不仅出了设计成果,还出了人才,我为此很兴奋,我们团技术队伍后继有人,我这个工程股长包括总工程师,都可以让贤了。"

牛幸娃说:"那也是在你指导帮助下完成的。"

金昌浩说:"一代更比一代强,这是历史规律。该让贤就让贤,该让位就让位,我现在年过半百了,培养年轻技术人员,让他们早点顶上来,是目前的主要职责。现在施工设计完成了,通过了,我可以让王兴昌参加你的工作组,和你一起住到十一连,在施工中予以具体指导配合,也在施工实战中锻炼成长,你要好好带他。"

牛幸娃说:"太好了!谢谢你派了一员大将来,但你也要继续当好'军师',你常来转转,我就放心了。"

金昌浩允诺。两人正聊着,十一连指导员阎芳州、连长申力明、副连长王玉波、慕古秀、苏明远一起走了进来,要给两位老首长敬军礼,见他俩坐着,就喊一声"牛参谋长好""金副参谋长好"。两人点头示意。

牛幸娃在王永学家反客为主,招呼几个人坐下,说:"大家不必拘礼,今天有重大事情商量,也是很长时间没有聚会,想大家了,馋酒了。"

"机灵鬼"申力明从军用挎包中掏出两瓶衡水老白干,说:"参谋长,我就知道你得意这一口。"

"铁匠"苏明远从包里掏出两瓶沱牌大曲,说:"还是家乡的酒好喝。"

"理发匠"王玉波从包里掏出两条黄盒人参烟,说:"这是我们老家吉林产的人参烟,说是抽了能延年益寿。"

"编织匠"慕古秀从挎包里掏出几瓶鱼罐头、牛肉罐头,还没说话,就把牛幸娃逗笑了,说:"古秀,你在镜铁山罐头还没吃够呀?你不是说吃罐头都吃出鸡屎味儿了吗?这辈子再也不吃罐头了吗?我还在大会上批评过你,你气得跑到北大河边哭了一鼻子。怎么现在又好上这一口了?"

五大三粗、人高马大的慕古秀,被老连长说得不好意思,挠挠头说:"那时天天吃、顿顿吃,可不就吃出鸡屎味了吗?现在偶尔吃一顿,吃着还怪香哩!隔一段时间不吃,还想哩!这罐头下酒可是个好东西,不信你一会儿尝尝。"

说话间,王永学、余秀英两口就把菜肴摆上了桌,慕古秀带来的罐头也打开了,成为桌上的一道美餐。余秀英坚持不上桌,把小镜、小铁两个孩子叫出来,给叔叔们问个好,就带着孩子进了另一个房间。

王永学待一干人坐定,简单说了几句开场白,说今天的聚会是牛参谋长召集的,我只是提供场地和无偿服务,下面请牛参谋长发表讲话。

在这帮聚会人中,牛幸娃职务最高,又是十一连老连长,说话也就不客气。他举起酒杯说:"今天我们借王主任家这块宝地聚会,是有一件事告诉大家:经团党委开会研究,由十一连担负首先开工的北风井开掘任务,这块硬骨头交给你们啃了,不仅要啃下来,还要给后续各项工程开工提供经验。今天,我和王主任、金副参谋长召集大家来,就是事先和大家通个气,一会儿关于工程施工,金副参谋长会详细讲解,这也算是一次小范围的战前动员会和誓师会吧。"

牛幸娃讲完,十一连几个连干部才知道今天喝酒聚会的主题是什么,战斗部队渴望的是战斗命令,施工部队盼的是施工任务下达,这群身穿绿军装的热血男儿,没有喝酒,心情就高度兴奋了。

牛幸娃说:"我先敬三杯酒。一敬金工金昌浩同志,祝贺他主持三山岛金矿施工设计方案获得成功,得到批准实施;二敬各位老战友,感谢大家多年来对我牛幸娃的支持和帮助;三是祝贺我们的老连队十一连领取三山岛金矿北风井开掘任务,祝马到成功!"说罢,把三杯酒依次倒进喝茶水的茶缸子,端起来一饮而尽。他这么一带头,酒桌上自是金戈铁马,喝得人仰马翻。人人敬酒,个个表态,把聚会真正喝成了战前动员会。

牛幸娃自然是这场酒喝得最多的一个,老金和十一连连干部们走了,他还要留下来和王永学喝茶说话。说着,说着,就说到镜铁山那些往事,说到两人在十一连当连长、指导员时的合作,说到他俩1978年八一建军节举行的婚礼,说到各自的妻子和家庭。

余秀英带着小镜、小铁出来给牛幸娃续茶,牛幸娃真是喝多了,有点控制不住自己了,拉着小镜、小铁的手不放,说:"多可爱的宝贝儿子呀,你和秀英是哪辈子修来的福呀!"

两个孩子走了,他竟不怕王永学、余秀英笑话,抹开了眼泪:"我这是造了哪辈子的孽呀,落了个断子绝孙的下场。你们有两个宝贝儿子,我连个毛都没有呀!"还越说越哭,越哭越痛,眼泪止不住往外涌。余秀英递过来毛巾,也擦不完牛幸娃满脸的泪水。

王永学也喝多了,也许是害怕牛幸娃哭坏了身子,不知怎么就来了一句:"我有两个儿子,你要实在没有,就送你一个,小镜、小铁随你挑!"

这下牛幸娃不哭了,说:"真的?君子无戏言!"

王永学说:"真的,不开玩笑!"

牛幸娃腾地站起来,一只手拉着王永学的手,一只手拉着余秀英的手,说:"谢谢!谢谢!"

送走牛幸娃,王永学和余秀英一返回家,余秀英进门就变了脸:"王永学,你有什么权力把儿子送给人家?那是我身上掉下的肉,你和我商量了吗?"

余秀英一贯温柔,结婚后还没有这样和王永学说过话,她的一阵"怒吼",把王永学酒吓醒了,说:"说着玩的,说着玩的。"

余秀英呜呜地哭着说:"说着玩也不行,有这么说着玩的吗?"

王永学说:"我说是在他们实在生不出来的情况下。现在两人年轻力壮,杨玉琼又在最好生育期,怎么会生不出孩子呢?"急忙为自己刚才的话打圆场。

余秀英说:"不管你怎么说,我们的孩子就是不能送人。你要把孩子送人,我就和你离婚,带两个孩子回镜铁山去!"

王永学酒吓醒了,也知道自己说了错话,但愿牛幸娃喝醉了酒,没有记住这个话,自己也不用夹在中间受夹板气了。又告诫自己:今后说话嘴上可得有个把门的,再也不敢酒后失言了,有些话谝谝可以,有些话是绝对不能说的,打死也不能说。

2

1984年4月10日,三山岛上一阵爆炸声响起,拉开了三山岛金矿建设的序幕。十一连率先打响了十一团转战三山岛金矿的第一炮,开始叩传说中三山岛金库的大门,寻找打开宝藏的那把"金钥匙"。

北风井位于三山岛西北边,站在北风井口,可以看到渔港码头人来人往。井位的海拔高度很有讲究,高要依据地形,低不能与海洋平面持平,假如海水涌灌进来,就会造成灭顶之灾。按照设计,海拔高度在20米左右,既利于施工,又能确保安全。所处位置在一个小山包的中部,开工时的一阵爆炸声,就是要对井口上覆盖的表层进行剥离。炸开覆盖层,就可以确定具体位置向下掘进了。

开始爆破前,举行了简单的开工仪式,梁团长、苏政委、牛幸娃、王永学、金昌浩等团领导都到了现场,三山岛金矿主持工作的张副矿长、三山岛村施老支书、浙江小分队经理范兰亭也应邀出席,每人手持一把系有红绸的镐头或铁锹,象征性地比画几下,算是为开工典了礼。当梁团长宣布"三山岛金矿北风井掘进工程今天正式开工"之后,大家撤到安全地带,静听那阵激动人心的爆炸声响起。剥离层爆破的实施由代理副连长慕古秀、苏明远负责,两人都是矿山掘进中的"老爆破",但那过去一声声的巨响,惊动的是山神,这次爆破,惊动的是"龙王爷"。龙王爷不会给我们找麻烦吧?两人心里嘀咕,手中的活就做得更加细致,使爆破一次成功,达到预期目的。两个十多年在一起有着恩恩怨怨的老伙计,也搁置下心中的疙疙瘩瘩,紧紧地拥抱在一起。

做任何事情，开端都只是迈开了第一步，迈开第一步预示着成功，但不一定就能成功，要想完胜，还须付出更大、更多努力，需要锲而不舍的坚持。北风井是三山岛金矿的重要组成部分，是一条从上往下打的斜井，坡度约 27 度，设计断面约 20 平方米，成井要求三型拱，质量要求高，要建成建好，可不是一阵爆破就能解决问题的，更艰难的事还在后头，井巷越往深处打，就越发艰难，但这种艰难是吓不倒革命军人的，勇往直前的斗志和尊重科学精神的完美融合，使这些无畏的战士们有了战胜困难打成巷道的坚定信心。

开工前一周，牛幸娃就带着由五人组成的工作组，入驻十一连，住在十一连几间空置的家属房内，和连队干部战士同吃同住同做施工准备。金昌浩给他推荐的助理工程师王兴昌，他一眼就相中了，这小伙子踏实、肯干，今年才 25 岁，就完成了三山岛金矿的施工组织方案，光设计图纸就画了数百张，因贡献突出，于 1983 年底荣立三等功，并光荣地加入了中国共产党。这可是一棵好苗子呀！牛幸娃发自内心地赞叹。自己从小是个放牛娃，没有文化，但他羡慕喜欢有文化的人，尤其是又有文化又踏实肯干的人。这个从东北工学院采矿系矿井建设专业毕业的河北小伙子，入了牛幸娃的法眼，他在内心里想多方面培养王兴昌，使之更有前途、做出更大贡献。而他在北风井施工中也要借助王兴昌，以弥补自己施工经验丰富而知识和理论方面欠缺的不足，做到互补互助。他感到自己虽然经验丰富，但是脑筋有些老化了，对有些新情况不怎么适应了。比如，以前搞矿山巷道掘进都是有轨运输，这次三山岛金矿就采用国外新技术，实施无轨掘进和开采了。从原来的"有轨"变成"无轨"，为什么要变，变有什么好处，王兴昌给他解释了半天，他才明白其中道理，但对效率孰高孰低还是半信半疑。看来，将来开矿建矿，更要依赖有知识、有文化、懂科技、懂技术的年轻一代了。因此让年轻一代尽快成长起来，便成了自己肩上的一份责任。在组建工作组时,他力排众议,让王兴昌担任副组长,弄得一些人心里不高兴,说他"坏了规矩",但他还是坚持为之,好在工作组是临时设置,并不长期存在,也不加官晋级,个别人有意见,说说也就罢了。

北风井正式开工之后,牛幸娃和王兴昌等工作组的几个人,便在"沙家浜"安营扎寨了。常为膝下无子苦闷、伤心的牛幸娃,也顾不上回家"播种",一心扑到北风井施工上了,他和王兴昌形影不离,两人一起进井巷,一起跟班作业,一起在连队吃住。不了解情况的人,还以为王兴昌是牛幸娃的警卫员、勤务兵或通信员,其实他俩是一对"最佳搭档",是一种勇与谋的完美结合。他俩共担着团党委赋予的责任,又对连队的施工予以指导。两人的合作是愉快的,也是令人难忘的,以至于王兴昌在回顾人生时,对这一段经历难以忘怀;想起参谋长牛幸娃,就流下止不住的眼泪。

在十一连蹲点期间,借助老连长牛幸娃在连里说一不二的权威,以及对自己强有力的支持,王兴昌的设计方案得到了最大发挥,解决施工难题的方案也一个个得到实施,使井巷施工符合预期地在艰难中推进。王兴昌内心清楚,这是在老连长指导下,连长、指导员等连干部一班人带领全连将士奋斗的结果,自己的作用有限,他牢记河北老家一副名联:"天地生人,有一人当存一人之业;人生在世,生一日当尽一日之勤。"尽量使自己有所作为。当初大学毕业,选择到基建工程兵部队,进深山,入老林,后又到三山岛,就是抱着这种想法。他为参加工作能在牛幸娃指导下,和十一连将士融为一体,共同承担艰巨任务,感到极其荣幸。能为三山岛金矿建设流汗出力,这是一个难得的机遇,这个好机会让自己赶上了,可要好好珍惜。要努力发挥作用,又要摆正自己的位置,牢记群众是真正的英雄,人民是历史的创造者,个人是渺小的,个人的作用是有限的,什么时候都不能颠倒这个关系。因为有这种认识,王兴昌谦虚、低调,虽然他是施工方案设计者,但遇到问题总要和干部战士商量,征求他们的意见,说话总是请教的口吻,没有大学生"天之骄子"的派头,没有助理工程师、方案设计者的架子,也没有因刚刚荣立三等功、光荣入党就翘起的"小尾巴"。因此,十一连干部战士都把他看成"自己人",互抽递来的烟,在一起说话口渴时,端起他的大茶缸就"咚咚咚"喝几口。在施工现场遇到险情时,一把把他揪出来,喊道:"你找死呀!"他和大家打成了一片,融合成了一体,说的话有人听、有人信,也有人反驳,成了心无芥蒂良性互动的好战友好兄弟,就是在这种良好氛围中,破解了施工中一道又一道难题。

先是岩石过硬。北风井开掘面对的石头属于花岗岩,花岗岩在岩石中硬度很高,人们日常形容谁顽固不化油盐不进,就说此人长了个花岗岩脑袋。北风井的花岗岩,又属花岗岩中硬度最高级别的一种。刚刚开工一段时间内,爆破效果非常不理想。当炮眼的深度打到1.6米以上,每次放完炮的进度只有0.7、0.8米,甚至0.5米以下,气得慕古秀骂道:咋球整的,一炮下来,才屁股大点坑。骂完就挥起镐头朝岩石上一顿乱刨,结果是震裂了虎口。看来硬干是不行了,得想想办法,再这样下去,把北风井掘出来得猴年马月了。当班的干部战士一时束手无策,因为以前在施工中从来没有出现这种情况,看来,龙王爷不愿"献金",给我们来硬的了。

在这个节骨眼上,副连长王玉波却病倒了,而且还病得不轻。王玉波虽然只有高中文化程度,入伍前是个"理发匠",会"两面三刀"的技艺,但他爱摆弄机械,下井施工爱钻研,很快学会打眼放炮技术、搅拌机操作技术,又掌握了凿岩机工作原理,成为一名合格的凿岩机操作手,是一名井下施工全能人才。当了副连长后,组织能力大为提高,是施工中解决难题的能手。节骨眼上他的病倒,对施工会有一定影响。指导员阎芳州、连长申力明很着急,让他去卫生队看病他也不去,让苗丽萍来瞧瞧,也说没有大病,也许就是个重感冒。得个重感冒就不上班,就压几天床板,这种事以前在王玉波身上从来没有发生过。申力明头脑机敏,开始注意观察并加以分析,发现了其中的蹊跷,大体上弄清了王玉波的病因,但他和王玉波过去有"过节",不好由自己点明,怕再结下"梁子",把两人关系弄成解不开的死结。

牛幸娃也发现王玉波病得奇怪,早没病晚没病,却在节骨眼上病了,没啥大病却"病得不轻",这病从何而来呢？问别人又不好问,就问自己的"亲兵"申力明。

牛幸娃说:"王玉波这小子是怎么回事,是不是'晕井'的毛病又犯了？""晕井"是王玉波刚当兵时害怕下井,说自己有晕井病。牛幸娃这里说的"晕井"自然不是重提往事,而是说是不是思想上出了什么毛病,以至于闹情绪、压铺板。

申力明说:"原因自然有,但不好说。"

牛幸娃说:"有什么不好说,对我还遮遮掩掩地干什么？"

申力明就把自己发现的秘密悄悄告诉了牛幸娃。他发现王玉波和指导员阎芳州在和同一个女人通信,信的内容自然不知,但不外乎两个男人在追求一个女人,或一个女人在同时追求两个男人,从而引发了一方的不满和忌妒,这王玉波就是不满和忌妒的一方,因而打不起精神,闹起了情绪,压上了铺板。

牛幸娃不相信,说:"你小子过去在镜铁山抓王玉波和左梅的'奸',可是干过无中生有的事,现在不会又是无中生有的吧？"

申力明脸红了:"老连长,我过去是干过荒唐事,为了个人进步不择手段,但那是过去,我现在改了呀,我还能被同一块石头绊倒,犯两次同样的错吗？我说这话是有根据的。连干部的信件都放在连部会议桌上,大家都能看到,我看到了这个女人写给两个人的信封,而且这个女人我还认识,我也认识她的笔迹。"

牛幸娃问:"这个女人是谁？你怎么认识的？"

申力明说:"这个女人你也认识。"

牛幸娃说:"我认识？我怎么会认识这种脚踩两只船对爱情不忠诚的女人？"

申力明被逼无奈,只好说出一个女人的名字:"她就是你的小姨子杨玉洁呀,信就是她写的。"

牛幸娃说:"是小洁？这怎么可能？"

申力明:"那年你在嘉峪关三九医院住院,我和杨玉琼在医院陪护你,你岳母经常给你做些好吃的,我去家里取,一来二去就认识了小洁,小洁当时还是个中学生,活泼可爱,老缠着我问这问那,还把写的诗送给我看。因此,我不仅认识她,还认识她的笔迹。写给阎芳州和王玉波信封上的笔迹,我一看就知是小洁写的,真真亮亮的,再一看落款地址是嘉峪关市酒钢冶金技术学校,我就确定无疑了。"

牛幸娃信了申力明的话,交代他不要给任何人说,装得像无事人一样,待自己找杨玉琼了解了解情况再做定夺。

牛幸娃打电话给杨玉琼,说自己晚上回家吃饭,杨玉琼嘴里说"稀客呀",似乎表示不满,但下班后还是回家做了两个菜,把自己也捯饬了一番。自从上次"闹离婚"和好后,两人夫妻感情不错。牛幸娃接受教训,对杨玉琼有了更多的尊重;杨玉琼也体谅牛幸娃的事业心,以及为三山岛金矿建设付出的辛劳,两人似乎比以前关系更密切了。

牛幸娃晚上回到家,吃了杨玉琼炒的菜,喝了杨玉琼烫的酒,但他"醉翁之意不在酒",匆匆吃完喝完,两口子就上了床。多少天没在一起那了,真个是山呼海啸,被翻红浪,尽情发泄一番。弄完事,牛幸娃这一次不像以前那样呼呼大睡酣然入梦,而是点了一支烟,美美吸一口,靠着被子和杨玉琼扯开了"闲篇"。

牛幸娃说:"玉琼,咱家小洁今年多大了？从酒钢冶金学校快毕业了吧？找没找对象呀？"

牛幸娃的温柔，把杨玉琼吓了一跳，这老牛从来都是大声粗语的，今天怎么细法起来了？同时也很感动，看来老牛知道疼人了，知道关心她家里的事。杨玉琼有时感到受冷落，更没有期望老牛能去关照帮助她家里人。就是老牛想转业，还是杨玉琼父母找人帮助安排的呢。算了，不想这些事情了，一想到这些事情心就堵，就想起了为此闹离婚的过往。"过往之事永不再提"，有句戏文是这么唱的，过去的就让它过去吧，把眼前的日子过好，比啥都强。

杨玉琼说："这死妮子长大了，越来越不听话了，找对象的事，我说过她，她怎么都不听。我说不能脚踩两只船，她说她要引入竞争机制；我说无论如何不能同时追求两个男人，她说我不同时追求两个男人可以，但我有写信的自由吧？公民有言论自由、通信自由，我可以给天下所有的男人写信吧？你看看，像什么话？"

牛幸娃问："具体是怎么一回事？"

杨玉琼说："那年王玉波去接余秀英母子来三山岛随军，你让他给小洁带去一套女式军装，王玉波去了家里，小洁帮他订返程车票，一来二往就熟识了，两人就通过书信谈起恋爱了。对她的事我并不知情，看阎芳州老是单着，也不是那么一回事，就提出把小洁介绍给他，征得他同意后，我就给小洁写了信，当时并不知道小洁在和王玉波处对象。没想到这妮子既相中了王玉波的英俊幽默，又相中了阎芳州的学识文才，说跟两个处处看，处一段再做出选择。我不同意，阎芳州也不同意。若这样做，既不道德，也会引发矛盾呀！但小洁不这么看，她说她有选择的自由，人家结了婚还可以离婚呢，我为什么不可以挑挑呢？说来也是事有凑巧，本来小洁已和王玉波约好来部队见面，把恋爱关系定下来，结果让左梅提前来部队把这件事冲了。王玉波怕小洁到部队撞上左梅说不清，就暂时没有让小洁来，这时就发生了我给小洁介绍阎芳州的事。这种矛盾实际上是我引起的，你不会怪罪我吧？"

牛幸娃说:"我不怪罪你,是芝麻掉进针眼里弄巧了。现在的问题是,王玉波发现阎芳州也在和小洁通信,大概是以为受到欺骗和伤害,闹起了情绪。也是,王玉波这小子拒绝左梅追求,一心巴火地和小洁好,没想到小洁又和别人好上了,弄了个鸡飞蛋打,能不难受吗?而且抢走自己女人的不是别人,就是朝夕相处的阎指导员,能不伤心吗?上次本来有晋升连长的机会,由于我坚持用申力明,他的机会错过了,现在心爱的女人又跑了,能不受到沉重打击吗?"

杨玉琼说:"这可咋整?"

牛幸娃说:"关键是看阎芳州的态度。"

杨玉琼说:"阎芳州的态度很明确,既然小洁已在和王玉波处对象,他就不往里搅和了,也不愿和小洁通信,但小洁说她要写信向他请教诗歌小说创作方面的问题,阎芳州收信后也不好不回,说是看她姐和姐夫的面子。"

牛幸娃说:"是看你的面子吧?"

杨玉琼说:"你又小心眼了!"

牛幸娃说:"不是我小心眼,而是这个问题现在如何解决。"把球又踢到了杨玉琼脚下。

杨玉琼说:"这个好办。我去信让小洁把阎芳州的信寄过来,拿给王玉波过一下目,误会就解除了。阎芳州是一个正人君子,我相信他说到做到,在信中是不会和小洁谈情说爱的。"

牛幸娃说:"好,我自然相信你,也相信阎芳州,但咱俩一个姐姐,一个姐夫,出面会把事情闹得更复杂。还有一个办法,直接找阎芳州,把话挑明,让他把自己写给小洁的信拿给王玉波看,证明自己和小洁是清白的,只是在探讨写作方面的问题。王玉波见是这么回事,他的病也就好了。"

杨玉琼担心地说:"这个办法好是好,但你一出面,不会使阎芳州为难吧？他也是好心,为了不伤小洁的面子,也许两人真有写作方面的问题要探讨。你要是把事情搞砸锅,就不好收拾了。"她是怕牛幸娃为难阎芳州,再引起阎芳州的反感。

牛幸娃说:"你放心,我不会出面,我自有办法。既然阎芳州光明磊落,这个问题就不愁解决了。"

说完两人又温存一番,各自睡去。

第二天到了十一连,牛幸娃附在申力明耳边如此这般地交代一番,申力明领命而去。

阎芳州果真是一个光明磊落说到做到的正人君子。听申力明说了王玉波的"病因",恍然大悟。申力明以"机灵鬼"著称,会处理事情,他只说这是自己观察到的,是不是这么一回事,不妨一试。阎芳州就把他给杨玉洁刚刚写好尚未发出的一封信交给申力明,让他拿去做"药方"医王玉波的病。

这封信全文如下:

玉洁:你好。

上一封信我写了创作诗歌的体会,你来信,让我再谈谈小说创作,问我对爱情小说有没有研究,想了解这方面的情况。我对爱情小说没有专门研究,但在学校时做过大致了解,现在又翻看一些资料,给你做一个大致的勾勒,供你参考。

有个流行的说法:爱情是永恒的题材。但是,并非所有的小说都写到爱情,写到爱情的也并非就是爱情小说。不过,爱情始终是一个吸引读者的题材。最早的爱情小说产生于公元2世纪的希腊,第一篇描写爱情的小说是古罗马阿普列尤斯的《变形记》(或名《金驴记》),讲的是一个爱情故事。虽然这个故事带有神话色彩,不是对现实的如实描绘,但故事曲折离奇,又有现实生活中爱情的投影,显然比一般的文学作品更加吸引人。随之而来的是希腊小说家的《达夫尼斯和赫洛埃》,也写于2世纪。这个故事有更多的现实性,而且是以婚嫁为题材,在爱情故事方面前进了一步。13世纪的《高卢人杜马尔》、14世纪的《安茹伯爵的传奇》、15世纪的《雅宗的变形》、16世纪的《白人蒂朗》、17世纪的《高卢人的爱情故事》、18世纪的《法国名媛》、19世纪的《布兰比亚公主》,这些爱情小说在我国鲜为人知。我们熟知的是《新爱洛依丝》《少年维特之烦恼》《红与黑》《安娜·卡列尼娜》《苔丝》《呼啸山庄》《包法利夫人》等。我喜爱托尔斯泰的《安娜·卡列尼娜》,这是一部动人的爱情小说,作家一面说教,一面却写得真实,标志着现实主义小说在爱情描写方面的成就已相当成熟。最近有一部书值得关注,书名叫《查泰莱夫人的情人》,有人认为是写色情的,其实写的是爱情,写康妮·查泰莱的爱情是一场胜利。

关于中国爱情小说,一说是起源于唐朝,像《莺莺传》等。但中国古典爱情小说数量不多,爱情及爱情故事多用戏剧表现,如《西厢记》《桃花扇》《梁祝》等。《红楼梦》应是比较典型的爱情小说,但对此定性也有争议。现当代作品有鲁迅的《伤逝》、张恨水的《金粉世家》《啼笑因缘》等。此外,赵树理的《小二黑结婚》,也应算是爱情小说,它更多的是反映青年男女争取婚姻自由的渴望和努力。

爱情是社会的产物,反映爱情的小说从来就不是单一的描写爱情,是对社会和时代的折射,它反映的社会生活是五光十色的,映照的时代是丰富多彩的。因此,我们不能机械地割裂地去看,这一点务请注意。

至于怎样写爱情小说,我没有写过,也缺少这方面的体验,恕我不能详说。以上就写这么些吧。现在我们担负的三山岛金矿北风井掘进已经开工,施工紧张忙碌,就不能给你回信了。我们关于诗歌、散文、小说创作的探讨就告一段落了。祝你在阅读、欣赏爱情小说的同时,也找到属于自己的爱情,物色到一个称心如意的郎君。

再一次献上衷心的祝福!

阎芳州

申力明拿着阎芳州这封尚未发出的信,去找王玉波。王玉波躺在床上,见申力明进来,就把头扭到一边,说:"你是看我笑话来了?"

申力明说:"我笑话你什么?"

王玉波说:"我现在什么也没有了,左梅让我弄跑了,杨玉洁又把我甩了,两头不靠,想想真没有意思。"

申力明说:"左梅是你看不上人家,杨玉洁怎么把你甩了?"

王玉波说:"你不要揣着明白装糊涂,那杨玉洁给阎指导员写信,你又不是不知道。"

申力明说:"我知道呀,人家写信不是谈恋爱,杨玉洁是一个文艺青年,是写信向咱阎指导员请教。她是牛参谋长的小姨子,阎指导员能不理她吗?这件事牛幸娃、杨玉琼都知道,你怎么能胡乱猜疑呢?这不是自寻烦恼吗?"

王玉波扑棱一下坐起来说:"有何证据?"

申力明递上手中的信,说:"这是我刚在指导员桌上看到的,趁他不在,我拿来给你看。你快看,我在门口把着,省得有人看见,说咱俩偷看指导员的信件。"

王玉波从床上坐起来看信,申力明到门口去把门,脸冲外站着,耳朵听着王玉波翻看信纸的声音,心中暗自窃喜。

好半天,王玉波才把信看完,大概是看了好几遍,终于看完,一拍脑门说:"申连长,谢谢你! 拿来的这封信,解开了我心中的疑团。我误会阎指导员和杨玉洁了,若不是你来,我这榆木疙瘩脑袋还执迷不悟哩!"

申力明说:"不用谢,要说谢,我得谢你。我在镜铁山时捉你和左梅的奸,做过对不起你们的事,我诚恳地向你道歉!"

王玉波来了东北人的豪爽劲,说:"陈年烂谷子的事,提那干什么!"又学着某样板戏的道白:"八年啦,别提它啦! 走,咱们上班去!"把申力明一个人扔在那里,一溜小跑,去了北风井掘进工地。

牛幸娃正在工地跟班,见王玉波呼呼跑来,就知道"计谋得手",迎上去说:"你不在连里养病,跑来干什么?"

王玉波说:"我在床上躺着呢,突然想到一个爆破方法,想过来试试。"

几个兵围过来问:"什么爆破办法?"

王玉波说:"我小时候在家玩过梅花桩,那梅花桩,就像梅花瓣一样,密度大,各桩之间互为牵制又互相对应,比照梅花桩方式布眼,也许有效。"

王兴昌说:"牛参谋长正领我们开'诸葛亮会'呢,研究打眼的排列和密度,就按你的办法试一试。你帮我把梅花桩的图画下来。"

待王玉波画好图,王兴昌计算了点位分布,明显是增加了密度,就按这个方式打眼布炮,一试还真灵,使每一茬炮的进度提高到1.4米左右。

一阵硝烟过后,王玉波冲进去排碴,牛幸娃拉着他不让进去,说:"回去养病,身体要紧!"

王玉波说:"我病好了,炮一响,我身体就好了。"

牛幸娃不再说话,心里想:什么炮一响身体好了,是看了信身体好了吧。又想到:这小伙子还真不错,假如当年真的把他退回去,十一连就少了一员干将,自己也少了一个像这样的妹夫了。想到这里,牛幸娃心里笑了。

3

　　龙王爷是不会轻易向十一团十一连指战员让步,那么容易就交出金库大门钥匙的。它一计不成,又生一计,见来硬的不行,就来软的了。何为软的？即用水来阻挡指战员掘进的步伐,使他们望而生畏止步不前。

　　三山岛金矿矿井标高+15米,井底标高为-336米,整个矿井基本工程都在海平面以下,地下水量大。随着斜井的深度一天天延伸,地下作业最大的隐患地下水就大量涌出来了。施工高峰期涌水量达每小时60吨。水文资料不详,上级要求"边排水,边施工,遇水注浆",命令坚决执行,同时审慎为之。海底施工的特殊性、复杂性在于海水与海底的岩缝、溶洞、暗河相连,施工中无论打透其中任何一处地方,都会引发大规模涌水。时常来捣乱的海水、偶尔出现的地下水,腐蚀人衣服和皮肤,甚至造成烂裆的古海水,让干部战士施工在"水帘洞"中,一边向深处掘进,一边同水害做斗争。斗争的方法有两种,一是堵,二是排。凡漏必堵,寻找各种有效方法;凡水必排,多台水泵,不停地往坑口外抽水,一刻也不能停止,否则就要水漫金山。尽管渗水、漏水给施工生产造成了很大障碍,但十一连的官兵们没有停止掘进的步伐。井越掘越深,底板、两帮渗水加剧,顶板滴滴答答漏水不断,像天空下雨,在这种环境中施工困难重重。干部战士头戴安全帽,身着雨衣,脚穿防水靴,也不能完全抵御"淋头水"的袭击,一个班下来,身上内衣外衣全都湿透,防水靴里能倒出一汪水,靴内的海水把双脚泡得发白起皱,时间一长,皮肤开始溃烂,带盐的海水浸在溃烂的皮肤上,让人钻心般地疼痛,有的人开始烂裆,难受得龇牙咧嘴又不能明说,还有人偷偷不穿短裤,以免裤裆和烂处摩擦造成疼痛。因为井下阴冷潮湿,湿度超标,许多人患上了关节炎等疾病,身体健康受到影响。但干部战士没有动摇如期建成三山岛金矿的决心,充满了乐观主义精神。

副连长慕古秀把转干指标让给苏明远,本以为苏明远转干后会要求转业,腾出指标给自己,没承想这个"苏铁匠"转干后却改变了想法,一听北风井开打,就坚决要求留下来,非等把北风井打成才转业,让慕古秀转干的希望泡汤了。尽管王永学一再解释,在部队提干是看条件,看机遇的,不存在谁让出指标给谁的问题,但实心眼的慕古秀还是认为"苏铁匠"不讲信用,为此生了几天气,压了几天铺板,待"苏铁匠"闻知请他喝了一顿酒,把话说开,才恢复正常。

苏明远说:"古秀,咱俩是老战友,十几年又争斗又合作,现在都混到了副连长的位置,你把提干指标让给我,是你心眼好,为了解决我老婆孩子的城镇户口,我打内心感激你。我不是赖着不走,不给你倒地方,是因为太舍不得打北风井这个机遇了。咱们一起从镜铁山坐军列来干啥?还不是建三山岛金矿?但准备了一年多,终于开工了,要打北风井了,我却拍拍屁股走人了,这还是一个军人吗?难道我当兵,就是为了提干和把老婆孩子转为城镇户口吗?我宁可放弃这些,也要把北风井打完,为三山岛金矿建设出一把力。我想,你要是我,也会这么想的。"

慕古秀听苏明远把话说完,将半缸子酒咕咚咕咚喝了,一抹嘴说:"老苏,我理解你了!我们都是好同志,为共同革命目标走到一起了,三山岛金矿把咱拴到一起了,什么打完北风井,把金矿建成,你再屎壳郎搬家——滚球子吧!"

苏明远说:"好兄弟,我用四川的歇后语送你一句话,叫姨娘大太阳底下晒被子——有情(晴)有义(姨)!"

慕古秀笑了:"你这个川娃子还真能摆乎,半天云里拍巴掌——高手,我服了!"说完就嘻嘻哈哈地闹着喝酒。慕古秀就是这种人,你跟他说两句好话,他一脸阴云就都散了。他身上也有个最大优点,就是不管遇到什么艰难困苦,从不改变乐观主义精神。

施工掘进四班倒,凡是慕古秀带的班,掌子面就笑声不断。在连队干部中,慕古秀最能和战士们打成一片。一是他爱开玩笑,爱讲笑话,很少有严肃的时候;二是他虽是副连长,却是志愿兵身份,用他的话说,就是大头兵一个,就是兵老一点而已,领的津贴费多一点而已。因此,他和战士们开玩笑,战士们也和他开玩笑;他和战士们闹着玩,战士们也和他闹着玩,玩着玩着就把活干完了,而且不比别的班效率低。

一天,在掌子面休息时,慕古秀很严肃地对当班的战士们说,连队领导要求文明施工,不允许不穿短裤下井,谁穿短裤谁没穿短裤他要当场检查。战士们信以为真,个个脱下裤子让他检查,他检查得很仔细,仔细端详每个人的裤裆,有的还要下手摸一摸。检查完毕,他让大家提上裤子,说:"咦,咱们这一班坏蛋还不少哩!"一些老兵大笑。

有个新兵"啥球不懂",问慕古秀:"副连长,咱们革命战士中,怎么有坏蛋呢?"

慕古秀说:"有的同志裤裆烂了,睾丸磨破了,蛋是不是坏了呢?"这么一解释,掌子面所有人都哄的一声笑起来。

一个和慕古秀一起入伍的老兵说:"慕副连长,你是不是也是坏蛋一个呢?"说着就来扯他的裤子,吓得慕古秀赶快蹲下来说:"别闹了!关于坏蛋的故事,我来给大家讲个笑话。几个领导到餐厅用早餐,服务员给每个人上了份,每份中有一枚鸡蛋。一个领导发现自己那一份中鸡蛋坏了,就让服务员给换一个。服务员把好的鸡蛋拿来,忘了是哪个领导要的,就高声地问道:哪个领导蛋坏了?领导们谁也没应声。服务员又高声问:哪个领导是坏蛋?哪个领导是坏蛋?坏蛋领导怎么不说话呢?"慕古秀用女声把服务员的话学得惟妙惟肖,笑得战士们前仰后合,有的弯腰揉着肚子。

稍停了一会儿,慕古秀认真严肃地说:"海水烂裆这是一个大问题,弄不好还会引起感染,造成其他疾病,我为此事专门请教过苗丽萍军医,她给开了一些药膏、药粉,让大家试试,还交代上班一定要穿短裤,勤换洗。不穿短裤磨得更厉害,伤得更重。要是把命根子磨坏了,还会影响生育呢,还会找不到婆娘呢!"

爱和慕古秀开玩笑的那个老兵问:"后头那句话,是苗军医说的,还是你加的呢?"

慕古秀说:"后面的话自然是我加的。你们想想,男人的命根子磨坏了,小弟弟焉头巴脑的,哪个女人愿意跟你呢?"

那老兵说:"为什么龙大秀愿意跟你呢?"不少战士看过龙大秀的照片,读过龙大秀写给慕古秀的信,知道"双秀"在谈恋爱处对象。

慕古秀捂着裤裆说:"我这里不是好好的嘛,没有磨破磨损,是好蛋呀!"

又是一阵笑声从施工现场传来。

慕古秀说:"别光顾着笑,下班去我那里领药,我从老家河南温县一个老中医那里讨来一服专治烂裆的药,据说很灵验,大家可以试一试。如果好用,我写信去再弄一些来。"

大家不笑了,为慕古秀的细心及对大家的关心关爱而感动着,掘进时干劲更大了。

慕古秀不仅玩笑开在井下,还把玩笑开到井上,开到了浙江小分队。北风井开工后,十一连负责井下掘进,小分队负责井上排碴、进料等井上辅助工作。战士们升井下井,和他们低头不见抬头见,也都成了熟人。

一天,慕古秀升井上来,手里拿着两个啤酒瓶,对浙江小分队那帮人说:"兄弟姐妹们辛苦了!我特意从海底打两瓶矿泉水来犒劳你们。"说完,一瓶递给范兰枝,一瓶递给"东霸天",两人拿起瓶就喝,只听"东霸天""妈呀"一声,"呸""呸"吐了半天,说:"咸死我了,你慕连长哄死人不偿命!"范兰枝做事从来温柔仔细,她细抿了一口,觉得味道不对,站在那里"哧哧"地笑。

慕古秀一本正经地说:"不喜欢吗?不喜欢给我,我拿回连队当盐使哩!"他真的把这两瓶陈年海水拿到了厨房。炊事班长还挺高兴,说这水比盐还咸,用了还节省盐呢。

用了两天海水当盐炒菜,被司务长刘宪胜阻止了。刘宪胜对炊事班长说:"这古海水成分复杂,可不敢让战士们吃,吃了会伤害身体哩!"

慕古秀听说了,从炊事班要拿回两瓶水,说:"好心当成驴肝肺,不用拉倒,老子还留着漱口刷牙哩!"说是这么说,他拿回去也没有漱口刷牙,而是放在床底下了。一次喝啤酒,和床下啤酒瓶弄混了,拧开就喝,"咕咚咕咚"的,等反应过来是海水时,瓶中海水已将尽,满嘴齁咸,急忙喝啤酒到肚子里去"勾兑",弄得一夜都没有睡好觉。十一连从此传出一个歇后语:慕古秀把海水当啤酒喝——省钱娶媳妇哩!

担任团北风井工作组组长、在十一连蹲点的牛幸娃,可不像慕古秀那样没心没肺嘻嘻哈哈,他成天眉头紧皱着,在思量着"堵漏"的对策。过去说人家铁道兵是逢山开路、遇水架桥,我们现在可好,是逢漏必堵、逢水必排,不把这个"水龙王"治住,施工就不得安生,掘进就不能进展。所有渗漏水都向下流入掌子面,给打眼放炮造成影响,延缓施工进度,进而影响工程按期建成投产,这是牛幸娃皱着眉头心急如焚的主要原因。他把老金和工程股技术股所有骨干找来,开现场会研究解决方案。通过反复比较、论证,多次试验,选用科学的注浆堵水方法,解决了施工涌水的难题,加快了施工进度。同时加大排水力度,用125毫米的一趟排水高压泵排水,后增加到两趟,保证掌子面施工正常进行。

一天,牛幸娃和王兴昌一起进洞到施工现场巡查,突然遇到申力明带着当班的干部战士向上撤退。

牛幸娃问:"怎么回事?"

申力明说:"坏了,两台高压泵都坏了!备用的也正在修理中,水已经淹了掌子面了,为确保安全,我把人撤出来了!"

牛幸娃对王兴昌说:"走,咱俩进去看看!"又对申力明说:"你把人撤到安全地带,暂停施工待命!"

两人来到靠近掌子面的地方,见水仍在上涨,如不尽快采取措施,按每小时出水量60立方米计算,5小时后水就涨到配电室了。到那时,所有的排水系统都不能发挥效力,已打出的巷道就是不废弃,要想恢复施工也难上加难了。

牛幸娃心急如焚,问王兴昌道:"有什么办法没有?"

王兴昌说:"有个办法可以试试,就是太危险。"

牛幸娃吼道:"什么危险不危险,有什么办法快说!"

王兴昌提出的办法,是把风泵对接在电机烧了的高压泵管子上,但仅有的4台风泵已被涨起来的水淹没在4米深的掌子面。怎么办?

牛幸娃说:"什么怎么办?下水打捞呀!"

王兴昌说:"这要潜到水中去捞,难度很大呀!也很危险!"

牛幸娃瞪他一眼,没说什么,脱下工作服,扑通跳进水中。

王兴昌二话没说,也甩掉工作服,跳到了掌子面积水中。

风泵是一种风动的排水泵,它的外壳是铝合金的,分量不是很重。他俩第一次潜下去没有捞到风泵,第二次潜下去虽摸到了风泵,但不是专业潜水人员的他们,也没有能力捞出水中的风泵。

水还在上涨,情况万分紧急,两人钻出水面简单商议,决定潜到底先拿出风泵的软胶管,待出了水面再把风泵提上来。两人又分头潜下去，找出风泵的软胶管往上提。提上了两台，再提最后两台时，牛幸娃担心软胶管和风泵脱离，把风泵遗落水中，就让王兴昌在上面提，他跳入水中顺着胶管找到风泵往上举。打捞最后一台时，申力明带领几个人也赶过来了，老远只见王兴昌一人，就大声问："牛参谋长呢？"

王兴昌一手向上提胶管，一边回答："在水里呢！"待把风泵提上来时，却不见了牛幸娃。赶快放下风泵，大声喊道："牛参谋长！牛参谋长！"巷道里只有回声，掌子面只见水涨，却没有了牛幸娃的影子。

申力明边喊"参谋长"，边脱工作服要下去救人。王兴昌一把拉住他，沉着地说："不要慌，牛参谋长下去时间不长，也许是溺水了，也许是什么原因。我们沉着施救。"又说："你把绳子拴到我腰上，我潜下去，绳子动时你就往上拉。"说完把绳子系到腰上，另一端递给申力明，自己就"扑通"一声跳了下去。不一会儿绳子动了，申力明就使劲向上拉，王兴昌浮出水面，一手揽着昏迷的牛幸娃。申力明把绳头交给别人，自己也"扑通"一声跳下水，和王兴昌一起把牛幸娃推出水面。牛幸娃满脸乌黑，两眼紧闭，还有心跳和呼吸。申力明背起就向井口跑，王兴昌和其他战士紧跟着，轮流替换，好不容易到了井口，一拨人都瘫倒在地上。

听说牛幸娃遇险，梁团长、苏政委、王永学、金昌浩、阎芳州等都赶来了，卫生队苗丽萍带一干医护人员到现场实施抢救。

苗丽萍跪在地上，翻翻牛幸娃的眼皮，听听他的心跳，再看看他满脸满身的油泥，整个人像是从非洲来的，基本判断出是怎么一回事了。回头对团长和政委说："首长放心，没有什么大事。"又把哭得泣不成声、蹲在地上的杨玉琼叫过来，附在她耳边说了几句话。

杨玉琼附下身来，握着牛幸娃的手大哭道："老牛，老牛！你醒醒！你可不要吓唬我！"

见老牛还是不醒，就哭得更痛了："老牛，你不能死呀！你说过对我好一辈子,你死了,我可怎么办?"说着就摇晃着牛幸娃大哭起来。

杨玉琼旁边的苗丽萍见牛幸娃手指动了一下,证实了自己的判断,看来是喉咙中有东西堵住了,她用手去按杨玉琼的脑袋,杨玉琼这才从悲伤中醒来,知道自己该干什么。她不顾众目睽睽,把嘴对住牛幸娃的嘴,使出了浑身的力气,不顾命地吸吮着吸吮着,只听"噗"的一口,牛幸娃把口中一口废机油吐了出来,接着是一阵呕吐,吐出来的都是废机油。原来是他潜下去时间过长,呛了几口水,吸进水里的废机油,废机油堵塞了呼吸道。幸亏施救及时,否则就会因窒息而亡。

牛幸娃苏醒了,井口一片欢腾。团首长、十一连干部战士都放了心,浙江小分队范兰枝还采来一束野花,献给保住了巷道的英雄。

苗丽萍要把牛幸娃拉到卫生队去洗胃,这时牛幸娃已基本恢复正常,说:"洗什么胃,我得赶快洗个澡,没看都成非洲人了吗?"又说:"晚上让你家老金整几个菜,我到你家喝酒洗胃吧!"众人大笑而散,杨玉琼扶着牛幸娃坐吉普车回家休息。

毕竟被水溺了一次,毕竟受了一次惊吓,加上体力透支,牛幸娃在杨玉琼给他擦洗身子后,美美睡了一觉。

让牛幸娃没想到的是,苗丽萍把他说的戏言还真兑了现。晚上,金昌浩提了两瓶酒,来给牛幸娃"洗胃",王永学拿了几个菜来,从镜铁山来的老哥仨,好好喝了一壶,庆祝牛幸娃大难不死。

晚上夜深人静,借着酒劲,牛幸娃把娇小的杨玉琼紧紧地搂在怀里,好像害怕她跑了似的,怕她飞到天边永远不回来似的,喃喃地说:"玉琼,我爱你。今天在井口,你哭诉时说的那些话,我都听见了,只是说不出话回答你。娶你杨玉琼,是我今生今世做得最对的一件事情。你不能没有我,我也不能没有你。我以后会好好对你的,为你下半生负责任的。"杨玉琼很受感动,她是容易被感动的,她反过来把牛幸娃抱得更紧,真的是害怕他跑了,害怕他离自己而去。说来也奇怪,以往两人搂在一起就是烈火烹油不战不休,今天却静悄悄的,互相悄悄地感受着对方的体温和心跳。

作为一个军人,牛幸娃从来不怕牺牲,历来崇尚党和国家利益第一,军人使命第一,为了国家、民族和人民的利益,不惜牺牲生命。当年在镜铁山施工,他就提出过"要铁不要命";为了建设三山岛金矿,献出生命也在所不惜。可是,今天在"鬼门关"走了一遭,他真有点后怕了,因为杨玉琼那哭天抢地的"你死了,我可怎么办呀"的哭喊声,声声敲击在他的心头。意识到他自己的生命不仅仅归自己所有,还和杨玉琼密切关联。但自己军人职责所在,又不能惧怕牺牲,"死人的事是经常发生的",没准哪一天就会落到自己头上。怎么办呢?那就只有生一个孩子,在自己万一不幸牺牲后,让杨玉琼有一个慰藉,也有一个依靠,那样老时就不会孤苦伶仃了。哪怕领养一个呢,王永学不是答应过自己吗?过几天去和他商量商量,是领养小镜好呢,还是小铁好呢……这样想着,就慢慢睡着了。

4

范兰枝那天在井口,喝了慕古秀开玩笑递来的古海水,咸得发苦,但她心里并不苦,像嘴里含着蜜一样甜。心儿为什么这样甜?就是因为她随浙江小分队在井口辅助施工,能天天见到自己心仪的军人,心仪的军人是谁?一个是指导员阎芳州,一个是连长申力明,虽然他俩都穿着工作服,但在一群军人里,她一下子就能认出他俩来。也不是每天都能见到他俩,只要有军人走进斜井,她就拿眼睛去看;凡是有军人从井巷出来,她也拿眼睛去瞧。当然这种看和瞧是含蓄的、讲究策略的、似有非有的,看有却无、看无却有的。她是个内向含蓄的南方女孩,没有北方女孩的泼辣大方,也不像现在一些女孩子,看着靓男帅哥,就死死地盯着看,恨不得把眼珠子黏在人家身上。因此,她的看是得体的、恰到好处的、不容易被人觉察到的。在浙江小分队里,她担负的工作任务是考核和宣传鼓动工作,工作自由,也有看人的时间和条件。就是在一天天目迎目送中,她度过一个女人独自享有的幸福时光。

她对阎芳州、申力明两个人都很喜欢,就像人们形容女人环肥燕瘦一样,这两个男人身上也有不同的特点。申力明高大、帅气、灵秀,处处透着聪慧和机灵;阎芳州身材适中、匀称,为人实诚、忠厚、老实、本分;申力明学的是矿建,实际、管用,是专业人才;阎芳州学的是中文,浪漫、热情,有文学才华;申力明会讲话,左右逢源,滴水不漏;阎芳州会讲课,引经据典,娓娓道来;申力明机灵中含着实在;阎芳州朴实中透着机灵。两人相比,申力明唯一的优势,是和她同是永嘉老乡,都是喝楠溪江水长大的。但转念一想,两个人相爱不相爱,能不能走到一起,也不一定非是老乡,那种异域之爱、海角之恋,也许更加浪漫。这样一想,申力明仅有的一点优势也消失了。有时候,姑娘们在一起议论,说北方人最好找北方人,南方人最好找南方人,永嘉人最好找永嘉人。范兰枝内心不同意这种看法,人家说不同地域的人在生活习惯上可以互补呢!总之,在范兰枝眼里,她实在分不出两个男人的优劣,连职务上都一样,一个是连长,一个是指导员,都是穿四个兜的军干服。有时夜里睡不着觉,两个男人都到她梦里来,让她分出优劣高下,她实在分不出,想得脑袋瓜疼。就想,如果两个人长成一个人,把两人身上的优点集中到一个人身上,这该多好!但一想,这是不可能的。分不出就不分吧,就让他们在脑瓜里共存吧!有时又想,人家两个谁更优秀和自己有关系吗?没有关系自己这么关心人家干什么?她成天琢磨这件事,烦恼又快乐着。

哥哥范兰亭关心妹妹的婚事,两人在一起议论时,范兰枝试着说,要是找一个军人也挺好的。

范兰亭说:"军人好什么?六七十年代军人吃香,全国学习解放军,弄一身军装穿,兴奋好几个月,还有为抢军帽判刑的呢。你看现在军人还吃香吗?吃香的是老板、企业家、知识分子、专家、教授,谁有钱谁吃香,谁能挣钱谁吃香,不仅吃香,还喝辣呢!"说罢,话题一转说:"我看咱们队和你唱《十八相送》的技术员小宋就不错,对你不是挺好的吗?挣钱又多又是咱永嘉老乡,家庭条件又好。差不多就行了,到时我把你俩的婚事好好办办,也让他成为咱们办事业的好帮手。"

范兰枝从小跟哥哥长大,对哥哥言听计从,她也知道哥哥是为自己考虑,就不好说什么,只是说:这事不急,我得认真考虑考虑。

和她对唱《十八相送》的宋技术员确实对她有意,已经明确地表示过意愿,还老爱当着别人的面给她送这送那,顺着她的喜好来,别人开玩笑叫他"小送"。不仅如此,"小送"排队打饭,遇到范兰枝爱吃的菜就帮她打回来,吃饭时两人坐在一起,找一双卫生筷子帮她夹菜,一边说"这个好吃,这个可以来一点",别人在一旁指指点点,范兰枝内心也不舒服,但柔弱的性格使她难以表达反感的态度,使"小送"误认是默许,队里人也误认他俩已在"恋爱进行时"。其实她内心是不认同的,不是小宋不好,也不是小宋对她不好,而是小宋对她太好了,好得不能再好了,但是,小宋最缺少的就是男人的阳刚之气,哪怕有阎芳州、申力明身上阳刚之气的一半,她也就认了。但她又不愿意明确表达,怕伤了"小送"的心,怕违背了哥哥的好意,怕宣布自己爱上一个军人,引发队里那些追求自己的人不满。犹豫复犹豫,事情就这样拖下来了。

除了天天能见到自己心仪的军人,范兰枝还希望为部队干部战士做点儿什么,她内心有喜爱军人的情结,又为眼前军人们的牺牲奉献精神所感动。同是建金矿,同是打北风井,军人们担任主力,他们浙江小分队是辅助,一个在井下掘进,一个在井上运料,哪个活重,哪个活轻,哪个有危险,哪个贡献大,谁心里都清楚。但是,谁挣的钱多,谁的收入丰厚?连队干部一个月才60元钱,一个战士津贴费才10多元钱,就连那个爱开玩笑的河南兵慕古秀,说是代理副连长,实际上是个志愿兵,一个月才三四十元。而我们浙江小分队呢?人均每月200多元,连自己这个技术员,一个月也拿180元,是阎芳州、申力明每个人的三倍,想想这些,就觉得心里有愧。有些人还因为干部战士收入少,看不起他们,说他们是"傻大兵",这些人良心何在?范兰枝对此深感不公平,内心时时为干部战士们的牺牲奉献所震撼。为他们做些什么呢?看到官兵们进洞一身水,出洞一身泥,常穿湿工作服下井,心里实在不落忍,就把队里的女同志组织起来,为战士们洗工作服,还购置了烘干设备,让他们能穿上烘干的干净衣服进洞掘进。没想到一声招呼应者云集,队里的女同志全都响应,下班和没事时就在洞口附近为战士们洗晾衣服,使之成了这里的一景,吸引队里的一些男同志也来帮忙助阵看热闹。

范兰枝有演唱天赋,能把《十八相送》唱得声情并茂,自然也会唱别的歌曲,就一边洗衣服一边教伙伴们唱歌。他们唱得最多的是《洗衣歌》:

是谁帮咱们闹翻身呃

是谁帮咱们得解放呃

是亲人解放军

是救星共产党

呷拉羊卓若若尼格桑梅朵桑呃

军民本是一家人

帮咱亲人洗呀洗衣裳呃

呃是谁帮咱们修公路呃

是谁帮咱们架桥梁呃
　　是亲人解放军是救星共产党
　　呷拉羊卓若若尼格桑梅朵桑呃
　　军民本是一家人
　　帮咱亲人洗呀洗衣裳呃
　　……

后来还又唱又舞,成了吸引许多人来观看的一道景观。

第十四章

1

由十一团担负的三山岛金矿建设工程,在4月10日开掘北风井取得经验后,经过上级批准,定于8月9日正式全面开工,北风井、南风井、主竖井、斜坡道四个主体工程同时展开,全团人马一起投入,开始了为期五年的艰苦卓绝的阵地战。

8月9日前两周,十一团先后开了动员会、出征誓师大会。通过各种形式进行战前动员,这是人民军队的优良传统,十一团把这个优良传统承继下来,每当接收急难险重任务时,都要召开动员会,明确任务,鼓舞斗志,凝聚力量,表达必胜的信念和决心。

此次三山岛金矿工程施工生产动员会,在党委会议室举行。党委书记、政委苏继轩,党委副书记、团长梁占刚及团里部门以上领导悉数参加,机关工程、技术、测量、计划、后勤等生产、服务性股室,以及连以上干部和技术人员参加了动员会。

会议严肃认真,内容简洁明快务实。会议由党委委员、副政委于俊主持。

首先由副参谋长、总工程师金昌浩介绍工程概况、设计方案。这位从小在长白山林区长大的"老抗联"后代,新中国培养的第一代大学生,先后参加过鞍钢、酒钢等大型工程建设的"老把式",精通矿山设计和施工生产的"技术大拿",虽然已年过五十,两鬓斑白,发际线像海水退潮一样向后延伸,但依然精神抖擞、斗志昂扬,面对新的战斗任务壮怀激烈。他把三山岛金矿工程设计图挂在墙上,用手指着设计图,对施工方案进行重点讲解,并一一提出具体要求。在讲述中,金昌浩用五个"前所未有"来概括三山岛金矿工程的特殊性、复杂性。

一是工程规模之大,前所未有。从井口到井底,垂直高度为348.5米,主竖井深335.5米,斜坡道长2400.7米。无论工程规模,还是总工程量,在中国黄金建设史上都是从未有过的。

二是设计之先进,前所未有。该矿采用的中央竖井、斜坡道、两翼风井联合开拓的办法,在我国矿山建设史上是首次采用。其中的斜坡道工程是我国的首创工程,是国内黄金矿山采用进口无轨设备施工的首例工程,工程难度极大。金昌浩将其称为"盘海公路"。我们通常所见的盘山公路是向山顶盘旋的,斜坡道工程,实质上是修一条向海底盘旋的运输通道,和修盘山公路是一个道理,完全改变了过去井下矿山有轨通道只能直行、不能转弯的状况,让无轨设备在斜坡道中随意出入,大大提高了工程效率。但修这样一条通向海底矿床的盘旋通道,又是完全靠炸开石岩打通,其难度可想而知。

三是施工环境特殊复杂,前所未有。地质情况复杂,发生塌方冒顶的可能性增大;水文地质情况复杂,漏水、渗水现象严重,发生大规模涌水和泥石流的可能性极大;地下水氯离子的含量相当于海水的两倍,对机械设备锈蚀严重,会加大维修成本,缩短使用寿命,也会对施工造成影响。这些不利因素在其他工程中是极其少见的。

四是使用进口自行无轨设备,操作之难前所未有。该工程引进美国瓦格纳公司无轨设备,说明书全是英文,读不懂,弄不明白,开始时部队无一人会操作,更谈不上维修,增加了操作与维修的难度。

五是海底施工缺乏经验,面对的难题前所未有。建设这样一座大型无轨开采的现代化海滨矿山,十一团没有干过,全国的矿山建设队伍都没有干过,没有成功的经验可以借鉴,只能在干中学,在学中干,不断积累经验,在摸索中进行。

为了活跃一下严肃的会场气氛,金昌浩说:"对我们十一团来说,这可是大姑娘上轿——头一回。"又说:"在海底找金矿,是挖龙王爷的心肝宝贝,它能轻易给你？但是,它不给,我们就不挖了？照挖不误,而且非挖出来不可!"

主持会议的于俊副政委被金昌浩的话逗乐了,说:"挖你老金的心肝宝贝,你也不愿意给呀,哪有那么痛快! 要是能轻易就挖到龙王爷的心肝宝贝,我们这个动员会就不用开了。"于副政委这么一说,全场气氛开始活跃起来。有人在下面议论说:"苗丽萍是老金的心肝宝贝,你挖一下试试。"听到的人都笑了。

接下来由参谋长牛幸娃介绍北风井开掘情况和初步取得的一些经验。因为会议重要严肃,平常爱开玩笑的牛幸娃的发言严肃认真。他介绍了在施工中遇到的复杂地质情况,遇到的难题以及破解的办法,如对付花岗岩的梅花桩形爆破法,对付涌水的灌浆堵水方法等。特别强调在施工中要针对不同的情况,采取不同的方法,对北风井掘进的经验不能套用。指出,虽然四项重要工程在同一地域,遇到的岩石坚硬、海水渗透等情况大致相同,但施工中遇到的具体情况不同,建议因地制宜,一时一地一策。说这种情况,就好比人有多大头戴多大帽子,有多大屁股穿多大裤衩。最后这几句还是没有搂住,让全场的人都笑了起来。

主持会议的于俊副政委说:"牛参谋长话糙理不糙,核心意思是坚持实事求是,一切从实际出发,有针对性地采取措施。这种认识符合辩证法认识论,也符合施工实际,请大家注意领会和遵照执行。"

会议第三项议程是团长梁占刚布置施工任务。他讲了兵力布置、力量配备,各个连队的主攻方向。讲得翔实具体,目标明确,言简意赅。

最后是政委苏继轩做总结性发言。

苏继轩说:"刚才金总讲了工程的具体情况,对我们全面掌握和熟悉工程的重点、要点和难点,有很大帮助;牛参谋长介绍了北风井掘进的情况和经验,对其他几处工程有借鉴作用;梁团长对施工生产任务的布置很到位、很具体,要求很全面,我都同意。我这里再强调两点,和同志们交流。

"第一,一定要有压力。压力来自何方?一是来自信任。全国有上千家井巷施工队伍,国家经委、地矿部、冶金部领导偏偏相中咱们,经过我们上级机关黄金指挥部,把任务下达给十一团,这是何等的信任!这种信任,像千斤重担压在我们肩上。如果我们不能按期保质建成三山岛金矿,就无颜面对国家信任、人民重托和上级的期望。二是来自施工任务的艰巨性。这一点不必细说。工程设计的先进性、工程所处地理位置的特殊性、地质与水文条件的复杂性,决定了三山岛金矿是一块硬骨头,要啃下它并不容易。三是来自国外金矿施工同行对我们必定失败的期盼。同志们千万不要忘记老外放在金矿用于打赌的那四瓶茅台酒。说句心里话,那四瓶茅台酒就像四条无形的鞭子,时时刻刻在抽打着我们;又像四颗定时炸弹,随时把我们炸得灰飞烟灭。它的存在,已使我们完全没有退路。如果我们不能按期保质建成金矿,甚至半途而废,那就会给外国人、外国企业留下嘲笑中国无能、中国军人无能的话柄。这四瓶难以开封的茅台酒,就成了我们十一团奇耻大辱的铁证,让我们永远不得翻身,我们将会为愧对祖国和中华民族而遗恨终生。对我们来说,这种压力无疑可以使人产生无穷的动力。"

苏继轩政委稍一停顿后,讲了他的第二条意见。他说:"第二,一定要有信心。信心来自何方?一是来自中央各部委、黄金指挥部及中国黄金总公司的有力支持。我仅举一例。中国黄金总公司先后从美国、西德、瑞典、加拿大等五国六个公司引进43台先进设备,使我们在施工装备方面一下子达到世界一流水平。二是来自和甲方三山岛金矿的密切合作。共同的奋斗目标把我们甲乙双方紧紧联系在一起,双方合作是愉快的,效果是明显的。甲方为我们进驻和开工前的准备创造了有利条件,提供了全力支持与帮助。三是来自我们有一支特别能吃苦、特别能战斗、特别能奉献的施工队伍。这支队伍自形成以来,从未打过败仗,没有完不成任务的时候。经过长期锻炼,施工组织指挥能力和工程技术与管理能力得到了全面提升,具备按时保质完成任务的实力。四是来自人民军队英勇顽强战无不胜的战斗力,党委领导班子坚强有力、各级领导干部和党员的模范带头作用、务实的作风和高效管理、全体将士为国争光的不懈斗志、敢于牺牲和奉献的精神,都是我们取得这场战役胜利的条件和保证。"

苏继轩说:"看到感受到压力,不是被压力压倒,而是把压力变成动力,更加重视困难,把不利因素转化为有利因素。树立信心,就是多看完成任务的可行性,确立任务是艰巨的,前途是光明的,三山岛金矿一定会在我们手上建成的目标和信念。那四瓶含有特殊意义的茅台酒,将激励我们产生无穷的动力和为国争光的自豪感,必将成为我们的'战利品',成为我们十一团的勋章和荣誉,到三山岛金矿建成出金那一天,我们将痛饮庆功酒,饮外国人奉送的玉液琼浆,来欢庆我们十一团将士的重大胜利!"

苏继轩政委的讲话,特别是最后那几句鼓动语,撼动了会场所有人的心,大家以热烈的掌声来回应,表达必胜的信念,一致相信在团党委的坚强领导下,全体官兵职工齐心协力,团结奋战,一定能确保工期与质量,全面优质高效完成三山岛金矿建设任务。

团里开动员会后,各单位行动迅速,进行层层动员,尤其是那些担负施工任务的掘进连队,更是把动员会开得有声有色生动活泼。借着开动员会,把承担的任务进行细化,把责任落实到班排,对安全、质量、后勤保障等提出了具体要求,对技术力量的配置进行了调整。动员会后组织各班进行讨论,激发斗志,形成人人争为三山岛金矿建设流汗出力做贡献的强大氛围。

十一连的动员会大体比照团动员会的程序进行,但把重点放在班排讨论上,每个连领导都下到班里参加讨论,进行引导、动员,听取讨论内容和战士们提出的合理化建议。

代理副连长慕古秀到一排一班参加讨论,他曾是一班的老班长,对这个班有感情。现任班长是从黑龙江采金部队调来的那个"金疙瘩"。"金疙瘩"因曾捡到一块"狗头金"而得名,战士们把他原名杜连中都忘记了,亲昵地叫其"金哥",背后称其为"金疙瘩"或"狗头金",他也不反感,爱嘻嘻哈哈地和大家开玩笑,说开玩笑是东北人的天性,东北那疙瘩冬天冰天雪地的,人都缩在屋里猫冬,男人们猫冬在一起干什么?就是喝小酒、讲笑话,东北二人转就是这么整出来的。要不讲笑话,不搞点儿幽默,一冬天就没法过,冻没把人冻死,憋也把人憋死了。因此,除了极严肃的场合,杜连中都爱开个玩笑,活跃一下气氛。他当班长的一班没有因为他爱开玩笑而落在后面。一班在掘进、管理、作风、卫生方方面面走在前头,成为连队的先进班、带头班,看来和班长爱讲笑话无关。也许爱讲笑话还能提供一点正能量,但对此没人考察过,不能确认。指导员阎芳州认为这像过去一些人评论的《李慧娘》等鬼戏,是"有鬼无害"论,只要杜连中不"信口雌黄"就行。为此还闹出了一个笑话。

一天,阎芳州下班排去转,转到一班,"金疙瘩"杜连中身旁围一帮人,原来又是在讲笑话,就悄悄地猫在后面听了几句。"金疙瘩"正在讲关东的流行嗑,什么"四大白""四大红""四大黑""四大绿""四大蓝"等,赤橙黄绿青蓝紫,让他讲遍了。阎芳州爱采风收集民谣,听听也觉有趣,感到总体健康,但个别地方带"色",有点过分,涉及男性、女性的敏感部位,如"四大硬"中的某"硬","四大软"中的某"软",都会让人产生联想,应该提醒他一下今后注意。正在这么想,有人发现指导员来了,就招呼他,一下子把"金疙瘩"的"演讲"打断了。

"金疙瘩"很不好意思,冲指导员笑笑,说:"指导员,我讲的,你都听到了吧?没有什么不合适的吧?"

阎芳州说:"业余时间,唠唠嗑,谝谝闲传,讲讲笑话,只要不信口雌黄就行。"

"金疙瘩"文化程度不高,实际上爱讲笑话的人,和文化程度高不高也没有关系。他一下子没明白阎芳州说的话,连忙问:"指导员,啥叫信口雌黄呀?咱们东北人爱说打哧溜滑,没听说过'雌黄'呀。"

这话把阎芳州逗乐了,说:"你'金疙瘩'真是活宝,爱讲笑话,就不爱学习,有时间读读书,就知道啥叫信口雌黄了。"

站在一旁的几个战士说:"指导员大学毕业有学问,就给我们讲讲嘛!"其实他们中有的人知道,但不愿说,想听阎指导员讲一讲。怕说自己知道,显出"金疙瘩"知识欠缺,被别人骂自己"癞蛤蟆上火车——硬装大肚子老客",都央求阎芳州讲讲何谓"信口雌黄"。

阎芳州说:"信口雌黄是一句成语。雌黄是一种矿石,主要成分是三硫化二砷,颜色呈柠檬黄色,和纸的颜色相近,我国古人在抄书、校书时常用雌黄涂改错字。在汉语环境中,雌黄有篡改文章的意思,并且有着'胡说八道'的引申义。信口雌黄的意思是指毫无根据地信口开河、随口乱说。我让杜班长不要'信口雌黄',不是用这个词的本义,而是说他在讲笑话时,不要捎带讲黄色的内容。我们革命战士讲文明,讲黄色内容不雅观,而且有害身心健康,这一点务请大家注意。另外,如有空闲时间,多读些书,多增长一些知识学问,提高自己文化知识水平更有必要。在一起娱乐讲故事讲笑话时,要注意把握分寸,有益健康有所节制。大家说,这样好不好?"

战士们自然说好,认为指导员说得有道理。这以后"金疙瘩"讲笑话少了,偶尔讲讲,也不再"信口雌黄"了,但仍然改不了他那爱开玩笑爱讲笑话的性格。

老班长慕古秀来参加一班讨论会,全班都欢迎,一是慕古秀是从一班走出去的,是他们一班的骄傲;二是慕古秀和蔼可亲,从不摆架子;三是慕古秀也爱讲笑话凑热闹,想看看他和"笑话大王"杜班长比拼,看看他俩谁更胜出一筹。

讨论开始不久,就说到了外国人打赌放在金矿的四瓶茅台酒。"金疙瘩"说:"外国人就是小气。"

慕古秀说:"外国人怎么小气了?"

"金疙瘩"说:"就拿四瓶茅台酒,够谁喝呀?咱们东北人喝酒是半斤酒漱漱口,一斤酒麻麻口,整四瓶酒够谁喝呀?还不够咱全连人溜牙缝的呢!"

慕古秀说:"你以为那是给咱一个连喝的?是给咱一个团喝的?你想得美!"

"那有啥意思?""金疙瘩"说。

慕古秀说:"这不是喝不喝酒的问题,是为国争光的问题!"

"金疙瘩"说:"你去把那四瓶茅台酒拿来,我现在就为国争光!"

说得全班人都笑了。

慕古秀说:"你真能胡诌,那酒是好喝的吗?"

"金疙瘩"说:"怎么不好喝？八大名酒之首,酱香型,获得过巴拿马万国博览会金奖,具有酱香突出、优雅细腻、酒体淳厚、回味悠长、空杯留香等特点。"

慕古秀说:"茅台酒有什么好喝的？还是陕西的西凤酒好喝,好喝还不醉人不上头,那可是我喝过的最好的酒!""金疙瘩"的话把慕古秀带沟里去了。

班里战士都乐了,副连长和班长讨论起哪种酒好喝了。大家这一笑,倒把慕古秀笑清醒了,知道上了"金疙瘩"的当了,就不再争论哪种酒好喝了,说:"你到底什么意思嘛?"

"金疙瘩"笑笑说:"就是不够喝嘛,再加一箱西凤酒还差不离!"

慕古秀说:"行行行,就随你,三山岛金矿建成了,我送你们班一箱西凤酒,让你们这帮小子天天喝,喝死你们!"

"金疙瘩"和众战友大笑,说这次讨论真不赖,从副连长手里逗来一箱西凤酒。尽管那四瓶茅台酒和这一箱西凤酒,建成金矿后才能喝到口,但是,大家都坚信有喝酒庆功这一天。

在全团将士充分动员之后,团里召开三山岛金矿建设出征誓师大会。大会由参谋长牛幸娃主持,梁占刚团长宣读誓词。全团近两千名官兵面对国旗军旗宣誓:坚决打赢三山岛金矿建设这场战斗,英勇无畏,不怕牺牲,加快进度,保证质量,确保安全,早日投产,为国争光,为中华民族争气! 誓师大会气势如虹,会场宣誓的声音、呼喊口号的声音若同雷霆,在三山岛三个山头回荡,又在莱州湾波风浪谷中共鸣。

2

8月9日的开工仪式，十一团领导主张低调一些，不过于张扬，等金矿建成再好好庆祝一番。但是甲方三山岛金矿不干，他们主张隆重、热烈，在全国造成影响，也给外国人看看，离了他们我们中国人自己照样可以建海底金矿。

三山岛金矿此时隶属部省双重领导，冶金部和省里也是这个意思。因为三山岛金矿是我国"七五"重点建设项目，是我国黄金矿山建设的一个创举，又是我国第一座海滨矿山工程，对它开工的宣传，可以鼓舞黄金战线的士气，表明中国加快建设步伐的决心，彰显对外开放对外合作的诚意。出于这样一种考虑，三山岛金矿的开工仪式，在甲方主导下搞得非常隆重。请来了国家经委、冶金部、地矿部领导，山东省、烟台市领导，还请来多家中外媒体的新闻记者。黄金指挥部初福兴副政委代表上级机关出席开工仪式，五十二支队刘支队长也专程赶到，和十一团领导一起，共同参与开工仪式的筹办。

开工仪式后，新华社和全国各大报纸同时刊发一条消息：由人民解放军黄金部队十一团承担的中国最大的现代化黄金矿山——三山岛金矿开工兴建。向世人介绍了刚开始修建的位于莱州湾海滨的海底矿山，也揭开了蒙在中国人民解放军黄金部队身上的神秘面纱。

参加开工仪式的领导和嘉宾相继离开了三山岛，初副政委却留了下来。他不仅代表黄金指挥部出席开工仪式，身上还负有黄金指挥部党委赋予的其他使命。临出发时，黄玉珩主任、齐锐新政委都找他谈了话，让他对十一团的领导班子、队伍建设、部队管理、施工准备及进展情况进行考察，对部队建设有针对性地提出要求，并将部队管理体制即将发生的变化透露给官兵，收集下面的反映，适时地予以引导。

初副政委因年龄关系,很快就要办理离休了,这是组织上交给他的最后一项工作,这位"老八路"自然格外认真对待。当然,他从内心也愿意接受这项任务,过去因查案子到三山岛来过,结识了不少干部战士,对他们印象很好,想看看干部战士有什么变化,面对艰巨的施工任务精神状态如何,工程建设有哪些进展,三山岛面貌发生了哪些改观。黄玉珩主任说:你不用着急回来,听说三山岛海产品丰富,空气清新,适合休养,你借这个机会把身体调养一下。齐锐新政委说:你还可以从三山岛去蓬莱一趟,看看蓬莱军队干部疗养院条件如何?你提出离休后想到那里去疗养,我们已联系有关方面基本确定,你再去考察体验一下,如认为可以,回来我们就把这件事定下来。领导上的关心,让初副政委心里很热乎,更增强了"站好最后一班岗"的责任感。

初副政委用的还是深入调查研究的老办法,这个办法虽然老,但很管用。他坚信实践出真知,调查研究才有发言权。当然,光调查研究不行,还要吃透中央精神,领会中央的战略部署,这样才能"上接天线,下接地气",把上头精神和下头的实际情况结合起来。这是他多年实践形成的一点体会。"上接天线",才能登高望远,了解大势,认清世界潮流和社会发展趋势,清楚自己的方位和站位;"下接地气",才能了解部队的真实情况,干部战士的真实想法,他们的愿望和诉求,以及在施工、生活中遇到的困难和问题,了解他们的人生追求和价值取向,新一代军人和老一代军人有什么不同,在改革开放新的社会环境中有些什么新的想法和愿望。做到"上下结合",就是把中央精神和基层实际相结合,就是把宏观和微观相结合,这种结合越巧妙,就越能收到上下通达、相互信任和推动工作任务完成的良好效果。

初副政委快65岁了,穿一身洗得发白的旧军装,下到各个连队去调查研究。到了掘进连队,也穿上工作服、戴上安全帽、脚蹬防水靴,到施工现场察看。他进了北风井,踏察了南风井工地,到了竖井开掘现场，钻进了刚开进几十米的斜坡道。毕竟年纪大了些，战争年代又负过伤，害怕万一有个闪失，团里就派助理工程师王兴昌跟着。随着三山岛金矿全面开工，原先的团北风井工作组撤销了，王兴昌回到了工程股。初副政委坚持不让团领导作陪，说只派一个向导就中。团领导商量后派王兴昌跟着他，因为王兴昌是施工图设计者，对场地熟悉，又能解释清楚。再就是派卫生队队长苗丽萍背个药箱跟着，万一有什么情况，好有个应急。对这两个人，初副政委都满意。知道王兴昌是东北工学院毕业的矿建高才生，大学毕业后主动到基建工程兵效力，一下子就产生几分好感。他就是想了解这些新毕业大学生在部队的表现，以及部队对这帮新人的重用程度。王兴昌就是一个典型例子。王兴昌带他考察施工现场，他也要考察一下王兴昌。对苗丽萍背个药箱跟着他，他也有好感。毕竟是团领导对他这个老头子给予关心，是好意；派来的苗丽萍是东北"老抗联"的后代，两人已是熟人，上次来时在她家"燎过锅底"，喝过酒，结下了情谊。这个东北女人性格直爽，爱说爱笑又为人正直，可以从她口中了解到关于干部战士的一些真实情况。她是卫生队队长，和全团干部战士接触多，了解许多情况，是个重要的"信息库"。当然，初副政委调研的对象决不就是王兴昌、苗丽萍两个，他俩只是其中的重点对象而已。

　　初副政委住在团招待所，爱怀旧的他坚持住第一次来时住的那个房间，说住这个房间舒适安逸。上次来调查住在这个房间收获颇丰，这一次住这个房间，相信也会有很大收获。除了下连队、跑现场，他就是在房间找人谈话，所有团领导、营股级以上干部他都谈了个遍，重点连的连长也都谈到了。团里干部花名册，他翻了一遍又一遍，想和谁谈，就让干部股通知。还找来几个代理连干的志愿兵谈话，这中间就有十一连代理副连长慕古秀。

　　慕古秀进到初副政委的房间，没说几句话，初副政委就认定这是一个老实人。

初副政委让慕古秀坐下，倒了一杯茶，说："你喝茶。"

慕古秀欠欠身子说："我不喝茶，只喝水。"

初副政委说："为什么？"

慕古秀说："自小家穷，从来没见过茶长啥样，喝水喝习惯了。我们老家茶就是水，水就是茶，都一样，来了客端一碗水给人家，就说请喝茶。"

初副政委笑了："你们老家倒好，请人喝茶把茶叶都省了。"

慕古秀说："也不是什么都没有放，里面卧着几个荷包蛋呢。"

初副政委又笑了："你说话为什么不一下子说完，是有点紧张吗？"

慕古秀脸红了一下："首长，我是有点紧张，长这么大，我还没有见过您这么大的大柿圪蛋。"

初副政委说："这是哪里话，大柿圪蛋是什么意思呀？"

慕古秀回答："我是河南温县人，从小在温县老家长大，后来因家里穷吃不饱，就投靠了家在陕西富平的姑姑。我说的话是温县话。大柿圪蛋就是指柿子大，柿子大柿子下面圪蛋就大，我们老家的柿子有磨盘柿、黄板牙、红灯笼、小蜜罐好多种，你就好比磨盘柿，在我见到的柿子中是最大的。首长，我这就是个比喻，不是骂您、贬低您的意思。"说完，在那里直搓手。

初副政委被慕古秀逗乐了，也开玩笑说："你小子真有意思，把我比成柿子了。我们平常都说'柿柿如意'，这是好话，我很高兴。我也知道你是温县人了，你是在黄河边长大的。"

慕古秀惊讶了："首长，您也知道我们温县？"

初副政委说："我有个战友叫张祥云，就是在你们温县牺牲的。我们一起参军当八路军，打日本鬼子。抗日战争胜利后，又一起在太行山抗击蒋匪军，张祥云烈士是我军和敌军在你们那一带进行拉锯战，在撤退时负伤掉队不幸被捕牺牲的。他坚贞不屈,牺牲得很壮烈,当地人民为纪念他,把他牺牲所在地温县南王镇改为祥云镇。"

慕古秀说:"这个您也知道?我小时参加少先队活动,还去为张祥云烈士扫过墓呢!"

初副政委心情沉重起来,说:"前年我去为老战友扫墓,瞻仰烈士纪念碑。过去我们在你们那一带打游击时,温县还很穷呀,现在经过几十年发展,在改革开放推动下,变化不小呀!县领导陪我跑一圈,我参观了吨粮示范田、小麦育种基地,还有山药、地黄、牛膝、菊花等药材种植户,一些人家靠种植药材挣了大钱哩。看到烈士们当年洒下热血的地方,成了改革开放和老百姓致富的沃土,我心里舒坦着哩,祥云烈士在天之灵也会感到欣慰哩!"

慕古秀说:"首长放心,我们一定会守住你们打下的基业,继承你们老八路的传统,敢打硬仗,把咱三山岛金矿建设好。"

初副政委说:"好,好,你们年轻后生有这个态度,我就放心了。"话题一转问慕古秀:"你到现在还是个志愿兵,有什么想法呀?"

慕古秀说:"没有什么想法,就是觉得苏明远不够意思。"

初副政委说:"苏明远怎么不够意思了?"

慕古秀说:"这老苏说话不算话,我把转干指标让给他,想等他转干后转业,再把指标腾出来给我,没承想,他转了干就变卦了,说要等打完北风井再转业,让我蒙着眼睛逮小偷——扑了个空。"

初副政委大笑:"小慕你太可爱了!你让指标是值得赞赏的,但不是等他倒出指标,你就能提干的,这和解决城镇户口、招工不一样。部队提拔干部是有程序和规矩的。"

慕古秀不好意思地说:"其实,我也无所谓。苏明远想把北风井打完,我也理解,不转干,我照样建金矿。只是我对象龙大秀有些想法。"

初副政委说:"她有什么想法?"

慕古秀说:"开始搞对象时,大秀不知道我是以志愿兵代干,后来知道了,说:哎呀,你这个副连长是假的呀!搞得我很不好意思。"

初副政委说:"事先要给人家大秀讲清楚。"

慕古秀说:"后来讲清楚了,大秀也不计较。后来对我把转干指标让给苏明远有些想法,说这么大的事事先没同她商量,说我心里没有她,对我就不像以前热乎了,也许还在生我的气哩!"

初副政委说:"你现在就去把大秀叫来,我给她解释解释。"

慕古秀就去找大秀。三山岛地方不大,不多一会儿就把大秀找来了。

大秀跟慕古秀进了房间,低头向初副政委施了一个礼,说:"首长好!"就不吱声了。

初副政委打量着这个朴实的渔家姑娘说:"你就叫大秀?他叫古秀,一个大,一个古,是很般配的一对哩!"

龙大秀不好意思,没有吱声。慕古秀接话道:"人家都叫我俩双秀哩,说你们北京有个双秀公园哩!"

初副政委说:"北京还真有个双秀公园,我家离那里不远。但那是个地方,你俩都是活生生的人哩,是最佳的婚配组合哩!"稍一停又说:"大秀,我把你叫来,是想告诉你,慕古秀是个优秀的军人,他完全符合提干条件,只是错过机会了。上次他把志愿兵转干的机会让给苏明远,是先人后己发扬风格,他也相信你会支持他的做法。现在古秀这个代理副连长干得很好,我们不会让老实人吃亏,他还会得到重用,转干的问题早晚会解决。我个人不敢给你打包票,但请你相信组织,组织上不会亏待老实厚道踏实肯干的人,你放心就是了。"

大秀大大方方地说:"首长,有你这句话就够了,以后他能不能转干没关系,只要对我好就行了。即使转了干,他挣的钱还没有我多呢!"大秀说的是实话,现在三山岛村民通过多种经营已经先富起来了，万元户不是一户两户，而是几十户了，三山岛村成了远近闻名的富裕村了。

慕古秀和龙大秀走了，看着他俩的背影，初副政委陷入了沉思：我们可否通过实行施工生产责任制来增加干部战士的收入，在他们做出牺牲奉献的同时，也得到较多一些的报酬呢？

在充分调查之后，初副政委开始写讲话稿。多年来，他还是保留自己写讲话稿的习惯，不让别人代劳。要讲的主要观点和内容，他和黄金指挥部黄主任和齐政委通了气，又根据两位主要领导的指示进行修改，并在讲前和团党委委员们通了气。他是代表上级党委来讲话的，必须慎重，要做到观点鲜明正确，符合实际，便于操作和收到实效。

原先是考虑在党委会上讲一讲，苏继轩和梁占刚都提出，好不容易来讲一次，还是扩大到连级干部以上，这样基本上一竿子插到底了，效果更好。

这样一来，准备就得更充分、更接地气一些，这已经不是内部研讨而是大会讲话了。听讲话的人增加了，范围扩大了，内容就要相应调整。这是演讲、讲话、做报告的一个基本经验。有的人讲话做报告不看对象，不分听众是谁，一味在那里哇里哇啦，效果指定不好。

十一团自打成立以来，还没有副军职以上干部来团里开会讲话，初副政委是头一遭，又在三山岛金矿全面开工、部队面临撤销改为企业之际，团里对这次会议相当重视，会场设在团部大会议室，房间收拾得一尘不染，桌凳摆设得格外整齐，桌上的白茶杯摆列得像士兵列队，连话筒都是试了又试，敲了又敲，"喂"了又"喂"，生怕到时出了毛病误事。

这天的会议由党委书记、政委苏继轩主持，会议就一项内容，请黄金指挥部副政委、党委委员兼纪委书记初福兴做报告。

这场报告，由于准备充分，内容比较多，初副政委讲了两个小时。

前一个小时是充分肯定十一团在部队管理、施工生产、党的建设和思想政治工作、后勤保障等方面取得的成绩和经验，指出全体官兵克服重重困难，坚决执行军令向三山岛集结，很快完成施工准备，按时投入三山岛建矿战斗，取得了初战告捷的成绩。高度肯定了全团指战员不怕牺牲、勇于奉献、服从命令、顾全大局、攻坚克难、冲锋在前的革命精神、军人作风和宽广胸怀，认为这是完成三山岛金矿建设的根本保证和精神动力。

后一个小时，在讲了黄金部队面临的形势和任务之后，明确提出三点要求，透露一条重要信息。三点要求分别是：

第一，要加大改革力度，创新部队管理办法，通过建立施工生产责任制激发干部战士积极性，提高施工效率。

初副政委说："去年我国改革开放进入一个新阶段。今年1月，邓小平同志视察深圳、珠海、厦门三个经济特区和上海，充分肯定试办经济特区和对外开放的决策。5月，中共中央、国务院批转《沿海部分城市座谈会纪要》，决定进一步开放天津、上海、大连、秦皇岛、烟台、青岛、连云港、南通、宁波、温州、福州、广州、湛江和北海14个沿海港口城市，并提出逐步兴办经济技术开发区。在中央决策部署下，我国改革开放的浪潮可谓一浪高过一浪。工厂、农村、城市都在改革，激发了很大活力，调动了工人、农民和广大知识分子建设四化的积极性。我们部队处于这种改革开放大环境中，要不要进行改革，通过创新管理方式增强干部战士的积极性？回答是肯定的。但前提是必须任何时候都坚持党对军队的绝对领导；必须坚持人民军队的宗旨和性质不改变；必须发扬人民军队的优良传统；必须发扬人民军队不怕牺牲，无私奉献的精神。在'四个必须'前提下，我们要大胆创新，勇于改革，探索施工部队生产管理的最佳方式。我们是黄金施工部队，是为国家和企业直接创造效益的，这一点有和地方施工队伍相同的一面，可以部分地把施工生产责任制引进来,调动指战员的施工生产积极性,同时增加他们的收入。基建工程兵其他部队推行施工生产责任制的实践已经证明,这种新的管理方式,大大激发了干部战士的主人翁责任感,调动了各方面的积极因素,施工生产出现了可喜局面,机关的工作作风也得到很大改变。我们要大胆借鉴这些经验,结合三山岛建矿实际,推行施工生产责任制。实行这种管理方式,着眼点是明确责任,增强积极性,提高效率,加快金矿建设步伐,同时也可以适当提高干部战士收入,体现了按经济规律办事,体现了按劳付酬的原则。我们在实行生产责任制之后,要探索对指战员进行精神激励和物质激励相结合的激励方式。我们人民军队无私奉献的性质,决定我们不能完全遵从多劳多得的原则,但以精神激励为主,辅以物质激励是完全可以的。干部战士为国家创造了财富,实现了利益,在超额完成任务之后,适度发放一些奖金,有什么不可以的呢?我看可以!我在三山岛调研,看到和渔民村民、浙江小分队等地方施工单位职工比,战士们收入是最低的,这是我们军人的'本分',也是无私奉献的具体体现。但这中间确实存在着不公平不合理,我们通过实行施工生产责任制,增加干部战士的收入,是完全合情合理的。怎么实行,怎么探索,怎么发放奖金,是你们的事。只要按我说的原则去办,就不会出问题,就一定会收到好的效果。

"第二,大力提拔年轻干部,重用知识分子和工程技术人员,为部队建设和施工生产源源不断地提供新鲜血液和技术支撑。我国已进入四化建设和改革开放新时期,面临新的任务,军队建设也是如此。但我们的干部队伍很不适应。中央强调加快培养年轻干部,尽快地把他们选拔到各级领导岗位上来,这一条同样适合黄金部队,适合我们十一团。我们不同程度地存在着干部老化、钝化的问题,适应不了新形势新任务的需要。三山岛金矿是个长达数年的大工程,没有一批一批的年轻有为的干部顶上来是不行的。我们建金矿,要出金子,还要出人才、出干部,人才与金子同等重要,有了人才,有了干部,自然就可以建成更多金矿,挖到更多金子。对年轻干部要大胆使用,全面衡量,个别优秀的要破格使用。提拔年轻干部要注意在知识型人才和工程技术人员中选拔,因为我们是技术密集型施工单位,没有文化,没有知识,没有技术是不行的。选拔年轻干部要处理好革命化、年轻化和专业化的关系,综合评估,还要考量群众基础,真正能起到带头作用。希望在三山岛金矿建成之日,有一大批年轻干部成长起来。

"第三,牢固树立科学技术是生产力的观点,积极使用新装备、新技术、新工艺,发挥科技力量在三山岛金矿建设中的重要作用。"

初副政委直截了当地指出:"我们施工中在使用先进设备方面,存在严重不足。我们引进了美国瓦格纳公司无轨设备,从西德、瑞典、加拿大进口了许多台世界一流先进设备,但先进设备利用率不高,一是不会用,二是不想用,三是不习惯用。有的干部战士放着先进设备不用,还在那里背驮肩扛人工出渣,这不是极大浪费吗?这样能提高施工效率吗?现在已进入科技高速发展的年代,科技进入生产领域,制造了许多新装备,形成了许多新工艺。三山岛金矿是一座现代化矿山,所谓现代化,就体现在用现代化设备建设和开采上。前提是我们必须学懂、弄通、会操作,会使用,为此要加大培训力度,甚至停产一段时间进行培训,这样看似慢了,实际是快了,俗话讲'磨刀不误砍柴工'。各级领导干部要带头学用,工程技术人员责无旁贷,在干部战士中培养一大批操作能手、技术能手,把先进设备的潜力充分挖掘出来。建设现代化矿山,光靠一不怕苦二不怕死的精神还不够,还必须充分利用科学技术和先进装备,把大无畏的英雄气概和科学精神结合起来,才能取得把三山岛金矿建设成功的胜利。"

以上三点要求讲完,会场上响起海潮一般的掌声。与会者内心赞叹初副政委有水平,有的说出了他们的心里话,有的指出了问题的根本所在,有的点到了他们的"穴位"上,讲得客观实在管用,事关部队全面建设和金矿的如期建成,听了真是解渴。他们内心的赞叹化为一阵阵掌声。那一朵朵浪花的聚集激荡,形成了呼啸而来的浪潮。

报告最后,初副政委向与会者透露一条重要消息。什么重要消息?就是传达了国发〔1984〕73号文件,文件的题目是国务院、中央军委批转《关于基建工程兵水电、交通、黄金部队改编问题的会议纪要的通知》。通知简明扼要,附发的"会议纪要"则内容丰富,事关重大,具体内容有:(一)基建工程兵水电、交通、黄金部队,与中国人民解放军脱钩,转入中国人民武装警察部队序列,分别改为武装警察部队水电、交通、黄金指挥部,受公安部和水电、交通、冶金部双重领导,以业务部为主。部队在经济上实行独立核算,自负盈亏。(二)水电、交通、黄金部队领导体制改变后,其序列编制与武警部队一致。部队要精简,水电部队保留2万人,交通部队暂保留2万人,黄金部队保留1万人。(三)由公安部牵头,水电、交通、冶金部、基建工程兵善后小组参加,组成5人小组。武警部队参谋长张永堂任组长,基建工程兵善后小组朱光任副组长,水电部队贺毅、交通部队武坤山、黄金部队黄玉珩为成员,具体研究改变体制和交接的各项事宜,并起草三支部队的实施方案。部队要于1984年下半年做好各项准备工作,1985年1月1日正式与解放军脱钩,转入武警部队序列。

为了让与会者听得清楚,初副政委放慢速度,一字一句把文件念了一遍。此时的会场,别说掉下一根针,就是一片羽毛落地都能听得见。

所有人都全神贯注,生怕听漏了一个字。因为这件事关乎部队生死存亡,关乎每个人切身利益。而且,经过前一段教育,干部战士都已接受了改编为地方企业、继续担负三山岛金矿建设任务的现实,做好了改编为地方矿山施工企业的心理准备,现在又再起波澜,突然说要改为武警部队系列,成为武警黄金部队,而且还不是"小道消息",而是正式传达的盖有鲜红大印的正式文件,心里受到什么样的震撼可想而知。

读完文件,初副政委说:"团党委要根据文件精神,在部队开展'改警'专题教育,向干部战士讲明改警的目的、意义,明确认识到改警是国家的需要。具体的改警实施方案已向国务院、中央军委呈报,获得批准后下发遵照实施,目前要按照要求,做好改警的思想教育和各项准备工作。"

初副政委讲完,主持人苏继轩带头鼓掌,台下面的人才反应过来,一起热烈鼓起掌来,他们也许还沉浸在刚才传达的文件精神中,也许是希望初副政委围绕改警一事再多讲一些。没想到他这么快就结束了讲话。

初副政委完成黄金指挥部党委交付的任务,就要离开三山岛了。离开前他还想办一件事,就是去家里看一下杨玉琼,上次去家里看她,她脚上有伤,现在应该好利索了吧?

苗丽萍劝初副政委不要去,说杨玉琼的脚伤早好利索了,不用去看她。初副政委坚持要去,而且要在牛幸娃不在家时去,苗丽萍拗不过他,只得事先约好杨玉琼,陪初副政委去看她。

去时,杨玉琼正在看一本小说,见初副政委和苗丽萍进来,急忙起身迎接。杨玉琼是舞蹈演员出身,见过大领导,不怯场,和初副政委又认识,上去扶着老首长,甜甜叫一声"首长好",又说"首长辛苦了",把初副政委逗乐了,回了一句"为人民服务",气氛登时活跃起来。

初副政委问:"玉琼,你的脚好利索了?"

杨玉琼在地上蹦了蹦说:"早好利索了。"

初副政委又问:"还跳舞蹈不?"

杨玉琼笑了:"我都二十五六了,腿脚都硬了,跳不成了。"

苗丽萍接话道:"我们玉琼现在任卫生队副队长,是医护骨干了,把用脚改成用手为人民服务了。"

初副政委说:"一年多不见,玉琼也进步了。我问你一件事,听说你和牛幸娃闹过离婚?"

杨玉琼不好意思地说:"这事您也知道?"

初副政委看了苗丽萍一眼,说:"我有耳目呀。我今天来看你,就是解释一件事,你和牛幸娃闹离婚这件事,和我有关,我得说说清楚。"

杨玉琼惊讶了:"怎么和您有关呀?"

初副政委说:"去年你俩去嘉峪关探亲路过北京,幸娃到黄金指挥部见我,我给他讲了三点意见,让他立即赶回部队传达,他把你扔下连夜赶回部队去了。我当时确实不知你俩一起探家的事,也算是官僚主义吧,结果造成了你俩的矛盾和误会。你说我没有责任吗?"

杨玉琼说:"首长,谢谢您。这件事情不怨您,是我俩为转业安排的事闹矛盾,是我觉悟低,不该扯牛幸娃的后腿。"

初副政委说:"你有这个态度我就放心了。幸娃这个人脾气糙一些,但为人善良,是一名不怕牺牲甘于奉献的优秀军人,你要珍惜他、体谅他,一个施工部队的团参谋长不容易呀!他又是一个愿意在第一线摸爬滚打的人,多体谅他,多支持他工作,再也不要闹离婚了,闹离婚多伤夫妻感情呀!"

杨玉琼深受感动,初副政委这个"老八路"像老妈妈一样苦口婆心,她内心涌上来一阵温暖,表决心似的说:"请首长放心,我再也不和我家老牛闹离婚了!"

初副政委要离开三山岛去蓬莱干休所一趟,黄金指挥部一个姓夏的干事,特地从北京来陪他前往。

初副政委对政委苏继轩、团长梁占刚说:"我这回搞一次特殊化,请你们派车送我一趟吧。"

待把车派好,苏继轩想跟他一起去,路上好有个照应,初副政委坚决不让,说:"你们团长政委都很忙,就此别过,不用再派人送我了,到蓬莱干休所看看,我就直接从烟台回北京了。"

苏继轩灵机一动,让苗丽萍背着药箱跟着去,说:"让苗丽萍跟着你,万一有个头疼脑热的,好有个照应。反正我们车也要返回,就让她跟着跑一趟吧。"

初副政委不再说什么,他喜欢这个"老抗联"的女儿,路上说说话也好。离休后住在蓬莱,离这里也就一二百公里,以后来时也好有个照应哩。初副政委确实对十一团和三山岛金矿很有感情,以后几次从蓬莱到三山岛十一团回访,给干部战士留下深刻印象,苗丽萍更是像照顾老父亲一样服侍他。这位参加过抗日战争的老军人,享年95岁,最后在蓬莱军队干休所无疾而终。

3

初副政委走了后,团党委即开会研究对初副政委代表黄金指挥部所做指示的贯彻实施。第一次会议是围绕初副政委所讲内容进行讨论,讲各自的理解,相互碰撞,在碰撞中加深理解,达成共识。为了贯彻落实到位,按专题进行了分工:苏继轩和韩副政委负责"改警"教育,这是一出重头戏,由"一把手"亲自抓;梁占刚和牛幸娃负责建立施工生产责任制,因为施工生产责任制必须结合施工生产进行;于副政委和王永学负责年轻干部及工程专业技术人员提拔使用;王副团长和金昌浩负责抓先进设备充分利用及全员技术培训。目前施工已全面展开,每个施工现场必须有专人负责,也进一步责任到人。苏继轩抓总,梁占刚负责斜坡道工程;牛幸娃负责南风井工程;金昌浩负责竖井工程；王永学负责北风井工程。这是考虑王永学原先任十一连指导员，和连队干部战士沟通方便。

第二次党委会讨论各分管领导提交的实施方案。

关于建立施工生产责任制，大家都赞同。认为我们施工部队应该按照经济规律和矿山施工规律办事，在实行独立核算、自负盈亏的大前提下，必须这么做，只要把握好"度"，坚持精神激励为主，物质激励为辅就可以了。在超额完成任务的前提下，让干部战士多一些收入，有什么不好，有什么不可以呢？牛幸娃说："我们在镜铁山时，在十一连试行过，把过去做镜框、锦旗、发大茶缸、毛巾、被罩的钱，用来发奖金，很受干部战士欢迎，效果就很好。现在力度可以加大一些，哪个连队任务完成得好，超指标定额，可以多发些奖金，这叫国家得大头、矿上得中头、个人得小头。军人牺牲精神和责任感，再加上物质激励，积极性不愁调动不起来。"

与会人员讨论后，一致赞同尽快实行施工生产责任制，先在梁占刚负责的斜坡道、牛幸娃负责的南风井，找一两个连队进行试点，取得经验后再向全部队推开。

关于提拔年轻干部和专业工程技术人员，大家也都赞同，认为施工队伍管理层老化，管理和技术能力跟不上，确实影响了部队建设。提拔年轻干部和专业技术人员，不光要制定规则，还会涉及具体干部。在涉及具体人选时，人们的看法自然不同。于俊副政委和王永学有意抛出"王兴昌"让大家讨论。一讨论还真"炸了锅"，对这个年轻专业技术人员的看法很是不同。

金昌浩赞成提拔王兴昌，讲了他诸多优点之后，提出"一步到位"，让他接替自己兼任的总工程师职务。

有的人不同意，说："这不是坐直升机吗？一下子上得太快了。"

也有的指出王兴昌的缺点和毛病，说在井架制作安装过程中出现了提升过卷、高度不符合安全规程、井架与矿仓配合不上的问题。王兴昌承认图纸设计上有毛病，天天吃住在工地上改进，终于使这个问题得到解决，但已造成了不应有的经济损失。

这么一说，王兴昌拟提拔总工的事就歇菜了。

牛幸娃说："王兴昌不仅懂技术，还能吃苦下力，我建议安排他到一连当连长，负责打竖井。一来图纸是他设计的，他熟悉；二来他在竖井井架设计方面有错误，让他戴罪立功，在哪儿跌倒在哪儿爬起。"

众人看牛幸娃说得有道理，就异口同声地赞同。苏继轩说：多岗位锻炼也好，多岗位锻炼有益于人才成长，就安排他到一连当连长。"

接下来讨论一连副连长王玉波的提拔使用问题。王永学说，上次曾考虑过王玉波当连长，后因有更合适的人选，就放下了。王玉波是1976年兵，虽然只有高中文化程度，入伍前是个理发师，但入伍后爱钻研技术，是个多面手，现在操作无轨设备，在十一连他最熟练，又有很强的组织能力和群众威信，建议提为五连连长，带领全连参与南风井施工。他在北风井施工中已取得经验，发明了"梅花桩"爆破法，相信在五连连长任上会有不俗的表现。

一向与王永学配合默契的牛幸娃却提出不同意见，说打南风井责任重大，还是把十一连连长调整到五连当连长比较合适。因为他负责南风井施工，更希望自己的"亲兵"申力明来配合。

没想到，这一次王永学决不让步。王永学说，十一连担任北风井掘进任务，申力明留在十一连最好，一是他和指导员阎芳州刚建立密切的合作关系，地面上与浙江小分队配合得也很好。同是浙江人也好沟通协调，效率也能提高。王永学负责北风井施工，说话也有分量，一时僵持在那里。

这时，于俊副政委说话了："申力明去十一连当连长不到一年时间，不宜再动，还是建议让王玉波离开十一连到五连升任连长，进行多

459

岗位锻炼比较合适。此人是学雷锋标兵，又是技术能手，年纪轻，如果在组织能力方面上个台阶，将来会有大的发展。"牛幸娃不好再说什么了。

于俊政委接着又说："建议下面议一议志愿兵代干的问题。这个方面十一连副连长慕古秀是个典型例证。他从代理排长开始，一直代到现在，到现在也没解决干部身份。这个同志思想觉悟很高，上一次有机会时主动让给别人。虽说没多少文化，但是老黄牛一个，特别能吃苦下力，又有丰富的掘进经验，这样的人没有转干让人惋惜。初副政委临走前交代对慕古秀要关心，说组织上不能让老实人吃亏，还说可以给上面写一个专题报告。转干的问题不是我们能解决的，但是给他以重用我们是能办得到的。九连连长因胃病严重不能坚持正常工作，建议调慕古秀到九连担任代理连长，参加打斜坡道工程。"

梁占刚说："这个同志文化程度不高是事实，应该不属于提拔年轻干部和专业技术人员这一类，但他是一个老黄牛，从镜铁山苦撑苦熬到三山岛，做出的牺牲、做出的贡献有目共睹。这个老黄牛吃的是草，挤的是奶、是血，我们不能忘记这样的老黄牛，而且他们在金矿建设中也有难以替代的作用。凡事不可一刀切，应从实际出发，我们既需要年轻专业技术人才，也需要老黄牛。我投慕古秀一票，赞成他到九连任代理连长。"并没有要求举手表决，但会场上的人都齐刷刷地举起手，表示同意梁占刚的意见。

会议还研究了充分利用新装备新技术和加大技术培训力度的相关措施。

当说到"改警"教育这个议题时，大家又热烈起来，像热锅中的炒黄豆噼噼啪啪地炸个不停。等大家议论了一阵，苏继轩适时发言，他说："改警"是当前部队一个热门话题。有的同志说，刚刚做通工作，大家支持赞同改企业了，现在又要改警了，真是计划赶不上变化快，让我们无所适从。从连队调查看，多数干部战士是赞成改警的，认为改警后和原来的部队一样，只是改换了一套服装，从军服改成了武警服，宗旨、性质没有变，执行的任务没有变，军人的待遇没有变。这"三个没有变"总结得真好。但也有个别不同声音，有的人认为其他基建工程兵部队集体脱军装，集体转业，集体当工人，集体解决了城镇户口，端上了"铁饭碗"，有改警不如改企的想法。还有的认为现在改革开放了，农村形势好了，许多人劳动致富，不如借"改警"之际，退伍回家种责任田、搞承包、当"专业户"，那样更实惠。也有人认为，当武警比解放军低半格，不如当解放军光荣，说当解放军好好的，改武警干什么，认为脱军装换警服是"多此一举"。凡此种种，都说明我们围绕改警还要做许多艰苦细致的思想工作。今天我听了大家的讨论很受启发。因为这个问题很重要，改天我们再开专题会议研究。我先准备一个改警动员教育提纲，待下次党委会通过后，再在连队普遍开展教育活动。

会议到此结束，众人散去。

一周之后，苏继轩精心准备的"改警"宣传教育提纲在团党委会上通过。1984年8月末，十一团全团停工一天，以改警为主要内容的全团大会在三山岛举行。全团近2000人齐聚团部大操场，听政委苏继轩做题为《认真贯彻国务院、中央军委73号文件精神，努力争当一名合格的武警黄金战士》的专题报告。苏继轩从国务院、中央军委保留黄金部队并将之列入武警系列的必要性、认真贯彻文件精神，努力把十一团建设成为黄金战线上一支突击队、加深对文件精神的认识，努力争当一名合格的武警黄金战士三个方面，宣讲了文件精神，有针对性地回答了干部战士存在的思想问题，使全团官兵提高了认识，扫除了思想障碍，解除了后顾之忧，增强了大干三山岛金矿工程的决心。改警教育大会结束后，各种形式的教育活动相继开展，收到良好效果。干部战士纷纷表示，改警后我们不再为部队的未来担忧，也不再为个人的前途和命运担忧，一定不辜负党和国家厚望，立足本职，扎实工作，坚决完成上级交给的各项任务。

同年9月12日，国务院、中央军委批转《关于基建工程兵水电、交通、黄金部队改编的实施方案》。《国务院、中央军委批转关于基建工程兵水电、交通、黄金部队改编的实施方案通知》指出："把基建工程兵水电、交通、黄金部队保留下来，转入中国人民武装警察部队序列，是保证国家能源交通重点项目建设和黄金战略储备物资生产的需要，也是贯彻改革方针的一项内容。"国务院、中央军委要求："基建工程兵善后小组和水电、交通、冶金、公安部要切实强领导，做好改编工作。对部队要进行教育，做好思想政治工作，加强组织纪律性，保持部队稳定，不要影响施工生产任务。部队改编后仍执行解放军的条令、条例以及武警部队的有关规定，要加强革命化、正规化、专业化建设，确保国家各项建设、生产任务的完成。"

根据部队改编实施方案，从1984年10月开始办理移交手续，年底完成。1985年1月1日，正式转入武警部队序列。

实施方案下达后，十一团党委认真加以落实，按照要求做好了改警的一切准备工作，三山岛金矿施工有序地进行。

1984年这一年，十一团的官兵们夏秋两季共发放了三套服装。5月份发了解放军65式服装，8月份发了武警上绿下蓝老式警服，过不久，又发了一套84新式武警服装。

干部战士脱下军装，换上警服，开始还有点不习惯，但很快就习惯了，觉得武警服装也挺威武神气。在他们心里，穿什么服装不重要，只要能继续为国家建金矿、做贡献，就心满意足了。

4

三山岛金矿全面开工,有序进行;部队改制终于落定,编入武警序列,牛幸娃为之高兴,心里也一块石头落了地。现在,他在心里盘算,要把一项蓄谋已久的"个人工程"付诸实施,为此他思考了良久,制订了周密计划。虽然他文化程度不高,性格粗放,脾气暴躁,遇事不大搂得住火,但经过时间磨炼,也有了些许心计,内心也有了沟壑。这一点连王永学都看得出来。

两人在党委会上为调谁从十一连出来当五连连长发生"争执"后,王永学问牛幸娃,为什么他执意把申力明调出来,难道不知道申力明已和阎芳州消除矛盾,两人配合还不错,指导员和连长能密切配合,这是好事呀,而且申力明到十一连时间不长,难道就是为调一个"亲兵"到自己身边吗?这样用人不是太狭隘吗?

牛幸娃狡黠地笑笑说:"我是有难言之隐嘛。你非坚持调王玉波到五连当连长,打南风井,南风井施工归我管,这王玉波和杨玉琼的妹妹杨玉洁谈恋爱,看来要成,成了王玉波就是我妹夫了。弄一个妹夫在手下,我怎么管?他出了问题,我怎么处理?你小子一点也不体谅我的难处。现在好了,这王玉波到五连当连长,让我咋整?"

王永学说:"这事我还真不知道,看来你老牛看着心粗,还是长有心眼,心里有个小九九哩!"

牛幸娃说:"咱俩是冰糖煮黄连——同甘共苦,你一点儿都不替我考虑。现在我是茶壶里头下挂面——难捞!"

王永学说:"这也没啥难办,管他是谁,该怎么管就怎么管。有什么话你不好说,我找他,这王玉波还是通情达理的,当年你力主评他当先进、提拔他当班长,作为排长培养对象,这些他都记着呢。"

牛幸娃把话题一转说:"咱先不说这个,我就问你一句话,你说把小镜、小铁送给我和玉琼一个,你现在还认这个账不?"

王永学说:"这事容我回去和你弟妹秀英商量商量。"

牛幸娃看出王永学的犹豫和为难,立马收住话头,说:"你先别问秀英,我回去问一下玉琼,她如果有领养的意思,我再找你,不找你,就是没有这个事了。"

王永学说:"也好,我等你回话。"

牛幸娃一直也没有回话,也没有和杨玉琼商量,他和杨玉琼商量的是另一件事。

一天晚上,在做了充分的思想准备之后,在杨玉琼收拾停当,换了睡衣,要上床睡觉之际,牛幸娃说:"玉琼,先别睡,我和你商量个事。"

杨玉琼躺到床上说:"什么事?"

牛幸娃说:"我要和你离婚!"

杨玉琼翻起身用手背贴一下牛幸娃的额头,说:"你也没有发烧呀,怎么半夜说胡话呢?"

牛幸娃说:"不是胡话,是真的,我要离婚!"

"为什么呀?"杨玉琼不解地问。

牛幸娃说:"因为咱俩生不了孩子。"

杨玉琼说:"你怎么知道咱俩生不了孩子?这不正寻医问药吗?"

牛幸娃说:"在北京检查快一年了,药也吃了不少,一直不见动静。"

杨玉琼说:"别急!再等等。"

牛幸娃说:"再等黄花菜都凉了,我今年都40岁了,啥时候是个头呀!"

杨玉琼说:"没有就没有呗。"

牛幸娃说:"我是替你考虑。"

杨玉琼说:"替我考虑啥?"

牛幸娃说:"常年在施工现场,还是有危险的,万一我哪天牺牲了,你好有个孩子陪着。"

杨玉琼上来捂住牛幸娃的嘴说:"乌鸦嘴,不许胡说!"

牛幸娃说:"就算不牺牲,我也比你大十多岁,以后也会走在你前头。我走了你一个人孤苦伶仃的,还是有个孩子好,有个孩子还有个伴。"

杨玉琼说:"你上次不是说王永学答应把小镜、小铁送一个给咱俩抚养,怎么没有下文了?"

牛幸娃说:"我试探过王永学,他说得回家和秀英商量,看来有些为难呢,那秀英能同意？孩子是娘身上掉下来的肉,能舍得送人？现在又不是逃荒要饭的年代。我在农村时就亲眼见过一个当娘的舍不得把孩子送人,哭得像个泪人似的,孩子也不愿意去,母子抱头痛哭,我也不想再造成这样的悲剧。"

杨玉琼点点头,说:"那你闹离婚,孩子的问题就解决了？"

牛幸娃不再说离婚不离婚的事,接着给杨玉琼讲他们四川老家的事。说他们村垭口有棵黄葛树,长得又粗又大,不晓得长了几百年,据说都成了树精,这树精能给人送子,许多没有怀孕的女子都来求她,还挺灵验,只要在树前作揖磕头敬香上供,然后贴着树抱三抱,就能怀孕,说这树已经修炼成人形,能发生男女感应,只是这种事不能让别人看见,只能在夜黑人静时进行。不少女人就这样怀了孕,来敬树抱树的人就更多了,自然也都怀了孕。后来有人发现了秘密,原来是树洞里藏着一个粗壮的年轻后生,等女人来抱树时,就把女人抱住行那好事,让女人神不知鬼不觉地就怀上孕了,人家还认为是树精显灵了呢。后来有的年轻后生也想弄这好事,几个人争了起来,才把这件事弄败露了,你说可笑不可笑？

杨玉琼说:"净说那些没用的。"后有点反应过来,说:"你什么意思?"

牛幸娃不好意思说出口,好像怕别人听见似的,附在杨玉琼耳边悄悄说了几句话。

杨玉琼听后立马翻脸,骂道:"牛幸娃,你个浑蛋!"感到受到了污辱,趴在枕头上大哭起来。后来又怕别人听见,坐起来哭,用枕巾捂着嘴抽泣。

等杨玉琼哭够了,牛幸娃说:"要不,咱俩还是离婚吧!都是我无能,连累了你,出这个馊主意,我心里也不舒服,是一个男人的耻辱,这不是没有办法了吗?"

杨玉琼还在哭,边哭便恨恨地说:"什么是替我考虑,你这是受封建意识影响,怕不孝有三无后为大,怕自己断子绝孙!"

牛幸娃不知说什么好,只一个劲地说:"都有,都有。"

牛幸娃说了什么,让杨玉琼这么愤怒和伤心?因为求子心切,他想到了家乡的"树精",也想找个"树精"让杨玉琼怀孕,神不知鬼不觉地生出自己的孩子。杨玉琼当然不干,这个女人单纯、纯洁,认为这种事是污浊的、被人耻笑的。牛幸娃让她在申力明、阎芳州两个人中选一个,这两人都喜欢杨玉琼,追求过她,她不会反感,那两人也会乐意,成功的可能性比较大。

杨玉琼在婚前确实和阎芳州、申力明有些"瓜葛",但那都属于青年男女之间的友谊,上升不到爱情的高度,更没有谈婚论嫁。阎芳州只是含蓄地表示过这层意思,申力明则明确表示过,却被她拒绝了,因为那时她已心属牛幸娃。这两个人中,杨玉琼对申力明是反感排斥的,觉得他过于机灵,遇事先替个人考虑,甚至为达到个人目的不择手段,把阎芳州写给她的信私下寄给她的恋爱对象胡晓明,就是他干的;捉王玉波和左梅的奸,也是他干的。虽然年轻人没有不犯错的时候,但这种错太离谱,让人反感。牛幸娃常说她要看到人家申力明的进步,小伙子对以前的错误已经认错,并用实际行动加以改正,现在一心扑在部队建设上,都当连长了,不能用老眼光看人。但是,她就是对申力明好感不起来。她内心是喜欢阎芳州的,但喜欢归喜欢,自己是有丈夫之人,决不能有非分之想,从来把两人的关系界定在"友谊"范围之内。阎芳州也是如此,两人虽然友谊深厚,但从未有分外之举,每次两人见面,阎芳州看她的眼神都是欣赏、赞美、澄澈的,绝无一丝淫邪、占有和贪欲。正因为走正坐端,两人也不怕议论。牛幸娃虽然有时吃点小醋,但内心也清楚两人是清白的。现在牛幸娃这一番话,让她感到吃惊,也乱了方寸。

那天晚上的哭,杨玉琼是真心痛哭。牛幸娃也不劝她,也许不知怎么劝她。她哭够了,也就睡着了。第二天这件事就在脑子里安了家,不知何去何从。不依牛幸娃吧,他要闹离婚;依吧,那样做对自己是违心之举,实在不愿去做。这种事又不能告诉别人。去找苗丽萍?这不是让人家笑话自己丈夫无能吗?去找余秀英?那不等于是向人家要孩子吗?找夏玉珠?夏玉珠远在北京,电话里怎么好意思讲这种事。思谋来思谋去,她终于下定了决心。

一个星期天的下午,牛幸娃去南风井跟班作业,杨玉琼给阎芳州打电话,让他务必到家里来一趟,有事商量。阎芳州撂下电话就过来了。他以为杨玉琼又和牛幸娃闹意见了,否则不会这么急迫。推门进去,卧室房间窗帘拉着,杨玉琼一个人在哭泣,哭得很悲伤的样子。

阎芳州急切地问:"这是怎么了?又吵架了?"

杨玉琼也不答话,走过去把门反锁上,哭得更厉害了,还一把把阎芳州抱住,呜呜呜地哭了起来。

阎芳州感到一个女人的体温传递过来,因为杨玉琼在哭泣,浑身还在不停地抖动,这种抖动加上女人的体味,让阎芳州头晕目眩。在这以前他俩从来没有如此亲密接触过,而且,杨玉琼边流泪,边把他的腰搂得更紧了,他有点窒息和难以抗拒的感觉,好在他的头脑还比较清醒,能说出比较理智的话,他说:"玉琼,不要这样,你遇到什么事情了吗？有事你给我说,有难处我和你分担。"

杨玉琼也不回话,手搂得更紧,把头埋在他的胸部,浑身颤抖,弄得他进退不得,有点抵挡不住了,用双手把杨玉琼搂抱起来。两人就这么搂抱着,杨玉琼也不说话,也不再哭泣,房间静悄悄,只闻得两人的喘息声,一对男女的狂乱心跳声。

就在杨玉琼悄悄解他的衣扣,要脱掉他的衣服时,阎芳州突然警醒了,他两手握住杨玉琼的手,附在她耳边说:"玉琼,你这是怎么了？你从来不这样呀,你是遇到什么难处了吗？有什么难处我帮你,这样能解决什么问题吗？能减轻你的压力吗？为什么非要这样呢？咱俩保持没有性爱的友谊,不是挺好的吗？"

阎芳州这么一说,杨玉琼"哇"的一声又哭开了。在杨玉琼哭诉中,阎芳州知道了事情的原委,也知道了杨玉琼找他来的目的。

阎芳州正色道:"牛幸娃这样做不对,你也糊涂了,怎么能做这种事呢？这不是自欺欺人吗？再说,我对你是好,对你是欣赏,但我不是图你的身子呀！如果那样,我们的友谊还能维持到今天吗？君子不行苟且之事,如果牛幸娃和你离婚,我娶你,光明正大地在一起,我愿意,这样不明不白地弄事算什么呢？无论法律和道德都是不允许的呀！"

杨玉琼被阎芳州说得不好意思了,蹲在地上双手捂着脸说:"我也是被逼无奈,实在没有办法了呀！"说完,又抹开了眼泪。

阎芳州也蹲了下来,握着杨玉琼的手说:"抓紧看呀,现在医学多发达呀,你和老牛都健健康康的,怎么会没有孩子呢？"

杨玉琼说:"中药西药我让他吃了不少,夫妻生活也正常,就是不见效。"

阎芳州说:"要是毛病出在你身上呢?"

一句话把杨玉琼点醒了,说:"我没有认真想过这一点,我比他小十多岁,总以为毛病在他身上。"

阎芳州说:"夫妻俩不孕不育,谁有毛病,不在年纪大小。这个我多少知道一点。"

杨玉琼破涕为笑,说:"哟,你连婚都没结,还知道得真不少。"

阎芳州说:"我老家甘肃天水有个伏羲庙,说是伏羲出生的地方,人们为了纪念他,盖起了庙,香火还很盛。附近住着一个老中医,专治女性不育症,我嫂子就是在那里看好的病,连生两个大胖小子呢。"

杨玉琼笑了,咯咯地笑。阎芳州问她笑什么,她就讲了牛幸娃说的"树精"的故事。阎芳州也乐了,说:"这哪儿跟哪儿呀,我说那个老中医是个女的,原先是接生婆,时间长了,摸索出治疗女性不孕等疑难杂症。怎么样,我带你去瞧瞧?"

杨玉琼说:"行,你带我去瞧瞧,也许病真出在我身上呢。不过,你带我去,牛幸娃还以为咱俩真的那个了呢。即使是我的病医好了,怀上了孕,他也怀疑是你的,这可咋办?这不是白布掉到染缸里,永远也洗不净了吗?"

阎芳州说:"清者自清,浊者自浊,只要治好了你的病,老牛有了后,你有了指靠,谁爱说什么说什么吧!为了你,受这点冤枉我不怕。常言道,白的黑不了,黑的白不了,我怕什么呢?"

杨玉琼说:"你不怕,我也不怕,只要我们是纯洁的,就不怕别人说什么,不怕老牛猜忌什么。你什么时候探家,我就跟你去,然后顺路回嘉峪关看看我父母。"

阎芳州说:"我正好今年假没有休,回去用几天时间把连队工作安排一下,咱就出发。只是你能离开吗?老牛同意你去吗?"

杨玉琼说:"他巴不得我和你一起去呢!"

阎芳州说："好，咱一言为定。"

杨玉琼拉着阎芳州的手说："咱俩这一辈子做不了夫妻，就做兄妹吧！谢谢哥哥，哥哥的情意，妹妹都记下了。"

阎芳州也受到感动，喊了一声"妹妹"，就说不下去了，忍着泪离去。

杨玉琼跟牛幸娃一说，牛幸娃果然赞同，还帮杨玉琼请了探亲假，让人代买了两张去兰州的火车票，亲自开车把杨玉琼和阎芳州二人送到潍坊站，站在站台上心情复杂地看着两人乘车而去。

第十五章

1

阎芳州回天水走之前,在连里处理的一件重要事,是关于提拔一排长人选。王玉波提拔为五连连长,去打南风井了;慕古秀提拔为九连代理连长,去打斜坡道了。空出一个副连长位置,团里的意思是提拔现在一排排长刘建设当副连长,空出的一排排长,让连队推荐一个人选。连里开会初步决定从一排四个班长中产生,但用哪一个,意见不一。最后集中在两个人身上,争论不下。一个是从东北采金部队调来的一班班长"金疙瘩"杜连中,一个是三班班长浙江兵"福尔摩斯"邱庆泉。两个人都受过提干培训,在施工中表现都很突出,可以说不分伯仲。两人的差异表现在性格上,"金疙瘩"东北人大大咧咧,一口东北话,爱讲笑话,为人讲义气。"福尔摩斯"浙江鄞县人,头脑聪明,分析问题头头是道,说话滴水不漏,办事机智灵活,"浙江人不是人"那个案子,就是他破的,在浙江兵中很有威信。在用谁更合适的问题上,连队干部讨论时产生了分歧。

申力明是主张用"福尔摩斯"的,他说,邱庆泉一入伍就在十一连,从战士到班长都很突出,表现优秀,提拔他可以使他那一批浙江兵受到激励。浙江兵文化程度高,相对容易掌握新装备新技术,应该注意调动他们的积极性。其他人有赞同用"福尔摩斯"的,也有赞同用"金疙瘩"的,也有反对的。赞同的理由都相同,反对的各有各的理由。反对"福尔摩斯"的,说他成天除了施工,就是神神道道地学福尔摩斯探案,谁的牙膏不见了,发放的津贴一时忘记放到哪儿了,也来找他探案,他来者不拒,在那里又掐又算的,又到现场去勘查,造成战士之间相互猜疑,以为钱是别人拿走了,实际上塞在哪个口袋里忘了。有这探案的功夫,还不如下井多打几个眼多放几排炮,不赞成提拔他。反对"金疙瘩"的,说他爱讲笑话爱开玩笑,有时候不分场合,也有开玩笑开大发的时候,影响同志之间团结。比如有搂不住的时候,说"当兵三年,老母猪赛貂蝉,说个笑话解解馋",夹杂一些半黄不黄的东西,逗得有的战士茶不思饭不想,盯着浙江小分队那些女的看个没完。提拔这样的人当干部不合适。

等其他同志发完言,阎芳州说,金无足赤,人无完人,每个人身上都有优缺点,我们要看主要方面,不要以偏概全。这两个班长都不错,都适合提拔,只是名额有限,只能优中选优,综合平衡。还要考虑到其他因素,比如申连长刚才讲的,提拔一个人能否带动一批人,让这批人看到光明,看到前途,也看到连里的用人导向。总之是既公平合理,又要考虑其他相关因素。他心里是赞同用"金疙瘩"杜连中的,在开会前,他给已调九连的慕古秀打电话,问过慕古秀的意见。慕古秀是从一排一班出去的,又长期带班,与两人都熟悉,慕古秀毫不含糊地说:"还琢磨什么,自然要用杜连中。两人都不错,但杜连中本分实在,他爱讲笑话好像是嘴上功夫,可是干起活来决不惜力,也会动脑筋想办法。我投杜连中一票。"慕古秀的话坚定了阎芳州的看法,但申力明已说出同意提邱庆泉,不好当场驳面子,就绕着圈子说理由。

阎芳州说:"两人都有优点,也都有缺点,那就看提拔这个干部能否调动更多人的积极性,起到更好的激励作用。杜连中是从咱们黄金部队东北采金连队调过来的,上级为了给我们补充兵员,给十一团调了一批兵,我们连也分了几十个。这些从东北过来的兵看表现都很好,但他们到我们连还不到一年,内心不托底,害怕新来乍到受人排挤,也怕连队干部在入党、提干等方面有'先来后到'的想法,遇事爱从这方面去看。如果这次我们提拔了杜连中,就把这批东北兵的顾虑打消了。既调动了他们的积极性又有利于战士之间的团结。邱庆泉这次提拔不了,可以先让他当副排长,让他看到希望,也有利于调动浙江兵的积极性。"

听阎芳州说得有道理,申力明和其他连干部都赞同,就把杜连中作为拟提对象报了上去。会议结束后,申力明找阎芳州说:"指导员,我也是同意先提杜连中的,但我在会上不能不主张提拔邱庆泉,我不说提他,那帮浙江兵该骂我了,骂我不替浙江老乡说话,以后我在他们中说话就不灵了。其实杜连中更合适,我同意你的看法,这样一来,连队干部战士就更团结了。"

阎芳州说:"理解,理解你的难处。"就把自己请假回天水老家探亲的事给申力明说了,交代了工作,让他在自己不在连队期间注意哪些问题。当然,带杨玉琼去天水老家瞧病的事没有说,也不能说,这件事是极其保密的,只有牛幸娃、阎芳州、杨玉琼三人知道。

从潍坊上了火车,杨玉琼已换了便服。两人坐在一起像一对夫妻,更像一对情侣。杨玉琼让阎芳州也换上便装,说这样更方便一些。阎芳州笑笑说:"我穿军装好,身边带着你这个大美女,对打你主意的坏人是个威慑,谁也不敢打你主意了。"

473

杨玉琼说:"想不到你还挺幽默。行,你就当个护花使者吧。"心里涌上一阵暖流。

阎芳州说:"牛参谋长托人买的票,其实不用买到兰州,买到天水就可以,买到兰州多花了冤枉钱,不合算。"

杨玉琼说:"他宁可多花钱也要买到兰州。"

阎芳州问:"为什么?"

杨玉琼说:"这样给人的感觉是咱俩结伴到兰州,到了兰州,我去嘉峪关,你回天水去了,两人没在一起。"

阎芳州恍然大悟:"咦,你们家老牛还怪有心计哩!"

杨玉琼说:"看着大大呼呼,也会耍心计动心眼,没有心计,能让我跟你出来?"

阎芳州说:"没想到老牛把生孩子看得那么重!"他不再称"牛参谋长",改称老牛,因为杨玉琼提醒他,不要"牛参谋长""牛参谋长"地叫,人家一听就知道两人是部队上的,就叫"老牛"吧。

杨玉琼说:"榆木疙瘩脑袋,顽固着呢,一门心思想着续牛家香火,让我给他生一群牛犊子。也难怪他,那次我随他回四川泸州老家探亲,乡亲围着我俩问:'有孩子没有?'有一个远房叔叔还拉着老牛的手说:'赶快生个男娃咧,不生男娃,那你爹这一支,到你这里就传不下去了,就断了香火了。'说完,还朝我肚子瞧半天,弄得我都不好意思。后来老牛被乡亲们问得不耐烦了,就说'怀上了,怀上了,回去就生',让我把肚子朝外腆一些,就像演电影一样。"

阎芳州乐了,说:"也难怪,几千年封建意识在人脑袋里扎了根,尤其在农村,这种'不孝有三,无后为大'的土壤还很深厚。我们老家那里也一样,我嫂子没生孩子时,我爹气得让我哥离婚另找,等我嫂子生了两个小子,我爹高兴得成天乐,再也不提让我哥嫂离婚的事了。我一探家,我爹就问我,你找媳妇没有?啥时候让我抱孙子呀?我说,我哥嫂已经有男孩了,不用我传宗接代了吧?我爹把烟袋锅朝鞋底上一磕,说:你哥是你哥,你是你,一支归一支,你没有儿子,你这一支就没有了,就亡了,你对得起列祖列宗不?把我说得答不上话来。我不能同他争,也不能讲道理。一说这事我就心烦。"

杨玉琼说:"那你就抓紧找对象娶媳妇吧!上次给你介绍我妹妹,还差点引发你和王玉波之间的矛盾,自从你退出之后,玉洁就一门心思和王玉波好了,两人确立了恋爱关系,王玉波提了连长,有一天高兴了,还给老牛提了两瓶酒、两盒点心,到我家认姐姐、姐夫哩!玉洁和王玉波商定,说等小洁毕业,就申请分配到三山岛金矿哩,调过来两人就结婚,坚决不过两地生活,说两地生活折腾得让人受不了,更忍受不了那熬人的思念哩。现在的年轻人不像咱们,很会享受生活哩。"

阎芳州说:"我不退出来行吗?实际上我就没有进去过。人家两人恋爱在先,我插一杠子不成了'第三者'了吗?若传出去,说一个指导员和一个副连长争一个女人,不让人笑话吗?再说,王玉波已经丢掉了左梅,玉洁再跑了,对他的打击能小吗?他是真的喜欢你家玉洁,君子成人之美,不以小善而不为,不以小恶而为之,我这个人做不了善人,也不能去做恶人吧?"

杨玉琼说:"你就是一个大善人,大好人。"

两人就这么坐火车,一路交谈着。时间漫长,他们从镜铁山谈到三山岛,从过往谈到现在,谈论到许多部队的人和事,自然也说到申力明这个人。

杨玉琼说,她对申力明看法不好,为人太机灵,太会看风使舵,而且人品也有问题。就把当初阎芳州写给她的信,如何被申力明偷寄给她原先的对象胡晓明的事情说了。她以为阎芳州还不知道这件事,就详细讲了这件事,说这件事牛幸娃、王永学都知道。

阎芳州说:"这件事我已经知道了,是申力明到十一连当连长不久,主动找我谈的,并承认了错误,说当时是鬼迷心窍了,今后再也不干这种事了。"

杨玉琼说:"这还差不离!看来此人还有改过之心,如果真能改正错误,这件事就不再提了。"

阎芳州说:"人无完人,孰能无错?知错就改就好,不要再用老眼光看人了。谁年轻时没办过几件错事?再说这都是年轻人成长中走过的弯路,经过组织教育、个人锻炼、朋友帮助,现在进步了,认识到错误了,这件事已成为'过去时',我们就不要再说它了。再说,都是你长得漂亮惹的祸,还不是为了争着得到你吗?"

杨玉琼说:"讨厌!怎么说来说去绕到我身上了?我漂亮吗?我个子低,差点没当上文艺兵呢!"

阎芳州说:"个子高有个高的说法,男的个高健壮,说高大魁梧,女的个高瘦削,就说苗条细溜;个子低有个子低的说法,男的个低敦实,就说粗壮结实,女的个低瘦小,就说娇小可爱。看从哪个角度看,分谁来看,俗话说,情人眼里出西施嘛!"

杨玉琼说:"那都是你们文人没事瞎捣鼓的,好不好是有标准的,漂亮不漂亮是公认的,人家范兰枝就比我漂亮。"

阎芳州说:"她漂亮在哪里?"

杨玉琼说:"个头比我高,气质比我好,说话声音比我好听,吴侬细语的。尤其是那皮肤,细皮嫩肉的,好像熟鸡蛋剥了皮那样光滑,不愧是喝着楠溪江水长大的。她常给我说她家乡好,青山绿水,出门就坐船,风景如画,还说啥时要带我到她家去做客呢。关键这个人心眼好,对人和善,净做好事。浙江小分队实际上是民营企业,她哥范兰亭当经理,实际上是一个包工头,作风霸道,心胸也不宽,一些事办得也不怎么样,全靠范兰枝从中协调调和,各方面关系才得以维持,包括十一连浙江兵和浙江小分队的关系,三山岛村和浙江小分队的关系,你们在一起搞共建,范兰枝出了不少力呢。"

阎芳州说:"有些情况我也知道。范兰枝是个好姑娘,和你一样,遇事都先替别人考虑。"

杨玉琼说:"听说追求她的人不少哩,他们浙江小分队男的在背后议论,说这个不行那个上,无论如何把范兰枝拿下,不能让肥水流到外人田。"

阎芳州笑了:"连这些你都知道?"

杨玉琼说:"她常来卫生队为浙江小分队那些人拿药,来了就去我那里,我俩都成了无话不说的好朋友了。"

阎芳州说:"范兰枝是什么态度?"

杨玉琼说:"她说她兔子不吃窝边草,对那些人瞧不上哩。等回去我再找她,把你俩往一起凑凑。上次我给她说过,她点点头,说考虑考虑,没有给我回话。我回去给你追追她,这事还得抓紧,别让别人捷足先登了。"

阎芳州没再言语。他被杨玉琼的话打动了,回想起和范兰枝交往的一些细节,也在想范兰枝身上的种种优点,心想能找到这样一个媳妇也不错。就是不知道北方人和南方人生活在一起习惯不?北方人和南方人生活习惯不同,北方人爱吃面,南方人爱吃米,北方人睡炕,南方人睡床,北方人唱歌,南方人唱曲,北方人粗犷、大方,不计较小事,南方人细腻、爱计较,有时为一瓣蒜、几叶韭菜都能争执起来,爱为家庭琐事闹意见,范兰枝过日子不会这样子吧?想到这里,阎芳州自个笑了。

杨玉琼说:"想什么呢?"

阎芳州说:"做梦娶媳妇呗!"

杨玉琼说:"看来你动心了,回来我就抓紧。"

两人说着话,火车快到天水站了,杨玉琼说:"我俩在天水站下车？"

阎芳州说："既然你们家老牛把票买到兰州了，咱俩就再往前坐两站，到樊家湾站下车，那里离我们家秦州区更近一些。等你瞧完病往嘉峪关走时，也可以从樊家湾站上车，咱俩下车时，我陪你去改签一下车票。"

到樊家湾车站下车后，阎芳州和杨玉琼坐客车到天水秦州区。阎芳州家住城郊阎家庄，离汽车站不远，两人步行去阎芳州家。

此时天已擦黑，阎芳州的母亲和嫂子正在做晚饭。阎芳州喊一声"妈"，站在老母亲面前。

老母亲见是儿子回来了，后面还跟一个漂亮的儿媳妇，欢喜得不得了，上去拉着杨玉琼的手说："咦，瞧这闺女长得有多俊！"嫂子也两手沾着面过来说："让我也看看，我这老弟真有福气呀，领回这么好看一个媳妇！"两人把杨玉琼瞅了个够，把当过演员的杨玉琼，都瞅得不好意思起来。老父亲也赶回家来，欢喜得围着杨玉琼转了一圈，又在院子里转好几圈，不知干什么好，又什么也没有干，握着烟袋杆把烟荷包抡得滴溜乱转。

很快，老母亲就端来一碗荷包蛋，杨玉琼用眼一数：八个，妈呀，怎么吃得了！硬要分开让阎芳州也吃。老母亲不让，说另外做的还有。晚饭就是农家家常饭，杨玉琼已经吃了荷包蛋，再吃不下去东西，就喝了几口粥。阎芳州吃得香，说还是家里的饭好吃，连干带稀造了不少。

吃完饭后，家人围在一起说会话，怕阎芳州和杨玉琼坐车疲累，老母亲就让阎芳州嫂子去给他俩铺床，床铺好了，招呼他俩过去睡，这时，逼得阎芳州不得不说实话了。阎芳州说："爹、娘，这小杨不是我媳妇，是我战友的爱人，因为婚后不孕，我是领她来咱天水太昊胡同找陈师太看病的，明天让我嫂子带她去吧。"

爹娘和嫂子一听，全都愣住了。爹没说话，站起身来出去了。老母亲反应快,说:"不是你媳妇,就当我闺女吧,正好妈没有女儿,我认个干闺女吧!"

嫂子也接话道:"干闺女好,我有了一个妹妹,我明天就领妹妹去太昊胡同找陈师太瞧瞧。"

杨玉琼说:"谢谢大娘,谢谢嫂子。"

老母亲说:"谢什么呀,都一家人了。"

阎芳州问嫂子:"我哥还在区供销社上班?晚上回来住不?如不回来,就让小杨睡你那里。"

嫂子说:"你哥晚上在供销社值夜班,这几天不回来,就让小杨住我床上,我俩晚上还能聊聊天。"说罢,就急忙去换被子、床单和枕巾去了。

2

第二天吃罢早饭,阎芳州就和嫂子一起,陪杨玉琼到西关伏羲庙旁的太昊胡同,找能治不孕症的陈师太看病。

陈师太原是天水一个有名私塾先生的太太,会接生技术,当地由她接生出生的孩子难以数计,在多年接生生涯中,摸索到了治疗女性不孕症的经验,能制中药,会开药方。年纪大后行走不便,就不再给产妇接生,专事治疗女性不孕症,在天水一带还很有名气。她的诊所开在伏羲庙边上的太昊胡同里,巧借地利。人们在伏羲庙烧香之后,再去她那里瞧病,或是先瞧病后去烧香,心理作用加上药物治疗,凡是来看过病的人都说很灵验。阎芳州的嫂子就是一例。因为是熟人,杨玉琼来看不孕症,陈师太很热情,让阎芳州和他嫂子在旁坐候,就开始对杨玉琼问诊。

陈师太和别人看病就是不一样。她问了杨玉琼的年龄、属相、籍贯,号号脉,对杨玉琼的脸端详好大一会儿,什么也没说,就让杨玉琼进了里屋,还把门关上了。

关了门,陈师太让杨玉琼脱光衣服,躺到一张床上,怕她凉着,拿过一床被子盖上。看了下身,看上身,翻来覆去看,又隔着被子在她下部、肚子上、乳房摸半天,说摸也不是摸,是在上面浮游,好像气功师在发功,也像是按摩师在按摩,也像春风吹过大地,也像和风拂过柳梢,很是舒坦。杨玉琼来看病时的不好意思已消除了,躺在那里都快要睡着了,有小时候在妈妈怀抱里一样的感觉。

许久,陈师太说话了:"闺女,你是一名军人。"

杨玉琼内心一惊,说:"您怎么知道?"

陈师太慈祥地笑笑说:"我一看你的内衣内裤就知道了,来我这里瞧这病的,也有女军人哩!"

杨玉琼说:"师太您真聪明!"

陈师太说:"聪明什么呀,中医瞧病就是望闻问切察言观色而已。我只是经见得多了,能根据观察做出一些判断。除了你们女军人,现在谁还穿这种式样的内衣内裤呢?从你的举止我也能看出来,当过兵没当过兵的人就是不一样,别说男人不一样,就是女人也不一样。"

接下来陈师太又问杨玉琼当了多少年兵、结婚几年了、丈夫是干什么的、是哪里人,杨玉琼都一一做了回答。

陈师太又问:"你在高寒地区工作过?"

杨玉琼说:"是的,在高寒缺氧的甘肃镜铁山工作过六七年。"

陈师太又问:"你是投过井还是跳过河?"

杨玉琼惊呆了,说:"这个您也知道?我没有投过井,曾为一件事想不开跳过河,让人救了上来。"

陈师太说:"我不光知道这个,我还知道你丈夫就是救你的那个军人。"

杨玉琼说:"神准,让您都说中了。"

陈师太说:"一看一听就知道你这闺女是个知恩图报的人。知恩图报的人必有好报。闺女,你的病我能治,你的病不是大问题,只是长期抑郁受寒,突然受冷水激泡,造成严重宫寒,宫寒就不易着床,我给你配两服药吃了就好了。生男生女不敢说,可以生孩子是准准的。"

杨玉琼自然表示十分感谢。出了里屋,陈师太对阎芳州的嫂子说:"我给她瞧了,吃两服药就能好。你先陪他俩去伏羲庙转转,过了中午再来取药。"

三人连声道谢。阎芳州问多少钱,怎么付费,陈师太爽朗地说:"付什么费,你们军人是保家卫国的,收什么费?"

阎芳州说:"总得把药钱付了吧?"

陈师太说:"军人到我这里看病,我一概免费。"又说:"你嫂子为感谢我一年跑来好多趟,又送这又送那的,我怎么好意思收你们钱?"

嫂子说:"陈师太不收,那就算了,不要在这里争,账算到我头上,我会常来看老人家的。"

阎芳州、杨玉琼也不好再说什么。

出了胡同向左,就是伏羲庙。嫂子说家中有事,就不陪着逛了。让阎芳州陪杨玉琼逛庙,交代他俩中午在街上饭店吃饭,吃了饭取了药再回家。自己匆匆回家去了。

天水伏羲庙原名太昊宫,俗称人宗庙,坐落在秦州区西关伏羲路,是中国西北地区著名古建筑群之一,占地面积13000平方米,始建于明朝。是为祭祀古史传说中的第一代帝王伏羲而建造的。建筑群是宫殿式建筑模式,为中国规模最大的伏羲祭祀建筑群。整个建筑群坐北朝南,牌坊、大门、仪门、先天殿、太极殿沿纵轴线依次排列,层层推进,庄严雄伟。庙里香火很盛,西北地区许多人远道而来祭祀上香,当地人更是借着地利之便来旅游参观,求告各种事体,请伏羲帝显灵佑护。

阎芳州对这里自然熟悉,他边领杨玉琼参观,边介绍伏羲庙的由来和各种传说。要了解伏羲庙,还得先说伏羲。伏羲是传说中的华夏人文始祖三皇"第一皇"。司马迁在《三皇本纪》中记载了伏羲,使之成为中国最早有文献记载的创世神。伏羲和女娲既是兄妹,也是夫妻。他俩结为夫妻开始繁衍后代。相传伏羲和女娲长着蛇一般的身体,如龙的化身,所以我们称自己是"龙的传人"。伏羲通过观察思考自然万物,创八卦,孕育了中国哲学和艺术的根系。当地传说伏羲和女娲结合是顺从天意。按照天神的安排,兄妹俩各在南北两山往河谷地带滚一只石磨盘,如两块磨盘滚到山谷贴合了,就说明两人可以结合在一起。结果,磨盘从山上滚下来真的就贴合了。这么一说,伏羲和女娲还是石磨的发明者呢。伏羲庙为什么建在天水?是因为据传伏羲出生于成纪,成纪就是今天的甘肃省天水市。天水伏羲庙是全国最大规模的祭祀伏羲的建筑群,堪称华夏第一庙。人们为什么来这里求婚祈子?那是因为伏羲不仅发明了八卦,还创建了文字、渔猎、中医药、婚姻,从他和女娲开始,华夏民族才生儿育女繁衍后代。伏羲出生在天水,那么他去世后葬在哪里呢?在河南省周口市淮阳县,那里有一个伏羲陵,又称太昊陵,占地 875 亩,据说是春秋时建,同样因伏羲是华夏人文始祖,故号称中华第一陵,居中国十八大名陵之首。为什么建陵在这里?因为伏羲"建都于陈",曾在此地建都,这里是"羲皇故都"。淮阳故属陈州,包公戏中包公"陈州放粮"就在此地。

阎芳州讲解得来了兴致,还把自己上次来游时写的几句诗背给杨玉琼听:"华夏始祖三皇首,阴阳初画八卦成。规划婚姻人有礼,融合文化龙赋形。面对尊严思先贤,何人不生景仰情。"杨玉琼佩服阎芳州知识这么丰富,又如此有才华,到底上过大学就是不一样,后悔自己没有争取上大学读书,可是现在后悔已经晚了。

两人游完伏羲庙,已是中午时分。阎芳州领杨玉琼去吃当地特色小吃,呱呱、酿皮、麻食、油攒虾、鸡丝馄饨、浆水面、凉粉、甜醅、清真碎面、油酥饼等,特色小吃还真不少。阎芳州点了好多样,让杨玉琼每样都尝尝,杨玉琼把肚子吃得胀鼓鼓的,打了饱嗝,少有地和阎芳州开起了玩笑,说:"上午让陈师太把我肚子摸得够呛,中午又被你把肚子撑得够呛。"

阎芳州笑了:"不是怕你逛伏羲庙走饿了嘛!"

杨玉琼说:"咱走路消消食吧,不着急回你家,见了你爸妈我都不好意思,老人家把我当成自己的儿媳妇,我让他们失望了。"

阎芳州就领杨玉琼去看了秦州皮影戏,听唱了秦州小曲,待太阳快落山时,两人才去陈师太那里取了药,然后走回家去。

到了阎家,家里正在做菜,阎芳州的哥哥阎芳川也赶回来帮忙造厨,家里一派忙碌。哥哥两个大胖小子,也围前围后,想吃已烧好的菜,奶奶不让,说等姑姑来了一起吃。

阎芳州、杨玉琼进门,洗了一把脸,桌上菜已摆满,都是当地特色菜肴。阎芳川在区供销社工作,也见过世面,说人家俩在海边,什么海鲜没见过,在部队生活好,什么大餐没吃过,咱们上的菜越土越好,越土越有特色。因为会厨艺,他做的净是天水地方特色菜肴,还做了呱呱、天水馓饭、猪油盒子等几款小吃。对杨玉琼说:天水"呱呱"顶呱呱,吃了叫人真美炸。告诉杨玉琼呱呱是甘肃天水一带地方的传统小吃,最早产生于西汉时期,是用当地特产的一种被称作荞麦的淀粉制作的,以香、辣、绵、软著称,深受当地人喜爱,被称作"秦州第一美食"。有人说,到天水不吃"呱呱",就像去北京没进故宫一样。

杨玉琼笑了:"这名字取得好怪,为什么叫'呱呱'?"

阎芳州说:"呱呱名字的来历有这么一说。呱呱是荞麦面做的。荞麦粉煮得黏黏糊糊成半凝固状,结成厚厚的锅巴。天水话'锅巴'的意思就叫'呱呱',叫时间长了,'呱呱'这个叫法就流传下来了。"

菜肴上齐,人都坐下,宴席就要开始。酒是甘肃名酒凉都老窖,整整一箱,是阎芳川在供销社内部批发来的。按当地风俗,招待客人,女人不上桌,娃娃不上桌,老母亲和嫂子带两个男娃另吃。杨玉琼不干,她说:"我是女的,得有女的陪着;我喜欢孩子,有孩子在热闹。"阎芳州的老父亲见杨玉琼这么说,就对家里的女人孩子格外"开恩"了一次。

待众人坐定,酒斟满,老爷子环视一周,桌上正好是八个人:老两口、哥嫂家四口,还有阎芳州和杨玉琼。老父亲端起酒杯,很庄重地说:"今天全家聚齐举此宴会,吃的是'收女宴',你妈收了玉琼这个干闺女,我也借光成了干爹,芳川和玉英也多了一个妹妹,两个孙子多了一个姑姑,咱们家添人进口了,这是好事。来,喝!"

杨玉琼喝下这杯酒,心里暖暖的,阎家不因为她不是自己的儿媳妇就冷落她,而是依然对她如此热情,把她当成自己家里人一样看待。鼻子一酸,差点掉下泪来。

阎芳川说:"玉琼妹妹,我今晚值班,明早就不能送你了,来,喝杯酒为你送行!"又说:"我喝了,你点到为止,别伤了身体。"

阎芳州说:"这送行酒我哥和你喝了,我就和你喝一杯战友酒吧,祝咱们情谊永存。"

老母亲和嫂子不会喝酒,在酒桌上不会说话,只是看他们喝酒,听他们说话,嫂子憋不住话,冷不丁冒了一句:"玉琼妹妹,我左看右看,咋看我家芳州和你有夫妻相哩!"

此话一出,说得杨玉琼脸红了,不好意思起来。阎芳川笑骂妻子:"你没喝酒怎么就高了?开始说胡话了呢!"把嫂子说话引起的反应遮了过去。宴席照常进行,尽欢而散。

第二天早上,阎芳州起早,骑自行车把杨玉琼送到樊家湾站。玉琼上车时,阎芳州交代她注意安全,到家后别忘了煎服陈师太送的两包中药。两人挥手告别,相约各自回到三山岛部队后见面。

在家没待几天,阎芳州害怕老爹关于"娶妻生子"的唠叨,又惦着施工关键时期的连队建设,就说部队有事,让他赶紧归队。

一听部队来信,家里也没法阻拦。母亲给他煮了几十个鸡蛋,让他路上吃,他嫂子对老母亲说:"咱家芳州肯定在家待不住,去嘉峪关找杨玉琼去了。"

老母亲笑笑说:"可不敢乱说。"

阎芳州回到连队,看到连队一切正常,申力明把工作安排得井井有条,就放心了。忙乎工作之余,也有了自己的心思。自己马上就30岁了,老大不小了,小学同学、发小们,不少都儿女成群了。想起了"茕茕孑立,形影相吊"这句话,自觉就是描绘自己的形状。范兰枝确实不错,人善良,又漂亮,如两人合得来,南方人北方人又有什么关系呢?杨玉琼的话打动了他,再不下手就晚了,就成了别人碗里的菜了。那就赶快动笔写信吧,或者写首诗,都可以当面送给范兰枝。但信写了一半,诗还没有写,就犹豫了。事先没有沟通,这么突然来一下,会不会把范兰枝吓着,把事情搞砸?欲速则不达,还是缓缓好,等杨玉琼回来再去找范兰枝问问,如果人家真的有意,再写信写诗不迟。就把狂跳的一颗心摁住了。

没承想,他没写信去找范兰枝,范兰枝却找上门来了。范兰枝打听到阎芳州、申力明都在,就到十一连连部来了。

阎芳州、申力明正研究工作,范兰枝走了进来说:"都在呀!没打扰你们工作吧?"

两人站起让座,问范兰枝何事来访。范兰枝从包里掏出一张录取通知书,说:"我考上武汉中南矿冶大学研究生了,很快就要去报到,是来向指导员和连长告别的。"

阎芳州、申力明听到范兰枝报考研究生并被录取,很是愕然。一是我国1979年恢复研究生考试后,前几年考研究生的人还不是很多;二是范兰枝是浙江小分队的骨干和范兰亭的帮手,在队里有很重要的作用。正在她发挥作用的时候,她怎么考取了研究生离队而去呢?

对于这一点,只有范兰枝心里最清楚。考取研究生固然是为了提高自己水平和素养,以适应新的科技需要,但更重要的考虑,却是摆脱队里一些男人的纠缠,特别是那个小宋,天天给她送这送那问寒问暖,她又不好拒绝,别人以为他俩在搞对象,其实是被"对象"了。她也听队里那些男人讲,若小宋不行,就换一个人,搞"接力赛",无论如何不能让肥水流到了外人田里。自己被比作"肥水",范兰枝内心很不是滋味,深感做女人难,做年轻女人难,做年轻漂亮的女人更难,不是你要招蜂惹蝶,而是蜂和蝶天天要围着你转,弄得你心里很烦。如果是正常处对象便也罢了,有的人还图谋不轨,甚至是有妇之夫也来招惹你,想搞"家中红旗不倒,外面彩旗飘飘",用各种诱惑手段引诱你。若不从,还散布各种各样不利于未到手女人的消息,臭臭你。反过来,却有人说是这个女人不规矩、太风流了。长得漂亮者竟成了弱势群体,这去哪说理呢?范兰枝就深陷这种境地中。当然,她的情况有所不同,队里人都是一个地方出来的,之间比较熟悉,知根知底,范兰枝的哥哥又当着法人和经理,各方面条件又好,追求她的人自然就多,追求她的人是真心的,无可指责的,想找对象的人,谁不喜欢漂亮女人呢?追求漂亮女人有错误吗?没有。因此,对队里小宋等那些男人的追求,想和她结秦晋之好,她心知肚明,又不好直接拒绝,因为她性格懦弱柔和,害怕伤人。而且,她哥哥希望她找个永嘉老乡,说是这样方便又能找个事业帮手,明确说了好几回,她不好逆反。她也不是完全看不上小分队那些人,但她自幼崇尚军人,喜欢军人的阳刚之气,现在内心里已对阎芳州、申力明有好感,能在他俩中选一个,做自己夫婿,这是她的愿望和目标。她是喜欢军人,但别的军人离她太远,她也不认识,只能在就近认识的军人中打量挑选。阎芳州、申力明两人进了她的视野,成了她的初选目标。但这种想法只能埋在心底,不能告诉任何人,连阎芳州、申力明都不能告诉,因为自己目前已"被恋爱",传说已有对象,再主动找别人,不是让人误解"脚踩两只船"吗?就连阎芳州和申力明知道了,也会对她产生误解。再说,她在阎芳州、申力明中间还没有最后选定,还在观察考虑中。

就在这种状态下,聪明的范兰枝苦思冥想,想出了考取研究生的办法。考上研究生"一箭双雕",一是自然摆脱了浙江小分队小宋那些人的纠缠,二是有更长的时间对阎芳州、申力明进行观察考验,从中选一个做如意郎君。由于她是以提高自己水平和能力,学成后回队做更大贡献为理由,向哥哥范兰亭说这件事的,哥哥自然也不好反对,甚至称赞妹妹有志向有正事。他说:要考就认真准备,考上最好,考不上就结婚生子,忙乎一个女人这辈子应该做的事。这么一说,更激起了范兰枝考取研究生的劲头,终于如愿以偿,拿到了录取通知书。

范兰枝是来向阎芳州、申力明告别的,也是对以往连队对浙江小分队的支持配合表示感谢。她送给阎芳州一支包装精美的英雄金笔,送给申力明一个加了编织网的玻璃茶杯,那玻璃杯上的织网,自然是范兰枝灵巧之手的作品。把物品交他俩手上时说:"不成敬意,留个纪念。"又说:"我研究生毕业还会回到三山岛和你们一起建设金矿,我离开这两年,请你们继续对浙江小分队给予帮助支持。我到了学校也会给你们写信,我们可不要断了联系。"话虽不多,却说得很周全,里面有各种含义,是经过范兰枝认真琢磨思考的。

阎芳州和申力明对范兰枝考上研究生表示祝贺,也感谢她对十一连工作的支持,感谢她送的礼品,也说了祝她在学校学习进步,注意身体,有困难需要帮助来信之类的话,来不及回赠什么礼物,就以话语作别了。

范兰枝考取研究生离岛而去,在申力明心里引起了什么感受不知道,在阎芳州心里,可是产生了很大反响。他已选定范兰枝作为追求的对象,动了写信写诗的念头,想等杨玉琼回来之后从中介绍撮合。他相中了这个南方美女,打消了南方北方人生活在一起不便的顾虑,正在"蠢蠢欲动"之际,人家却离岛而去了。一去就是两三年,抑或更长时间,不得而知。而自己家里父母又催他结婚生子,绝对拖延不起这个时间。范兰枝一走,对他来说就是"歇菜"了,"黄花菜凉了",望美女而不得,心中真是遗憾万分。那又有什么办法呢?

杨玉琼从嘉峪关回队,见到范兰枝留下的信,知道她考取研究生,到武汉上学去了,也很遗憾。觉得答应了阎芳州,却没有给人家兑现介绍范兰枝的事,提出给范兰枝写信,在信中说。阎芳州说,黄鹤一去不复返,就不要隔空放炮费那个劲了。自此此事不提。

杨玉琼不是一个人从嘉峪关回来的,同来三山岛的人还有妹妹杨玉洁。杨玉洁快要毕业了,正处于毕业实习期,她想毕业后直接分配到三山岛金矿,好与王玉波"朝夕相处",就缠着她姐帮助找关系。杨玉琼说:我有什么关系?姐妹俩东打听西打听,听说已调去三山岛金矿的左梅和冶金部有关系,左梅的表哥在部里,左梅从镜铁山矿调三山岛金矿,就是她表哥给办的。

杨玉洁让姐姐杨玉琼回部队后找左梅,通过左梅找关系办成自己的事。杨玉琼说:"我怎么好出面?你姐夫是团参谋长,人家会认为咱们是凭职位权力逼迫人家的,传出去多不好!"

杨玉洁说:"那可怎么办?"

杨玉琼说:"只有一个办法,你直接去找左梅,看她给不给你这个面子。"

杨玉洁说:"好,我就当面去求左梅,正好我也想去三山岛看看玉波,商量一下我俩的婚事呢。"

这样一来,姐妹俩就结伴到了三山岛。杨玉洁陪姐姐归队,姐姐领杨玉洁来三山岛小住探亲,并找左梅托人办玉洁毕业后分配到三山岛的事。

3

1985年1月1日,基建工程兵黄金部队正式与解放军脱钩,转入武警部队序列,成为中国武警黄金部队,开始续写改隶之后的新篇章。

为什么要保留黄金部队?这在冶金工业部此前写给国务院的《关于保留黄金地质部队建制的请示》中,写得清楚明白。

该"请示"称:"1979年基建工程兵黄金部队组建以来,对黄金事业的发展做出了很大的成绩。这支部队现有1.45万人,主要从事黄金地质普查勘探工作。分布在黑龙江、内蒙古、四川、湖南、湖北、新疆各省,其中黑龙江省北部、内蒙古西北部8个团,6000多人。考虑到我国黄金事业长远发展需要,建议:仍保留黄金地质部队人民解放军建制,精简整编后保留8000人;主要承担内蒙古、黑龙江、新疆、青海、川西和云南地区地质勘探任务;在领导和管理体制方面,同尚未撤编的水电、交通部队一并考虑。

"我国黄金资源远景很大,特别是矿山储量尤为可观。但多数黄金矿山分布在边远、交通不便等艰苦地区,这些地区靠一般地方勘探队伍,很难开展工作,保留一支精干的、调动灵活、能完成突击任务的部队,为黄金地质勘探服务是很有必要的。"

冶金部的"请示"和"建议",得到了党中央和国务院领导的高度重视,认为保留水电、交通、黄金部队很有必要,国外已有先例。三支部队担负的任务繁重,且条件艰苦,需要青年,需要军事化管理。经研究,确定管理体制为双重管理,以部队为主。人员:水电、交通部队各2

万人,黄金部队1万人。要搞好经济责任制,使之成为一支技术部队。

与冶金部的"请示"和"建议"不同,留下的水电、交通、黄金三支部队没有保留人民解放军建制,而是编入武警部队,实行双重领导,自负盈亏。还有一点,"建议"黄金部队精简整编后保留8000人,而最终保留了1万人。不仅保留了黄金地质勘探部队,而且保留了黄金矿山建设部队。保留下来的黄金矿山建设部队就是十一团。这支我国黄金矿山建设的突击队得以保留,并继续执行三山岛金矿建设任务。随着改为武警系列,部队的名称发生变化,成为武警黄金部队十七支队(团级),它的上级改称为"总队"(师级)。十七支队归武警黄金部队第二总队管辖,纳入了新的管理体制。

转隶改制后,团领导班子也发生了变化,党委书记、政委苏继轩被调往黄金第二总队,晋升为副政委。临行前,这个和官兵一起摸爬滚打建金矿的部队主官,写下一首诗表达对这支部队的赞誉:"东西南北听指令,万苦千辛不畏难。镜铁山沟建铁矿,三山岛底锁龙盘。"在"锁龙盘"战斗最激烈的时候,苏继轩怀着依依不舍的深情离开了这支英勇的部队。

此时此刻,武警黄金部队十七支队承担的三山岛金矿建设,整个战役已全部打响,北风井、南风井、斜坡道、竖井四项大工程全面铺开,每个作业面都在向纵深开掘,施工日夜不停,龙王爷不甘被降服来一个"软硬兼施",给官兵们制造了种种难题。渗水、涌水、流沙、塌方、片帮、断路、水淹等施工中的问题时常出现,让人防不胜防。但刚刚改制为武警黄金部队的十七支队官兵们,以英勇无畏的精神克服各种困难,破解各种难题,把矿山掘进一米一米地向前推进。

在这关键时刻,新任武警黄金部队党委书记、政委齐锐新到三山岛十七支队视察来了。齐锐新是个"老八路",早在1941年,当他还是14岁的孩子时,就跟着骑在毛驴上的母亲,越过日本鬼子的封锁线,上了太行山抗日根据地。那时,他们家族有好几个人为国牺牲了,他毅然投身抗日救亡的两个姐姐先后从延安到了太行山,奔赴战火纷飞的前线。他们一家有六七口人聚集在抗日队伍里,舍生忘死,留下了许多动人的佳话。这个新任武警黄金部队的"掌门人",还是个"老矿山""老黄金"。中华人民共和国成立后,他从东北土改工作队悄然转身,进入我国钢铁建设战线,先后参加鞍钢、酒钢建设,参加包钢、天津铁厂、宝钢和武钢的开发建设,还先后到中国人民大学、苏联马格尼托戈尔斯克钢铁公司学习深造,提高自己的理论素养和专业水平,为我国钢铁事业发展做出了重要贡献。后期他转入黄金战线,担任国家黄金总公司党委副书记。当时的黄金总公司、黄金指挥部和黄金局,是三块牌子一个单位,其中的黄金指挥部隶属于基建工程兵编制序列,这使齐锐新对这支黄金部队比较了解,也给黄金部队建设提供过许多支持。他自己更是在黄金战线上身体力行多做贡献。他虽然处于领导岗位,却经常战斗在施工第一线。那张饱经风霜的脸,和常年战斗在大山莽林里的部属一样黑,一样粗糙。常常是头戴一顶安全帽,裤腿上沾满泥浆,在粗重机械的轰鸣声中和大家一起战斗。

这位身处领导岗位的"老黄金",身上有着金子般纯洁的品质。在他身上有许多佳话流传。他老伴在黄金总公司工作,在转制时,他在有关部门拟好的名单中,亲手画去了老伴的名字,没有让她穿军装。黄金指挥部驻地靠近北京五环的城郊,他进城公干,从不让孩子坐他的顺风车。更感人的一件事是,他的儿媳妇第一次从上海到北京来看望公公婆婆,返回那天大雪纷飞,他亲自用自行车送儿子和儿媳妇到公交车站,然后陪他们一起去火车站。他这样做,既倾注了一个父亲对儿女的厚爱,又不失做人和做官的原则。

被任命为转隶武警的黄金部队党委书记、政委时,齐锐新已经58岁,穿上新式警服,成为武警中国黄金部队新的"掌门人"。他既有压力,又充满信心,在向武警总部领导报到时,满怀信心地说:国家的经济正在腾飞,需要大量黄金储备,深知自己重任在肩,即使肝脑涂地,也要如期如数地把黄金找出来。挂上"帅印"之后,他深入部队,和官兵钻山沟,穿林海,真抓实干,不惜拼了老命。对建设三山岛金矿的十七支队,他更是关爱有加,现在又亲临三山岛视察指导,让全团官兵深受鼓舞。

齐锐新和以前任何时候一样,坚持到第一线调查研究,他头戴安全帽,身穿工作服,脚蹬防水靴,一个工程一个工程视察,一个工作面一个工作面调研,完全不顾自己年近六十身体多病,就像一个拼命三郎,身上有使不完的力气。通过深入调研,他被全团官兵为完成三山岛金矿建设任务做出的牺牲奉献所感动,也深感保留这样一支部队的必要性。在极端艰难的建设环境下,唯有这样一支金矿建设队伍才能不辱使命,为祖国争光,为中华民族争气,同时也感到部队建设还存在一些薄弱之处,尤其是在改制为武警的问题上,官兵们还有种种模糊认识,有必要再进行一次改警教育。思考再三并经过充分准备,他决定在全团干部会上做一次改警教育报告。

此时团政委已改由于俊接任,在于俊主持的全体干部会议上,齐锐新为排以上干部做了改警教育报告。

他在第一部分讲到,为什么国务院、中央军委要保留黄金部队,把黄金部队转入武警序列?他说,保留黄金部队是加快开发我国黄金地质资源的需要。黄金是国家的重要资源,也是国家的重要储备物资,虽然我国黄金资源极为丰富,但在旧中国发展建设却非常缓慢。新中国成立以后,黄金勘探和开采有了一定进步,但由于受计划经济的束缚,发展速度并不理想。1974年,周恩来总理委托王震同志亲自抓黄金工作,国家也制定了一系列扶持黄金事业发展的政策,经过多年努力,使我国的黄金生产有了较快发展,产量有了较大幅度的提高。

1983年全国生产黄金达30.561吨,是1950年6.508吨的4.7倍。预计1984年黄金产量将会有更大的增长。但目前黄金生产无论是储量还是生产技术,都远远不能满足国家四化建设的需要。要加快黄金生产步伐,地质工作必须先行。保留黄金部队是加快黄金地质工作的一项重要措施。黄金部队自1979年组建以来,广大官兵怀着为四化建设多找金、快找金的雄心壮志,战斗在崇山峻岭、边远山区、高寒地域,发扬我军不怕艰难险阻、不怕流血牺牲的光荣传统,为祖国的黄金事业做出了巨大贡献,以不可否认的优秀成绩赢得了祖国和人民的信任。国家发展黄金生产的迫切需要和黄金部队的优势及战绩,是部队得以保留的重要原因。在全军裁员一百万的大形势下,基建工程兵被撤销,国务院、中央军委决定保留后的黄金部队列入武警序列,实行由公安部、冶金部双重领导,这样的考虑和安排,是从实际出发的,体现了中央领导既坚持军队改革大政方针,又保留我们这支部队的周密思考和良苦用心,是一项从大局出发的重要决策,我们对此要深刻体悟、坚决拥护、模范执行。

讲到这里,身材高大魁梧的齐锐新政委,站起身来,用手指着身上崭新的警服说:同志们,能穿上这身警服是光荣的,也是不容易的,可我们有些同志还有这样那样的想法,不应该呀!

齐锐新政委接着讲第二部分,如何看待改警和以前部队的异同,继续发扬人民军队的优良传统,把部队建设好、战斗任务执行好。他说,武警部队与人民解放军一样,都是国家武装力量的组成部分,是人民民主专政的重要工具,同是人民子弟兵。黄金部队由解放军转入武警序列,虽然隶属关系变了,但部队的宗旨没变,在经济待遇上没有变,依然享受解放军的同等待遇;部队的番号变了,从事黄金地质勘探找矿和黄金矿山建设的职责没有改变。上级文件明确规定,转警后部队仍执行人民解放军条例条令,这说明中央领导仍然按人民解放军的标准要求我们,我们仍然保有人民军队的传统和特质。他明确指出,除了管理体制发生变化和我们官兵由军服换警服之外,其他一切都没有发生变化。一些同志认为"当武警不如当解放军光荣",有低人一等思想,这是完全没有道理的。各级指挥员更不能因为改警就放松对部队的管理,对干部战士的严格要求,对自己的严格约束,不能有丝毫懈怠和麻痹思想,而是要更加振作起来,以更高的标准要求,因为黄金部队改警,既体现了国务院、中央军委对我们的厚爱,其中也包含着无限期待,期待我们在祖国的黄金事业上做出更大成绩,我们决不能辜负祖国和人民的重托。

第三部分,齐锐新政委对十七支队部队建设和完成施工任务,提出了具体要求。他说,十七支队是黄金部队建制团中,唯一一支黄金矿山基建团。现在进行的三山岛金矿建设工程,是我们改隶后承担的最大黄金矿山建设任务。今后,随着兄弟部队找矿力度的加强,将会有更多的黄金矿山建设工程需要我们去施工。为随时准备迎接新的战斗任务,必须进一步加强部队全面建设,要求更严更高,提高工程施工能力和水平,把十七支队建设成黄金矿山井下基本建设的一支生力军和突击队,做到一旦有工程,只要上级一声令下,能拉得出、冲得上,战之能胜。为此,一定要深刻领会国务院、中央军委文件精神,排除一切私心杂念,摒弃一切错误想法,专心一意地把精力集中到工作上,牢记全心全意为人民服务的宗旨,树立起革命的人生观和价值观,继续保持和发扬解放军的优良传统,处处高标准,时时严要求,紧密团结,为早日建成三山岛金矿努力奋斗!

有许多人不知道,齐锐新这位"老八路""老矿山""老黄金",为保留黄金部队付出了多少心血和努力。在百万大裁军的剧烈震荡中,经他向中央领导和国务院多方呼吁,黄金指挥部得以从正在撤销的基建工程兵中脱离出来,正式纳入武警部队的编制序列。

报告的最后,齐锐新又站了起来,手指着警服说:同志们,我们一定要珍爱这身新穿上的警服。然后掷地有声地说:国家如此信任我们,即使肝脑涂地,我们也要如期如数地把黄金找出来、挖出来!

"肝脑涂地"四个字深刻印在了十七支队全体干部战士的脑海里。黄金部队的"掌门人",一个快60岁的正军职干部,如此拼命,用如此语言来激励大家,谁不受感染!事实上,这个"老革命""老战士"最后真的就"肝脑涂地",把自己的生命献给了我国的黄金事业。离开三山岛两年后,他在突击完成国务院下达的"七五"期间生产80吨黄金的任务中,因用力太猛,身体被过度透支,突然垮了下来。1987年4月,他在成都参加完四川省黄金工作会议之后,深入四川安昌河金矿、白水金矿,陕西山阳县黄金十四支队和河南三门峡黄金九支队考察。考察途中,突然一夜夜地失眠和咳嗽,痰中可见淋漓的鲜血,回到北京上301医院一查,确诊为中晚期肺癌,而且已经向脾脏及骨骼多处转移,让人痛心的是,由于病情发现得太晚,又发展得太凶,虽然有良好的医疗条件,也没能挽回他的生命,于半年后的10月24日不幸去世。消息传到黄金部队,传到十七支队,传到各个部队,指战员们都痛惜不已。他只活了60岁,刚刚满一个甲子,在国家和部队都需要他的时候,倒在了他找金挖金的工作岗位上,兑现了为国家黄金事业"肝脑涂地"的誓言。

诚如一位伟人所言,要奋斗就会有牺牲。就在齐锐新患病倒下的时候,十七支队参谋长牛幸娃在施工抢险中不幸牺牲了,他用生命谱写了一曲英雄壮歌。

4

部队改警之后,全团干部战士真正稳定下来。经过1985、1986年两年拼搏,三山岛金矿工程初战告捷,北风井、南风井、斜坡道、竖井四大工程项目都在按预定计划推进。参谋长牛幸娃把全部精力投入到现场管理与技术指导上,既管进度,又管安全,还管质量,坚持跟班作业,几乎天天在第一线,同基层官兵打成一片,各个掌子面情况烂熟于胸,对各连队的任务完成、存在的问题了如指掌,及时帮助化解施工中的各种难题。对前所未有的挑战,他临危不惧,每次发生突发性漏水、塌方和泥石流等灾害,都无一例外战斗在最前沿,投入到惊心动魄的抢险救灾战斗中。他冲锋在前的英勇行为,激励着十七支队官兵,也把自己置身于时时刻刻面临死亡的境地。也许应了那句"瓦罐不离井沿破,将士总在阵上亡"的古语,牛幸娃在处理一次透水事故时献出了年仅40岁的生命。

1987年4月,慕古秀任代理连长的九连,正在斜坡道-285米处下掘施工,凌晨3点,当第一茬炮放过后,发现掌子面已被大水淹没。-260米水平以下属地下水富含地带。慕古秀在施工处时时小心,采取了打孔探水措施,没想到还是惊动了"龙王爷"。"龙王爷"发了脾气,刹那间把海水放出,以每小时200立方米量沿斜坡道上涨,如果任其发展,已打好的斜坡道就会被淹,整个工程将被迫停止,损失不可估量。

斜坡道-260米发生大涌水时,正逢支队长梁占刚外出开会,政委于俊和参谋长牛幸娃等支队领导,带工程技术人员火速赶往现场,共商排水抢险方案。安装连连长也带领维修班、焊工班、电工班共20名战士赶赴现场,投入到排水抢险的战斗中。九连当班的战士要求留下参与抢险,牛幸娃没让,让他们后撤待命,只留下慕古秀在自己身边。虽经4台55瓦水泵顽强阻击,终因其中一台水泵爆管造成排水量不抵涌水量而不见奏效,海水像脱缰之马向-250米水平逼近。好在-250米水平有一平台,原设计为变压器的位置,当时变压器尚未就位,正好可以利用。牛幸娃请示于俊政委后,决定在此建立泵站,抢筑阻击海水的第二道防线。在他指挥下,构筑水泵基础、架设临时电缆、铺设排水管道紧锣密鼓地进行。安装连焊工班仅用一个小时就完成了排水管焊接任务,为水泵安装创造了条件。当4台大功率水泵运到现场后,安装工作很快就绪,合闸送电,4台水泵飞速运转,海水初步得到控制,眼见海水消退,大家心里松了一口气。但好景不长,海水很快就又涨了上来,像战场上敌人的猖狂反扑,情势更加危急。仔细检查,电源、水泵、水管,均无问题,那原因出在哪里呢?难道是涌水量又增大了?正在大家困惑不解时,牛幸娃用手逐一触摸水泵和出水端的管道,发现其中两台水泵异常,判断问题出在龙头被堵塞,造成水泵空转而不出水。他对操作水泵的战士喊道:"有两台水泵异常,可能是龙头被堵,马上停泵检查!"说完,"扑通"一声跳进了没过人头的海水中。"扑通",慕古秀也跟着跳了下去。

还有更多的战士要跳,被于俊政委阻止了:"先下去两人,弄清楚情况再说。"

牛幸娃和慕古秀浸泡在海水中,每人去摸一个龙头。4月的天气尚未回暖,海水刺骨,像钢针刺人,偶尔呛一口水,又咸得让人难受,水流涌动,让人站立不稳,也视线不清,两人凭感觉在水中摸索。此时水位仍在加速上升,离水泵底座仅剩六七公分距离,形势十分紧迫,如不能及时排除故障,尽快恢复排水,临时泵站一旦被淹,后果不堪设想。于俊政委和其他等在平台上的人,个个焦急万分,但谁也不敢说话,只是目视牛幸娃和慕古秀在海水中忙碌着。慕古秀个头高,只见他抬头低头;而牛幸娃个头低,时不时要潜入水中。终于,牛幸娃提起一个龙头,发现杂物将龙头堵得严严实实。他水性好,在水中将杂物一一清除干净。慕古秀也摸到一个龙头,准备清理龙头上的杂物,个头高大的他,站在水中便可操作。两人将龙头上的杂物清除后,还将龙头在水中来回摇动,将附在龙头上的泥沙冲洗干净。

故障终于找到和排除了,牛幸娃在把龙头放入水中的同时,大声命令道:"合闸通电,赶快排水!"

四台水泵飞速运转,排水恢复正常,水位开始缓缓下降,临时泵站化险为夷。-250米保住了,平台上传来一阵欢呼声,所有人都松了一口气。

就在这转危为安的关键时刻,不知是哪台水泵漏电,使仍在水中的牛幸娃和慕古秀遭到电击。此时,牛幸娃让慕古秀撤退在前,自己殿后,在受到电击的刹那间,牛幸娃一脚把慕古秀踹向前去,慕古秀被平台上的战友拉出来救起,他却倒在海水中没能再站起来。

站在平台上的于俊政委立即组织施救,等把牛幸娃救上来时,人已奄奄一息,等送到卫生队时,已无任何生命体征。临时泵站保住了,-285米、-250米保住了,已施工完成的那部分斜坡道保住了,取得了阻击海水灌涌的重大胜利,为国家减少了经济损失,确保了金矿工程顺利实施,牛幸娃却为之献出了宝贵的生命。

大海垂泪,三山岛含悲。黄金部队十七支队沉浸在悲痛之中。4月中旬,在清明节刚刚祭奠亲人和英烈一周之后,十七支队隆重举行追悼大会。追悼大会由团长梁占刚主持,政委于俊致悼词。于俊和牛幸娃一起战斗在救灾抢险一线,目睹了牛幸娃排险的壮举,看到了牛幸娃从排险到牺牲的全过程,悼词写得朴实自然,又经过提炼,尤其是讲到水中抢险那一幕,让人有亲临其境之感,特别是牛幸娃踹慕古秀那一脚,他自己在危险之际,还不忘助战友脱离险境,让许多人痛哭失声,泪流满面。站在队伍中的慕古秀,竟放声痛哭至昏厥,会没开完就被送到卫生队急救。

自然,最为悲痛哀伤的是杨玉琼。杨玉琼不像慕古秀那样号啕大哭,她的泪流在心里,流在心里的每一滴泪,都像刀一样剜自己的心肝。她更多的是沉默无语，默默地流泪。即使是开了追悼会、追思会，她也不相信牛幸娃已经不在了，总以为他是在掌子面跟班劳动，不定哪一天就回来了。牛幸娃和她开过玩笑，说施工中常有险情，说不定哪一天就"光荣"了，也戏说过他也许会走在她前面的话，杨玉琼从来就不相信这个话，也不相信这样的事会发生。两人结婚后多有离别，即使来到三山岛，牛幸娃忙于施工，也很少在家。家就是个"客栈"，是牛郎会织女的地方。只有他俩在一起，牛幸娃在她身上"播种"的时候，她才感觉他那真实的存在，才觉得自己是个有丈夫的人。牛幸娃更多地属于国家，属于部队，属于黄金事业。而正是因为这一点，因为他有军人的气质和牺牲精神，她才喜欢他。杨玉琼自幼独立生活，家庭观念不重，习惯了两人的分分离离，即使他不在身边，她也能感觉到他的存在，现在她依然认为他存在着，不定哪一天就敲门而归，顾不上脱掉工作服就要猴急地亲热……

追悼会之前的遗体告别，杨玉琼没让儿子会会参加，她不想让年幼的儿子知道父亲已经不在，不想让儿子受到任何不幸伤痛的刺激，况且，她也不相信牛幸娃真的会离去。

说到儿子"会会"，杨玉琼又是一阵悲上心头。孩子一岁多就失去了爸爸。牛幸娃是多么喜欢会会呀！会会生下来取名的时候，牛幸娃坚持给儿子取名"机会"。他说，我叫幸娃，我儿子叫机会，比我还幸运、比我进步的机会还多。杨玉琼不同意，说这是个什么名字呀，叫起来怪怪的。牛幸娃坚持自己的意见，眼一瞪说：给儿子取名，我说了算。叫"机会"多好，牛机会、牛机会。杨玉琼说：不好，机会是创造出来的，不是叫出来的，过去还有"机会主义"的说法，是贬义。牛幸娃说：我就不信那个邪，人家有叫政策、路线、国庆、援朝的，我儿子为什么不能叫"机会"？杨玉琼执拗不过他，跑去找阎芳州，想让阎芳州给儿子取个名字，或帮助劝劝牛幸娃。阎芳州说：叫机会可以，小名叫会会也好,你就不要和牛参谋长争了,等孩子上小学取学名时,可改为"牛际会",风云际会的意思,到时老牛也会同意,现在没有必要争这个。杨玉琼听阎芳州说得有道理,从内心赞叹这个人就是有学问有才华,到儿子上学时再改名不迟,于是才不再和牛幸娃争论。

受牛幸娃牺牲的消息刺激,杨玉琼常常失眠,精神恍惚。躺在床上就想起和牛幸娃的种种往事:牛幸娃是她的救命恩人,是他把她从镜铁山北大河救上来的;嫁给牛幸娃,她是自觉自愿的;因为牛幸娃年纪大,自己年纪小,牛幸娃总是处处迁就她;牛幸娃是个孤儿,视她的父母为自己的父母,对全家人都很关心;牛幸娃虽然文化浅,性格耿直,有时会有些小心眼,但总体为人善良。杨玉琼后悔自己在牛幸娃活着的时候,没有很好地照顾他,不会做可口的饭菜,更不要说做他爱吃的麻婆豆腐、回锅肉、宫保鸡丁等四川菜肴;也没有给他很多的温柔和体贴,还因为转业的事闹过离婚,伤过夫妻感情。自己还常耍小性子,给他脸子看,没有做到为人妻的许多职责和本分。

回想往事,杨玉琼觉得自己做得最让牛幸娃开心的事,是遂他的意愿,为他生了一个儿子,让他感到自己有了后代,在牺牲前确认这个孩子是自己的骨肉,不仅免除了心中的疑惑,而且从内心升腾出自豪感和新的希望。仅从有了自己后代这一点看,牛幸娃是死而无憾的。

杨玉琼去天水太昊胡同陈家诊所看不孕症,服了陈师太配的两服中药之后,果然灵验,在从嘉峪关回到部队一个月,就怀了孕。她没有怀孩子的经验,起初并不知道是怀了孕,是苗丽萍看到她妊娠反应厉害,提醒她是否怀了孕,陪她去掖县人民医院做了化验,才确认是怀了孕。为了保险起见,她没给牛幸娃说,一直到肚子隆起,有了四五个月的光景,她才告诉他说自己怀上了。牛幸娃高兴得抱起她就要轮圈,她说:轻点,别动了胎气。牛幸娃急忙放下她,不再轮圈,而是围着她的肚子转了好几圈,眼睛直勾勾地看,好像他的眼睛是X光机,能看清胎儿多大,是男是女;又好像是探照灯、聚光灯,能把她肚子里小家伙的一切看得清清楚楚。

杨玉琼心里明镜似的,牛幸娃虽然为她怀孕而高兴,但他会对自己肚子里的孩子是不是他的种而怀疑。因为是在阎芳州领杨玉琼去天水看了不孕症后才怀孕的。两个孤男寡女一路同行,谁知会不会发生那样的事情。尽管那样的事情,是他允许的,也是盼望的,是求之不得的,但心里还会有一些不适和猜忌。好在他心中的目标明确,无论如何得有一个自己的孩子,这样,既可以为祖上传宗接代,也可以在金昌浩、王永学等战友面前抬起头来。管他是谁的种,只要是杨玉琼肚子里生出来的,那就是自己的孩子。他想起了家乡垭口那棵黄葛树,那些"借种"的婆娘们,还不都摸黑让人家种上的,知道是谁的孩子?只要是自己肚子里爬出来的,那就是丈夫的孩子。只要丈夫不说,谁也说不着,谁也管不着。因为这种心态,牛幸娃对杨玉琼怀孕是真心欢喜的,是发自内心高兴的,他为杨玉琼增加营养杀鸡炖鱼是满心快活的。对这个开始不从、后来被他逼得无奈违心为之的女人,是充满感激的。他觉得杨玉琼比以前任何时候都漂亮、都贤惠、都招人喜爱,这个女人虽然单纯、执拗,但还是爱自己、体谅自己、一切为丈夫着想的,虽然不愿意,也能按照丈夫希望的那样去做。甚至以前杨玉琼身上的各种缺点,现在有的都成了优点,有的也可以忽略不计了。至于那次闹离婚,闹得很凶,差点分手,牛幸娃也认为是自己的错,是自己小心眼,不但没有感谢杨玉琼的付出,还因为她通过以前对象的父亲去为自己办理转业,而怪罪她,说出伤人心肝的混账话。想想这些,他就更爱杨玉琼,心里憧憬着两人带孩子一起过的家庭生活。杨玉琼怀孕后身子日渐发沉,料理家务有一些困难,自己又忙乎在施工第一线,就让龙大秀给介绍一个保姆来。这个保姆是三山岛村的熟人,有生儿育女经验,又干净利索,做事麻利,和杨玉琼处得又好。龙大秀有时也过来帮忙,使杨玉琼身边也有了照顾的人,遇事不再手忙脚乱。怀孕十个月,一切都很顺利,直到孩子呱呱坠地。

让牛幸娃更为高兴的是,这个孩子是个男孩。出生前,杨玉琼说:她喜欢女孩子。牛幸娃顺着杨玉琼说:女孩好,女孩好,女孩知道孝敬老人。心里却盼着生个男孩,如今如愿以偿,怎能不高兴万分呢!

然而,牛幸娃也有不高兴的时候,不高兴的时候,脸上也能表现出来,根子就在于他怀疑"机会"非己所生,是杨玉琼和阎芳州结合的产物。尽管杨玉琼给他做过多次解释,说她和阎芳州的关系是清白的,即使按他的想法去找过人家阎芳州,阎芳州也没有答应。两人一起去天水,是阎芳州带他去找人看她的不孕症。因为自己的病看好了,探亲回来夫妻两人同房才怀了孕,孩子是他牛幸娃的确定无疑,劝他不要胡思乱想。

牛幸娃对杨玉琼的话半信半疑。信的理由很充分,杨玉琼这个女子单纯、纯洁,和她结婚后,就没有和别的男人勾连过,除了阎芳州,就没有和别的男人好过的传闻。牛幸娃自己观察,阎芳州此人也算得上正人君子,行端坐正,也没有听说他和别的女人有关系的传闻,他若是一个"风流才子",除和杨玉琼之外,还会和别的女人"瞎扯",但迄今没有这方面传闻,也看不出有这方面的迹象。而且,他似乎对这个不感兴趣,从来不议论这方面的事情,不涉及低级趣味方面的内容,在做人方面无可挑剔。从另一方面说,如果阎芳州和杨玉琼因情生爱,两人发生关系也不一定会等到现在,杨玉琼也不会到现在才怀孕,事实反证他俩一直以来都没有那方面的关系。再就是杨玉琼去看不孕症回来,也急切地想证明病是否已好,陈师太说的话开的药是否灵验,主动求床笫之欢,那一阵子两人没少在一起"鼓捣",完全有可能就是那阵子"鼓捣"出的孩子。杨玉琼所言是真,自己是孩子的亲生父亲无疑。

怀疑和不信的理由也很充分。是牛幸娃自己为了"求子",让杨玉琼去找阎芳州的,如果说他俩以前没有关系,囿于各方面原因,有些"放不开"的话,现在应丈夫要求去求人家,两人就没有什么不好意思,就能"放得开",这样的好机会,深恋对方的一对男女怎么会错过？有的人没有"关系"还找"关系",到处叮有缝的鸡蛋哩。即使阎芳州是正人君子,也不愿放过这样的好机会吧？还有,如果阎芳州不同意,怎么会有两人的天水同行？也许去天水治杨玉琼的不孕症,就是一个掩人耳目的谎言,是为了掩盖两人的不正当行为。为什么不去这里看病,不去那里看病,非去阎芳州老家天水看病,还不是为了创造两人在一起更多的机会和条件？再就是杨玉琼早不怀孕晚不怀孕,偏偏是在和阎芳州一起去天水看病回来就怀孕了呢？看病就那么灵验吗？也许根本就没有看病,看病只是一个说辞。还有,为什么从天水看病回部队以后,对夫妻间那种事那么有兴趣,以前都是被动迎合的,现在是主动出击,难道就是为了检验看病效果吗？会不会是和阎芳州发生关系在前,回来后主动和自己"那个",一旦怀了孕事情败露时,好做个掩饰呢？社会上这种事不少,有的女人在外面和别的男人胡搞生了孩子时,账就记到丈夫头上。一想到这些,牛幸娃就会怀疑这孩子不是自己的,自己不是孩子的亲生父亲,阎芳州才是孩子的亲生父亲,自己是"挂名"的。

自然想到这些,心里就不怎么高兴。尽管这是牛幸娃期盼的结果,但当这个结果到来时,他心里还是不平衡的。所谓不平衡,就是有时高兴,有时不高兴;有时心里舒服,有时不舒服;有时在家里欢喜万分,有时又情绪低落万丈。但有一点,牛幸娃是真心喜欢"机会"这个孩子,对孩子是真心实意地好,一以贯之地好,从始至终地好。不管是不是自己亲生,都视为己出。认为这是上天给自己的一个"机会",让他在不惑之年有了一个后代,既能为祖上传宗接代,又能在同事和战友面前抬起头来。即使将来自己牺牲了或去世走在杨玉琼头里,杨玉琼也可以和孩子做伴,受到孩子服侍。想到这一切,牛幸娃心中的疑惑、不快、遗憾等,也像风吹一天云彩一样散去了。他没有和孩子红过一次脸,没有大声呵斥过孩子一次。下班回来抱着孩子亲热个没够。连保姆都说:老牛比杨玉琼都喜欢孩子,村子里的男人们也没有像老牛这么喜欢孩子的。

　　知夫莫如妻,杨玉琼自然是深知牛幸娃心态的。虽然他对孩子千般好,还是解除不了对她和阎芳州的怀疑。一旦疑心起时,心里也就不怎么痛快。当保姆带孩子另屋去住的深夜,牛幸娃常盘问她和阎芳州同路去天水的一些细节。比如,问路上住几晚呀?都在哪里住呀?都去了哪些地方呀?当杨玉琼告诉他在天水住两晚,住在阎芳州家里时,又问:你和谁在一起住呀?告诉他和阎芳州嫂子一起住时,他又问阎芳州和谁住一起?杨玉琼答不上来,就说:你去问阎芳州他和谁住一起。又说:你烦不烦,你啥意思?我给你说多少遍了,我俩从来没在一起过,在他家也是分开住,你怎么就不相信呢?你问这些想干啥?是非要让我和他睡一起吗?牛幸娃一看杨玉琼不高兴了,就急忙打住,说:没别的意思,就是问问,就是问问。可是过不了几天,又原样照演,弄得杨玉琼不胜其烦,差一点精神崩溃。

　　一天,杨玉琼实在受不了了,就忍不住给北京的好朋友阿珠打电话说了此事。阿珠现在已是武警文工团的独唱演员。基建工程兵文工团、报社都转为武警,阿珠自然也成了武警的一员,和杨玉琼是朋友,又是战友,两人自是无话不谈。

　　阿珠听杨玉琼在电话那头说完,就对着话筒骂了一句:"杨玉琼,你个笨蛋!"

　　杨玉琼说:"我怎么笨蛋了?"

　　阿珠说:"现在科技发达,城市都时兴做亲子鉴定,你为什么不让老牛和孩子去做亲子鉴定?"

杨玉琼说:"听说有这回事,亲子鉴定真的能确定父子关系吗?"

阿珠说:"当然。传统的说法叫滴血验亲。现在的科学方法叫亲子鉴定。现在医学意义上的亲子鉴定,是根据遗传学的相关理论和实践,采用医学、生物学和遗传学的技术,从子代和亲代的形态构造或生理机能方面的相似特点,分析遗传特征,判断父母与子女之间是否是亲生关系。对可疑的父子关系和母子关系进行分析判断,其中作为成熟的亲子鉴定方法的 DNA 鉴定是国际公认的鉴定方法,其准确率达到 99.99%。你不去做亲子鉴定,闷着头忧心烦恼做什么?"

杨玉琼说:"真的有那么准?"

阿珠说:"当然。只要你敢让你家老牛去做。"

杨玉琼说:"连你也怀疑我?"

阿珠说:"不说这些,是不是一做鉴定就知道了,就真相大白了,老牛的疑惑就烟消云散了。"又说:"现在各大城市都有做亲子鉴定的,济南、青岛都有,你选个时间,和老牛带孩子去就是了。记着带介绍信,不带介绍信,人家还不给做鉴定呢。"

撂下电话,杨玉琼心里一块石头落了地,心里从未有过的轻松。她要让老牛和"机会"去做亲子鉴定,必须去做,只有这样,才能确认两人的父子关系,也可洗清她和阎芳州的不白之冤。连好朋友都怀疑自己和阎芳州有染,何况牛幸娃呢!只有用这种方式才能使真相大白。

杨玉琼和牛幸娃说了"亲子鉴定"的事,牛幸娃自然同意,说:"这样最好,这样最好。"

杨玉琼说:"听说需要开介绍信,这介绍信怎么开?一开别人就知道了,就传开了,对你影响不好,要不就算了。"

牛幸娃说:"去,去,介绍信有何难?到时我就说带你和孩子去济南看病,要几张空白介绍信就是了。"

说去就去,趁一个休息日,牛幸娃开车带老婆孩子去了济南,很快就找到了亲子鉴定中心,出示部队介绍信后受到关照,很快就做了亲子鉴定。结果证明,牛幸娃和"机会"是父子关系。牛幸娃那个高兴劲,简直用笔墨都难以形容了。

"亲子鉴定"是牛幸娃牺牲前一个月做的。一个月之后,他就牺牲了。杨玉琼心里些许欣慰的是,在牛幸娃生前做了亲子鉴定,确认了他是"机会"的亲生父亲。就这一点来说,牛幸娃死而无憾了。

杨玉琼心里还有一件遗憾事,想起来就隐隐作痛。因为孩子刚一岁多一点,还不会开口说话,只学会了叫"妈妈""奶奶""姑姑",就是没学会叫"爸爸","爸爸"是闭口音,叫起来有点儿难。牛幸娃抱着"机会",让他叫"爸爸",孩子就是叫不出。杨玉琼也在边上逗孩子,说:叫声"爸爸",给爸爸一个"机会"。没有等到亲生儿子叫一声"爸爸",牛幸娃就为国家的黄金事业捐躯了。

每想到这些,杨玉琼都止不住流下眼泪。

第十六章

1

牛幸娃在与巷道涌水的搏斗中牺牲,展示了人与自然斗争残酷的一面,也显示了"龙王爷"不会轻易交出"金库之门"的钥匙,必将还会制造种种困难和险情。但是这一切吓不倒英勇的黄金部队干部战士,他们以牛幸娃为榜样,发扬"一不怕苦,二不怕死"的精神,继续同各种艰难险阻进行殊死搏斗。

梁占刚这个一团之长就是一个冒死拼搏的领头羊。苏继轩调走后,梁占刚接任支队党委书记,成了支队的"一把手",这个刚强的东北汉子,觉得肩上的责任更大了,担子更重了。牛幸娃不幸牺牲,梁占刚难过了很长时间,也自责了很长时间,那天若不是因为自己外出开会,在第一线指挥的应该是梁占刚自己,第一个跳下水的应该也是自己,牺牲的自然是自个,而不是牛幸娃。他宁愿用自己的死,来换回牛幸娃的生,让牛幸娃接过自己身上的担子,继续领全支队干下去。而自己就是一死也含笑九泉了。他认为,牛幸娃是为建金矿抢险牺牲的,也是替自己这个总指挥去死的。牛幸娃死了,自己还活着,就更应该忘我奋斗,去尽早实现老牛尽快建成金矿的遗愿。因此,在以后一次一次抢险中,他都冲在前面,以必死的决心去赢得胜利。

又一场惊心动魄的战斗发生在斜坡道-320米水平出现大涌水之时。担负掘进任务的三连正在斜坡道-320米处施工,突然冒出两股水柱,将钻机冲出五六米远,两名钻机操作手被击倒在离掌子面三米远的地方,他们意识到这是打到了"破碎带",刚翻身坐起,水流就涌了过来,一场特大涌水事故瞬间发生。

-320米水平涌水的消息传开,官兵们像听到冲锋号一样火速奔向涌水处,去参加这场特殊的战斗。梁占刚和参谋长金昌浩、总工程师王兴昌(牛幸娃牺牲后金昌浩接任参谋长,王兴昌接任金昌浩兼任的总工程师)及后勤处处长王志强等,在井口跳下指挥车,急速赶往涌水处。三连连长付金祥、安装连连长郭逢良也带着技术员和相关人员赶到现场,在梁占刚指挥下,一场阻击突发性大涌水的战斗打响了。

水势异常凶猛,从一开始时每小时100立方米骤增到每小时200立方米,如不及时采取措施,不仅-300米水平以下的斜坡道被淹,-300米水平的平巷也将被淹,官兵们几年来千辛万苦换来的施工成果将毁于一旦。在严峻的形势面前,梁占刚沉着果断地下达命令:"控制水位,保住-300!"

此时水位仍在上涨,按照金昌浩的推算,最多再过20个小时,水位就会涨到-300米水平。在不到一天时间内,完成围堵涌水的一切准备工作,并采取果断措施逼水退却,就像在既定时间内和敌人争同一座山头,关系到生死存亡,必须拿下!当务之急是安上两台大功率水泵。水泵一旦安上,抽水大于涌水,保住-300米水平才有可能,否则全是空谈。梁占刚果断下达命令:安装连立即准备两台大功率水泵,保证在 20 小时之内开泵抽水;汽车连派两辆车 10 分钟之内赶到井口,抢运水泥沙石,为临时泵站垫好基础;王兴昌组织三连抢建-300 米水平临时泵站,务必在大功率水泵运抵之前完成。梁占刚和金昌浩分任正副总指挥把控全局。

与涌水抢时间,务必在 20 小时之内完成各自承担的任务,把两台大功率水泵安装好,形成排水能力,谈何容易!梁占刚对抢险人员说:"就是上刀山下火海,付出一切代价也要保住-300!保住-300,就是保住金矿,保住千辛万苦创下的施工成果,保住按时优质完成建矿的任务目标,祖国和人民考验我们的时候到了!"

说话间,涌水量已突破每小时 200 立方米,眼瞅着呼呼上涨,情况万分危急。"赶快安装水泵!"梁占刚沉着地下达命令。所有人都按照指令,在自己岗位上高效运转,心中只有一个共同的想法:尽快安装好水泵,赶快让水位下降。

此时此刻,安装水泵已进入到最后一道工序——焊接水管,水管必须有人扛着对齐接口才便于焊接。当出水管焊好,焊接抽水管即将完工时,涌水漫到了临时垫成的水泵地基,基座被泡松发软,水泵、电机启动柜与焊接机开始倾斜,可谓命悬一线,是继续安装还是立即撤离?大家都抬眼望着梁占刚。梁占刚什么也没说,"扑通"一声跳进齐腰深的水中,用肩膀扛起水泵底座。"扑通",金昌浩跳下去。"扑通",王兴昌跳下去。"扑通",王志强跳下去。"扑通""扑通""扑通",更多官兵跳了下去。大家手抬肩扛,让水泵保持正常状态,使焊接抽水管得以延续。焊接工作争分夺秒进行,水不断上涌,超过了胸口,没到脖子处,梁占刚、金昌浩和诸多官兵一道坚持着、坚持着,水泵终于安装就绪,当水位离电机仅有 3 厘米之际,两台水泵"突突突"发出怒吼,开始正常排水,水位被控制住了,-300 米水平斜坡道和平巷保住了。置生死于度外的大抢险,终于取得完胜。在梁占刚指挥下,十七支队官兵又一次经受住了考验。在一次次多发性大涌水面前,官兵英勇顽强、沉着淡定,体现了勇往直前的大无畏精神。

突发大涌水之外,突发性泥石流也防不胜防,先后达七次之多,对施工和安全构成严重影响。梁占刚带领全支队官兵临危不惧勇敢面对,用科学决策去化解险情,用科学方法去防范险情,竭力把灾害造成的损失降至最低,同样取得不俗战绩。

一次,四连官兵正在-195米水平巷道施工,放炮完毕,两名战士回掌子面查看放炮效果。刚刚离开,身后突然传来"轰轰轰"几声巨响,掌子面上一股巨大的泥石流喷涌而出,向巷道内奔泻,近处的一座重达2000多公斤的变压器被掩埋过半,300伏的动力电缆被烧,巷道内一片漆黑,烟雾弥漫。因为撤离迅速,才没有造成人员伤亡事故。

梁占刚闻讯赶来,三山岛金矿张副矿长也急忙赶来,共商对策。虽然大家都是"老矿山",但如此大规模的泥石流从未见过,而且在地质资料上都没有过记载。怎么处置?不能硬干,连现场都不敢贸然清理,只好中断施工生产再图良策。从北京、沈阳等地请来的权威地质专家,到现场"会诊"后,一致认为,现在的掘进通道打在了一条大的破碎断裂带上。这条大断裂带经过多次构造运动,带内岩石极为破碎,为地下水的存储及运移提供了空间,储存有丰富的地下水,同时接受海水的弱渗透补给,极易发生涌水、塌方、泥石流等水文地质灾害。就像一只麻袋里装满了含水的碎石,更像一只水缸装满了碎石和水,一旦麻袋和缸壁破裂,这些泥石流就会大量涌出。

怎么办?专家的建议是修改设计方案,避开这个大的断裂带,掘进绕道进行,采取避让办法,以免地质灾害再次发生。

梁占刚面对即将被报废的30多米巷道,心情格外沉重,这是用血汗换来的成果,就要被舍弃,内心不忍,但还是得尊重科学,听从专家意见。梁占刚对官兵们说:"我们必须改道、坚决改道!舍是为了得,慢是为了快,只有绕开破碎带,我们才有赢得胜利的机会。就像在战场上绕开敌人坚固的工事和凶猛的火力迂回前进一样,寻找新的路径和突破点,确保完成任务和施工安全。"他带领官兵经过一个月顽强拼搏,清理完100多米被泥石流堵塞的巷道,在距泥石流始发点30多米开外的地方,用坚固的钢筋水泥墙将其封堵,防止再次发生泥石流对新巷道构成威胁。由于改道及时,采取方法得当,施工得以继续进行,被耽误的时间也被日夜加班抢了回来。

南风井保卫战,也是梁占刚亲历的一场战斗。一天,连长王玉波正在掌子面带领战士施工,突发泥沙,海水混杂着泥沙向巷道喷射,来势凶猛,如不及时堵住,将会招致整个井筒偏斜瘫痪,甚至造成全井报废,后果极其严重。王玉波一边采取封堵措施,一边让人向支队紧急报告。正在主持党委会的梁占刚接到报告,当即宣布休会,火速赶往现场,同时调动人力、物资,商讨抢险方案。南风井下掘工程地质情况复杂,用常规沉井或淹水沉井法,都难以避免海水渗透,甚至有涌水涌沙的发生,施工难度极大。对可能发生的事故,梁占刚已做预案,制定了多种应急措施,交代连长王玉波"锦囊妙计":每班必须放下安全软梯才能施工,以确保突发险情时施工人员能安全撤离;坚持连队干部跟班作业,实施现场观察,发现情况及时处理,若遇重大险情及时报告支队首长;在物资上做好充分准备,调运部分水泥、沙子和石子,以备突发涌水时填堵需要;固定一辆指挥车在特殊情况下使用。

王玉波虽是"理发匠"出身,但他聪明、机灵、爱琢磨事,对梁占刚的"叮嘱"牢记在心,时刻把战士们的安全放在第一位,同时做好预防灾害的各种准备。每班上班时,都不怕麻烦,把软梯安放好再施工。泥沙汹涌而来,危在旦夕,王玉波临危不乱,一面向井口发出紧急信号,一面组织人员撤离,事先准备的软梯正好派上了用场。但在这个分外紧急的时刻,却没有一个人率先登梯,有人让王玉波先上,王玉波登时急眼了:"胡咧咧个啥!我是连长,我断后!在战场上,你见到过咱们人民军队的领导先撤了吗?麻溜上!一个接一个,别再磨叽了!"井下几名党团员,谁也不愿意第一个撤离。王玉波下达命令:"党团员靠后,老兵靠后,新兵上!一个个接续登梯,不准回头,不准向下看,立即执行!"等大家都爬上软梯,上了吊盘,脱离危险时,王玉波才松了一口气。此时泥沙已淹到他的小腿部位,待抓住左右摇摆的软梯要向上爬时,却发现泥沙和海水已漫过防水靴,灌进了靴子中,靴子又深陷泥沙中拔不出来,双脚使劲晃动也难以拔出来。坏了!他瞬间感到了死亡的威胁。

上面吊盘的战士在喊:"连长,你上来呀!你怎么还不上来呀?"

王玉波应声道:"马上就来!马上就来!"可就是拔不出泥沙中的双脚来。死亡在向他走来,他有了恐怖感,好在头脑清醒:"还要靴子干什么!"想到做到,两只脚就从靴子里"金蝉脱壳",光着脚爬上软梯,终于安全地上了吊盘。"光脚丫子登软梯",以后成了连队干部战士常讲的一个笑谈。

就在井下施工人员脱离危险之时,梁占刚带领人马赶到,他沉着指挥,按照王玉波描述的情况,有针对性地堵水护井。汽车把一车车的石头运到现场,铲运机把一斗斗的沙子送到井口,官兵们人人拼了老命,扛水泥的个个像个泥猴子,只嫌扛得少、跑得慢;运沙子的,铁锹不够,就用手扒、用木板撮、用军衣装。不到一个小时,就将5吨水泥、20立方沙子、1吨氯化钙速凝剂投入井中,以最有效的方法和最快的速度堵住流沙,保住了南风井。

南风井刚刚保住,北风井又出了事,突发塌方,一排长杜连中为救战友献出了宝贵生命。

杜连中的名字在十七支队并不响亮,但是"金疙瘩"在全支队无人不知。因为在东北黑龙江采金时,他一不小心捡到一块重达数百克的

"狗头金",落了个"金疙瘩"的绰号。这个绰号还有一个来历。刚捡到那块狗头金时,人们开始叫他"狗头金",他表示"强烈不满"地说:"这叫什么名字?有叫狗尿苔的,叫狗连蛋的,叫狗不闻的,我再叫狗头金,不就凑成'四大狗'了吗?不干!谁再叫我就跟谁急!"杜连中爱开玩笑,战士们也爱和他开玩笑,人们常说,不说不笑不热闹。有人问:你不叫"狗头金",那叫什么呀,总得有个名号吧?你爱给别人起绰号,你就给自己取一个吧。杜连中说:咱们东北称最小的儿子叫"老疙瘩",是心肝宝贝的意思,我就叫个"金疙瘩"吧。一个老兵说:好,好!这个名字好,你就是我们的宝贝疙瘩。杜连中明知吃了亏,也不好再说什么,是自个把自个绕进去了。好在"金疙瘩"这个名字响亮、好听,又符合黄金战士的身份。天天在深山里找黄金,谁不想为国家找个"金疙瘩"呢!

从东北调三山岛之后,杜连中"金疙瘩"开玩笑的特点延续下来,因为有时"信口雌黄",在提干时差点被"刷"下来,是阎指导员力排众议,才提拔他到排长岗位。升任排长时,政治处主任王永学委托阎芳州和他谈话,明确指出他身上的两个缺点,并希望他改正。这两个缺点杜连中都认账。他出生在东北,爱喝酒,常说的一句话是"好喝酒酒好喝喝好酒",对酒是来者不拒,也有喝酒误事、喝酒说胡话、说大话等"前科"。说笑话是性格使然,但也有把控不住伤人和"涉黄"的时候。既然"认账",就要改正。阎芳州要求他:一是少喝酒;二是少讲笑话,把精力集中到学习和工作上。努力提高素养,严格要求自己,把一排带好,把任务完成好。杜连中对阎芳州的话听得入脑入心,他知道这不是阎芳州个人谈话,而是代表组织提出的要求。当然,他对阎芳州是信服的,也是充满感激之情的。关于他和"福尔摩斯"任职争论的传闻,他也听到了。他一方面感激阎芳州,一方面认为反对他升职的人也是对的。只有"幡然悔悟",才能不负组织重托和同志信任。脑袋想清,决心下定,他从此就像变了一个人一样。不再喝大酒,饮时浅尝辄止;不再说笑话,好像以前从来没说过笑话一样。也有老乡说他"当了排长就端了起来",是"被罩当麻袋——挺能装"。他也不辩解,一心扑在工作上,整个人变了,施工天天走在前头,下班次次落在后头,对战友知冷知热,处处关心,最终为救战友献出了生命。

一茬炮眼打完,战友们带着钻机等陆续撤离掌子面,准备装药放炮。杜连中走在最后面,他要检查是否有遗忘在现场的设备物品,防止放炮时被石块砸坏。新战士小林返回掌子面接应他。杜连忠和小林离开掌子面没走几步,一场大面积塌方突然发生,100多立方米的乱石块瞬间坍塌下来,大的有数吨之重,小的也有几十公斤。在这生死关头,杜连中猛地把小林推向一边,小林获救了,他的身躯却被压在了沉重的岩石下,被乱石吞噬……

在支队领导和政治处组织下,十一连为杜连中举办了隆重的追悼会。追悼会由连长申力明主持,阎芳州致悼词,新战士小林代表全连战士表示继承烈士遗志努力建好金矿的决心。杜连中的老排长、现任九连代理连长慕古秀,特意回连参加追悼会。他把带来的一箱六瓶西凤酒,一一打开洒在杜连中遗像前的地上,哭着喊道:"金疙瘩,你喝呀,喝呀,你不是说要喝我送的西凤酒吗?怎么不说话呀!来,咱俩一起喝!我知道你戒酒了,今天咱放开喝,喝个痛快!喝呀,你怎么不喝!"说完,号啕大哭,引得追悼会现场的所有官兵都失声痛哭起来。

2

牛幸娃牺牲后,杨玉琼受到来自各方面的关心呵护。一方面是因为牛幸娃任团参谋长,结识的人多。另一方面是因为牛幸娃离开后,杨玉琼这个柔弱女子带着一岁多的幼子,让人见怜。况且,杨玉琼曾是舞蹈演员,热心为干部战士演出,是他们心目中的"女神"。转行后改做白衣天使,天天热心为大家服务,好人好报,自然关心她的人就多。

首先是来自组织上的关心。支队长梁占刚和政委于俊到家看她,看家里有什么困难,对组织上有什么要求。梁占刚说:"老牛是为建设金矿牺牲的,是烈士,也是功臣,对他的遗孀和后代,国家和部队有扶助的义务,你有什么要求尽管提。"杨玉琼什么也没说,只是在那里抹眼泪。保姆带会会跑出去了,一岁多的孩子还不懂事,不懂得人生人死,不懂得生离死别,自然也就没有什么忧愁。只是不知为什么,牛幸娃不在了,这孩子却会叫"爸爸"了,听得杨玉琼泪流满面,难道这孩子聪慧有异禀,知道爸爸已不在人世? 想到这些,当着支队长、政委的面,杨玉琼又抹开了眼泪,哭道:"幸娃活时,让会会叫爸爸,会会不会叫,现在会叫了,幸娃却不在了。"

于俊政委说:"小杨,你不要太难过,别哭坏了身体,孩子还小,靠你照顾哩。我和支队长商量了,可以尽快安排你转业,让你回嘉峪关工作,找一个适合你的岗位,也便于照看孩子。什么岗位合适,听你想法,组织上尽量满足你的愿望。如果你不想转业,我们可以通过武警黄金指挥部找武警总部,把你调到嘉峪关市武警支队工作,工作岗位任选。这样离你父母家近,家里老人关照也方便。"

杨玉琼停止了哭泣说:"谢谢领导关心! 幸娃是为建设三山岛金矿牺牲的。当初为了筹备建金矿,还动员我第一批从河北褡裢调过来。幸娃生前没有看到金矿建成,我要替他看见。我虽然没有什么大本事,尽应尽的微薄之力还是应该的。我离开三山岛这件事,以后就不要再提了。"

梁占刚、于俊见杨玉琼这样说,就又安慰几句,留下"有事随时找我们"这句话,就离开了。

金昌浩、苗丽萍和王永学、余秀英,既和牛幸娃熟识,也和杨玉琼熟识,都是从甘肃镜铁山苦斗出来的,既是战友,又是朋友,苗丽萍、余秀英、杨玉琼、夏玉珠"四姐妹",是不是亲姐妹胜似亲姐妹的关系。她们对杨玉琼自然关爱有加。金昌浩和王永学商量并征得苗丽萍、余秀英同意,提出的方案是:让杨玉琼把儿子会会过继给金昌浩和苗丽萍,由他们两口子抚养,杨玉琼只身一人或调动或转业到嘉峪关,一个人轻手利脚地回老家,离开这个伤心之地,重新择偶,组织家庭。苗丽萍说:"玉琼,我的好妹妹,会会交给别人你不放心,交给姐姐你总该放心吧?老金喜欢孩子,我们一定会把会会视为己出,把他养大供读上大学,到时完璧归赵。你就放心地离开这里吧。你自从参军后,吃的苦太多了,受到的难事也太多了,该换换环境,有一个新的生活了。"说罢,自己先哭了起来。

杨玉琼流着眼泪说:"谢谢丽萍姐,也谢谢金哥,不是会会交给你们我不放心,是我不能离开三山岛,我已和支队长、政委表态,说三山岛金矿不建成,我不离开。我不离开这里,孩子就由我亲自抚养,孩子是幸娃的骨肉,我得尽到为妻为母的责任。以后真的遇到困难时,我会找你们,到时,你们一定帮我一把。"杨玉琼这么说,苗丽萍、金昌浩、王永学、余秀英,就不好再说什么了。

杨玉洁和王玉波作为妹妹和妹夫,自然是关心杨玉琼和会会的。杨玉洁已调到三山岛金矿,并和王玉波结了婚。为了培训矿山管理骨干,被金矿送到北京石景山冶金部举办的一个长训班培训,时间长达两年。闻讯后特意从北京请假赶回三山岛看望姐姐和孩子,和玉琼抱头痛哭一场,待了一个月又返回北京参加培训。临走时把姐姐和孩子托付给王玉波,说:家里的大事小情你都要照顾到,决不可稍有疏忽。王玉波自然听从新婚妻子的安排,不敢怠慢,何况牛参谋长在他进步道路上曾助过一臂之力。

"铁匠"苏明远来找杨玉琼,说自己和牛参谋长是四川老乡,在家是铁匠,是牛参谋长让他到部队还打铁,发挥一技之长,才有今天的进步。他和参谋长的关系,可以说是"老铁中的老铁"。如果没有参谋长,就没有他的今天。现在他已转了干,老婆和孩子也已随军到了三山岛,现在家里条件很好,提出代为养大会会,减轻杨玉琼负担,以利她下一步改嫁。苏明远说:牛参谋长的娃儿,就是我的娃儿,我会对他比对自己的亲娃儿还要好。杨玉琼自是不允,但感动得哭了一鼻子。

这边刚哭过,九连代理连长慕古秀来了,见了杨玉琼,握过手,问一句"嫂子好",就蹲在地上大哭,人高马大的一个人,站起来比杨玉琼高半截,蹲下却像一个孩儿,哭起来还没个完,本来是劝杨玉琼的,却让杨玉琼劝了半天。好不容易止住哭,才说出来意:"我是牛参谋长救下的,没有参谋长踢我那一脚,我也光荣牺牲了。你说,我和参谋长算不算生死兄弟?你说,我对他的老婆孩子,该不该尽到当兄弟的责任?俺老家古语说,滴水之恩,当涌泉相报,这救命之恩,我当如何报答?"

慕古秀老让杨玉琼说,杨玉琼不能不说,又不能乱说,顺着慕古秀的话说:"是,你和参谋长是生死兄弟,我认下你这个兄弟了。"

"嫂子!好嫂子!"慕古秀激动得要跪地下了,一想不妥,就站直了敬个军礼,像个黑铁塔一般,眼神从杨玉琼头顶穿过,两个人个头差得太大。面对杨玉琼,就像面对一个少先队员。他严肃认真一丝不苟的样子,差点把杨玉琼逗笑了。

杨玉琼认下眼前这个"兄弟",麻烦就接着来了。

慕古秀说:"嫂子,俺们河南老家有一个规矩,就是嫂子在哥哥去世后,为了照顾嫂子和哥哥的孩子,弟弟可以娶嫂子重组家庭以尽责任,这在我们当地叫'矬一榫'。"

杨玉琼没听清慕古秀话中的含义,不知他为什么讲"矬一榫",无意中问:"'矬一榫'是什么意思呀?"

慕古秀说:"俺老家过去做木匠活,很少钉钉子,做家具盖房子都是榫卯结合,行话叫榫卯结构,把榫头打到卯眼里就牢固结实了。榫头是一端凸出的部分,卯眼是凹进去的部分,也叫榫头、榫眼。假如木匠不小心,把榫头做坏了,也不能把木料白瞎了,就在原来位置向下矬(矮)一截,重做一个榫头,让这个榫头和原来的榫眼配合。弟弟娶殁了兄长的嫂子,也是这个道理。"

杨玉琼听明白了,脸一下红了起来:"你给我说这个干什么?"

慕古秀直杠杠地说:"你认了我这个弟弟,你就是我嫂子,我想娶你这个嫂子,替牛参谋长照顾你,养大他的儿子。"

杨玉琼说:"你这是干什么呀?"

慕古秀说:"我没有多少文化,也没有多少本事,就是有一身力气,我只能用我自己去报答牛参谋长救命之恩。"

杨玉琼自是不会同意,但还是颇为感动,她了解这个人憨直、实诚,没有什么心眼,说的皆是肺腑之言,就说:"使不得!使不得!你和大秀处对象,都谈婚论嫁了,怎么可以这样呢?"

慕古秀说:"我这样做,大秀能理解,再说三山岛村追求她的人多了去了,缺了我她照样成家。你要是同意,我这就去跟她说。"

杨玉琼说:"不行,我不同意!我怎么能把幸福建立在别人痛苦之上呢?古秀兄弟,今后再也不要提这件事了,嫂子谢谢你了!"

慕古秀一下子被杨玉琼拒绝,不知说什么好了,挓挲着双手,站也不是,坐也不是,蹲也不是,好半天才蹦出一句:"嫂子,我知道了,我是做梦看太阳——自作多晴(情),你看不上我,我不是干部,到现在还是个代理连长。但是上头来的大首长说了,不让老实人吃亏,我的转干问题早晚能解决,你要相信我是能够转干的。"

杨玉琼又好气又好笑,但更多的是同情。她虽然不同意和刚认下的"弟弟""矬一榫",但相信这个老实人说的是老实话,是掏心窝子的肺腑之言，不能再伤害老实人了，伤害老实人是一个罪过。她哪里会嫌弃慕古秀不是干部呢？这扯到哪里去了？但她由此知道了慕古秀的心结，知道了慕古秀由此而生出的自卑心理，决不能在他伤口上撒盐，决不要再议论这个问题。但又不好回答慕古秀关于职务的疑虑，说什么好呢？于是急中生智，说："嫂子谢谢你！嫂子不是不答应你，实在是嫂子心上有人了，这个人你认识。"

慕古秀说："我认识？谁呀？"

杨玉琼说："名字我就不说了，我们结婚了，你就知道了。"

慕古秀一看这情况，就自找台阶说："嫂子，你啥时结婚可得告诉我，我给你送两床俺老家织的龙凤被面来。"

慕古秀走了，杨玉琼为跟这个老实人撒谎而不落忍，但不撒谎，又有什么办法呢？自己哪有什么要嫁的男人？就是个美丽的谎言而已。

在帮助呵护她的人中，让杨玉琼最为感动的是三山岛金矿保卫干事左梅。她和左梅都是嘉峪关市人，但两人以前并不熟悉。知道左梅，是申力明搞的那次"捉奸"事件，让当时在镜铁山的人，一下子都知道了左梅。杨玉琼从王永学口中知道了这件事的内情。进一步接触是在妹妹杨玉洁请人家左梅办调动的时候。左梅对王玉波有意思，若没有意思，两人也不会走得那么近，后来两人被"捉了奸"，就想"弄假成真"，干脆嫁给王玉波算了！为此，她打破女人不先开口的惯例，先向王玉波明确示意，后又追到三山岛。没想到这王玉波却另有所爱，这"所爱"就是杨玉琼的妹妹杨玉洁。杨玉洁是在知道的情况下去"参与竞争"的，这就必然对左梅造成了伤害。所以，妹妹让杨玉琼出面求左梅，杨玉琼是不抱希望的，也不想去碰钉子，就让玉洁直接去找左梅。

让杨玉琼没有想到的是，左梅这个女人不计前嫌，在听了杨玉洁的请求后，答应出手相助。左梅说："我没和王玉波成，是我俩没缘分。

你和王玉波能成,是你俩的福分。我嫁给王好,还得感谢王玉波,不是他,我就不会认识王好。你嫁给王玉波,就是军嫂了,我也是军嫂,军嫂之间互相帮助是应该的。咱们以后姐妹相处,我比你年纪大,就叫我姐姐吧。"

杨玉洁是个文艺青年,会写诗,情感丰富,当时就感动得流下了眼泪。两人结为姊妹,又共同尊杨玉琼为姐姐,三人就成了"三姐妹"关系,来往密切起来。

左梅没有食言,她去信找在冶金部工作的表哥,说了杨玉洁的情况和毕业后想分到三山岛金矿的请求。表哥让左梅寄去杨玉洁的简历,请示有关领导同意后,帮助杨玉洁办理了毕业后分到三山岛金矿的手续。当时改革开放正在深入,提倡用需见面,许多地方、企业都跨省招人。杨玉洁的情况属允许的范围,而且是解决和部队干部的两地分居问题,何乐而不为呢? 但对杨玉洁和王玉波来说,这可是解决了大问题,不仅促成了他俩的最终结合,而且解决了夫妻两地分居会遇到的困难,内心自是感激不尽。后来,杨玉洁觉得学历不够用,想去深造,又是左梅找表哥协调,使玉洁有机会去读具有研究生性质的两年长训班,到北京学习深造。

对此,不仅杨玉洁本人感谢,就连杨玉琼也受到感动。对左梅感谢说:"你对玉洁比我这个姐姐还关心,比我给她做的事还多,太谢谢了。"

左梅说:"谢什么呀,咱们是姐妹关系,玉洁进步了,咱们脸上也有光呀!"

杨玉琼越发觉得左梅这个女人善良、可交。在玉洁去北京参加长训班走了之后,就和左梅密切交往起来,成了无话不谈的好朋友。

牛幸娃牺牲的当天晚上,左梅就拿来一床被子,到杨玉琼家和她同住。当晚两人谁也没有睡觉,左梅陪杨玉琼说话,陪她流眼泪。她说:"是我家王好让我来陪你,他怕你伤心难过想不开伤身体,让我来陪你解解闷。我白天上班,晚上就来陪你。我家王茜上学住校了,也用不着我照顾,我闲着也是闲着,过来陪你说说话,照顾一下孩子,是应当的,是尽姐妹情分。"说得杨玉琼心窝里暖暖的。

从此之后,左梅每天晚上都来陪杨玉琼。直到三个月后王茜学校放假回家。这时候,杨玉琼的情绪已经稳定了下来,初步接受了丈夫牺牲的现实。左梅适时撤退,掌握的火候最好,杨玉琼也该有较大的私人空间,该考虑如何处理个人问题了。自己老待在人家身边,人家就不那么方便了。左梅离去时,杨玉琼有点依依不舍。左梅离去时说的几句话,更让杨玉琼无比的感动。

左梅说:"我来住这几个月,对你更了解了,你是个纯洁无瑕善良天真的女人,值得女人交、男人爱,是我这辈子遇到的最好的朋友。这几个月,我和会会也熟了,会会见我就咧小嘴笑,看来喜欢我这个姨哩!玉琼你以后不找男人便罢,如找,带着孩子就不太方便了。你若真有那个想法时,就把会会交给我,我给你带。我和王好商量好了,有了王茜,我们就不再要孩子了。到时我把你的心肝宝贝会会当亲儿子养活,中不?"

杨玉琼没有说话,抱着左梅痛哭起来,哭了一会儿说:"妹妹,我不想让你走,你晚上还来陪我!"

左梅也抹了泪,抹完,停了停说:"那可不行!我再在你这里住,我家王好哪受得了,还不和我闹离婚?我以后隔三岔五会来看你的,也给会会送点好吃好玩的。"

左梅的直率把杨玉琼逗笑了。看着左梅离去的背影,杨玉琼在心里说:左梅夸我是个善良的女人,她才是一个真正纯洁善良的女人,遇事替别人着想的人。从两人的交往交谈中,她深切地悟出了这一点。

既然是"无话不说"的朋友,在近三个月的夜谈中,左梅可说了自己不少的秘密,她和王好的,和女孩王茜的,在单位和同事的,现在细品起来,都是左梅安慰杨玉琼找出来的话题。这些话本可以不说的,可以烂在肚子里的。左梅是保卫干事,嘴上是有把门的,有克制自己不说话的功夫。但像溪水潺潺一样流出这些,还不是怕她寂寞,怕她想不开?而这些夜谈,甚至彻夜交流,确实让杨玉琼获益匪浅。左梅在牛幸娃牺牲后,陪她度过了近百个晚上的漫漫长夜,两人互相诉说交流,使自己度过了最艰难最难过的日子。她也从左梅的话语中了解她的为人,她的人生态度,她对家庭夫妻关系的处理等等,以及在点点滴滴中体现的一个善良女人的品性。左梅讲到,她是如何对待王茜的,如何一点一滴地感化孩子、与之建立亲密母女关系的。左梅说:就是一块石头,我也要用心去把它焐热。有这种心劲,还愁达不到目的吗?为了亲密母女关系使之持之以恒,左梅向王好提出不生自己的孩子,以免分心、偏心,对王茜照顾不好。王好本来想让左梅生个儿子传宗接代,也打消了这个念头。对王好和前妻刘芳的关系,左梅也处理得很好。开始发现王好偷着给刘芳寄些钱时,左梅很生气,后来知道刘芳是在被逼还钱身处危险情况下向王好伸手的,也就释然了。反而认为王好这样做是应该的。如果王好是个无情的人,那还叫王好吗?自己对王好好,对王茜好,王好心在自己和孩子身上,就不必计较这些了。这些都显示了左梅的豁达、大度,杨玉琼感到自己在这些方面有所欠缺,应当向左梅学习。她也从左梅和王好身上,看到好有好报善有善报。王好不负其名立志做一个好人,上天在刘芳离他而去与女儿相依为命时,给他送来一个好女人左梅;左梅被人诬陷、暗恋的人又离他而去,遭受重重打击之时,上天让她遇到了好人王好,两人结成了百年好合的婚姻。在夫妻俩决定此生不再要孩子时,却意外怀孕,生了一个大胖小子,不仅开出了爱情之花,还结下了爱情之果,真是喜出望外。这自然是后话。

3

在牛幸娃牺牲的头几个月里,和杨玉琼关系最为密切的阎芳州,来看杨玉琼的次数反倒不多,仅有的几次,也就是说几句安慰的话就走,其热情、其频率,还不如牛幸娃和杨玉琼新认识的王兴昌。

王兴昌和牛幸娃在开掘北风井时结下情谊,两人同在北风井工作组,同吃同住同劳动,牛幸娃对金昌浩发现的这个好苗子格外看重,着意培养他,推荐他担任竖井掘进连连长,他受到很好锻炼,用实际行动不负组织上期望。在金昌浩接替牛幸娃任参谋长之后,力荐王兴昌担任总工程师,因为资历浅,这在总队乃至整个黄金部队,都是一个突破。好在党委意见一致,又有重用"革命化、年轻化、知识化、专业化"干部的大背景,部队建设也确实需要,使王兴昌不到30岁就脱颖而出,担任这支部队成立以来最为年轻的总工程师。这自是组织上培养的结果,但金昌浩的发现、力荐和牛幸娃的扶持及帮助,也起到了很大的作用。王兴昌对牛幸娃深怀感激之情,对他的牺牲格外痛惜,对其家属孩子关照关心是自然的。

王兴昌是个科技人员,不怎么会说话,来了就大包小裹带些东西,让杨玉琼很过意不去。不让他带,下次又是大包小裹,衣食住用都有,想得周到齐全。话不多,就坐在那里闷着,他不说话,杨玉琼也不知道说什么好。王兴昌说话最多的一次,是劝杨玉琼改行,放弃护理这一行,调到技术股搞技术工作。

杨玉琼说:"我从没和技术沾过边,什么也不会呀?"

王兴昌说:"谁不是从不会到会呀!你先从学绘图开始,当绘图员,不会我教你,然后深入到技术业务领域。这样工作稳定又能学到一门技艺,即使就当一名绘图员,也可以谋生哩!"牛幸娃生前交的这个朋友，倒是替她考虑得长远。

杨玉琼自是没有同意，但这份浓重的情谊收下了。她说："谢谢王总。我不是这块材料，我妹妹是学矿山技术的，她在三山岛金矿工作，等她从北京学习培训回来，我让她拜你为师。"

杨玉琼对阎芳州来看她次数较少，能够理解。因为两人的关系过去有传闻，加上有的人添油加醋，把原本两人的清白之交传得不明不白沸沸扬扬。现在牛幸娃牺牲了，只剩下杨玉琼孤儿寡母，人们在看阎芳州如何表现。在这种情况下，阎芳州不得不约束自己。更为重要的原因，是阎芳州正在和范兰枝谈恋爱，对自己的行为有所忌惮也是不难理解的。

阎芳州和范兰枝谈恋爱，还是杨玉琼撮合成的。

范兰枝从中南矿冶学院研究生毕业后，又回到三山岛浙江小分队，原先追求她的那个小宋，早已和队里别的女孩子成亲。两年时间变化很大，队里一些男女或在队里找，或在三山岛村找，基本全都结婚成家了。就像原先的一树果子，现在枝头剩下没几个了，女孩子独有范兰枝"硕果仅存"，其余都各有所归了。摆脱了小宋和以前一些男人的追缠，范兰枝自然一身轻松，但因为自己学历提高了，来追求她的人反而少了。自己虽不那么年轻，却依然漂亮，头上还带着研究生的光环，一些男人却望而生畏了。好在她心仪的两个男人——阎芳州和申力明都尚未成家，也未听说处有对象，心思便聚焦在这两个男人身上。

在读研究生之初，她曾经给阎芳州、申力明共同写过一封信，信中再一次对他们在三山岛工作期间的关照予以感谢，告诉自己到校后，一切安好，请他们放心。说自己学成之后一定回三山岛建设金矿，后会有期。为什么给两人共同写一封信？这就是一个女孩子的心思：共同一信，就说明对两人轻重相同，没有高看低看之分，留有观察和选择的余地。如果他们两个都有意，自然会按照信封上的地址给她回信，

"高高的树上结槟榔,谁先爬上谁先尝",那就看谁抢先谁主动了。她对这两个人真的是难分伯仲,那就用这种办法来确认吧。哪承想,自己那一封信"泥牛入海",一点儿消息都没有。这让范兰枝有些失望,又有些欣慰。那就等研究生毕业吧。毕业后这两个人哪个没有结婚成家,剩下的那个就是上天留给自己的了。

没想到研究生毕业回到三山岛,这两个男人都没成家结婚,自己又一次面临选择。她一次一次进行比较,仍然是分不清高低轻重,正在为之苦恼的时候,杨玉琼找她来了。

杨玉琼两年前,给范兰枝说过阎芳州,当时范兰枝深陷被小宋追求中,未敢贸然答应。现在已时过境迁,正在面对两人难以抉择时,杨玉琼的介绍,无疑加重了阎芳州的砝码。杨玉琼说,阎芳州早就对范兰枝有意思,但不知她研究生读完后能否确切回来,就没有主动联系。再说第一次问过之后,范兰枝没有回话,又听说她在浙江小分队处了对象,这件事就撂了下来。现在既然回来了,又没有过去的纠缠,两人正好相处,在一起处处增进了解增加感情。杨玉琼的说合,让范兰枝的天平倾到阎芳州一边,答应处处。两人真的处起来后,觉得还不错。半个月之后,范兰枝对杨玉琼说,幸亏她先介绍阎芳州,两人建立联系没几天,申力明就通过他哥哥范兰亭,表达了欲和范兰枝结秦晋之好的意思。范兰枝是一个为人善良又内心周正的姑娘,她不会脚踩两只船的,但希望和阎芳州谈恋爱这件事先不要声张,等事成之后再告诉哥哥和申力明,避免中间引发矛盾,毕竟阎芳州和申力明一个是指导员一个是连长,因这件事处理不慎而影响工作不应当。杨玉琼自然尊重范兰枝的意见,把话递给了阎芳州,两人先慢慢处着。现在处到什么程度,她没有再问,当介绍人的责任尽到了,处得好坏,成与不成,那是当事人自己的事,介绍人不要从中瞎掺和。但据她观察,两人处得还不错,正在向深处发展。

牛幸娃牺牲后,杨玉琼陷入悲伤和恍惚之中,天天以泪洗面,哪有心思去问阎芳州和范兰枝恋爱的事。阎芳州、范兰枝分头来看她,说一些关心的话,她表示感激,却没有过问他俩的事,没那个心思,有时别人在场,也不好问。这件事似已淡出脑海,自个还自顾不暇呢。

让杨玉琼万万没有想到,似乎不怎么关心她的阎芳州,却在牛幸娃牺牲三个多月后,突然来看她,明确表示要娶她为妻,以会会为子,与她组建新的家庭,把杨玉琼一下子击蒙了。

阎芳州说:"杨玉琼,我现在正式宣布,我要追求你,娶你为妻,把牛参谋长的儿子会会当自己的儿子抚养。我是下定了决心的,请你一定答应我。你一天不答应,我就等一天,直到地老天荒。"

杨玉琼惊呆了,半天才回过神,低声说:"这怎么可能!你这是说胡话吧?你没有发烧吧?你正在追求范兰枝,和人家谈恋爱,怎么可以说出这样的话,对自己对别人都太不负责任了吧?"

阎芳州说:"我已和范兰枝中断恋爱关系了,已明确告诉她我俩不合适,不再来往了。"

杨玉琼说:"你这样做,不是让我做恶人吗?我是你俩恋爱的介绍人,现在你又来追求我,陷我于不仁不义之中,让人感觉是我夺走了你,是我从中捣鬼,今后我还怎么做人?还怎么和范兰枝做朋友?"

阎芳州说:"这件事和你无关,我和范兰枝已讲清楚。我对她印象很好,但我父母不同意,怕南方人和北方人在一起日子过不好,非要让我找一个甘肃老乡。说,只要是甘肃人,长得丑俊无所谓,年龄大小无所谓,只要能生儿育女就行。实在是父母之命难违,我不能再耽误你了。"停一会儿又说:"我还对范兰枝说,我看出我们连长申力明对你有意思,一次开会,我看他在笔记本上写你的名字呢。你们俩是永嘉老乡,是喝一条楠溪江水长大的,两人真是天生地设的一对,你要愿意,我给你从中做介绍人。"

杨玉琼说:"范兰枝怎么说?"

阎芳州说:"范兰枝对我突然提出不与她处对象,有些不悦,说,想不到你这个大学生、部队培养的干部还这么封建,唯父母之命是从,找对象还非要在家乡找,非甘肃籍不娶,那就算了。申力明的事不劳你操心了,他已经找过我哥表达了这层意思。我想,我和申力明是很合适的,只要他愿意,我就嫁给他。果然过了一周之后,她和申力明就公开处上对象了。现在连队和浙江小分队都传开了,人们夸赞这是一对最佳组合呢。"

杨玉琼听明白了,阎芳州这么说,那么说,就是把自己从范兰枝身边摘出来,回过身来追求自己,而且断了"后路",把范兰枝推给了申力明。既满足追求杨玉琼的愿望,又避免了和申力明为争得范兰枝产生的矛盾。

杨玉琼有几分感动,但更多的是不满和愤怒:"这么大一件事,你竟然不和我商量,就自作主张和范兰枝断了关系,还假借是父母不同意这个理由,太荒唐了,太自以为是了!你追求我,我还不干呢!我让你竹篮子打水一场空,接受一下做人不讲究的教训。"心里这么想,脸面上就不怎么好看,说:"你这不是追求我,而是捆绑我;你不是爱我,而是同情我。我不受人捆绑,也不让人同情。你走吧!以后个人过个人的日子,互不来往,省得让人家说闲话、嚼舌头,寡妇门前是非多,自古而然。"

杨玉琼没想到,她自己一生气,话竟说得这么流畅,意思表达得这么明白,连阎芳州都惊讶了:"玉琼,你现在说话越来越有水平了,说得我都递不上话了。"

杨玉琼发狠声说:"不用你管,你麻溜走,以后别再来了!"主人现已送客,阎芳州不好赖着不走,但既然决心下定,就没有回头路可走。他想起家乡的一句话:"猴不跳圈——多筛锣",多下些功夫就是了。

但转念一想又不妥,怎么能把杨玉琼比作猴子呢?她可是自己的心上人呀,怎么能使用这些亵渎的俗语呢?现在,阎芳州对杨玉琼是发自内心的爱怜,爱怜的同时还有一份责任。他不是不喜欢范兰枝,根据自己的观察,听杨玉琼等人的介绍,以及和范兰枝谈恋爱期间的接触,他评价这是一个内外兼修、秀外慧中、百里挑一的好姑娘,自己能与之恋爱并与之结婚,那是几辈子修来的福分。范兰枝也喜欢他,甚至付出了几年时间的等待,进行反复的比较和选择。短暂的接触,两人的情感就已升温,就在要陷入爱河的时候,不幸的消息传来,牛幸娃在抢险中为救战友牺牲了,杨玉琼成了孤儿寡母。杨玉琼天天以泪洗面,精神恍惚痛不欲生,也牵动着阎芳州的心。许多战友都以各种方式帮助杨玉琼母子,而自己能为她母子俩做什么呢?他苦苦思索,难道就是送去几句安慰的话吗?就是去表达一下同情吗?他去过几次,说过几次,但觉得意义不大。今后玉琼和会会的路还很漫长,遇到的艰难困苦还会很多,只有陪伴母子俩跋涉一生才能全力相助。陪伴玉琼母子一生的人选,谁最合适呢?当然是阎芳州自己。听说慕古秀也找杨玉琼表示过这层意思,认可不娶大秀,也要担起牛幸娃留下的这副家庭重担。成与不成暂且不论,此中体现的战友情确实让人感动。难道自己还不如慕古秀吗?况且杨玉琼是个他内心非常喜欢的女人。以前,对这个女人再好,他在内心也只用"喜欢"这个词,而不用"爱"这个词汇。因为杨玉琼已和牛幸娃成家,是牛幸娃的妻子,自己已失去爱的权利,此时说自己多爱这个女人,就是不道德的。但是,牛幸娃牺牲了,杨玉琼失去了婚姻的束缚,在法律和情感上都成了"自由人",对这个"自由人",自己有了爱的权利,可以充分表达爱的意愿。尽管也有点顾忌,顾忌牛幸娃牺牲时间不长,就来追求他生前的妻子,对烈士会不会不尊重?但很快就否定了这种顾虑,想到烈士在天之灵也会希望有人接过这副家庭重担,把他的妻子照顾好,把他的儿子抚养好,不让他们孤苦无助。自己如果这样做,正符合牛幸娃烈士的心愿,他怎么会怪罪自己呢?于是他就越发下定了娶杨玉琼为妻的决心。

阎芳州反复掂量过,觉得自己执意追求杨玉琼,对她的爱还是第一位的,他爱这个女人的美貌,虽然个头低一些,但小巧机灵;他爱这个女人的才艺,小小年纪就成了少年宫芭蕾舞"明星"和支队宣传队的台柱子;他爱这个女人的单纯、纯洁和内心的纯净,历经挫折也不改对生活的热爱;他爱这个人的善良,处处将心比心,替别人考虑,甘愿自己受委屈。从镜铁山一路走到三山岛,他观察、采访、接近这个女人,对这个女人已深有了解,觉得她值得自己爱,是自己梦寐以求的理想伴侣。俗话说,机会是给有准备的人提供的,现在机会来了,自己绝不应错失。追求杨玉琼当然还有一种责任意识,他完全应该负起这个责任,无论是对牺牲的牛幸娃,对失去丈夫的杨玉琼,对失去父亲的会会,他都负有责任。特别是幼小的会会,这么小就失去了父爱,对孩子心灵会有多大的打击,对今后成长会有多大的影响?孩子由杨玉琼一个人带,给她造成怎样的拖累和困苦,而自己加入进来,又有了一个完整的家庭,有了一个家庭美好的未来。自己既实现了爱的追求,又负起了应尽的责任,这难道不应该吗?不值得吗?而自己不和范兰枝处,范兰枝仍然会找到合适伴侣,他早就看出申力明对范兰枝有意,两人确实是理想般配的一对。如此一退一进,让有情人各得其所,各美其美,有什么不好呢?

谋定而后动。阎芳州既已下定决心,就不会退却,他坚信杨玉琼对他是有好感的,是相当信任的,否则就不会跟他回老家天水。他坚信杨玉琼终有一天会投入自己的怀抱,成就秦晋之好。于是就持续不断地发动攻势,把丘比特之箭一支一支地射出去。他给杨玉琼写信、写诗歌送去,杨玉琼不开门,他就从门缝里塞进去。敲不开门,就在门口等;有几次有点儿冲动还擂了门,招得一些邻居出来围观。大概影响了一些人休息,有的人举报到支队领导那里,说阎芳州对杨玉琼持续不断地"性骚扰",惊动了支队首长找他谈话。

找阎芳州谈话的是政委于俊和政治处主任王永学。

于俊政委是欣赏阎芳州的,看出他在各连指导员中拔尖突出,既有理论水平,又有带兵经验,为人实在善良,律己很严,是一个优秀的基层干部,把他作为重点培养对象着意加以培养,认为假以时日多方磨炼后必堪大用。对阎芳州和杨玉琼关系的传闻,也听到过一耳朵。人家双方处得好,又没有引起什么风波和麻烦,就没有过问。这一次收到关于阎芳州骚扰杨玉琼的举报,于俊重视起来,觉得这关系到对一个基层干部的评价,弄得不好,会影响阎芳州进步,对杨玉琼也不好,会引起外界许多猜测,对烈士牛幸娃的名声也会造成不良影响。思考再三,于俊决定找阎芳州谈一次话。他知道王永学和阎芳州关系密切,就拉王永学一起谈。从王永学口中知道事情的一些来龙去脉,觉得问题也没那么严重。既然决定谈话,谈谈话对阎芳州加以提醒有好处,那就谈吧,但把谈话改成了聊天的方式。

面对于俊政委和王永学主任的询问,阎芳州毫不隐瞒地一五一十地讲了自己心中所想,包括对杨玉琼的爱,自己想承担起照料烈士家属子女的责任,对和范兰枝恋爱的放弃,已经开始的对杨玉琼的追求,以及杨玉琼的拒绝、一些人的不理解和自己绝不放弃的决心。最后说:今天组织上找我谈话,我借此机会正式向支队领导提出和杨玉琼结婚的申请。如果组织上认为这样做不合适,我认可提出转业,以避免给部队造成不良影响。

于俊政委为之感动,这确实是个两全其美的办法呀,既能让有情人终成眷属,又可以使烈士家属孩子有一个完整的家庭,得到照顾和人生的快乐。牛幸娃牺牲了,杨玉琼还不到 30 岁,孩子也才一岁多,让他们无依无靠地过一生吗?组织上固然会对烈士的遗属进行照顾,但人这一生,只有在家庭中才能体会人生的幸福和温暖,难道杨玉琼和会会不应享有这一切吗?而且阎芳州是自愿的,确实是一个合适人选。由他来重组这个家庭,无论对哪个方面来说,都是有益无害的。

尽管心里这么想,于俊政委还是板起面孔训斥阎芳州:"胡说!怎么为了个人问题,就提出转业离开部队呢?你转业不转业,何时转业,是组织上考虑的事,是你自己能定的吗?为了解决个人问题,就离开部队吗?就不建设金矿了?大局意识、责任意识哪里去了?"说完又觉得过于严厉,缓和一下口气说:"难道你离开部队,杨玉琼就答应嫁你了?能不能得到杨玉琼,和转业不转业没有关系。凡事得动脑筋。杨玉琼现在还沉浸在丈夫牺牲的悲痛中,对未来还没有更多的设想和考虑,要耐心等待,要智取不能强攻。只要出于真心、爱心,方法又得当,你会攻下杨玉琼这个山头的。"

阎芳州高兴了,说:"政委,你同意我和杨玉琼结合成家?"

于俊说:"我说过不同意了吗?这是好事呀,我怎么会不同意呀?你小子要是攻下杨玉琼这个山头,到时我参加你们婚礼。"说完,冲着王永学说:"我还有事,就谈到这里。你这个老领导教教他如何攻下杨玉琼这座山头吧!"

于俊政委走了,王永学去把金昌浩叫了来,小会议室就他们三个人,因为相互熟悉,说话就放开一些。

金昌浩说:"你小子挨剋了吧?心急吃不了热豆腐。你看杨玉琼柔弱,有时也很执拗,一根筋,霸王强上弓,怎么能行呢?"

王永学说:"老金这方面经验丰富,还不是追了十多年才把苗丽萍追到手?"

金昌浩说:"你说这话就不实事求是了,是我追苗丽萍吗?是她追求我。"

王永学说:"你这是欲擒故纵,有高招呢!你给芳州支支招吧!"

531

金昌浩说:"政委怎么说?"

王永学说:"于政委说,一是让他耐心等待,二是要智取不能强攻。还说事成之后亲自参加他们的婚礼呢。"

金昌浩说:"目标明确,思路正确,方法得当,持之以恒,还有不成功的吗?恋爱就像凿眼放炮,不能打多个眼,就朝一个眼打,打越深越好,越深越见效果。"

王永学笑了:"看,老金给你传授经验哩!"

阎芳州说:"谢谢指教,您是把于政委说的一要耐心等待,二要智取具体化了。还请两位多帮忙促成,玉琼会听你们的。"

金昌浩说:"没有问题。我让苗丽萍助你一臂之力,她俩亲姐妹一样,能说上话。你王永学和余秀英也不要闲着,多帮着敲敲边鼓。到时有喜糖一块儿吃,有喜酒一块儿喝!"

阎芳州说:"到时好烟好酒侍候!"

金昌浩、王永学笑了。金昌浩说:"到时你小子不兑现,我们找杨玉琼算账。"

这次谈话,先后有政委于俊、参谋长金昌浩、政治处主任王永学出面,阎芳州信心更足,方向更明,决心也更大了。他看到了希望,杨玉琼似乎站在山头向他招手呢!

4

一天,苗丽萍找杨玉琼聊天,说:"阎芳州要被处理转业了,你知道不?"

杨玉琼很惊讶:"为什么呀?"

苗丽萍说:"有人告他对你性骚扰,怕留在部队影响不好,就想安排他转业了。"

杨玉琼说:"胡说八道！纯属瞎扯！我俩隔着门,他性骚扰我什么了！这不是冤枉人吗?"

苗丽萍说:"你不让他进门,他在外面喊叫、擂门,许是影响了人家休息,有人就到支队长、政委那里把他告下了,听说政委找他谈话了呢。"

杨玉琼说:"他擂门,是想跟我说点事,我不想开,他就擂门了。那不是擂,而是敲,怎么敲门也有错呀?"

苗丽萍说:"你也是,他敲门你就让他进来呗,都是朋友,何必拒人以门外呢?这样多不好,还引起了别人误会。"

杨玉琼不好意思地说:"你不知道他多浑,放弃范兰枝来追求我,我是他俩的介绍人,你说,这让我怎么做人？再说,我有什么好值得他追求？还不是同情我们孤儿寡母？我不让他同情,我也不让任何人同情！老牛牺牲了,抚养会会是我的责任,我一个人也能把他拉扯大,把他抚养成人！"柔弱的杨玉琼在丈夫牺牲这一意想不到的打击面前,变得刚强起来。

苗丽萍说:"即使你不愿意,也不应该把人家阎芳州堵在门外呀！让人家进来,有话好好讲,有事好商量,不能做夫妻,还可以做朋友嘛！"

杨玉琼说:"我是为他好,他不知道寡妇门前是非多吗?"

苗丽萍说:"什么寡妇不寡妇的,说那么难听干什么！你是烈士遗孀,是我的好妹妹,自然也是阎芳州的好妹妹,我和他来看看你,帮助你解决点困难不应该吗？是非多不多,他不来就没有是非了吗？你俩的传闻还少吗？谁信呀？谁不知道你和阎芳州行端坐正,像冰雪一样清白。别人说些闲话,就不来往了吗？听蝲蝲蛄叫,就不种地了吗？这下好了,你把人家害了,害得要转业了,看怎么收拾吧！"

杨玉琼急了,急得直想哭,说:"这可怎么整？你是我姐,你帮我拿主意吧！"

苗丽萍说："让阎芳州转业的事还没有最后定，我找老金和王永学，求组织上重新考虑一下，你这边对阎芳州和缓一点，来了你就让他进门，该咋样还咋样，看到你们俩关系正常，别人也就不会再说闲话嚼舌头了。"

杨玉琼允诺。以后阎芳州再来家里关心她和孩子，她就正常接待，还和老牛在时一样。其实，她也不反感阎芳州，有时还期盼他来说说话，填补寂寞的时光，也能增长见闻。阎芳州酷爱读书，又上过大学，肚子里干货多着呢。前一阵子不愿见他，除了怪他不事先商量就和范兰枝断了之外，更多的还是替阎芳州考虑。自己孤儿寡母嫁给阎芳州，不是拖累人家吗？凭人家条件，啥模样的找不到？自己带着孩子过也挺好，不会让会会受继父的气。但又一想，随着会会一天天长大，必然会问父亲哪里去了。若说出实情，会不会因为幼小年纪就失去父爱，对孩子心理造成不良影响呢？一想到这些，心里就像压了块石头一样沉重。阎芳州来了，不光是和她说说话，还逗会会玩儿，还买来会会喜欢的玩具。只要会会没有被保姆抱走，阎芳州就抱着他，逗他玩儿，把会会高兴得直撒欢。看到这一幕，杨玉琼就有些动心，要是会会在牛幸娃牺牲之后，有阎芳州这么一个父亲有多好，他不仅喜欢会会，还有知识有文化，会教会会许多东西，那样对会会的成长也是有利的。但若是这样，就又觉得亏待了阎芳州，心里格外矛盾，还是把心里对阎芳州的那扇门关得紧紧的。

让阎芳州进了门，两人的交流自然就多了起来。这扇门，是苗丽萍帮阎芳州撬开的，这后面自然有金昌浩和王永学的主意。金昌浩、王永学和苗丽萍都是阎芳州在镜铁山时的"老铁"，当有人诬陷他和杨玉琼有不正当关系，非要扒掉他身上那身军衣时，是在老金家里，金昌浩和王永学劝他离开镜铁山去考大学的，使他躲过一劫，不仅到大学深造,还在毕业后又回部队取得进步。对这一切阎芳州是牢记在心的,也知道他们是支持自己和杨玉琼结合的,是热切盼望的,这是牛幸娃牺牲后,使杨玉琼母子得到长期照顾的最佳结合。他相信有众人的支持,按耐心等待智取为上的原则去实施,就一定会把杨玉琼那颗心焐热,追求到属于自己的爱情,也为照顾烈士家属尽一份心力。

让阎芳州进门,表明了杨玉琼对他的态度,证明了杨玉琼对他并不反感,甚至是喜欢他的,只是"一根筋"的她还没有别过来,这还需要时间,他有这个耐心,也有足够的智慧。开始,他把写的一封信、一首诗送给杨玉琼看,让她不用听口头表白,就能感到自己那颗炽热的心。

一次,当阎芳州又一次向杨玉琼表达爱意时,杨玉琼说:"你不是同情我们母子,而是爱我,喜欢会会,这个情意我领了。但我真的是配不上你,各方面差距太大,你死了这份心吧!"

阎芳州说:"咱俩有什么差距?"

杨玉琼说:"你是大学生,我就是个初中生;你会写小说搞创作,我只会发药打针;你没结婚是个帅小伙,我结婚生了孩子,成了黄脸婆。"

阎芳州说:"你没上大学,是你没有上大学的机会,初中毕业就到部队当了文艺兵;你不只会发药打针,懂护理知识,还在年少时跳舞成名名震嘉峪关;你结了婚有了孩子,但年纪还轻,还不到30岁,怎么就成了黄脸婆了?"

杨玉琼说:"怎么不是黄脸婆?额头都有抬头纹了,我都不敢照镜子,和我以前当演员时,简直没法比了。"

阎芳州说:"在我心目中,你不仅现在年轻,以后永远年轻,永远年轻美丽。"

阎芳州的话并没让杨玉琼高兴,而是勾起她的伤感,更加感受到了两人生理心理的差距,感到阎芳州应该找一个比她强得多的女人,现在年轻漂亮又有专业知识的大学毕业生有的是,凭阎芳州的条件,不难找到好女人,还是劝他另择佳偶吧。于是看似决绝地说:"芳州,以后再也不要提咱俩结婚成家的事,我是真的配不上你。作为朋友,你来说说话,帮做点事,教教孩子,我欢迎,但你要是另有所图,就不要怪我再次对你关门了。"

阎芳州听后,笑笑,也没有再说什么。自此以后来,就不再提结婚的事。杨玉琼要把阎芳州写给她表达爱意的信退给他,阎芳州说:就留你那里做个纪念吧!以后虽然还是来,但绝不再提爱她追求她娶她为妻的事。大概是因为施工紧张,来的次数也日渐少了。别人感觉不到,杨玉琼、保姆和会会都是有感觉的,心想阎芳州是不是另找对象了?似乎也没有,他还是来,只是来得少一些,来了也不说那些甜蜜肉麻的话了。可是听不到那些甜蜜肉麻的话,心里似乎又少了些什么。有段时间阎芳州来得少了,杨玉琼还对他担心起来,担心施工中有什么不安全,连队干部带班劳动,什么险情都会遇到,心里就像十八只吊桶打水——七上八下的。担心过后又会笑骂自己:"你发什么神经呀,你担心人家干什么呀?那么多人你不担心,偏偏担心他一个,害臊不害臊?"

杨玉琼就是在这样的心理矛盾中度过一天又一天,1988年元旦到来了。元旦过后,春节即将来到,杨玉琼向苗丽萍提出休假,她想趁春节休假回家探望父母,也把会会送到父母那里,让老人帮助带。留在部队,太牵扯精力,雇保姆花费也太大了。现在渔民家庭收入提高,给人家钱少过意不去。还有,这个保姆家里有事,已表达了离开的意愿。在这种情况下,只有把会会送给姥姥、姥爷带这条路了。她事先没给老人说,连牛幸娃牺牲的消息,也没有透露半句,免得老人听了会过于悲伤。这些都待见面之后再说吧。只说春节将带会会回嘉峪关探亲,让父母有一个思想准备。

苗丽萍向上级报告,允准了杨玉琼的假,对杨玉琼说:"你探亲的假领导已批准,部队首长关心你,让有关部门把票给你买好,还让找有没有一起顺道回甘肃老家探亲的老乡,可以一路上照顾你和孩子,现在老金和王永学正在找,咱们部队甘肃兵多,也许会赶上同一时间回家的。这个你不用管,做好带孩子回家探亲的准备吧。"

出发回嘉峪关探亲那天,金昌浩亲自驾车,和王永学、苗丽萍一起,把杨玉琼和会会送到潍坊站。苗丽萍把杨玉琼母子俩送上了车,帮把座位安排好,正要离开时,阎芳州手提提包上了车,坐在了杨玉琼旁边的座位上。因为他穿着便装,杨玉琼一下子没认出来,待他和杨玉琼打招呼时,杨玉琼吓了一跳,说:"你也坐这趟车?"

阎芳州说:"我正好回家探亲,丽萍姐让我一路帮着照顾你和孩子,怎么,不欢迎吗?"刚说完,会会就叫着"阎叔叔",扑了过来。

苗丽萍意味深长地说:"'阎眼镜',你一路上可得把玉琼妹妹照顾好,若是她和会会掉一根毫毛,回来我找你算账。"说完,趁杨玉琼不注意,还朝阎芳州眨眨眼睛。

阎芳州自然会意,调高声音说:"丽萍姐你放心,把玉琼和会会交给我,你就一百个放心吧。"

等苗丽萍"放心"地下了车,火车就开动了。阎芳州和杨玉琼、会会三人,就像一个三口之家,开始了漫长的旅行。机会难得,老金、苗丽萍两口和王永学的刻意安排,使三个人有了密切接触的机会,阎芳州能不能乘势而上,那就看他把握机会的能力和两人的缘分了。

一路上,阎芳州对杨玉琼母子二人的关照是自然得体的。会会正是闹人的年纪,阎芳州把主要精力用在哄孩子、确保孩子安全上,和杨玉琼很少说话。在其他旅客眼中,这三个人就是一家人,再说些无关痛痒的话,让别人不理解,自己也觉得没劲,那就索性尽量少说多做吧!阎芳州已经进入了角色,自觉地担起了丈夫和孩子父亲的责任。在别人眼里,这是多么称职的一个丈夫和父亲啊!对妻子和孩子的照顾都是无以复加的了,引得一些女人投来羡慕的目光。

列车再有几个小时就要到天水了,阎芳州对杨玉琼说:"玉琼,我家里在天水给我介绍了一个对象,是天水一中的一个老师,我只看过照片,还没见过人,父母让我回来相亲,你是否陪我一起去相看相看?"

杨玉琼又是一惊,她口气平稳地说:"你自个找对象,我看什么?"

阎芳州说:"我追求你,你不干,我找对象,让你帮相看一下都不愿意,够意思吗?"

杨玉琼想想也是,就说:"那就去帮你看看,行不行你自己拿主意,不要赖我。"

阎芳州笑了:"那是自然,你往那里一站,就是一个很好的参照物呀。"

杨玉琼说:"你又拿我开涮,不理你了!"说完,不知为什么,心里有些发酸。

三人在天水站下车,阎芳州说先回家住一晚上,明天再去相看对象。既然上了"贼船",就得一切听人家安排。出了站口,见阎芳州的哥哥阎芳川和嫂子骑自行车来接。阎芳州接过一辆自行车,让会会坐在前面自行车梁上,杨玉琼坐在车后面架子上,哥哥和嫂子骑另一辆车回家。

这天下火车早,到家正好是中午时分,因为事先知道阎芳州回来,家里做了一桌丰盛的宴席,一家人正在等候,嫂子先走了进来,欢喜地说:"爸、妈,你们猜芳州把谁领来了?"

阎芳州妈妈说:"把谁领回来了?看你欢喜得像个孩子似的。"

嫂子说:"嗨呀!是俺芳州老弟领着老婆孩子回来了。"阎芳州的嫂子上次就看出阎芳州和杨玉琼关系不寻常,用"两人带夫妻相""看着就像一家人"来试探。她认定杨玉琼就是阎芳州的媳妇,只是因为未能生育才不敢承认,待看好不孕症生个孩子,自然就露出真相了。

及看见阎芳州带玉琼和孩子回家,自认为完全猜中,无比的兴奋,而且正合两位老人的心愿,这不是皆大欢喜是什么呢?

嫂子刚说完,阎芳州抱着会会,和杨玉琼进了门。一家人热情地拥上来,阎芳州的老父亲上前一把接过会会,就"孙子,孙子"地叫了起来,这还不够,叫着叫着就"好孙子,宝贝孙子"地叫了起来,欢喜地说:"阎家添人进口了!阎家有后了!"

阎芳州的母亲说:"死老汉子,让我看看孙子,让我稀罕稀罕。"

阎芳州的哥嫂赶紧忙乎地张罗着,不一会儿一桌菜肴摆好。只有阎芳州和杨玉琼闲着,杨玉琼站也不是,坐也不是,说也不是,不说也不是,这误会闹的,一家人把她当成阎芳州的媳妇,把会会当成孙子了。

爷爷奶奶把大孙子大宝、二孙子二宝叫来,和会会一起玩,小孩子不认生,三人很快就玩到一起去了。这可咋整?杨玉琼心里直叫苦。好在阎芳州明天还要去相亲,一相亲就真相大白了。杨玉琼心里想。但让她万没想到的是,就在午宴开席时,阎芳州当着父母和哥嫂的面,郑重宣布说:"爸妈,哥嫂,我正式宣布一下,杨玉琼是我的妻子,会会是我俩的孩子。上次来家没敢说,是害怕玉琼没生育惹二老生气。现在不孕症看好了,儿子出生了,我们也就没什么顾忌了,就带儿子回来认祖归宗了。"

阎芳州的父亲说:"你小子怎不早说,我还到处给你张罗介绍对象,约好明天去相亲哩!"

阎芳州的母亲说:"还相什么亲!给芳州介绍的天水一中那个女子,让他哥嫂赶快给人家回个话吧!"

嫂子说:"上次来我就看出来了,玉琼就是咱家里人哩!不是一家人,不进一家门。进了一家门,就是一家人。"

阎芳川说:"别在那里说车轱辘话了,赶快把酒斟上,给咱兄弟庆

539

贺!"一家人自是欢喜一番。

既然是夫妻,就要睡一张床。等嫂子把床铺好,两人进去休息。会会跟着大宝二宝去院子里玩,撵得鸡飞狗跳,爷爷奶奶在一边看,乐得合不拢嘴。这边,杨玉琼和阎芳州干上了仗。杨玉琼脱了外衣上床休息,待阎芳州也脱衣上床时,杨玉琼柳眉一竖低声喊:"滚开!"

阎芳州嬉皮笑脸地说:"我往哪里滚?也没有地方滚呀!"

杨玉琼说:"你爱往哪里滚,就往哪里滚!想往哪里滚,就往哪里滚,我管不着!"说罢,还用牙咬着枕巾抽泣起来,边抽泣边说:"阎芳州,'阎眼镜',你真不是个东西,这不是逼婚骗婚吗?你事先征求我意见了吗?现在弄成这个样子,把生米煮成熟饭了,不是让我一点退路都没有了吗?这不是合伙欺骗老人吗?你若是真想和我好,咱就和老人如实说,说牛幸娃牺牲了,这是他的遗孀和孩子,我们光明正大地明媒正娶。哪有这样子骗人的,不是把两位老人蒙在鼓里吗?"

阎芳州说:"蒙在鼓里就蒙在鼓里吧,有时说些谎言也是没有办法,善意的谎言也是需要的。蒙着老人有什么不好呢?我就把会会当成自己儿子养,当成我爹的孙子养,到孩子长大成人了,再改回牛姓,让他去四川泸州牛参谋长家认祖归宗。以后咱俩再有儿子呢,让他继承老阎家的香火。"

杨玉琼说:"你想得美。"口气已有所缓和。

阎芳州说:"你若是反悔,现在还来得及。"

杨玉琼说:"我现在还怎么反悔!反悔说自己不是你媳妇,儿子不是你儿子,不是刺伤老人的心吗?"

阎芳州说:"这就对了嘛!你往里挤挤,也让我躺一会儿,路上累死了。"杨玉琼往里挤了挤,却把一只枕头塞到两人中间,说:"这枕头就是三八线,不允许越界!"

阎芳州笑了:"啥时能越界?"

杨玉琼说:"啥时领了结婚证,啥时越界,等着熬着吧。"

阎芳州说:"这个好办。我有个高中同学在民政局,咱俩明天上午就去办理登记。"

杨玉琼说:"部队还没有同意呢。"

阎芳州说:"我走时跟金昌浩、王永学打过招呼,他们说,只要你同意,部队可以给民政部门打电话,让先行办理,后补手续。"

杨玉琼这才恍然大悟:"你们这是事先做好扣了,画好圈让我跳呢!"

阎芳州笑了:"不画好圈,你能往里跳吗？我们老家有句话,猴子不跳圈,多筛锣,你这不跳圈了吗?"

杨玉琼说:"讨厌!你把我比成猴子,你是什么?"

阎芳州说:"我是公猴子,你是母猴子!"说着就来拥抱杨玉琼。杨玉琼紧紧地抱着枕头,口中喊道:"三八线!三八线!"

第二天上午,两人如愿以偿地、悄悄地去秦州区民政局办了结婚登记手续,神不知鬼不觉地步入婚姻殿堂,夜晚越过"三八线"就是自然的了。会会跟爷爷奶奶混熟了,也和大宝二宝混熟了,夜里非要跟爷爷奶奶睡,这就给越过"三八线"的两口子提供了方便,两人一夜好生折腾,害怕父母哥嫂听见,阎芳州和杨玉琼咬着枕巾,枕巾都湿透了。

夫妻名实已俱,就要考虑安排相关事宜。杨玉琼提出继续去嘉峪关探亲,让新姑爷见见岳父岳母。阎芳州当然同意,便着手安排行程。等到走日,会会死活不跟他俩走,他已和大宝二宝厮混惯了,闹着跟两个哥哥去玩,抱上了自行车又跳了下来。爷爷奶奶也舍不得让孩子走。奶奶说:"你们在外头忙,没有时间带孩子,我闲着哩!孩子大了,再给你们送回去。若是想孩子了,你们就常回来看看。"

阎芳州用眼睛瞅着杨玉琼,杨玉琼刚一点头,爷爷就把会会抱走了,说:"走,爷爷给你买大老虎去!"会会乖乖地让爷爷抱走了。杨玉琼终是有点不舍,但想想也没有别的办法,只能先这样安排,眼里满含着热泪。

到嘉峪关见了父母,杨玉琼也不顾阎芳州在场,大哭了一场,把牛幸娃如何牺牲、她又如何和阎芳州结合,哭诉了一遍。杨玉琼的父母和阎芳州见过面,但并不熟识,如今竟成了翁婿关系,让人唏嘘。阎芳州见过岳父岳母,就像在自家一样干这干那,尤其是对玉琼言听计从百般关心,这让玉琼的父母很是满意。正好妹妹玉洁也放假从北京回来过春节,全家除了王玉波在三山岛连队值班没有回来,算是过了一个团圆年。本想多住些时日,待假期满了再走,玉琼接到夏玉珠打来的长途电话,改变了行程,和阎芳州商定先到北京,然后再回三山岛部队。

阿珠在电话中说:"好你个杨玉琼,你和'阎眼镜'结婚了,也不告诉一声,不像话!赶快到北京来请我和刘柱锁吃喜酒,我俩给你们操办一下。"

杨玉琼说:"我是二婚,不想操办了,也不麻烦你们两口子了。"

阿珠说:"少胡说八道!什么二婚?人家'阎眼镜'也是二婚吗?老牛是为救战友牺牲的,有什么怕人知道的!快过来,麻溜点!趁初五前人少,赶快买票出发!"

杨玉琼拗不过阿珠,就和阎芳州辞别父母,于初三那天上了火车,初四到了北京。阿珠和刘柱锁带着孩子朱朱来接,自是分外热情,直接拉着阎芳州和杨玉琼住进了北京饭店,当晚就在饭店办了一场喜宴,还邀请武警文工团一些战友来演出助兴,杨玉琼感动得直流眼泪。

住在金碧辉煌的北京饭店,杨玉琼说:"妈呀,这一晚上得多少钱呀?"

阿珠说:"不用你管!你淘得'阎秀才'这个宝贝值多少钱?无价

之宝呀！你这个小妮子很有魅力呀,能招来这个大秀才可不简单。要不是苗丽萍告诉我,我还不知道呢,真替你高兴。"第二天陪阎芳州杨玉琼两口子去王府井中国照相馆拍了新婚照、婚纱照。照完相,杨玉琼婚纱还没有脱下来,就蹲在地上哭起来,阿珠知道她想起了牛幸娃,想起来那一次和老牛在北京的同游了……

回到三山岛,阎芳州和杨玉琼结婚的消息已经传开,许多人都来祝贺。申力明和范兰枝也来了,两人的恋爱正在向纵深发展,已开始商量结婚事宜。杨玉琼看见范兰枝有一些不好意思,范兰枝牵着她的衣袖悄悄说:"玉琼姐,你真有福气！阎芳州中断与我恋爱,是为了追求你、照顾你们母子,我不怪罪他,也不怪罪你,咱们永远是好朋友、好姐妹！"

没想到于俊政委没有忘记他说过的话,问王永学:"阎芳州杨玉琼何时办婚礼？我说过要参加的,不要让我言而无信噢！"

王永学问金昌浩,金昌浩说:"这有何难？就像我当年在镜铁山建议你和牛幸娃一起,过八一时在连队开茶话会,举行个简单的婚礼形式不就得了。正好申力明打报告要和浙江小分队范兰枝结婚,刚获批准,就指导员、连长一起把婚礼办了,这也是连队的一个佳话,到时请于俊政委到场讲个话,祝贺鼓励几句,就完活了。简单明快,多好！"

王永学说:"这个主意好。时间就定在五一,地点在十一连连部。我给于俊政委报告一下,若他没有意见,就让苗丽萍、余秀英来筹办。"

1988年5月1日,一场简朴的婚礼在十一连连部举办。指导员阎芳州和杨玉琼、连长申力明和范兰枝举行结婚典礼。仪式由王永学主持,金昌浩作为证婚人,宣读结婚证书,他开玩笑说,现在两对新人已经领到驾照,可以开车上路了。逗得人们哄堂大笑。于俊政委代表嘉宾发言,对他们以往取得的成绩表示肯定,对两对新人表示祝贺,祝福他们白头到老幸福美满！也盼望他们各自为三山岛金矿建设、为部队建设和国家繁荣富强再立新功。婚礼在一片欢歌声中结束。在两对新人中,杨玉琼是唯一一个在十一连连部参加过两次婚礼的人。那一次是八一,这一次是五一,那一次是1978年,这一次是1988年,时隔十年,天地人事竟发生这样大的变化,杨玉琼怎能不感慨万分?

杨玉琼在举行婚礼之后,对阎芳州提出想趁一个休假日到泰安去一次。阎芳州以为杨玉琼要登泰山,便欣然答应了。没想到到了泰安,杨玉琼却带他到了一个求子的小庙,庙不大,香火很旺,来求子的人络绎不绝。杨玉琼说,这个地方,牛幸娃带她来过,是为了求子嗣来的。现在有了会会,该来还还愿,说完又流下了眼泪。阎芳州知道她是以这种方式来怀念牛幸娃,为以往的情感画上一个句号。

也许是求子得福,也许是两人新婚激情所致,杨玉琼很快就怀了孕,第二年春天生了和阎芳州的儿子,取名云云。会会大名叫际会,云云大名叫际云,是风云际会的意思。这自然是出自阎才子的手笔。有好事者推算,杨玉琼在五一举行婚礼前就已经怀上了。不过人家并没打"提前量",是领了结婚证之后才越过"三八线"的,没有违规操作。

尾声

1988年11月,三山岛金矿主竖井下掘到底,主井深348.5米。12月3日,第一次出金泥116.6公斤。12月29日,第一次冶炼出合质金17.09公斤。这标志着金矿建设已取得决定性胜利。

1989年春暖花开的时候,经过十七支队(原十一团)全体指战员前后六年多浴血奋战,三山岛金矿建设已进入收尾阶段,投资方、建设方、监理方开始联合组织验收,一座大型海滨金矿开始屹立在三山岛上,引起国内外注目。

三山岛金矿建成投产,以雄辩的事实证明中国人有能力自行建设海底金矿,为中华民族争了光,为祖国和人民赢得了荣誉,也为黄金部队增添了光彩,进一步证明这是一支英勇的无坚不摧的队伍。

在三山岛金矿工程即将竣工前夕,那位曾经打赌说"中国人建不成海底金矿"的"洋大人"又一次来到三山岛,他依然是黄头发、高鼻梁、蓝眼睛,鼻梁上架着金丝眼镜,但洋派头中的傲慢消失了,多的是钦佩的神情。当他看到纵横交错的巷道、高高耸立的井塔和现代化的选矿厂时,忍不住伸出大拇指,连声赞叹:"奇迹,奇迹,真是个奇迹!"

当他得知建设金矿的是中国武警黄金部队十七支队时，又一次发出赞叹："中国军队OK！中国军人了不起！"

当初，这位某国黄金矿山的权威、国外某有名矿山企业的总经理，坚持认为中国人在如此复杂地质条件下建不成金矿，傲慢地以四瓶茅台来打赌，现在在事实面前，他对中国人心悦诚服。

陪同他的一位中方矿领导笑着问："总经理先生，还记得你几年前打赌的事吗？"

"记得，记得，我输了，四瓶茅台酒归你们！"中国赢了，赢得扬眉吐气，洋专家输了，输得心服口服。象征中国军人荣誉的四瓶茅台酒，从此放在三山岛金矿建设历史陈列馆里，诉说着中国人的自豪和荣光。

然而，这"四瓶茅台酒"得来多么不易，高举金杯庆胜利是何其艰难！黄金部队十一团，改隶武警后的黄金部队十七支队，全体指战员苦战经年，在施工中战胜九次大涌水和七次大塌方及泥石流等地质灾害，采用旋喷注浆、止浆垫中深孔高压预注浆、水泥水玻璃加特殊填料快速堵漏等多种注浆堵水方法封水23次，战胜了"海龙王"一次又一次极限挑战。攻克了引进无轨设备技术复杂、设备保障困难、进口零部件消化改代等道道难关。为保证进口设备的正常使用，在进口备件无法保障的情况下，改代零配件24项317种，为保障工程进度起到了关键作用。为了加快进度确保工期，指战员们常年战斗在复杂困难的条件下，马不停蹄艰苦奋战，连续4年全员劳动生产率突破大关，创同行业先进水平。斜坡道施工连续两年突破国内先进纪录。指战员们日夜战斗在施工第一线，许多人推迟探家休假，父母去世不能回去守灵，老婆临产不能回去照顾，孩子生病不能前往照看。困难面前不叫苦，日夜倒班不叫累，有病能坚持就坚持，轻伤不下火线，还有的在抢险和救战友中献出了生命。全体指战员以对祖国的忠诚，创造了中国黄金建设史上的一个奇迹，也为中国黄金部队矗立了一座丰碑。

三山岛金矿由武警黄金部队十七支队建设完工后,一次验收成功,于1989年7月31日正式投产,实现投产当年达产,为三山岛金矿的长远发展奠定了坚实基础。现在,一个完全现代化的三山岛金矿巍然屹立在渤海莱州湾,已发展成为省属国有企业山东黄金集团,荣膺中国黄金矿业发展史上累计产金突破百吨用时最短的黄金矿山,获得"中国黄金生产十大矿山"称号,在绿色环保、机械化、自动化、设备管理诸方面跻身全国一流,为国家黄金生产、储备做出了重大贡献。目前山东黄金集团正在新一轮改革浪潮中中流击水,以建成国际一流示范矿山为目标,以建设智能智慧矿山为动力,开辟一条矿山企业可借鉴的数字化发展之路,采取多种措施,力促管理能力与经济效益双提升,为山东黄金发展多做贡献,为中国黄金事业发展再立新功。

三山岛金矿丰盈的现在和辉煌的未来,都使当年金矿的建设者们感到欣慰,也为当年取得的战绩而倍感自豪。他们的事业延续下来,他们的精神传递下来,他们当年流下的汗水,正在今天的矿山闪闪发光。

当年黄金部队在建成高质量金矿的同时,也"千淘万漉虽辛苦,吹尽黄沙始到金",锻炼了队伍,培养了一批骨干人才,政委苏继轩、支队长梁占刚被提拔到总队任职;政委于俊改任支队长、党委书记;金昌浩提升为副支队长;王永学提升为副政委;王兴昌任参谋长兼总工程师;阎芳州被破格提拔为政治处主任;王好被提拔为后勤处处长;申力明改任十一连指导员;苏明远接任十一连连长;慕古秀已经转干,正式成为九连连长;"福尔摩斯"邱庆泉当了十一连一排排长……

矿山移交投产后,部队在撤离三山岛之际,几位支队首长去祭奠建设三山岛牺牲的烈士们,在牛幸娃、杜连中墓前,摆着打开了瓶盖的四瓶茅台酒,这是梁占刚、于俊、金昌浩、王永学、王兴昌、阎芳州等几位团领导凑份子买来的。

梁占刚、于俊、金昌浩、王永学、王兴昌、阎芳州每人手持一杯,把酱香浓烈的酒倒在杯子里,举杯祭奠英烈,梁占刚说:"老牛,金疙瘩,我知道你俩爱喝酒,爱喝好酒,今天我们给你俩送酒来了,请接过去痛饮吧!咱们胜利了,三山岛金矿建成了,我们要转战外地了,你们就留下来守护咱们建好的金矿吧……"说着说着已是泪流满面,泣不成声,在场的人都默默地流着泪。此时就连爱喧腾的莱州湾也陷入平静,鸟不欢鸣,海不扬波,加入到祭奠英烈的寂静行列中。

三山岛金矿建成投产后,黄金部队十七支队指战员征尘未洗,马未卸鞍,从三山岛转战山东莱州新城金矿,承担该矿山二期改扩建工程。三山岛金矿工程竣工,标志着黄金部队十七支队执行国家指令性工程的历史已经结束,必须参与到激烈的市场竞争之中。新城金矿二期工程是十七支队通过竞标得来的。实践证明,黄金部队干部战士在建设国家指令性工程时能打硬仗,在市场激烈竞争中也绝不含糊,是一支响当当的敢于竞争敢于胜利的队伍,承担竞标获得的工程同样能取得优异业绩。

1996年,武警黄金部队为适应新形势,调整十七支队建制,这支英雄的部队从此不复存在。

2016年,武警黄金部队由为国寻金向军事地质服务转变。

2018年,武警黄金部队转为非现役专业队伍,并入自然资源部,承担为国家基础性公益性地质工作服务和金属矿产资源勘察任务。

2020年8月,经党中央、国务院批准,由原武警黄金部队转隶组建的自然资源部中国地质调查局自然资源综合调查指挥中心在京挂牌成立,这支有着辉煌历史、突出贡献、优良作风的英雄的队伍正式进入中央公益性地质调查队伍序列,武警黄金部队最终完成自己的历史使命。

从1979年3月7日中国历史上第一支担负黄金地质普查、勘探和生产任务的部队成立,到2018年转为非现役专业队伍,这支部队共存续40个年头,累计探明金矿床300多处,探获黄金资源量2300多吨,建成三山岛等多处金矿,生产了大量黄金,为我国黄金事业发展、增加黄金储备和国家经济建设做出了重大的不可磨灭的贡献。

现在,这支英雄的部队已不复存在,但黄金部队官兵的业绩永存,他们树立的丰碑永存。

敬礼,向我国历史上第一支黄金部队致敬!

敬礼,向英雄的黄金部队将士们致敬!

马蹄声已经远去,但回响犹在。

黄金部队不存在了,但他们的精神仍在闪光,他们的故事会永远流传。

由阎芳州执笔创作的叙写黄金部队的长篇小说即将出版发行,它讲述的就是其中一支部队留下的动人故事……

2021年10月22日第一稿

2021年11月22日第二稿

后记

　　这是我创作的第五部长篇小说。与上部小说《十一中队》一样,这部小说仍以和平时期以建设祖国为己任的施工部队为题材,反映基建工程兵将士们在冶金、煤炭、水电、交通、水文地质普查、黄金、铀矿等方面做出的历史性贡献,留下的丰功伟绩和当年的精神风貌。本书以黄金部队一个团的官兵为描写对象,记叙他们在山东莱州湾建设三山岛金矿的战斗历程,建矿过程中的艰难险阻,与时代同步的内心变化,深厚的战友情谊和军人的时代特征及情感纠葛,金子一般纯粹美好的心灵,是20世纪80年代军人生活的一个缩影,也反映了历史的变迁和社会的变化,展开的是一幅铺满金色的壮丽画卷。

　　中国人民解放军黄金部队,成立于1979年3月7日,隶属于基建工程兵,1985年1月改隶中国人民武装警察部队,前后存续40年,为国家黄金事业发展、增加国家黄金储备和我国经济建设做出了重大贡献。现在这支部队已经完成历史使命,不复存在,但他们的贡献永记史册,他们的精神应该得到弘扬。由于历史的原因,这支世界上独有的黄金部队鲜为人知,且笼罩着一层神秘的面纱。我曾向许多人询问,他们都说不知道这支部队,不知这支部队曾经存在过,更不知他们为国家做出过如此重大的贡献。我对此是感到遗憾的,也正是出于这种遗憾,我决定以黄金部队为题材创作一部长篇小说,用艺术手法记载这支部队的前世今生、成长过程和指战员们历尽千辛万苦勘查找金建矿的英勇事迹,反映他们为国家做出的贡献和个人承受的种种牺牲,发扬传承他们的精神和血脉,为他们立一座文学的丰碑。创作从宏观着眼,微观切入,把目标锁定在十一团(改隶武警后称十七支队)建设三山岛金矿这一具体进程。本书是依据真实历史背景、真实存在部队、真实施工工程进行创作的,具有客观真实性。在引述历史事实时,使用的是真实历史事件、真实人物姓名,具有可靠的事实根据,但书中的人物,绝大部分是虚构的,是艺术加工创造的。书中十一团所有人物都是艺术塑造,切不可对号入座,以免造成不必要的误解。本书是经过艺术加工的文艺作品,不是非虚构类真实事件报告,这一点务请读者明鉴。至于人物塑造得好不好、故事生动不生动、人物形象鲜活不鲜活,那就由读者去进行客观评价了。我的目的是告诉人们有这样一支部队曾经存在过,他们身上金子一般的品质在今天仍然熠熠生辉,为下一代提供着精神动力。如果能产生这种效果,此愿足矣!

我虽然曾是基建工程兵部队一员,有一定部队生活基础和施工经验,但毕竟没在黄金部队生活过,参加过的煤矿建设,较之金矿建设以及面对的难题有很大的不同。煤是软的,黄金是硬的,它们所处的地质构造不同,建矿方式和面对的难题自然也有很大的不同。为了弥补这个缺陷,我只能借助大量阅读资料,并深入到三山岛实地考察,听有经验的工程技术人员反复介绍相关情况,假如书中在描写金矿施工工程中存在瑕疵,请内行予以指正,特别欢迎曾在三山岛建矿的黄金部队战友们不吝指教。本书在写作过程中,参阅引用了《中国人民解放军基本建设工程兵史》(军事科学出版社)、《中国武警志·黄金部队志》《中国武警志·黄金第二总队志》《无言的丰碑》(刘大荣著),《父亲的雪山母亲的草地》(百花洲文艺出版社,贺捷生著)等图书资料,在此特别加以说明,并向以上各书作者表达谢意。

　　本书在写作过程中得到我妻子石丽侠一如既往的支持,四十余万字书稿的输入、整理和编辑绝非易事。她在坚持做完这些工作的同时,也对书稿的完善提出了许多建设性意见,对本书完成和质量提高贡献甚大。这本书得到黄金部队王有学、王永昌、杜连志等战友的帮助。三山岛金矿党委书记、矿长刘再涛,机关支部书记李兆平,三山岛金矿综合管理部经理郭忠田等,热情接待我和夫人实地考察,详细介绍相关情况,提供了大量第一手资料。四川人民出版社黄立新社长对本书的出版高度重视,亲自抓落实,责任编辑王其进、唐婧精心编辑细致打磨,项目部负责人石龙从中协调相关事宜,有关部门和人员为本书优质尽快推出做了大量工作,在此一并致以感谢。

　　创作《黄金团》这部长篇小说耗费我近一年时间和精力,能够坚持下来,并最终完成它,出于一种写作兴趣,更出于一种社会责任。总觉得老一辈人的贡献和牺牲精神不应该被埋没,无论社会如何发展,牺牲精神、奉献精神、艰苦奋斗精神、和衷共济与人为善的人生态度等,这种种国人身上像金子一样闪光的东西,总是需要的,是永远也不会过时的。总得有人去宣传它、弘扬它、传承它,这是我们社会的亮色和未来的希望。每想到此,也就不觉得累了,自己还赋诗曰:"纸如天空笔生霞,每天挥毫急唰唰。身旁相伴无长物,伊力老窖信阳茶。"待一整箱伊力老窖喝完,几罐信阳毛尖告罄,一堆书稿出世时,不亦乐乎?

　　是为记。

樊希安
2021年冬初小雪日于北京